한국 현대 문학의 개인과 공동체

이경재

서울대 국문학과를 졸업하고, 동대학원에서 석사와 박사학위를 받았다. 평론집『단독성의 박물관』,
『끝에서 바라본 문학의 미래』,『문학과 애도』,『재현의 현재』, 연구서로『한설야와 이데올로기의 서
사학』,『한국 프로문학 연구』,『다문화 시대의 한국소설 읽기』,『한국현대문학의 공간과 장소』등이
있다. 2011년부터 숭실대학교 국문학과 교수로 재직 중이다.

한국 현대 문학의 개인과 공동체

초판 1쇄 인쇄 2018년 9월 3일
초판 1쇄 발행 2018년 9월 10일

지 은 이 이경재
펴 낸 이 이대현

책임편집 임애정
편   집 이태곤 권분옥 홍혜정 박윤정 문선희 백초혜
디 자 인 안혜진 홍성권
마 케 팅 박태훈 안현진

펴 낸 곳 도서출판 역락 / 서울시 서초구 동광로46길 6-6 문창빌딩 2층(우-06589)
전   화 02-3409-2058 FAX 02-3409-2059
이 메 일 youkrack@hanmail.net
홈페이지 www.youkrackbooks.com
블 로 그 blog.naver.com/yourack3888
등   록 1999년 4월 19일 제303-2002-000014호

ISBN 979-11-6244-257-9 93810

*정가는 뒤표지에 있습니다.

*이 도서의 국립중앙도서관 출판예정도서목록(CIP)은 서지정보유통지원시스템 홈페이지(http://seoji.nl.go.kr)와
  국가자료공동목록시스템(http://www.nl.go.kr/kolisnet)에서 이용하실 수 있습니다. (CIP제어번호: CIP2018027875)

한국 현대 문학의
개인과 공동체

이경재

역락

머리말

근대를 이전 시대와 구분 짓는 기준으로는 자본제 경제체제, 국민국가 등을 대표적으로 들 수 있다. 이와 더불어 윤리적인 측면에서 근대의 핵심적인 특징을 들자면, 개인(주의)의 탄생을 꼽아야 할 것이다. 지금은 결코 의문시할 수 없는 개념이지만 개인이라는 개념의 탄생과 도입은 그야말로 천지개벽처럼 새로운 일이었다. 사고나 행위의 근거가 가족이나 친족, 혹은 종교가 아닌 왜소한 개인에게 주어진다는 것은 근대 이전에는 상상하기 힘든 일이었던 것이다. 그렇다고 근대에 들어와 공동체의 영향력이 사라진 것은 결코 아니다. 본래 인간은 공동체를 통해서만 생존이 가능한 생물종이며, 정체성의 확인과 기본적인 만족도 개인을 뛰어넘는 공동체를 통해서만 가능하기 때문이다. 따라서 전통 사회의 공동체가 해체되는 상황에서는 이를 대체할 새로운 공동체에 대한 지향 역시 강렬한 힘을 발휘할 수밖에 없다. 한국처럼 공동체주의적인 전통이 강한 나라에서는 개인과 공동체의 관계 설정을 둘러싼 긴장이 그 어느 사회보다 심했다고 보아도 과언이 아니며, 이는 한국현대문학사에도 그대로 반영되어 있다.

근대적 개인은 독립성과 자율성의 개념을 핵심으로 하며 탄생하였다. 독립성이란 개인이 자기 자신 외에 그 어떤 다른 것에도 복종하지 않는 상태를 의미한다. 완전한 독립성, 완벽한 자기 충족성은 어떻게 보면 결국 자유로운 혹은 자발적인 의지를 제한할 수 있는 모든 규제를 거부한다는 것과 일치한다. 자율성은 자유와 양립할 수 있는 종속성에 의해 탄생하며, 각자가 천부적으로 지닌 합리적 이성의 힘으로 자신의 삶을 결정한다는 것을 의미한다. 일부 학자는 근대적 개인을 구성하는 핵심 개념은 독립성이 아니라 자율성이라고 주장한다.

공동체란 상호의무감, 정서적 유대, 공동의 이해관계를 공유한 사회적 관계망을 의미한다. 씨족 공동체나 촌락 공동체와 같이 근대 이전에 존재했던 역사적 존재 형태로 파악되기도 하지만, 대표적으로 상상된 공동체(imagined community)와 같은 개념에서도 알 수 있듯이 오늘날에도 여전히 강력한 힘을 발휘하고 있다. 공동체는 개인의 기본적인 물질적 정서적 조건을 제공한다는 점에서 필수적이지만, 동시에 개인의 핵심적인 권리인 독립성과 자율성을 침해할 수 있는 위험성을 지닌다. 그렇기에 근대에 들어 개인과 공동체의 관계는 늘 긴장에 빠질 수밖에 없는 숙명이기도 하다. 이 저서는 개인과 공동체의 관계를 중심으로 한국현대문학사를 탐구해 보았다.

1부에서는 근대적 개인과 공동체가 탄생하여 둘의 관계가 첨예한 긴장과 갈등을 드러내기 시작한 식민지 시기 한국문학을 집중적으로 살펴보았다. 1부에서 주된 논의의 대상이 된 작가는 이광수이다. 그는 근대 초창기 수많은 소설과 논설을 통하여 강력하게 근대적 개인을 주장하기도 했지만, 그만큼이나 강력한 힘으로 민족이라는 새로운 공동체를 강조하였다. 특히 『무정』에서 『유정』에 이르는 과정에서 보이는 공동체와 개인에 대한 의식의 변모(이 글에서는 도덕에서 윤리로의 변화라고 정리해 보았다)는 무척이나 의미심장하고 음미해 볼만한 대목이다. 다음으로 4장에서는 일제 말기 카프(KAPF) 문인들의 작품에 나타난 개인과 공동체의 관계를 애도라는 키워드로 고찰하였다. 카프 문인들은 민족이라는 공동체와 더불어 계급이라는 공동체를 한국문학사에 깊이 아로새긴 존재들이다. 그러나 이들은 일제 말기라는 상황에서 그동안 정체성의 준거가 되었던 공동체를 떠나 새롭게 등장한 개인과 조우한다. 불과 10여년을 사이에 둔 그 극심한 낙차는 한국문학사에 일찍이 나타난 바 없는 정치적 내면의 황홀한 문학적 진경을 펼쳐놓고 있다. 5장은 역사적 존재조건을 뛰어넘어 존재하는 공동체 지향성을 드러낸 김동리의 작품을 살펴본 글이다. 대칭성 사고로 표현되는 공동체 지향성에는 개인에 대한 과도한 강조가 여러 가지 병폐를 낳는 현대 사회를 되돌아보게 하는 발본석인 사유의 지점이 존재한다고 생각한다.

2부에서는 개인과 공동체의 모순 관계를 가장 극명하게 보여주는 전쟁이라는 극한 상황에서 개인과 공동체에 대한 문제의식이 한국문학에 어떻게 나타나는가를 살펴보았다. 전쟁이란 아군과 적군이라는 이분법이 신탁처럼 전능을 행사하는 시기이다. 이 시기에는 개인의 의지를 뛰어넘어 '우리'이든 '적'이든 어느 하나의 공동체에 속할 것을 강요받는다. 이러한 성격은 1장과 2장에서 살펴본 전쟁기의 작품들에서 거의 모든 인물들이 '하나는 전체를 위해, 전체는 전체를 위해' 존재하는 모습에서 잘 나타난다. 이 시기의 작품들에서 고유한 내면이나 욕망 등을 지닌 근대적 개인의 모습은 거의 등장하지 않는다. 3장에서 분석한 조정래의 『태백산맥』은 한국전쟁은 물론이고 해방 후의 혼란상까지 포괄하는 장편대하소설이다. 이 작품에서도 인물들은 근대적 개인이라기보다는 공동체의 일원으로서 규정된다. 이것은 하나의 시대적 요청이었다고 할 수 있다. 이러한 도덕의 실천으로 인해, 『태백산맥』은 그레마스 사각형과 행위자 모델로 명료하게 시각화되는 특징을 보여준다. 4장에서 살펴본 박완서는 작가 생활의 시작부터 마지막까지 오빠로 상징되는 전쟁의 상처를 집요하게 탐색하였다. 이러한 탐색은 단순하게 공동체로 환원될 수 없는 개인의 존엄에 대한 작가의 절절한 믿음에서 비롯된 결과이다.

　3부에서는 주로 해방 이후 남북한 소설을 개인과 공동체라는 관점에서 세밀하게 비교해 보았다. 남북한 소설을 아우르는 작업은 올바른 국문학 연구를 위해 꼭 필요한 일인 동시에, 개인과 공동체라는 이 작품의 테마와 관련해서는 더욱 그 중요성이 크다고 할 수 있다. 1장 「한설야의 아동문학 연구」는 북한이라는 공동체를 지나치게 강조한 결과, 개인이 한없이 축소되어 결국에는 미성년의 상태로 퇴화된 북한문학의 독특한 성격에 대해서 살펴본 글이다. 2장에서 살펴본 이제하의 작품들은 급격한 산업화라는 시대적 상황 속에서, 한국의 작가들이 개인의 독립성과 자율성이 침해되는 것에 얼마나 민감하게 반응했는가를 보여주는 대표적인 사례라고 할 수 있다. 1장과 2장은 분단 이후 개인과 공동체의 관계와 관련하여 남북한 소설이 얼마나 다른지를 대비적으로 보여준다. 3장과 4장은 '한글'과 '황진이'라는 남북한의 공통된 문화유산을 2000년대 남북한의 역사소설이 각기 다른 상상력과 사유로서 재현 혹은 전유하는 방식을 살펴보았다. 기본적으로 남북한의 역사소설은 각각 개인과 공동체의 어느 한쪽을 일방적으로 강조한다는 차이점을 보여준다. 하지만 남북한의 역사소설이 지닌 적지 않은 유사점을 발견한 것은 이번 저서를 준비하면서 얻은 망외의 소득이라고 할 수 있다.

이 원고를 모으고 정리하여 한 권의 책으로 만드는 일은 미국에서 이루어졌다. 평생 처음으로 경험한 외국 생활은 어떤 공동체에도 속하지 않은 단독자로서의 개인이라는 실감을 가져다주기에 모자람이 없었다. 기쁨은 나누면 배가 되고 슬픔은 나누면 반이 되던 지인들은 저 먼 곳에 있었고, 내 심중의 말은 이 먼 이국의 이방인들에게는 결코 발화될 수 없었다. 그러나 바로 그렇기에 난 또 얼마나 나의 공동체를 애타게 그리워했는가? 내가 실제로서의 공동체로부터 벗어난 거리만큼 나는 상상으로서의 공동체에는 더욱 강박되어 있었다. 눈에 보이지 않는다고 존재하지 않는 것이 아니라면, 아마도 인간은 결코 공동체로부터 벗어날 수 있는 존재가 아닌지도 모른다. 개인의 존엄과 공동체의 대의가 진중한 인식과 생생한 감각으로 살아 숨쉬는 삶을 그리고 문학을 그려본다. 마지막으로 이 어려운 시기에 학술서를 출판해 주신 역락 여러분께 진심으로 감사드린다.

2018년의 무더운 여름
호두골에서

머리말 005

1부 식민지 시기 개인과 공동체

제1장 이광수 논설에 나타난 '개인=민족'이라는 절대적 자아 _ 17

1. 근대와 개인(주의) _ 17
2. 봉건적 관습과 제도에 맞서는 개인 _ 21
3. 민족 앞에서 사라져 버리는 개인 _ 28
4. '개인=민족'의 탄생, 개인과 민족의 소멸 _ 34
5. 개인의 탄생과 소멸 _ 40

제2장 이광수의 『무정』에 나타난 근대의 부정성에 대한 비판 _ 43

1. '무정'과 '유정'의 이분법 _ 43
2. '무정'의 의미 분석 _ 50
3. 근대의 한 부정성에 대한 비판 _ 57
4. '유정'한 세상의 상상계적 성격 _ 61
5. 이형식 비판으로서의 『무정』 _ 65

제3장 이광수의 「유정」에 나타난 칸트적 윤리의 양상 _ 69

　1. 칸트와 함께 「유정」 읽기 _ 69
　2. 공동체의 규범에 대한 거부 _ 75
　3. 자연이 아닌 자유 _ 79
　4. '무정'에서 '유정'으로 — 헤겔에서 칸트로 _ 85
　5. '자유로워지라'는 정언명령 _ 88

제4장 일제 말기 카프 문인의 애도 양상 _ 91

　1. 애도의 등장 배경 _ 91
　2. 우울증적 주체의 정치성 — 한설야 _ 94
　3. 끝없는 과정으로서만 존재하는 애도 — 임화와 김남천의 경우 _ 101
　4. 일제 말기 애도의 문학사적 의미 _ 126

제5장 김동리 문학의 종교적 상상력 연구 _ 131

　1. 서론 _ 131
　2. '구경적(究竟的) 생의 형식'과 대칭성 사고 _ 135
　3. 非대칭성에서 대칭성에 이르는 과정 — 「솔거」 3부작 _ 137
　4. 완성된 대칭성의 세계 — 「등신불」 _ 144
　5. 삼라만상의 대칭성 _ 149
　6. 대칭성 사고의 만화경(萬華鏡) _ 153

2부 한국전쟁을 통해 바라본 개인과 공동체

제1장 한국전쟁기 소설에 나타난 여성 표상 연구 _ 159

1. 전쟁과 젠더 _ 159
2. 전쟁의 고통을 대표하는 알레고리로서의 여성 _ 162
3. 전사를 낳아 전장으로 보내는 여성 _ 165
4. 보조 전사로서의 여성 _ 168
5. 정절과 목숨을 맞바꾸는 여성 _ 175
6. 부정적으로 형상화된 '전후파 여성' _ 179
7. 성정치의 두 가지 방법 _ 184
8. 사물화되는 여성 _ 188

제2장 김영석의 전쟁소설 고찰 _ 191

1. 고지전(高地戰)을 다룬 전선소설 _ 191
2. 이상적인 전사(戰士)의 모습 _ 196
3. 여성 형상화에 나타난 상대적 진보성 _ 207
4. 남한혁명세력의 형상화 _ 211
5. 남북한 전쟁소설의 차이점 _ 215

제3장 조정래 『태백산맥』의 서사구조 고찰 _ 217

1. 미학적 구조물로서의 『태백산맥』 _ 217
2. 『태백산맥』의 전형(前型)들 _ 222
3. 『태백산맥』의 서사구조 _ 229
4. 민족에 대한 절대적인 믿음 _ 240
5. 결론 _ 243

제4장 박완서 소설의 오빠 표상 연구 _ 247

1. 오빠라는 작가의 트라우마 _ 247
2. 오빠의 죽음과 자기 치유 _ 253
3. 증언에의 의지와 그 불가능성 _ 262
4. 끝나지 않은 분단 문학의 가능성 _ 271

3부 남북한 소설에 나타난 개인과 공동체

제1장 한설야의 아동문학 연구 _ 277

1. 아동문학 작가이기도 한 한설야 _ 277
2. 「나무꾼과 선녀」 설화의 패러디를 통한 새로운 건국신화의 창조 _ 280
3. 절대적 이분법을 통한 '우리'의 창조 _ 284
4. 산령이 의미하는 것―어버이와 어린이 _ 296
5. '어린이 민족'과 영도자 _ 300

제2장 이제하 초기소설의 현실묘사 방법과 그 의미 _ 305

1. 왜곡된 근대성의 문학적 표현 _ 305
2. 근대적 규율 장치를 통해서 드러난 현실의 모습 _ 309
3. 환상적 이미지를 통해 드러난 현실의 모습 _ 314
4. 병적인 열정의 인물들을 통해 드러난 현실의 모습 _ 319
5. 결론을 대신하여―손창섭 소설과의 대비 _ 325

제3장 한글 창제를 다룬 남북한 역사소설 비교 _ 329

1. 남북한이 공유하는 역사적 유산, 한글 _ 329
2. 민족주의와의 관련성 _ 332
3. 세종 형상화의 차이점 _ 339
4. 새롭게 조명 받는 창제 주체들 _ 346
5. 남북한 역사소설의 공통점과 차이점 _ 354

제4장 남북한 황진이 소설에 나타난 개인의식 비교 _ 357

1. 상징계적 효력의 약화 _ 357
2. '나'의 절대화─김탁환의 『나, 황진이』_ 362
3. '나'의 역설─전경린의 『황진이』_ 367
4. '나'의 부인─홍석중의 『황진이』_ 373
5. 개인의식의 차이점 _ 380

참고문헌 _ 383
찾아보기 _ 397

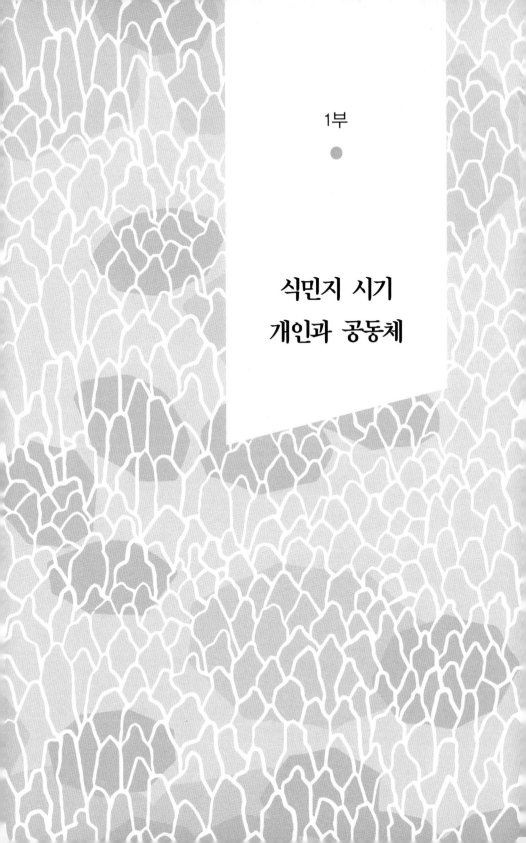

1부

식민지 시기
개인과 공동체

이광수 논설에 나타난
'개인=민족'이라는 절대적 자아

1. 근대와 개인(주의)

근대에는 개인주의가 본격화된다. 이안 와트의 지적처럼 근대소설 역시 "특정한 개인이 특정 시대 특정한 장소에서 특정한 경험을 겪으면서 점점 더 발전해가는 총체적인 모습",[1] 즉 근대적 개인의 발견과 깊이 연루되어 있다. 우리 문학사에서 근대적 개인에 대한 뚜렷한 인식을 보여준 최초의 작가로 이광수를 들 수 있다. 최초의 근대소설로 인정받는 『무정』은 물론이고, 1910년대 창작된 여타의 소설들 역시 근대적 개인을 비교적 뚜렷하게 드러낸 것으로 평가되었다.[2] 그동안의 논의에서는 1910년

---

1) Ian Watt, 『소설의 발생』, 강유나·고경하 역, 강 2009, 45면. 소설 이전의 서사가 영원 하다고 믿는 도덕적 진실을 드러내는 장르라면, 근대소설은 특정한 시공을 사는 개인 의 경험적 진실을 보여주는 장르이다.
2) 대표적인 최근의 논의로 서은경의 글을 들 수 있다. 1910년대 이광수의 초기 단편에

대 논설들 역시 개인주의와 깊은 친연성을 가진 것으로 인식되어 왔다.

임화 이후 근대문학 연구자들은 1910년대 이광수 문학과 사상의 핵심을 근대성이라는 말로 규정지었다. 소설과 일련의 논설을 통해 이광수는 반봉건의 맹렬한 근대적 의식을 드러낸 것으로 이해되었던 것이다. 이에 반해 1920년대 이후 이광수의 소설이나 문학론은 전근대성의 노정이라는 평가를 받아 왔다. 근대성은 주로 개성 혹은 개인의식과 관련하여, 전근대성은 공동체 의식과 관련해서 논의되어 왔다.3) 시기적으로는 전자가 1910년대의 주요 특징으로 언급되었다면, 후자는 1920년대 이후의 특징으로 논의되었다.

최근의 연구에서도 이런 인식은 그대로 이어지고 있다. 황종연은 1910년대 이광수가 시도한 육체적, 감성적 인간의 복원은 인간으로 하여금 어떤 추상적 윤리의 대행자이기를 그치고 그 각자가 자연의 스펙터클을 내면에 품고 있는 욕망의 주체가 되게 한다고 말한다.4) 정영훈도 이광수가 1920년대 들어 개인이 아니라 계급 단위를 강조한 것과 달리, "초기

등장하는 인물들을 "살아 있음에 대한 감각을 중시하고 개인의 의지를 무엇보다 중시 여기는 인물들은 모든 행동과 사고의 최종심급에 주체적으로 판단하고 고민하는 '자아'를 둔다는 점에서 인간 바깥의 선험적 질서와 봉건적 신분체계에서 자유롭지 못했던 중세적 인간형에서 멀리 벗어나 있다."(서은경, 「이광수 초기 단편소설에 나타난 근대적 주체의 등장과 의미」, 『한국문학이론과 비평』 35집. 2007.6., 298면)고 평가한다.
3) 이광수의 사상에 대한 대표적인 논의는 다음과 같다.
　　김붕구, 「신문학 초기의 계몽사상과 근대적 자아」, 『한국인과 문학사상』, 일조각, 1964.
　　안병욱, 「이광수의 민족개조론」, 『사상계』, 1967.1.
　　정명환, 「이광수의 계몽사상」, 『성곡논총』, 1970.
　　정희모, 「이광수의 초기사상과 문학론」, 『문학과의식』, 1995.
　　서영채, 「이광수의 사상에 대한 한 고찰」, 문학사와 비평연구회 편, 『한국근대문학연구의 반성과 새로운 모색』, 새미, 1997.
4) 황종연, 「문학이라는 역어」, 『한국문학과 계몽담론』, 문학사와 비평연구회, 새미, 1999, 34면.

에 개인의 개성을 강조하고, 여기서부터 주체적이고 자발적인 윤리를 전개해 가고자 했다"[5]고 주장한다. 김현주는 1920년대 이후 이광수의 문화적 정치적 이상은 더 이상 자유주의적이거나 시민적인 것과는 거리가 멀다고 본다. "개인의 사적인 영역을 허용하지 않는다는 점에서 반자유주의적이며, 국가(또는 민족) 이외의 정치적 주체를 인정하지 않는다는 점에서 반식민적"[6]이라는 것이다. 서은경도 이광수의 1910년대 문학에는 "근대 문학으로 나아가는 첫 관문으로서의 자아에 대한 발견"[7]이 놓여 있다고 본다. 서영채는 "1910년대에 20대였던 이광수는 힘의 모랄을 부르짖는 사회진화론자였고, 1920년대에 접어들면서부터 3, 40대의 대부분을 도덕적 민족주의자로서 살았"[8]다고 파악한다. 이러한 인식은 국문학계를 벗어나 학계 일반에서도 인정되는 견해이다. 신기욱은 1920년대 중반까지 이광수는 서양의 근대적인 자유주의 사상을 바탕으로 한국의 민족성을 재건하려 노력했다고 주장한다. 이광수는 한국의 과거를 거의 제대로 평가하지 않았으며 겉보기에는 민족주의보다는 세계주의에 더 가까우며, 서양의 개인주의와 자유의지를 옹호했다는 것이다.[9]

이들 연구는 1910년대 이광수가 개인을 자발적인 윤리와 개성을 지닌

5) 정영훈, 「이광수 논설에서 개인과 공동체의 의미」, 『한국현대문학연구』 12호, 2002, 196면.
6) 김현주, 「이광수의 문화적 파시즘」, 『문학 속의 파시즘』, 삼인, 2003, 100면.
7) 서은경, 앞의 논문, 283면.
8) 서영채, 「이광수, 근대성의 윤리」, 『한국근대문학연구』 19호, 2009.4., 156면.
9) 식민지 기간 동안 일본은 식민지 인종주의 담론을 통해 한국을 예속화하려고 했다. 한국인과 일본인이 같은 인종에 속한다는 것을 보여줌으로써 일본인은 한국인을 일본 '제국의 신민'으로 바꾸는 동화정책을 정당화하고 싶어했다. 이에 한국인들은 독특한 인종적 기원을 지녔다고 주장하고 한국 중심의 동아시아관을 고취하는 것이, 민족주의자들에게 중요한 과제로 떠올랐다. 이러한 상황에서, 문화민족주의를 대표하는 이광수는 1920년대 후반부터 한국의 문화적 역사적 유산을 훨씬 높이 평가했으며, 소중한 전통인 우리주의와 집단주의를 강조했다. (신기욱, 『한국민족주의의 계보와 정치』, 이진준 역, 창비, 2009, 83-87면)

존재로 인식했다고 파악하는 공통점이 있다. 이 글은 1910년대 이광수의 문학과 사상이 과연 개인의 사적인 영역을 허용하는 것인지, 그리고 그것이 민족 이외의 어떠한 정치적 주체를 상정하는 것인지 등을 실증적으로 고찰해 보고자 한다. 이를 통해 개인을 바라보는 입장과 관련하여 1920년 이전의 이광수와 그 이후의 이광수 사이에 단절을 설정하는 것이 타당한지 살펴볼 것이다. 이를 위해 1910년대 이광수의 사상이 직접적으로 드러난 논설10)에 나타난 개인과 공동체의 성격에 주목해 보고자 한다. 이 글에서 논의의 출발점으로 삼는 개인(individual)은 집단에서 분리된 자아를 나타내는 폭넓은 개념이 아니라,11) 독립성과 자율성을 핵심적인 특징으로 갖는 '근대적 개인'이다.12)

---

10) 이 글에서는 발표 당시 논문, 평론, 시화, 수필, 기행문이라는 표기로 발표된 글들을 논설로 묶어 다루고자 한다.
11) 아론 구레비치는 집단에서 분리된 자아라는 폭넓은 의미로 개인이라는 개념을 사용하여, 고대 북유럽 신화에서도 개인의 모습을 찾아내고 있다.(Aaron Gurevich, 『개인주의의 등장』, 이현주 역, 새물결, 2002.)
12) 로크는 독립성과 자율성의 개념을 개인의 절대적 권리라는 기본적 가치 속에서 처음으로 결합시켰다. 이때 독립성은 인간의 본성이 분리되고 개별화되어 각자가 자기 보존에 필요한 특수한 이익을 추구하게 되었음을 의미하고, 자율성은 각자가 천부적으로 지닌 합리적 이성의 힘으로 자신의 삶을 결정할 수 있게 되었음을 의미한다. (Alain Laurent, 『개인주의의 역사』, 김용민 역, 한길사, 2001, 51-52면) 알랭 르노는 독립성이란 개인이 자기 자신 외에 그 어떤 다른 것에도 복종하려 하지 않는 상태를 의미한다. 완전한 독립성, 완벽한 자기 충족성은 어떻게 보면 결국 자유로운 혹은 자발적인 의지를 제한할 수 있는 모든 규제를 거부한다는 것과 일치한다. 자율성은 자유와 양립할 수 있는 종속성에 의해 탄생한다. 자율성이란 인간의 규칙, 다시 말해 자동 설립된 규칙에 대한 종속성인 것이다. 알랭 르노는 근대 민주주의 개념을 구성하는 것은 독립성이 아니라 자율성이라고 주장한다.(Alain Renaut, 『개인』, 장정아 역, 동문선, 2002, 40-51면)

2. 봉건적 관습과 제도에 맞서는 개인

이광수는 1910년대에 「금일 아한 청년과 정육」이라는 논문에서 알 수 있듯이, '정'(情)을 매우 강조한다. 이 논설은 "人은 실로 情的 動物"이라는 전제 하에 "情育을 其勉하라. 情育을 其勉하라. 情은 諸義務의 原動力이 되며 각 活動의 根據地니라. 人으로 하여금 自動的으로 孝하며, 悌하며, 忠하며, 信하며, 愛케 할지어다."[13]라고 주장한다. 정이 각 개인마다 다른 가변적인 것으로서 불변의 윤리나 질서의 이름으로 포획될 수 없는 영역임을 감안할 때, 개인이 지닌 정의 중시와 정육(情育)을 통한 도덕적 삶의 구현은 개인의 자율적 영역과 긴밀하게 관련된다.[14] 개인과 개성에 대한 강조는 「신생활론」, 「금일 아한 청년과 정육」, 「조선사람인 청년에게」, 「교육가 제씨에게」, 「부활의 서광」 등에서 확인할 수 있듯이, 이 시기 산문에서 자주 발견되는 주제의식이다. 대표적인 부분을 옮겨보면 다음과 같다.

> '나는 내다'하는 생각과 '내가 이렇게 생각하니깐 이렇게 行한다'하는 自覺이 없으면 그 社會에는 煩悶이나 葛藤도 없는 代身에 進步도 向上도 없을 것이다. (중략) 오직 舊套만 좇으려 하는 者의 溫順함보다 自我라는 自覺에 基하여 勇往하는 者의 亂暴함을 讚頌한다.[15]

---

13) 「今日 我韓靑年과 情育」, 『대한흥학보』, 1910.2., 『전집 1』, 삼중당, 1974, 526면.
14) 여러 논자들이 지적했듯이, 이광수가 「문학이란 하오」, 「예술과 인생」, 「문학에 뜻을 두는 이에게」 등의 글에서 밝힌 감정을 중시하는 '情의 立'에 근거한 문학론에는 인간을 이성적 존재이자 욕망하고 감각하는 개별적 존재로 보는 근대적 인간관이 전제되어 있다.
15) 「復活의 曙光」, 『청춘』, 1918.3., 『전집 10』, 31면.

"내가 그것을 觀察하고 推理해 보니 이러하다"하여 自己라는 主體의 自覺이 分明하고 그 分明한 自己의 눈으로 精密히 觀察하고 그 精密한 觀察로써 얻은 材料를 自己의 理性으로 嚴하게 判斷한 然後에야 비로소 善惡眞僞를 안다 함이 批判이외다. 특히 批判이라 함은 政治라든지 倫理, 法律, 習俗 같은 人事現象의 批評判斷에 쓰는 말이외다. 批判의 反對는 獨斷과 迷信이외다. 人類의 理性이 비록 不完全하다 하더라도 吾人에게는 理性 以上 또는 以外에 더 確實한 主權者를 가지지 못하였으니, 理性밖에 믿을 것이 없습니다.16)

위의 인용에서 진리 판단의 최종적인 규정은 오직 개인의 이성에 놓여 있다. 자신의 이성과 의지만이 행동과 판단의 유일한 준칙이 된다는 것은 곧 근대 주체라 할 수 있는 개인의 등장을 의미한다.

특히 이광수에게 이러한 생각은 다른 이들과 구분되는 자기만의 고유한 삶의 영역, 즉 사적영역이라 할 수 있는 연애와 혼인의 문제를 중심으로 해서 뚜렷하게 드러난다. 연애에 따른 감정이나 욕망은 가장 고유한 개성의 영역으로 근대인에게 인식되기 때문이다. 주체에 대한 자각과 욕망, 의지는 사랑의 문제와 동시적으로 진행된다. 이광수의 등단작인 「사랑인가」를 비롯해서 1910년대 소설들은 대부분이 사랑의 문제를 다루고 있다.

이러한 특징은 1910년대 논설에서도 선명하게 나타난다. 사랑을 통한 개인적 욕망의 발현은 기존의 봉건적 관습에 대한 강렬한 반발을 통해 드러난다. 강렬한 부정의 대상이 되는 봉건적 관습은 강제적 혼인, 조혼, 자손 생식의 욕구 등이다. 이러한 특성이 가장 선명한 글은 「자녀중심론」이다. 조선에서는 "子女에게는 아무 自由가 없고 마치 專制君主下의 國

---

16) 「新生活論」, 『매일신보』, 1918.10, 『전집 10』, 328면.

民과 같이 父母의 任意대로 處理할 奴隷나 家畜과 다름이 없었다."[17]
거나, "朝鮮의 子女는 實로 그 一生을 父祖를 爲하여 犧牲하는 셈이라.
舊朝鮮의 子女는 오직 父祖를 爲하여서만 살았고, 일하였고, 죽었다."는
식의 언급은 허다하게 발견된다.

이와 같은 부모의 억압에 대한 반발은 자식의 자율성에 대한 강렬한
욕망과 동시에 발생한다. "爲先 子女에게 獨立한 自由로운 個性을 주
어라"[18]는 표현은 비교적 온건한 것이고, "祖先의 墳墓도 헐고 父母의
血肉도 우리 糧食을 삼아야 하겠다."라거나 "우리는 先祖도 없는 사람,
父母도 없는 사람(어떤 意味로는)으로 今日今時에 천상으로서 吾土에 降
臨한 新種族으로 自處하여야 한다."[19]는 과격한 발언을 하는 데에도 머
뭇거리지 않는다. 「朝鮮 家庭의 改革」에서도 가장 중요한 네 가지 조건
으로 '가부장제의 타파', '가정의 형식적 계급과 내외의 타파', '남존여비
사상의 타파', '유의유식의 악습의 타파'를 들고 있다. 이 중 마지막 것만
제외하고는 부모나 기존관습에 대한 저항과 밀접하게 관련된다.

「혼인론」에도 "朝鮮의 夫婦의 不幸은 實로 父母가 夫婦될 者의 意
思를 無視하고 自意로 夫婦를 삼음에 있습니다."[20]라는 언급이 나오며,
「혼인에 관한 관견」에서는 혼인의 조건으로 건강, 혈통, 발육, 경제적 능
력, 연애, 합리를 들고 있다. 이 중 연애 항목에서는 개인의 자율성을 크
게 강조하고 있다. 연애의 근거는 "男女 相互의 個性의 理解와 尊敬과,
따라서 相互間에 일어나는 熱烈한 引力的 愛情에 있"[21]다는 것이다.

---

17) 「子女中心論」, 『청춘』, 1918.9., 『전집 10』, 33면.
18) 위의 글, 34면.
19) 위의 글, 37면.
20) 「婚姻論」, 『매일신보』, 1917.11., 『전집 10』, 100면.
21) 「婚姻에 對한 管見」, 『학지광』, 1917.4., 『전집 10』, 43면.

이어서 서로가 끌리는 미에는 용모의 미, 음성의 미, 거동의 미와 같은 표면적 미도 있지만, 이지가 발달한 현대인에게는 "個性의 美"가 더욱 중요하다고 말한다. 이광수가 강조한 것은 자유의지와 자발적 욕망에 따라 결정하고 행동하는 근대적 개인이다. 이러한 인식은 다음의 인용에서처럼, 기성세대 혹은 사회와 철저하게 독립되어 있다는 일종의 고아의식으로서 반복되어 나타난다.

> 우리들 靑年은 우리들을 敎導하여 줄 父老를 가지지 못하였도다. 그러면 우리들을 敎導할 만한 社會나 있는가, 先覺者나 있는가, 學校나 있는가.[22]

> 또 금일의 大韓 靑年은 他國이나 他時代의 靑年과 다르니라. 他國이나 他時代의 靑年으로 말하면, 그들은 그들의 先祖가 이미 하여 놓은 것을 繼承하여 이를 保持하고 發展하면 그만이언마는, 금일의 大韓 靑年 우리들은 不然하여 아무 것도 없는 空空漠漠한 곳에 온갖 것을 建設하여야 하겠도다. 創造하여야 하겠도다. (중략) 우리들을 敎導할 만한 父老가 있겠느냐, 學校나 있겠느냐, 社會나 있겠느냐, 報誌나 있겠느냐.[23]

이러한 주장에 나타난 개인은 인종, 정당, 가족 혹은 결사 등의 그 어떤 집단에도 개의치 않으며 어느 것에도 환원되지 않는 자아[24]로서, 더이상 분리할 수 없고 서로 환원되지 않으며 실제로 홀로 느끼고 행동하며 생각하는 인간[25]이라고 할 수 있다. 사르트르가 말한 "인간은 자기

---

22) 「今日 我韓 靑年의 境遇」, 『소년』, 1910.6., 『전집 1』, 528면.
23) 「朝鮮 사람인 靑年에게」, 『소년』, 1910.6., 『전집 1』, 533면.
24) Ian Watt, 앞의 책, 181면.
25) Raymond Williams, *Key-words*, New York:Oxford Umiversity Press, 1976, 165면.

자신이 아닌 다른 입법자를 갖지 않는다."에 해당하는 '인간'이기도 하다.[26]

이와 같은 개인에 대한 강조는 이광수가 유학 시절 몸에 익힌 기독교의 영향에서 비롯되었다고 볼 수 있다. 서양에서도 기독교는 처음으로 사람들에게 개인화를 불러일으켰다. 고대에는 개인과 집단이 분리되지 않고 완전히 동화되어서 개인의 사고는 집단의 사고와 다르지 않았다.[27] 기독교는 이러한 개인과 공동체의 관계에 변화를 일으킨다. 인간을 자유롭고 유일한 인격체로서 철저하게 내면화시키는 한편, 부족이나 국가에 대한 종속 상태에서 해방시킴으로써 개인을 보편적 인간성을 동등하게 구현한 존재로 만든 것이다. 존재의 가장 내밀한 곳에서 변화를 겪은 인간은 이제 스스로 주체가 되고, 자신은 물론 타인과의 관계를 자유롭게 처리할 수 있는 자율적 인격체로 변모한다.[28] 종교개혁은 정신적으로 자율적이고 자족적인 주체가 되는 인간의 내면화를 더욱 가속화시킨다.[29]

---

26) 일본에서도 서양 담론의 절대적 수용, 무비판적 보편주의와 국제주의, 개성의 도야라는 이상은 1910년대의 일반적인 지적 분위기를 지배하는 것이었다. (스즈키 토미, 『이야기된 자기』, 한일문학연구회 역, 생각의 나무, 2004, 102면).

27) Aaron Gurevich, 『개인주의의 등장』, 이현주 역, 새물결, 2002, 443면.

28) Alain Laurent, 앞의 책, 29-36면.

29) Richard van Dülmen, 『개인의 발견』, 최윤영 역, 현실문화연구, 2005, 11면.
기독교는 처음부터 개인을 상대로 이야기하는 종교였다. 기독교는 개인 한 사람 한 사람의 구원을 다루며, 각 개인이 소속된 가족적 연대와 지배의 관계를 벗어나 노예나 피압박계층, 지배자나 귀족 할 것 없이 모든 개인에게 말을 걸기 때문이다. 중세 기독교는 사람들의 개성을 강화시키는 계기들을 가지고 있었고, 이것은 남성과 여성이 다 함께 참여했던 강력한 종교적 개인주의로 나타났다. 이 종교적 개인주의의 당연한 귀결이 바로 종교개혁이다. 종교개혁 시기 기독교인들은 신앙의 바탕으로 자기인식(Selbsterkenntnis), 자기통제(Selbstkontrolle), 자기분석(Selbstanalyse)이라는 요소를 핵심으로 삼았다. (위의 책, 22-40면)

이광수는 일본 유학을 통하여 처음 기독교를 받아들인다. 서양으로부터 압력을 받은 메이지 정부가 1873년 기독교를 은밀히 해금시키자 기독교는 서서히 퍼지기 시작한다. 『문학계』(1893년 창간)를 창간한 도코쿠, 호시노, 시마자키 등의 젊은 기독교도들은 문학이 파악하고 제시해야 할 진리가, 신으로부터 유래하는 보편적인 진리를 수여 받았다고 간주된 개인적 자기와 연결되었다고 보았다. 내부의 자기와 정신의 자유가 갖는 가치를 강조함으로써 현실의 사회 역사적 제약을 관념적으로 초월하는 것이 가능하다고 생각했던 것이다.30) 춘원이 수학한 명치학원은 기독교 (장로교) 미션 스쿨이었다. 기독교 미션 스쿨이기에 다른 곳에서는 체험할 수 없는 기독교사상과 그 분위기를 마음껏 맛볼 수 있었다.31) 특히 이광수가 명치학원 졸업 무렵에 기독교를 비난한 듯한 발언을 하지만 그것은 기독교 자체에 관한 것이 아니라 그와 결부된 일본 목사의 국가주의와 관련해서이다.32) 후에 춘원은 오산학교 교사로 근무하면서, 다시 한번 기독교를 깊이 있게 체험한다. 춘원의 기독교 인식 속에는 개인의 독립성에 대한 분명한 인식을 찾아볼 수 있다.

이광수는 「야소교의 조선에 준 은혜」라는 논설을 통해 개인주의와 관련한 기독교의 영향을 분명하게 드러낸다. 이 글에서는 기독교가 우리에게 준 혜택으로 서양 사정을 알려준 점, 도덕을 진흥시킨 점, 교육을 보

---

30) 스즈키 토미, 앞의 책, 73-77면.
31) 김윤식, 『이광수와 그의 시대 1』, 한길사, 1986, 172면. "나는 성경에서 배우는 것을 고대로 실행하려고 결심하였다. 나는 예수와 같이 십자가에 못박히는 일이 있더라도 기쁘게 예수를 따라가리라고 결심하였다."(이광수, 「그의 자서전」, 『조선일보』, 1936. 12.22.-1937.5.1., 『전집 6』, 330면)
32) 김윤식, 앞의 책, 185면. 또한 김윤식은 "미션계 학원 속의 기독교적 분위기는 해괴한 것이었다. 러일전쟁을 전후한 일본의 기독교계는 한결같이 주전론에 기울어 예수의 가르침과 어긋나는 것이었다."라고 진술하고 있다. (위의 책, 303면).

급한 점, 여자의 지위를 높인 점, 조혼의 폐습을 교정한 점, 한글을 보급한 점, 사상을 자극한 점과 더불어, 다음의 인용문에 나타난 것처럼 "個性의 自覺, 又는 개인意識의 自覺"33)을 들고 있다. 특히 이광수는 "男女의 平等이라는 思想도 實로 此에서 發하는 것이외다. 現代의 倫理도 實로 此에 根據하는 것이외다."34)라는 것에서 알 수 있듯이, 개성과 개인의식의 자각을 무엇보다 중요한 기독교의 영향으로 꼽는다.

> 그러나 耶蘇教는 各개인의 祈禱와 思索으로 하나님을 보고, 하나님을 찾으므로 各개인의 永生을 얻을 수 있다 합니다. 그러므로 各 개인의 標準은 各개인의 靈魂이외다. 各人은 各各 個性을 具備한 靈魂을 가진다함이 實로 개인意識의 根柢외다. 新倫理의 中心인 '個性'이라는 思想과 新政治思想의 中心인 民本主義라는 思想은 實로 耶蘇教理와 自然科學의 兩源에서 發한 一流외다.
>
> 各人에게는 靈魂이 있다, 女子에게도, 奴隸에게도, 무릇 人形을 가진 者에게는 다 靈魂이 있다 함은, 卽 同胞를 사랑하여라, 개인을 尊敬하여라 하는 뜻을 包含하며 並하여 萬人이 平等이다(能力에 差別이 있다 하더라도 人된 地位, 人된 資格에는)함을 暗示함이외다.35)

이광수는 1910년대 논설을 통해 '정'을 강조한다. 이것은 개인의식의 자각과 통하는 현상이다. 또한 그는 기존의 가족제도나 결혼제도에 대하여 맹렬한 비판의식을 보여준다. 이러한 봉건적 관습에 대한 거부는 근대적 개인의 핵심적 특징인 독립성의 확보와 연결되는 현상이다. 또한

---

33) 「耶蘇教의 朝鮮에 준 恩惠」, 『청춘』, 1917.7, 『이광수 전집 10』, 19면.
34) 위의 글, 19면. 인용문의 "此"는 기독교가 가져다 준 "個性의 自覺, 又는 개인意識의 自覺"을 의미한다.
35) 위의 글, 19면.

그러한 거부의 핵심적인 이유가 개인의 자유의지와 자율성을 거부하기 때문이라는 점에서, 이것은 개인의 자율성에 대한 강조와도 맥락이 닿는다. 이광수는 기독교의 영향을 통해 독립성과 자율성을 갖춘 개인에 대하여 인식했다고 볼 수 있다.

3. 민족 앞에서 사라져 버리는 개인

이광수의 개인이 문제적인 것은 봉건적인 공동체로부터 애써 구출해 낸 개인을 그만큼이나 애써 민족과 국가라는 공동체에 들여보낸다는 점이다. 이광수의 개인은 별다른 매개 없이 민족과 국가 차원으로 직행한다.36)

「여의 자각한 인생」은 기존 관습과 가정으로부터 독립한 이광수의 개인이 이후 향하게 될 지점을 선명하게 보여주는 논설이다. 이 글에서 이광수는 "人生에는 共通한 行路가 없음을 알았고, 갈 곳이 어딘지 모르는 줄을 깨달"37)았으며, 그래서 "내 精神이 하라는대로만 하려 하였으며, 또 하기도 하"38)였다고 말한다. 여기까지는 앞에서 살펴본 독립성과 자율성에 바탕한 개인의 자유의지를 강조한 것과 동일한 맥락에 놓이는 것이라고 볼 수 있다. 그러나 이광수는 새로이 "國家의 榮枯와, 나의 個

---

36) 중국에서도 근대적 개인이 집단적 정체성으로부터 자유롭지 않았고, 개인이 민족이라는 집단적 정체성과 사적 자아를 매개하는 개념처럼 쓰였다고 이야기된다. (Lydia H. Liu, 『언어 횡단적 실천』, 민정기 역, 소명출판사, 2005, 143-178면)

37) 「余의 自覺한 人生」, 『소년』, 1910.8., 『전집 1』, 576면.

38) 위의 글, 577면.

生의 榮枯와, 國家의 生命과 나의 生命과는 그 運命을 같이 하는 줄을 깨달았노라."39)라고 고백한다. 개인과 국가를 밀접한 관계 속에서 파악하고 있음을 보여주는 것이다. 그리하여 결론적으로 "이리하여 나는 이름만일망정 極端의 「크리스챤」(基督信者)으로, 大同主義者로, 虛無主義者로, 本能滿足主義者로 드디어 愛國主義에 淀泊하였노라."40)라고 선언한다.

이광수는 「혼인론」에서 "婚姻問題는 다만 개인이나 一家族의 最大問題일뿐더러, 民族全體의 最大問題가 되려하오"41)라고 말한다. 개인의 문제는 일가족의 문제에서 민족전체의 문제로 그 범위가 확장되는 것이다. 「자녀중심론」에도 전근대의 억압적 부모와 가문으로부터 구출한자녀를 민족이라는 공동체에 애써 편입시키려는 의도가 잘 나타나 있다.

> 子女는 父母의 것이 아니요, 全種族의 것이라 하는 思想은 朝鮮에 있어서 高唱할 必要가 있다. (중략) 今日과 같이 民族主義가 發達된 時代에 있어서는 善良한 父母는 決코 子女를 '내 아들'이라고 생각가지 아니하고 '내 種族의 一員'이라고 생각하나니, 子女를 낳을 때에도 '내 種族의 一員'이라고 생각하고, 養育할 때에도, 敎育할 때도, 그가 社會에 나설 때나, 成功할 때에도 '내 種族의 一員'이라는 생각을 끊지 아니하여아 할 것이라.

---

39) 앞의 글, 577면. 1910년대 논설에는 '民族'이라는 단어와 함께 '國家'라는 말이 함께 사용된다. 그러나 이때의 국가는 법적 정치적 국가(state)라기 보다는 문화적 정신적 민족(nation)에 가깝다. 김현주는 "이광수의 <국가>는 그 이전 유길준이나 신채호의 국가에 대한 표상과는 많이 다르다. 그의 <공화국>은 법적·정치적 실체로서의 국가가 아니다. 그에게 국가는 물리적·제도적 권위가 아니라 <내적> 권위, 즉 감정과 애정을 바탕으로 한 <자연스러운> 권위에 바탕을 둔 가족적 구조로 상상된다." (김현주, 「공감적 국민=민족 만들기」, 『작가세계』, 2003년 여름호, 72면)고 말한다.
40) 위의 글, 577면.
41) 「婚姻論」, 『매일신보』, 1917.11., 『전집 10』, 98면.

옛날 家門을 빛냄으로써 子女의 榮光을 삼았거니와, 今日에는 種族을 빛냄으로써 子女의 榮光을 삼아야 할 것이, 마치 옛날에는 家門의 地位로 卽 所謂 門閥로 班常을 가렸으나, 今日에는 族閥 或은 國閥로 班常을 갊과 같을 것이라. 옛날은 族이라 하면 同姓을 일컬음이었거니와 今日에는 族이라 하면 歷史와 言語를 같이하는 全民族을 가리킨다.[42]

「혼인에 관한 관견」에서도 "吾人은 개인인 同時에 國家의 民이요, 社會의 員이니까 可及하는 程度까지는 國家의 命令과 社會의 約束을 遵守할 義務가 있는 것"[43]이라고 주장한다. 남자교육과 여자교육을 동등하게 시행하는 것은 "文明한 民族에게─繁榮하려는 民族에게 絶對로 必要하고 緊急한 일"[44]이기도 하다.[45]

이광수는 가장 내밀한 사적 영역이라 할 수 있는 사랑의 영역에서 이광수는 봉건적 관습과 맹렬하게 충돌하며, 근대적 개인의 확립을 도모하였다. 그것은 독립성과 자율성을 담보하는 근대적 개인의 탄생이라 볼 수 있는 것이었다. 그러나 그것은 가문과 같은 전근대적 가치로부터 벗어났을지는 모르지만 민족이라는 공동체에 철저히 포섭된다.

나아가 이광수는 노골적으로 민족주의적인 견해를 내세우며, 최남선류의 범아시아주의[46]를 연상시키기도 한다. 「부활의 서광」에서 육당은

42) 「子女中心論」, 『청춘』, 1918.9., 『전집 10』, 6면.
43) 「婚姻에 對한 管見」, 『학지광』, 1917.4., 『전집 10』, 44면.
44) 위의 글, 45면.
45) 개인적 층위의 사랑이 민족적 층위로 도약하는 것은 소설에서도 흔히 발견된다. (서은경, 앞의 논문, 296-298면)
46) 20세기로의 전환기에 한반도에서는 범아시아주의와 민족주의라는 두 개의 이데올로기가 경쟁했다. 범아시아주의는 황인종 사이의 협력과 연대, 특히 중국과 일본과 한국 사람들의 연대가 이 지역뿐만 아니라 한국 자체를 방어하는 데 필요하다는 이데올로기이다. 최남선, 문일평, 권덕규와 같이 범아시아주의적 관점에 선 민족주의자들은 한국 민족의 독특하고 특색있는 양상들을 찾는 대신 아시아 민족들에게 공통된

두 번이나 인용된다. 첫 번째는 "古代의 朝鮮人이 音樂과 美術에 얼마나 隣邦에 影響을 주었는지는 續續히 發見되는 史實을 보아도 分明하다"며 그 출처로 "崔六堂의 「東都繹書記」"[47]를 들고 있다. 다음으로는 조선의 신문단에 진정한 자각을 가지고 신청년에게 사상상 문학상 자극을 준 공은 "崔六堂에게 許할 수 밖에 없다."[48]고 말하는 부분이다. 「부활의 서광」에서 이광수는 "朝鮮人에게는 詩도 없고, 小說도 없고, 劇도 없고, 卽 文藝라 할 만한 文藝가 없고 卽, 朝鮮人에게는 精神的 生活이 없었다."[49]고 단언한다. 민족을 환기시키는 전통과의 완벽한 단절을 선언하는 듯이 보인다. 그러나 한국인의 정신적 생활은 곧 더 커다란 기원, 즉 통일신라 이전의 문예에 연결된다. 다음의 인용처럼 조선민족은 고려 이후 불교나 유교에 의하여 자기를 잊어버리고, 서역을 혹은 중국을 숭모하여 조선인 고유의 사상 감정이 자유롭게 유출될 기회를 잃어버렸을 뿐인 것이다.

> 朝鮮人도 檀君이 하늘에서 下降하였다 하였으니, 自己를 上帝의 嫡子로 自信하였던 것이 分明하였다. 그러하거늘 처음 漢文을 읽던 어리석은 우리 祖上네가 이 理致를 모른 까닭으로 檀君을 버리고 堯舜을 崇하였으며 上帝의 嫡子라는 榮光스러운 地位를 버리고 小中華라는 奴隷的 別名에 隨喜感泣하게 되었다.[50]

요소들을 찾고 좀더 큰 동아시아 문화권에서 한국이 중심임을 증명하려고 노력했다. 이들의 주장은 한국을 일본 주도의 동아시아문화의 일부로 설정한 식민주의 담론을 지지하는 담론효과를 낳는다. 범아시아민족주의는 일제 말기에 최남선이나 이광수 등이 일제에 협력하는 것을 정당화하는 구실로 이용되기도 하였다. (신기욱, 앞의 책, 91-99면).

47) 「復活의 曙光」, 『청춘』, 1918.3., 『전집 10』, 29면.
48) 위의 글, 30면.
49) 위의 글, 26면.

이광수는 유교 이전의 문명에 대하여 그 가치를 한껏 인정한 후에 위의 인용에서처럼 조선이 고대에는 "上帝의 嫡子라는 榮光스러운 地位"에 있었음을 당당하게 밝히고 있다.

같은 시기의 논설이지만, 이광수는 봉건적 제도나 관습을 대상으로 할 때와는 달리 민족을 대상으로 할 때는 개인에 대한 자각을 거의 모두 잃어버린다.[51] 만약 개인이 된다면(자기를 찾는다면), 그것은 오직 민족과 국가를 위한 것이거나 그것을 실현하는 순간 뿐이다. 이광수에게 근대 이전과는 구별되는 개인은 오직 민족이라는 공동체를 형성하기 위해서만 필요하다.

이러한 개인과 민족의 관계는 헤겔의 견해를 생각나게 한다. 헤겔은 개인과 사회 간에는 통일된 지평이 있으며 개인은 태어날 때부터 이미 공동체적 존재로 태어난다고 본다. 헤겔의 이런 차원을 드러내는 개념이 바로 인륜성이다.[52] 헤겔은 궁극적으로 인륜성을 국가법과 제도에 담겨 있는 국가의 정신이라고 보았다. 헤겔에게 훌륭한 개인, 훌륭한 시민은

---

50) 앞의 글, 28면.

51) 이러한 특성은 20세기 초의 일반적인 상황에 해당한다. 1900년대부터 '개인'의 기표가 들어오기는 하지만, 이 '개인'은 지금과 같은 기의로 사용된 '개인'이 아니라 근대 국가를 이룰 수 있는 근대적 개체, 다시 말해 근대 국가의 '국민'으로 일차적으로 수용되었다. 즉 개인이 집단적 주체로 임의적으로 해석되고 있는 것이다. 개인이라는 기표를 개인주의의 맥락에서 해석하지 않고 국민이라는 집단적 주체의 형식으로 상상하는 것, 이것은 근대 국가 건설이라는 당시의 시대적 과제를 개인에게 적용하는 것이다. (박숙자,『한국문학과 개인성』, 소명출판사, 2008, 42면.)

52) 헤겔은 '인간은 자유롭다', '인간은 인격을 지닌다'와 같은 주장을 사회계약론자처럼 당연하게 전제하지 않는다. 헤겔에게 자유와 인격의 의미는 인륜적 공동체의 삶 속에서 법적, 도덕적 장치가 형성되고 작동하는 가운데서 분명해진다. 또한 외적 장치를 통해 실천적으로 드러날 때 자유와 인격의 의미뿐만 아니라 자유권과 인격권도 확립된다. (김성호·이정은, 「개인과 사회」,『서양근대철학의 열가지 쟁점』, 서양근대철학회 편, 창비, 2004, 347면)

'좋은 법률을 가진 국가의 시민이 되는 것'이다. 가족과 시민사회는 이미 국가 속에 있다. 가족과 시민사회 구성원으로서 개인의 권리 또한 국가를 통해서만 제대로 실현될 수 있다. 개인에게 국가는 전제이면서 결과이기 때문에, 국가와 국가체제를 임의적으로 만드는 사회계약론자와 달리, 헤겔의 국가는 전제와 증명을 통해서 필연성과 보편성이 정립된 이성적인 것이다. 헤겔은 국가와 국가정체를 '신적인 것' 내지 '항구적인 것'이라 일컫기도 한다.[53] 이광수의 민족과 국가 역시 헤겔의 국가에 해당한다고 볼 수 있다.

민족과 연관된 이광수의 개인관은 일본과도 유사한 특징을 보여준다. 메이지 신체제의 지도자들은 자유롭고 평등한 개인이라는 서양 계몽주의의 이념을 받아들여 근대화를 추진하려고 했다. 이후 자유 민권 운동이 한참 진행 중일 때 국가의 독립과 개인의 독립이라는 근대 국민 국가의 상보적 이념을 자각한 야심적인 청년들은 민권가로서 정치 소설 집필에 착수한다. 다카야마 초규의 개인주의와 본능의 찬미에서 보이는 것처럼, 이 시기에 대두한 개인, 자아, 자기라는 중심 개념은 국민 또는 민족주의적인 국민 정신 등의 개념과 불가분하게 연결되어 있었다. 다카야마 초규는 문학자들의 개인주의가 니체의 예처럼 일국 문명의 큰 동기가 되기를 바랐다.[54]

1910년대 이광수가 주장한 개인은 때로는 모순적이라고 할 만큼 이중적이다. 앞에서 살펴본 것처럼, 가족이나 결혼제도와 같은 봉건적 관습에 대해서는 근대적 개인으로서의 뚜렷한 면모를 보여주지만, 국가나 민

---

53) 앞의 책, 348-349면.
54) 스즈키 토미, 앞의 책, 63-80면.

족 앞에서는 그 어떠한 독립성과 자율성도 보여주지 못한다. 이광수에게 이러한 두 가지 경향은 별다른 자의식 없이 공존하고 있다. 1910년대 논설을 종합해 볼 때, 이광수에게 근대적 개인에 대한 인식은 민족국가를 건설하기 위한 하나의 방편에 불과하다. 본래 민족주의의 유대감은 혁명이 있은 후에나 가능하다고 할 정도로, 봉건 사회의 신분적 차별을 철폐한 후에나 상상할 수 있는 것이다. 이것이야말로 간과할 수 없는 민족주의의 긍정적 함의 중 하나이다.55) 이광수의 1910년대 논설이 노정하는 봉건적 관습에 대한 강렬한 반발과 민족에 대한 맹목적 헌신의 공존은 민족주의의 맥락에서 비로소 설명이 가능하다.

4. '개인=민족'의 탄생, 개인과 민족의 소멸

1910년대 이광수가 주장한 개인은 가족이나 결혼제도와 같은 봉건적 관습에 대해서는 맹렬한 비판정신을 보이지만, 국가나 민족 앞에서는 그 어떠한 독립성과 자율성도 보여주지 못한다. 1920년대 들어서는 민족에 대한 헌신이 더욱더 강조된다. 그 결과 '개인=민족'이라는 인식에까지 도달한다.

「민족개조론」(『개벽』, 1922.5.)은 개인과 민족이 일체화되는 양상을 보여주는 논설문이다. 이 글에서는 민족을 위해 존재하던 개인의 표피적 외양마저 사라진다. 이광수가 민족성의 개조를 이루는 핵심방법으로 강조하는 것이 바로 '단체'이다. 동우회, 결사 등에 대한 강조는 「중추계급

---

55) 임지현, 『민족주의는 반역이다』, 소나무, 1999, 35-45면.

과 사회」, 「민족개조론」, 「소년에게」, 「상쟁의 세계에서 상애의 세계에」,
「민족적 경륜」, 「젊은 조선인의 소원」 등에도 나타난다.56) 이광수는 역
사상의 민족개조운동으로 소크라테스, 아라사, 프러시아, 일본의 민족개
조운동을 들고 있다. 이 중 소크라테스의 민족개조운동만 실패했는데,
그 실패의 원인은 다른 민족개조운동과 달리 "'團體事業'이란 것을 깨닫
지 못한 점"57)에 있다. 독립협회운동의 첫 번째 실패 원인도 "團結의 鞏
固치 못함"이다.58) 이광수는 결론으로 세계 각 국의 문화운동의 방법 위
에 조선의 특수성을 고려하여 "개조동맹과 그 단체로서 하는 가장 조직
적이요 영구적이요, 포괄적인 문화운동"(146)을 제시한다.

「민족개조론」에는 다음의 인용에서처럼 민족개조운동의 절차와 방법
이 구체화되어 있다.

> 1. 民族中에서 어떤 一개인이 改造의 必要를 自覺하는 것, 2. 그 사
> 람이 그 自覺에 依하여 新計劃을 세우는 것, 3. 그 第一人이 第二人의
> 同志를 得하는 것, 4. 第一人과 第二人이 第三人의 同志를 得하여 三
> 人이 改造의 目的으로 團結하는 것, 이 모양으로 同志를 增加할 것, 5.
> 이 改造團體의 改造思想이 一般民衆에게 宣傳되는 것, 6. 一般民衆中
> 에 그 思想이 討議의 題目이 되는 것, 7. 마침내 그 思想이 勝利하여 그
> 民衆의 輿論이 되는 것, 卽 그 民衆의 思想이 되는 것, 8. 이에 그 輿論
> 을 代表하는 中心人物이 나서 그 思想으로 民衆의 生活을 指導하는

---

56) 이러한 단체는 개인의 인격적 개조에 바탕한 것이다. 여기에는 어떠한 구조적인 인
식도 결여되어 있으며, 인격적으로 개조된 인간들의 물리적인 결합만이 연결되어 있
을 뿐이다. 나아가 각각의 개인을 연결할 원칙으로 제시되는 것은 "이를 운용하며
그 동지를 지휘할 중심인물"(「中樞階級과 社會」, 『개벽』, 1921.7., 『전집』, 108)을 통
해 가능하다. 궁극적으로는 '중추계급이라는 계급'이 아니라 '중심인물이라는 개인'에
게 모든 초점이 놓이게 된다.

57) 「民族改造論」, 『개벽』, 1922.5., 『전집 10』, 118면.

58) 위의 글, 121면.

것, 9.그 思想이 絶對的 眞理를 作하여 討議圈을 超越하여 傳染力을 生하는 것, 10. 마침내 그 思想이 理知의 域을 脫하여 情意的인 習慣의 域에 入하는 것을 通過하여 드디어 民族改造의 過程을 完成하는 것이 외다.[59]

이광수는 마치 눈사람을 굴리듯이, 하나가 똑같은 하나를 만나 둘이 되고, 그 둘은 다시 넷이 되고, 집단이 되고, 민족 전체가 된다는 식으로 개인과 민족의 관계를 설정한다. "그 사람이 自己와 똑같은 사람 하나를 찾아 둘이서 同盟을"[60] 한다는 발상 속에 고유한 개인은 존재할 수 없다.

이러한 대목에서 우리는 이광수의 개인과 민족이 상상적 동일시를 통해 구축되는 것임을 짐작할 수 있다. 이때 이광수가 주장하는 민족은 나쓰메 소세키가 말한 개(個)의 낭만주의에 뿌리를 두고 있다. 공(公)의 논리를 강요했던 메이지 시대에 소세키는 자기 본위의 태도를 중시하고 개(個)를 우선시했다. 그는 개(個)를 포기하고 공(公)에 목숨을 바치는 사상이 실은 개(個)의 낭만주의에 뿌리를 두고 있다는 역설을 알았다.[61] 아무리 많은 단계를 설정해도, 이광수가 주장하는 민족은 개인과의 상상적 동일시에 불과하다. 더군다나 문제는 어렵게 성취된 민족의 책임이 다시 '중심인물'에게 귀속된다는 점이다. 이광수가 주장한 결사는 개인과 공동체 사이에서 어떠한 매개적 기능도 발휘하지 못한다. 이광수가 말하는 민족개조운동의 절차와 방법에서 알 수 있듯이, 그 결사는 규모가 작은 또 다른 민족에 불과하기 때문이다. 이를 통해 '개인=민족'의 구조가 성립하는 것이다. 따라서 이광수의 논설에서 드러나는 개인과 민족은, 개

---

59)「民族改造論」,『개벽』, 1922.5.,『전집 10』, 133-134면.
60) 위의 글, 128면.
61) 나쓰메 소세키,『나의 개인주의 외』, 김정훈 역, 책세상, 2004, 39-75면.

인일 수도 없고 동시에 민족일 수도 없는 것이다. 거기에 속한 개인들도 독립성과 자율성을 갖춘 근대적 개인과는 무관한 그야말로 수많은 개체들 중의 하나에 불과하다.

미야자키 마나부는 '개별사회'라는 개념을 주장한 바 있다. 개별사회는 전체사회로부터 독립적일 뿐만 아니라 그에 저항하는 부분사회를 이르는 말이다. 미야자키가 말하는 개별사회는 몽테스키외가 말한 중간단체나 중간세력과 같은 의미로서, 습관이나 촌락과 같이 국가와 개인 간에 실재하는 다양한 집단을 상징한다.[62] '사회'라는 것은 그런 개별사회의 네트워크를 가리키는 것이고, 이때의 사회는 국가와 구별된다. 개인과 국가 사이의 중간세력이 없을 때, 사회는 그대로 국가가 된다. 중간단체가 약한 곳에서는 개인도 약화되며, 전제에 저항하는 집단이 없어지는 것이다. 몽테스키외는 중간세력이 없는 사회는 전제국가가 된다고 말했다. 결국 공동체의 소멸과 함께 공동체에 대항하여 자립하는 개인도 사라지고 마는 것이다.[63]

이러한 설명은 이광수에게 그대로 적용된다. 「민족개조론」에서 이광수는 "개인보다 團體를, 卽 私보다 公"을 중히 여겨야 한다고 말하면서, 이때 "家族이나, 私黨이나, 親友 같은 것도 또한 私"[64]에 포함된다고 주장한다. 이렇게 될 때 공(公)으로는 오직 민족만이 남게 된다. 개인과 민족을 연결해주는 매개 개념으로서 집단적 주체는 이광수에게 존재하지 않는 것이다.[65] 이광수의 개인과 민족은 동일한 주체성의 다른 이름이라

---

62) 가라타니 고진, 『정치를 말하다』, 조영일 역, 도서출판 b, 2010, 152면.
63) 위의 책, 153-156면.
64) 「民族改造論」, 『개벽』, 1922.5., 『전집 10』, 141면.
65) 따라서 매개항으로서의 공동체를 발견했다가 1930년 이후 운명으로서의 민족공동체만을 강조했다는 식의 논리는 이광수에게 성립하기 힘들다.

고 볼 수 있다. '개인=민족'이라는 절대적 자아는 일제 말기 일본어 논설을 통해 그 뚜렷한 모습을 보여준다. 일본인에게 보내는 편지형식으로 되어 있는 「동포에게 보낸다」에서 '그대'는 일본인 전부를, '나'는 조선인 전부를 나타낸다. 문자 그대로 '나(개인)=민족'의 등식이 성립하는 것이다. 이때의 '나'는 피히테가 말한 절대적 자아에 해당한다고 볼 수 있다.66)

피히테는 개별적 자아가 非我(대상)에 의해서 제한을 받는다고 언급하지만, 비아에 의한 개별적 자아의 제한은 사실 절대적 자아의 자기 규정이 선행된 후에야 비로소 가능하기 때문에, 궁극적으로는 절대적 자아가 개별적 자아와 비아의 충동과 대립을 통제하고 지배하는 힘을 갖게 된다.67) 이광수에게 개인은 민족이란 절대적 자아에 의해서만 비로소 존재할 수 있으며 의미를 지닐 수 있다. 절대적 자아의 문제는 실천 영역에서 더욱 뚜렷해진다. 절대적 자아의 자유는 경험적인 세계에서 그 어떤 구속도 받지 않는다. 피히테에 의하면, 자기 자신의 갈망을 현실에서 역동적으로 발현하는 행위가 곧 자유인 셈이다. 절대적 자아의 무한한 힘에 대한 강조가 정치적 윤리적 현실 세계로 확장될 경우, 그것은 팽창, 세계 정복 같은 파시즘적 경향으로 나타날 수도 있다.68)

이광수가 탄생시킨 절대적 자아로서의 '개인=민족'도 황민화라는 끔

---

66) 이광수는 1910년대에 이미 피히테 철학을 긍정적인 인생관으로 내세운 바 있다. 숙명론을 믿으며 "自己의 偉大한 能力을 否認"하는 조선인을 비판하며, "萬事를 自己의 '손'에 믿는 新人生觀을 가져야 할 것'(「宿命論的 人生觀에서 自力論的 人生觀에」, 『학지광』, 1918.8., 『전집 10』, 48면)이라고 주장한다. 이때 피히테의 인생관은 현재 조선인이 가진 인생관의 반대편에 놓인 것으로서, "'宇宙는 自我의 所産'이라'하고 '自我의 本質은 無限한 活動이요, 征服이다'(피히테) 하는 人生觀을 가진 民族과 '嗚呼 命也奈何'만 부르는 民族과의 差異가 果然 어떠하오?'(위의 글, 48면)라며 이상적인 대안으로 내세워지고 있다.
67) 최문규, 『독일낭만주의』, 연세대 출판부, 2005, 111면.
68) 앞의 책, 113-114면.

찍한 전체주의적 사고로 자연스럽게 이어진다. 「동포에게 보낸다」의 기본적인 줄기는 나(조선인)의 참회를 통해 그대와 내가 '하나가 되는 곳', 즉 "천황과 신과 그대와 이어져 야마도(大和)도 고려(高麗)도 하나로 되"[69]는 곳에 이르자는 것이다. 고바야시 히데오에게 보내는 편지 형식으로되어 있는 「행자」는 참회와 반성의 구체적인 실천행을 담고 있다. 이광수는 일본인이 되는 것의 가능성에 대한 별다른 회의 없이 종교적 수행자와 같은 경건한 자세로 "법적으로 일본 신민일 뿐 아니라 혼의 밑바닥에서 일본인으로 되기 위해서"[70] 수행하고 있음을 고백한다. 「내선일체수상록」에서는 내선일체가 조선과 일본이라는 동등한 두 주체의 상호소통이나 결합과는 무관함 것임을 밝히고 있다. "내선일체란 조선인의 황민화를 말하는 것이어서 쌍방이 나란히 의지하는 것을 의미하지 않는다."[71]라는 첫 번째 문장에 이러한 사정이 분명하게 드러난다. 더욱 문제적인 것은 내선일체와 관련된 결정권이 오직 "천황 한 분의 마음"[72]에달려 있다는 사실이다. '개인=민족'이라는 명제에서, 최종적으로 자율성과 독립성을 가진 개인으로는 오직 천황 하나만이 존재하는 것이다.

이후에는 절대적 자아로서의 민족국가에 조선과 일본 뿐만 아니라 중국과 아시아가 모두 포함된다. 조선, 일본, 중국을 포함한 아시아 제국(諸國)은 구미의 식민지에서 해방을 추구하는 공통된 운명을 가진 집단들이다.[73] 이광수의 개인은 '개인=조선'에서 시작해 '개인=조선=일본'을 거

---

69) 香山光郎, 「동포에게 보낸다」, 『京城日報』, 1940.10.1.-9., 『이광수의 일어 창작 및 산문선』(김윤식 편), 역락, 2007, 170면.
70) 香山光郎(李光洙), 「行者」, 『文學界』, 1941.3., 위의 책, 99면.
71) 香山光郎(旧李光洙), 『內鮮一體隨想錄』, 1941.5., 위의 책, 179면.
72) 위의 글, 179면.
73) 1940년 10월 이후 대동아공영권론이 일본 제국의 식민주의 논리로 대두하자 조선과 일본을 하나로 묶고 중국을 배제하던 이광수의 견해는 변하기 시작한다. 달라진 상

처 '개인=조선=일본=중국=아시아 제국'이라는 인식에까지 이르는 것이다. 이때의 개인은 로크가 말하고, 알랭 르노가 말한 것과 같은 독립성과 자율성에 바탕한 근대적 개인과는 무관한 존재임에 분명하다.

5. 개인의 탄생과 소멸

이광수가 1910년대에 주장한 개인은 모순적이라고 할 만큼 이중적이다. 기존의 가족제도나 결혼제도와 같은 봉건적 관습에 대해서는 근대적 개인으로서의 뚜렷한 면모를 보여준다. 이러한 봉건적 관습에 대한 거부는 근대적 개인의 핵심적 특징인 독립성과 자율성의 확보와 통하는 현상이다. 또한 그러한 거부의 핵심적인 이유가 개인의 자유의지와 자율성을 거부하기 때문이라는 점에서, 이것은 근대적 개인의 탄생과 연결된다. 개인에 대한 이와 같은 뚜렷한 인식은, 기독교의 영향을 그 한 가지 가능성으로 생각해 볼 수 있다. 동시에 이광수는 민족과 관련해서는 어떠한 개인의식도 드러내지 않는다. 이때의 개인은 전체를 구성하는 하나의 단자에 머물 뿐이다. 그러나 1910년대 논설을 종합해 볼 때, 이광수에게 근대적 개인에 대한 인식은 민족과 국가를 건설하기 위한 하나의 방편에 불과하다고 할 수 있다. 본래 민족주의의 유대감은 혁명이 있은 후에나

황에 맞서 이광수는 내선일체의 연장으로서 아시아론을 주장한다. 일본과 조선이 하나가 된 것처럼 중국과 하나가 되고 나아가 아시아 다른 나라들과도 하나가 된다는 논리이다. 특히 태평양전쟁이 발발로 아시아를 하나로 묶을 수 있는 논리가 탄생한다. 그것은 구미의 식민지에서 해방을 추구하는 '운명공동체로서의 아시아'라는 입장이다. (김재용, 「국민주의자로서의 이광수」, 『이광수 문학의 재인식』, 소명출판사, 2009, 225-228면.

가능하다고 할 정도로, 봉건 사회의 신분적 차별을 철폐한 후에나 상상할 수 있는 것이다. 이광수의 1910년대 논설이 노정하는 봉건적 관습에 대한 강렬한 반발과 민족에 대한 맹목적 헌신의 공존은 민족주의의 맥락에서 비로소 설명이 가능하다. 이러한 개인과 민족의 관계는, 헤겔의 국가에 대한 철학과 여러 가지로 흡사하다. 헤겔은 인륜성이라는 개념을 통해 인간이 태어날 때부터 이미 공동체적 존재로 태어난다고 보았다. 헤겔은 궁극적으로 인륜성을 국가법과 제도에 담겨 있는 국가의 정신이라고 본 것이다. 가족과 시민사회 구성원으로서 개인의 권리 또한 국가에서만 제대로 실현될 수 있다. 민족과 긴밀하게 연관된 이광수의 개인관은 일본과도 유사한 특징을 보여준다.

1920년대 들어서는 민족에 대한 헌신이 더욱더 강조된다. 그 결과 '개인=민족'이라는 절대적 자아가 탄생하게 된다. 아무리 많은 중간 단계를 설정해도, 이광수가 주장하는 민족은 개인과의 상상적 동일시에 불과하다. 더군다나 문제는 어렵게 성취된 민족의 책임이 다시 '중심인물'에게 귀속된다는 점이다. 이광수가 주장한 결사는 개인과 공동체 사이에서 어떠한 매개적 기능도 발휘하지 못한다. 이광수가 말하는 민족개조운동의 절차와 방법에서 알 수 있듯이, 그 결사는 규모가 작은 또 다른 민족에 불과하기 때문이다. 이를 통해 '개인=민족'의 구조가 성립한다. 따라서 이광수의 논설에서 드러나는 '개인=민족'은, 개인일 수도 없고 동시에 민족일 수도 없는 것이다. 거기에 속한 개인들도 독립성과 자율성을 갖춘 근대적 개인과는 무관한 그야말로 수많은 개체들 중의 하나일 뿐이다. 이광수가 탄생시킨 절대적 자아로서의 '개인=민족'은 황민화('개인=조선=일본')라는 끔찍한 전체주의적 사고로 자연스럽게 이어진다. 이후에는 절대적 자아로서의 '개인=민족'에 조선과 일본 뿐만 아니라 중국과 아시아가 모두 포함된다. 태평양 전쟁의 발발을 계기로 조선, 일본, 중국을 포함한 아시아 제국(諸國)은 구미의 식민지에서 해방을 추구하는 공통된 운명을 가진 집단으로서 규정되는 것이다. '개인=조선=일본=중국=아시아'이라는 등식 속에서, 로크가 처음 말하고 알랭 르노가 발전시킨, 독립성과 자율성에 바탕한 근대적 개인의 모습은 더 이상 찾아볼 수 없다.

제 2 장

이광수의 『무정』에 나타난
근대의 부정성에 대한 비판

1. '무정'과 '유정'의 이분법

그동안 이광수 문학에 대한 평가의 스펙트럼은 다양했지만, 이광수와 그의 작품을 해석해 온 키워드는 크게 보면 민족과 근대였다고 말할 수 있다. 해석자들의 평가는 대체로 민족과 근대라는 두 가지 항과 긍정 / 부정 항의 조합으로 나타났던 것이다.[74] 이광수의 대표작이라 할 수 있는 『무정』 역시 민족과 근대라는 키워드를 중심으로 해석되어 왔다고 해도 과언이 아니다. 그 중에서도 근대지향성이야말로 『무정』의 가장 핵심되는 주제의식이라고 할 수 있다. 『무정』에 나타난 근대지향성을 긍정적인 것으로 평가한 대표적인 학자로는 김윤식을 들 수 있다.

---

74) 김현주, 「『무정』과 세 종류의 심리학」, 『사이間SAI』 5호, 2008, 291면.

김윤식은『무정』이 당대에 알맞은 시대적 이념형을 제시하고 있으며, 그것은 "'배우기만 하면 된다'라는 명제로 표상되는 강렬한 근대지향성"75)이라고 말한다.『무정』의 계몽주의는 작중인물들 사이의 관계 역시 사제관계로 만드는데, "이 사제관계의 압도적 확실성이야말로 무정이 갖추고 있는 시대적 진취성이자 작품 구성의 원리이며 또한 그 이상의 것이다."76)라고 긍정적으로 평가하는 것이다.『무정』에 나타난 다섯 가지의 사제 관계 중에서 '영채와 월화의 관계', '병욱과 영채의 관계'를 제외한 나머지 관계에서 선생의 자리는 모두 형식이 차지하고 있다. 이때 형식이 선생의 자리를 차지할 수 있는 것은 그가 지닌 근대지향성 때문이라고 할 수 있다.

『무정』에 드러난 근대지향성을 부정적으로 평가한 연구자들 역시 많다. 송명희는 이광수에게 "근대화란 곧바로 서구화를 의미했으며, 그는 서구화를 통해서만이 후진된 문화를 탈피하여 민족의 발전을 이룩할 수 있으리라는 신념"을 가졌으며, "일본과 서구의 시각에서 우리의 것을 바라봄으로써 우리의 것은 극복되고 부정해야 할 것으로 인식"77)했다고 주장한다. 윤영옥도 "결국『무정』의 사랑 이야기는 토착적 조선과 조선에 새롭게 유입되는 일본(혹은 일본보다 앞선 서구)의 관계를, 즉 식민화되어가는 조선과 식민화시키는 일본(혹은 서구)의 관계를 '부정 / 긍정'의 이항대립적 수사로 파악 구축하고 있으며, 이러한 이항대립적 가치 체계에서 근대성은 식민성과 깊은 연관 관계를 형성"78)한다고 주장한다.

---

75) 김윤식 정호웅,『한국소설사』, 문학동네, 2000, 85면.
76) 위의 책, 75면.
77) 송명희,『이광수의 민족주의와 페미니즘』, 국학자료원, 1997, 127-128면.
78) 윤영옥,「『무정』에 나타난 서술 형식의 근대성과 사회적 의미」,『한국현대문학연구』13집, 2003.6, 152면.

그러나 이 두 방향의 연구 모두 이광수의 소설이 서구문명 / 전통문화, 근대 / 전근대, 영문식 사상 / 한문식 사상, 신세대 / 구세대, 새로운 윤리 / 유교 윤리 등의 이항대립을 기본으로 하고 있으며, 전자를 중심에 놓고 있는 것으로 평가한다는 점에서는 별다른 차이점을 보여주지 않는다. 이광수의 『무정』이란 긍정적이든 부정적이든 "근대를 향한 이 직선적인 욕망"79)에 들린 작품으로 그동안 독해되어 온 것이다.80)

한승옥은 해체론의 비평관점을 가져와 이러한 이분법을 해체시키고자 한다. 특히 이형식의 성격에 주목하고 있다. 이형식은 "어떤 새로운 윤리나 영웅적 순결성이나 이타적 희생정신이나 계몽주의적 선각자의 모습이 확인되지 않는다. 자신의 이익을 위해서는 의리도 서슴지 않고 배반하는 이기적이고 현실 추수적인 비겁한 자의 속성을 나타낼 뿐"81)이라는 것이다. 따라서 나약하고 회의적이고 줏대가 없는, 이형식이 불안정한 성격과 불안정한 행동을 통해 텍스트를 해체한다고 주장한다.82) 김경미

---

79) 김철, 「"내가 누구인지 말할 수 있는 자는 누구인가?"—『무정』을 읽는 몇 가지 방법」, 『무정』, 문학과지성사, 2005, 500면.

80) 가장 최근에 쓰여진 『무정』론이라 할 수 있는 이수형의 「세속화 프로젝트—'무정'한 세계는 어디에서 와서 어디로 가는가」는 '근대/전근대'라는 용어 대신 '세속화'라는 표현을 쓰고 있다. 이수형은 "『무정』의 세계에서는 초월적인 것을 중성화/자연화하는 세속화의 과정이 은밀하게, 그러나 차근차근 진행되고 있다."(『문학과사회』, 2014년 봄호, 470면)고 주장한다. 이러한 주장 역시 『무정』이 근대(세속화) 지향적 서사임을 말하는 것이라고 볼 수 있다.

81) 한승옥, 「개화기 담론을 해체한 이광수의 『무정』」, 『문예운동』, 2012년 가을호, 61면.

82) 이외에도 한승옥은 영채를 중심으로 보았을 때, '순수/타락'의 이분법이 성립하지만, 영채의 순수에는 무지와 무경험이 포함되어 있기에 이러한 이분법도 해체되어 버린다고 주장한다. 또한 영채와 병욱의 관계에 있어서는 서구문명/전통문화, 영문식 사상/한문식 감정, 신세대/구세대, 새로운 윤리/전통 윤리가 교감을 시작한다고 말한다. 병욱은 영채를 통해 후자의 가치를 깨닫고, 영채는 전자의 우월성을 인정하면서, 이 분법이 해체된다는 것이다. (한승옥, 「해체주의 비평적 관점에서 본 『무정』」, 『어문논집』 61집, 2010, 111-131면, 한승옥, 「개화기 담론을 해체한 이광수의 『무정』」, 『문예운동』, 2012년 가을호)

도 탈식민주의 관점에 서서 『무정』의 신문명/야만의 이분법에 의문을 제기한다. 『무정』은 주인공인 형식을 구심점에 두고 신문명으로 표상되는 선형, 병욱, 신우선, 김장로와 부인되어야 할 야만의 표상으로 구여성인 영채, 박진사, 노파, 월화 등이 이분화된 구조를 형성하지만, 이형식이 선형을 택한 이후에도 영채나 박진사에 대한 관심을 계속해서 보이며, 반대로 선형에 대해서도 계속 갈등하고 거부하는 모습을 보인다는 것이다. 『무정』의 서사는 기본적으로 신문명의 세례를 받아들이고 동일화를 추구하고자 하나 서사 과정에서는 끊임없이 충돌하고 이탈하는 모습을 보인다고 할 수 있다. 이런 모습은 식민지 장에서 식민주의 담론을 수용할 때 나타나는 혼성성의 모습이라고 결론내린다.[83]

이 글에서도 『무정』을 서구문명/전통문화, 근대/전근대, 영문식 사상/한문식 사상, 신세대/구세대, 새로운 윤리/유교 윤리 등의 이항대립에 바탕해, 전자를 지향하는 작품으로 보는 것에 의문을 제기하고, 새로운 독해를 시도하고자 한다. 이를 위해 이 글에서는 가장 기초적인 텍스트 분석을 해보고자 하는데, 그것은 바로 이 작품의 표제이기도 한 '무정'이라는 어휘의 의미를 추적해 보는 것이다. 주지하다시피 『무정』은 "어둡던 셰샹이평싱어두울것이안이오무졍ᄒ던셰샹이평싱무졍ᄒ을것이 아니다 우리는우리힘으로 밝게ᄒ고유졍ᄒ게 ᄒ고 질겁게ᄒ고 가멸게ᄒ고 굿세게 ᄒ을것이로다"[84]라는 문장으로 끝난다.

본래 소설에서 결말은 작품의 최종적인 의미를 규정하는 중요한 역할을 한다. 페리는 처음의 정보가 독자의 지각과정에 미치는 영향을 의미

---

83) 김경미, 『이광수 문학과 민족 담론』, 역락, 2011, 87-100면.
84) 『매일신보』, 1917년 6월 14일. 앞으로의 작품 인용시 본문 중에 연재횟수만 기록하기로 한다.

하는 본래 효과에 대응되는 개념으로 최근효과를 논한다.[85] 최근효과란 독자가 지금까지 파악한 모든 정보를 마지막 항목에 동화시키도록 영향 받는 것을 의미한다. 독자는 독서 과정에서 아직 읽지 않을 것을 예상하면서 읽기도 하지만 이미 읽은 것을 고쳐 읽어야 하는 경우도 많다는 것이다. 따라서 독서 과정에서는 앞에서 제시되었던 정보들이 최종적으로 조정되거나 통합되는 최근효과가 발생한다. 최근효과를 염두에 둘 때, 텍스트의 선형 구조에서 마지막에 제공되는 정보는 텍스트의 최종적인 생성뿐만 아니라 독서 과정 자체에 근본적인 변화를 초래하게 된다.

그런데, 『무정』의 마지막 문장은 '유정/무정'이라는 선명한 이항대립을 보여준다. 이때 '무정'은 과거의 것으로 버려야 할 것이라는 의미가, '유정'은 미래의 것으로 반드시 성취해야 할 것이라는 의미가 분명하게 제시된다. '정(情)'에 대한 강조는 이광수의 문필 활동 초기부터 매우 중요한 사항이었다. 그것은 다음과 같은 글들을 통해서 분명히 확인할 수 있다.[86]

---

85) 본래 효과란 한 정보가 메시지의 시작부에 위치함으로써 일으키는 효과이다. 독자는 보다 일찍 제공된 정보나 태도에 영향을 받아서 이후에 습득하는 다른 정보들을 항상 처음에 비추어서 해석하도록 유도된다는 것이다. (M.Perry, "Literary dynamics:how the order of a text creative its meaning", Poetics Today, 1979. Fall, pp.35-64면, pp.311-361)

86) 차승기는 "이러한 유정과 무정에 대한 강조는 이광수가 문필활동 초기부터 '정'과 '사랑'에 주제적으로 집착했을 뿐만 아니라, 그 능력에 특권적인 의미를 부여한 것과 직접적으로 연관된다. '정' 또는 '사랑'은 근본적으로 '다른 존재와의 정서적 유대'를 가능하게 하는 잠재적 능력이라는 점에서 타인을 향한 지향적 관계의 원천을 개인 내부에 정초하는 계기이기도 하거니와, 이광수는 이 능력을 포괄적인 의미의 '사회적 관계'의 구성력으로까지 확장시키면서 근대적 전환 이후 새롭게 구축되어야 할 공동체의 결합원리로서의 가능성을 문학적으로 실험하고자 했다."(「고귀한 엄숙, 고요한 충성」, 『센티멘탈 이광수』, 소명출판사, 2013, 128면)고 주장한다. 김동식 역시 이광수가 주장하는 "정은 생물학적으로 소여된 생명의 자기 표현과 관련된다. 정은 개인적인 동시에 보편적인 영역이며, 개인들 사이의 상호주관적인 감정이자 사회-국가-인류로까지 확장될 수 있는 감정이다. 따라서 정에 근거할 때 민족을 사회적 차원에서 구성하는 일이 가능할 수 있다."(「1910년대 이광수의 문학론과 한국 근대문학의

a) 烈女孝婦가 辛酸慘毒한 苦楚를 胃하고 貞勤을 不變함과 忠臣烈
士가 死生을 意에 介치 아니하고 立節死義로 泰然自若함이다-何
로 由함인가, 智力의 所然인가, 健康의 所致인가, 道德의 所然인
가. 日 勿論 道德과 智慧와 健康이 有하려니와 此이 原動力이 아
니며 단 情의 力이로다. 可히 畏하다 情이여 情의 勢力은 金石을
可히 鎔하며 劍戟을 可히 凌하나니 精神的 方面에 實하여 情이
오직 其 發動機의 樞要가 되리로다. (중략) 情을 其勉하라. 情은
諸 義務의 原動力이 되며, 各 活動의 根據地니라. 人으로 하여금
自動的으로 孝하며, 悌하며, 忠하며, 信하며, 愛케 할지어다.87)

b) 東洋은 (중략) 衣·食·住의 原料를 得함에 汲汲하여 智와 意만
중히 여기고, 情은 賤忽히 하여 此를 排斥하며, 蔑視하여 온고로
情을 主하는 文學도 한 遊戲疎間에 不過하게 알아 온지라. 彼歐
洲는 (중략) 人民이 智와 意에만 汲汲치 아니하고 情의 存在와 價
値를 覺한지라, 그러므로 文學의 發達이 속히 되어서 今日에 至
하였나니라. (중략) 生物이 生存함에는 食料가 必要함과 같이, 人
類의 情이 生存함에는 文學이 必要할지며 또 生할지라.88)

a)에서 이광수는 '정'의 가치를 도덕, 지혜, 건강보다도 높게 평가하고
있으며, b)에서는 동양의 문학이 서양보다 발전하지 않은 이유가 '정'을
배척하고 멸시한 결과라고 주장한다. 이처럼 이광수는 '유정'에 커다란
의미를 부여하고 있는 것이다.89)

비민족주의적 기원들」, 『센티멘탈 이광수』, 소명출판사, 2013, 372면)고 말한다.
87) 이광수, 「금일 아한 청년과 정육」(『대한흥학보』 10호, 1910), 『이광수 전집』 1, 삼중
당, 1974, 525-526면.
88) 이광수, 「문학의 가치」(『대한흥학보』 11호, 1910), 『이광수 전집』 1, 삼중당, 1974, 546면.
89) 이광수가 안창호로부터 큰 영향을 받았다는 점은 김윤식의 연구(『이광수와 그의 시
대』, 한길사, 1986)를 통하여 익히 알려진 사실이다. 안창호 역시 '정'의 문제에 큰 관
심을 기울였으며, '무정/유정'이라는 이분법을 사용하고 있다.

『무정』역시 마지막 부분의 문장에서 단적으로 드러나듯이, '정'이라는 요소를 매우 중요한 문제로 제시한다. 지금까지의 논의에서 『무정』의 '무정'은 당연히 과거(전통)에 속하는 것으로 인식되어 왔다. 그것은 "'문명개화'는 무엇보다 '무정한 과거'에 대한 가차 없는 '조상(弔喪)'을 동반하는 것"90)이라는 표현 등에서 분명하게 드러난다. 이 글은 '무정'의 의미에 대한 지금까지의 통념에 문제제기를 하고자 한다.

이를 위해 이 글에서는 작품연구의 기본이라고 할 수 있는 표제에 대한 분석부터 시작할 것이다.91) 이 소설의 표제인 '무정'에 대하여 고찰한 선행 논의로는 조남현의 소설사를 거의 유일하게 들 수 있다. 조남현은 66회, 74회, 77회, 105회, 126회에 '무정'이라는 말이 등장함을 밝힌 후

안창호는 「無情한 사회와 有情한 사회(情誼敦修의 의의와 요소)」(『동광』, 1926년 6월호)라는 글에서 조선민족의 사활에 관계되는 문제라며, "無情한 조선의 사회를 有情하게 만들어 無情으로 꺽굴어진 조선을 有情으로 다시 일으키자."(29)고 말한다. 이 글에서 안창호는 유정을 情誼와 동의어로 사용하고 있는데, 情誼는 "친애와 동정의 결합"(29)을 말한다. 친애가 "어머니가 아들을 보고 귀여워서 정으로써 사랑"하는 것이라면, 동정은 "어머니가 아들의 당하는 苦와 樂을 자기가 당하는 것 가티 녀"(29)기는 것이다. 그런데 조선 사회는 "無情한 사회"(30)이며, 조선이 망한 이유도 "無情"(30) 때문이라고 주장한다. 정의는 본래 천부한 것이지만 공자를 숭상한 우리 민족은 "남을 공경할 줄은 알앗스나 남 사랑하는 것은 이저 버렷"(30)다는 것이다. 현재도 조선의 부모와 자녀 사이, 형과 제의 사이, 싀부모와 며느리, 형과 아우, 군과 민, 남과 녀 사이에는 정의가 없고 무정하지만 서양 사람은 "情誼에서 자라고 情誼에서 살다가 情誼에서 죽습니다. 그들에게는 情誼가 만흠으로 和氣가 잇고 딸아서 흥미가 잇서서 무슨 일이 다 잘 됩니다."(32면)라고 말한다. 그리하여 우리 사회를 개조하기 위해서는 무엇보다도 다정한 사회를 만들어야 한다고 강조한다. 앞으로의 논의에서 밝혀지겠지만 안창호의 '유정/무정'의 이분법은 이광수와는 다르다. 안창호에게서 '유정/무정'의 이분법은 '서양/조선'이라는 이분법과, 시간상으로 보자면 '과거·현재/미래'라는 이분법으로 나타난다.

90) 김철, 앞의 책, 497면.

91) 이광수는 단편 「무정」(『대한흥학보』, 1910.3-4)을 이미 1910년에 발표한 바 있다. 이 단편 말미에 이광수는 '무정'이란 제목으로 장편을 쓸 계획이라고 밝히고 있다. 이광수가 '무정'이라는 단어를 매우 자각적으로 사용하고 있다는 하나의 방증이라고 할 수 있다.

에, "이렇게 보면 '무정'이라는 말은 이형식이 박영채를 아내로 맞아들이지 않은 것에 대한 부정적 반응을 가리킨다."고 주장한다.[92] 조남현이 사례로 든 여섯 번의 경우에 대한 의미부여로는 가장 적절한 것이라고 할 수 있다. 그러나 이광수의 『무정』에서는 '무정'이라는 단어가 총 스물네 번 등장한다. 따라서 좀더 온전한 의미의 파악을 위해서는 작품에 사용된 '무정'이라는 단어의 용례를 모두 찾아서, 그것이 사용된 의미를 고찰하는 과정이 필요하다고 판단된다. 나아가 이광수가 무정에서 이상향으로 제시한 '유정'한 세상의 참된 모습과 그 의미도 설명해 보고자 한다.

2. '무정'의 의미 분석

2.1. 영채와 형식의 재회 이전까지의 '무정'

『무정』 전체에 걸쳐 '무정'이라는 단어는 총 스물네 번 등장한다. 이 중에서 무려 열일곱 번이 영채의 삶과 직접적으로 관련되어 사용되고 있다. 영채의 삶과 관련하여 사용되는 '무정'이라는 어휘는 크게 형식을 재회하기 이전 영채의 삶을 가리킬 때와 형식을 재회한 이후 영채의 삶을 가리킬 때로 나뉘어진다.

> "하날이뜻이잇다ᄒᆞ면 <u>무졍</u>흠이원망홉고 하날이뜻이업다ᄒᆞ면 인싱을 못미드리로다"(6회)

---

92) 조남현, 『한국현대소설사』 1권, 문학과지성사, 2012, 264면.

"십구년일싱의 절반을 <u>무졍</u>흔셰상과 사름에게부듸끼고 희롱홈이되다
가 미양에그리고 바라던리형식을 만나기는 만낫스나 졍쟉만나고보니 리
형식은 나를건져줄것굣지도아니흐고……"(35회)

첫 번째 인용문에 사용된 '무정'은 칠 년여 만에 재회한 영채의 지난
이야기를 듣고, 형식이 떠올리는 생각 속에 등장한다. 두 번째 인용문에
등장하는 '무정'은 형식을 다시 만났지만 자신의 기대와는 다른 모습을
발견하고, 한탄하는 영채의 생각 속에 등장한다. 형식을 만나기 이전까
지 영채가 겪은 삶이야말로 '무정'했던 것이다. 그렇다면, 과연 무엇이 영
채의 '무정'한 삶을 만들어낸 것일까?

본래 "일가ㄱ 수십여호되고 량반이오 지산가로고릭로 안주일읍에유셰
력즛"(5회)였던 영채의 집안은, 박진사가 새로운 문명 운동을 위해 학교
를 세운지 육칠 년 만에 재산이 모두 없어진다. 이를 보다 못한 박진사
의 가장 나이 많은 제자인 홍 모는 이웃 부잣집에 들어가 살인을 하고
돈 오백 원을 구해온다. 이로 인해 강도, 살인 교사 및 공범 혐의로 박진
사의 삼부자도 감옥에 가게 된다. 얼마 지나지 않아 어머니와 올케 언니
들도 모두 잃어버린 영채에게는 "부쟈가가난흔쟈를압시흐고 쳔딕흐야
가난흔쟈는 능히즛긔네와 마조셔지 못홀사름으로 녀기고 길가에 굴멋다
는거지들을 볼쎡에소위졔것으로 사는자들이 긔나도야지와갓치 쳔딕흐고
긔롱흐야침을비앗고발길로차는것"(7회)과 같은 삶이 주어진다. 영채는
"뉘집이 잘살고야 친쳑이친쳑"(7회)인 세상에서 친척들로부터도 냉대를
받는다. 외갓집에서도 은가락지 한 쌍이 없어진 것으로 인해 영채는 의
심 및 구타를 당하고, 외가에서 도망친 이후에도 돈 한푼 없는 영채는
제대로 쉬지도 못하고 겁탈 당할 뻔한 일도 겪는다.

온갖 고생 끝에 꿈에 그리던 아버지 박진사를 만나지만 아버지는 이미 이전의 모습이 아니다. 사기꾼 김운용은 영채에게 "돈만잇스면 음식도들일수도잇고 혹옥에나오시게도홀수가잇"(15회)다며 영채를 기생으로 꾀어낸다. 이 말에 넘어간 영채는 기생이 되고 만다. 영채는 기생이 되어 생긴 "돈으로아버지를구원"(15회)하려는 생각만을 했던 것이다. 영채가 기생이 되었다는 말에 아버지는 식음을 끊어 자살하고, 뒤이어 두 명의 오빠도 죽는다. 이후 돈 이백원에 팔려 기생이 된 영채는 기구한 인생을 살게 된 것이다. 이처럼 이광수의 『무정』에서 영채가 겪은 무정함은 모두 돈이 절대적인 힘을 발휘하게 된 시대적 상황과 밀접하게 관련된다. 자본에 따라 세상은 움직이며 그 세계 안에서 영채는 한없는 고통을 받을 수밖에 없는 것이다. 박진사는 학생들을 모아서 뜻있는 일을 하였지만 결국 '돈'이 없어서 실패하고, 이후 영채 역시 '돈'이 없어서 온갖 고생을 겪는다.

영채를 둘러싼 돈의 비인간성을 실감나게 보여주는 존재는 기생집 노파들이다. 기생집 노파에게 영채는 돈을 받고 팔 수 있는 하나의 '상품'에 불과하다. 기생집 노파는 김현수에게 강간을 권유하고, 영채가 강간당한 이후에는 "이제는 '밤에손님도칠으게되려니ㅎ고 두겹으로"(49회) 기뻐할 정도이다.[93] "남작의아들을마다고"(41회)라며 자신이 젊었더라면 자신을 김현수에게 팔 수 있었을 것을 아쉬워하는 노파에게는 당연한 반응인지도 모른다. 강간을 당한 이후 입에 묻은 피의 이유를 묻는 노파에게 영채가 하는 "남들이뇌살을 다쓰더 먹는데 나도뇌살을쓰더먹을양으로

---

93) 평양에서 월화가 자살했을 때, 그 집의 기생 어미는 돈벌이할 밑천이 없어진 것을 원망할 뿐이다.

씨물엇소"(42회)라는 말은 영채가 겪은 그야말로 한(恨)스러운 삶을 가슴 아프게 환기시킨다. 이때의 한은 무엇보다도 돈만을 절대적인 가치로 숭상하는 세상이 만들어 낸 것임이 분명하다.

2.2. 형식과 영채의 재회 이후의 '무정'

'무정'이라는 단어는 형식과 재회하기 이전보다 재회한 이후의 영채 삶을 가리키는 경우에 보다 빈번하게 사용된다. 영채의 삶과 관련해 '무정'이라는 단어가 형식과의 재회 이전에는 두 번만 등장했던 것과는 달리, 형식과의 재회 이후에는 열다섯 번이나 등장한다. 이러한 사용빈도의 급증은 형식이야말로 영채에게는 가장 '무정'한 존재였음을 드러내는 것이다. 형식과 재회한 이후 영채의 삶과 관련하여 사용된 '무정'이라는 단어들을 정리하면 다음과 같다.

 a) "영치는과연 부모에게되하야 효(孝) ㅎ지못ㅎ얏다 지아비에게 되ㅎ야 뎡(貞)ㅎ지못ㅎ얏다 그러나 그도 ᄌ긔의의지(意志)로 그러ㅎ것 이안이오 <u>무정</u>ㅎ사회(社會)가 연약ㅎ그로ㅎ야금 그리ㅎ지안이치못 ㅎ게ㅎ것이라"(53회)

 b) "아- 늬가잘못흠이아닌가. 늬가너머<u>무정</u>흠이아인가 늬가좀더 오리 영치의거쳐를 챠자야 올흘것이아인가 설ᄉ영치가죽엇다ㅎ더라도 그시체라도 챠자보아야홀것이아니던가. 그리고 대동강가에서서 쓰거온눈물이라도 오리흘려야홀것이아니던가 영치는 나를싱각ㅎ고 몸을죽였다그런데나는 영치를위ㅎ야 눈물도흘리지 아녀 아- 늬가 <u>무정</u>ㅎ고나 늬가사름이아니로고나ㅎ얏다"(66회)

c) "그러케십여년을 그립게지나다가 ᄎᄌ왓ᄂᆞᆫ데 그러케<u>무졍</u>ᄒᆞ게 구시닛가"

'<u>무졍</u>ᄒᆞ게'라는말에 형식은 놀닛다 그리셔

"<u>무졍</u>ᄒᆞ게? 늬가무엇을무졍ᄒᆞ게 ᄒᆞ셔요?"

"<u>무졍</u>ᄒᆞ지안구! 손이라도 ᄯᆞᄯᅳᆺᄉᆡ 잡아주ᄂᆞᆫ것이안이랴……"

"손을엇더케잡아요?"

"손을웨못잡아요? 늬가보닛가 명쳐……"

"명쳐가안이라 영쳐야요."

"올치늬가보닛간 영쳐씨ᄂᆞᆫ션싱의 마음을밧친모양이이던데 그러케 <u>무졍</u>ᄒᆞ게 엇더케ᄒᆞ시오 ᄯᅩ간다고ᄒᆞᆯ 젹에도 붓드러 만류를ᄒᆞ던가 ᄯᆞ라가ᄂᆞᆫ것이안이라……"ᄒᆞ고 형식을원망ᄒᆞᆫ다.(74회)

d) 로파의말에 형식은더욱놀랏다 과연ᄌᆞ긔가 영쳐에게듸ᄒᆞ야 <u>무졍</u>ᄒᆞ얏던가.(75회)

e) "벌셔 황희바다에 써나갓셔! 자네ᄀᆞᆺᄒᆞᆫ <u>무졍</u>ᄒᆞᆫ사름 기다리고아직ᄭᆞ지 쳥류벽밋헤 잇슬ᄯᅳᆺ십흔가"(77회)

f) "형식은 과연 <u>무졍</u>ᄒᆞ얏다 형식은맛당히그ᄶᅥ우션에게셔 ᄉᆞ인돈 오원을가지고 평양으로 ᄂᆞ려갓셔야 ᄒᆞᆯ것이다 가셔시체를ᄎᆞᄌᆞᆷ힘밋ᄂᆞᆫ듸 신지ᄂᆞᆫ후ᄒᆞ게쟝례를지늬엇셔야ᄒᆞᆯ것이다그러고ᄉᆡ로 혼인을ᄒᆞ더라도 인졍상다만 일년이라도 지늬엇셔야ᄒᆞᆯ것이다 ᄌᆞ긔를위ᄒᆞ여야 칠팔년고졀을지키다가 마참늬 ᄌᆞ긔를위ᄒᆞ야 몸을바리고 목숨을바린영쳐를위ᄒᆞ야 맛당히아푸게 울어셔 죠상ᄒᆞ엿셔야ᄒᆞᆯ것이다."(105회)

g) "리형식씨가 퍽무졍ᄒᆞᆫ사ᄅᆞᆷ ᄀᆞᆺ치싱각이되여요 그릭도늬가 죽으러갓다면 좀차져라도볼것인듸……어느ᄉᆡ에 혼인을히가지고……"(111회)

h) "금시에 영쳐가 휙도라셔며무셔운얼골로 ᄌᆞ긔를흘겨보고 입에갓득

흔쓰거운 피를 즈긔에게다가 확 쌕리며 '이무졍흔놈아 영원히져쥬
를바다라'ᄒ고달겨들것갓다 웨그쎅에평양갓던길에 더수탐을ᄒ여보
지 안이ᄒᆞ얏던가 웨그쎅에 우션에게돈오원을 쑤어가지고 즉시
평양으로나려가지를 안이ᄒᆞ얏던가ᄒᆞ여도 본다."(112회)

i) "죽으려흔것도 즈긔를위ᄒᆞ야살아잇스면셔 살아잇ᄂᆞᆫ줄을 알리지아
니흔것도 즈긔를위ᄒᆞ야흔것임을 싱각ᄒᆞᄆᆡ 즈긔의영치에게되흔 틱
도의넘우무졍흠이후회된다."(426면, 113회)

a)의 '무정'은 정절을 잃은 영채의 죽음이 마땅하다고 생각하는 우선과
달리 영채의 자살은 옳지 않다고 생각하는 형식의 생각 속에서, b)의 '무
정'은 영채를 찾으러 평양에 갔다가 기차를 타고 남대문(서울)에 도착하
기 직전에 형식이 하는 생각 속에서, c)와 d)의 '무정'은 힘들게 찾아온
영채에게 따뜻하게 대하지 않은 형식을 나무라는 하숙집 노파와 형식의
대화 속에서, e)의 '무정'은 김장로로부터 선형과의 약혼과 서양 유학 동
행 제안을 받고 형식이 망설이자 우선이 조롱하는 말 속에서, f)의 '무정'
은 형식이 기차 안에서 영채가 살아 있음을 확인한 후에 이루어지는 서
술자의 직접적인 논평 속에서, g)의 '무정'은 같은 기차에 형식이 탄 것을
알고 병욱이 영채에게 감상을 물었을 때 대답하는 영채의 말 속에서, h)
의 '무정'은 기차 안에서 드디어 영채를 마주보게 되었을 때 형식의 자책
속에서, i)는 영채의 지고지순한 마음을 확인한 후 형식의 후회 속에서
등장한다.

a)를 제외한 나머지는 모두 형식이 영채에 대하여 '무정'했음을 말하고
있다. 이때의 '무정'은 자신을 칠 년여 만에 찾아온 영채에게 무심했던
형식을, 평양에 내려가서 진심으로 영채를 찾지 않았던 형식을, 영채를

죽었다고 생각했으면서도 최소한의 애도 기간도 갖지 않은 형식을 가리키는 말이다. 그렇다면, 왜 형식은 그토록 영채에게 '무정'했던 것일까?

그 이유는 형식 스스로의 고백을 통하여 너무나도 선명하게 드러난다. 형식은 "셔울예슈교회즁에도 량반이오 지산가로 둘셋지에곱히는샤름"(2회)인 김광현의 사위가 되어, "수랑ᄒ던미인과 일싱에원ᄒ던 셔양류학!"(76회)을 동시에 얻고자 했던 것이다. 미모에 있어서는 형식 스스로도 영채가 선형보다 낫다고 말하는 대목도 있는 것처럼, 형식에게 진정으로 중요한 것은 '서양 유학'을 가능케 하는 김장로의 재력이다. 다음의 인용문들은 그러한 사정을 잘 보여준다.

> 로파의말에 형식은더욱놀랏다 과연ᄌ긔가 영치에게되ᄒ야 무정하얏던가 과연그쌔에영치의손을 잡으며 나도 지금것ᄌ긔를그리워ᄒ던 말을 홀것이안이이던가 그러고일어나 가려홀쩍에 그를붓들고그의장릭에 되ᄒ혼결심을무러보아야홀것이안이엇던가 그러고그쟈리에셔 닉가너를거두겠다ᄒ고 ᄀᆞ치영치의집에가셔 그어미와 의론홀것이안이엇던가 그리ᄒ얏더면 영치는그이튼날 청량리에도아이갓슬것이오 그변도당ᄒ지 안이ᄒ얏슬것이안이엇던가 쏘청량리에셔 갓치다방골로오는동안에도 내가너를거두마홀것이안이엇던가다방골로가지말고 다른킥뎜이나 내집에다리고올것이안이엇던가 그리하얏더면 평양으로갈싱각도안이ᄒ고 물에쌔져죽지도 안이홀것이 안이엇던가 올타로파의 말과ᄀᆞ치 영치를죽인것은 내다 영치가닉집에온것은 '나도너를기다리고잇셧다 이졔야만낫고나'ᄒ는너말을 들으려홈이다 그러고 '이졔브터너는닉 안히다'ᄒ는말을들으려홈이다 그런데나는 그쌔에무삼싱각을ᄒ얏나 영치가기싱이나 안이되엇스면조켓다 엇던샹류가뎡에 거둠이되어 녀학교에나다녓스면 죠켓다…… 이러혼싱각을ᄒ얏다 그러고 마음속으로는 선형이가잇는되 웨영치가 쮜어나왓나 영치가기싱이거나 뉘쳡이되엇스면조켓다ᄒ기도ᄒ얏다아아

상류가뎡은 무엇이며 기성은무엇인고 (75회)

　선형은 부귀혼 집쌀로서 완전혼교육을바든자요 영치는 그동안엇더케
굴어다녓는지 모르는계집이라 이모든것이합ㅎ야 형식에게는 영치는암
만히도 선형과평등으로 보이지를안이ㅎ얏다 (107회)

　영채가 죽엇다고 단정하고 서울로 돌아왓을 때, 형식은 학생들로부터
비웃음 받은 일을 게기로 경성학교까지 그만두게 된다. 이제는 '중'이나
되어볼까라는 말을 반복하는 상황에서 형식은 선형과 "약혼을ㅎ고 신랑
ㅅ지함쎄 미국을보닛스면 조켓다"(76회)는 김장로의 제안을 받자마자 곧
"늬게큰복이돌아왓고ㄴ"(76회)라며 꿈같이 기쁘게 지낸다. 나아가 형식은
"ㅅ어셔부터 잘쩌ㅅ지 선형과미국만싱각"(95회)할 정도이다. 이러한 형식
의 모습을 통해 형식이 진정으로 원했던 것이 무엇인지를 확인하는 것은
결코 어려운 일이 아니다. "소학럴려던이영치를 죽엿고나"(57회)라는 형식
의 생각은 그야말로 자기기만에 불과한 것이다. 영채를 그토록 '무정'한
삶에 빠뜨린 것은 다름 아닌 형식의 '돈'에 대한 욕망임에 분명하다.[94]

3. 근대의 한 부정성에 대한 비판

　영채가 자살을 결심한 것은 형식이가 말했듯이, "무졍혼사회(社會)가

---

94) 이것은 근세조선의 애정소설인 『채봉감별곡』과는 매우 상이한 모습이다. 『채봉감별
　곡』은 "착한 세계의 착한 사람들"(와다 토모미, 『이광수 장편소설 연구』, 방민호 역,
　예옥, 2014, 56면)의 이야기이며, 남녀간의 애정관계에서 돈이 별다른 힘을 발휘하지
　못한다.

연약ᄒᆞ그로ᄒᆞ야금 그리ᄒᆞ지안이치못ᄒᆞ게ᄒᆞᆫ것"(53회)이다. 좀 더 구체적으로 말하자면, 영채가 형식에게 남긴 "이제ᄂᆞᆫ이몸은 턴디가허ᄒᆞ지못ᄒᆞ고 신명이허ᄒᆞ지못ᄒᆞᆯ 극흉극악ᄒᆞᆫ죄인이로소이다 이몸이 ᄌᆞ식이되어ᄂᆞᆫ 어버이를히ᄒᆞ고 ᄌᆞᄆᆡ가되어ᄂᆞᆫ 형뎨도히ᄒᆞ고 안히가되어ᄂᆞᆫ 뎡렬을ᄭᅢ터린대죄인이로소이다"(50회)라는 편지글 속에 들어 있는 '아버지와 오빠들을 죽게 한 것'과 '정절을 깨트린 것'이 바로 자살의 이유이다. 그러나 2장과 3장에서 살펴보았듯이, '아버지와 오빠들을 죽게 한 것'과 '정절을 깨트린 것'은 모두 '돈'의 절대적인 영향력이다.

흥미로운 것은 『무정』에서 나름 개화된 인물들은 병욱 등을 제외하고는 모두 부정적인 모습을 보인다는 점이다. 이 작품에서는 '무정'이라는 말이 배명식을 가리킬 때, 한 번 사용되기도 한다. 배명식이 영채를 탐한다는 소식을 듣고, 형식이 "신혼ᄒᆞᆫ 일년이챠지못ᄒᆞ야 벌셔다른 계집에게 손을듸려ᄒᆞᄂᆞᆫ그런무정한놈의 첩이되어"(24회)라고 비판하는 것이다.[95]

배학감은 경성학교의 십여 명 교사가 모두 중등 교원의 법률상 자격이 없는 와중에 유일하게 동경고등사범학교를 졸업한 유학파이다. 더군다나 그는 "허일본에 큰교육가가잇소? 참 일본의교육은 극히불완전합니

---

95) 이외에도 '무정'이란 단어는 네 번 사용된다. 이것들은 서사의 핵심적인 주제와는 별다른 관련성이 없다. 영채가 박진사를 면회하러 갔을 때, 간수를 묘사하는 말에 '무정'이란 단어가 등장한다. "면회소에드러가본즉ᄉᆞ방에두터은널조각으로둘러막고긴칼을찬간슈들이 무정ᄒᆞᆫ눈으로 ᄌᆞ긔를보며 쿵쿵소리를내고 지나갈ᄯᅢᆫ"(13회)이라고 묘사되는 것이다. 영채가 형식에게 남긴 유서에 "더러운이몸을씻게ᄒᆞ고 무정ᄒᆞᆫ어별로ᄒᆞ야곰 죄만ᄒᆞᆫ이살을 쓸게ᄒᆞ려ᄒᆞᄂᆞ이다"(50회)라고 하여 '무정'이 등장하는데, 이 표현은 형식이 기차 안에서 영채를 찾으러 가는 길에 "탕탕ᄒᆞᆫ물결로ᄒᆞ야곰 이몸의더러움을 씻게ᄒᆞ고 무정ᄒᆞᆫ어별로ᄒᆞ야곰 이죄만ᄒᆞᆫ 살을쓸게ᄒᆞ려ᄒᆞᄂᆞ이다"(55회)라고 하여 다시 한번 등장한다. 마지막으로 병욱과 영채가 동경 유학길에 남대문역에서 우연히 동창생을 만났을 때, 동창생이 자기 집으로 가자고 말하며 "그러케 무정ᄒᆞ오"(104회)라고 말한다.

다"(20회)라고 허풍을 칠만큼, 얼치기로라도 서양 교육학을 공부한 사람이다. 김현수 역시 근대적인 교육기관인 경성학교의 교주인데다가 남작이라는 칭호까지 받은 이의 아들로서, 사오 년간 동경에 유학을 한 인물로 소개된다. 배학감과 김현수는 결국 돈으로도 안 되자 힘으로라도 영채를 겁탈하려고 한다. 이것은 자본의 폭력적인 모습을 선명하게 드러낸 것이라고 볼 수 있다.

이와 관련해 『무정』에서 '김장로 / 박진사'의 이항대립도 새롭게 바라볼 여지가 있다. 이 이항대립은 서구문명 / 전통문화, 근대 / 전근대, 영문식 사상 / 한문식 사상, 신세대 / 구세대, 새로운 윤리 / 유교 윤리의 이항대립에 이어지는 것으로 받아들여졌다.[96] 그러나 작품 속에서 '김장로 / 박진사'의 이항대립이 그렇게 선명한 것은 아니다. 박 진사는 일찍이 상해에서 신서적을 수십 종 사들여와 문명 운동을 펼친 인물이다. 사람들에게 새로운 사상을 강설하였지만, 사람들은 "철도나륜션이라는 말이 들어가지 아니ᄒᆞ야 박진스를갈라쳐 미친사름이라ᄒᆞ고 사랑에 모혓던션비들도"(5회) 떠나갈 정도로 근대지향적인 인물이었다. 그 와중에 박진사는 "ᄉᆞ천여년닉려오던 구든습관을 다ᄭᅵ트려바리고 온젼히시것을췱ᄒᆞ야 나아간다는표"(5회)로 머리를 깎고 검은 옷을 입는 등 남들이 보기에 매우 급진적인 행동을 하기도 하였으며, 주위의 시선에도 아랑곳 하지 않고 딸인 영채를 학교에 보냈다. 박 진사는 이미 깨어있는 사람이었던 것이다.

반면 김 장로는 미국에서 외교관까지 지낸 인물임에도 외국의 사상을

---

96) 최근의 연구에서도 이러한 이분법은 그대로 받아들여지고 있다. 서영채는 "『무정』에서 이형식을 중심으로 형성되는 삼각관계는 전통과 근대의 대립을 표상한다. 이형식 앞에 놓여 있는 두 개의 선택항은 단지 아름다운 두 여성일 뿐 아니라, 각각의 아버지가 표상하는 서로 다른 두 개의 길, 진사의 길과 장로의 길이었다."(「자기희생의 구조」, 『센티멘탈 이광수』, 소명출판사, 2013, 96면)고 설명한다.

제대로 이해하지 못했으며, 그저 미국 문명의 화려한 겉모습을 좇을 뿐이다. 예술에 대해 무지하면서도 방 안을 그림으로 꾸미고, 신식으로 꾸며진 자신의 집을 보며 흐뭇해하는 모습은 서술자가 이야기한 것처럼 "무식"(79회)하다. 심지어 선형을 학교에 보낸 이유도 서양 사람들이 그렇게 하는 것을 보고, 그것이 옳은 줄로 믿기 때문이다. 박 진사가 적극적인 의지로 영채를 교육한 것과 대조되는 부분이다. 그럼에도 박 진사가 몰락하고 김 장로가 성공한 이유는 다름 아닌 돈의 힘 때문이다.

『무정』에 등장하는 총 스물네 번의 '무정' 중에서 주요 서사와 직접적인 관련이 없는 네 번과, 마지막 문장에서의 두 번, 그리고 배학감을 가리킬 때의 한 번을 제외한 열일곱 번은 모두 영채와 관련된 것임을 알 수 있다. '무정'은 대부분 영채의 고통스런 삶을 가리키기 위해 사용되고 있는 것이다. 지금까지 『무정』의 '무정'은 '무정한 과거'라는 표현이 의미하듯이, 문명 개화 이전의 과거와 관련된 것으로 이해되어 왔다. 그러나 오히려 『무정』에서 '무정'은 돈의 사회적 지배력이 커진 것과 직접적으로 관련되어 있다. 형식이 영채를 구할 돈 천 원을 애타게 원하며 하는 "돈만 잇스면 사람의몸은커녕 령혼신지라도 사게된이셰상"(25회)이야말로 '무정'의 진정한 이유였던 것이다. 『무정』에서 신문물을 받아들이고 계몽이 한창이어야 할 서울이나 평양이라는 공간은, 실제로는 돈이 절대적인 영향력을 발휘하는 공간으로 그려질 뿐이다. 그렇다면, 오히려 '무정'은 과거와 관련된다기보다는 근대화에 따라 돈의 영향력이 커진 '현재'의 시공과 관련된 것이라고 말할 수도 있다.

따라서 『무정』의 "어둡던셰상이평싱어두울것이안이오무정ᄒ던셰상이 평싱무정홀것이 아니다 우리는우리힘으로 밝게ᄒ고유정ᄒ게 ᄒ고 질겁게후고 가멸게후고 굿세게홀것이로다"(126회)라는 마지막 부분은 근대지향이라기보다는 근대의 한가지 부정성에 대한 비판의 의미로 새겨볼 가능성도 존재한다. 이 작품에서 문명 개화의 선생님은 말할 것도 없이 이형식이다. 이때 형식이 선생의 자리를 차지할 수 있는 것은 그의 근대지향성 때문이라고 할 수 있다.[97] 동시에 『무정』에서 반드시 극복해야 할 것으로 제시된 '무정'을 양산해내는 존재 역시 이형식이다. 따라서 이광수의 『무정』은 '이형식 비판'이라는 중요한 과제를 제시하는 작품이기도 한 것이다.

4. '유정'한 세상의 상상계적 성격

돈에 의하여 '무정'한 상황이 가득한 현재와 달리, 형식과 영채가 유년기를 보낸 안주읍에서 남으로 십여리 떨어진 동네는 '유정'한 세상이다. 이 동네의 대문자 타자라고 할 수 있는 박진사는 "위인이 점잔코인즈후고 근엄후고도쾌활후야 어린사룸들도 무셔운션싱으로 아는 동시에 정다온 친고로 알앗셧다"(5회)고 설명된다. 안주읍에서 남으로 십여린 떠러진

---

97) 이형식의 근대지향적인 면모는 다음과 같은 묘사에 잘 나타난다.
"그는붕빅간에도 독셔가라는칭찬을듯고 학싱들이 그를존경후는 쏘흔리유는그의칙장에 즈긔네가알지못후는 영문덕문의 금즈박힌칙이잇슴이엇다 그는항상말후기를 우리죠션사룸의 살아날 유일의 길은우리죠션사룸으로 후야곰셰계에 가장문명훈 모든민족 - 우리닉디민족만훈 문명뎡도에 달홈에잇다후고 이리홈에는 우리나라에 크게공부후는 사룸이만히 싱겨야혼다후얏다 그럼으로 그가싱각후기롤 이줄을즈각훈 즈긔의칙임은 아모조록 칙을만히 공부후야완전히 셰계의 문명을 리히후고 이를 조선사룸에게션뎐홈에잇다후얏다 그가칙에 돈을앗지아니후고 지죠잇는 학싱을 극히 스랑후며 힘잇는디로 그네를 도아주려홈도 실로이를위홈이라"(24회)

동네에 대한 묘사는 비교적 간단하게 이루어지는데, 그 핵심은 다음과 같은 영채의 생각에 잘 나타나 있다.

> 그의아버지도션흔사름이오 올아버니네도 션흔사름이엇고 그집 사랑
> 에와잇던 쏘느다니던 사름들도 션흔사름이엇다 형식도 무론 션흔사름이
> 엇다그러고 그가 소학과 렬녀젼ㅈㅅ흔칙을비홀째에 그속에 나오는사름들
> 도다션흔사름이엇다영치는어린싱각에도 그칙에잇는 인물과ㅈㅅ긔의가뎡
> 과 쥬위에잇는인물과는 ㅈㅅ흔인물이어니ㅎ얏다 그러고영치ㅈ신도션흔 사
> 름이엇다 넉측이나렬녀젼에잇는 녀ㅈ들과 ㅈㅅ긔와는 ㅈㅅ흔녀ㅈ라하얏셧다
> 그러고셰상은다ㅈㅅ긔의가뎡과 ㅈㅅ흐려니 셰상샤름은 다ㅈㅅ긔와밋 ㅈㅅ긔의
> 쥬위에잇는 사름들과 ㅈㅅ흐려니ㅎ얏셧다 (30회)

위의 인용에서 그려진 안주골의 핵심적인 특징은 '아버지=오라버니=
형식=영채=착한 사람'으로 인식되는 공간이라는 점이다. 영채는 주변
사람들을 모두 자신의 거울상으로 여기고 있으며, 그들과 완벽하게 결합
되어 있다는 환상에 빠져 있다. 이러한 환상으로 인해 영채는 안주골에
서 충만함과 환희를 느끼고 있다. 이것은 안주골이 영채에게 있어 일종
의 상상계적 공간임을 보여주는 분명한 증거이다.[98] 이후 영채는 안주골
을 떠나 친척의 학대와 주막에서의 봉변을 당하고, 평양에서 기생이 된
후에야 "셰샹이 ㅈㅅ긔의가뎡과다르고 셰샹 사름들이 ㅈㅅ긔와밋 ㅈㅅ긔의주
위에잇던사름들과 다름을써"(30회)닫는다. 영채는 안주골을 떠난 후에야
자기 자신이 분리된 존재, 즉 '너'는 '너'이지 '나'가 아니라는 사실을 분명

---

98) 언어 이전의 세계인 상상계에서 우리와 결합이 가능했던 다른 모든 것도 상징계라는
세계 안에서는 우리와 별개의 인물 또는 사건으로 바뀌어 버린다.(J. Lacan, "The
Mirror Stage as Formative of the Function of the I", Ecrits:A Selection, Trans. Alan
Sheridan, New York:W.W.Norton, 1977, 38-49면)

히 깨닫게 된 것이다. 영채는 비로소 타자들이 존재하는 상징계에 진입한 것으로 볼 수 있다.

이와 관련해 영채가 죽기 위해 평양으로 가며 형식에게 남긴 선물이 황옥지환 한 짝과 조그마한 칼 하나 그리고 장지 뭉텅이라는 사실도 의미심장하다. 이 중에서도 장지 뭉텅이는 매우 중요한 물건으로 상세하게 소개되어 있는데, 그 장지야말로 "이것이 이몸이평싱에진이고잇던션싱의 긔념이로소이다"(51회)라고 할 만큼 의미 있는 물건이기 때문이다. 영채가 죽기 직전에 남긴 장지 뭉텅이는 아이들이 처음 언문을 배울 때에 써 가지는 것으로서, "ㄱㄴㄷ과가나다"(51회)가 쓰여 있다. 이 뭉텅이는 영채가 언문을 배우지 못했을 때, 아버지가 써준 장지를 잃어버리자 형식이 대신 써준 것이다. 라캉이 상상계와 상징계를 가르는 핵심적인 기준으로 제시한 것이 언어라는 것을 생각할 때, "ㄱㄴㄷ과가나다"(51회)가 쓰여 있는 장지 뭉텅이는 안주골이 영채에게 언어 습득 이전, 즉 상징계 이전 단계에 해당하는 곳임을 상징적으로 말해준다.

영채의 형식을 향한 욕망 역시도 안주골을 향한 욕망과 관련하여 설명해 볼 수 있다.[99] 영채는 어려서부터 귀여움을 받았고 교육 수준도 높았다. 하지만 가문이 망하자, 모진 세상살이 속에서 살아야 할 이유로 오직 형식을 생각한다. "영치의 긔억에잇는 션훈스룸은 오직리형식"(30회) 뿐이다. 어느새 형식은 영채에게 '잃어버린 욕망의 대상', 즉 '대상 a'가 된 것이다. 형식은 "션싱을 뵈오니 돌아가신 부친님과 올아바님들을함씌 뵈온것ᄀᆞᆺ습니다"(6회)라는 문장에서 잘 드러나듯이, 영채로 하여금 행복

---

99) 이와 관련해 경성학교에서 "소년들의동무가 되려"(67회) 몸부림 치는 형식의 욕망도 고려해 볼 필요가 있다.

했던 유년 시절을 떠올리게 해주고 그때처럼 살 수 있게 해줄 것 같은 존재이다. 따라서 형식과 재회한 그 순간까지 영채에게 형식은 이상화되어 있다.

그러나 형식과 재회한 날 밤, 영채는 자신을 생각보다 반가워하지 않는 형식을 보며 불안감을 느낀다. 자신이 유일하게 의지했던 형식에게 실망한 영채는 '대상 a'를 상실한 기분을 느끼고, 자신도 월화처럼 죽을 수밖에 없다고까지 생각한다. 자살하러 가는 기차에서 병욱을 만나고서야 영채는 비로소 형식을 자신의 마음속에서 새롭게 정립한다. 이제 형식은 영채에게 무의미하고 헛고생했던 지난날을 떠올리게 하는, 다시는 기억하고 싶지 않은 '억압된 무의식'의 표상이 된 것이다. 그러하기에 병욱과 함께 동경으로 유학 가는 길에 형식이 같은 열차에 타고 있다는 것을 알자, 영채는 불안을 느낀다. 이는 영채가 병욱을 붙잡고, "안이야요 나는살사름이안이야요 죽어야홀사름이야요 가만히 지나간 일을 싱각히 보닛가 암만히도나는 살려고난것굿지를 안이히요 아버지와 두올아버지는 옥즁에서죽고 그리고 칠팔년고싱이 모다속졀업시……"(111회)라며 자신은 더 이상 살 가치가 없는 존재라고 이전처럼 '낮은 자부심'을 보이는 것에서도 알 수 있다.

영채는 수재민을 위해 형식, 선형, 병욱과 자선 음악회를 열고 난 후에야 자신의 억압된 무의식에서 비롯된 불만을 극복한다. 영채는 조선은 앞으로 더 나아질 수 있으며 그러한 조선을 만드는 것은 바로 우리 자신이라는 형식의 말을 듣고, 온몸으로 반응하는 것이다.[100] 이러한 육체적

---

100) 이러한 육체적 반응은 두 번 나타난다. 형식의 민족 계몽을 "누가흐나요?"(124)라는 질문에 "세쳐녀는 몸에쇼름이끼친"(124회)다. 이어서 형식은 자신들이 유학 가는 차표에는 조선 사람들의 땀이 들어 있다는 말을 하고는 "몸과고기를 흔"(124회)든다.

반응은 발전된 미래 조선의 모습이 곧 영채의 행복했던 유년 시절과 같은 충족감을 주었기 때문에 가능한 것이다. 이렇듯 '문명화된 새로운 조선'은 영채의 새로운 '잃어버린 욕망의 대상', 즉 '대상 a'가 된다.

또한 형식의 연설을 듣고 감동한 이들의 상태는 "너와 나라는 차별이 업시 왼통 흔몸한마음이된듯ᄒ얏다"(124회)고 설명되며, 결국에 네 명(영채, 선형, 병욱, 형식) 모두 함께 부둥켜안고 운다. 이것은 영채가 안주골에서 자타를 구별하지 못하며 느꼈던 충만함과 환희를 다시 느끼는 장면이라고 해도 과언이 아니다. 이처럼 이광수의 『무정』에서 무정한 세상 이후에 올 유정한 세상이란 결국 상징계 이전의 상상계적 단계에 해당하는 것이다.[101] 기차 안에서 느꼈던 이들의 '온통 한몸, 한마음이 된 듯'한 기분이야말로 이광수가 줄기차게 꿈꿔온 민족이라는 공동체의 성서적 근원인지도 모른다.

5. 이형식 비판으로서의 『무정』

이 글에서는 『무정』을 서구문명 / 전통문화, 근대 / 전근대, 영문식 사

이에 "셰쳐녀도 그와ㅈ히몸을흔들엇다"고 표현된다.

101) 그것은 주 스토리 시간으로부터 4년 후가 배경인 에필로그에서도 확인할 수 있다. 유정한 세상의 구체적인 모습으로는 막연하게 상공업이 발달되었다는 것만을 확인할 수 있을 뿐, 나머지는 지극히 추상적으로 그려지고 있을 뿐이다. "아아 우리땅은 날로아름다워간다 우리의 연약ᄒ던팔쭉에는 날로힘이 오르고 우리의어둡던 정신에는 날로 빗치난다"(126회)가 우리가 생각할 수 있는 미래의 유정한 세상 거의 전부이다. 이러한 막연함은 형식 등의 인물들이 행하는 막연한 기능과도 관련되어 있다. 에필로그에서 기차에 함께 올랐던 형식과 그 일행은 각자의 성공을 이룬 모습만이 나올 뿐, 그것이 어떤 식으로 조선의 발전에 기여했는지에 대해서는 설명이 없다. 조선 전체의 발전은 "형식일힝이 부산셔 비를탄뒤로"(126회) 이루어진 것이다.

상 / 한문식 사상, 신세대 / 구세대, 새로운 윤리 / 유교 윤리 등의 이항대립에 바탕해, 전자를 지향하는 작품으로 보는 것에 의문을 제기하고, 새로운 독해를 시도하고자 하였다. 이를 위해 이 글에서는 가장 기초적인 텍스트 분석을 해보았는데, 그것은 바로 이 작품의 표제이기도 한 '무정'이라는 어휘의 의미를 추적하는 것이다. 나아가 이광수가 『무정』에서 이상향으로 제시한 '유정'한 세상의 참된 모습과 그 의미를 살펴보고자 하였다. 이광수의 『무정』에 등장하는 총 스물네 번의 '무정' 중에서 주요 서사와 직접적인 관련이 없는 네 번과, 마지막 문장에서의 두 번, 그리고 배학감을 가리킬 때의 한 번을 제외한 열일곱 번은 모두 영채와 관련된다. 이것은 '무정'이 대부분 영채의 고통스런 삶을 가리키기 위해 사용되고 있는 것임을 보여준다. 지금까지 『무정』의 '무정'은 '무정한 과거'라는 표현이 의미하듯이, 문명개화 이전의 과거와 관련된 것으로 이해되어 왔다. 그러나 오히려 『무정』에서 '무정'은 돈의 사회적 지배력이 커진 것과 직접적으로 관련되어 있다. 형식이 영채를 구할 돈 천 원을 애타게 원하며 하는 "돈만 잇스면 사룸의몸은커녕 령혼ꗐ지라도 사게된이셰상"(25회)이야말로 '무정'의 진정한 이유였던 것이다. 『무정』에서 신문물을 받아들이고 계몽이 한창이어야 할 서울이나 평양은, 실제로는 돈이 절대적인 영향력을 발휘하는 공간으로 그려질 뿐이다. 그렇다면, 오히려 '무정'은 과거와 관련된다기보다는 근대화에 따른 돈의 영향력이 커진 '현재'의 시공과 관련된 것이라고 볼 수도 있다. 따라서 『무정』의 "어둡던셰샹이 평싱어두울것이안이오무정ᄒ던셰샹이평싱무정ᄒ을것이 아니다 우리는우리힘으로 밝게ᄒ고유정ᄒ게 ᄒ고 질겁게ᄒ고 가멸게ᄒ고 굿세게ᄒᆯ것이로다"(126회)라는 마지막 부분은 근대지향이라기보다는 근대의 한 가지 부정성에 대한 비판의 의미로 새겨볼 가능성도 존재한다. 이 작품에서 문명 개화의 선생님은 말할 것도 없이 이형식이다. 이때 형식이 선생님의 자리를 차지할 수 있는 것은 그가 지향하는 근대성 때문이라고 할 수 있다. 동시에 『무정』에서 반드시 극복해야 할 것으로 제시된 '무정'을 양산해내는 존재 역시 이형식이다. 따라서 이광수의 『무정』은 '이형식 비판'이라는 중요한 과제를 제시하는 작품이기도 한 것이다. 마지막으로 이광수의 『무정』에서 무정한 세상 이후에 올 유정한 세상이란 결국 상징계 이전의 상상계적 시공임을 확인할 수 있다.

제 3 장

이광수의 「유정」에 나타난 칸트적 윤리의 양상

1. 칸트와 함께 「유정」 읽기

이광수의 「유정」은 1933년 10월 1일부터 12월 31일까지 『조선일보』
에 77회 연재된 장편소설이다. 「유정」은 이광수가 "萬一 내 작품中에
後世에 끼쳐질 만한 것이 있다면 이 「有情」과 「가실」이라고. 그 亦 猥
濫한 말이나 外國語로 번역될 것이 있다면 그는 亦 「有情」이라고 생각
해요."102)라고 말할 정도로 작가의 자부심이 대단한 작품이다. 그러나 이
작품에 대한 연구가 『무정』이나 『흙』처럼 활발하게 이루어진 것은 아니
다. 지금까지 「유정」에 대한 연구는 주인공 최석에 대한 해석에 초점이
맞추어져 왔다고 해도 과언이 아니다. 그것은 「유정」의 대부분이 최석의
일기와 편지 등으로 이루어져 있으며, 다른 인물이 초점화자로 등장하는
경우에도 초점화의 대상은 늘 최석인 서술구조와 관련된다. 서사구조상

---

102) 이광수, 『이광수 전집』 10권, 삼중당, 1974, 524면.

에 있어서나 의미론적 측면에서나 최석은 그야말로 이 작품의 중심인 것이다. 지금까지의 연구사는 최석이 보여주는 의지와 열정 혹은 이성과 감정의 대립에 초점을 맞추어왔으며, 그 대립 속에서 '정신의 고양'이나 '민족의 강조'라는 의미를 추출해내고는 하였다.

'정신의 고양'이라는 맥락의 연구들은 다음과 같다. 박혜경은 최석이 "남정임에 대한 사랑을 통해 자신의 도덕적 완성을 갈망하는 영혼의 고양된 에너지"103)에 사로잡혀 있으며, 시베리아에서 최석이 벌이는 내적 투쟁은 "자연에 대한 이성의 통제를 통해 주체의 도덕적 자기완성에 이르려는 근대문명의 계몽적 프로젝트를 닮아 있다"104)고 주장한다. 윤홍로는 「유정」을 이광수 문학의 3기, 즉 영(靈)의 구원을 모색하는 종교적 경향의 시기의 맨 앞에 오는 작품으로 이해한다.105) 이것은 이광수의 "이상주의적인 애정 경향을 종교적으로 심화하려는 정신지상주의로 지양 상승하는 작품이다."106)라는 조연현의 관점에 이어진 것이기도 하다. 신영미는 최석의 "죽음은 열정과 이지, 그리고 욕망과 규범을 육화하여 절대세계로 나아가고자 하는 자기완성의 기획"107)이라고 설명한다. 강헌국은 「유정」이 욕망의 문제를 철저하게 고찰하여 남녀 간의 연애를 극복하고 인류애로 나가는 길을 모색했으며, 최석은 "욕망이 제거되어 순수하게 정신적 차원으로 승화된 사랑"108)을 입증하려 했다고 주장한다.

---

103) 박혜경, 「이광수 소설에 나타난 사랑과 계몽의 기획 : 이광수의 「유정」을 중심으로」, 『한국문학연구』 33집, 2007, 247면.
104) 위의 논문, 248면.
105) 윤홍로, 「춘원 이광수와 「유정」의 세계」, 춘원연구학보, 2008, 164면.
106) 조연현, 『한국현대문학사』, 인간사, 1968, 248면.
107) 신영미, 「한국 근대소설에 나타난 자살과 낭만성의 관련양상 연구」, 인하대 박사논문, 2009, 123면.
108) 강헌국, 「이광수 소설의 인류애」, 『현대소설연구』 57집, 2014, 226면.

다음으로는 「유정」을 춘원 문학의 기본항이라고 할 수 있는 민족과 관련하여 논의한 연구들이 있다. 서영채는 최석은 "죄 없는 책임의 실천자"109)로서, 주인공 최석과 소설의 화자가 공유하고 있는 것은 "그들의 창조자 이광수가 원하는 것, 즉 조선이라는 공동체의 정신적 고양"110)이며, 그것을 통해 "절대 주체로서의 민족"111)이 도래하기를 원한다고 주장한다. 서희원도 「유정」의 주인공들은 "공동체의 경계를 벗어난 시베리아에서 죽음을 맞지만 그들의 영혼은 역설적이게도 죽음을 통해 민족과 결합하며 간통이라는 불명예를 벗고 불멸의 사랑이라는 관념을 획득"112)한다고 강조한다. 임보람은 「유정」의 서사가 "공동체를 향한 계몽의 외피를 입고 있지만, 아이러니하게도 그것을 추동하는 저변의 원리란 가장 사적인 욕망의 발로"113)라고 지적하지만, 결국에는 "최석의 서사가 목적한 바는 그의 무고한 죽음이 공동체에 야기할 도덕적 감화 또는 회개라 할 수 있을 것"114)이라고 하여 공동체 지향적인 작품으로 해석하고 있다.115)

---

109) 서영채, 「죄의식, 원한, 근대성 : 소세키와 이광수」, 『한국현대문학연구』 35집, 2011, 52면.
110) 위의 논문, 53면.
111) 위의 논문, 56면.
112) 서희원, 「공동체를 탈주하는 방랑과 죽음으로 귀환하는 여행」, 『한국문학연구』 40집, 2011, 225면.
113) 임보람, 「「유정」에 드러난 사랑과 욕망의 문제 연구」, 『우리말글』 69집, 2016, 228면.
114) 위의 논문, 246면.
115) 이외에도 「유정」에 나타난 작가 이광수의 자전적 언술 행위의 양상과 그 의미를 자전적 삶과 관련지어 해석(서은혜, 「이광수의 상해·시베리아행과 「유정」의 자서전적 텍스트성」, 『춘원연구학보』 9집, 2016, 223-256면)한 연구, 「유정」을 통해 근대 남성의 사랑 방식을 살펴본 연구(임선애, 「근대 남성의 사랑 방식 : 이광수의 「유정」」, 『인문과학연구』 8집, 2007, 161-179면), 「유정」을 톨스토이의 『부활』과 관련시킨 연구(김진영, 「삶의 텍스트, 소설의 텍스트-이광수와 톨스토이」, 11-49면), 정신분석 관점에서의 연구(김용하, 「신경증자의 발견과 탈 나르시시즘 주체의 구제」, 『국제어

이 글은 기본적으로 최석이 보여주는 의지와 열정 혹은 이성과 감정의 대립을 칸트가 주장한 윤리의 맥락에서 살펴보고자 한다. 이러한 맥락에서는 자연스럽게 '정신의 고양'이나 '민족의 강조'도 유의미하게 연결시켜 논의하는 것이 가능해지기 때문이다. 칸트는 윤리가 공동체의 규범이나 행복주의(공리주의)를 부정함으로써 가능하다고 보았다. 대신 보편적인 윤리의 문제는 '자유로워라'라는 정언명령에 충실할 때만 가능하다고 주장한다. 자유란 다른 데에 원인이 없고 순수하게 자발적, 자율적이라는 것을 의미한다. 공동체의 규범을 부정해야 하는 이유는, 사람이 공동체의 규범을 따른다면 그것은 타율적이어서 자유가 아니기 때문이다. 자유는 순수하게 자발적인 행위여야만 하는 것이다. 한편 공리주의적인 사고방식에서도 행위는 신체적 욕구나 타자의 욕망에 따라 규정되는 것이므로 자유가 아니다.[116]

문』 49집, 2010.8, 113-136면), 질병 모티프를 중심으로 「유정」에 나타난 여성 이미지를 살펴본 연구(김소륜, 「이광수 소설에 나타난 여성 이미지」, 『이화어문논집』 27집, 2009, 117-138면), 이주와 정을 관련시켜 논의한 연구(이언홍, 「「유정」에 나타난 이주와 '정(情)'의 연구, 『춘원연구학보』 8집, 2015, 109-133면) 등이 있다.

116) 가라타니 고진, 『윤리 21』, 송태욱 역, 사회평론, 2001, 6면. 가라타니 고진은 이후에도 "도덕은 객관적으로 존재하는 것처럼 보인다. 그러나 그와 같은 도덕은 이를테면 공동체의 도덕이다. 거기서 도덕규범은 개개인에 대해 초월적이다. 또 하나의 관점은 도덕을 개인의 행복이나 이익에서 생각하는 견해이다. 전자는 합리주의적이고 후자는 경험주의적이지만 어느 것이든 '타율적'이다. 칸트는 여기서도 그것들 '사이'에 서서 도덕을 도덕이게끔 하는 것을 초월론적으로 묻는다. 다시 말하면 칸트는 공동체의 규칙이나 개인의 감정·이해관계를 괄호에 넣음으로써 도덕 영역을 끄집어내는 것이다."(가라타니 고진, 『트랜스크래틱』, 이신철 역, 도서출판 b, 2013, 170면)라고 설명한다. 칸트는 도덕성의 원칙을 세 가지 방식으로 설명했다. 보편주의, 인격주의, 자율이 그것이다. 보편주의 원칙은 행위의 원칙이 자연 질서와 닮은 보편적 법칙과 일치해야 한다는 것을 말하고, 인격주의 원칙은 이성적인 존재는 그 자체로 어떤 목적보다도 우선되어야 한다는 명령의 형식으로 제시된 것을 말한다. 자율은 이성적인 존재는 자기 스스로 법칙을 세우고 거기에 스스로 복종해야 한다는 것이다. (박찬구, 『칸트의 「도덕형이상학 정초」 읽기』, 세창미디어, 2014, 113-121면) 칸트가 주장한 윤리는 박찬구의 경우에서 볼 수 있듯이, 흔히 도덕으로도

칸트가 『실천이성비판』과 『윤리형이상학 정초』 등을 통해 '윤리성의 최상의 원칙'을 찾아서 그것을 확립하고자 했다면, 「유정」의 최석은 정임과의 사랑을 통해 '윤리성의 최상의 원칙'을 실천하고자 한 것이라고 설명할 수 있다. 그렇다면 남는 의문은 이광수가 「유정」을 통해 '윤리성의 최상의 원칙'을 보여주고자 했다면, 그것이 굳이 사랑이어야 할 필요가 있느냐는 것이다. 그러나 이것 역시도 칸트가 주장한 윤리의 필연적인 귀결로 이해할 수 있다. 칸트는 윤리와 관련하여 절대적인 가치를 지닌 것, 목적 그 자체가 될 수 있는 것이 "인간과 같은 이성적 존재뿐"[117]이라고 주장하기 때문이다. 따라서 인간을 목적으로 한 사랑이야말로 칸트적 윤리를 실천할 수 있는 가장 적절한 영역이라고 할 수 있다.

이 글에서와 같이 칸트의 윤리 개념에 바탕해 「유정」을 논의한 것으로는 서영채의 선행 연구를 들 수 있다. 서영채는 이광수 문학의 전반을 조망한 글에서, 1920년대 이후 강화된 이광수의 도덕주의는 그로 하여금 「유정」에서 유려하게 개진된 초자아의 엄격한 명령, 가혹하고 일그러진 칸트식의 지상명령에 직면하게 한다고 주장한다. 최석은 "자기 내부에서 끓어오르는 정념을 잠재우기 위해 시베리아 벌판으로 떠났고, 도덕적 책임이라는 엄숙한 지상명령에 복종하기 위해 그곳에서 자기 내부의 자연과 싸우다가 마침내는 자신의 목숨을 바쳐야 했다."[118]라고 지적하

번역된다. 이 글에서는 공동체의 규범에 바탕한 도덕과 구분하기 위하여 윤리라는 용어를 사용하고자 한다.

117) 박찬구, 앞의 책, 106면. 칸트는 『윤리형이상학 정초』에서 "인간은, 그리고 일반적으로 모든 이성적 존재자는, 목적 그 자체로 실존하며, 한낱 이런저런 의지의 임의적 사용을 위한 수단으로서 실존하는 것이 아니다. 인간은, 그리고 일반적으로 모든 이성적 존재자는 그의 모든, 자기 자신을 향한 행위에 있어서 그리고 다른 이성적 존재자를 향한 행위에 있어서 항상 동시에 목적으로서 보아야 한다."(칸트, 『윤리형이상학 정초』, 백종현 역, 아카넷, 2005, 145-146면)고 주장한다.

고 있는 것이다. 단편적인 이 언급에서 아쉬운 것은 칸트적 윤리의 중요한 대목이 모두 성찰되고 있지는 않다는 사실이다. 서영채는 칸트가 윤리의 핵심적인 조건으로 제시한 요건 중에서 개인의 감정·이해관계를 괄호에 넣음으로써 성립한다는 것에만 주목하고 있다. 그러나 칸트의 윤리에서는 공동체의 규칙이나 규범으로부터 독립해야 한다는 점도 매우 중요한 요소이다. 실제로 「유정」에서는 이와 관련한 윤리적 성찰의 지점이 매우 뚜렷하게 존재하고 있다. 따라서 필자는 칸트적 윤리의 두 가지 측면이 「유정」에 모두 나타난다고 파악하고 있으며, 꼼꼼한 읽기를 통해 이를 논증해 나가고자 한다. 또한 「유정」은 『무정』, 『사랑』과 더불어 이광수의 연애 3부작으로 일컬어지고는 한다. 특히 「유정」은 제목에서부터 『무정』과의 깊은 연관성을 보여주는 작품이다.[119] 이를 고려하여, 윤리라는 관점에서 『무정』과 「유정」을 서로 비교함으로써, 「유정」에 드러난 윤리의 양상을 보다 선명하게 부각시키고자 한다.

118) 서영채, 「민족 없는 민족주의」, 『아첨의 영웅주의』, 소명출판, 2011, 98면.
119) 두 작품의 연관성은 여러 논자들에 의해 지적되었다. 「유정」은 그 제목이 상기시키듯이 『무정』과도 창작 동기상 내밀한 연관이 있는 소설이라는 것이다.(김윤식, 『이광수와 그의 시대2』, 솔, 1999, 224면) 나아가 남성주인공이 죽음으로 자신의 진정성을 확증한다는 결말 처리만 다를 뿐, 사실상 『무정』의 플롯ㅡ교사라는 설정에서 시작해 로맨스에 뒤이은 '세간의 오해', 그에 대한 침묵과 신속한 사표 처리, 해외로 떠나는 주인공들, 이성애에서 동정으로의 '의미론적 반전' 등ㅡ을 얼마간 재활용하고 있다는 인상마저 준다는 의견도 있다. (이철호, 「황홀과 비하, 한국 교양소설의 두 가지 표정」, 『상허학보』 37집, 2013, 335-336면)

2. 공동체의 규범에 대한 거부

최석의 행로는 크게 조선에서의 삶과 시베리아에서의 삶으로 나누어 볼 수 있다. 조선에서의 삶은 공동체의 규범과 다른 새로운 방향을 모색하는 것으로 정리된다. 최석은 공동체의 규범을 우선시하는 사람이 아니다. 최석은 공동체를 존속시키기 위한 규율, 이른바 공동체의 도덕을 거부하는 것이다. 그것은 공동체의 대표적인 범주라고 할 수 있는 가족 관계에서 가장 뚜렷하게 드러난다.

남정임을 일종의 수양딸로 맞이해 키우면서 최석의 가족은 삐걱거리기 시작한다. 정임의 엄마가 중국인이고, 최석이 처음 보았을 때 정임이 중국인 말을 하고 중국인 복장이었던 것에서 드러나듯이,[120] 정임은 최석의 가족이나 조선이라는 공동체에서 타자의 자리에 위치한다. 그런데 최석의 아내는 "정임을 제 친딸과 같이 사랑하지 못"(18)는 사람이었던 것이다.[121] 그렇기에 정임의 우수한 점은 오히려 미움과 시기의 이유가 되고, 이러한 아내의 성격은 최석의 딸 순임에게도 그대로 나타난다. 공동체의 논리에서라면, 아내와 딸의 미움과 시기는 당연한 것이라고 할 수 있다. 그러나 최석은 정임을 자신의 가족과 똑같이 대우한다. 나중 순임이 정임과 함께 시베리아에 가서 새로운 인간이 되었을 때, "아버지께

---

120) "그때의 정임의 나이 여덟살이었소 정임은 중국 계집애 모양으로 앞머리를 이마에 나불나불하게 자르고 푸른 청옥 두루마기를 입은 소녀였소. 말도 조선 말보다 한어를 잘하고 퍽 감정적인 미인 타입의 소녀였소 그때에 정임은 나를 부를 때에는 '초이시엔성' 하고 중국 말로 불렀소"(이광수, 「유정」, 『이광수전집』 4권, 삼중당, 1974, 17면.) 앞으로의 작품 인용시 본문 중에 페이지 수만 기록하기로 한다.
121) 이언홍은 "최석의 아내가 혈연관계의 유무를 기준으로, 순임이 가족을 기준으로 하여 '우리'와 '타자'(남정임)을 구분"한다고 지적한 바 있다.(이언홍, 앞의 논문, 114면)

서는 친구의 의지 없는 딸인 정임을 당신의 친 혈육인 저와 꼭 같이 사랑하려고 하신 것이었습니다."(77)라고 말하는 것에서도 이러한 특징은 잘 드러난다.

나아가 최석은 남정임을 사랑하는데, 그것은 조선이라는 공동체의 도덕으로는 용납될 수 없는 것이다. 조선 사회에 최석과 남정임의 관계가 알려지게 된 계기가 된 남정임의 일기에는 "C선생이라는 말과 '그이'라는 말"(35)이 혼재되어 있다. 이것은 남정임의 마음속에 부모이자 선생인 최석을 향한 존경과 연정이 공존하고 있음을 보여준다. 이 중에서 최석을 향한 연정은 조선이라는 공동체에서 결코 받아들여질 수 없는 것이다. 최석은 "어린 여자를 농락해서 버려 준 위선자요, 죽일 놈"(15)이며, 남정임은 "남의 아내 있는 남자, 아버지 같은 남자와 추악한 관계를 맺은 음탕한 계집"(15)일 뿐이다. 이 두 남녀는 "도덕상 추호도 용서할 점이 없는 죄인"(15)인데, 이때의 도덕은 조선이라는 공동체의 규범에 해당한다고 할 수 있다.

최석은 일순간에 자신의 딸과 동갑인 여자 아이를 건드린 "짐승"(34)이자 "에로 교장"(40)이 되어 이 사회로부터 상징적 죽음을 당하지만, 그는 어떠한 자기변호도 하지 않으며 사회적 낙인을 순순히 받아들인다.[122] 신문에까지 '에로 교장'으로 보도되는 상황에서 도리어 태연하게 "집을 떠나자, 조선을 떠나자, 그리고 아무쪼록 속히 이 세상을 떠나 버리자"(41)며 시베리아로 가는 것이다. 이것은 상황에 떠밀린 것이 아니라 어디까지나 "결심"(41)에 해당하는 것이며, 이 결심은 집과 조선을 떠나는

---

122) 조남현 교수는 최석이 어떠한 자기변호나 해명도 하지 않는 것을 「유정」의 결점으로 꼽고 있다. (조남현, 『한국현대소설사 2』, 문학과지성사, 2012, 178면)

행위가 최석의 자율적 판단에 따른 주체적 행위라는 것을 증명한다. 최석이 집과 조선을 떠나 북만주를 거쳐 시베리아까지 가는 것은 공동체의 도덕에 대한 거부와 맞닿아 있는 행동이라 볼 수 있다.[123]

「유정」에서 북만주와 시베리아의 풍경은 비교적 상세하고도 장엄하게 묘사되는데, 이곳은 "공동체와는 가장 거리가 먼 원초적 공간"[124]이라는 점에 주목해야 한다. 또한 최석은 시베리아로 떠나기 전에 정임을 만나기 위해 간 동경의 식당 로비에서 혼자 앉아 있는 인도인을 발견한다. 다른 아리안족들과 떨어져 있는 인도인을 보며, 최석은 "내 앞에 닥칠 내 신세가 꼭 저 인도인의 신세와 같"(45)다고 느낀다. 이 장면은 최석의 시베리아행이 공동체와의 결별에 해당하는 것임을 분명하게 암시하는 것이다.

최석이 정임에 대한 사랑을 지키기 위해 조선을 떠나는 것은 공동체의 도덕에서 벗어난다는 것을 의미한다. 공동체의 규범에 대한 거부는 칸트가 거부하는 도덕의 두 가지 모습 중 하나이다. 칸트의 입장에서 윤리는 두 가지 도덕을 부정함으로써만 가능하다. 그 두 가지는 도덕을 공동체의 규범이라는 측면에서 파악하는 것과 개인의 행복(이익)이라는 관점에서 파악하는 것이다. 칸트는 공동체의 도덕에 따르는 것이 타율적이기에, 칸트에게 진정한 윤리는 공동체를 뛰어넘어 사유하는 것에서 가능

---

123) 그러한 결심을 하고 신문에 난 기사를 아내에게 보이며, "나는 웃었소 정말 유쾌하게 웃었소 내가 아내에게 이 말을 하는 것이 유쾌하였단 말이요."(41)라고 고백하는 부분에서는, 집과 조선을 떠나게 된 것을 아쉬워하기보다는 시원해하는 마음까지도 읽을 수 있다.

124) 서영채는 최석의 여정에서 가장 먼저 그가 발견하는 것은 "북만주 벌판의 압도적인 자연 풍경"이며, "자연의 그 위력적인 아름다움은 칸트가 언급했던 숭고의 차원에 존재하는 것, 모든 인위적인 것들과 제도의 구속을 넘어서는 것"(서영채, 『사랑의 문법』, 민음사, 2004, 103면)이라고 설명한다.

하다고 보았다. 최석의 행로는 국가 공동체라는 일반성의 범주에서 벗어나 "보편성 속에서 단독자(singular)가 된다는 것"125)을 의미한다.

최석의 시베리아행에 담긴 의미는 하얼빈에서 만난 오랜 벗 R장군을 통해서도 확인할 수 있다. 하얼빈에서 최석이 만난 R장군은 소비에트 장교로서, 부인과 자녀들도 모두 러시아인이다. R장군은 고국이 전혀 그립지 않다며, 자신에게 가장 불쾌한 것은 "고국이라는 기억과 조선 사람"(54)이라고 말할 정도로 조선이라는 공동체에서 벗어나 있다. 이후에도 R장군의 조선 혐오는 오랫동안 이어진다. 무엇보다 중요한 것은 R이 "나는 조국이 없는 사람일세"(54)라며, 소비에트도 "내 조국이라는 생각은 나지 아니하네"(54)라고 말한다는 점이다. 이러한 모습에서는 민족의 경계를 넘어선 코즈모폴리탄(cosmopolitan)의 모습이 엿보일 정도이다. 이러한 R장군을 보며 최석은 처음 "놀라운 정도를 지나서 괘씸하기 그지 없었소"(54)라며 격분의 빛을 보이기도 하지만, 곧 "또 생각하면 R이 한 말 가운데는 들을 만한 이유도 없지 아니하오"(55)라며 R장군을 인정한다. 이것은 민족의 지도자를 자처하던 최석의 모습으로서는 파격적인 것이라고 하지 않을 수 없다.126)

칸트는 윤리가 '자유로워지라'라는 정언명령에 충실할 때만 가능하다고 보았다. 자유란 다른 데에 원인이 없고 순수하게 자발적, 자율적이라는 것을 의미하며, 구체적으로는 공동체의 규범이나 행복주의(공리주의)에서 벗어남으로써 가능하다. 자유는 순수하게 자발적인 행위여야만 하기

---

125) 가라타니 고진, 『트랜스크리틱』, 이신철 역, 도서출판 b, 2013, 165면.
126) 그러나 R장군도 "무의식적으로 말을 할 때에는 조선을 못 잊고 또 조선을 여러 점으로 그리워"(55)한다는 것과 최석이 이러한 모습을 보며 만족한다는 것에서, R장군과 최석에게도 민족(공동체)에 대한 관심과 애정이 무의식의 차원에서는 여전히 존재하고 있음을 알 수 있다.

때문에, 누군가가 공동체의 규범을 따르는 행동은 타율적이어서 자유일 수 없다. 최석은 공동체의 가장 기본적인 범주인 가족은 물론이고, 민족이라는 공동체로부터도 완전히 벗어나 자신만의 고유한 의지와 욕망을 지켜나가려 한다는 점에서 칸트적 정언명령의 첫 번째 조건에 충실한 인물이라고 볼 수 있다.

3. 자연이 아닌 자유

「유정」의 핵심적인 서사의 축은 최석과 남정임의 사랑이다. 이 사랑은 기본적으로 공동체를 벗어남으로써만 가능하다. 다음으로 이 사랑은 일종의 투쟁인데, 그것은 애욕과 이성 사이에서 벌어지는 격전이다. 이 것은 칸트가 거부한 또 하나의 도덕적 입장과 연결된다. 칸트가 공동체의 도덕과 더불어 비판한 또 하나의 도덕은 개인의 행복이나 이익의 관점에서 도덕을 생각하는 견해(행복주의·공리주의)이다. 이 관점에서는 도덕이 결국 '자연'에 의해 지배될 수밖에 없기 때문이다.[127] 그것은 자연적 인과성에 '나'를 맡기는 것이고, 이것은 '자유로워지라'는 정언명령에 따른 윤리와는 거리가 멀다고 할 수 있다. 그렇기에 그 애욕과의 투쟁은 '자연'에 맞서 '자유'를 수호하기 위한 투쟁이라고 정리할 수 있다.

---

127) 가라타니 고진은 "칸트가 『실천이성비판』에서 가장 비판한 것은 '행복주의'(공리주의)이다. 그가 행복주의를 물리친 것은 행복이 물질적(physical) 원인에 의해 좌우되기 때문이다. 요컨대 그것은 타율적이기 때문이다. 그런 의미에서 자유는 형이상학적(metaphysical)이며, 칸트가 지향하는 형이상학의 재건이란 그것 이외에 아무것도 아니다."(가라타니 고진, 앞의 책, 180면)라고 주장한다.

최석은 공동체로부터 배제되었지만, 동시에 최석이 공동체를 버린 것이기도 하다. 시베리아행은 자신의 도덕을 실현하기 위한 하나의 결단이기 때문이다. 이제 최석은 공동체의 규범 따위에는 신경 쓸 필요가 없으며, 그의 곁에는 손만 내밀면 언제든지 달려올 정임이 존재한다. 개인의 행복이나 이익의 관점에서라면 인간 안의 가장 강력한 '자연'인 애욕에 따르는 것은 가장 도덕적인 것일 수도 있다. 시베리아의 원시림 속에서 최석과 정임의 동거로 인해 위해를 당할 사람은 더 이상 존재하지 않기 때문이다. 그러나 최석은 말 그대로 목숨을 걸고 이를 거부한다. 이것은 그러한 애욕이 최석의 이성과는 무관한 아니 거의 반대편에 놓인 본능적 욕망에서 발원하는 것이기 때문이다. 윤리가 '자유로워지라'는 의무에서만 가능한 것이라면, 이것은 결코 칸트의 윤리에서 받아들일 수 있는 것이 아니다. 최석의 정임에 대한 사랑이 다른 목적이나 결과도 상정할 수 없을 때, 그것은 자유라는 정언명령에 부합하는 윤리적 행위가 될 수 있기 때문이다.

「유정」은 최석이 자기 안의 자연이라고 할 수 있는 본능, 욕망, 감정 등을 이성으로 극복하는 과정이기도 하지만, 정확히 말하자면 자기 안의 자연이라고 할 수 있는 본능, 욕망, 감정이라는 힘이 얼마나 무시무시한 것인가를 깨닫는 과정이기도 하다. 최석은 처음 "나는 사십 평생에 일찍 외입이라는 윗자나 연애라는 연자도 모르는 사람"(21)이며, "내 의지력과 내 신앙은 그 모든 것을 눌러 버"(21)렸다고 자부한다. 최석은 스스로 "나는 정으로 행동한 일은 없다고 믿는 사람"(57)으로 자부해 온 것이다. 그러나 정임을 통해 최석은 열정의 그 강력한 힘을 깨닫고,[128] 결국에는

---

[128] 최석은 "인생의 모든 힘 가운데 열정보다 더 폭력적인 것이 어디 있소"(50), "우주

그 열정과 맞서 싸우다가 목숨까지 내놓게 된다.

시베리아로 떠나기 전에 정임과 가볍게 포옹할 때, 최석은 "영어로 엑스터시라든지, 한문으로 무아(無我)의 경이란 이런 것이 아닌가 하였소, 나는 사십 평생 이러한 경험을 처음 한 것이오"(46)라고 고백할 정도로 흔들린다. 이 순간은 구체적인 삶의 시공에서 최석의 본능적 욕망과 이성적 당위가 가장 치열하게 부딪치는 순간이라고 할 수 있다. "논리학적으로 윤리학적으로"(68) 살아왔으며, 자신에게는 "의지력과 이지력밖에 없는 것 같았"(68)다고 생각했던 최석은 시베리아에서는 더욱더 강력한 '자연'과 '자유'의 투쟁을 경험한다. 이것은 공동체라는 강제력이 없어진 상황에서 본능적 욕망이 더욱 뜨겁게 타오르는 것에 비례해 자유를 향한 명령의 강도도 더욱 거세진 결과라고 할 수 있다. 이 싸움에서 본능적 욕망과 이성적 당위는 각각 "반란"(69)과 "반란을 진정한 개선의 군주"(69)로 비유될 정도이다.

최석을 이토록 처절하게 열정과 맞서 싸우게 한 것은 다름 아닌 명령으로 지칭되는 절대적인 당위이다. "그러나 내 도덕적 책임은 엄정하게 그렇게 명령하지 않느냐. 나는 이 도덕적 책임의 명령—그것은 더 위가 없는 명령이다—을 털끝만치라도 휘어서는 아니 된다."(49)라는 최석의 고민이나, "그렇지마는! 아아 그렇지마는 나는 이 도덕적 책임의 무상 명령의 발령자인 쓴잔을 마시지 아니하여서는 아니 되는 것이오"(50)라는 최석의 생각에는 칸트적 명령의 모습이 너무나 뚜렷하게 표현되어 있는

의 모든 힘 가운데 사람의 열정과 같이 폭력적 불가항력적인 것은 없으리라."(50), "사람의 열정의 힘은 우주의 모든 신비한 힘 가운데 가장 신비한 힘이 아니겠소?"(51), "사람이라는 존재의 열정은 능히 제 생명을 깨뜨려 가루를 만들고 제 생명을 살라서 소지를 올리지 아니하오?"(51) 등의 말을 자주 한다.

것이다. 이 명령은 칸트가 주장한 윤리의 중핵이라 할 수 있다.

불완전한 의지, 즉 완전하게 선하지는 않은 의지(인간의 의지)가 객관
적인 법칙을 바라볼 때 그것을 객관적인 원리의 표상은, 그것이 의지에
대해 강요적인 한에서, (이성의) 지시명령(Gebot)이라 일컬으며, 이 지시
명령의 정식을 일컬어 명령(Imperative)이라 한다.[129]

어떤 처신에 의해 도달해야 할 여느 다른 의도를 조건으로서 근저에
두지 않고, 이 처신을 직접적으로 지시명령하는 명령이 있다. 이 명령은
정언적이다. 이 명령은 행위의 질료 및 그 행위로부터 결과할 것에 관여
하지 않고, 형식 및 그로부터 행위 자신이 나오는 원리에 관여한다. 행위
의 본질적으로-선함은, 그 행위로부터 나오는 결과가 무엇이든, 마음씨
에 있다. 이 명령은 윤리성(Sittlichkeit)의 명령이라고 일컬을 수 있을 것이
다.[130]

그러나 최석 안의 자연은 너무도 강력하다. 나중 친구N에게 남긴 일
기장에는 예수, 싯다르타, 스토아 철학자의 의지력으로도 애욕을 이길
수가 없다는 한탄이 등장할 정도이다. 자신이 "애욕 덩어리로 화해 버린
것 같다"(85)고 느끼며, "나는 하루 바삐 죽어야 한다"(86)고까지 생각하는
것이다. 정임에 대한 본능적 욕망이 끓어오를수록 최석이 구현하는 윤리
의 성격은 보다 뚜렷하게 부각된다. 칸트는 "이 의무 개념은 비록 어떤
주관적인 제한들과 방해들(욕망) 중에서이기는 하지만, 선의지의 개념을
함유하는바, 그럼에도 이 제한들과 방해들(욕망)이 그 개념을 숨겨 알아
볼 수 없도록 만들기는커녕, 오히려 대조를 통해 그 개념을 두드러지게

---

129) 칸트, 앞의 책, 116면.
130) 위의 책, 123면.

하고, 더욱 밝게 빛나게 해준다."[131]고 말한 바 있다.

이러한 맥락에서 최석이 만주에서 만난 R부부에게 그토록 불쾌감을 보인 이유를 이해할 수 있다. 흥안령(興安嶺) 산맥 근처에서 조선 동포인 R부부를 만나고 그들의 집까지 초대되어 여러 가지 호의를 제공받지만, 최석은 그들을 향해 엄청난 불쾌감과 반감을 표출한다. "R부처의 생활에 대하여 일종의 불만과 환멸을 느"(67)낀 최석은, R부부의 만류에도 불구하고 굳이 여관에서 잠을 자고 R을 다시 대면하는 것조차 거부하는 것이다. 나중에 차가 R의 집을 지날 때에는 창밖으로 보이는 R부부의 집을 외면할 정도이다.

이러한 거부는 R부부의 모습이, 최석이 목숨을 걸고 피하고자 하는 자신과 남정임의 관계와 닮아 있기 때문이다. 즉 R부부는 본능적 욕망에 자신의 자유를 양도했을 때의 모습을 실연하는 존재들인 것이다. R은 자기 부부가 최석이나 남정임과 비슷한 처지였음을 반복해서 이야기한다. "내가 최선생이 당하신 경우와 꼭 같은 경우를 당하였거든요."(60)나 "최선생 처지가 나와 꼭 같단 말요. 정임의 처지가 당신과 같고"(62) 등에서 이를 알 수 있다. R과 R의 부인은 본래 사제지간이였으나 반대파가 둘 사이를 모함하는 소문을 내는 바람에 흥안령 산맥 근처까지 가게 된 것이다. 그러나 R부부는 동반 자살을 앞둔 극한 상황에서 키스를 나누고는 "눌리고 눌리고 쌓이고 하였던 열정이 그만 일시에 폭발"(64)하는 경험을 한다. 이들 부부는 칸트적 윤리라는 관점에서는 '자연'에 맞서 '자유'를

---

131) 칸트, 앞의 책, 84면. 박찬구도 칸트는 "성향이나 경향성과 같은 주관적 원인들이 객관적 원칙에 반하면 반할수록 그 도덕적 명령의 숭고함과 위엄은 더 높아지고 법칙의 강제력과 타당성은 더욱 확고해진다고 주장"(박찬구, 앞의 책, 104면)했다고 설명한다.

수호하기 위한 투쟁에서 패배한 존재들이라고 할 수 있다. 따라서 최석이 "정임을 여기나 시베리아나 어떤 곳으로 불러다가 만일 R과 같은 흉내"(67)를 내는 것에, 진저리를 내거나 두려워하는 것은 당연한 반응이다.

더군다나 R부부는 공동체로부터 벗어나 단독자로서의 진정한 윤리를 개시하는 것과도 거리가 멀다. 자신들의 방에다 조선 지도와 단군의 초상을 걸어 놓고서는 그 앞에서 허리를 굽혀 배례(拜禮)까지 하기 때문이다. 그들이 조선 사회를 떠난 것은 사실이지만, 그들은 지금 "마음 큰 자손을 낳아서 길러 볼까 하고 ─ 이를테면 새 민족을 하나 만들어 볼까 하고, 둘째 단군, 둘째 아브라함이나 하나 낳아 볼까 하고"(60) 궁리한다. 이들은 조선 사람들의 마음이 너무 작다는 이유로, 흥안령 가까운 무변광야에서 마음 큰 인물을 낳아 우리 민족을 더욱 강성하게 만들 야망을 품고 있는 것이다. 한마디로 그들은 "새 단군"(66)을 키우고 싶은 것이다. 공동체의 규범에 대한 거부와 자연에 대한 자유의 승리, 즉 칸트의 윤리를 성립시키기 위해서 부정해야 하는 두 가지 입장에서 모두 벗어나 있다는 점에서, R부부는 최석의 경멸과 혐오의 대상이 되기에 충분하다.

마지막에 최석은 끝내 정임과 대면하지 못하고 죽는다. 화자인 N은 "최석이가 자기의 싸움을 이기고 죽었는지, 또는 끝까지 지다가 죽었는지 그것은 영원한 비밀이어서 알 도리가 없었다."(90)고 말한다. 이것은 본능적 욕망과 당위적 이성의 팽팽한 줄다리기가 끝까지 이어진 것을 증명한다. 그러나 확실한 것은 최석의 "의식이 마지막으로 끝나는 순간에 그의 의식에 떠오던 오직 하나가 정임이었으리라는 것"(90-91)이다. 그렇다면 끝내 최석은 정임을 향한 사랑을 지켜낸 것이라고 볼 수 있으며, 그는 칸트적 의미의 윤리도 자신의 목숨을 대가로 지불해가면서까지 구현한 것으로 볼 수 있다. 「유정」은 최석이 마지막에 기거하는 방에 정임이 혼자 머물고, N이 정임이 세상을 떠나면 최석과 나란히 묻어 주겠다고 다짐하는 것으로 끝난다. 이것은 흥안령 근처에서 만난 R부부를 보면서 최석이 꿈꾸었던 자신의 모습이 실현되는 것이라고 할 수 있다. 최석은 북만주에서 만난 R부부가 이루지 못한 일을 성취한다. 그것은 바로 본능적 욕망에 저항하며 윤리적 명령을 끝까지 수행하는 것이다. 최석은 "그 두 별 무덤이 정말 R과 그 여학생과 두 사람이 영원히 달치 못할 꿈을 안은채로 깨끗하게 죽어서 묻힌 무덤이었으면 얼마나 좋을까. 만일 그렇다 하면 내일 한번 더 가서 보토라도 하고 오련마는."(67)이라고 아쉬워했는데, 최석과 정임은 두 별 무덤의 주인공이 된 것이다.

4. '무정'에서 '유정'으로 – 헤겔에서 칸트로

한국문학사에서 최석은 칸트의 의발(衣鉢)을 이어받을만한 최고의 수제자이다. 그는 '자유로워지라'는 정언명령에 충실하여 칸트적 윤리를 그야말로 발본적인 지점에 서서 실천하고 있기 때문이다. 그러나 순수하게 자발적인 의미에서 자유롭다는 것이 신이 아닌 인간에게 가능할 수 있을까? 원인에 의해 규정되지 않는 행위나 주체는 과연 가능할까?132) 가라

---

132) 칸트는 『순수이성비판』에서 다음과 같은 이율배반을 제시한다.
정명제 – 자연법칙을 따르는 인과성은 그것으로부터 세계의 모든 현상이 도출될 수 있는 유일한 인과성이 아니다. 현상을 설명하기 위해서는 그 밖에 또한 자유에 의한 인과성도 상정할 필요가 있다.
반대명제 – 무릇 자유라는 것은 존재하지 않는다. 세계에서의 모든 것은 자연법칙에 따라서만 생긴다.

타니 고진은 칸트가 자유를 사전적(事前的) 차원이 아닌 사후적(事後的) 차원으로 파악했다고 주장한다. 인간에게는 사전의 자유란 없으며, 자유는 책임이라는 차원에서만 존재할 수 있다는 것이다.[133] 실제로는 자유(자기 원인)같은 것은 없으며 모든 행위는 원인에 규정되어 있기 때문에, "자유는 자신이 한 일을 모두 자기가 원인인 '것처럼' 생각하는 곳에 존재"[134]할 뿐이라는 설명이다. '자유로워지라'는, 의무의 관점에서 볼 수 있을 뿐이지 그것이 실제로 이루어질 수 있는 것으로 생각해서는 안 된다는 것이다. 최석의 죽음은 이를 증명하는 구체적인 사례이다. 결국 칸트는 "자유를 경험적으로 입증하는 것은 절대로 불가능하며, 우리는 다만 우리 자신을 행위에서 자신의 인과성을 의식하는 이성적인 존재로 생각하는 한, 즉 의지를 갖춘 존재로 생각하는 한, 자유를 전제할 수밖에 없다고 주장"[135]한 것인데, 최석은 경험적으로 자신이 자유로운 존재임을 실천해 보이려고 한 것이다. 그 귀결이 시베리아에서의 죽음인 것은 인간인 최석에게는 하나의 필연인지도 모른다.

이러한 최석의 과도한 윤리적 모습은 『무정』에 나타난 과도한 공동체 지향성의 뒤집어진 모습으로 이해할 수도 있다. 『무정』에서는 여러 가지 감정에 휘둘리며 친소관계를 반복하던 형식, 선형, 영채, 병욱 등이, 결국 작품의 마지막 이르러 형식의 연설에 감격하여 완벽한 한 몸이 된다. 그것은 너무나도 강렬하여 그들의 육체는 실제적 반응을 나타낼 정도이다. 형식의 민족 계몽을 "누가하나요?"[136]라는 질문에 "세처녀는 몸에쇼

제3이율배반으로서 알려진 상반된 두 명제에 대해 칸트는 그것들이 동시에 양립한다고 말한다. (칸트, 『순수이성비판 1』, 백종현 역, 2006, 아카넷, 243면)
133) 가라타니 고진, 『트랜스크리틱』, 이신철, 도서출판 b, 2013, 172-174면.
134) 위의 책, 182면.
135) 박찬구, 앞의 책, 142면.

름이씨친"[137]다. 이어서 형식은 자신들이 유학 가는 차표에는 조선 사람들의 땀이 들어 있다는 말을 하고는 스스로 "몸과고기를 흔"[138]든다. 이에 "셰쳐녀도 그와굿히몸을흔들엇다"[139]고 표현된다. 이처럼 민족주의 담론에 감동한 이들은 "너와 나라는 차별이업시 왼통 흔몸한마음"[140]이 되고, 결국에 네 명은 함께 부둥켜 안고 우는 지경에 이르는 것이다. 기차 안에서 느꼈던 이들의 '온통 한몸, 한마음이 된 듯'한 기분이야말로 민족이라는 공동체의 정서적 근원이라고 할 수 있다.[141] 이러한 『무정』의 결론은 인간은 태어날 때부터 공동체적 존재로 태어나며, 진정한 자유와 인격은 공동체(국가) 속에서만 가능하다는 헤겔의 주장을 연상시킨다.[142]

---

136) 이광수, 『무정』 124회, 『매일신보』, 1917.6.12.
137) 이광수, 『무정』 124회, 『매일신보』, 1917.6.12.
138) 이광수, 『무정』 124회, 『매일신보』, 1917.6.12.
139) 이광수, 『무정』 124회, 『매일신보』, 1917.6.12.
140) 이광수, 『무정』 124회, 『매일신보』, 1917.6.12.
141) 『무정』의 마지막 장면에서 모든 인물이 하나로 결합하는 양상에 대해서는 「이광수의 『무정』에 나타난 근대의 부정성에 대한 비판」(이경재, 『민족문학사연구』 54호, 2014년 4월, 266-277면)에서 이미 언급한 바 있다.
142) 헤겔은 개인과 사회 간에는 통일된 지평이 있으며 개인은 태어날 때부터 이미 공동체적 존재로 태어난다고 본다. 헤겔의 이런 차원을 드러내는 개념이 바로 인륜성이다. 헤겔은 '인간은 자유롭다', '인간은 인격을 지닌다'와 같은 주장을 사회계약론자처럼 당연하게 전제하지 않는다. 헤겔에게 자유와 인격의 의미는 인륜적 공동체의 삶 속에서 법적, 도덕적 장치가 형성되고 작동하는 가운데서 분명해지고 외적 장치를 통해 실천적으로 드러날 때 자유와 인격의 의미뿐만 아니라 자유권과 인격권도 확립된다.(김성호·이정은, 「개인과 사회」, 『서양근대철학의 열 가지 쟁점』, 서양근대철학회 편, 창비, 2004, 347면) 헤겔은 궁극적으로 인륜성을 국가법과 제도에 담겨 있는 국가의 정신이라고 보았다. 헤겔에게 훌륭한 개인, 훌륭한 시민은 '좋은 법률을 가진 국가의 시민이 되는 것'이다. 가족과 시민사회는 이미 국가 속에 있다. 가족과 시민사회 구성원으로서 개인의 권리 또한 국가에서만이 제대로 실현될 수 있다. 개인에게 국가는 전제이면서 결과이므로, 국가와 국가체제를 임의적으로 만드는 사회계약론자와 달리, 헤겔의 국가는 전제와 증명을 통해서 필연성과 보편성이 정립된 이성적인 것이다. 헤겔은 국가와 국가정체를 '신적인 것' 내지 '항구적인

이렇게 볼 때, '무정/유정'이라는 제목의 분명한 상반성은 뚜렷한 의미를 지니고 있는 것으로 파악된다. 『무정』이 결국 개인의 독립성과 자율성의 무화를 통해 공동체라는 절대적 지향점을 덩그러니 남겨 놓았다면, 「유정」에서는 본능이나 욕망으로부터 자유로운 것은 물론이고 공동체의 규범과 도덕으로부터도 '자유'로운 윤리적 존재를 시베리아 원시림 속에 강렬하게 남겨 놓은 것이다. 이러한 변모는 철학적으로 표현하자면 헤겔에서 칸트로의 변모라고 정리해 볼 수도 있다.

5. '자유로워지라'는 정언명령

이 글은 기본적으로 「유정」의 최석이 보여주는 의지와 열정 혹은 이성과 감정의 대립을 칸트가 주장한 윤리의 맥락에서 살펴보고자 하였다. 칸트는 윤리가 '자유로워지라'는 정언명령에 충실할 때만 가능하며, 공동체의 규범이나 행복주의(공리주의)를 부정함으로써 구체화될 수 있다고 보았다. 공동체의 규범을 부정해야 하는 이유는, 사람이 공동체의 규범에 따라 행위할 때 그것은 타율적이어서 자유가 아니기 때문이다. 공리주의적인 사고방식에서도 행위는 신체적 욕구나 타자의 욕망에 따라 규정되는 것이므로 자유가 아니다. 「유정」의 최석은 공동체의 규범이나 자신의 본능과 욕망을 부정함으로써 칸트적 윤리에 다가가는 모습을 보여준다. 먼저 최석은 공동체를 존속시키기 위한 규율, 이른바 공동체의 도덕을 거부한다. 그는 공동체의 대표적인 범주라고 할 수 있는 가족과 조

것'이라 일컫기도 한다.(위의 책, 348-349면)

선을 떠나면서까지, 정임에 대한 사랑을 포기하지 않는 것이다. 다음으로 최석은 애욕과 이성 사이에서 벌어지는 투쟁을 통해 행복주의(공리주의)에 대한 부정이라는 칸트적 정언명령에도 충실하다. 칸트가 공동체의 도덕과 더불어 비판한 또 하나의 항목은 개인의 행복이나 이익의 관점에서 윤리를 생각하는 견해이다. 이 관점은 자연적 인과성에 '나'를 맡기는 것이고, 이것은 '자유로워지라'는 정언명령에 따른 도덕과는 거리가 멀다. 그렇기에 최석이 자신의 애욕과 벌이는 투쟁은 '자연'에 맞서 '자유'를 수호하기 위한 싸움이라고 정리할 수 있다. 결국 최석은 정임에 대한 애욕을 이겨냄으로써 이 투쟁에서도 승리한다. 그는 자신의 목숨을 대가로 지불하면서까지 칸트적 의미의 윤리를 구현한 것이다. 「유정」의 과도한 윤리적 모습은 『무정』에 나타난 과도한 공동체 지향성의 뒤집어진 모습으로 이해할 수도 있다. 『무정』에서는 여러 가지 감정에 휘둘리며 친소관계를 반복하던 형식, 선형, 영채 등이, 결국 작품의 마지막 이르러 형식의 연설에 감격하여 완벽한 한 몸이 되는 것으로 끝난다. 이러한 『무정』의 결론은 인간은 태어날 때부터 공동체적 존재로 태어나며, 진정한 자유와 인격은 공동체(국가) 속에서만 가능하다고 생각한 헤겔을 연상시킨다. 『무정』이 결국 개인의 독립성과 자율성의 무화를 통해 공동체라는 절대적 지향점을 덩그러니 남겨 놓았다면, 「유정」에서는 본능이나 욕망으로부터 자유로운 것은 물론이고 공동체의 규범과 도덕으로부터도 '자유'로운 윤리적 존재를 시베리아 원시림 속에 강렬하게 남겨놓은 것이다. 이러한 변모는 철학적으로 표현하자면 헤겔에서 칸트로의 변모라고 정리해 볼 수도 있다.

제 4 장

일제 말기 카프 문인의 애도 양상

1. 애도의 등장 배경

일제 말기는 사회주의 문학인들이 자신의 정체성과 문학적 방향에 대한 심각한 고민에 빠진 시기이다. 이 시기를 결정짓는 사건으로는 1935년의 카프 해산과 1937년의 중일전쟁을 들 수 있다. 카프(KAPF, 조선프롤레타리아 예술가동맹) 해산이 운동으로서의 문학을 불가능하게 했다면, 중일전쟁은 파시즘과의 관계설정이 문인으로서의 존재방식에 심각한 영향을 미쳤다. 카프 해산이 마르크시즘적 주체의 상징적인 죽음을 의미한다면, 1937년 이후의 황민화(皇民化) 정책은 마르크시즘적 주체의 실제적인 죽음을 의미한다. 중일전쟁 이후 일제는 노동력의 국가적 통제 및 황민화 정책을 노골적으로 시행했고, 세계적인 차원에서도 파시즘의 위세는 대단했다. 이러한 상황에서 문인들은 중일전쟁 이전과는 다른 방식으로 현실과 문학을 바라볼 수밖에 없었고, 그 결과 사상 전향(轉向)이 횡행하고

신체제론에 편승한 친일 문인들이 생겨났다.[143]

　사회주의 이념과의 결별을 강제당한 일제 말기는 각각의 문학적 주체에게 애도라는 문제를 가장 중요한 정체성의 계기로 만들었다고 해도 과언이 아니다. 이현식은 1930년대 후반의 한국근대문학사가 이전 시기와 가장 차이 나는 지점으로 "개인의 내면, 그것도 사회적이고 정치적인 내면이 형성"[144]된 것을 꼽고 있다. "조직적인 전망을 상실한 개인들이 정치운동의 일환인 문학운동이라는 통로가 상실된 상태에서 동시대의 현실과 대결하게 되는 국면"[145]이야말로 정치의 문제를 개인의 내면으로 숙성시키는 계기가 되었다는 것이다.[146] 이러한 정치적 내면의 탄생은 이전 시기 문인들의 정신세계를 지배했던 사회주의 이념에 대한 애도의 문제와 밀접하게 연관되어 있다는 것이 이 논문의 기본 관점이다. 일제 말기의 시대상황은 카프 문인들에게 "자신의 존재와 실존의 중핵을 구성

---

143) 하정일, 「'사실' 논쟁과 1930년대 후반 문학의 성격」, 『임화 문학의 재인식』, 소명, 2004, 236-237면. 중일전쟁 이후는 "계몽의 전통이 붕괴의 위기에 빠진 것, 이념적 지표를 상실한 것, 진리와 비진리의 경계에 대한 판단을 정지한 것, 문학의 현실 연관성을 포기한 것 등"(237)의 이유로 '환멸의 시대'라 규정되기도 한다.

144) 이현식, 「정치적 상상력과 내면의 탄생―문학사적 관점에서 바라보는 1930년대 후반 김남천의 문학」, 『한국근대문학연구』, 2011, 430면.

145) 위의 논문, 433면.

146) 「처를 때리고」(『조선문학』, 1937.6)에서 아내 경애는 남편에게 여러 가지 불평을 하면서도, "십 년 전엔 그런 게 문제두 안 됐었다. 그건 너나 내가 가정 안의 작은 사람이 아니었기 때문이다."(131)라고 말한다. 남편인 남수 역시 옥중에 있는 동안은 한번도 아내를 의심하며 몸이 달아 한 적이 없었다고 말한다. 그리고는 "오히려 세상에 나와서 아내를 내 옆에 놓고 가끔 그것을 느끼니 이것이 대체 어찌된 일이냐."(140)며 스스로 의아해한다. 이제 이들에게는 조직과 사회가 아니라 가정과 개인이 무엇보다 중요한 과제로 새롭게 정립된 것이다. 「춤추는 남편」(『여성』, 1937. 10)에서 아내 영실도 과거에 사회주의자였음이 드러난다. 그 시절에는 남편인 홍태에게 전처와의 이혼을 강요하지 않았다. 그때까지는 홍태도 영실이도 결코 자신들이 "가정"(197)을 가지게 될 것이라고 생각하지 않은 것이다. 그러나 이념을 버린 후에는 전처와의 이혼을 줄기차게 요구한다.

하는 파토스를 상실"147)한 것에 해당하기 때문이다. 본래 애도의 상황을 낳는 상실의 대상에는 연인 뿐만 아니라 이념이나 정치적 자유 등도 해당된다.148)

프로이드가 말한 고전적인 의미의 애도에 가장 적합한 사례로는 박영희와 백철을 들 수 있다. 박영희는 「최근 문예이론의 신전개와 그 경향」(『동아일보』, 1934.1.27.-2.6.)에서 카프가 정치적 성격을 강하게 지니게 되어 더 이상 감당할 수 없는 지경에 이르러 전향하게 되었다고 말한다. 그리고는 손쉽게 기독교와 일본주의를 향해 나아간다. 백철 역시 감옥에서 집행유예로 나오자마자 「출감소감―비애의 성사」(『동아일보』, 1935.12.22.-27.)를 발표하며 과거 사회주의 문학과의 결별을 간단히 선언해 버린다. 이후 「시대적 우연의 수리」(『조선일보』, 1938.12.) 등의 글을 통해 현실 순응의 길을 걷는 백철은 파시즘의 강화, 일제의 군국주의화, 중일전쟁 등을 시대적 우연으로 명명(命名)한 후, 이러한 시대적 우연을 엄연한 사실로 인정하자고 제안한다. 파시즘에 맞서 싸우지 말고, 그것에 적극 호응함으로써 문화 발전을 도모하자는 것이다. 이것은 마르크시즘의 자리에 사실의 논리, 즉 파시즘을 대체한 것이라 할 수 있다. 이것은 프로이드가 말한 애도, 즉 '대상에 부여했던 리비도를 철회하여 다른 대상에 부여하는 것'에

---

147) 알렌카 주판치치, 『실재의 윤리―칸트와 라캉』, 이성민 역, 도서출판 b, 2008, 29면.
148) 애도에 대한 가장 고전적인 정의는 프로이드에 의해 이루어진다. 애도란 "사랑한 사람의 상실, 혹은 사랑하는 사람의 자리에 대신 들어선 어떤 추상적인 것, 즉 조국, 자유, 어떤 이상 등의 상실에 대한 반응"(프로이드, 「슬픔과 우울증」, 『무의식에 관하여』, 윤희기 역, 열린책들, 1997, 248면)이라는 것이다. 프로이드는 애도와 우울증을 구분하는데, 애도는 현실성 검사를 통해 사랑하는 대상이 더 이상 존재하지 않는다는 것을 깨닫고, 대상에 부여했던 리비도를 철회하여 다른 대상에 부여하는 것이다. 이에 반해 우울증은 자아를 포기된 대상과 동일시하고, 이때 대상상실은 자아상실로 전환된다. 자아와 대상 사이의 갈등은 자아의 비판적 활동과 동일시에 의해 변형된 자아 사이의 분열로 바뀌는 것이다.

대응하는 행위이다.

이때의 애도란 너무나도 간편하지만 이것이 진정한 애도인지는 생각해볼 문제이다. 이들은 마르크시즘의 자리에 사실의 논리, 즉 파시즘을 대체한다. 주지하다시피 이러한 행위는 쉽게 잊어버리고 떠나버리려는 요식행위(要式行爲)에 불과하다는 점에서 윤리적일 수 없다. 보다 본질적인 문제는 애도를 행하는 과정에서는 상실된 대상에 대한 왜곡과 변형, 즉 자의적으로 의미를 부여하는 상징화 과정이 나타난다는 점이다.[149] 일례로 박영희는 '얻은 것은 이데올로기이며 상실한 것은 예술 자신'이라는 유명한 구절처럼, 자신이 적극적으로 가담한 카프를 일종의 정치단체로 격하시키는 것이다. 따라서 이들의 애도에서는 긍정적 의미를 발견하는 것이 사실상 불가능하다. 이 글에서는 한설야, 임화, 김남천을 중심으로 일제 말기 카프 문인들의 애도가 지니는 정치적 의미를 살펴볼 것이다.

2. 우울증적 주체의 정치성―한설야

위에서 살펴본 박영희나 백철과 정반대의 모습을 보이는 문인이 바로 한설야이다. 한설야는 1930년대 후반에 프로이드적인 의미의 애도에 철저하게 실패한 모습을 보여준다. 그럼으로써 그는 우울증적 주체가 된다. 이것은 한설야의 산문 「지하실의 수기―어리석은 자의 독백」(『조선일보』, 1938.7.8.)에 직접적으로 나타나 있다. 이 글에서 한설야는 지금의 시대가

---

149) 자크 데리다, 『마르크스의 유령들』, 진태원 역, 이제이북스, 2007, 389면.

"시속에 눈이 밝은 지자와 지레 약은 인간을 무수히 남조"한다고 주장한다. 동시에 "이 영리한 인간들은 하룻밤의 철리로서 세기의 인생관과 세계관을 바꾸어 놓을 수도 있고 한 마디의 말과 성명으로서 자기의 인생 행로를 역사의 그것으로부터 대담히 공화의 속으로 옮겨갈 수도 있는 것"이라고 비판한다. 그러면서 이처럼 과거와 쉽게 단절하고 새로운 길을 걷는 삶과는 달리 "관뚜껑을 닫는 날까지 한 길을 꾸준히 걸어"가는 삶을 이상적으로 제시한다. 이 글의 곳곳에는 과거에 대한 고집스러운 때로는 강박적이기까지 한 집착이 나타나 있다.

변화된 현실 앞에서 과거의 이상을 맹목적으로 고집하는 이러한 태도는 일제 말기 한설야 소설을 각종 병리(病理)의 백과(百科)로 만든다. 주요 인물들이 연출하는 병리는 사회주의라는 대상을 상실한 데서 비롯된다. 이 시기 한설야 소설의 인물들은 임화가 반복해서 사용하는 '울발(鬱勃)'한 기분에 빠져 있다.[150] 프로이드가 말한 우울의 핵심은 자아와 대상의 동일시이다. 대상이 떠난 후에도 나는 자아를 대상으로 잡아 애증의 드라마를 연출하는 것이다. 우울증에서 공격받고 빈곤해지고 위험해지는 것은 바로 자기 자신이며, 궁극적으로 그것은 죽음충동으로까지 이어진다.[151]

「이녕」(『문장』, 1939.5.), 「모색」(『인문평론』, 1940.3.), 「파도」(『신세기』, 1940.11.), 「두견」(『문장』, 1941.4.)에는 죽음충동이 직접적으로 드러나고 있다. 「이녕」의 민우는 길에서 예전에는 자신과 비슷한 길을 걸었지만 이제는 도청

---

150) 임화는 한설야에 대하여 언급한 마지막 평론인 「문예시평 – 여실한 것과 진실한 것」(『삼천리』, 1941.3.)에서도 한설야의 「아들」에는 「이녕」부터 지속되는 울발한 기분과 답답증이 가득하다고 말한다.

151) 프로이드, 앞의 논문.

사회과에 취직한 박의선을 만나 다음과 같은 생각을 한다.

> 그는 또 뜻하지않고 관속에 가로누은 자기를 생각하였다. 그 관뚜께
> 우에먹으로만 쓴 글씨 - 민우의약력이 나타난다. 그담에는 주묵글씨 또
> 그담에는 백묵글씨…… 이렇게 수없이 바뀌어진다. 그리다가 이 가지가
> 지빛갈글씨가 얼룩덜룩 섞여씨인것이 보인다. 그는 또한번 몸소름을친
> 다. 차라리관뚜께에 아무것도 씨워지지 않기를바란다.152)

"관속에 가로누은 자기를 생각"하고, 관뚜껑 위에 아무것도 쓰여지지
않기를 바라는 욕망이란 완전한 무로 돌아감을 욕망하는 죽음충동이라
고 하지 않을 수 없다. 「모색」에서도 남식의 죽음충동이 다음과 같이 직
접적으로 드러난다.

> 그는 또 어떤때는 아주 장엄하게 죽는 자기를 상상하는일도있다. 가
> 슴복판에서 자기황같은것이 탁 튀여서 새캄한 공중에 날아올라가 찬란
> 한 화화(火花)와같이 터지는 공상을하고 또어떤때는 다캄한 고층건축(高
> 等建築)의 지붕위에서부터 땅바닥에까지 내려붙은길다란 면도칼날에 제
> 배를 붙이고 미끄러 떨어지는것을 생각하는 일도 있다.153)

「파도」의 명수는 안해에게 "그리게 나도 내가 미워서 죽겠소 제발 나
를 돌루 점 때려주구려."154)라고 말한다. 또한 아내의 죽어버리겠다는 말
에 "사는 것보다 몇갑절 안락한 주검이란것을 그렇게 쉽사리 가저낼 줄
아느냐, 팔자 늘어진 소리를 하지두말아, 사람놈들은날마다 그달콤한 주

---

152) 『문장』, 1939.5., 27면.
153) 『인문평론』, 1940.3., 113-114면.
154) 『신세기』, 1940.11., 93면.

검이란 놈을 잡으랴다가 되려 '삶'이라는 심술막난이 한테 덜미를 짚여 오군하더라."[155)라고 말한다. 명수에게 죽음이란 "사는 것보다 몇갑절 안락한" 혹은 "그달콤한"이라는 수식어를 거느리는 매력적인 것으로 인식되고 있는 것이다.

「두견」에서도 세형이 자아이상(ego-ideal)으로 생각하는 안민 선생은 자살한다. 더군다나 이 작품에는 상세하게 죽음의 과정과 그 모습이 기술되어 있다. 이 작품에서 안민은 자신의 목에 상처를 내서는 사발에 그 피를 받아놓고 죽은 것으로 그려진다. 그리고 세형이 "고인이 제손으로 자결하지않으면 안될 이유가— 그것이 무엇인지는 알수없으면서도 연성 제몸을 엄습하는것같"[156)음을 느끼는 것에서 보여지듯이, 안민을 죽음으로 이끈 충동은 이 작품의 초점화자인 세형에게도 그대로 전해진다.

이것은 백철이나 박영희 등이 리비도를 투자했던 대상, 즉 사회주의 이념을 멋대로 상징화하여 결별한 것과는 정반대의 메커니즘이 한설야에게 일어난 결과이다. 한설야는 자기 내부에 상실된 대상을 그 자체로 충실하게 보존한 상태라고 할 수 있다. 한설야 소설의 주인공들은 전향한 주의자들로서 과거와의 결별을 전혀 받아들이지 못한다. 이로 인해 발생하는 현실과의 낙차는 온갖 병리적 행동으로 발현되고 있는 것이다. 이것은 프로이드적인 의미에서는 일종의 우울증적인 태도라고 말할 수 있으며, 동시에 '정치적 올바름'의 태도라고 말할 수도 있다.[157) 버틀러

---

155) 『신세기』, 1940.11., 94면.

156) 『문장』, 1941.4., 168면.

157) 지젝은 동성애에서 탈식민주의 담론에 이르기까지 다양한 변형태들로 우울증 뒤에는 '정치적 올바름'이라는 든든한 지배적 통념이 버티고 있다고 주장한다. 그 지배적인 통념이란 다음과 같다. "프로이드는 정상적인 애도(상실을 성공적으로 받아들이는 것)과 병적인 우울증(여기서 주체는 상실한 대상과의 나르시시즘적 동일시에 고집스레 머물러 있다)을 대립시키고 있다. 우리는 프로이드에 반대하여 우울증의

는 상실한 대상을 애도할 수 없을 때 주체는 그 대상을 자신과 일치시키고 그 대상이 이루려고 했던 이상을 실현하는 일에 집중하며, 이로써 애도를 불가능하게 했던 권력을 해체하는 정치적 결과를 낳을 수 있다고 말한다. 애도의 금지는 애도를 금지하는 권력에 대한 저항을 낳는다는 것, 이것이 바로 버틀러가 주장하는 우울증적 주체의 정치성이다.[158)

한설야 소설의 우울증이 보이는 정치적 효과는 비교적 뚜렷하다. 일제 말기 소설에 빈번하게 등장하는 병리성은 정상으로 보이는 사회의 비정상성을 보이기 위한 반어적 표상으로 기능한다. 즉 대상과 자아, 과거와 현재, 사회주의와 현실의 뚜렷한 이분법을 가능케 하는 것이다. 「모색」의 남식은 여러 차례에 걸쳐 미친 사람과 자기를 비교해 본다. 이 작품에서 광기는 "그리고 또 더 우스운것은 싱싱하게 앞으로 걸어가는사람들이 졸지에 모걸음을치는것으로보이고 또 이어 뒷걸음을 치는 것으로 보이여 정작 그런가하고 때기 보면 볼수록 그런법해서 멀거니 오고가는사람을 바라본다. 그러면 참말 더욱 그런것 같애진다."[159)에서 알 수 있듯이 새롭게 의미부여 된다. 남식에게는 자신이 뒤로 가는 것이 아니라 세상이 뒷걸음을 치고 있는 것이다.

「두견」에서도 이와 같은 맥락에서 안민이 보이는 광기에 대한 의미부

개념적인 그리고 윤리적인 우선권을 주장해야만 한다. 상실의 과정 속에는 애도 작업을 통해 통합될 수 없는 잔여들이 항상 남아 있기 마련이며, 가장 궁극적인 충절이란 바로 이 잔여에 대한 충절이다. 애도란 일종의 배신이며 (상실한) 그 대상을 "두 번 죽이는" 짓이다. 이에 반해 우울증의 주체는 상실한 대상에 대한 자신의 애착을 포기하기를 거부하면서 그 곁을 충실하게 지킨다."(슬라보예 지젝, 「우울증과 행동」, 『전체주의가 어쨌다구?』, 한보희 역, 새물결, 2008년, 218면)

158) 주디스 버틀러, 『불확실한 삶—애도와 폭력의 권력들』, 양효실 역, 경성대 출판부, 2008.

159) 『인문평론』, 1940.3., 124면.

여가 이루어지고 있다. 안민은 S여학교를 나온 이후 학회일을 하며 서울에 머문다. 이때 안민은 광증에 이르는데, 이러한 광증에 대하여 이 소설의 초점화자인 세형은 '안민은 정상이고, 세상이 비정상'이라는 인식을 내보인다. 학회마저 "부득의한 사정으로 마침내 간판을 떼"[160]게 된 후부터 모진 신경쇠약에 걸려 오래도록 고생한 안민은 그전 학회집으로 찾아가서 목을 매려는 이상행동을 보인다. 이에 대해 세형은 "골선비를 보고 미친사람이라고 부르는 속인들의 실없은 말인게지"라고 생각하며, 세속을 향하여 "왼통 미친놈들같으니라구는"[161]이라고 생각한다. 세형이 보기에 세상 일을 "가만히볼라치면 제정신이똑똑한 사람의일같지않은 일뿐인것"[162]이다.

위에서 살펴본 인물들은 모두 달라진 현실에 맞게 대상을 의미화하지 않고, 있는 그대로의 모습으로 간직하고자 한다. 과거의 대상을 온전하게 간직한 그들이 현실과 부딪칠 때, 그것은 각종 병리현상으로 나타나는 것이다.[163] 그러나 한 가지 생각해 보아야 할 문제는 이러한 심리적 메커니즘 속에서 대상(과거)은 자아(현재)로부터 아무런 관련도 맺지 못하며, 이로 인해 분리된 채 존재할 수밖에 없다는 것이다.[164] 즉 주인공들

---

160) 『문장』, 1941.4., 163면.
161) 『문장』, 1941.4., 164면.
162) 『문장』, 1941.4., 179면.
163) 이 시기 한설야 소설의 병리성으로는 죽음충동 이외에도 상상계적 이자관계, 구순기적 격분과 질투심, 근원적 모성성에 대한 열망, 자아이상과의 동일시 등을 들 수 있다. (이경재, 『한설야와 이데올로기의 서사학』, 소명, 2010, 288-303면)
164) 데리다가 프로이드의 애도 이론을 계승했다고 말하는 아브라함(Nicolas Abraham)과 토록(Maria Torok)은 내사(introjection)와 합체(incorporation)라는 개념을 통해 프로이드의 이론을 더욱 정밀하게 재설명한다. 내사란 살아남은 사람이 죽은 사람의 좋은 기억들을 자신의 일부로 동화시키는 정상적인 애도를 의미하고, 합체란 살아남은 사람이 죽은 사람의 면면을 자기화하지 못하고 마음속에 지하묘지를 만들어 그를 살아 있게 하는 비정상적인 애도를 의미한다. 내사는 프로이드가 말한 애도작업의

이 그토록 집착하는 과거의 이념은 현실로부터 철저히 배제된다. 이 점에서 이러한 우울증 역시 실패한 애도라고 부를 수 있다.

그러나 이러한 우울증적 상상력은 나름의 정치적 의미를 지닐 수 있다. 애도적 상상력은 대상의 상실이라는 현실을 수용함으로써 상징계적 질서 안에서 자신의 자리를 안전하게 유지해 나가는 상상력이고, 우울증적 상상력은 그러한 현실에 저항함으로써 대상에 대한 열망, 실재에 대한 유혹을 계속 간직해 나가는 상상력이기 때문이다. 애도적 상상력이 과잉에 대한 제한으로서 법적 실정성(positivity)에 집착한다면, 우울증적 상상력은 부정성(negativity)과 함께 머물며 그러한 한계에 대한 자기패배적인 도전을 감행하는 것이다.[165]

성공을, 합체는 애도작업의 실패 즉 우울증의 경우를 지칭한다. 아브라함과 토록에 따르면 내사는 적절한 상징화 과정을 통해 부재, 간극의 장애를 극복하고 이를 통해 자아를 강화하고 확장하는 데 있으며, 따라서 이는 정상적인 애도 작업과 결부되어 있다. 반면 근원적으로 환상적인 성격을 지니는 합체는 대상의 부재를 상징화 과정을 통해 은유화하지 못하고 이 대상을 탈은유화해서 자아 안으로 삼켜 버리며, 이 합체된 대상과 스스로를 동일화시킨다.(Abraham, Nicolas, and Maria Torok. The Shell and the Kernel, Chicago:University of Chicago Press, 1994)

데리다가 보기에 애도 작업은 본질적으로 타자를 상징적, 이상적으로 내면화하는 것, 곧 타자를 자아의 상징 구조 안으로 동일화하는 것을 의미한다. 이런 측면에서 본다면 소위 정상적 애도, 성공적인 애도는 타자의 타자성을 제거한다는 의미에서 타자에 대한 심각한 (상징적) 폭력을 함축하고 있다. 그렇다면 납골로서의 실패한 애도, 합체는 타자의 온전한 보존이라는 측면에서 볼 때는 성공한 애도, 충실한 애도라고 볼 수 있지 않을까? 데리다는 이 역시 충실한 애도일 수 없다고 본다. 자아 내부에 타자가 타자 그 자체로서 충실하게 보존되면 될수록 이 타자는 자아로부터 분리된 채 자아와 아무런 연관성 없이 존재하게 되면, 따라서 어떤 의미에서는 입사에서보다 더 폭력적으로 타자는 자아와의 관계에서 배제되기 때문이다. (자크 데리다,『마르크스의 유령들』, 진태원 역, 이제이북스, 2007, 388-389면, Jacques Derrida, Memories:for Paul de Man, trans. Cecile Lindsay, Jonathan Culler, and Eduardo Cadava, Columbia University Press, 1989, p.35)

165) 이현우,『애도와 우울증』, 그린비, 2011년, 119-120면.

3. 끝없는 과정으로서만 존재하는 애도—임화와 김남천의 경우

2장에서 살펴본 한설야는 박영희나 백철과는 정반대의 모습을 보여준다. 한설야 소설의 주인공들은 프로이드적인 의미에서 우울증적인 태도를 보여준다. 이것은 버틀러의 입장에서 볼 때, '정치적 올바름'의 태도와 연결된 것으로 이해할 수 있다. 버틀러는 상실한 대상을 애도할 수 없을 때 주체는 그 대상을 자신과 일치시키고 그 대상이 이루려고 했던 이상을 실현하는 일에 집중하며, 이로써 애도를 불가능하게 했던 권력을 해체하는 정치적 결과를 낳을 수 있다고 말한다.[166] 그러나 한 가지 생각해 보아야 할 문제는 이러한 심리적 메커니즘 속에서 대상(과거)은 자아(현재)와 아무런 관련도 맺지 못하며, 이로 인해 분리된 채 존재할 수밖에 없다는 것이다. 즉 주인공들이 그토록 집착하는 과거의 이념은 현실로부터 철저히 배제된다. 이러한 측면에서 한설야의 작품에 나타난 우울증 역시 실패한 애도의 한 양상으로 이해할 수 있다.

프로이드가 말한 성공한 애도는 타자를 자기 식으로 상징화하여 기억의 공간에 편입시킨다는 점에서 일종의 폭력이다.(박영희, 백철의 경우) 그렇다고 우울증에 빠지는 것 역시 지금의 지배적인 통념과는 달리 과거의 대상을 지금의 자신으로부터 철저히 배제시킨다는 점에서 결코 성공한 것일 수 없다.(한설야의 경우) 정상적 애도라는 관념이 전제하는 타자로부터의 분리는 타자를 내 식대로 만드는 것이며, 실패한 애도라는 관념이 전제하는 타자와의 합체는 타자를 나와는 무관한 온전한 타자로 만드는

---

166) 주디스 버틀러, 『불확실한 삶—애도와 폭력의 권력들』, 양효실 역, 경성대 출판부, 2008, 257-301면.

것이기 때문이다.[167] 따라서 진정한 애도란 진행형으로서만 존재하게 된다. 즉 애도는 대상이 지닌 현실성의 상실을 통해서 그 관념상의 본질을 획득하는 지양(Aufhebung)의 구조를 통해서만 가능한 것이다. 임화와 김남천은 사회주의와 프로문학의 상실 앞에서 이상적인 애도에 가장 가까운 모습을 보여준다.

3.1 임화의 경우

(1) 상호모순되는 것들의 공존

프로이드가 말한 성공한 애도는 타자를 자기 식으로 상징화하여 기억의 공간에 편입시킨다는 점에서 일종의 폭력이다. 이것은 백철과 박영희가 과거의 프로문학을 대하는 방식이라고 할 수 있다. 그렇다고 우울증에 빠지는 것 역시 지금의 지배적인 통념과는 달리 과거의 대상을 철저히 배제시킨다는 점에서 결코 성공한 것일 수 없다. 정상적 애도라는 관념이 전제하는 타자로부터의 분리는 타자를 내 식대로 만드는 것이며, 실패한 애도라는 관념이 전제하는 타자와의 합체는 타자를 나와는 무관한 온전한 타자로 만들기 때문이다.[168] 데리다의 입장에서 볼 때, 애도

---

167) 가라타니 고진은 '비전향=선, 전향=악'이라는 도식을 부정하고, 비전향 공산당원의 정치적 책임을 묻는 여러 가지 입장을 소개한 바 있다. (가라타니 고진, 『윤리21』, 송태욱 역, 사회평론사, 2001, 157-171면) 이 중 애도와 관련해 요시모토 다카아키의 비전향에 대한 비판은 경청할만하다. 요시모토 다카아키는 이론과 현실의 어긋남을 무시하고 이론에 집착하는 비전향은 전향의 한 형태에 불과하다고 비판했는데, 그 이유는 일제 말기에 "현실인식을 심화시킨다면 전향은 불가피한 것일 뿐 아니라 불가결하다"(166면)고 보았기 때문이다. 이것은 비전향 공산당원들이 과거의 이념을 고집스럽게 주장함으로써, 결국에는 과거의 이념을 현재의 자기와는 무관한 것으로 타자화했음을 비판한 것이라 이해할 수 있다.

168) 데리다, 앞의 책, 390면.

는 필연성과 불가능성을 동시에 지니는 역설 또는 이중구속을 의미한다. 따라서 진정한 애도란 진행형으로서만 존재하게 된다. 즉 애도는 대상이 지닌 현실성의 상실을 통해서 그 관념상의 본질을 획득하는 지양(Aufhebung)의 구조를 통해서만 가능한 것이다. 이때 애도는 '불가능하지만 불가피한' 혹은 '불가피하지만 불가능한' 하나의 과정으로 남게 된다. 임화는 사회주의와 프로문학의 상실 앞에서 여기에 가장 가까운 애도의 모습을 보여준다.

1930년대 전반까지 임화는 선명하게 유물변증법과 사회주의 리얼리즘의 입장을 견지한다. 그것은 1933년에 발표된 「진실과 당파성 ─ 나의 문학에 대한 태도」(『동아일보』, 1933.10.13.)이라는 글을 통해서도 확인된다. 이 글에서 임화는 "오늘날에 있어 문학적 진실과 그 객관성은 오로지 부르주아 세계에 대한 완전히 비판적인 의식성만이 이것을 가능케 할 것이며 또 이 당파적인 비판적 태도만이 문학예술의 완성을 위한 문학적 진실의 양양한 길을 타개하는 유일한 열쇠이다."[169]라고 힘주어 말한다.[170]

---

169) 『임화문학예술전집 4』, 소명, 2009, 292-293면.

170) 카프가 당파성 문제를 우선적으로 제기한 것은 그것이야말로 프로문학을 프로문학답게 만들어주는 핵심원리였기 때문이다. 당과의 이데올로기적, 조직적 결합을 의미하는 당파성은 사실상 마르크스─레닌주의적 원칙과 동의어이며, 이 당파성, 곧 '프롤레타리아 전위의 눈'이야마로 프롤레타리아 리얼리즘의 성취를 가능케 해주는 미학적 원리였다.(하정일, 「프로문학의 탈식민 기획과 근대극복론」, 『한국근대문학연구』, 2010, 427-430면) 루카치, 코르쉬, 그람시 등의 헤겔주의적 마르크스주의는 "주객 상호작용으로 파악된 사회적 실천"(알렉스 캘리니코스, 『현대 철학의 두 가지 전통과 마르크스주의』, 정남영 역, 갈무리, 1995, 116면)을 마르크시즘 이론의 핵심으로 파악했다. 루카치는 『역사와 계급의식』에서 마르크스주의와 부르주아 사상의 결정적 차이를 총체성의 유무에서 찾았다. 그에게 있어 총체성은 과학에 있어서 혁명 원리의 담지자였고, 프롤레타리아트가 이 총체적 주체의 역할, 즉 사회적 역사적 진화 과정에서의 주객동일성의 역할을 떠맡았다. 루카치는 "프롤레타리아트의 자기인식은 동시에 사회의 본질의 객관적 인식"(루카치, 『역사와 계급의식』, 박정호 조만영 역, 거름, 1986, 238면)임을 천명했다. 이러한 맥락에서 프롤레타리아 당파

1935년 무렵에 발표한 문학사 서술의 문학사관과 서술 방법에도 여전히 토대 결정론적 사고와 주관주의적 편향이 미묘하게 결합되어 있다. 비슷한 시기 그가 주장한 낭만정신론에도 현실(객체)의 반영과 주체의 정신이 통합되는 주도적 계기를 주체의 원리, 즉 낭만적 정신에서 찾는다는 점에서 기존의 문제의식을 넘어서지 못하고 있다.171) 그는 여전히 위대한 낭만적 정신과 당파성을 내걸고 있는 것이다.

그러나 중일전쟁 이후부터 이러한 임화의 입장은 크게 변한다. 임화는 유물변증법이나 사회주의 리얼리즘과 결별할 수밖에 없는 상황을 절실하게 인식한다. 그는 「세태소설론」(『동아일보』, 1938.4.1.-4.6.)에서 '그리려는 것과 말하려는 것의 분열'을 이야기하는데, 이것은 이상과 현실의 거리가 메꿀 수 없을 정도로 단절되었다는 고백에 다름 아니다. 1937년까지만 해도 프로문학의 가능성을 인정했던 임화는 이 시기에 이르러 그것이 더 이상 불가능함을 가슴 아프게 인정한다.

이때 임화가 유물변증법과 사회주의 리얼리즘을 대신하여 주장하는 것은 새로운 리얼리즘론과 생활이다. 그의 리얼리즘론은 주체 재건의 방법론적 의미가 강하다. 임화의 리얼리즘론에서 상정된 주체는 현실 속에서 발전하고 운동하는 존재이며, 현실은 주체에 의해 변화될 수 있는 것이다. 그리고 현실과 주체를 매개하고 연결하는 것은 다름 아닌 실천이다.172) 이때의 실천은 정치적 실천이 아닌 예술적 실천을 의미한다. 리

성 획득이 해방운동을 위한 가장 핵심적인 요건으로 부상한다. 볼세비키화론은 이러한 당파성 논리를 바탕으로 하고 있다.

171) 이현식, 「주체 재건을 향한 도정과 실천으로서의 리얼리즘」, 『임화 문학의 재인식』, 소명, 2004, 265-266면. 1935년에 발표된 「조선적 비평의 정신」(『조선중앙일보』, 1935.6.25.-29.)까지 "마르크스주의에 입각한 임화의 비평관"(권성우, 「임화의 메타비평 연구」, 『상허학보 19집』, 2007.2., 418면)은 그대로 유지된다.

172) 이현식, 앞의 논문, 282면.

얼리즘 정신에 입각한 작품 창작행위를 통해, 작가의 세계관이 형성되고 그로부터 주체 재건이 가능하다는 것이다.

그러나 이러한 리얼리즘론에는 여전히 세계관 유일주의와 주관주의적 편향이 공존한다. 「주체의 재건과 문학의 세계」(『동아일보』, 1937.11.11.-16.)에서는 "이것이 우리가 현실의 객관성 앞에 자기 해체를 완료하고 과학적 세계관으로 주체를 재건하는 노선이며 우리의 문학이 협애한 현재 수준에서 역사적 지평선 상으로 나아가는 구체적 과정이다."[173]라고 하여 구체적 현실에 대한 천착을 세계관보다 우선시하는 논지를 펼친다. 그러나 같은 글에서 임화는 곧바로 세계관이야말로 "자기 재건의 길인 동시에 예술적 완성의 유력한 보장"[174]이라는 반대되는 입장을 펼치기도 한다.

이후에도 이러한 공존은 지속된다. 「의도와 작품의 낙차와 비평」(『비판』, 1938.4.)에서도 임화는 "변증법적 유물론에 입각한 과학적 비평 체계를 수립하기 위해 일관되게 배제(해야)했던 문학의 어떤 부분"[175]인 잉여야말로 비평의 진정한 대상이라고 말하면서, 잉여의 세계에서는 작가의 주체가 와해되는 것조차 두려워하지 말아야 한다고 주장한다. 그러나 이러한 잉여의 비평관은 과거의 입장과 완전히 결별한 것은 아니다. "작품의 외부는 현실세계이고 비평의 외부는 작품이나, 잉여의 세계의 원천인 현실 가운데서 다같이 제 세계를 창조하게 된다 할 수 있다."[176]는 말처럼, 임화의 현실 변혁 의지는 흔들림이 없다. 이에 대해 김수이는 "창조적 원천으로서만 아니라, 비평적 원천으로서의 현실의 재음미가 필요한

---

173) 『임화문학예술전집 3』, 소명, 2009, 62면.
174) 『임화문학예술전집 3』, 소명, 2009, 62면.
175) 김수이, 「임화의 시비평에 나타난 시차들」, 『임화문학연구 2』, 소명, 2011, 23면.
176) 『임화문학예술전집 3권』, 소명, 2009, 569면.

이곳, 이 자리는 임화가 사상의 수준으로 앙양해야 한다고까지 주장한 잉여의 비평관이 현실 변혁의 리얼리즘의 세계관과 다시 접속하는 지점이라고 말할 수 있다."[177]고 정리한 바 있다. 이처럼 공존할 수 없는 것들의 공존, 혹은 대립되는 것들 사이의 위태로운 긴장[178]은 일제 말기 임화 비평의 특징이다. 임화는 과거 프로문학과의 결별을 가슴 아프게 인정한다. 그럼에도 백철식의 사실수리론으로 전락하지 않는 이유는 그가 맑스주의에 대한 리비도를 온전하게 철회하지 않은 것과 긴밀한 관련을 맺고 있다. 이로 인해 임화는 주체 재건과 현실 변혁의 기본 원칙은 신실하게 견지해 나갈 수 있었던 것이다.

애도라는 측면에서 볼 때, 백철이나 박영희식의 애도는 대상의 타자성을 제거하고 상징적 폭력을 가한다는 점에서 진정한 애도일 수 없다. 거기에는 타자에 대한 배려나 추모의 마음 따위는 존재하지 않기 때문이다. 한설야의 경우는 타자의 온전한 보존이라는 측면에서 정치적인 정당성을 주장할 수도 있다. 그러나 자아의 내부에 대상이 충실하게 보존될

---

177) 김수이, 앞의 논문, 33면. 허정은 더욱 적극적으로 과거 맑스주의적 지향을 읽어낸다. 새 세계는 맑스주의를 통해 지향해나가야 할 계급해방의 사회를, 잉여물은 시대 상황으로 인해 당대 상황에서 전망해내기 어려웠던 새 세계의 징후를 의미한다는 것이다. 이와 관련해 "새 세계와 잉여물은 흔히 오해하듯이 임화가 지향해왔던 세계와 상이한 것을 뜻하는 것이 아니라, 그것과 동일한 것을 일컫는 것이다. 역사의 방향성을 찾기 힘들었던 당시 잉여물은 징후의 차원에서 흐릿하게 감지될 뿐이지만, 임화는 이것을 계급해방사회(맑스주의에서 제시된 역사발전단계론의 종점)를 향한 진보적 도정을 향해 자신을 이끌어줄 단초로 파악하였다."(허정, 「작가에서 비평가로」, 『임화문학연구 2』, 소명, 2011, 379면)고 주장하다.
178) 권성우는 임화의 일제 말기 비평 텍스트에는 "투철한 마르크스주의비평가의 모습과 표현과 독창성을 중시하는 섬세한 예술가의 모습이 절묘하게 착종되어 있다."(권성우, 앞의 논문, 434면)고 주장한다. 김예림 또한 "일제 말기에 임화가 남긴 여러 논의들은 사실상 매우 비균질적이며, 서로 다른 방향의 사유들이 동시에 혼재하는 복잡한 균열의 양상을 보인다."(『1930년대 후반 근대인식의 틀과 미의식』, 소명, 2004, 224면)고 말한 바 있다.

수록 그것은 오히려 자아와 현재로부터 분리된다는 것을 확인할 수 있다. 따라서 진정한 애도란 하나의 아포리아(aporia)로서 존재할 수밖에 없다. 그것은 과거의 대상을 자신과 분리시키려 하는 동시에 자신 안에 보존하려는 불가피하지만 불가능한 시도로서만 존재할 수 있는 것이다. 일제 말기 임화 비평에 나타난 상호모순되는 것들의 공존은 이러한 애도의 과정이라는 측면에서도 이해할 수 있다.

(2) 한설야 읽기에 나타난 과정으로서의 애도

임화가 행한 역설로서의 애도가 실제 비평에서 가장 선명하게 나타나는 경우는 바로 한설야에 대해 논할 때이다.[179] 임화가 일제 말기 한설야에게 초점을 맞추는 것은 카프 시절의 공식적인 문학적 태도와 관련해서이다. 임화의 비평에서 한설야가 처음 언급되는 것은 1933년 프로문학계를 총평하고 있는 「현대문학의 제 경향─프로문학의 제 성과」(『우리들』, 1934.3.)에서이다. 이 글에서 임화는 한설야가 희곡 「저수지」와 소설 「추수 후」에서 "적극적인 주제에 대한 명확한 태도는 볼 수 있으면서, 생활 현실의 풍부한 향기 대신에 추상적 슬로건의 냄새가 강"[180]하다고 비판

---

179) 기본적으로 임화에게 한설야는 주목을 요하는 일급의 작가이다. 「그 뒤의 창작적 노선」(『비판』, 1936.4.)에서는 현실에 대한 단순한 재현적 리얼리즘에의 방향과 암담한 비관적 낭만주의를 최근 작품의 문제점으로 지적하면서, "민촌의 「인간수업」, 설야의 『황혼』 그것 둘은 우리 잔류 작가들의 옹졸함을 비웃듯 탄탄한 세계를 개척"(『전집 4권』, 626면)한다며 고평한다. 「문예시평─창작 기술에 관련하는 소감」(『사해공론』, 1936.4.)에서는 최근 작가들이 창작기술의 연마를 기도하고 있으며, 이러한 사례의 모범적인 선례로서 서해, 송영, 민촌과 더불어 한설야를 언급하고 있다. 「10월 창작평」(『동아일보』, 1938.9.20.-9.28.)에서는 설야, 남천, 무영, 현민의 문장은 현대 인텔리겐차의 어법을 가지고 만들어진 문장이며, "현대 조선 문장이 이런 이들의 글을 중심으로 만들어져야 할 그런 문장"(『전집 5권』, 72면)이라고 고평한다.

180) 『임화문학예술전집 4』, 소명, 2009, 447면.

한다.

「사실주의의 재인식−새로운 문학적 탐구에 기하여」(『동아일보』, 1937. 10.8.-14.)에서는 변함없는 한설야의 소설 경향을 강력하게 비판한다. 다음의 인용문에서처럼 한설야는 과거 카프 시대로 퇴행한 작품들을 발표한다는 것이다.

> 이러한 퇴화, 정체는 설야 씨의 소설 「태양」, 「임금」, 「후미끼리」 등 일련의 작품에서도 인정할 수 있는 것으로 새로운 관조주의와 아울러 낡은 공식주의의 잔재가 혼합되어 있다. 예하면 소설 「후미끼리」, 「임금」 등에선 노동에 대한 무원칙적 찬미라는 낡은 사상과 아울러 명백히 소시민화하고 있는 주인공의 생활과정이, 그가 인민적 성실을 다시 찾고 인간의 생활 속에로 들어간다는 외형만이 전사회운동자의 전형적 갱생과정처럼 취급되어 있는 데서 적례를 볼 수 있다.
> 이 소설은 우리의 주관이 양심과 성실과를 잃지 않았다고 자부함에 불구하고 객관적으론 알지 못하게 나락의 구렁으로 이끌려가는 과정이 반대의 관점에서 형상화되어, 작품은 전체로 전도된 모티브 위에 구성되어 있다.
> 이 전도 가운데 작자의 양심적 주관은 공식주의로서 나타나고 작품에 그려진 온갖 사실을 표면적으로 긍정하는 데서 작자는 명백히 관조주의자이었다.[181]

「한설야론」(『동아일보』, 1938.2.22.-2.24.)에서도 위의 주장은 반복된다. 한설야의 1930년대 후반 소설은 "인물과 환경과의 괴리"를 보이며, 인간들이 죽어가야 할 환경 가운데서 설야는 인간들을 살려가려고 애를"[182]

---

181) 『임화문학예술전집 3』, 소명, 2009, 74면.
182) 『임화문학예술전집 3』, 소명, 2009, 444면.

쓴다고 비판한다. 「철로교차점」 등의 작품에서 사회운동자였던 주인공들이 몰락해가는 모습을 그리는 대신, "그들의 재생(시민적이 아닌!)"[183]을 그리고 있다는 것이다. 이러한 입장에 설 때, 임화가 노동자들의 세계를 그린 『황혼』보다 소시민적 세계에 바탕한 『청춘기』를 고평하는 것은 당연하다. 임화는 『청춘기』 속에서 "인물과 환경의 모순이 조화될 새로운 맹아를 발견"[184]하였기 때문이다.[185]

임화는 한설야가 카프 시기의 입장을 고수하는 작가적 모습을 보일 때, 그것을 부정적으로 평가한다. 이와 같은 맥락에서 임화는 한설야가 카프 시기와는 다른 새로운 모습을 보일 때는 고평한다. 「소화 13년 창작계 개관」(『소화십사년판 조선문예연감-조선작품연감 별권』, 인문사, 1939.3.)에서는 한설야의 「산촌」을 경향문학의 중진으로서의 관록을 보이는 가작으로 고평하는데, 이유는 이 작품이 "낡은 공식주의를 해탈하는 일보 전야의 작"[186]이기 때문이다. 「현대소설의 귀추」(『조선일보』, 1939.7.19.-7.28.)에서는 한설야의 소설을 높게 평가한다. 이유는 「술집」에 나타난 "그 준열한 현대성"[187] 때문이다. 이 작품에는 일상적인 혼탁한 생활에서 벗어나고 싶지만 벗어날 수 없는, 오히려 그러한 의식이 한없는 부담이 된

183) 『임화문학예술전집 3』, 소명, 2009, 444면.
184) 『임화문학예술전집 3』, 소명, 2009, 445면.
185) 임화는 『청춘기』의 세계가 "우수와 암담과 희망 적은 세계였고, 그곳의 시민들은 무위와 피곤과 변설의 인간들이었다."(『전집 3』, 445면)고 평가한다. 「방황하는 문학정신-정축 문단의 회고」(『동아일보』, 1937.12.12.-15.)에서도 『청춘기』에서는 루진적 분위기가 드러난다고 말한다. "당분간 루진 같은 남녀 인물, 정신적 분위기는 무력화한 인텔리겐차의 심리적 기념물로 꽤 오래 작품 위를 떠돌지도 모른다."(『전집 3권』, 207면)는 것이다. 그러나 『청춘기』는 철수라는 인물을 중심에 둔 연애서사를 통하여 변치 않는 작가의 이념적 지조를 선명하게 보여준다.
186) 『임화문학예술전집 3』, 소명, 2009, 253면.
187) 『임화문학예술전집 3』, 소명, 2009, 345면.

현대 청년의 고민이 제대로 드러나 있다는 것이다.[188] 현실의 변혁을 추구하는 과거로부터 벗어나려는 정신과 지금의 현실이 조화를 이룬 것이야말로, 임화가 이 작품을 고평하는 이유라고 할 수 있다. 「창작계의 1년」(『조광』, 1939.12.)에서도 「이녕」, 「술집」, 「종두」 등의 제재나 제작태도가 새롭지 않다는 비판에도 불구하고, 자신은 그 작품들에 대해 가볍지 않은 평가를 한다고 말한다. 특히 「이녕」이 "현대의 오예 가운데서 전시대의 인간의 비참할 만치 무력한 자태를 그린 가작의 하나"[189]라고 고평하고 있다.

즉 임화는 일제 말기 한설야의 소설들을 평가하는 데 하나의 기준을 보여주고 있다. 그것은 한설야가 카프 시기의 창작경향을 고수할 때는 비판을 아끼지 않으며, 반대로 변화된 현실과 그에 바탕한 새로운 정신을 드러낼 때는 긍정적으로 평가하는 것이다. 그리하여 임화는 한설야 평론에 있어서만큼은 과거 프로 시절과 완전한 결별을 행하고 있는 것처럼 보인다.

그러나 실상은 그렇게 간단하지 않다. 임화는 첫 번째 기준과는 반대되는 이유 때문에 한설야를 계속해서 언급하기 때문이다. 즉 다른 작가들이 맹목적으로 현실을 추수하는데 반해 한설야는 과거의 원칙을 손쉽게 내려놓지 않는다는 점에서 관심의 대상이 되는 것이다. 앞에서 살펴본 「현대문학의 제 성향」에서 임화는 '생활 현실의 풍부한 향기 대신에 추상적 슬로건의 냄새가 강하다'고 비판하지만, 이러한 비판은 당대 카

---

188) 임화는 "「이녕」에서 시작하여 작자는 생활의 명석한 관찰자로서 혹은 일상성의 현명한 이해자로서 일찍이 마차 말처럼 앞으로만 내닫던 정신을 달래어 하나의 지혜로운 의지로 훈련시키는 사업에 종사"(『임화문학예술전집 5』, 소명, 2009, 346면)고 있다며 고평한다.
189) 『임화문학예술전집 5』, 소명, 2009, 170면.

프 작가들에 대한 비판과 공존한다. 임화는 지금의 카프 작가들이 "현실의 전형적 요소와 표준적 성격의 반영으로부터 점차로 객관적 현실과 계급생활의 지엽적인 부분으로 주의를 돌리고 있다"[190]고 강력하게 비판한 후에, 그와 다른 경향의 소설로 한설야를 언급하는 것이다. 여기에서도 긍정과 부정의 묘한 착종을 확인할 수 있다. 이러한 특성은 이후의 평론들에서도 발견된다.

「현대소설의 주인공」(『문장』, 1939.9.)에서 임화는 "소설이란 것은 부단히 구성되려 하고, 환경과 인물이 단일한 메커니즘 가운데 결부하려 하는 것"[191]임에도 불구하고, 최근 소설에는 인물이 부재하다고 말한다. 특히 사회운동의 과거를 가진 인물들을 찾아볼 수 없다는 점을 지적한다. 이와 달리 한설야의 「이녕」에는 생활에 적응하려 애쓰는 과거를 가진 인물이 그려진다고 고평한다. "그 울발한 기분, 풀 곳 없는 정열, 오래 은닉되었던 가족에 대한 애정, 이런 것을 그리어낸 「이녕」은 아름다운 작품"[192]이라는 것이다. 그러나 비판 역시 빼놓지 않는다. 이러한 비판은 주인공이 상징적인 방식으로나마 현실과의 대결의지를 드러낸 족제비 사건 이후를 묻는 대목에서 드러난다. 즉 실제 주인공은 생활과의 만남을 어떻게 헤쳐 나갈 수 있겠느냐는 것이다. 이러한 질문 후에 임화는 "결국 소설 「이녕」의 주인공은 인물이라기보다, 작자의 기분이 자리를 잡고 앉은 공석에 불과할지도 모른다."[193]고 평가한다. 즉 작가의 세계관이 과도하게 투사되었다고 비판하는 것이다.

---

190) 『임화문학예술전집 4』, 소명, 2009, 445면.
191) 『임화문학예술전집 3』, 소명, 2009, 329면.
192) 『임화문학예술전집 3』, 소명, 2009, 335면.
193) 『임화문학예술전집 3』, 소명, 2009, 336면.

「중견 작가 13인론」(『문장』, 1939.12.)에서는 임화의 복합적인 심리가 단적으로 나타나 있다. 그는 다른 작가들의 작품에서 "외부적 인간이 작가의 정신에 의하여 그려지는 대신 작가의 정신이 외부적 인간에게 끌려가고 있다. 사상으로서의, 정신으로서의 문학을 재고해야 할 것이다."[194] 라고 비판한다. 이러한 비판의 준거로 제시되는 것이 한설야의 「이녕」이다. "여기에 비하면 한설야 씨의 문학은 완고하고 낡은 듯하고 노둔하면서도, 제목을 추종하는 문학이 근본적으로 자기를 재건하려면 일차는 반드시 회귀할 기본 지점에 확고히 서있다."[195]고 고평한다. 즉 임화는 작가의 정신이 굳건히 서야 하며, 동시에 그것은 당대의 현실에 깊이 뿌리 박아야 함을 말하는 것이다. 여기에서는 세계관을 우선시하는 과거의 경향과 현실과 작품을 우선시하는 현재의 입장이 공존함을 확인할 수 있다. 임화는 한설야를 평가함에 있어서도 '불가피하지만 불가능한' 혹은 '불가능하지만 불가피한', 즉 과정으로서만 존재하는 애도를 행하고 있는 것이다.[196]

---

194) 『임화문학예술전집 3』, 소명, 2009, 259면.
195) 『임화문학예술전집 3』, 소명, 2009, 259면.
196) 일제 말기 한설야가 임화에 대해 논한 것은 임화의 평론집인 『문학의 논리』에 대한 짧은 서평 하나를 발견할 수 있다. 『문학의 논리』를 "朝鮮文壇의 縮圖요 里程標"(「林和 著 『文學의 論理』 新刊評」, 『인문평론』, 1941.4., 143면)라고 정리하며, 임화는 "朝鮮新文學이 참말新文學으로서 發足하든 가장모뉴멘탈한 時期에나온 詩人, 評論家요 今日에이르기까지 그는 가장 文學的, 思想的으로 밀도가 높은時代를 詩와散文文學全般에對한 높은理解와批判力을가지고 肉身과精神으로 同居同勞해온 사람"(143면)이라고 고평한다. 나아가 "主觀的의또는甚하면 自家辯護를爲한 그런 類의評論과는 嚴格히 區別되는것이며 그래서 讀者인 우리들이 氏의論文을 가장愛讀하는것이오 또 얻는바가많은 것이다."(143면)라고 평가한다.

3.2 김남천의 경우

(1) 내사(introjection)와 합체(incorporation)가 공존하는 애도

누구보다 김남천이 애도라는 문제에 있어 가장 고도(高度)의 사유를 유지할 수 있었던 이유는, 그가 카프 해산 전에 누구보다 조직 중심의 사유를 했던 것과 무관하지 않다.197) 카프라는 조직의 해산이라는 현실은 김남천 소설에 등장하는 지식인들에게 자기분열과 자기반성을 일으키는 원인이 되었다. 김남천은 자본주의 나아가 파시즘을 향해 일로매진하는 당대의 상황 속에서 조직운동으로부터 벗어난 소시민 지식인이 어떻게 진보적 세계관을 유지할 것인가를 누구보다 깊은 층위에서 고민했던 것으로 보인다. 이것이야말로 김남천의 소설이 전향소설의 최고봉에 놓일 수 있었던 이유라고 할 수 있다.198) 과거의 사회주의적 이념과 계속 교감하고 교류하면서도, 그것을 함부로 상징화하거나 내면화하지 않는 것이야말로 애도의 이상적인 모습이라 할 수 있다면, 김남천의 1930년대 후반 작품들은 애도의 이상에 가까운 작품들이라 말할 수 있다.

「처를 때리고」(『조선문학』, 1937.6)에서 전향자 남수는 어떻게 해서든지 이 변화된 현실에 적응하려고 몸부림을 친다. 허창훈이 사회주의 운동의 거두였다는 자신의 전력을 이용한다는 사실을 뻔히 알면서도, 남수는 흔쾌히 허창훈과 함께 하려고 애쓴다. 심지어는 허창훈이 아내를 성추행했다는 것을 알고서도, 출판사를 하기 위한 돈을 마련하기 위해 "오냐 그런 것을 알면서도 나는 할 것이다."199)며 허창훈과 좋은 관계를 유지하

---

197) 서영인, 『김남천 문학 연구─리얼리즘의 주체적 재구성 과정을 중심으로』, 경북대 박사논문, 2003, 27-29면.
198) 김윤식, 『한국근대문학사상사』, 한길사, 1984, 295-296면.

겠다는 각오를 다진다. "사업이 아니라면 장사라고 불러도 좋"(148)다며, 출판사는 반드시 해야 한다고 생각하는 것이다. 이토록 정열을 기울이는 출판사를 경영하기 위해서는 허창훈의 돈과 김준호의 기술이 반드시 필요하다. 이러한 남수의 모습은 아내에 의하여 철저하게 비판 받는다.

그러나 과거의 이념을 그대로 보지(保持)하고 있는 존재로 아내를 파악하는 것은 오해이다. 한때 사회주의자였던 아내의 관점 역시 철저히 생활에 바탕한 것이기 때문이다. 그것은 "모든 관점이 다른 여염집 부인네보다 못하면 못하지 조금도 나을 것이 없다."(141)는 남수의 말에서도 어느 정도 드러난다. 실제로 아내가 남수를 질책하는 것도 모두 이념적 척도에 따른 것이라기보다는 실생활에 있어서의 인간적 억울함에 대한 것들이다. 결정적으로 아내는 준호라는 청년에게서 "행복"(142)과 "흥분"(126)을 느꼈던 것인데, 준호야말로 허창훈만큼이나 타락한 시대정신을 반영하는 인물에 불과하기 때문이다.

아내와 남수는 사회주의 이념과의 결별이라는 측면에서 동일인이라고 볼 수도 있다. 준호는 자신이 준호에게 이용만 당했음을 알게 되었을 때, 자기가 미련한 놈이라며 "아무것도 모르고 부엌에서 밥을 짓고 있는 처를 갈기고 싶"(154)어 한다. 그리고는 "그 때리고 싶은 마음은 결국 제 자신에게로 돌아오는 불쌍한 심리"(155)라고 생각하는 것이다. 그러하기에 준수가 처를 때리는 것은 과거의 이념을 잊어버린 "나 자신을 때리는

---

199) 김남천, 「처를 때리고」, 『맥』, 채호석 편, 문학과지성사, 2006, 141면. 「처를 때리고」 (『조선문학』, 1937.6), 「녹성당」(『문장』, 1939.3), 「경영」(『문장』, 1940.10)과 「맥」(『춘추』, 1941.2), 「등불」(『국민문학』, 1942.3)은 『맥』(채호석 편, 문학과지성사, 2006)에서, 「제퇴선」(『조광』, 1937.10), 「춤추는 남편」(『여성』, 1937.10)은 『한국단편소설대계 3』(이주영 외 편, 태학사, 1988)에서, 「요지경」(『조광』, 1938.2)은 『한국단편소설대계 4』(이주영 외 편, 태학사, 1988)에서 인용하였다. 앞으로 인용할 경우, 본문 중에 페이지 수만 기록하기로 한다.

것"(141)이다. 그렇다면 남수가 아내를 때리는 것이나 아내가 나를 꾸짖는 것은, 모두 자기(아내) 안의 자의식(사회주의적 이념)이 행하는 질책이라 보아 무리가 없을 것이다. 「제퇴선」에서는 향란의 치료되지 않는 병을 통해 암시적으로, 「처를 때리고」에서는 준호의 배신과 종이 값이 내릴 리 없다는 준호의 말을 통해 직접적으로 사회주의적 이상이 실현될 수 없는 현실을 드러내고 있다. 이러한 상황에서 남수는 처(자신)를 때리는 행위를 통해, 아내는 남편(자신)을 꾸짖는 행위를 통해 과거의 이상과 대화를 나눈다고 볼 수 있다.

「제퇴선」(『조광』, 1937.10)의 제목이기도 한 '제퇴선(祭退膳)'은 제사상에서 물려진 음식을 가리키는 말로서, 전향한 후 쓸모없는 인간이 되어 버린 박경호의 현재 상황을 압축적으로 드러낸다. 박경호는 순안의원 의사 최형준의 조수이다. 의학전문학교 사학년에 재학하다가 독서회 사건에 연루되어서 감옥에 다녀온 이후 경호는 갖은 노력을 기울였으나 끝내 복교에 실패한다. 그 결과 인간적으로는 가까웠으나 경호와 같이 "행동"(214)하기를 기피하던 학교동창 최형준의 조수로 일하게 된 것이다.

겉모습만 본다면 경호는 자신의 위치에서 적당하게 시대에 적응(타협)한 것처럼 보이기도 한다. 그런 그가 지금 유일하게 집착하는 일은 아편에 중독된 향란이를 치료하는 것이다. 경호의 이런 행동을 인도주의에 따른 것으로 설명하기도 한다.200) 그러나 이 작품에서 향란의 삶은, 그녀에 대한 관심을 단순하게 인도주의로만 한정할 수 없게 하는 측면을 지니고 있다. 이 시기 김남천의 소설들에서 기생이 차지하는 의미는 각별하다. 소년을 주인공으로 내세운 소설들인 「남매」(『조선문학』, 1937.3), 「소

---

200) 김성연, 「김남천 「제퇴선」 연구」, 『한민족문화연구』 17집, 2005, 125-140면.

년행」(『조광』, 1937.7), 「무자리」(『조광』, 1938.9) 등에서 기생은 타락한 자본주의의 문제점을 온몸으로 체화(體化)한 존재들이었기 때문이다. 「제퇴선」에서도 향란이는 시골의 가난한 집에서 태어나 열세 살에 이백 원에 팔려 시집을 갔다. 시집에서 이년 동안 소같이 일해주고 다시 백 원에 술장수에게 팔려갔다가 얼마 안 가 기생이 된다. 이후에는 첩에서 첩으로 전전해 온 것이 향란의 삶이다. 따라서 다음의 인용문과 같이 경호의 향란을 향한 마음은 과거 프롤레타리아를 향한 관심의 연장이라고 말할 수 있다.201)

> 경호는 총명하고 아름다운여자를 이렇게만든 현실에 대하야 항의한다고 생각해본다. 기생이니까 글렀다. '아편쟁이'니까 죽일년이다. 이렇게 보는눈은 속된관찰이다. 적어도 경호는 이들보다 한발자죽 앞설랴고한다. 그들을 그렇게 만들어논 현실에 대하야 항의하는 방법은 이불상한 가련한여자를 옹호하고 그를 구해주는것 이외에는 있을수없다. 사랑속에서 이를 완전한인간으로 돌려 보내준뒤에는 자기의 사명은 끝난다. 이때까지는 아무런 조소도 경멸도자기는 참고 나가야한다. (221)

따라서 향란이를 치료하기 위해 애쓰는 경호의 행동은, 과거의 사회주의적 이념을 버리지 않은 채 현재 자기의 상황에 맞는 방식으로 그것을 실천하고자 노력하는 모습에 해당한다. 그러나 경호의 진심 어린 노력에도 불구하고 향란이는 숨어서 여전히 약을 하는 것으로 작품은 끝난다. 향란이의 치료되지 않는 몸(아편 중독)은 그 완화된 이념조차 현실에서

---

201) 물론 향란이는 기생이기도 하다. 그러하기에 경호는 "향란이가 입원을하면 자기와 향란이와의관계가 여러 사람앞에 폭로되는것이 두려워서 경호는 지금 향난이의요구를 거절하는것은 아닌가."(217)라고 고민하기도 하며, 향란이와 함께 걸을 때는 과거에 함께 운동하였던 학선이의 시선을 강렬하게 느끼기도 한다.

는 거의 불가능한 것임을 암시적으로 드러내고 있다. 작품의 마지막 부분에서 경호는 아편을 계속 하는 향란이의 뺨을 때리고, 향란은 방을 나가려는 경호의 양복자락을 부여잡는다. 이러한 상황에서 경호는 향란에게 두 다리를 붙잡힌 채 창문을 바라본다. 이것은 애도와 관련해 무척이나 상징적인 장면이라고 말할 수 있다. 경호의 모습에는 향란이로 상징되는 사회주의적 이념을 매몰차게 버리지 못할 것이라는 점, 동시에 과거에 온전하게 결박되지도 않을 것이라는 점이 드러나 있기 때문이다.

「요지경」(『조광』, 1938.2) 역시 아포리아로서 존재하는 애도의 양상이 잘 나타나 있는 작품이다. 「요지경」의 박경호 역시 과거에 사회주의 운동을 하다가 2년 6개월 동안 옥살이까지 하고 나온 지식인이다.[202] 박경호는 보호관찰소로부터 더 이상 "보호의 필요가 없다"(66)는 심의 결과를 통보 받는다. 박경호는 과거의 이념과는 결별한 모습인데, 그것은 그가 현재 마약에 중독된 상태라는 것을 통해 단적으로 드러난다. 그는 금단현상을 이기기 위해 북지사변(北支事變)이나 트로츠키(Leon Trotskii) 등을 애써 떠올려보지만, 생각은 머리밖에서 빙빙 돌고 곧 "몸이 저리고 간지러워"(59) 올 뿐이다. 박경호는 함께 재판을 받았던 과거의 동지 윤한국이 찾아왔다는 말에 귀찮음을 느낀다. 박경호는 윤한국이 급히 쓸 일이 있다며 돈 삼백원을 요구하지만 냉정하게 거절한다. 그러나 박경호는 과거의 이념을 버리고 현재의 상태에 맹목적으로 만족하는 인물은 아니다. 그것은 다음의 인용문처럼 현재 자신의 상태를 심각하게 여기는 것에서 잘 드러난다.

---

202) 「요지경」의 주인공 이름 역시도 「제퇴선」과 똑같게 박경호이다. 물론 두 명의 박경호는 서로 다른 인물이지만 두 작품이 다루고 있는 주제가 동일하다는 점을 생각할 때, 김남천이 일종의 연작을 염두에 두고 창작한 것으로 이해할 수도 있다.

그보다 더 중한것, 그러기 때문에 급다 더 두려운 것, 더 슲은것, 더 쓰라린것, 그것은 살뗭어리가 썩어가는 그런사소한것이 아니라, 공포가 한거름 물러설때 슲음과 한가지로 왈칵 달려들어 비로소 경호의 전몸뚱이를 부뜨러버린 '마음'의 문제였다. 마음의 성곽이 문허저가는것, 이것을 것잡을랴는 노력이 없어지는것을 눈앞에 볼때에 경호는 비로소 제가 무엇인가를 주시하게되는것이다. (71)

자신의 '마음'이 무너져가는 것에 대한 이와 같은 심각한 고민은 박경호의 애도가 프로이드적인 의미의 애도에 머물지 않게 되는 기본적인 힘이 된다. 박경호는 마약을 간신히 얻어내는 병원에서 현재 자신의 분신이라고 할 수 있는 기생 운심을 만난다. 그녀 역시 마약에 중독된 상태이다. 이 작품의 마지막에 박경호는 몰래 아편을 병원에서 들고 나와 마약을 전해 주기 위해 운심을 찾아간다. 박경호는 운심에게 마약이 담겨진 주사약과 주사기를 건네주지만, 곧 운심의 가슴에 얼굴을 부비며 "사나이 우름으로 소리를 내어 엉이엉이 울어"(72)댄다. 이것은 과거와 단절한 채, 마약중독자로 살아가는 현재의 자기와 타협할 수 없는 박경호의 우울증적 태도를 상징하는 것이다. 그러고 보면, "벌써 달포가량이나 그가 마지하는 아침은 한없이 우울하다."(54)는 이 작품의 첫문장은, 박경호가 과거의 이념을 완전히 청산하지 못한 상태로서, 데리다적인 의미의 애도를 행하고 있는 주체임을 압축해서 보여주는 문장이라고 할 수 있다.

「녹성당」(『문장』, 1939.3)은 녹성당이 위치한 서문거리를 전체 소설 분량 4분의 1에 해당할 만큼 상세하게 묘사하는 것으로 시작된다. 이 거리는 돈을 벌겠다는 의욕으로 충만한 공간이다. 잡화상에서는 하루에도 몇 차례씩 점원을 총동원하여 점포 앞에 나서서 자바라와 꽹과리와 경자 등을 두들겨 "손님을 끄는 광고술법"(185)을 보여준다. 동시에 녹성당 약국이 위치한 건축물의 주인은 "지주이고 고리 대금업자"(186)이기도 하다. 이것은 자본이 삶의 구석구석을 지배하게 된 일제 말기의 상황을 압축해서 보여주려는 의도라고 할 수 있다. 이 달라진 거리에서 과거의 주의자였던 박성운은 녹성당 약국의 주인으로 성실하게 살아가고자 한다. 책도 변변히 못 읽고 글 한 줄을 쓰지 못하면서, 새벽 여덟시부터 밤 열두시까지 허리를 꼬부린 채 주판알을 따지며 약국 경영에만 전념하고 있는 것이다.

이러한 상황에서 박성운 앞에 예사롭지 않은 두 개의 시험이 주어진다. 첫 번째는 한 청년이 약국을 찾아와 대중들의 문화적 욕망에 대답하는 것이 예술가의 임무가 아니겠냐며, 박성운의 의견을 구하는 것이다. 이것은 과거의 사회주의적 행동을 요구하는 것이라고 하지 않을 수 없다. 어떠한 가부간의 대답도 못 하는 상황에서, 청년은 박성운에게 세시에 만나자는 말을 하고 가게를 떠난다. 박성운은 이러한 상황을 "쉽사리 해치울 수 있는 이것을, 수월하게 해치울 수 없는 미묘한 심리가 주인의 마음을 누르고 있었다."(190)는 문장에서처럼 매우 심각하게 받아들인다. 다음의 인용문은 계속되는 박성운의 고민을 직접적으로 드러내고 있다.

> 녹성당 주인으로서는 그것을 승인하고 안 하는 것이 단순한 판단만이 아니고, 동시에 그것은 그의 거취까지를 결정하는 문제였기 때문이다. (190-191)

> 청년이 알고자 하는 질문에, 가부간의 판단을 내려야 할 것이 아닌가. 물론 박성운은 그것을 잘 알고 있다. 그러나 그는 될 수 있으면, 그것을 잊어버리고 싶었고, 잊어지지 않거든, 마치 잊은 거나 같이 그렇게 뵈려

고 애쓰고 있는 자기를 막연하니 의식한다. (195)

그리고 또 하나의 시험이 주어지는데, 그것은 과거 운동하던 시절의 친구인 철민에게서 전화가 오는 것이다. 철민에게 온 전화인 줄 알면서도 "어째서 자기는 그것을 모르는 척 꾸며대었을까."(193)라고 자문하는 것에서 알 수 있듯이, 박성운은 철민으로부터 주어지는 시험 역시 피하고 싶어 한다. 철민은 "날루 사업이 번창해가면 그만큼씩 더 성운이가 장사치가 되어가는 표적 같"(194)다며, 박성운의 자의식을 자극한다. 지금 임질에 걸린 철민은 성운에게 약을 요구하는 것이다. 이러한 상황을 지켜보며, 아내 김경옥은 생활의 관점에서 철민을 혹독하게 비판한다.

성운은 아내의 말에 뭐라고 변명이나 설명을 늘어놓을 수 있겠냐며, "아내에게도 물론 일리는 있다"(203)고 생각한다. 이러한 상황에서 성운은 어린 시절 물속에서 잠수 내기를 했을 때와 같은 답답함과 질식할 듯한 기분을 느낀다. 결국 성운은 청년과의 약속 장소로 나가고, 철민이 심부름 보낸 아이에게 약봉지를 들려 보낸다. 그러나 「녹성당」에서 철민의 형상을 고려할 때, 박성운의 방식이 결코 올바른 것일 수는 없다. 철민은 타인에게 노동의 신성함과 같은 이론을 이야기하면서도 실제로는 나태한 룸펜 생활을 영위할 뿐이기 때문이다. 또한 청년 역시 과거의 이념을 대변한다고 보기에는 부정적으로 그려져 있다. 서술자는 직접적으로 작품 내에 개입하여 "필시 이 단순한 청년이 그러한 것을 알 턱이 없으련만"(195)이라거나 "제가 생각하고 있는 명쾌한 분석과 결론을, 서울서 온 지 반년 가량 되는, 신진 작가에게 토로하는 것으로 자기 만족을 느끼려고 하였던 것임에 틀림없고"(195)와 같은 말을 덧붙이는 것이다. 이것은 박성운의 두 가지 행위가 사실상 진정한 애도와는 무관한, 하나의 부담

감을 해소시키기 위한 형식적인 의례에 불과함을 증명하는 것이다.

「제퇴선」에서 향란이를 치료하는 것과 「녹성당」에서 청년을 만나러 가는 것이, 과거 이념의 중핵적 요소를 담고 있다고 말하기는 어려운 측면도 존재한다. 그러나 오히려 그 변화된 측면이야말로 과거를 현재의 자기와 분리시킨 채 합체시키는 것이 아니라는 측면에서 더욱 긍정적인 애도의 모습이라 말할 수도 있다. 한수영은 주체의 자기완결성에 대한 회의와 의심을 김남천 특유의 방법적 인식으로 평가한다. 주체가 자기완결성의 신화에 매몰될 때 문학은 불가능해진다고 김남천은 판단했다는 것이다.203) 이처럼 일제 말기 김남천의 주체 개념은 주체 '분열'이나 주체 '해체'라는 말로 표현되는데, 이것은 "끝이 없는 것이고, 위로할 수 없는 것이고, 화해할 수 없는 것"204)으로서의 애도가 지닌 특징과 연결된 것이라고 말할 수 있다.

(2) 내사(introjection)와 합체(incorporation)가 분리된 애도

「경영」(『문장』, 1940.10)과 「맥」(『춘추』, 1941.2)에서 김남천 소설에서 처음으로 프로이드적인 의미의 애도를 완벽하게 수행하는 인물이 등장한다. 오시형은 과거의 대상에 대한 완벽한 상징화와 의미부여에 이르는 것이다. 그는 사회주의로부터 동양주의로, 최무경으로부터 아버지의 품으로 리비도의 이동을 깔끔하게 수행한다. 최무경은 독실한 신앙을 가진 어머니의 반대에도 오시형을 사랑했고, 오시형을 옥바라지 하기 위해 취업 전선에 나갔고, 보석 운동을 하느라 발이 닳도록 뛰었으며, 뼈가 시그

---

203) 한수영, 「유다적인 것, 혹은 자기성찰로서의 비평」, 『문학수첩』, 2005, 188-207면.
204) J. Derrida,, *The Work of Mourning*, Chicago:University of Chicago Press, 2001, p.143.

러지도록 일을 하였다. 그러나 오시형은 손쉽게 이별을 선언하고, 아버지가 추천하는 도지사의 딸을 택한다.

오시형은 최무경과 손쉽게 이별하고 아버지의 뜻에 따라 도지사의 딸을 선택하듯이 과거와 철저하게 단절하고 있다. 그리고는 다원사관(多元史觀)이라는 새로운 가치에 자신의 모든 정신적 지향을 바친다. 사회주의라는 대주체를 향했던 리비도를 철회한 후, 자신의 리비도를 동양주의로 향하는 것이다. 오시형의 다원사관(동양문화론)은 코야마 이와오의 논의에 근거한 것으로서,[205] 식민지 말기 동아시아 지역에서 일본 제국주의의 패권을 합리화하는 이데올로기 구실을 했다.[206] 이 입장은 서양을 타자화함으로써 일본의 정체성을 확립할 뿐만 아니라 대동이라는 상상의 공동체를 완성하려고 했던 것이다.

오시형은 자신이 의지했던 사회주의적 세계관을 모두 일원론(一元論)이었다고 이야기한다. 이것은 왜곡된 상징화이며 의미부여라고 할 수 있다. 설령 마르크스주의 자체에는 이러한 서구중심주의가 있었을지 모르나, 조선의 사회주의에는 이와는 다른 반식민주의적 경향이 너무도 뚜렷했기 때문이다.[207] 오시형은 이러한 특징들을 폭력적으로 제거한 채, 자기 맘대로 내면화를 한 후 새로운 대타자를 향해 자신의 에너지를 쏟아붓고 있는 것이다. 이러한 전향자의 모습은 김남천 소설에서는 매우 새로운 것이라고 할 수 있다.

---

205) 김철은 '코야마의 다원사관─비평가 김남천─소설가 김남천─「경영」의 오시형'이라는 도식과 '미키 기요시의 동아통일론─서인식의 동양주의 비판─비평가 김남천─소설가 김남천─이관형'이라는 도식을 제시한다. (김철, 「'근대의 초극', 『낭비』 그리고 베네치아─김남천과 근대초극론」, 『민족문학사연구』 18권, 2001, 367-378면)
206) 차승기, 『반근대적 상상력의 임계들』, 푸른역사, 2009, 192-199면.
207) 류승완, 『이념형 사회주의』, 선인, 2010, 54-98면.

오시형의 반대편에 놓인 인물이 제국대학의 강사였던 이관형이다.208) 이관형은 오시형의 "경제학으로부터 철학에의 전향"(288), "일원 사관으로부터 다원 사관에의"(288) 전향, 그로부터 비롯된 동양학의 건설과 동양인으로서의 자각에 대하여 회의적인 태도를 가지고 있다. 이관형은 최무경과의 문답을 통해 동양학이란 성립할 수 없으며, 동양은 서양의 중세와 같이 통일성의 경험이 없기 때문에 다원 사관도 성립될 수 없다는 입장을 보여준다. 이러한 입장으로 인해 이관형은 애도에 성공하지 못한 채 우울증에 가까운 모습으로 살아간다. 그는 대학 강사직에서도 해임된 후, "수염을 지저분하게 기르고 여자의 가운을 걸치고 번뜻이 침대에 누워서 담배만 피우고 빵 조각이나 씹다가는 머리맡에 팽개쳐두고……"(313) 사는 폐인같은 모습을 보여주는 것이다.

이관형은 현재에 어떠한 리비도도 쏟아 붓지 못한다. 그것은 강사를 그만두게 만든 자신의 지난 사상에 여전히 충실한 결과라고 말할 수 있다. 과거를 상징화하여 처리하고 새로운 대상에 리비도를 쏟는 모습이 오시형을 통해 나타났다면, 과거의 대의를 고집스럽게 간직한 모습은 이관형을 통해 나타나고 있다. 앞에서도 말했듯이, 두 가지 모두 진정한 애도의 모습과는 거리가 멀다.209)

---

208) 이관형을 사회주의자라고 규정할 분명한 근거가 보이는 것은 아니지만, 그가 정치적인 이유로 강사 자리에서 해고되었다는 것은 그의 이념적 지향을 어느 정도는 추측 가능하게 한다. 일종의 연작이라고 할 수 있는 『낭비』에서는 이관형의 논문 심사 과정을 통하여 그가 반제국주의적 의식을 지닌 지식인임이 보다 분명하게 드러난다. (이혜진, 「근대의 초극 혹은 근대문학의 종언—김남천의 「경영」, 「맥」, 「낭비」 연작을 중심으로」, 『사상으로서의 조선문학』, 소명출판, 2013, 58-66면)

209) 애도와 관련해 둘은 모두 미진한 모습을 보이고 있지만, 두 인물에 대한 작가의 가치판단은 확연하게 다르다. 작가는 이관형보다 오시형을 훨씬 부정적인 존재로 바라보고 있다. 이것은 이 작품의 초점화자인 최무경에 대한 오시형의 비인간적인 행동과 이관형을 향한 최무경의 매혹 등을 통해 선명하게 드러난다.

이 작품의 주제는 너무도 유명한 보리 이야기에 집약되어 있는데, 이 이야기에는 오시형, 이관형, 최무경의 각기 다른 애도 양상이 담겨져 있다. 그 핵심 부분을 인용하면 다음과 같다.

"인간의 역사란 저 보리와 같은 물건이다. 꽃을 피우기 위해서 흙 속에 묻히지 못하였던들 무슨 상관이 있으랴, 갈려서 빵으로 되지 않는가. 갈리지 못한 놈이야말로 불쌍하기 그지없다 할 것이다. 어떻습니까?

그러고는 또 한번 뜨적뜨적이 그것을 외고 있었다. 무경이도 그의 하는 말을 외어가지고 다소곳하니 생각해본다. 그러나 한참만에,

"그게 어떻단 말씀이에요. 흙 속에 묻히는 것보다 갈려서 빵이 되는 게 낫다는 말씀입니까. 그렇잖으면 흙 속에 묻혀서 많은 보리를 만들어도 그 보리 역시 빵이 되지 않는가 하는 말씀입니까?"

하고 물어보았다. 이관형이는 싱글싱글 웃으면서,

"여러 가지루 해석할 수 있을수록 더욱더 명구가 되는 겁니다, 해석은 자유니까요."

"그럼 전 이렇게 해석할 테에요. 마찬가지 갈려서 빵가루가 되는 바엔 일찍이 갈려서 가루가 되기보담 흙에 묻히어 꽃을 피워 보자." (330-331)

이 대목에는 세 가지 보리가 등장한다. 첫 번째는 흙 속에 묻히지 않고 갈려서 빵이 되는 보리이고, 두 번째는 땅 속에 묻혀 수많은 보리를 만들어 내는 보리이다. 세 번째는 일찍이 갈려서 빵이 될 바에는 차라리 흙에 묻혀 꽃을 피우는 보리이다. 두 번째와 세 번째의 보리는 모두 언젠가는 갈려서 빵이 된다는 것을 전제하고 있지만, 그럼에도 그 선택의 지향점은 보리와 꽃으로 각기 다르다. 이때 첫 번째 보리는 오시형, 두 번째 보리는 이관형을, 세 번째 보리는 최무경을 의미한다. 그것은 각각 '빵', '보리', '꽃'이라고 정리해 볼 수 있다. '빵'은 보리로서의 가치를 잊어

버리고 현재의 쓰임새에만 신경 쓰는 모습에 해당한다고 할 수 있으며, 프로이드적인 의미의 애도에 해당한다. '보리'는 과거의 가치만을 그대로 묵수하는 태도로 과거를 현재와 분리시키는 방식의 애도(프로이드에게는 우울증)에 해당한다. '꽃'이야말로 '보리'와 '빵'의 성격을 모두 보유한 가장 이상적인 모습의 애도에 해당한다. 이때의 꽃은 '보리이고 꽃'이며 '꽃이며 보리'이기 때문이다.

「맥」에서는 오시형과 이관형이라는 지식인이 과거의 이념에 대하여 애도의 각기 다른 한 측면만을 보여주고 있을 뿐이다. 이제 애도란 불가능해진 시대가 도래한 것이다. 「경영」과 「맥」 연작에서 삶의 새로운 가능성은 애도와는 무관한, 처음부터 생활인이었던 최무경에게 주어진다. 초점자를 번갈아 사용하고는 하는 김남천의 소설로서는 이례적이라 할 만큼 이 연작은 최무경이 고정초점자로 등장하는 것이다.[210] 이것은 이 연작에서 최무경이 차지하는 핵심적인 위상을 증거하기에 모자람이 없는 서사적 장치이다. 애당초 이념을 가져본 바 없는 그녀는 생활이라는 대타자를 발견함으로써, "능동적인 체관(諦觀)"(290)[211]에 바탕하여 자신의 삶에 충실할 것을 다짐한다. 오시형과의 이별, 그리고 어머니의 재혼을 접하며 최무경은 "방도, 직업도, 이제 나 자신을 위하여 가져야겠다!"(279)는 다짐에 이르는 것이다.[212]

---

210) 이병호, 「김남천 소설의 서술방법 연구」, 서울대 석사논문, 1994, 34-42면.
211) 자신에게 주어진 상황을 돌이킬 수 없는 사실로서 인정하고 받아들이려는 태도를 말한다.
212) 최무경의 친체제, 친자본적인 성격에 대해서는 이진형(「김남천, 식민지 말기 '역사'에 관한 성찰-「경영」과 「맥」을 중심으로」, 『현대문학이론학회』, 2011, 271-296면), 노상래(「김남천 소설에 나타난 자기식민화 양상과 근대초극론」, 『현대문학이론연구』 33집, 2008, 297-324면) 등의 논의가 있었다. 그러나 '생활'의 발견을 친체제, 친자본으로 이해하기 위해서는 보다 정밀한 논의가 필요하다.

4. 일제 말기 애도의 문학사적 의미

일제 말기는 사회주의 문학인들이 정체성과 문학적 방향을 심각하게 고민할 수밖에 없던 시기이다. 1930년대 후반의 한국근대문학사에서는 비로소 '사회적이고 정치적인 내면'이 형성되었다고 말할 수 있는데, 이러한 정치적 내면의 탄생은 이전 시기 문인들의 정신세계를 지배했던 사회주의 이념에 대한 애도의 문제와 밀접하게 연관되어 있다는 것이 본 논문의 기본 관점이다.

프로이드적 관점에서 정상적 애도라는 관념이 전제하는 타자로부터의 분리는 타자를 내 식대로 만드는 것이며, 실패한 애도라는 관념이 전제하는 타자와의 합체는 타자를 나와는 무관한 온전한 타자로 만드는 것이다. 전자에 해당하는 문인이 박영희와 백철이라면, 후자에 해당하는 문인은 한설야이다. 한설야는 박영희나 백철과는 정반대의 모습을 보여준다. 한설야 소설의 주인공들은 프로이드적인 의미에서 우울증적인 태도를 보여준다. 이것은 버틀러의 입장에서 볼 때, '정치적 올바름'의 태도와 연결된 것으로 이해할 수 있다. 버틀러는 상실한 대상을 애도할 수 없을 때 주체는 그 대상을 자신과 일치시키고 그 대상이 이루려고 했던 이상을 실현하는 일에 집중하며, 이로써 애도를 불가능하게 했던 권력을 해체하는 정치적 결과를 낳을 수 있다고 말한다.213) 그러나 한 가지 생각해 보아야 할 문제는 이러한 심리적 메커니즘 속에서 대상(과거)은 자아(현재)로부터 아무런 관련도 맺지 못하며, 이로 인해 분리된 채 존재할 수

---

213) 주디스 버틀러, 『불확실한 삶―애도와 폭력의 권력들』, 양효실 역, 경성대 출판부, 2008, 257-301면.

밖에 없다는 것이다. 즉 주인공들이 그토록 집착하는 과거의 이념은 현실로부터 철저히 배제된다. 이러한 측면에서 한설야의 작품에 나타난 우울증 역시 실패한 애도의 한 양상으로 이해할 수 있다.

진정한 애도란 필연성과 불가능성을 동시에 지니는 역설 또는 이중구속을 의미한다. 따라서 진정한 애도란 진행형으로서만 존재할 수 있다. 즉 애도는 대상이 지닌 현실성의 상실을 통해서 그 관념상의 본질을 획득하는 지양(Aufhebung)의 구조를 통해서만 가능한 것이다. 사회주의와 프로문학의 상실 앞에서 과정으로서만 존재할 수 있는 애도의 모습에 가장 가까이 다가간 문인이 바로 임화와 김남천이다.

1930년대 전반까지 임화는 선명하게 유물변증법과 사회주의 리얼리즘의 입장을 견지한다. 그러나 중일전쟁 이후부터 이러한 임화의 입장은 크게 변한다. 임화는 유물변증법이나 사회주의 리얼리즘과 결별할 수밖에 없는 상황을 절실하게 인식한다. 이때 임화가 유물변증법과 사회주의 리얼리즘을 대신하여 주장하는 것은 새로운 리얼리즘론과 생활이다. 그의 리얼리즘론은 주체 재건의 방법론적 의미가 강하다. 임화의 리얼리즘론에서 상정된 주체는 현실 속에서 발전하고 운동하는 존재이며, 현실은 주체에 의해 변화될 수 있는 것이다. 그리고 현실과 주체를 매개하고 연결하는 것은 다름 아닌 실천이다. 이때의 실천은 정치적 실천이 아닌 예술적 실천을 말한다. 리얼리즘 정신에 입각한 작품 창작행위를 통해, 작가의 세계관이 형성되고 그로부터 주체 재건이 가능하다는 것이다. 그러나 이러한 리얼리즘론에는 여전히 세계관 유일주의와 주관주의적 편향이 공존한다. 이처럼 공존할 수 없는 것들의 공존, 혹은 대립되는 것들 사이의 위태로운 긴장은 일제 말기 임화 비평의 특징이다. 진정한 애도란 하나의 아포리아로서 존재할 수밖에 없다. 그것은 과거의 대상을 자신과 분리시키려 하는 동시에 자신 안에 보존하려는 불가피하지만 불가능한 시도로서만 존재할 수 있는 것이다. 일제 말기 임화 비평에 나타난 상호모순되는 것들의 공존은 이러한 애도의 과정이라는 측면에서도 이해할 수 있다. 임화가 행한 역설로서의 애도가 실제 비평에서 가장 선명하게 나타나는 경우는 바로 한설야에 대해 논할 때이다. 임화는 한설야를 평가함에 있어서도 '불가피하지만 불가능한' 혹은 '불가능하지만 불가피한', 즉 과정으로서만 존재하는 애도를 행하고 있다.

김남천은 1930년대 후반에 창작한 「처를 때리고」, 「제퇴선」, 「요지경」, 「녹성당」 등을 통해 애도를 행하는 전향 지식인의 모습을 형상화하고 있다. 이들 작품에는 '불가능하지만 불가피한' 혹은 '불가피하지만 불가능한' 애도를 행하는 전향 지식인이 등장한다. 이들은 과거와 결별한 듯 현재에 충실한 모습을 보여주지만, 그들의 마음 깊은 곳에는 과거에 지향했던 이념의 본질이 여전히 굳게 자리잡혀 있다. 그것은 또 하나의 자신이라고 할 수 있는 처를 때리거나(「처를 때리고」), 못 없는 자의 대표라 할 수 있는 기생을 뿌리치지 못하거나(「제퇴선」), 아편에 중독되어 눈물을 흘리는 모습이나(「요지경」), 친구와 청년의 부탁을 끝내 거부하지 못하는 모순된 모습(「녹성당」)을 통해 드러난다. 이들 주인공들의 내면에는 프로이드적인 의미의 애도를 성공적으로 해내려는 자아와 애도 자체를 거부하고자 하는 자아가 공존하는 것이다. 보통 일제 말기 김남천의 주체 개념은 주체 '분열'이나 주체 '해체'라는 말로 표현되는데, 이것은 "끝이 없는 것이고, 위로할 수 없는 것이고, 화해할 수 없는 것"으로서의 애도가 지닌 특징과 연결된 것이라고 말할 수 있다.

1940년대 들어 창작된 「경영」(『문장』, 1940.10)과 「맥」(『춘추』, 1941.2)에서는, 김남천 소설에서는 최초로 프로이드적인 의미의 애도를 완벽하게 수행하는 인물인 오시형이 등장한다. 오시형은 과거의 대상에 대한 완벽한 상징화와 의미부여에까지 이른다. 오시형의 반대편에 놓인 인물이 제국대학의 강사였던 이관형이다. 이관형은 강사를 그만두게 만든 자신의 옛 사상에 여전히 충실한 모습을 보여준다. 과거를 상징화하여 처리하고 새로운 대상에 리비도를 쏟는 모습이 오시형을 통해 나타났다면, 과거의 대의를 고집스럽게 간직한 모습은 이관형을 통해 나타나고 있다. 김남천은 이관형을 오시형보다 훨씬 긍정적으로 바라보고 있지만, 이관형 역시 애도라는 측면에서는 부족한 모습을 보여준다. 그들은 내사(introjection)와 합체(incorporation)가 결합된 것이 아니라, 어느 하나만을 각각 나누어 가지고 있기 때문이다. 오시형이 내사로서의 애도만을 보여준다면, 이관형은 합체로서의 애도만을 보여준다. 그것은 이 작품에서 그 유명한 보리 이야기를 통해 분명하게 드러나고 있다. 오히려 이 작품에서 내사(introjection)와 합체(incorporation)가 결합된 애도의 가능성은 처음부터 생활인이었던 최무경을 통해 이루어지고 있다.

제 5 장

김동리 문학의 종교적 상상력 연구

대칭성 사고를 중심으로

1. 서론

김동리를 테마로 한 석박사 논문은 1970년대부터 쓰여지기 시작하여, 지금까지 200편(박사 40여 편)이 넘게 발표되었다. 주제별로 나누어 보면, 죽음·구원·종교에 대한 논문, 토속·민속·전통주의를 주제로 한 것, 문체·구조·서사기법을 분석한 것, 황순원과 비교한 것, 신화 설화 원형상징에 대한 연구, 개작 양상 등을 다룬 것으로 나누어 볼 수 있다. 300편이 훌쩍 넘는 학술 논문 역시 비슷한 테마를 다루고 있으나, 학술 논문 중에는 학위 논문에서 찾아보기 어려운 김동리의 파시즘적이고 보수적인 성격을 비판한 것들이 여러 편 존재한다. 이 중에서도 종교와 관련시킨 논문이 김동리 문학연구의 주류를 이루고 있으며, 이때 가장 많이 언급된 종교는 샤머니즘과 더불어 불교이다.[214]

지금까지 김동리 문학에 나타난 불교적 성격을 연구한 대표적인 논의들을 정리하면 다음과 같다. 지속적으로 김동리 문학에 나타난 불교적 특성을 탐구해 온 방민화는 「김동리 연작소설의 불교적 접근」에서 「솔거」, 「잉여설」, 「완미설」로 이어지는 연작소설에서 김동리가 추구하는 구경적(究竟的) 삶이 구현되는 양상을, 불교 수행법의 하나인 위빠사나를 통해 접근하고 있다.215) 이어지는 논문들에서는 1977년에 간행된 『김동리 역사소설』에 실린 소설들에 나타난 미륵신앙(彌勒信仰)과 불이사상(不二思想) 등을 탐구하였다.216) 정영길은 「등신불」을 꼼꼼하게 분석하여, 이 작품이 대조적인 이중적 구조와 다양한 시간의 층위를 통해 삶의 참 의미와 생사를 윤회하는 시간의 영속성이라는 불교적 세계관을 드러냈다고 결론 내린다.217) 임영봉은 김동리 문학의 구도적 성격은 그가 견지했던 형이상학적 문제의식과 긴밀하게 연결된 것으로, 인간 존재의 유한성에 대한 발견과 더불어 인간적 삶의 비극적 운명에 대한 도전과 극복

214) 김동리는 자신의 작품을 주제별로 다음과 같이 나누고 있다. (1) 샤머니즘을 다룬 작품 : 「무녀도」, 「당고개무당」, 「허덜풀네」, 「개 이야기」, 『을화』 (2) 기독교 관계를 다룬 작품 : 「부활」, 「마리아의 회태」, 「목공 요셉」, 『사반의 십자가』 (3) 불교 관계를 다룬 작품 : 「불화」, 「등신불」, 「눈 오는 오후」, 「까치소리」, 「저승새」, 『극락조』(이 작품은 「솔거」 3부작을 한데 묶은 장편이다) (4) 유교 관계 : 「용」, 『춘추』 (5) 민족, 민속 관계의 작품 : 「화랑의 후예」, 「흥남 철수」, 「밀다원 시대」, 「황토기」, 「역마」, 「실존무」, 『자유의 역사』, 『해방』 (6) 광의의 인간 문제의 작품 : 「잉여설」, 「혼구」, 「동구 앞길」, 「바위」, 「아들삼형제」, 「소녀행」, 「이곳에 던져지다」, 『해풍』 (7) 기타 (김동리, 「신과 인간과 민족」, 『밥과 사랑과 그리고 영원』, 사사연, 1985, 116면) 이것은 김동리 문학에서 종교가 차지하는 위상을 분명하게 보여준다.
215) 방민화, 「김동리 연작소설의 불교적 접근─선을 통해서 본 운명 대응 방식 연구」, 『문학과 종교』 12권 1호, 2007, 51-68면.
216) 방민화, 「김동리의 「미륵랑」에 나타난 화랑과 미륵신앙의 상관성 연구」, 『한국문학이론과 비평』 제45집, 2009, 197-214면, 방민화, 「불이사상과 보살적 인간의 동체대비심 발현─김동리의 「최치원」을 대상으로」, 『문학과 종교』 제15권 2호, 2010, 23-40면.
217) 정영길, 「김동리 소설에 나타난 죽음의식의 연구─「등신불」의 불교적 사생관을 중심으로」, 『현대문학이론연구』, 1997, 231-254면.

의 방향으로 그의 문학을 인도해 나갔다고 주장한다. 이 과정에서 가장 중요한 역할을 담당했던 사상적 요소로 불교를 들고 있다.[218] 김동리 소설과 불교와의 관련성을 가장 다양하게 살펴본 논의로는 허련화의 논문을 들 수 있다. 허련화는 김동리의 불교소설을 불교적 현상이나 사상을 문학적 형식으로 형상화한 불교소설, 문헌 불교설화를 번안한 불교소설, 불교적 내용이 작품의 주제와는 관련 없는 소설적 장치나 주변적 소재로 존재하는 불교소설 등으로 유형 분류를 한다. 결론적으로 김동리의 불교소설은 강한 현세적 지향성을 드러내고 진정한 불교 교리의 선양과 참된 불제자(佛弟子)의 수행심을 보여주는 협의적인 불교문학과는 거리가 있다고 주장한다.[219] 홍기돈은 김동리가 근대＝체제와 대결하기 위하여 동아시아의 전통을 적극적으로 끌어안았으며, 그 중에서 불교사상도 한 축을 형성한다고 주장한다.[220]

그런데 지금까지 김동리와 불교의 관련성을 밝히는 것은 제재적 차원에서의 반영 관계를 찾거나, 상식화 된 불교 개념이 작품 속에 적용되는 양상을 탐구하는 모습을 보여주었다. 윤회전생(輪廻前生), 인과응보(因果應報), 소신공양(燒身供養) 등의 불교적 소재 차용을 밝힌 것이 그 구체적 사례라 할 수 있다. 이 글에서는 지금까지의 연구성과를 바탕으로 하여 김동리 소설에 나타난 세계관의 특징을 불교와 관련시켜 이해해보고자 한다. 사실 김동리 문학관의 핵심이라 말해지는 '究竟的 생의 형식'이라는 명제부터가 불교적 세계관과 깊이 관련되어 있다.

---

218) 임영봉, 「김동리 소설의 구도적 성격－불교와의 관련성을 중심으로」, 『우리문학연구』 24집, 2008, 341-371면.
219) 허련화, 「김동리 불교소설 연구」, 『한국현대문학연구』 25집, 2005, 427-455면.
220) 홍기돈, 「김동리의 구경적 삶과 불교사상의 무」, 『인간연구』 제25호, 가톨릭대학교 인간학연구소, 2013, 164면.

오늘날 세계적인 불교 연구 권위자인 나카자와 신이치는 불교가 다른 종교와 달리 종교이면서도 유일하게 야생의 사고와 공통의 지반에 서서 '대칭성(對稱性) 사고'를 발달시켜왔다고 본다. 이 대칭성 사고는 바로 인간과 인간, 인간과 자연 사이의 연속성과 동일성을 강조하는 사고를 말한다.221) 유동적(流動的) 지성이란 무의식을 의미하며, 무의식을 통해서 인간의 '마음'은 자연에, 그리고 우주에 직접적으로 연결된다.222) 불교란 "무의식＝유동적 지성의 본질을 이루는 대칭성의 논리를 잘 다듬어, 극한에 이를 때까지 그 가능성을 추구한 사상"이며,223) 불교야말로 "대칭성의 사고라고 하는 원초적인 지성 형태(유동적 지성이라고 불러왔던 것)를 잘 다듬어서 완성된 형태로까지 발전시키려 해온, 달리 유례를 찾아볼 수 없는 윤리사상"224)이라는 것이다.

이러한 대칭성에 바탕하여 불교는 "자기와 타자의 구별이 없고 개념에 의한 세계의 분리도 없으며, 온갖 사물이 교환의 고리를 탈출한 증여의 공간에서 교류하는, 바로 그것이 무망상, 즉 망상이 없는 상태"225)라고 생각하는 종교이다.226) 대칭성의 원리에는 자타(自他)의 구별이 없으며,

221) 이러한 의미로 '대칭' 혹은 '대칭성'이라는 용어를 처음 사용한 사람은 레비 스트로스이다. (레비 스트로스, 『야생의 사고』, 안정남 역, 한길사, 1996, 91면)
222) 나카자와 신이치, 「완성된 무의식－불교(1)」, 『대칭성 인류학』, 김옥희 역, 동아시아, 2005, 170면.
223) 위의 책, 171면.
224) 위의 책, 173면.
225) 위의 책, 183면. 불교에서는 행복한 삶을 방해하는 주된 원인이 자아의식이라고 본다. 이 자아의식은 자신과 이웃을 끊임없이 비교하는 생각(我慢), 자기 중심적인 사랑(我愛), 자신에 대한 무지(我癡), 영원하고 독립적인 자신이 존재한다는 견해(我見)라는 네 가지 방식으로 작동한다. (서광, 『치유하는 불교 읽기』, 불광출판사, 2012, 26-27면)
226) "붓다에 따르면, 인간은 분리되고 단절되지 않으며 연기에 의해 연결되고 연속되는 지각의 묶음이나 쌓임의 집단에 불과하다."(데이비드 J. 칼루파하나, 『붓다는 무엇을

부분과 전체는 하나라는 직감이 자연발생적으로 이루어진다. 대칭성의 사고가 작동할 때 "자기라는 존재는 '종(種)'으로서의 사회의 일원이자 자연의 일원이며, 우주 속의 미미한 일원으로서의 의미밖에 가질 수 없"[227]다. 이 글에서는 대칭성이라는 개념을 중심으로 하여 김동리 문학에 나타난 불교적 상상력에 대하여 살펴볼 것이다.

2. '구경적(究竟的) 생의 형식'과 대칭성 사고

김동리 문학관의 핵심은 말할 것도 없이, '구경적(究竟的) 생의 형식의 탐구와 그 타개(打開)'로 요약된다. 김동리는 이 명제에 바탕해 1930년대 후반 문단에서 유진오와 논전을 벌이는 신세대 문인의 대표가 될 수 있었으며, 해방 공간에서는 북조선문학예술총동맹과 조선문학가동맹에 맞서 우익 문단의 대표적 이론분자로 활약할 수 있었다. 상식적인 차원에서 이 명제를 '한 인간이 자기 운명의 궁극적인 모습을 발견하고, 그에 맞춰 사는 것' 정도로 이해한다. 마치 대표작 「역마」에서 성기가 자기 삶의 구경(究竟)으로서의 역마살을 발견하고 그에 순응하는 삶을 살았듯이 말이다. 그러나 사실 이 개념은 그처럼 간단한 것은 아니다. 비교적 명확하게 김동리가 이 개념의 본뜻을 밝힌 대목을 살펴보면 이러하다.

말했나―불교철학의 역사적 분석』, 나성 역, 한길사, 2011, 71면) 이러한 생각은 연기 이론에서 추론된 "세계의 모든 사물이 ①영원하지 못하고, ②불만족스럽고, ③실체가 없다"(위의 책, 67면)는 불교의 존재관에서 비롯된 것이다. 이처럼 대칭성의 사고는 붓다에 의해서 이미 어느 정도 윤곽이 드러난 것이라고 할 수 있다.
227) 위의 책, 185면.

그것이 위에서 말한 구경적 삶(生)이라 일컫는 것이다. 여기서 인류는 그가 가진 무한무궁에의 의욕적 결실인 신명을 찾게 되는 것이다. <신명을 찾는다>는 말이 거북하면 자아 속에서 천지(天地)의 분신을 발견하려 한다고 해도 좋은 것이다.

이 말을 좀더 부연하면, 우리는 한 사람씩 한 사람씩 천지 사이에 태어나 한 사람씩 한 사람씩 천지 사이에 살아지고 있다는 사실을 통하여 적어도 우리와 천지 사이엔 떠날래야 떠날 수 없는 유기적 관련이 있다는 것과 이 '유기적 관련'에 관한 한 우리들에게는 공통된 운명이 부여되어 있다는 사실을 발견하게 되는 것이다. 우리는 우리들에게 부여된 우리의 공통된 운명을 발견하고 이것의 전개에 지향하지 않으면 안 된다. 우리가 이 사실을 수행하지 않는 한 우리는 영원히 천지의 파편에 그칠 따름이요, 우리가 천지의 분신임을 체험할 수는 없는 것이며, 이 체험을 갖지 않는 한 우리의 생은 천지에 동화될 수 없기 때문이다. 그리고 우리는 우리에게 부여된 우리의 이 공통된 운명을 발견하고 이것의 타개에 노력하는 것, 이것이 곧 구경적 삶이라 부르며 또 문학하는 것이라 이르는 것이다.

(김동리, 「문학하는 것에 대한 사고」, 『백민』, 1948년 3월)228)

위의 인용문에는 '구경적 생의 형식의 탐구'가 의미하는 바가 무엇인지 잘 나타나 있다. 그것은 '우리와 천지 사이에 유기적 관련이 있다는 것을 파악하고, 이와 관련하여 공통된 운명이 부여되어 있다는 사실을 발견'하는 것이다. 김동리가 말하는 '유기적 관련 속에서 발견되는 공통된 운명'이야말로 대칭성 사고로서의 불교가 개체와 전체를 생각하는 방식과 연결된다.

서구적인 사고는 개체성의 소중함에 대한 인식에서 출발해, 개체의 확

---

228) 김동리, 『김동리 전집 7』, 민음사, 1997, 72-73면.

립이라는 사상을 향해 흘러간다. 즉 개체성의 밑바닥에 잠재한 非대칭성을 모든 사고의 기초로 삼는 것이다. 그러나 불교는 그와는 정반대로, 개체를 대칭성의 사고 속으로 던져 넣음으로써, 非대칭성과 대칭성의 공존에 의해 발달해온 야생의 논리(復論理的인)를 가능한 한 완전한 형태로까지 발달시키고자 한다. 자신은 이 우주에서 하나밖에 없는 소중한 존재라는, 개체성에 대한 예리한 의식을 유지한 채, 모든 것(존재) 사이에서 동질성을 발견하려는 대칭성 사고를 작동시키는 것이다.[229]

3. 非대칭성에서 대칭성에 이르는 과정―「솔거」 3부작

김동리가 불교적인 사상을 소설에 본격적으로 드러낸 것은 「솔거」 3부작인, 「솔거」(『조광』, 1937년 8월), 「잉여설」(『조선일보』, 1938년 12월 8일-24일), 「완미설」(『문장』, 1939년 11월)[230]에서이다.[231] 이 3부작은 非대칭성

229) 나까자와 신이치, 「원초적 억압의 저편으로―불교(2)」, 『대칭성 인류학』, 김옥희 역, 동아시아, 2005, 209면. '물'에는 자성이 없다고 한다면, 개체성은 전체적 관련 속에서 비로소 나타나는 셈이다. 나카자와 신이치는 교토의 한 사찰에 있는 정원의 돌과 이끼 등을 예로 들어, 불교에서 말하는 개체와 전체의 관계를 다음과 같이 설명한다. "각각의 돌은 '자성'을 갖고 있지 않다. 그러나 각각의 돌들은 다른 돌과의 관계에서 발생하는 전체적 관련성 속에서 독자성에 대한 감각을 갖추고 있다. 자성이 없는데도, 거기에는 분명히 물이 있다는 존재감을 드러내고 있다. 그런 돌이 개체로서의 존재감을 갖기 시작한 순간, 발밑에 있는 이끼가 조롱이라도 하듯이 개체성에 대한 환상을 해체해버린다." (위의 책, 214면)

230) 「불화」와 「정원」의 원제는 각각 「솔거」와 「잉여설」이다. 이 글은 각 시기별 김동리 문학의 특징을 밝히는 것에 주목적이 있지 않기 때문에, 작가가 최종적으로 수정을 가한 최종본을 바탕으로 하여 김동리 문학의 불교적 상상력에 대해 논하고자 한다. 필요한 경우 맨 처음 발표된 원고도 참고할 것이다.

231) 「솔거」 3부작에 대해서는 아직까지 충분한 논의가 이루어진 상태는 아니다. 서론에서 정리한 것처럼 방민화가 불교적 수행법과 관련하여 접근한 논의와 이찬과 유철

사고에서 대칭성 사고로 이어지는 커다란 서사적 줄기와 그럼에도 해소될 수 없는 세속의 非대칭성 사고의 끈질긴 흔적에 대하여 말하고 있다.

「불화」는 꿈으로 시작해 꿈으로 끝난다. 무의식 역시 개체와 전체의 구분이 불가능한 대칭성의 세계라는 것을 생각할 때, 이것은 이 작품이 대칭성의 사고와 긴밀하게 관련되어 있음을 암시한다. 실제로 도입부에 등장하는 꿈은 철저하게 대칭성의 세계에 입각해 있다. 꿈속에서는 상여가 나간다. 이 모습을 보며 어머니는 발칵 성이 난 목소리로 "예수교인도 공동 묘지로 가나?"232)라고 말한다. 그러나 곧이어 재호는 "문득 어머니의 얼굴이, 눈이 저 상여 속에 들어서 산기슭을 오르고 있"(176)다고 생각한다. 상여 밖의 어머니＝상여 속의 어머니라는 대칭성의 사고가 성립하는 것이다. 그리고 잠에서 깨어났을 때, 건너채의 뒷방에서는 어저께 죽은 공양주(供養主)의 명복을 빌기 위한 염불이 이루어지고 있다. 이 순간 '상여 밖의 어머니＝상여 속의 어머니＝공양주'라는 대칭성까지 성립하게 된다.

「불화」에서 재호는 솔거가 남긴 불화들을 애타게 찾는데, 이것은 솔

상이 예술가 소설의 측면에서 접근한 논의들(이찬, 「김동리 소설 「솔거」 연작 연구」, 『민족문화연구』 제48호, 고려대 민족문화연구원, 2008. 유철상, 「환멸의 낭만주의와 예술가 소설의 한 양상－김동리의 「솔거」 연작을 중심으로」, 『비교문학』 제35집, 한국비교문학회, 2005)이 있다. 최근에는 신정숙이 인간구원의 문제와 관련하여 「솔거」 3부작을 검토하였다. 신정숙은 「솔거」 3부작이 "전근대적인 세계관을 반영하고 있는 '종교/예술', '자연과의 동화', 그리고 근대적인 세계관을 반영하고 있는 '윤리의 실천', '에로티즘', '가족의 형성'을 통해서 죽음에 의한 분리의식과 자아－타자의 분리의식을 극복할 수 있는 가능성 또는 극복되는 양상이 선명하게 나타난다."(신정숙, 「구경적(究竟的) 생의 형식과 인간 구원의 문제－김동리 「솔거」 연작소설을 중심으로」, 『현대소설연구』 51집, 한국현대소설학회, 2012, 211면)고 주장하였다. 분리의식과 그것의 극복이라는 주제는 이 글에서 문제삼는 대칭성의 논리와도 일정 부분 상통한다고 볼 수 있다.
232) 김동리, 「불화」, 『김동리 전집 1』, 민음사, 1995, 175면.

거와 같은 위대한 예술가가 되겠다는 재호의 욕망이 표현된 행동이다. 사실 재호의 모든 불행은 속세를 지배하는 非대칭성의 사고에서 비롯된 것이다. 재호는 열일곱에 같은 동네에서 자란 소녀와 뜨거운 마음을 나누었지만, 양가의 반목으로 끝내 헤어져야 했다. 재호의 집에서는 "향반의 지위를 다투는 주체스런 자만에서 소녀의 집이 옛날의 아전 줄거리란 것을 은근히 흠잡았"(178)고, 소녀의 집에서는 "도의원 입후보를 했을 때 이쪽이 저희와는 대립된 쪽에다가 협조했던 사실을 들추어"(178)내며 반대했던 것이다. 이들은 어쭙잖은 관념에 의거해 자기와 타자를 구분하는 분별심(分別心)에 빠져 있었던 것이다.

이로 인한 상처로 방황하던 재호는 솔거와 같은 위대한 예술가가 되고자 한다. 그러나 이러한 욕심 역시 자신을 세우고자 한다는 점에서 非대칭성의 사고에 바탕한 것이라고 말할 수 있다. 그러나 꿈 속에 나타난 솔거는 "난 평생 단군상만 그리다 말았어……"(193)라고 말한다. 최고의 불화를 그렸을 거라 생각한 예술가 솔거라는 개체는 아예 존재하지 않았던 것이다.[233] 이 꿈을 꾸고 재호는 "자신도 의아스러우리 만큼 몸이 가

233) 주지하다시피 「불화」의 원제는 「솔거」이고, 『조광』에 처음 발표되었다. 원작에서는 꿈 장면에서 대칭성의 사고를 보다 분명히 보여준다.

그는 만면에 미소를 띠우고 재호에게로 가까이 오더니
"그런 것도 아닌데 그래"
하고 어깨를 툭 치는 바람에 깜짝 벼락을 맞는 듯하던 순간 재호는 그런 것도 아니란 말뜻을 깨친 듯하였다.
재호는 너무도 황홀하매 한참동안 땅우에 엎더져 일어나지 못하다가 겨우 고개를 다시 들고 보니 솔거는 아직도 미소가 만면한 채
"나는 이렇게 살고 있다"
문짓문짓 물러가며 안개처럼 퍼지더니 별안간 그의 몸뎅이는 오뚝한 산으로 변해져 버렸다. 산에는 퍼런 소나무가 너울거리고 새들이 울고……(『조광』, 1937년 8월, 364면)

벼운 듯함을 깨"(193)닫는다.[234] 그리고는 개동이라는 소년과 함께 절을 나와 마을로 하산한다. 이 꿈을 통해 자신의 예술적 욕망에 전력을 기울이던 재호가 자기가 아닌 남을 향해 자신을 개방하는 태도라고 할 수 있다. 이 순간의 환희는 그 하산길에 다음과 같은 청량한 분위기가 잘 보여준다.

> 오랜 장막 속에서 푸른 하늘이 그 씻은 얼굴을 내어놓고, 처마 끝에서는 눈 녹아 내리는 낙숫물 소리가 처정처정 들리는 이른 봄날이었다. 흰 햇빛이 강물처럼 번쩍거리는 동구 앞 황톳길 위에 커다란 트렁크와 조그마한 나무 가방과 보따리 하나를 지게에 지우고 재호와 그의 소년은 절에서 마을 쪽을 향해 내려가고 있는 것이었다. (193)

재호와 함께 하산하는 개동은 얼마 전에 친아버지였을지도 모르는 공양주 스님을 잃었다. 새로 들어온 젊은 공양주는 개동을 구박하여 울리기만 한다. 처음 재호는 소년과 지낼 때, 소년이 "공연히 밉고 성가시고 화가 치오르는 것"(191)이어서, 매일 소년과 싸움만 하였다. 재호는 소녀와 헤어진 이래로 생긴 염인증(厭人症)으로 인해서 동경 있을 때부터 혼자 지내는 것이 습관이 되었던 것이다. 나중에는 허락 없이 자신의 그림을 치운 소년의 이마를 떠밀기까지 한다. 그러나 재호는 솔거의 꿈을 꾸고 나서 완전히 태도가 변한 것이다.

---

234) 재호가 이처럼 가벼운 발걸음으로 솔거 꿈을 받아들일 수 있었던 것은 이미 그가 준비된 상태였기 때문에 가능하다. 재호는 "처음엔 불이암의 나한도가 아니면 아무런 자극도 받아지지 않던 것이 이즈음에 와서는 나한도보다도 아미타불을 보는 편이 차라리 마음이 더 편했"(184)던 것이다. 불이암 나한도의 특징은 "개성 무시의 획일적 필법과는 아주 대척적으로 여기서는 또 너무 개성들을 날카롭게 살리려 한"(182) 것이다.

그러나 이어지는 「정원」에서 재호는 철(「불화」에서의 개동)이와 함께 살아가는데, 어느 날 홀로 된 서울의 누이가 조카인 정아와 함께 재호의 집 근처로 내려온다. 그런데 재호는 대칭성의 논리를 홀연히 깨닫고 그토록 환희에 찼던 하산길의 모습을 잃고 또 다시 "설움"(201)에 빠져 어쩔 줄을 몰라 한다. 이러한 설움은 정아의 "아저씨, 난 아저씨같이 살구 싶어요"(206)라는 말에, "무슨 모욕이나 당한 것 같은 불쾌감을 느끼며" 떨리는 목소리로 "나같이 살라면 나 없는 곳에 가 살아야 된다."(206)고 말하는 것에서 드러나듯이, 자신의 고유성에 집착하는 非대칭성의 사고에서 완전히 벗어나지 못한 결과이다.

특히 재호는 철이가 정아와 가까워지자, "아내 삼아 자식 삼아 길러온 철이 하루하루 자기에게서 멀어져간다는 고독과 적막을"(209) 뼈저리게 느낀다. 이러한 고독과 적막, 그리고 괴로움은 철이 정아와 함께 가출하자 더욱 심해진다. 이것은 재호가 철에게 가진 욕망이 또 하나의 자기를 세우려는 욕망과 관련된 것이었음을 보여준다. 재호에게 있어 철은 자기만의 주체성을 가진 온전한 인격체라기보다는 '나'라는 아상(我相)을 확인시켜 주는 재호의 거울상에 불과했던 것이다. 그것은 3부작의 마지막인 「완미설」에서 다음과 같이 드러나고 있다.

처음 여기다 이렇게 집을 세우고 정원을 설계하고 했을 때에는 그에게도 오히려 마음 속에 빛나는 한 오리 보람이 있었으니, 자연이라는 운명의 진흙밭에서 한 개 모래알만한 생의 알맹이라도 건져 보련다고, 그해 일곱 살인가 된 고아 하나와 더불어 자기의 업력(業力)을 다스리기 시작했던 것이 그 뒤 십년, 그 고아는 훌륭히 장성하여 이제 그 생활의 유일한 증인이요 반려가 되지 않으면 아니 될 이즈음에 이르러 일조에 이를 배반하고 저희 세간(世間)으로 돌아가버렸던 것이니 이에 그의 일

생이란 속담 그대로 닭 쫓던 개 모양이 된 셈이었다. (272)

「불화」의 재호가 예술가로서 자기라는 우상을 세우고자 하는 욕망(非대칭성)에 괴로워하다가 그것의 허망함을 깨닫고(대칭성) 안정감을 찾았다면, 「정원」에서 재호는 철이의 좋은 아버지라는 우상을 욕망(非대칭성)하다가 괴로움을 겪게 된 것이라고 할 수 있다.

3부작의 마지막 작품인 「완미설」에서 재호는 분명한 대칭성의 사고를 보여준다. 이제 재호는 예술가로서의 욕망도 아버지로서의 욕망도 포기한다. 그는 자기라는 분별심을 완전히 버린 것이다. 그리하여 두어 해 방랑을 하고 돌아와 누이에게 늙은 기생과 결혼하겠다고 말한다. 늙은 기생을 원하는 이유는 아기를 가져선 안 되기 때문이다. 이것은 재호의 결혼 계획이 아버지가 되겠다거나 종족을 잇겠다는 개인적 욕망과는 거리를 둔 것임을 분명히 보여준다. 그러나 아직 한 여인의 남편이 되겠다는 욕망은 남아 있다고 볼 수는 있지 않을까? 재호의 결혼 계획 속에는 이러한 욕망도 잘 드러나지 않는다. 재호는 고향 친구에게 보낸 편지에서 "외면과의 마찰을 뿌리째 없애고자"(279) 결혼하겠다는 자신의 뜻을 밝히기 때문이다. 즉 한평생 홀아비로 늙어가는 것에 대한 사람들의 관심에서 벗어나기 위해, 그리고 철이 내외에게 좋은 선물이 되기 위해 결혼을 한 것이다. 그렇기에 재호의 결혼은 '무언가가 되기 위한 행위'가 아니라 '무언가가 되지 않기 위한 행위'에 해당한다고 할 수 있다.

재호는 편지에서 "역시 철은 나에게 있어 다른 사람이 아니다. 나는 철의 행복을 위하여 남은 반생을 처리할 수 있으리라 믿는다."(279)고 고백하는 것에서 알 수 있듯이, 대칭성의 사고를 완전히 회복한다. 그것은 누이가 가져온 두 명의 신부 후보 중에서, "아직도 피곤한 인생의 짐이 반 넘어 남아 있"(276)는 강경 출신 여성이 아니라 "그 안과 거죽을 인간의 물결에 헤일 대로 헤이고 바래고 난 어떤 수녀와도 같은 인상"(277)의 부여 출신 여성을 선택하는 것에서도 잘 나타난다.

「완미설」의 마지막은 철과 정아 부부가 자신들이 낳은 아기를 안고 재호의 집으로 오는 것이다. 이 순간 재호는 아내의 시선이 아기를 싸안은 흰 하부다이에 쏟아지는 것을 보고 "현기"(280)를 느낀다. 재호는 여러 가지 일을 겪으며 대칭성의 사고에 가까이 갔지만, 아내의 시선은 그녀가 아직 온전한 대칭성 사고를 지니지 못하고 있음을 보여주는 것이다. 이것은 아내를 처음 만났을 때, 사진에서 느껴지던 "청춘을 번제로 한 무색 무취의 늙은 수녀같은 모양이 나기까지엔 아직도 육체적 부채를 한참 더 정리하여야 할 것 같"(277)았다는 첫인상에서 암시가 되었다고도 볼 수 있다. 재호가 느끼는 이 '현기'는 해소될 수 없는 세속의 非대칭성이 남긴 끈질긴 흔적임에 분명하다.

「솔거」 3부작의 서사는 대칭성 사고와 관련해, 각각 '非대칭성에서 대칭성(「불화」)'-'非대칭성(「정원」)'-'대칭성(「완미설」)'을 보여준다고 정리해 볼 수 있다. 「불화」에서 재호는 처음 예술가로서 자기라는 우상을 세우고자 하는 욕망에 괴로워하다가 그것의 허망함을 깨닫고(대칭성) 개동이라는 소년을 향해 자신을 개방하는 모습을 보여준다. 이것은 재호가 非대칭성의 상태에 머물다가 대칭성의 상태에 이르렀음을 보여준다. 그러나 이어지는 「정원」에서 재호는 철이의 좋은 아버지로 남고자 하는 새로운 욕망에 빠져든다. 이것은 재호가 「불화」에서 도달한 대칭성의 상태가 아직 온전하지 않아 벌어진 일이라고 볼 수도 있다. 그러나 3부작의 마지막 작품인 「완미설」에서는 재호가 자기를 내세우고 아상(我相)에 집착하는 것에서 완전히 벗어난 모습을 보여준다. 그것은 재호가 철이를 위해 늙은 여성과 결혼하는 모습을 통해 극적으로 드러나고 있다. 마침내 재호는 대칭성의 가장 온전한 모습을 체화(體化)한 존재가 된 것이다.

4. 완성된 대칭성의 세계─「등신불」

「등신불」(『사상계』, 1961년 11월)은 제목이나 소재에서 분명하게 드러나듯이, 작가의 불교에 대한 기본적인 입장이 직접적으로 드러나 있는 작품이다.235) 이 작품의 한복판에는 정원사의 금불각(金佛閣) 속에 안치된 등신불이 놓여 있다. 이 등신불(等身佛)은 다음과 같이 묘사된다.

머리 위에 향로를 이고 두 손을 합장한, 고개와 등이 앞으로 좀 수그러진, 입도 조금 헤벌어진, 그것은 불상이라고 할 수도 없는, 형편없이 초라한, 그러면서도 무언지 보는 사람의 가슴을 쥐어 짜는 듯한, 사무치게 애절한 느낌을 주는 등신대의 결가부좌상이었다. 그렇게 정연하고 단아하게 석대를 쌓고 추녀와 현판에 금물을 입힌 금불각 속에 안치되어 있음직한 아름답고 거룩하고 존엄성 있는 그러한 불상과는 하늘과 땅 사이라고나 할까, 너무도 거리가 먼, 어이가 없는, 허리도 제대로 펴고 앉지 못한, 머리 위에 조그만 향로를 얹은 채 우는 듯한, 웃는 듯한, 찡그린 듯한, 오뇌와 비원이 서린 듯한, 그러면서도 무어라고 형언할 수 없는 슬픔이랄까 아픔 같은 것이 보는 사람의 가슴을 꽉 움켜잡는 듯한, 일찍

---

235) 「등신불」은 백형 범보(凡父)와 만해 한용운이 나누는 소신공양 이야기에 충격을 받고 훗날 이를 토대로 완성해 낸 작품이다. (김동리, 「만해 선생과 '등신불'」, 『나를 찾아서』, 민음사, 1997)

이 본 적도 상상한 적도 없는 그러한 어떤 가부좌상이었다.[236]

이러한 등신불을 보고, '나'는 두 번이나 "저건 부처님도 아니다! 불상도 아니야!"(84)라고 외칠 정도로 그 존재를 부인하고자 한다. 이토록 '나'가 등신불을 보고 충격에 빠져 그 신성을 부인하려는 이유는, 등신불이 인간적인 특징을 너무나 많이 지니고 있기 때문이다. 아름답고 거룩하고 존엄한 여타의 불상과는 달리, "허리도 제대로 펴고 앉지 못한, 머리 위에 조그만 향로를 얹은 채 우는 듯한, 웃는 듯한, 찡그린 듯한, 오뇌와 비원이 서린 듯한"(83) 인간적 모습이 그 등신불을 부인하게 만드는 것이다. 그렇다고 해서 이 등신불이 인간적인 속성만 지닌 것은 아니다. "금불각의 가부좌상은 어디까지나 인간을 벗어나지 못한 苦惱와 悲願이 서린 듯한 얼굴이 아니던가. 그럼에도 불구하고 과거의 어떠한 대각보다도 그렇게 영검이 많다는 것은 무슨 까닭인가."(87)라고 자문(自問)하는 것에서 알 수 있듯이, 인간적 특징과 신적인 특징이 혼합된 존재로 형상화된다.

'내'가 경험하는 충격은 대부분의 종교가 신과 인간 사이에 非대칭적인 관계를 설정한다는 점을 고려할 때, 당연히 나타날 수밖에 없는 반응이다. 예언자 모세 앞에 나타난 일신교(一神敎)의 신 야훼의 경우가 그랬듯이, 신은 "인간과 신 사이에 확립된 비대칭적인 관계에 의거해 도덕을"[237] 선포한다. 이에 반해 불교는 신과 인간 사이에 대칭성의 사고를 작동시키는 거의 유일한 종교이다.[238] '내'가 신과 인간 사이의 대칭성을

---

236) 김동리, 「등신불」, 『김동리 전집 3』, 민음사, 1995, 83면.

237) 나까자와 신이치, 「완성된 무의식―불교(1)」, 『대칭성 인류학』, 김옥희 역, 동아시아, 2005, 172면. 프로이드는 유대교나 크리스트교와 같은 일신교의 본질은 신경증에 있다고 단언한다. "초월적이며 완전한 신을 인간 밖에 내세우는 그런 종교는 인간의 '마음'을 신경증적인 상태로 몰아넣는다는 것"(위의 책, 191면)이다.

구체적인 형상으로 드러낸 등신불 앞에서 그토록 당황하는 것은 "습관화된 개념으로써는 도저히 부처님과 스님을 혼동할 수 없는 것"(86)이라고 밝힌 것에서 알 수 있듯이, 非대칭적인 사고에 익숙한 존재이기 때문이다.

「등신불」에서 만적이 등신불이 되어 가는 과정은 전형적인 성불의 과정인 대신에 非대칭성의 사고를 벗어나 완벽한 대칭성의 세계에 이르는 과정이기도 하다. 등신불이 된 만적의 어머니는 非대칭적인 사고를 전형적으로 보여주는 인물이다. 그녀는 일찍 남편을 여의자, 아들인 만적을 데리고 사구라는 사람에게 개가(改嫁)를 했다. 사구에게는 신이라는 아들이 있었는데, 사씨 집의 재산을 탐낸 만적의 어머니는 신의 밥에 독약을 감추었다. 이 일로 신은 집을 나가고, 신을 찾아 나서 만적은 결국 출가를 하게 된 것이다. 만적의 어머니는 만적과 사신을, 자신이 낳은 아들과 다른 여인이 낳은 아들을 이토록 철저히 구별하는 분별심에 사로잡힌 여인이었던 것이다. 일단 등신불이 되기 위해서는 非대칭적 사고의 인격적 구현자라고 할 수 있는 어머니와의 결별이 필요하다.

---

238)

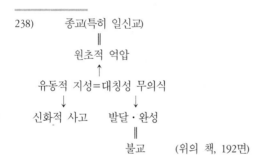

종교(특히 일신교)
‖
원초적 억압
↑
유동적 지성＝대칭성 무의식
↓   ↓
신화적 사고   발달·완성
‖
불교   (위의 책, 192면)

역사적으로 종교는 인간과 신 사이에 어떻게 하면 엄청난 비대칭의 관계를 형성할 것인지에 전력을 쏟아왔는데, 오로지 불교만이 대규모의 종교이면서도 대칭적 관계를 중시했다. 불교만은 종교에 내포되어 있는 초월성을 부정하고, 세계에 대칭성을 회복시키기 위한 가르침을 이야기해왔다. (가와이 하야오, 『불교가 좋다』, 김옥희 역, 동아시아, 2007, 18-23면)

다음 단계로 만적은 자신을 거두어준 취뢰 스님이 열반(涅槃)하였을 때, 취뢰 스님의 은공(恩功)을 갚기 위하여 소신공양을 시도한다. 그러나 이때 운봉 선사는 "만적의 그릇(器)됨을 보고 더 수도를 계속"(91)하라며 소신공양을 허락하지 않는다. 과연 당대의 선사(禪師)인 운봉은 왜 만적에게 소신공양을 허락하지 않은 것일까? 이것은 만적이 온전한 깨달음(대칭성)을 얻지 못했기 때문이다. 대승불교에서 깨달은 자를 의미하는 보살(bodhisattva)은 대칭성의 논리를 극한까지 밀어붙인 자이다. 순수한 증여가 사물의 증여로서 이루어질 때 어떤 식으로 이루어져야 하는지를 『금강반야경』에서는 "위대한 보살은 이와 같이 '누가 누구에게 무엇을'이라는 세 가지 생각조차 떨쳐버리고 보시해야 한다."239)라고 밝히고 있다. 불교에서 말하는 보시(布施)는 증여의 가장 순수한 형태를 말하고, 이는 대칭성의 논리를 실현하는 행위에 해당한다. 순수한 증여가 이루어지기 위해서는 '누가', '누구에게', '무엇을'이라는 세 가지 요소가 존재해서는 안 된다. 어느 하나라도 존재할 경우, 그것은 순수 증여도 아니며 대칭성의 사고일 수도 없다. 첫 번째 소신공양에는 '만적이', '취뢰스님에게', '자신의 몸'을 바친다는 세 가지 요소가 모두 존재했던 것이다.

만적이 두 번째 소신공양을 하겠다고 했을 때, 운봉 선사는 그제서야

---

239) 나가자와 신이치, 「완성된 무의식-불교(1)」, 『대칭성 인류학』, 김옥희 역, 동아시아, 2005, 174면에서 재인용. 뭔가를 증여함으로써 그 보상으로 뭔가를 기대하는 순간 그 보시는 교환의 사고에 의해 오염된다. 이런 생각이 섞여들면, 순식간에 교환의 고리 속으로 떨어져버릴 것이다. 교환은 非대칭성의 원리에 의해 움직이는 경제행위이다. 거기서는 주어진 것에 대한 등가의 가치를 상대방에게 돌려줄 의무가 발생한다. 보시는 순수증여로서 그런 교환의 고리 속으로 떨어져서는 안 된다. 선물을 통해서 '증여하는 사람'과 '증여의 대상자'의 구별이나 분리가 전혀 발생하지 않는 상황, 즉 완전한 대칭성의 상황에서만 순수증여는 가능해진다. 보살은 그런 대칭성의 사고의 '이상'을 체현한 존재여야만 한다는 것이다. (위의 책, 176면)

허락을 한다. 그 사이에 만적은 오년 동안 수행을 했고, 스물세 살 되던 겨울에 금릉 방면으로 나갔다가 문둥병이 든 사신을 만났다. 이때 만적은 자신의 염주를 벗어서 사신의 목에 걸어주고, 정원사로 돌아온 것이다. 이것은 상징적인 차원에서 자신을 버린 행동에 해당한다고 볼 수 있다. 따라서 두 번째 소신공양에서는 '누가', '누구에게', '무엇을'이라는 세 가지 요소가 사라진 것이다. 이때에야 순수 증여이자 대칭성 사고의 구현으로서의 소신공양은 이루어지게 된다.

작품의 마지막에 원혜 대사는 '나'를 향해 "자네 바른손 식지를 들어보게"(93)라고 말한다. 이 일을 두고 '나'는 두 번이나 "만적의 소신 공양과는 아무런 상관도 없는 엉뚱한 이야기"(94)라거나 "이 손가락과 만적의 소신 공양과 무슨 관계가 있다는 겐지"(94)라고 의문을 표시한다. 이처럼 과도하게 두 사건의 무관함을 강조하는 것은 오히려 두 가지 사건이 깊이 연관되어 있음을 암시한다. 그 바른손 식지(食指)에는 자신의 목숨을 살리기 위해 진기수씨에게 혈서를 바치느라고 살을 물어 뗀 상처가 남아 있다. 이 행위는 만적이 깨달음으로 향하는 과정과 비교할 때, 두 번째 단계 정도에 해당한다. 그렇다면 원혜 대사가 '나'의 바른손 식지를 들게 하여 말하려고 했던 것은 만적이 완벽한 대칭성의 사고에 바탕한 순수증여의 단계에 이르렀듯이, '나' 역시 더욱 큰 깨달음의 단계로 나아가라는 가르침의 뜻이라고 볼 수도 있을 것이다.

5. 삼라만상의 대칭성

김동리의 「까치소리」(『현대문학』, 1966년 10월)는 후기작 중에서 불교 사상이 가장 심도 있게 드러난 작품이다. 그동안 이 작품은 화엄사상(華嚴思想)과 관련하여 이해되어 왔다. 김동리는 자신이 「까치소리」는 "우주만상은 헤아리기 어렵고 인연 관계로 얽혀 있다는 화엄사상의 일면을 주제로 택했던 것이다."[240]라고 말한 바 있다. 또 다른 글에서도 이와 같은 입장을 분명하게 밝혔다.

> 「까치소리」의 경우 불교사상은 완전히 잠재되어 있기 때문에 얼른 눈에 띄지 않는 편이나. 보리밭 속에서 복을 누르는 것으로, 까치소리가 살인의 동기 내지 원인이 되어 있지만 거기에는 이중 삼중의 복선이 처져 있기 때문에 그냥 자연스러운 행동같이 보인다. 불교의 화엄사상(華嚴思想)은 사사무애(事事無礙)인 동시에 만사유관(萬事有關)이란 측면에서 표현되었던 것이다.[241]

「까치소리」 역시도 대칭성과 관련하여 이해 가능한 작품이다. 이 작품에는 여러 가지 직접적인 대칭적 관계가 성립한다. 마을 가운데 회나무가 있고, 회나무 위에 까치둥지가 있고, 마을 사람들은 아침저녁 까치소리를 들으며 산다. 사람들은 "아침 까치가 울면 손님이 오고, 저녁 까치가 울면 초상이"[242] 난다고 생각한다. 실제로 작품의 마지막에 이르러서 사람들의 믿음처럼, 저녁까치가 울 때 봉수가 영숙이를 죽이는 일이

---

240) 김동리, 「불교와 나의 작품」, 『소설문학』, 1985.6, 137면.
241) 김동리, 「내 문학의 자화상」, 『꽃과 소녀와 달과』, 제삼기획, 1994, 24면.
242) 김동리, 「까치소리」, 『김동리 전집 3』, 민음사, 1995, 282면.

발생한다.

또한 이 작품에서는 인간들 사이에서도 별다른 구분 없이 대칭관계를 형성한다. 봉수의 어머니는 중병에 걸려 까치가 울 때마다 까무러치게 기침을 하며 '봉수야 죽어다오'라고 외치고는 한다. 그런데 봉수는 실제로 어머니가 그런 비명을 지를 때마다 어머니를 목조를 지도 모른다는 충동(衝動)에 시달린다. 그런데 작품의 마지막에 봉수는 영숙이를 목 졸라 죽인다. 이 순간 상징적인 차원이지만 어머니와 영숙이 사이에 대칭적인 관계가 성립하게 된다. 또한 상호와 봉수 사이에도 그러한 관계가 성립한다. 상호는 봉수가 전쟁터에 나간 사이에 봉수가 사망했다는 거짓말을 하여, 봉수의 약혼자인 정순을 가로챈다. 고향에 돌아와서 정순이 상호의 처가 되었다는 소식을 들은 봉수는 "내가 없어진 거와 마찬가지였다."(293)라고 말할 정도로 커다란 절망감을 느낀다. 그러나 작품의 마지막에 봉수는 상호의 여동생인 영숙을 살해함으로써, 상호와 마찬가지로 살인자가 되고 마는 것이다.243)

이 속에서 인간이란 자신의 의지로 운명을 스스로 개척해 나가는 고독한 단자일 수 없다. 정순이는 모든 진실을 알고 상호의 집을 나와 봉수와 함께 떠나겠다는 뜻을 밝히지만, 끝내 그 뜻을 실행에 옮기지는 못한다. 그때 봉수는 "무언지 정순이의 운명 같은 것"(312)을 느끼며, "그녀를 결정하는 것은 그녀 자신의 의지이기보다 그녀를 에워싼 그녀의 환경"(312)이라고 생각한다.

「까치소리」는 대칭성과 관련해 이전 작품들과 달리 선험적이고 기계적이다. 여러 가지 복선과 암시를 깔고 있지만 까치소리를 듣고 영숙을

---

243) 봉수가 영숙을 실제로 살해했다면, 그 이전에 상호는 봉수의 정신을 살해한 것이다.

살해하는 봉수의 행동이 설득력 없게 느껴지는 것은, 대칭성이 非대칭성과 맺고 있는 현실의 드라마를 생략한 채 세상은 대칭성에 바탕해 있다는 작가의 세계관이 일방적으로 주입된 결과라고 볼 수 있다. 이렇게 될 경우 작품에는 불교적인 사상이 보다 온전한 형체를 드러낼 수 있지만, 문학적 감동은 상대적으로 줄어들 수밖에 없다.

이후에도 김동리는 「눈 오는 오후」(『월간중앙』, 1969년 4월)와 「저승새」(『한국문학』, 1977.12.) 등에서 불교의 윤회사상을 소설에 적극 끌어들인다. 불교에서는 인간이나 동물처럼 의식이 있는 존재를 '유정(有情)'이라고 하는데, 이 유정의 '마음'은 비록 그 생물체가 죽더라도 그대로 사라져버리는 것이 아니라, 보다 고차원의 구조를 한 '마음의 연속체(連續體)'에 합류해 다음 세상에서 유정의 모습으로 다시 태어난다고 생각한다. 이런 식의 사고에 의하면, 지금 있는 우리의 '개인 존재'라고 하는 것도 그 자체로 고립된 현상이 아니라, 무한한 과거로부터 계속되어온 생명 윤회의 거대한 고리의 한 부분에 지나지 않게 된다.[244] 「눈 오는 오후」에서는 어린 딸이 사실은 경주에 살던 한 노인의 환생이라는 사실이 드러나고, 「저승새」에서는 매년 찾아오는 새가 출가하기 전에 맺은 인연의 환생이었음이 드러난다.

「저승새」에서는 한 생에서 인간의 형상을 취했던 존재가 다음 생에서는 동물로 변형될 수 있음을 보여줌으로써, 인간이 삼라만상과 연결된 존재임을 일깨워준다. 「저승새」의 만허 스님은 매년 저승새가 나타나면 말할 수 없는 감흥을 느낀다. 만허 스님의 원래 이름은 경술인데, 남의

---

244) 나까자와 신이치, 「완성된 무의식―불교(1)」, 『대칭성 인류학』, 김옥희 역, 동아시아, 2005, 166-167면.

집 머슴살이를 하다가 그 집 딸인 남이와 장래를 약속하게 된다. 그러나 남이는 길마재 마을로 시집을 가게 되고, 이때 경술에게 "나 부모님과 싸우는 것보다 차라리 시집 가서 죽어버릴란다"(33), "난 죽어도, 죽어도, 이 도령 못 잊어."(34)라는 말을 남긴다. 이 저승새를 보고 감흥을 느끼는 것은 만허 스님만이 아니다. 어린 사미인 혜인 역시 저승새를 보고는 "그의 노스님이 왜 그렇게 여러 날 동안이나 저 새를 기다렸는지도 절로 알아질 것만 같았다."(24)고 생각하며, 혜인의 눈에도 어느덧 눈물이 고이는 것이다. 혜인은 남이의 하나뿐인 육체적 후손인 동시에 만허의 정신적 핏줄이기도 한 것이다. 이 작품의 주제는 말할 것도 없이, 만허 스님과 새 사이의 사연을 묻는 사람들에게 밑도 끝도 없이 중얼거린 만허 스님의 혼잣말 "새로도 태어나고 사람으로도 태어나고……"(28)라는 말과 직접적으로 맞닿아 있다.

김동리의 소설에서 '인간=동물'이라는 대칭성은 이미 「개를 위하여」(『백민』, 1948년 10월)에서 선명하게 나타난 바 있다. 이 작품은 스물일곱 여덟 가량의 청년 영욱과 개의 온전한 합일을 형상화한 작품이다. 영욱은 저녁때마다 누렁개 한 마리를 데리고, 강가 잔디밭 위에서 산보를 한다. 그들 사이에는 "모든 것이 진실로 잘 통해 있"(135)으며, 그것은 다음과 같은 모습으로 나타난다.

영욱이가 허리를 굽혀 패랭이나 들국화 같은 것을 꺾을 양이면 개의 그 움쑥하고 시커먼 두 눈은 환희와 안심을 담고 그것을 바라보는 것이며, 영욱이가 문득 가슴의 거북함을 느낄 때에는 개도 한숨 쉬듯 그 뻐끔뻐끔 뚫린 두 콧구멍을 벌름거리며 가만히 외면하고 앉아 있곤 하였다. 영욱이의 일거 일동은 빠짐없이 개에게 전부 이해되고 있었으며 어

쩌면 그의 맘속에 일어나는 모든 느낌과 생각까지도 모두 개에게 짐작되는 듯한 그러한 표정이었다. (135)

이러한 개와 영욱의 일체화는 영욱의 죽음과 뒤이은 개의 죽음을 통해 다시 한번 확인된다.[245] 「개를 위하여」, 「눈 오는 오후」, 「저승새」 등은 문학적 간접화가 제대로 이루어지지 않은 채 작가의 종교적 신념이 거의 그대로 전달되는 한계를 보여준다.

6. 대칭성 사고의 만화경(萬華鏡)

지금까지 김동리와 불교의 연관성을 밝히는 것은 제재적 차원에서의 반영 관계를 찾거나, 상식화 된 불교 개념이 작품 속에 적용되는 양상을 탐구하는 모습을 보여주었다. 윤회전생, 인과응보, 소신공양 등의 불교적 소재 차용을 밝힌 것이 그 구체적 사례라 할 수 있다. 이 글에서는 지금까지의 연구 성과를 바탕으로 하여 김동리 소설에 나타난 세계관의 특징을 불교와 관련시켜 이해해보고자 하였다. 이를 위해 레비 스트로스와 나까자와 신이치 등이 주장한 대칭성이라는 개념을 중심으로 하여 김동리 문학에 나타난 불교적 상상력을 살펴보았다. 김동리 문학관의 핵심은 말할 것도 없이, '구경적 생의 형식의 탐구와 그 타개'로 요약된다. '구경적 생의 형식의 탐구'는 '우리와 천지 사이에 유기적 관련이 있다는 것을 파악하고, 이와 관련하여 공통된 운명이 부여되어 있다는 사실을 발견'

---

245) 영욱의 무당 어미는 죽어가는 영욱의 병문안을 와서는 영욱이 대신 "누렁이이 머리를 쓸어주며 혀를 몹시 껄껄"(137) 차기도 한다.

하는 것을 말한다. 김동리가 말하는 '유기적 관련 속에서 발견되는 공통된 운명'이야말로 대칭성 사고로서의 불교가 개체와 전체를 생각하는 방식과 연결되어 있다. 김동리가 불교적인 사상을 소설에 본격적으로 드러낸 것은 「솔거」 3부작(「솔거」, 「잉여설」, 「완미설」)에서이다. 「솔거」 3부작의 서사는 대칭성 사고와 관련해, 각각 '非대칭성에서 대칭성(「불화」)'─'非대칭성(「정원」)'─'대칭성(「완미설」)'을 보여준다고 정리해 볼 수 있다. 「불화」에서 재호는 처음 예술가로서 자기라는 우상을 세우고자 하는 욕망에 괴로워하다가 그것의 허망함을 깨닫고(대칭성) 개동이라는 소년을 향해 자신을 개방하는 모습을 보여준다. 이것은 재호가 非대칭성의 상태에 머물다가 대칭성의 상태에 이르렀음을 보여준다. 그러나 이어지는 「정원」에서 재호는 철이의 좋은 아버지로 남고자 하는 새로운 욕망에 빠져든다. 이것은 재호가 「불화」에서 도달한 대칭성의 상태가 아직 온전하지 않아 벌어진 일이라고 볼 수도 있다. 그러나 3부작의 마지막 작품인 「완미설」에서는 재호가 자기를 내세우고 이상에 집착하는 것에서 완전히 벗어난 모습을 보여준다. 그것은 재호가 철이를 위해 늙은 여성과 결혼하는 모습을 통해 극적으로 드러나고 있다. 마침내 재호는 대칭성의 가장 온전한 모습을 체화한 존재가 된 것이다.

　「등신불」은 제목이나 소재에서 분명하게 드러나듯이, 작가의 불교에 대한 기본적인 입장이 직접적으로 드러나 있는 작품이다. 인간적 속성과 신적 속성이 혼합되어 있는 등신불의 형상은, 신과 인간 사이에 대칭성의 사고를 작동시키는 유일한 종교로서의 불교가 지닌 핵심적인 특징을 압축해서 보여준다. 「등신불」에서 주인공인 만적이 등신불이 되어 가는 과정은 자연적인 성불(成佛)의 과정인 대신에 非대칭성의 사고를 벗어나 완벽한 대칭성의 세계에 이르는 과정이기도 하다. 또한 그것은 대칭성의 특징이 가장 완벽하게 드러난 순수 증여를 구현한 것이기도 하다. 「까치소리」역시도 대칭성과 관련하여 이해 가능한 작품이다. 이 작품에는 자연과 자연, 인간과 자연, 인간과 인간 사이에 직접적으로 대칭적 관계가 성립한다. 그러나 「까치소리」는 대칭성과 관련해 이전 작품들과 달리 선험적이고 기계적이다. 여러 가지 복선과 암시를 깔고 있지만 까치소리를 듣고 영숙을 살해하는 봉수의 행동이 설득력 없게 느껴지는 것은, 대칭성이 非대칭성과 맺고 있는 현실의 드라마를 생략한 채 세상은 대칭성에 바탕해 있다는 작가의 세계관이 일방적으로 주입된 결과라고 볼 수 있다. 이렇게 될 경우 작품에는 불교적인 사상이 보다 온전한 형체를 드러낼 수 있지만, 문학적 감동은 상대적으로 줄어들 수밖에 없다. 이러한 「까치소리」의 문제점은 이후에 창작된 「눈 오는 오후」와 「저승새」등에서도 확인할 수 있다.

2부

한국전쟁을
통해 바라본
개인과 공동체

제 1 장

한국전쟁기 소설에 나타난 여성 표상 연구

1. 전쟁과 젠더

여성의 삶은 수많은 소설들 속에 펼쳐졌고, 여전히 현대소설의 주요 제재이다.[1] 그러나 전쟁과 관련해서 우리는 흔히 여성들을 떠올리기 힘들다. 그들은 주연은커녕 조연이며 어떠한 경우에는 "집과 나무, 마을, 개울과 함께 하나의 풍경을 이루는 정물에 불과"[2]한 경우도 많았기 때문이다. 보통 전쟁은 남성들의 이야기로 생각되고, 여성들은 소수의 경우를 제외하고는 가혹한 남성들의 싸움판 옆에서 고통스러운 삶을 꾸려가는 엑스트라로 규정되었다. 그러나 전쟁의 거대한 힘은 여성이라고 해서 가만히 놔두지 않았다. 더군다나 수백만의 사상자를 내고 3년이나 지속

---

1) Nathalie Heinich, 『여성의 상태─서구소설에 나타난 여성상』, 서민원 역, 동문선, 1999, 12면.
2) 이임하, 『여성, 전쟁을 넘어 일어서다』, 서해문집, 2004, 13면.

된 한국전쟁의 경우 그 영향력은 더욱 강력했다. 한국전쟁은 여성의 삶에 결정적인 변화를 초래한 것이다.[3]

전쟁이라는 비상사태는 새로운 남성뿐만 아니라 새로운 여성을 만들어내려 한다. 전쟁은 국민을 전쟁으로 유도하고 그들을 지속적으로 격려하며, 이러한 동원에는 여성이 핵심적인 대상으로서 동원되었기 때문이다. "젠더는 전시정책을 조직하는 원리로서, 전쟁의 중요한 무기로서 출현했다."[4]는 명제는 한국전쟁에도 예외일 수 없다. 실제로 한국전쟁기에는 여성을 주요 인물로 한 소설이 매우 많다. 이것은 젠더정치가 6 · 25라는 역사적 비극 앞에서 국가가 국민을 동원하는 핵심적인 기제였음을 증명하는 것이다. 젠더정치는 공사 영역의 경계를 변동시키면서, 사적 영역에 대한 국가적 통제, 즉 개인을 국가의 성원으로 동원하는 방식을 가장 잘 보여준다.[5]

이 논문이 관심을 갖는 한국전쟁기 여성 형상화 방식과 그 의미에 대한 연구는 주로 여성 작가들의 소설을 중심으로 이루어졌다. 박정애는 한국전과 베트남전에 동원된 여성작가가 전쟁에 동원되는 양상과 의미를, "최정희 세대는 구체적인 생활상의 필요와 평등에의 환각 체험에 의해 한국전과 베트남전 당시 국가의 호명에 자발적으로 응했는데, 그들의 활동상은 여전히 가부장제 성별분업의 테두리를 벗어나지 못했다."[6]고

3) 전쟁이라는 혼란기에 가족은 피해자이고, 그 중에서도 가족의 생명과 보호를 일시적이나마 책임져야 했던 여성은 가장 큰 피해자였다. (함인희, 「한국전쟁, 가족, 여성의 다중적 근대성」, 『사회와 이론』 2호, 2006, 161면)

4) Françoise Thébaud, "The Great War and the Triumph of Sexual Division", *A History of Women In The West V*, Belknap Press, 2000, p.24.

5) Meng Yue, *Female Images and National Myth*, Tani E. Barlow ed., Duke University Press, 1993, pp.118-120.

6) 박정애, 「'동원'되는 여성작가 : 한국전과 베트남전의 경우」, 『여성문학연구』 10호, 한

지적한 바 있다. 김양선은 「반공주의의 전략적 수용과 여성문단」에서 장덕조와 최정희의 소설들이 한국전쟁기의 여성들을, 아들을 나라에 바치는 군국의 어머니, 후방의 가족을 지키고 전쟁을 지원하는 어머니 그리고 전선의 병사에게 위로와 위안을 주는 연인으로 형상화했다고 보았다. 장덕조, 모윤숙, 최정희와 같은 작가들이 반공 국가주의에 여성성을 거의 일방적으로 결합시켰다면, 손소희, 전숙희, 윤금숙과 같은 신진여성작가들은 국가주의와 반공주의에 일방적으로 동원되지 않는 면모를 보였다고 파악하였다. 그러나 피난민 여성의 일상을 규율하는 논리에는 여전히 반공주의가 미시적으로 작동하고 있다고 지적한다.[7] 엄미옥은 「한국전쟁기 여성 종군작가 소설 연구」에서 여성작가가 전쟁에 동원되는 양상을 통해 반공 국가주의가 여성을 국민으로 호명하는 과정에서 일어나는 젠더정치를 규명하고 있다. 엄미옥은 김양선과 기본적인 입장을 함께하면서, 이전의 논의에서 다루고 있지 않은 작품까지 포괄하여 연구의 폭을 확장시키고 있다.[8]

그런데 이들 연구는 모두 전쟁 시기 여성 형상화의 문제를 여성작가의 작품에만 한정시키는 특징이 있다. 김양선은 "여성작가와 여성문단이 전쟁에 반응하고 이를 형상화하는 방식은 남성의 그것과는 '같으면서도 다른' 측면이 있다"면서, "반공주의를 어떻게 성별에 따라 다르게 수용하고 전유했는지를 규명해야 한다."[9]고 말하며, 엄미옥 역시 "여성작가들

국여성문학학회, 2003, 69면.

7) 작품 속에서 비윤리적이고 악한 사람은 모두 부역자 즉 빨갱이이며 그들은 텍스트에서 소거됨으로써 윤리적 처벌을 받는다. (김양선, 「반공주의의 전략적 수용과 여성문단-한국전쟁기 여성문학 장을 중심으로」, 『어문학』 101집, 2008.9, 333-357면.)

8) 엄미옥, 「한국전쟁기 여성 종군작가 소설 연구」, 『한국근대문학연구』 21호, 2010.4, 261-292면.

9) 김양선, 앞의 논문, 334면.

이 전쟁을 체험하고 그것을 형상화하는 방식은 남성작가들과는 분명 다른 차이점을 보이고 있다. 반공주의자 성별에 따라 다르게 전유되는 것이다."10)라고 주장한다. 그럼에도 두 편의 논문 모두에서 남성작가들의 작품에서 여성이 어떻게 형상화되는지에 대한 논의는 이루어지지 않고 있다. 이 글은 전쟁 시기 남성작가들의 작품까지 포함하여 여성이 형상화되는 방식과 그 의미에 대하여 살펴보고자 한다. 이를 통해 여성 작가들과 남성 작가들의 여성 형상화에 나타난 공통점과 차이점에 대하여 정리할 것이다. 또한 본격적인 논의에 있어서는 한국전쟁의 특수성에 초점을 맞추고, 부분적으로 여타의 전쟁에서 여성이 표상되는 방식에 대해서도 참고하고자 한다. 마지막으로 전쟁의 한쪽 당사자인 북한 소설에 나타난 여성 표상에 대해서도 살펴볼 것이다.

2. 전쟁의 고통을 대표하는 알레고리로서의 여성

수백만의 사상자를 낸 한국전쟁은 형언하기 힘든 고통을 사람들에게 가져다주었다. 여성들도 이러한 고통으로부터 예외일 수 없으며, 오히려 그 고통의 한복판에 서 있었다. 그리하여 이 시기 많은 소설들에서 여성들은 전쟁의 비참함을 드러내는 알레고리로서 자주 등장한다.11) 염상섭의 「解放의 아침」, 김광주의 「不孝之書」, 이선구의 「어머니」에 등장하

---

10) 엄미옥, 앞의 논문, 264면.
11) 본래 전쟁에서 여성이 민족 주체로서 포함되는 방식은 어머니의 이미지이거나 식민화 및 전쟁으로 황폐해진 민족에 대한 알레고리로서의 이미지를 통해서이다. (태혜숙 외, 『한국의 식민지 근대와 여성 공간』, 여이연, 2004, 167-172면)

는 여성들은 전쟁으로 황폐해진 우리 민족에 대한 일종의 알레고리에 해당한다.

염상섭의 「解放의 아침」(『신천지』, 1951.1)은 "九월二十八일 아침"[12]으로 시작되는 것에서 알 수 있듯이, 이 작품은 서울을 배경으로 9.28 수복 이후의 부역자 처리와 관련된 문제를 핵심적인 사건으로 다루고 있다. 중심인물은 북한군 점령 하에서 공장 여맹위원장을 지낸 원숙 어머니, 원숙 어머니로부터 도움과 위협을 동시에 받은 인임이, 그리고 인임이의 어머니 등 모두 여성들이다. 인임 어머니는 원숙 어머니의 부탁으로 쌀과 광목을 숨겨두었다가 발각되면서 부역 혐의를 받는다. 취조 과정에서 인임의 어머니는 원숙 어머니의 전력이 노출되지 않는 수준에서 발언하지만, 인임이는 원숙 어머니의 전력과 인공(人共)시절의 행적을 모두 폭로한다. 작품의 마지막 부분에서 아버지와 나누는 인임의 대화는 인임이가 전쟁으로 인해 얼마나 야박해졌는지를 잘 보여준다.

> "얘, 지금판에 위원장총살일텐데, 싸줄것까지는 없지마는, 그네들 위원장이었다는말을 한것은 네입으루 사형선고를한거나 다름없지 않으냐?"
> 하고 딸을 타이르니까, 인임이는 눈을 커닿게 뜨고 부친을 한참 바라보다가 한마디하는것이었다.
> "온 별걱정을 다하십니다. 그럼 저의들 살려주구, 우리가 대신 죽어두 좋을까요!"[13]

인임이는 본래 이념과는 거리가 먼 인물이었다. 그녀의 이런 표독함은

---

12) 『신천지』, 1951.1, 98면.
13) 『신천지』, 1951.1, 107면.

오직 자신의 생존을 확실하게 보장받기 위해서라는 것을 알 수 있다. 표독해진 인임이의 모습은 전쟁의 극한 상황으로 인해 자신의 생존과 이익만을 추구하는 속악한 현실을 나타낸다.[14]

김광주의 「不孝之書」(『전시 한국문학선 소설편』, 국방부 정훈감실, 1954)는 부산에서 피난 생활을 하는 남편이 자신이 본래 살던 서울에 2년 만에 올라와 여관방에 머물며, 부산에 있는 아내에게 편지를 쓰는 형식으로 되어 있다. 이 작품의 주인공은 병든 팔순 노모를 홀로 남겨두고 부산으로 피난을 간다. 어머니는 홀로 남겨진 서울에서 스스로 곡기를 끊어 죽고, 그 어머니의 시신은 이웃인 순임 모녀에 의해 간신히 수습된다. 2년 전에 살던 집은 순임이 모녀가 대문에 새파랗게 페인트칠을 하였고, 그 집에서 모녀는 미군을 상대로 매춘을 하며 살아간다. 서울에서 자식도 없이 죽어간 팔순 노모나, 미군 상대로 매춘을 해서 살아가는 순임 모녀는 전쟁이 낳은 직접적인 피해자가 누구인지를 잘 보여준다.

이선구의 「어머니」는 예순세 살이 된 어머니의 삶을 통해 전쟁의 폭력성을 보여주고 있다. 작품 속 어머니는 서른네 살에 남편을 병으로 잃는다. 그 이후 준기, 순기, 신기, 명기, 영숙, 진숙 육남매에게 온 정성을 바치며 살아간다. 그 결실로 자식들은 하나같이 훌륭하게 성장한다. 그러나 전쟁으로 인해 큰아들 준기는 우익교원으로 몰려 제자들에게 끌려가고, 둘째아들 순기는 의용군으로 끌려갔으며, 셋째아들은 학도병으로 육군에 들어갔다가 전사하며, 큰사위는 북한군에게 총살당했다. 이러한 어머니의 모습은 조금 과장된 것이기는 하지만 전쟁이 가져온 극심한 피

---

14) 조남현 교수 역시 이 작품에서 "염상섭은 9.28 수복 전후의 한국인의 삶의 모습을 한 푼의 꾸밈 없이 보여주려 했던 것이다."(조남현, 「한국전시소설 연구」, 『한국현대소설의 해부』, 문예출판사, 1993, 43면.)라고 주장한다.

해의 상황과 직접적으로 맞닿아 있다.

때로 여성은 전쟁이 만들어낸 피폐화된 현실에서 아예 사라지기도 한다. 이때 여성은 '지금-여기'에는 부재하는 손상되지 않고 소외되지 않은 과거의 이상향을 상징한다.[15] 이선구의 「故鄕」에서 김재국 소위는 적의 수중에 있던 자신의 고향마을을 탈환한다. 고향은 전쟁을 기점으로 과거와 현재가 선명하게 구분되며, 현재 고향은 "어떻게 하다가…… 어떻게 하다가…… 나의 고향이 이 지경에 이르렀는가?"[16]라는 김재국 소위의 탄식처럼 과거와 달리 모든 것이 파괴되어 있다. 그런데 이 작품에서 김재국과 미래를 약속한 선이는 과거의 아름다운 고향을 상징한다. 전쟁으로 파괴된 고향에서 선이네 집은 흉가가 되어 있고, 선이네는 어디로 갔는지도 불분명하다. 위의 소설들에서 여성은 부재하거나 무능력해진 아버지(혹은 아들)가 지켜내지 못한 침탈당한 민족/조국의 상처 입은 존재로서 표상된다.

3. 전사를 낳아 전장으로 보내는 여성

한국전쟁기 소설에서 가장 빈번하게 등장하는 여성의 모습은 어머니이다. 병사와 어머니는 한국전쟁이 필요로 하는 남성과 여성 역할을 가장 완벽하게 대표해준다. 본래 전시에는 성적 이원론에 기반한 스테레오타입의 '싸우는 병사'와 '출산하는 어머니' 상이 가장 보편적이다.[17]

---

15) 여성은 모든 것이 파괴되고 불구화된 지금의 현실과 대비되는 이상적인 과거를 상징하는 기호로 형상화되기도 한다. (태혜숙 외, 앞의 책, 190-202면 참조)
16) 『전시 한국문학선 소설편』, 국방부 정훈감실, 1954, 133면.)

정비석의 「남아출생」(『전선문학』 4, 1953.4)은 여러 어머니의 모습 중에서도 '출산하는 어머니'로서의 여성 표상을 잘 드러내고 있다. 이 작품의 주인공 현은 아내가 네 번째 아이를 임신하자 노골적으로 싫은 기색을 보인다. 글을 쓰는 그는 아이들로 집안이 시끄러워지는 것이 못마땅한 것이다. 현은 전선에서 소대장으로 있는 조카의 전쟁이 언제 끝날지 모른다는 편지를 받고 유산을 시키겠다는 각오를 다진다. 그러나 조카가 전사했다는 소식을 듣고는 "국가로서의 손실"[18]을 보았다고 생각한다. 그때 아들이 태어났다는 이야기를 듣고서는 "조카가 전사했다는 기별을 들은 지금에 자기에게 아들이 하나 생겼다는 것은, 소모된 국가의 국력을 그만치 보충한 것 같"[19]다며 무한한 기쁨을 느낀다. 아내는 자식이 아닌 전사를 낳은 것이고, 그 순간 이전까지 구박의 대상이던 아내는 "수고했소"라는 말을 네 번이나 듣는 매우 소중한 존재로서 인정받게 된다.

한국전쟁과 같이 전쟁기간이 비교적 짧고 급박하게 전선의 상황이 변

---

17) '전투원=남성', '비전투원=여성'이라는 사회적인 역할 분담은 보다 많은 문화적인 역할 이미지, 전쟁을 계기로 한 전형적인 성차 이미지의 스테레오타입을 생산했다. 그것은 '생명을 빼앗는 병사'와 '생명을 부여하는 모성'이라는 대칭을 이루었다. 용감한 전사가 남성의 이상적 모습이었다고 한다면, 아들을 낳고, 이들을 양육하고, 그 싸움을 격려하고, 그 상처를 간호하고, 최후에는 그 죽음을 한탄하고, 기념하는 '어머니'들이 바로 여성의 긍정적 이미지를 대표하는 것이다. (와카쿠와 미도리, 『전쟁이 만들어낸 여성상』, 손지연 역, 소명출판사, 2011, 32-38면) 이러한 대칭적인 도식이 갖는 이미지를 제시하면 다음과 같다.

병사	어머니
죽이다(생명을 빼앗다)/전쟁/전투원/폭력/ 죽음/문명/역사적존재/공적/국가적/ 능동적/공격적/명예/사내다움	낳다(생명을 부여하다)/평화/비전투원/ 비폭력/생명/자연/초역사적존재/사적/ 가정적/수동적/헌신적/무사(無私)/ 무명(無名)/상냥함

18) 『전선문학』 4, 1953.4, 80면.
19) 『전선문학』 4, 1953.4, 80면.

하는 전쟁에서는 남아를 출산하는 것보다는 이미 성장한 아들이나 남편을 전쟁터로 보내는 것이 무엇보다 중요하게 부각되었다. 자식이나 남편의 입대와 관련해서 여성들은 조금의 망설임도 보여서는 안 된다. 이선구의 「어머니」(『전시 한국문학선 소설편』, 국방부 정훈감실, 1954)와 「希望의 戰列」(『사병문고』 2, 육군본부 정훈감실, 1951)에서는 그러한 어머니와 아내의 모습이 잘 나타나 있다. 이선구의 「어머니」에서 6남매 중 네 명의 자식을 잃은 몸서리치게 끔찍한 상황에서도 어머니는 국가 방위를 위해 초인적인 모습을 보여준다. 몸져누운 어머니 앞에서 넷째 아들 명기는 자신이 함상근무를 하게 되었다는 말을 차마 하지 못한다. 진숙이 역시 약혼자인 육군 군의관이 간호부로 자신을 도와달라고 한다는 말을 하지 못한다. 작품은 어머니가 두 명의 자식에게 "너희들은 내 뱃속에서 나왔지만 인제는 내것이 아니다. 나라의 일꾼이오 남의 귀중한 배필이다. 명기야 너는 주저말고 내일 아침에 떠나가서 용감히 배를 타거나. 그리고 진숙이는 며칠 안으로 일선 야전병원으로 가거라."[20]라고 말하는 것으로 끝난다.

「希望의 戰列」역시 아무런 거리낌 없이 가족을 전선에 내보내는 여성의 모습을 형상화하고 있다.[21] 이 작품은 인수가 작품의 처음부터 끝까지 초점화자로 등장하는 서술상황을 보여준다. 흥미로운 것은 작품의 삽화에 인수의 아내가 클로즈업되어 있는 것에서도 알 수 있듯이, 작품의 초점이 인수 아내의 결단과 선택에 맞추어져 있다는 점이다. 전쟁을 피해 인수는 가족들과 광주, 광양, 하동, 진주를 거쳐 부산의 피난민 수

---

20) 『전시 한국문학선 소설편』, 국방부 정훈감실, 1954, 106면.
21) 「希望의 戰列」은 작품 말미에 1950년 8월에 창작되었다고 기록되어 있다.

용소에 이른다. 인수는 부산 거리에서 친구 이후영이 군대에 지원해 전선으로 나가는 모습을 본다. 이에 자신도 전선으로 나갈 것을 결심하지만 가족이 마음에 걸린다. 아내에게도 말을 꺼내보지만, 아내는 아픈 어머니가 돌아가시기라도 하면 어떡하냐며 만류한다. 그러나 다음날 아내는 일찍 밥을 차리고 어머니는 자신이 돌보고 생계는 어떻게든 자신이 꾸려나가겠다면 전선으로 가라고 말한다. 이처럼 전쟁기 한국소설에서 가장 빈번하게 등장한 여성 표상은 어머니이며, 그들은 전사를 낳거나 혹은 아들이나 남편을 전선으로 보내는 역할에 충실하다.22)

4. 보조 전사로서의 여성

전쟁과 관련해 여성이 적극적으로 동원되는 양상이 한국근대소설에 처음 나타난 것은 일제 말기이다. 일제 말기, 여성에게는 전쟁에 직접 참여하는 것이 아니라 총후부인으로서 군국의 어머니가 되어 후방의 가족을 지키고, 전쟁을 지원하는 역할이 부여되었다.23) 일제 시대 '군국의 어

---

22) 장덕조의 「어머니」(『전시문학독본』, 계몽사, 1951)에도 적극적으로 외아들을 학도의 용군으로 보내는 어머니가 등장한다.

23) 이선옥, 「평등에 대한 유혹—여성 지식인과 친일의 내적 논리」, 『실천문학』, 2002년 여름호, 259면.
전시 총동원 체제에서 일제는 여성에게 '어머니, 주부, 노동자, 창부의 역할을 요구했다. 어머니로서 여성은 군인을 낳고 길러서 국가에 바쳐야 하며, 주부로서 여성은 애국반 활동에 적극 참여하여 근검절약 등 생활 개선 운동을 벌이면서 군인 가족을 후원하고 헌납 물자를 모으는 등 후방 지원을 해야 했다. 노동자로서 여성은 여자 근로 정신대의 형식으로 동원되었으며, 일제는 군위안부로도 여성을 동원했다. 일본, 조선 여성에게 이들 역할이 모두 요구되었지만 전체적으로 보면 일본 여성은 모성 쪽에, 조선 여성은 창부 쪽에 중점이 두어졌다. 모성을 동원하는 데서도 강조점과 동

머니'란 용어는 전시 총동원 체제하에서 여성이 해야 할 역할을 모범적으로 구현하고 있는 여성을 가리킨다. 그것은 자식을 훌륭한 군인으로 키우는 것을 비롯해서 군인 유가족으로 꿋꿋하게 살아가는 강인함, 군인 가족에 대한 원호 사업, 물자 절약 및 헌납, 때로는 여성 스스로 무기를 들고 군인이 되는 경우까지 포괄한다.24) 그러나 이상경이 군국의 어머니를 전시 여성 동원 양상 중 특히 아들을 군인으로 키워서 전쟁에 내보내는 여성에 한정해야 한다고 주장하는 것에서 알 수 있듯이, 일제 말기 식민지 조선 여성에게 주로 문제가 된 것은 아들을 군인으로 키워 전쟁에 내보내는 것이었다.

한국전쟁에서도 여성의 동원은 비전투 영역, 즉 후방지역에서 이루어지는 생산과 소비, 병사들에 대한 지원의 영역에서 본격적으로 이루어진다. 국가는 여성들에게 경제전의 전사로 공공기관과 들녘, 공장에서 일하도록 촉구하는 동시에 소비절약의 생활화를 요구했다. 동시에 국가는 부상당한 병사들을 간호하고, 피 묻은 군복을 빨고, 주먹밥을 해 나르고, 병사들의 무훈과 승리를 염원하는 위문문을 작성하고, 위문품과 위문금을 모집하는 등 병사들의 노고를 위로하는데 여성들을 동원했다.25)

원 방식이 달랐으니 일본에서는 다산 장려와 모성 보호로, 조선에 대해서는 자식을 희생하고 모성을 파괴하는 방향으로 이루어졌다. 즉 총동원 체제 하에서 여성의 국민화는 일본 여성에게는 군인을 많이 낳고 건강하게 길러내는 모성을 강조한 반면, 조선 여성에게는 다산이나 모성 보호보다는 가족주의를 벗어나 군대에 가겠다는 아들을 말리지 말 것, 각종 생산노동에 참여할 것, 그리고 일본군 위안부로서 동원되는 것을 더 강조한 것이다. (가와 가오루, 「총력전 아래의 조선 여성」, 김미란 역, 『실천문학』, 2002년 가을호, 290-313면)
24) 이상경, 「일제 말기의 여성 동원과 '군국(軍國)의 어머니'」, 『페미니즘 연구』 2호, 2002.12, 205면.
25) 이임하, 『여성, 전쟁을 넘어 일어서다』, 서해문집, 2004, 88-269면 및 「한국전쟁과 여성성의 동원」, 『역사연구』 14호, 2004.12, 107-148면.

이러한 특성은 김말봉의 「合掌」(『사병문고』 4, 육군본부 정훈감실, 1953)과 최인욱의 「偵察揷話」(『문예』 13, 1952.1)에 잘 나타나 있다. 김말봉의 「合掌」에서는 한 노파가 아픈 손자를 데리고 병원에 간다. 아들은 전선에 나간 상태이다. 오대독자인 아기는 지금 무엇보다도 피가 부족한 상태이다. 이런 상태에서 순희는 자신의 피를 아기에게 넣어준다. 이유는 "이 할머니와 아드님이 지금 나와 또 내 나라를 위하여 목숨을 바쳐 싸우고 있는데… 제가 이 아이에게 피를 주는 것이 어째서 이상한 일이겠습니까."26)라는 말 속에 압축되어 있다. 마지막에 순희는 노파에게 거금인 만 원을 건네준다. 이 작품의 제목인 합장은 전선과 후방이 승리를 위해 한 마음으로 단결해야 한다는 의미를 담고 있다. 최인욱의 「偵察揷話」는 후방에서 국군을 간호하는 모습을 직접적으로 보여준다. 권중위는 비행에 나섰다가 적의 포격을 받고 불시착한다. 그곳에서 만난 열아홉 소녀는 현명하고도 헌신적인 모습으로 권중위를 돌봐준다.

그러나 총력전이었던 한국전쟁을 배경으로 한 소설에는 여성이 직접 군인이 되어 참전하는 모습도 적지 않게 발견된다. 여자들이 '여자의용군'이라는 이름으로 전쟁터에 나가는 장면이 여러 작품에서 그려지는 것이다. 이것은 1950년 8월부터 '여자의용군'이라는 이름으로 여군이 모집되었던 역사적 사실에서 비롯된다.27)

여자 의용군을 가장 많이 작품화 한 작가는 장덕조이다. 「젊은 힘」(『전쟁과 소설』, 계몽사, 1951)에서 미혜와 정훈은 서로 사랑하는 사이이지만 아버지는 미혜를 부잣집 아들과 강제로 결혼시키고자 한다. 작품은 미혜가

---

26) 『사병문고』 4, 육군본부 정훈감실, 1953, 76면.
27) 군사연구실 편, 『육군 여군 50년 발전사』, 육군본부, 2000.

아버지의 뜻을 어기고 정훈과 함께 여자 의용군의 길을 택하는 것으로 끝난다. 「선물」(『전선문학』 4집, 1953.4)에서는 박간호부장과 오은희를 비롯한 외과병원 간호원들이 총궐기하여 전선 종군을 지원한다.

근대적 총력전이었던 한국전쟁은 가정 내에서 어머니이자 아내의 역할에 충실한 여성상 외에도 전사로서의 여성을 필요로 했던 것이다.[28] 전쟁은 여성에게 그 이전까지는 전혀 없었던 새로운 공적 역할을 부여하고 배분했다. 이들 작품에서 여성이 이전까지 남성 독점 영역인 군대에 진출하는 것은 양가적인 의미를 지닌 것으로 보인다. 이전에는 봉쇄되어 있었던 여성 영역의 확장이라는 측면과 여성 착취 영역의 확대라는 측면이 그것이다. 이 중에서 한국전쟁기 소설에 나타난 여성 표상은 주로 후자와 관련된다. 실제로 '여자의용군'은 전투행위보다는 행정, 정훈 등 비전투행위를 전제로 한 모집이었다. 남성들과 동등하게 조국을 위해 싸울 것으로 기대하고 지원했던 대부분의 여자의용군은 전선이 교착화된 1951년 이후 유명무실화 되었다고 한다.

총력전이었던 한국전쟁은 여성에게 전통적인 전시기 역할, 즉 후방에서 남성을 보조하는 역할을 넘어 전장에 나서도록 하였다. 한국전쟁기 작품 속에서 전장에 나선 여성들은 주로 간호병으로 등장한다.[29] 장덕조

---

28) 이탈리아에서도 전통적인 마리아로서의 여성상 외에 강인한 여성 전사인 아마조네스로서의 여성상을 필요로 했다. 이때에도 여성의 역할은 기본적으로 남성의 보조로 국한되었지만, 예전에 비해서는 조국의 과업에 더 깊이 투신할 것이 요구되면서 결과적으로 여성의 사회 참여가 적극적으로 권장되었다. 이상적인 여성의 몸도 다산을 상징하는 풍만한 몸에서 적당한 근육질의 강인한 몸으로 바뀌었다. 이제 여성들은 남성적인 진정한 파시스트가 되어야 했던 것이다. (장문석, 「이탈리아 파시즘의 젠더정치와 여성 주체성」, 『대중독재와 여성』, 휴머니스트, 2010, 381면.)

29) 본래 전시에 여성의 미덕인 모성이 발현될 수 있는 가장 좋은 상징이 바로 간호사이다. (와카쿠와 미도리, 앞의 책, 83면)

의 「선물」, 정비석의 「간호장교」, 곽하신의 「男便」은 여성이 간호사로 전쟁에 참여하는 모습을 보여주고 있다.

박영준의 「용사」(『사병문고』 3, 육군본부 정훈감실, 1952.6)[30]는 거의 유일하게 간호병이 아닌 전투병의 모습으로 전선에 나선 여성을 형상화하고 있다. 「용사」는 군대 내에서 여성이 자리한 젠더적 위상을 보여주는 작품이다. 이 작품은 전쟁기 젠더정치가 성을 어떤 방식으로 재구성하여 체제 내로 편입시키는가를 잘 보여준다. 주인공 권중사는 매우 유능한 전사로서 70여명의 북한군을 생포해 오는 공훈을 세운다. 이때 평소에는 냉정하기 짝이 없던 김난수 하사가 홍도색을 띤 얼굴로 "참으루 용감하세요."[31]라며 칭찬한다. 이 일이 있은 후 권중사는 오래전부터 좋아한 여하사 김난수에게 사랑을 고백하는 내용의 편지를 전하고 답장을 기다린다. 그러나 답장이 없자 권중사는 난수를 찾아가 그녀의 손을 잡고 얼싸안으려 한다. 난수가 몸을 빼자 다짜고짜 난수를 심하게 때린다. 그런데 문제적인 것은 김난수가 별다르게 분노하는 것으로 그려지지도 않으며, 상관들 역시도 이를 묵인 내지는 조장한다는 것이다.

이 작품에서 여하사 김난수는 한 명의 인간으로서 그려지지 않는다. 이러한 관계를 이해하기 위해서는 일제 시대 군 위안부의 운영메커니즘에 대한 논의를 참고해 볼 만하다. 군대 내에서 상관과 부하간의 위계적인 관계는 의사 가족 이데올로기로서 은폐되거나 기꺼이 수용되었다. 엄격하지만 자애로운 아버지에 대응되는 자녀의 위치에 일반 사병들을 자리매김함으로써 가족 이데올로기를 토대로 군인들을 여성화, 유아화했던

---

30) 『전쟁과 소설─현역작가 5인집』(계몽사, 1951)에 발표된 작품이 재수록된 것이다.
31) 『사병문고』 3, 육군본부 정훈감실, 1952.6, 30면.

것이다. 일본제국 군대 내 병사들을 전체주의적 틀의 젠더정치 안에서 길들이기 위해 병영 내 일상생활에서 폭력, 굴욕, 감시가 따르는 공식적이고 비공식적인 훈련이 실시되었고, 여기서 남성의 성은 규제됨과 동시에 조장되었다. 군인들이 병영 내에서 상급자에게 복종과 순종을 강요당하고 전쟁터에서 모든 감정을 억제해야 했던 것에 반해, 위안소에서는 위안부들을 통제하고 지배할 수 있었다. 군인들은 위안부를 성적으로 대상화시킴으로써 남성적인 주체성을 회복하고, 열등한 여성과의 관계에서 다시 지배적인 남성의 위치로 돌아갈 수 있었던 것이다.[32] 박영준의 「용사」에서도 여하사 김난수에게 강요된 순종적이고 열등한 여성성은 권중사의 우월한 남성성을 강화한다.

이어지는 대목 역시 문제적이다. 정훈과장 김소위는 권중사의 기분을 풀어주기 위해 북한군을 전향시키는 임무를 부여한다. 권중사가 포로를 전향시키기 위해 하는 말은 "예펜네두 마음대루 못때리며 무슨 재미루 사느냐 말야."[33]이다. 이것은 권중사에게 있어서 남성의 자유란 곧 여성에 대한 폭력과 동의어임을 의미한다. 포로는 도망치고, 권중사는 총까지 쏘지만 붙잡지 못한다. 권중사는 자살을 생각하지만, 김소위는 권중사에게 도망간 북한군이나 다른 북한군이라도 잡아올 것을 제안한다. 권중사는 김소위의 권유를 받아들여 다른 빨치산 다섯 명을 잡아와 계급이 두 계단이나 올라간다. 마지막은 여하사 김난수와 권중사가 서로의 마음을 확인하고 사랑이 이루어지는 것으로 끝난다. 마지막에 김소위와 여하사 김난수가 나누는 다음의 대화는 문제적이다.

32) 안연선, 「병사 길들이기 : 아시아 태평양전쟁기 일본 군인의 젠더정치」, 『대중독재와 여성』, 휴머니스트, 2010, 453-463면.
33) 『사병문고』 3, 육군본부 정훈감실, 1952.6, 42면.

"그래두 권 상사는 손버릇이 좀 사나워 걱정이야."

김 소위가 너털 웃음을 웃으며 두 사람을 돌려 보았다.

그러나 뜻밖에도 난수가

"그렇기에 용감하게 싸우겠지요."

했다.

권 상사는 다시 머리를 벅벅 긁었다.

그리고는

"그래두 그땐 아팠을껄…"

하고 싱거운 웃음을 웃었다.[34]

위의 대화에는 훌륭한 전사가 될 수만 있다면, 여성을 향한 남성의 폭력은 용인될 수 있다는 태도가 분명하게 나타나 있다. 권중사는 처음 김 난수에게 퇴짜를 맞았다고 생각한다. 이는 권중사의 남성성을 크게 손상시키는 일이다. 이에 대응하는 방법은 전선에서 용감한 전사가 되는 것이다. 이를 통하여 권중사는 다시 남성성을 회복하고, 권중사의 남성성은 김난수에 의하여 확실하게 보장된다. 「용사」는 한국전쟁이 남성은 '병사형 주체'로, 여성은 '위안형 주체'로 젠더화하는 과정[35]이었다는 점을 상기시킨다.

전쟁이 절정에 이르게 되면 국가는 변화무쌍한 여성을 요구한다. 전시 체제는 인적 자원의 고갈에 고심했으며 그만큼 여성의 노동력을 필요로 했다. 따라서 평시에는 허용되지 않았던 남성의 영역에도 여성이 진출하는 것을 허용하였던 것이다. 다른 한편에서는 본래 남성의 영역으로 간주되었던 분야에 여성이 넘나드는 것을 원치 않았다. 이러한 이중적인

---

34) 『사병문고』 3, 육군본부 정훈감실, 1952.6, 61면.
35) 이임하, 앞의 논문, 110면.

태도는 김난수라는 여성 전투원을 통해 뚜렷하게 나타나 있다.[36]

5. 정절과 목숨을 맞바꾸는 여성

전쟁 시기 작품들 중에는 전선에 나간 남성에 대한 정절을 강조하는 경우가 많다. 대표적으로 정비석의 「간호장교」(『전선문학』 2집, 1952.12.)와 「새로운 사랑의 倫理」(『사병문고』 3, 육군본부 정훈감실, 1952.6), 박영준의 「가을저녁」(『전선문학』 2집, 1952.12.), 곽하신의 「處女哀章」(『전선문학』 3집, 1953.2.)과 손동인의 「임자없는 그림자」(『전선문학』 6집, 1953.9.)를 들 수 있다.

정비석은 「새로운 사랑의 倫理」(『사병문고』 3, 육군본부 정훈감실, 1952.6)에서 젊은이가 사적인 감정이나 삶을 공적인 가치에 종속시키는 것이야말로 전쟁 시기 '새로운 사랑의 윤리'로 주장하고 있다. 한때 손태식과 김종구는 혜련을 동시에 사랑했지만, 혜련은 부모님의 뜻을 받들어 김종구와 약혼한다. 육군 소위 김종구가 전선으로 떠나자, 김태식은 친구인 손태식과 혜련에게 다음의 인용문처럼 조국과 민족에 대한 사랑이 남녀 간의 사랑보다 중요하다며 약혼을 취소하겠다고 선언한다.

"이제부터의 나에게는 사랑 같은 것은 문제가 아니야. 오늘날 같이 국가의 흥망성쇠가 이번 싸움의 승패에 달려 있는 급박한 판국에 있어서는 우리 젊은이들에게 참다운 사랑이 있을 수 있다면 그것은 남녀관계

---

36) 전시기 여성에게는 "'수동성과 공격성'을 겸비하고, 적과 맞서 싸울 때는 공격적이며, 남녀 간에는 남성에게 복종할 수 있는 여성"(와카쿠와 미도리, 앞의 책, 80면)상이 강요되었다.

같은 육체적 애정을 훨씬 초월한 조국에 대한 사랑과 민족전체에 대한
사랑이 있을 뿐일걸세!"37)

혜련은 약혼을 해소하자는 김종구의 편지에 "남자들에게는 사랑이외
에 사업이니 조국이니 민족이니 하는 세계가 따로 있을지 모르지만 여자
들에게는 애정이 전부애요."38)라고 말하며 분개한다. 그러며 자신에게는
김종구보다는 손태식이 더 잘 어울린다는 말까지 한다. 이후부터 소설은
손태식이 혜련을 계몽하는 기나긴 대화로 이루어져 있다. 손태식은 지금
은 전쟁중이라 개인 문제를 떠들 때가 아니며, 혜련이 자신과 애정관계
가 맺어질 수 있다면 그것은 김군이 우리와 같이 있을 때뿐이라고 말한
다. 전시에 젊은이들에게 유일한 사랑이 있다면, "남녀관계 같은 육체적
인 애정을 훨씬 초월한 조국에 대한 사랑, 민족전체에 대한 사랑이 있을
뿐"39)이라는 것이다. 이것이 바로 "전시하에 있어서의 우리 같은 젊은이
들의 애정에 대한 새로운 윤리"40)인 것이다. 김종구가 전선에 있는 상황
에서 혜련은 결코 다른 남자를 바라보아서는 안 된다.

정비석의 「간호장교」(『전선문학』 2집, 1952.12.)에서 김선주는 자신의 연
인인 이건호를 전선의 병상에서 재회한다. 이때 이건호는 심각한 부상으
로 시력을 잃은 상태이다. 이건호는 자신이 김선주에게 말한다는 것도
모르고, 자신이 부상당한 몸으로 다시는 연인을 만나지 못할 것 같다고
말한다. 이에 선주는 "저를 너무나 모욕하세요!"41)라며 강력하게 항의한

---

37) 『사병문고』 3, 육군본부 정훈감실, 1952.6, 152면.
38) 『사병문고』 3, 육군본부 정훈감실, 1952.6, 157면.
39) 『사병문고』 3, 육군본부 정훈감실, 1952.6, 160면.,
40) 『사병문고』 3, 육군본부 정훈감실, 1952.6, 163면.
41) 『전선문학』 2집, 1952.12, 41면.

다. 이 작품에서 긍정적인 인물인 선주는 연인을 따라 입대하고, 심각한 부상을 입은 연인마저 아무런 거부감 없이 받아들인다.

박영준의 「가을저녁」(『전선문학』 2집, 1952.12.)은 전쟁기 여성의 정절 문제를 독특한 방식으로 다루고 있다. 춘식은 아내와 사별하고 재혼을 한다. 재혼한 아내에게는 두 명의 자식이 있는데, 그 자식들을 춘식은 친자식 이상의 마음으로 사랑한다. 피난지에서 행복한 삶을 살아가던 춘식의 가족 앞에 어느 날 군복을 입고 총을 멘 전남편 태석이가 나타난다. 태석이가 죽었다는 전사통지서는 잘못된 소식이었던 것이다. 태석이는 춘식과 아내가 행복하게 살라며 떠난다. 이때 아내는 태석의 다리를 잡고 "죽일년은 나예요 죽여두 원망칠 않겠어요 정말 죽여주구 가세요."[42]라며 울부짖는다. 곧이어 춘식이마저 떠나고, 이번에 여자는 춘식에게 매달려 자신을 죽여달라고 울부짖는다. 이처럼 불행한 결말은 후방에 남은 여인이 어떠한 삶의 윤리를 견지해야 하는지 선명하게 보여준다. 이 소설의 논리를 따르자면, 설령 전사통지서를 받았더라도 병사의 아내는 결코 재혼해서는 안 되는 것이다.

곽하신의 「處女哀章」(『전선문학』 3집, 1953.2)과 손동인의 「임자없는 그림자」(『전선문학』 6집, 1953.9) 역시 극단적인 상황설정을 통해 전쟁 시기 여성의 정절 문제를 다루고 있다. 「처녀애장」은 전선에 나간 연인에 대한 사랑을 지키기 위해 끝내는 창녀가 된 여인이 주인공으로 등장한다. 이 작품은 자신의 일터로 찾아온 한 남성을, 선생님이라 부르며 이야기하는 형식으로 되어 있다. 이 여인은 본래 경식이라는 이웃청년과 약혼한 사이였다. 그러나 전쟁이 나고 경식이가 전선에 나가자, 집에서는 경

---

42) 『전선문학』 2집, 1952.12, 47면.

식이 대신 돈 많은 윤수라는 청년과 결혼할 것을 강요한다. 경식이가 상이군인이 되어 돌아와 백방으로 자신을 찾아다니다가 윤수와 결혼한다는 이야기를 듣고 사라져버렸다는 이야기에, 그녀는 윤수와의 결혼을 피하고 경식이에 대한 정절을 지키기 위해 스스로 창녀가 된다. 이러한 그녀의 슬픈 사연을 통하여 전선에 나간 남성에 대한 여성의 정절은 어떠한 대가를 치르더라도 반드시 지켜야만 하는 절대적 원칙으로 그려지고 있다.

손동인의 「임자없는 그림자」(『전선문학』 6집, 1953.9) 역시 과격한 상황설정을 통해 전선에 나간 연인으로 인해 홀로 남겨진 여성의 정절을 강력하게 주장하고 있는 작품이다. 경섭은 상이군인이 되어 3년 만에 고향에 돌아오지만, 군에 나가기 사흘 전에 약혼했던 혜숙이가 목을 매어 자살했다는 이야기를 듣는다. 이 비극은 혜숙이의 아버지가 신식 공부를 하고 행세하는 박첨지 셋째 아들에게 혜숙을 시집보내려 했기 때문에 발생한 것이다. 경섭은 혜숙이 묻힌 공동묘지를 향해 가며, 춘향이를 떠올린다. 이때 그의 머릿속에는 "사랑-절개-수절"[43]이란 글자가 여러 차례 지나간다. 혜숙이는 정절의 상징인 춘향이와 자연스럽게 연결되는 것이다.

이들 작품은 모두 전선에서 직접 전투를 수행하는 남성병사를 독자로 한 매체에 발표되었다는 공통점이 있다. 그만큼 전선에 나선 남성병사들에게 후방에 남겨진 여인들의 정절 문제는 무엇보다 긴급한 과제였던 것이다. 이와 관련해 소설 속의 여인들은 하나같이 남성병사들이 가질 법한 판타지(fantasy)에 충실한 모습을 보여준다. 그녀들은 창녀 혹은 주검이 되어서라도 전선에 나선 남성들을 향한 일편단심을 유지하는 것이다.

한국전쟁기 여성의 정조는 강력한 심리적 무기로 사용되었다. 남한이

---

43) 『전선문학』 6집, 1953.9, 37면.

든 북한이든 전장에 나선 병사들을 자극하는 가장 효과적인 방법으로 그들의 아내와 누이 혹은 딸들이 정절을 유린당한다는 강간이미지를 주입하였던 것이다.[44] 병사들에게 후방에 남겨진 여성들의 정절을 지키는 일은 무엇보다 중요한 참전의 동기가 되었던 것이다. 따라서 후방에서 정절을 포기하는 여성의 모습은 병사들의 사기를 저하시키는 가장 강력한 장애가 되었을 것이다.[45] 이 때문에 후방에 남겨진 여성의 정절은 위의 소설에서처럼 억지스런 방법을 통해서라도 수호되어야 하는 것으로 그려진 것이다.

6. 부정적으로 형상화된 '전후파 여성'

지금까지는 주로 전쟁기에 이상적으로 받아들여진 여성의 모습이 소설 속에 형상화된 양상에 대하여 살펴보았다. 그러나 전시기 소설에는

---

44) 김득중 외, 『죽엄으로써 나라를 지키자―1950년대, 반공·동원·감시의 시대』, 선인, 2007, 193면. 실제로 남북한은 모두 삐라에 강간당하는 아내와 딸 어머니의 이미지를 빈번하게 사용하였다. 북한군이 한국군을 상대로 살포한 삐라에는 "미국놈들이 조선 녀성을 강간하며 굶어 죽게 된 것을 이용하여 양담배와 통조림을 가지고 롱락하는 것을 어떻게 참을 수 있겠는가"(「당신들의 안해와 누이들을 미국놈들의 마수에서 구원하자!」, 『한국전쟁기 삐라』, 한림대학교 아시아문화연구소, 2000, 433면.)라는 식의 적대적인 내용으로 가득하다. 한국군이 북한군을 상대로 살포한 삐라에도 "아가 아가 울지마라/악마같은 중공 되놈/담을 넘어 들어와서/어머니를 욕 뵈우리"(「아가와 어머니」, 『한국전쟁기 삐라』, 한림대학교 아시아문화연구소, 2000, 433면.)와 같이 강간에 대한 내용이 등장하고 있다.

45) 실제로도 후방의 여성들에게 정절은 반드시 지켜져야 하는 것으로 강제되었다. 사회부 부녀국장인 이례행은 후방의 여성들에게 다음과 같이 말하고 있다. "전후의 국민생활의 완전성은 여성들의 인내와 결심에 좌우되는 것이다. 자기 아내의 순결을 안심하고 전장으로 나갈 수 있다는 것은 군의 사기에 영향을 끼치는 것이다." (이례행, 「전후여성의 풍조」, 『서울신문』, 1953년 3월 22일)

부정적인 모습의 여성상도 존재한다. 그들은 작품 내에서 통렬한 정신적・육체적 비난을 받는다. 그들은 거의 괴물의 형상이라고 해도 과언이 아니다. 이러한 부정적인 여성상은 긍정적인 여성상의 대칭상이라 할 수 있으며, 대표적으로 '아들을 전쟁터에 내보내지 않으려는 모습'과 '국가보다 자신의 욕망에 충실한 모습'으로 형상화된다.

이무영의 「바다의 대화」(『전선문학』 3집, 1953.2)와 최정희의 「임하사와 그 어머니」(『협동』, 52.12.), 「출동전후」(『전시한국문학선』, 국방부 정훈국, 1954)에서는 아들을 전선으로 보내지 않기 위해 몸부림치는 어머니가 등장한다. 이 소설의 어머니들은 가족만 생각하는 욕망에 사로잡혀 아들이나 손자를 군대에 보내지 않으려고 애쓰는 것이다. 국가의 요구에 충실하지 못한 대신 개인적인 욕망만을 추구할 때, 이들은 적대적인 타자로 설정되며 나아가 非국민으로까지 인식된다.

이무영의 「바다의 대화」에는 박대위에게 자신의 외아들을 군대에 가지 않게 해달라고 부탁하는 어머니가 등장한다. 이 연인은 6・25 발발 직후 박대위를 숨겨주었던 생명의 은인이다. 남편이 북한군에 의해 살해당한 그녀는 "어떻게 씨를 없앨수야 있읍니까요? 그 자식을 뺄수만 있다면 난 술장사가 돼두 좋구 양갈보가 돼두 좋구 이 자리서 칼을 물구 엎드러 지래두 웃으며 죽겠읍니다."[46]라고 말한다. 그녀는 지금 국가보다는 가문의 유지에 더 큰 가치를 부여하고 있는 것이다. 이러한 여성은 매우 부정적으로 그려진다. 최정희의 「임하사와 그 어머니」와 「출동전후」에서도 어머니는 소집영장이 나온 아들을 전쟁터에 보내지 않으려고 애쓴다.

---

46) 『전선문학』 3집, 1953.2, 16면.

한국전쟁기에는 자신의 욕망에 충실한 성적인 여성도 적지 않게 형상화되었다.[47] 당연히 이러한 여성은 '나쁜 여자'로 낙인찍혀 배제의 대상이 된다. 김송의 「불사신」(『전선문학』 5, 1953.5)에서는 국가의 정책과는 무관하게 '자신의 욕망에 충실한 여성'이 등장한다. 이러한 여성상 속에는 자연스럽게 '아이를 낳지 않는 여성', '남성적인 여성', '결혼 하지 않는 여성', '창부'라는 이미지가 모두 포함되어 있다.

「불사신」(『전선문학』 5집, 1953.5)에서 삼년 만에 후방으로 돌아오고 있는 영철은 기차 안에서 자신의 여동생 영숙과 사랑하는 여인 초희를 생각한다. 이 작품의 핵심은 전방과 후방의 극심한 대비와 전쟁을 잊고 타락해가는 후방에 대한 비판이다. 이러한 상황은 형수의 "일선에서는 목숨을 걸고 피를 흘리면서 싸우는데 이 후방은 점점 좀먹어 가고 부패해지고 있지요."[48]라는 말에 압축되어 있다. 여동생인 영숙은 밤낮으로 파티에 다니고, 연애감정을 느끼던 초희 역시 "딴 여성으로 아주 변해버렸"[49]다. 그녀는 다방 레지를 거쳐 요리점 접대부가 되었다가 지금은 급기야 영철의 형인 영욱과 동거를 하고 있다. 초희와 영철이 나누는 다음의 대화에는 국가를 위해 모든 것을 바쳐야 할 시기에 개인적인 욕망에 빠진 여성에 대한 작가의 비판적 시각이 잘 나타나 있다.

"나를 배반한 것, 그리고 초희씨가 걷는 이 길은 불의요 죄악이요."
영철이도 마주 서서 고함을 질렀다. 그는 두손까지 와들와들 떨었다.

---

47) 일반적으로 창조되는 여성의 부정적인 이미지는 '아이를 낳지 않는 여성', '남성적인 여성', '결혼 하지 않는 여성', '창부', '성적인 여성(유혹하는 여성)'이다. (와카쿠와 미도리, 앞의 책, 40면)
48) 『전선문학』 5집, 1953.5, 78면.
49) 『전선문학』 5집, 1953.5, 81면.

"흥! 전선에서 돌아왔음 왔지. 괫자를 부리지는 마세요. 나도 인간이에
요. 개성이 있는 사람이에요. 전혀 애정이 없이 영욱씨와 사는줄 알았에
요. 영욱씨도 나를 사랑하구 그래서 결합한거지요."
    영철의 손이 재빠르게 휙 날렸다.
    "애정을 모독하지 말아!"
    웨치면서 그 손이 연거퍼 초희의 얼굴을 찰싹찰싹 때렸다.[50]

    영철은 초희가 살아가는 길이 "불의요 죄악"이라며 도덕적인 단죄를
한다. 그러자 초희는 자신이 "개성이 있는 사람"이라고 말한다. 그러자
영철은 초희를 폭행한다. 이어지는 작품에서 이러한 영철의 행동은 정당
한 것으로 형상화된다. 이를 통해 전시라는 극단적인 상황에서 개성을
찾는 여성에게 주어지는 것은 폭력(따귀)임을 확인할 수 있다. 이 작품에
서 초희는 정상적인 인간의 범주를 벗어난 일종의 괴물로서 형상화된다.
자신의 성적 욕망에 충실한 초희의 형상 속에는 당대 남성(작가)들이 느
끼던 무의식적인 공포가 반영되어 있음에 분명하다.[51]
    본래 한국 사회는 여성을 정상적 질서와 규범을 존중하는 현모양처와
질서와 규범에서 벗어나 늘 유혹의 눈길을 보내는 위험한 여성으로 이분
화시켰다.[52] 정절과 모성을 그 존재 가치로 삼지 않는 여성은 남성 주체
에게는 커다란 위협이 되었으며, 그녀들은 타자로서 매도되었던 것이다.
이러한 이분법은 전쟁기 여성들에게도 예외가 아니며, 다만 그 이분법을

---

50) 『전선문학』 5집, 1953.5, 84-85면.
51) 모든 괴물들은 우리의 가장 깊은 내면에 존재하는 무의식적인 두려움들에 직접적으
    로 말을 건다. 여성괴물은 의심의 여지없이 남성들의 여성에 대한 두려움, 그리고 여
    성들의 그들 자신에 대한 두려움을 이야기한다. (Barbara Creed, 『여성괴물』, 손희정
    역, 여이연, 2008, 10면)
52) 이임하, 『계집은 어떻게 여성이 되었나』, 서해문집, 2004, 62면.

구성하는 내용에서 차이가 발생한다. 전쟁기에는 긍정적 여성의 조건으로 병사를 낳고 키워 전선에 보내는 것이 크게 강조된다. 이러한 여성상 속에 개인의 욕망이 들어설 자리는 없다. 개인적 욕망에 충실한 여성들은 '전후(戰後)파 여성'이라는 말로 일반화되었다.[53) 전후파 여성들은 종래의 예의습관, 도덕 같은 것을 처음부터 돌아보지 않고, 성행위에서도 과거의 윤리관이나 정조관념을 깨뜨리는 여성들로 인식된 것이다. 그녀들은 전후의 "퇴폐해진 사회 속에서 등장한 신종의 여성"[54)으로 받아들여졌다. 사회는 "자유부인"이나 "양공주"와 같은 용어를 통해 여성들이 결코 넘어서는 안 되는 금기를 설정하고, 그 영역에 안주하지 않는 여성들을 공격하고 비난함으로써 여성들을 효과적으로 통제하고자 했다.[55) 6장에서 살펴본 작품들에는 전시하에 부정적으로 인식된 여성들의 모습과 그들을 억압하고 통제한 당대 사회의 폭력적인 태도가 선명하게 드러나 있다.

---

53) 사회는 한국전쟁 이후 새로운 성향의 여성을 가리켜 '아프레 걸apres-girl'이라고 표현했다. 퇴폐적인 경향의 여성을 지칭하던 이 용어는 고등교육을 받은 여성, 여학생, 직업 전선에 뛰어든 미망인, 미군을 상대하는 성매매 여성 등을 공격하는 도구로 사용되어, 퇴폐적이고 서구지향적인 사회참여 여성이라는 의미를 갖게 되었다. 이러한 담론은 전쟁미망인, 기혼여성, 미혼여성의 성을 규제하고 여성노동을 폄훼하면서 여성들에게 남성중심 사회에 순종하도록 강요했다. (이임하, 『여성, 전쟁을 넘어 일어서다』, 서해문집, 2004, 207면)

54) 백철, 「해방 후의 문학작품에 보이는 여인상」, 『여원』, 1957년 8월, 156면.

55) 이임하, 『여성, 전쟁을 넘어 일어서다』, 서해문집, 2004, 309면.

7. 성정치의 두 가지 방법

이 글에서는 여성 작가들뿐만 아니라 남성 작가들의 작품에 나타난 여성의 모습까지 살펴보았다. 전쟁기 한국 소설에서 여성은 '전쟁의 고통을 드러내는 알레고리로서의 여성', '남아를 출산하는 어머니', '아들을 싸움터로 보내는 어머니', '남편을 전쟁터로 보내는 아내', '아들을 전쟁터에 보내지 않으려고 애쓰는 어머니', '자신의 욕망에 충실한 여성', '부상당한 병사를 간호하는 여성', '보조 전사로서의 여성', '정절을 지키는 여성'이라는 모습으로 그려지고 있다.56)

여성 작가와 남성 작가가 공통되게 형상화한 전쟁기의 여성들은 아들을 나라에 바치는 군국의 어머니, 후방의 가족을 지키고 전쟁을 지원하는 어머니 그리고 전선의 병사에게 위로와 위안을 주는 연인의 모습이었다.57) 이와 더불어 남성 작가의 작품에는 '전쟁의 고통을 대표하는 알레고리로서의 여성', '정절과 목숨을 맞바꾸는 여성', '부정적으로 형상화된 전후파 여성'의 모습이 새롭게 형상화되고 있음을 확인할 수 있었다. 이 중에서 '정절과 목숨을 맞바꾸는 여성'이나 '부정적으로 형상화된 전후파 여성'의 모습에는 당대 남성(작가)들이 느끼던 (무)의식적인 소망과 공포

---

56) 일반적으로 전쟁체제 하에서 여성들에게는 '출산', '보조적이고 열등한 노동력의 봉사', '병들거나 부상당한 병사의 간호'라는 세 가지 역할이 부여되었다. (와카쿠와 미도리, 앞의 책, 18면) 와카쿠와 미도리는 제2차 세계대전(1939-1945) 하에서 일본의 부인잡지들이 만들어낸 여성 이미지를 모성(전투원을 낳고 기르는 것), 보조적 노동력, 전쟁을 응원하는 치어리더로 정리한다. (위의 책, 228면) 한국전쟁기에는 이러한 기본적인 여성상 이외에도 보다 다양한 모습을 보여주고 있다.

57) 김양선, 「반공주의의 전략적 수용과 여성문단─한국전쟁기 여성문학 장을 중심으로」, 『어문학』 101집, 2008.9, 333-357면, 엄미옥, 「한국전쟁기 여성 종군작가 소설 연구」, 『한국근대문학연구』 21호, 2010.4, 261-292면 참조

가 반영되어 있는 것으로 판단된다.

이러한 여성들의 공통점은 모두 개인의 영역을 박탈당한 채 국가가 부여한 역할에 의해서만 정체성을 부여받는다는 점이다. 앞에서 살펴본 것처럼 전쟁 시기 소설에서 여성들은 목숨과 성, 윤리와 자식 등 거의 모든 것을 잃지만, 국가라는 절대 명제 앞에서는 자신의 개인적 욕망을 포기하고 희생하는 모습을 보여주어야만 한다. 그것은 공적 가치를 위해서 사적인 영역을 포기한다는 의미를 갖는다. 흥미로운 것은 전통적으로 여성들의 몫이라 여겨진 어머니와 아내의 역할마저 공적 의무로 여겨진다는 사실이다. 전쟁은 여성에게만 고유한 영역인 어머니와 아내의 역할을 부과했을 때에도 그러한 역할을 조국의 과업으로 간주하였다. 한마디로 여성은 국가를 위해 철저히 도구화되었던 것이다.

곽하신의 「男便」에서 남편이 행방불명되자 임신까지 한 아내는 간호병으로 입대한다.[58] 아내는 간호병으로 근무할 때, 드디어 부상병이 된 남편을 만난다. 이 작품은 남편과 아내라는 가족의 윤리와 군인으로서의 윤리 사이에서 후자를 공공하게 선택하는 모습을 보여준다. 아내는 이 만남이 "남편과 아내의 모임이 아니라 부상병과 간호병과의 대면이라는 생각"[59]을 하고, 남편 역시도 아내인 것을 확인하고서도 "뭐 종아리에

---

58) 그녀는 다음과 같은 편지를 시아버지에게 남기고 입대한다. "…제가 여자 의용군으로서 간호병이 되겠다는 것은 결코 남편을 찾아 보겠다는 그런 생각에서만이 아닙니다. 모든 사람이 조국을 침범하는 공산 괴뢰군을 무찌르기 위하여 나서는 중이기에 저도 그런 사람의 하나가 되려고 하는 것이 더 큰 동기입니다. 조국의 흥망이 관두에 서 있는 때 남편만을 찾는 아내에게 무슨 보람이 있으리? 그런 값없는 아내가 되고 만다면 차라리 남편의 아내 됨에도 부족할 것입니다. 군대에 있는 동안 혹은 남편의 소식을 더 빨리 알 수 있을 것 같기도 하웁고…"(『전시 한국문학선 소설편』, 국방부 정훈감실, 1954, 49면) 이 편지에는 조국을 위해 모든 것을 희생하려는 자세가 절절하게 나타나 있다.

59) 『전시 한국문학선 소설편』, 국방부 정훈감실, 1954, 50면.

총알이 박혔을 뿐입니다."⁶⁰⁾라는 존댓말을 쓰며 간호병 앞에서 선 부상 병으로서만 행동하고자 한다.

다음으로 여성은 늘 남성에 의한 계몽의 대상으로 형상화된다. 이무영의 「바다의 대화」, 최정희의 「임하사와 그 어머니」와 「출동전후」에서 어머니는 아들을 어떻게든 입대시키지 않으려고 애쓰는데 반해, 아들은 당당하고 자발적으로 군에 입대하는 모습을 보여준다. 이러한 아들을 보며 어머니들은 과거를 반성하고 새로운 깨달음을 얻는다. 같은 맥락에서 여성의 입대는 여성의 자발적인 뜻에 따른 것이라기보다는 남성에 의해 수동적으로 이루어진다는 특징이 있다. 정비석의 「간호장교」(『전선문학』 2집, 1952.11)에서 이건호와 김선주는 전쟁 전에 서로 사랑하던 사이였다. 그러나 전쟁이 나자 이건호는 교직을 그만두고 군에 입대한다. 김선주는 이건호가 입대한 지 한 달 만에 육군간호원으로 입대한다. 입대의 이유는 "자기도 사랑하는 사람에게 부끄럽지 않도록"⁶¹⁾ 되기 위해서이다.

유주현의 「피와 눈물」(『사병문고』 3, 육군본부 정훈감실, 1952.6)⁶²⁾은 전쟁 시기 소설로는 드물게 여성이 남성을 계몽하는 모습으로 시작된다. 전쟁 터에서 부상당한 윤중사는 "왜 나만이 희생을 당하느냐"⁶³⁾는 아쉬움을 토로한다. 그러자 간호사인 김인숙은 "동포는 나 자신의 분신"이며 "건강하고 즐겁고 자유스런 사람들이 하나라도 더 많을쑤록 윤 중사님은 기뻐하셔야 할 거에요."⁶⁴⁾라고 말한다. 윤중사는 박수를 치며 김인숙을 칭찬한다. 그러나 곧 이러한 계몽의 관계는 역전된다. 윤중사의 병실에서 라

---

60) 『전시 한국문학선 소설편』, 국방부 정훈감실, 1954, 51면.
61) 『전선문학』 2집, 1952.11, 37면.
62) 이 작품은 1951년 2월에 『승리일보』에 발표된 작품이다.
63) 『사병문고』 3, 육군본부 정훈감실, 1952.6, 68면.
64) 『사병문고』 3, 육군본부 정훈감실, 1952.6, 69면.

일락이 꽂혀 있는 꽃병을 발견한 김인숙은 윤중사에게 여자가 있다고 생각하여 상심한다. 나중 꽃병을 가져다 놓은 사람이 윤중사의 동생인 것을 깨달은 김인숙은 "역시 나는 여자였구나"[65]라고 탄식하며 소설은 끝난다. 처음 윤중사를 가르치던 김인숙은 결국 질투에 몸 달아 하는 여성으로 정체성이 규정되는 것이다. 결론적으로 전쟁기 소설에서는 여성이 끊임없이 도구화, 열등화되어 전쟁을 위해 동원되고 있음을 확인할 수 있다.

마지막으로 한국전쟁기 북한 소설에 나타난 여성 표상에 대하여 살펴보고자 한다. 한국전쟁의 주요한 당사자인 북한 소설에 나타난 여성 표상을 살펴보는 것은 남한 소설에 나타난 여성표상을 살펴보는데 하나의 참고점이 될 것이다. 전쟁기에 여성을 형상화한 대표적인 작품으로 한설야의 「황초령」과 『대동강』을 들 수 있다. 「황초령」에서 복실은 간호원으로 전선에서 일하며, 우연히 부상병이 된 연인 안민을 만난다. 마지막 장면에서 그녀는 연모의 감정을 애써 숨긴 채 안민을 전선으로 보낸다. 여성인 복실에게 개인의 욕망은 허용되지 않으며, 오직 공동체를 위한 헌신만이 요구됨을 확인할 수 있다. 『대동강』에서 점순이는 핵심인물로서 미군과 남한이 지배하는 평양에서의 저항에 있어 주도적인 역할을 담당한다. 이러한 점순이의 주도적인 위상과 더불어, 흥미로운 것은 작품의 서두에 등장하는 점순이의 남장(男裝)한 모습이다. 작품의 시작 부분에서 점순이는 "처음으로 머리 깎고 다 떨어진 남자 로동복에 얼굴을 검데기로 윤내고 무연탄 달구지를"[66] 끄는 모습으로 등장한다. "점순이는

---

65) 『사병문고』 3, 육군본부 정훈감실, 1952.6, 82면.
66) 한설야, 『대동강』, 조선작가동맹출판사, 1955, 5면.

아직도 자칫하면 어머니에게만은 타고난 녀자 그소리대로 나가지는 제 목소리를 깨달으며, 힘써 남성처럼 목소리를 웅글게 하며 말"[67]하기까지 한다. 자신의 여성성을 감추는 것이라 할 수 있는데, 이와 같은 모습은 점순이가 토굴에 숨어서 문일의 어머니를 따라 식당에 다닐 때 다시 한 번 나타난다. 이처럼 '적치하(敵治下)'를 배경으로 공적인 활동을 함에 있어 점순이는 자신의 여성성을 철저하게 억압하고 있는 것이다. 이처럼 북한에서 창작된 한설야의 소설에서 여성은 이전보다 적극적인 역할을 맡게 된다. 그것은 점순과 상락의 관계에서 드러나듯이 이전 소설에서 보이는 남녀의 성별구분을 역전시키는 적극성이기도 하다. 그러나 미군 점령하의 현장을 누비는 점순이가 남장을 하는 모습에서 북한 소설에 나타난 여성 표상의 한계 역시 뚜렷하다고 말할 수 있다.[68]

8. 사물화되는 여성

지금까지 한국전쟁기 여성 형상화 방식과 그 의미에 대한 연구는 주로 여성 작가들의 소설을 중심으로 이루어졌다. 이 글은 전쟁 시기 남성 작가들의 작품까지 포함하여 여성이 형상화되는 방식과 그 의미에 대하여 살펴보고자 한다. 여성들도 한국전쟁의 고통으로부터 예외일 수 없으며, 오히려 그 고통의 한복판에 서 있었다. 그리하여 이 시기 많은 소설들에서 여성들은 전쟁의 비참함을 드러내는 알레고리로서 자주 등장한

---

67) 앞의 책, 5면.
68) 이경재, 「한설야 소설에 나타난 여성 표상 연구」, 『현대소설연구』 제 38호, 2008년 8월, 256-261면.

다. 한국전쟁기 소설에서 가장 빈번하게 등장한 여성 표상은 어머니이며, 그들은 전사를 낳거나 혹은 아들이나 남편을 전선으로 보내는 역할에 충실하였다. 용감한 전사가 남성의 이상적 모습이라면, 아들을 낳고, 이들을 양육하여 전쟁터로 보내는 어머니는 여성의 긍정적 이미지를 대표한다. 한국전쟁에서도 여성의 동원은 비전투 영역, 즉 후방지역에서 이루어지는 생산과 소비, 병사들에 대한 지원의 영역에서 본격적으로 이루어진다. 그러나 총력전이었던 한국전쟁은 여성에게 전통적인 전시기 역할, 즉 후방에서 남성을 보조하는 역할을 넘어 전장에 나서도록 하였다. 한국전쟁기 작품 속에서 전장에 나선 여성들은 주로 간호병으로 등장한다. 박영준의 「용사」(『사병문고』 3, 육군본부 정훈감실, 1952.6)는 거의 유일하게 간호병이 아닌 전투병의 모습으로 전선에 나선 여성을 형상화하고 있다. 박영준의 「용사」에는 수동성과 공격성을 겸비하고, 적과 맞서 싸울 때는 공격적이며, 남녀 간에는 남성에게 복종할 수 있는 여성상이 뚜렷하게 나타나 있다. 전쟁 시기 작품들 중에는 전선에 나간 남성에 대한 정절을 강조하는 경우가 많다. 이들 작품은 모두 전선에서 직접 전투를 수행하는 남성병사를 독자로 한 매체에 실린 작품이라는 특징이 있다. 그만큼 전선에 나선 남성병사들에게 후방에 남겨진 여인들의 정절 문제는 무엇보다 긴급한 과제였던 것이다. 이와 관련해 소설 속의 여인들은 하나같이 남성병사들이 가질 법한 판타지(fantasy)에 충실한 모습을 보여준다. 그녀들은 창녀 혹은 주검이 되어서라도 전선에 나선 남성들을 향한 일편단심을 유지하는 것이다. 전쟁기에 국가나 사회보다 개인의 욕망을 우선시하는 여성들은 '전후파 여성'이라는 말로 일반화되었고, 소설에서 이들은 정신적·육체적으로 강력하게 비난받는다. 여성 작가와 남성 작가가 공통되게 형상화한 전쟁기의 여성들은 아들을 나라에 바치는 군국의 어머니, 후방의 가족을 지키고 전쟁을 지원하는 어머니 그리고 전선의 병사에게 위로와 위안을 주는 연인의 모습이었다. 이와 더불어 남성 작가의 작품에는 '전쟁의 고통을 대표하는 알레고리로서의 여성', '정절과 목숨을 맞바꾸는 여성', '부정적으로 형상화된 전후파 여성'의 모습이 새롭게 형상화되고 있음을 확인할 수 있었다. 이 중에서 '정절과 목숨을 맞바꾸는 여성'이나 '부정적으로 형상화된 전후파 여성'의 모습에는 당대 남성(작가)들이 느끼던 (무)의식적인 소망과 공포가 반영되어 있음에 분명하다. 결론적으로 전쟁기 소설에서는 여성이 끊임없이 도구화·열등화되어 전쟁을 위해 동원되고 있음을 확인할 수 있다.

제 2 장

김영석의 전쟁소설 고찰

박영준 전쟁소설과의 비교를 중심으로

1. 고지전(高地戰)을 다룬 전선소설

김영석은 1938년 『동아일보』에서 시행한 '신인문학콩클'에서 유진오가 추천한 「비둘기의 誘惑」이 일등으로 당선되어 문단에 나왔다. 이후 유진오는 「月給날 일어난 일들」을 통해 김영석을 신인으로 다시 한번 인문평론에 추천한다.[69] 김영석의 본격적인 활동은 해방 이후부터이다. 1946년 조선문학가동맹 산하 문학대중화운동위원회 위원장으로 활동하면서 평론과 창작 양면에서 맹렬하게 활동했으며, 같은 해 10월 이후에는 설정식, 안회남과 함께 구국문학론을 전개하였다. 1948년 초부터는

---

69) 유진오는 "氏의 아름다운 詩心, 洗練된 필치, 人生을 바라보는 正確한 눈―모든 것이 作家로서 이미 一家를 이룰 수 있는 境地에 이르렀다"고 보지만, 저널리즘을 멀리 하고 작품에 아직 결정타가 없어서 불우한 처지에 있다고 말한다. 추천작인 「월급날 일어난 일들」은 "「고―고리」를 聯想케 하는 눈물겨운 유모어와 諷刺의 好短篇"(『인문평론』, 1940.10., 143면)이라고 평가하고 있다.

지하로 잠적했다가 6·25 발발 때까지 감옥에 있었고, 이후 월북했다. 1965년 2월 마지막 작품 「그가 그린 그림」을 발표한 이후, 북한의 문학사에서도 그 행적이 보이지 않는다.

이후 김영석 문학에 대한 연구는 주로 해방기 조선문학가동맹의 대중화론과 관련해 이루어졌다.[70] 김영석에 대한 본격적인 작가론을 쓴 임무출은 해방기 김영석이 평론을 통해 문예대중화와 문화써클 운동을 이론화했으며, 문학 대중화 운동의 생성 발달 소멸 과정을 대표한다고 평가한다. 임무출은 김영석의 소설을 식민지 시기와 해방기로 나누어 고찰하고 있다. 식민지 시기 작품은 이미지의 전달에 주력하며 소극적이고 무능한 인물과 적극적이고 능동적인 인물로 성격을 분리창조하여 대조의 묘를 살렸고, 해방기 작품은 노동자소설로서 해방기의 노동조합 운동을 형상화했다고 설명한다.[71] 지금까지의 논의에서 김영석의 북한 작품들에 대해서는 그 목록만을 간단하게 언급하고 있을 뿐, 본격적인 논의는 전혀 이루어지고 있지 못하다.

북한문학사에서는 중편소설 「젊은 용사들」과 장편소설 『폭풍의 력사』가 문학사에서 중요하게 다루어졌다. 「젊은 용사들」은 "조국해방전쟁에서 발휘한 인민군 용사들의 영웅적 투쟁을 형상한 우수한 중편소설"[72]로

70) 임규찬, 「8·15 직후 미군정기 문학운동에서의 대중화문제」, 『해방공간의 문학운동과 문학의 현실인식』, 한울, 1989, 75-102면 ; 김영진, 「해방기 대중화론의 전개」, 『어문론집』 28집, 2000.12., 103-133면.
71) 임무출, 「김영석론」, 『영남어문학』 17집, 1990.6., 169-215면.
72) 사회과학원 문학연구소, 『조선문학사』, 과학백과사전출판사, 1978, 342면. 『조선문학사』(김일성종합대학 조선문학사강좌, 김일성종합대학출판부, 1990)에서도 「젊은 용사들」을 윤세중의 「도성소대장과 그의 전우들」(1955), 황건의 「개마고원」(1956)과 더불어 전후복구건설 및 사회주의기초건설 시기(1953.7-1958.8) 문학 가운데 조국해방전쟁주제의 대표적인 작품으로 언급하고 있다.

언급된다. 『폭풍의 력사』는 4·19의 영향 속에서 "남조선혁명을 주제로 한 작품",[73] "미제와 그 앞잡이들을 때려부시기 위한 남조선인민들과 혁명가들의 반미구국투쟁을 큰 화폭 속에 형상한 장편소설"[74]로 무려 3페이지 걸쳐 상세하게 기술되고 있다. 이후에 쓰여진 『조선문학사』는 『폭풍의 력사』를 두고 "해방직후 남조선의 한 인테리가 로동계급 속에 들어가 자신을 혁명화하면서 조국통일을 위한 투쟁을 줄기차게 벌려나가는 과정을 폭넓게 그려낸 장편소설"[75]이라고 평가한다. 최근에는 은종섭이 '해방 이전 노동 계급을 형상화한 소설'로서 김영석의 작품을 다루고 있다. 은종섭은 1937년 이후 노동자를 주인공으로 한 소설들이 "그들의 어려운 생활처지를 그리면서 그 속에서도 굴하지 않고 살아가는 정신적 지향을 보여주고 있다."[76]고 평가하면서, 구체적인 사례로 김영석의 「형제」 (『문장』, 1941년 2월)를 들고 있다.

북한에서 창작된 작품들은 크게 세 가지 계열로 나누어진다. 첫 번째는 「젊은 용사들」을 비롯하여 「화식병」, 「승리」, 「노호」, 「적구에서」, 「지휘관」, 「고지에로」, 「이 청년을 사랑하라」 등과 같이 전투현장을 생생하게 보여주는 작품들이다.[77] 두 번째는 「봄」과 같이 전후복구와 사회주

---

73) 사회과학원 문화연구소, 『조선문학사』, 과학백과사전출판사, 1977, 26면.

74) 위의 책, 183면.

75) 『조선문학사』, 김일성종합대학 조선문학사강좌, 김일성종합대학출판부, 1990, 386면.

76) 은종섭, 「로동계급을 형상한 해방전 소설문학과 장편소설 『황혼』」, 『현대조선문학선집25』, 문학예술종합출판사, 1999, 5면.

77) 김영석의 전쟁소설은 "나의 종군 생활에서 얻은 체험으로 쓴 소설"(『격랑』, 조선작가동맹출판사, 1956, 5면)이라는 작가 자신의 설명이 어울릴 정도로 현장감이 넘치고 전문적이다. 주요 서사는 돌격해오는 적을 저지하거나, 반대로 적이 차지한 고지를 향해 돌격하는 것으로 이루어져 있다. 고지를 지키거나 빼앗는 일은 "돌격과 포사격과 폭격이 어느 것이 없는 시간은 없었다."(『젊은 용사들』, 조선작가동맹출판사, 1954, 40면)고 이야기될 만큼 긴장의 연속이다. 김영석은 서술 시간을 최대화하여, 백병전이나 탱크 폭파 등의 전투장면을 매우 실감나게 묘사한다. 이러한 실감은 음폐호, 교통

의 건설기의 풍속을 담담하게 그려낸 작품들이다. 세 번째는 장편『폭풍의 력사』, 「격랑」, 「데모」처럼 해방기 서울을 배경으로 한 작품들이다. 세 번째 계열의 작품은 북한문학사에서 김영석만의 고유한 영역이라고 할 수 있다.

지금까지 김영석이 북한에서 창작한 소설에 대한 연구로는 세 번째 계열의 작품을 분석한 김종회와 이경재의 논의가 있다. 김종회는 해방공간을 배경으로 '남조선 해방서사'를 다룬 북한 소설 중에서 김영석의 「격랑」은 예외적인 작품이라고 지적한다.[78] 이경재는 「김영석 소설 연구」에서 김영석이 문학활동의 전 기간을 통하여 생산의 문제에 관심을 기울였으며,『폭풍의 력사』와 「격랑」 등은 해방 직후 남한의 노동현실을 그렸다고 설명한다. 이때 남한의 노동현실은 작가에 의해 일방적으로 전유(專有, Appropriation)되며, 이를 통해 당대 북한 사회의 생산관계는 교묘하게 은폐되는 담론 효과가 창출된다고 지적한다.[79]

이 글에서 관심을 갖는 김영석의 전쟁소설에 대한 선행 연구로는 신영덕의 논의가 유일하다. 신영덕은 「화식병」 한 편을 대상으로 하여, 이

호, 203미리, 155미리, 105미리, 81미리, 60미리 박격포, 탄약처, 포사격, 직사포, 기동로, 습격로, 록시 장애물, 인공 장애물 지대, 항공 화력, 돌격, 반돌격 등의 군대 용어, 임진강, 초산, 서울, 문산 등의 구체적 지명, 벤프리트로의 미군 사령관 교체, 추기공세, 맥아더 라인과 같은 당시 전황(戰況)에 대한 정보 제공을 통해 더욱 강화된다.

78) 김종회는 '남조선 해방서사'는 혁명적 낭만주의와 고상한 사실주의의 특징을 보이는데, 이때 등장인물은 사회주의 체제에 대한 강한 확신과 긍정적 인식을 바탕으로 모범적인 사회주의 인물의 전형을 이룬다고 주장한다. 이어서 "부분적으로 김영석의 「격랑」 등 작품 내용에 있어 이질적인 성격을 보여주는 경우도 없지 않으나, 이 시기 전반적인 북한문학의 외형은 인민적 영웅을 창출하고 그를 역할 모델로 하는 것 이상을 넘어서지 않는다."(김종회, 「북한문학에 반영된 한국 현대사 고찰」, 『한국문학논총』 49집, 2008, 124면)고 설명한다. 그런데, 「격랑」의 어떠한 부분이 북한의 여타 '남조선 해방서사'와 구분되는지에 대한 논의는 이루어지지 않고 있다.

79) 이경재, 「김영석 소설 연구」, 『현대소설연구』, 2010. 12., 300-322면.

작품이 "이야기 내용은 단순하지만 북한군의 인간적 면모를 잘 드러냈다는 점에서 그 의의를 찾을 수 있다."[80]고 평가한다. 김영석의 전쟁소설을 연구한 선구적인 업적이지만, 전쟁소설 중에서 한 편만을 다루었다는 한계를 지닌다.

이 글에서는 김영석의 전쟁소설 전체를 대상으로 한 본격적인 논의를 시도할 생각이다. 김영석의 전쟁소설은 무엇보다 특정한 고지의 탈환과 재탈환을 중심으로 서사가 진행된다는 점에서, 전쟁소설의 하위장르로서 '전선소설'이라는 명칭을 사용해도 무리가 없을 정도이다.[81] 이처럼 고지전이 주요한 배경으로 등장하는 것은 한국전쟁의 특이한 성격에서 비롯된다. 한국전쟁은 1950년 6월 25일부터 1953년 7월 27일까지 진행되었는데, 38선 부근에서의 치열한 고지전은 1951년 봄부터 휴전에 이르기까지 무려 2년 이상 지속되었다. 고지전의 인명피해도 극심해 한국전쟁기간 중 군인 사상자의 대부분이 이 시기에 발생하였던 것이다.[82]

필자는 김영석의 전쟁소설이 지닌 뚜렷한 성격을 드러내기 위해 박영준의 전쟁소설과 비교하고자 한다. 박영준을 선택한 이유는, 박영준이 남한 소설가 중에서 한국전쟁기에 전장을 배경으로 한 전쟁소설을 가장 많이 창작한 작가로서 나름의 대표성을 지닌다고 보기 때문이다. 둘의

---

80) 신영덕, 『전쟁과 소설』, 역락, 2007, 56면.
81) 전쟁문학이란 용어는 일차대전 이후 독일에서 제기된 것으로 전쟁을 통해서 휴머니티의 문제를 탐구하는 문학을 지칭한다. 일본의 경우에 광의의 개념으로서의 전쟁문학은 전쟁을 제재로 한 문학 전체를 지칭하고, 협의의 개념으로는 전쟁독려 문학을 지칭한다.(일본근대문학관 편, 『日本近代文學大事典』, 講談社, 1978, 260-262면) 이상의 논의를 통해 볼 때, 전쟁소설은 일단 전쟁을 제재로 한 소설 전체를 칭하는 광의의 개념으로 사용된다고 볼 수 있다.(신영덕, 『한국전쟁과 종군작가』, 국학자료원, 2002, 19-27면)
82) 박태균, 『한국전쟁』, 책과함께, 2005, 247-254면.

비교를 통해 김영석과 박영준이라는 두 작가가 지닌 작가의식의 차이를 탐색하는 것은 물론이고, 궁극적으로는 전쟁 직후 남북한 문학장의 차이까지도 간접적으로 드러내고자 한다.

2. 이상적인 전사(戰士)의 모습

2.1 공동체에의 헌신

주지하다시피 북한은 당의 지도 감독 하에 예술 활동이 이루어지며, 소설 창작의 경우에도 예외는 아니다. 한국전쟁기 전쟁소설과 관련해 가장 강력한 창작 지침은 1951년 6월 30일에 김일성이 발표한 「우리 문학예술의 몇 가지 문제에 대하여」이다. 이 글에서는 구체적인 작품 창작 지침까지 제시되었는데, 그것은 크게 다섯 가지로 요약된다.

> 1) 인민군대의 영웅적 묘사(단 이때의 영웅성은 개인적인 것이 아니라 대중적이며 전형적인 것이어야 한다), 2) 추상성을 배제하고 구체적 현실을 보여줄 것, 3) 적에 대한 증오심 강조, 애국심 고취, 특히 "미제국주의자들과 이승만매국연도들의 추악한 모습" 폭로, 4) 모든 창작을 인민에서 시작하여 인민으로 돌아가게 할 것, 5) 소련을 위시한 여러 인민민주주의 국가와의 유대관계 강화와 민족문화노선의 지향[83]

이 중에서 김영석의 전쟁소설은 1), 2), 3)의 창작지침을 비교적 성실

---

83) 김용직, 「북한의 문예정책과 창작지도이론에 관한 고찰」, 『북한문학의 심층적 이해』, 국학자료원, 2012, 65-66면에서 재인용.

하게 따르고 있다.

북한의 전쟁소설은 기본적으로 주제소설(Authoritarian Fiction)로서의 성격이 매우 강하다.[84] 이러한 주제 소설의 구조적 모형 또는 담론 양식으로 가장 많이 사용되는 것이 바로 대결 구조(Structure of Confrontation)와 성장 구조(Struc-ture of Apprenticeship)이다. 두 가지 구성 방식이 김영석 소설에는 동시에 나타나고 있다.

우선 김영석의 전쟁소설은 북한과 미국의 대결구조로 이루어져 있다. 여러 작품에서 '적'은 다름 아닌 미국을 의미한다. 북한이 공식적으로 한국전쟁을 "조국해방전쟁이자 민족해방전쟁"[85]으로 규정한다는 점을 고려할 때, 이는 당연한 현상이다. 24군단 부군단장인 해리슨은 미군 지휘관들과 백골부대 사단장에게 "앞으로 일주일 동안에 一, 二一一고지에서 공산군을 내리밀지 못한다면 위안부들을 싹 거둬 들이고, 뻐터 공급을 중지하고 지휘관들은 총살이다"[86]라고 말할 정도로 포악하다. 거제도 포로수용소를 배경으로 한 「노호」(1952)에서는 미군이 한반도 곳곳에 세균탄을 투하하고, 포로들도 "세균 무기 실업용(실험용)"[87]으로 사용되는 것으로 형상화된다. 이 작품에서 미국은 "인류의 원쑤"(157)이다.

한국군은 "밤엔 계집 놀음, 낮엔 화투 놀음, 양키 상관의 팔자가 제일

---

84) "주제소설은 사실주의 양식(개연성과 재현의 미학에 근거하여)으로 씌어진 소설이다. 이러한 소설은 독자에게 근본적으로 교훈을 주려는 의도를 가지고 있으며, 특정 정치, 철학, 종교 이념이 유효한 것임을 보여주려 한다."(Susan R. Suleiman, *Authoritarian Fiction-The Ideological Novel as a Literary genre*, Columbia UP., 1983, p.7)
85) 사회과학연구소, 『조선통사』, 오월, 1988, 394면.
86) 김영석, 『젊은 용사들』, 조선작가동맹출판사, 1954, 92면. 앞으로 작품을 인용할 경우, 본문 중에 페이지 수만 기록하기로 한다.
87) 김영석, 『격랑』, 조선작가동맹출판사, 1956, 153면. 앞으로 작품을 인용할 경우, 본문 중에 페이지 수만 기록하기로 한다.

이로구나!"(68)라고 한탄할 정도로, 부도덕한 미군의 횡포 아래 놓여 있는 것으로 그려진다. 한국군은 미군을 피해 탈영하는 모습으로 빈번하게 형상화되기도 한다. 한 탈영병은 "저는 바로 한달 전에 영등포 길가에서 잡혀 부모도 모르게 국방군이 되여 여기로 끌려왔습니다.(중략) 며칠만 더 있었더면 공산 군대를 향해서 총을 쏠번 했습니다."(86)라며 가슴을 쓸어내린다. 흥미로운 것은 한국전쟁 당시 흑인부대가 따로 편제되어 있지 않았음에도 '흑인부대'를 등장시킨다든가, "흑인 고용병들"(45)이나 "불란서 고용병"(80)과 같은 단어를 사용한다는 점이다. 김영석의 전쟁소설에서는 '미국/조선'이라는 대결 구도가 성립되며, '적'으로 설정된 미군의 핵심에는 백인이 존재하고 있음을 알 수 있다.

대결 구조와 더불어 성장 구조 역시 여러 작품의 기본적인 구성 원리로 활용된다. 「젊은 용사들」의 고영화와 유경모, 「승리」의 규선, 「이 청년을 사랑하라」의 리진하가 대표적인 성장의 주체들이다. 고영화는 처음 "늘 엄벙뗑하는 버릇",(3) "일에는 베돌이지만 먹는데는 악돌이라는 별명을 듣는",(4) "말썽꾼이"(29)와 같은 수식어로 소개된다. 고영화는 배가 고프자 피난민들이 바위 밑에 숨겨둔 종자를 먹으려 하고, 행군하는 동안 바위 밑에서 썩어버릴 통닭을 걱정하는 인물이다. 이러한 고영화는 조금씩 변모한다. 첫 번째 변화는 입대하기 열흘 전에 혼인한 아내로부터 받은 편지를 계기로 해서 이루어진다. 그 편지에는 옆집 수길이 아버지는 서부 전선에서 국기훈장을 달고 찍은 사진을 보내왔는데, 당신은 언제쯤 그런 사진을 보내줄 수 있느냐는 아내의 질책이 담겨 있다. 이후 고영화는 꼬마 전사 최성호가 죽는 것을 보며,(88) "그렇다! 나에게 강한 의지가

88) 북한 병사들이 가장 큰 가치를 부여하는 것은 '당원'이라는 자격이다. 최성호의 유언

없다!", "나는 가장 락후한 전투원이다! 그런데다 비겁쟁이다!"(48)라는 자기반성에 이른다.

「이 청년을 사랑하라」(1954.12.)에서도 공대에 입학하는 대신 군대에 들어온 진하는 처음 승부욕만 강한 철부지 병사로 그려진다. 처음 그는 대원들과 보조를 맞출 생각은 하지 않고 개인적으로만 행동한다. 무엇보다 진하는 빨리 공훈을 세워서 영희에게 자랑하고 싶은 마음이 강하다. 동시에 진하는 "싸우기 헐한 데서만 잘 싸워서야 무엇하랴, 더 어려운 곳이라도 가자! 거기서 나의 사상적 결함을 찾고 그것을 극복하자!"(200)라는 말에서 알 수 있듯이, 전투를 통해 성장하고자 하는 강한 의지를 지니고 있다. 진하는 여러 곤란을 겪으며 "명령을 충실히 집행하는 자가 잘 싸우는 전투원"(214)이라는 깨달음과 함께 점차 이상적인 전사로 성장한다.

「젊은 용사들」의 고영화나 「이 청년을 사랑하라」의 리진하가 평범한 병사라면, 「젊은 용사들」의 유경모는 간부라는 점이 특이하다. 유경모의 형상을 통하여 당시 북한 군대에 만연한 관료주의의 문제가 날카롭게 드러나고 있다. "쌀쌀할뿐 아니라 걸핏하면 이맛살이 북어껍질 타듯이 오구라 들군하는 신경질쟁이"(14)인 유경모는 자기밖에 모르며, 갖가지 꼬투리를 잡아 부대원을 괴롭힌다. 유경모는 아무런 야전 경험이 없기에 엉뚱한 지시만 내려 부대를 혼란에 빠뜨리고, 현장에서는 통하지 않는 허황된 이론과 원칙만을 강조한다. 심지어는 고지가 적들에게 완전히 포위당한 급박한 상황에서도 전혀 사리에 닿지 않는 언행을 일삼을 정도이다.

은 입당 청원서를 수리해 달라는 것이고, 인철도 죽음의 순간에 가슴 속에 품은 당증을 꺼내 혁창에게 건넨다.

이후 유경모는 당원들로부터 엄숙한 비판[89]을 받은 후, 군단으로부터 소환 명령을 받고 전선에서 대대부로 올라간다. 작품의 후반부에 유경모는 군단 정치 부장의 헌신적인 모습과 권혁장 소대원들의 날로 높아가는 명성에 감동하여, "마침내 한 개의 충직한 전사가 되어 초소로 나갈 것을 상부에 건의하려고 결심"(139)한다. 그러나 이러한 각성의 과정은 간단하게 서술자에 의하여 진술될 뿐이어서, 여러 가지 문제가 서둘러 봉합된다는 인상을 준다. 이것은 작가의식이 과도하게 개입된 결과라고 할 수 있다.

김영석 소설에 등장하는 성장의 구체적 내용은 어떠한 물질적 고통도 이겨내는 의지의 단련을 의미한다. 김영석의 전쟁소설에서는 기본적으로 인간의 의지를 무엇보다 중요시한다. 「젊은 용사들」의 마지막 고지 탈환전에서 "전투의 위기는 적의 화력이 조성시키는게 아니라 전투원의 의지 여하가 조성시키는 것"(122)이라는 말이나 「이 청년을 사랑하라」에서의 행군에서 가장 중요한 것은 무기도 신발도 아닌 바로 "의지"(188)라고 설명하는 것을 대표적으로 들 수 있다. 이것은 한국전쟁기 북한 소설에서 북한군이 혁명적 낙관주의와 대중적 영웅주의에 입각하여 재현되는 것과 관련된다.[90] 김영석의 소설에서 북한군은 의지로 뭉친 무적의 용사들이다. 「승리」의 규선은 혼자서 십팔 명의 적을 살상하며, 남운은 단신으로 패주하는 적의 트럭을 추격하여 트럭에 탔던 미국군 삼십여 명과 함

---

89) 비판의 장면은 다음과 같다. "오후 두시부터 열린 세포 위원회에서 세포 위원장과 리두영을 비롯한 여러 당원들이 유경모에 대한 비판을 했다. 고영화는 제二방어선에 있었을 때 유경모가 연기를 내게 하던 사건으로부터, 가까운 부락을 찾아가 닭을 한 마리 비틀어 오라고 명령하던 일에 이르기까지 폭로하면서 자기 비판을 겸하여 말했다. 정치부 중대장은 당원 유경모에게서 나타난 락후성과 결함을 상급당에 제기할 것을 세포 위원장에게 위임하자고 했고 위원들은 그 의견에 동의했다." (88)
90) 김춘선, 「북한문학의 전개양상을 통해 본 제 특징」, 『현대소설연구』11, 1999, 396면.

께 트럭을 불살라 버린다. 「적구에서」 리희도는 백병전으로 미군을 열한 명이나 죽이다가 부상을 입는다.

「화식병」(1951.5.)은 의지만으로 뭉쳐진 화식병(취사병) 박성근을 전면에 내세운 소설이다. 박성근은 원래 자동총수였으나, 미군에 대한 적개심이 너무 커서 호흡을 죽인 채 정확히 목적물을 겨냥하지 못한다. 이후에 저격 소대와 정찰 소대에 차례대로 배속되지만 그곳에서도 역시 지나친 적개심으로 임무를 제대로 수행하지 못하여, 결국 다른 대원들이 낮추어 보는 화식병이 된다. 그러나 박성근은 자신을 무시하는 동료 병사에게 "화식병도 인민 군대란 말야"(115)라고 당당하게 외치며 헌신적인 모습을 보여준다. 박성근은 미군의 공습으로 가마솥이 없어지자 왕복 50리 길을 세 시간 만에 다녀오기도 하고, 한손으로 도마질을 하여 음식을 장만하기도 하며, 포탄 속을 뚫고 음식을 고지로 옮기기도 한다. 능력보다는 적에 대한 적개심과 동료를 향한 헌신이, 무엇보다 중요한 병사의 덕목임을 알 수 있다.

김영석의 전쟁소설에서 성장의 최종 귀착점은 고지에 설치된 적군의 기관총을 몸으로 안는 극적인 장면으로 형상화되고는 한다. 이수복은 부지런한 농사꾼의 아들로 태어나 고급 중학의 졸업을 한 달 앞두고 군에 입대하였다. 해방 전에 조선말을 썼다고 일본 선생에게 구박을 받고, 소작농으로 마름에게 모욕을 당해온 그는 시인 지망생이자 부대 내의 선동가이기도 하다. 적들이 총공세를 하는 바람에 북한군은 무명고지를 잃어버린다. 그것을 빨리 되찾지 않으면, 연달아 이웃 고지들을 잃게 되고 결국에는 39도선까지 후퇴해야 하는 위급한 상황이다. 중대장과 정치부 중대장도 없는 상황에서 고지 탈환에 나서지만, '적'의 기관총 때문에 탈환

시도는 번번이 실패로 돌아간다. 결국 화구 앞에서 머뭇거리던 리수복은 "수령의 초상"과 "어서 접근해라 어서!"(144)라는 어머니의 근심하는 목소리를 듣고서는, 적의 화구를 껴안고 죽는다. 「승리」에서 규선도 적의 기관총을 온몸으로 껴안으며, 「이 청년을 사랑하라」의 이진하 역시 "그래도 막아야 한다. 명령이다 어서!"(234)라는 생각에, 전투 중에 적의 기관총의 총신을 온몸으로 껴안고 죽는다.[91] '기관총을 껴안고 죽는 모습'은 북한에서 생각한 전시(戰時)의 이상적인 인간상, 즉 공동체를 위하여 모든 것을 희생하는 모습을 상징적으로 보여주는 것이다.

2.2 인정(人情)의 강조

위에서 살펴본 것처럼, 김영석의 전쟁소설은 대결과 성장의 구조를 통하여 자신의 모든 것을 희생하는 인간형을 창출해내고 있다. 김영석 소설의 특징은 박영준의 전쟁소설과 비교해 보았을 때, 그 특징이 보다 선명하게 드러난다.

박영준의 작품은 '인정(남한) / 이념(북한)'이라는 구도를 반복적으로 보여준다. 박영준이 긍정적으로 평가하는 인물들은 북한의 폭압적 이념에 맞서 순수한 인정을 옹호하는 사람들이다. 결과적으로는 이때의 '순수한 인정' 역시 남한의 체제를 지지하는 정치적 의미를 지닌다.

「빨치산」(『신천지』, 1952년 5월)은 포로로 잡힌 빨치산이 자신의 지난

---

91) 2장에서 살펴본 인물들은 안함광이 주장한 전형성에 부합한다. 안함광은 "오늘 우리의 현실에 있어서는 대중적인 규모에서의 영웅주의의 표현, 투철한 애국자로서의 그들의 고상한 도덕적 품성, 원쑤에 대한 끝없는 증오와 인민에 대한 무한한 사랑, 이런 것들이 우리 사회 발전에 있어서 전형적인 것으로 된다."(「소설 문학의 발전상과 전형 화상의 몇 가지 문제」, 『조선문학』, 1953년 11월, 145면)고 주장하였다.

행적을 고백하는 형식으로 되어 있다. '나'는 서울대 법대를 중퇴하고 이념에 대한 환상으로 월북하지만, "명예로운 노동자가 아니라 기회주의자인 인테리"[92]라는 이유로 고난의 시간을 보낸다. 그는 '기회주의자 인테리'라는 굴레를 벗고 진정한 혁명가로 인정받기 위해 온갖 노력을 하며, 본명인 '김명구'보다 빨치산 부대장 '추일'이라는 이름을 더욱 좋아한다. 그러나 윤귀향이라는 여인과 사랑을 하면서 공산주의의 전체주의적 특성을 뼈저리게 느끼고, 끝내 출신성분 때문에 당으로부터도 빨치산 부대장으로서의 '추일'을 인정받지 못한다. 빨치산 체험을 통하여 김명구는 "새로 발견한 인간성에 대한 애착심"(75)을 갖게 된 것이다. 이 작품의 김명구는 '순수한 인정 / 폭압적 이념'의 이분법 사이에서 고민하다가 결국 전자를 선택한 것이라 볼 수 있다.

「김장군」(『전선문학』 4, 1953년 4월)은 특이하게도 장군의 시각으로 C고지를 확보하기 위한 고지전이 치열하게 벌어지는 전선을 바라보고 있는 작품이다. 사단장인 김장군이 전선의 여러 곳을 둘러보는 것으로 서사가 이루어져 있다. 첫 번째 에피소드에서 김장군은 동향인 사병들이 서로 정답게 안부를 나누는 것을 보며 "하나의 기쁨"(102)을 느낀다. 두 번째 에피소드에서는 한 모범 중대장이 휴가를 갔다가 늦게 귀대하는 바람에 구속될 위기에 처한다. 중대장은 고향을 방문했다가 너무도 빈곤하게 사는 가족의 모습에 회의를 느껴 귀대를 머뭇거린 것이다. 김장군은 이러한 중대장의 모습을 보며 오히려 "솔직한 인간성"(110)이 귀엽다고 생각한다. 장군은 무엇보다도 인간 사이의 따뜻한 정에 가치를 부여하고 있

---

92) 박영준, 『박영준 전집 2』, 동연, 2002, 62면. 앞으로 작품을 인용할 경우, 본문 중에 페이지 수만 기록하기로 한다.

는 것이다.

「노병과 소년병」(1953)은 서른일곱 살인 김이등병과 최하사를 중심으로 서사가 전개된다. 김이등병은 행군할 때나, 수색에 나가서나, 불침번을 설 때나 늘 잠을 잔다. 최하사는 잠이 많은 김이등병을 깨우느라 골머리를 앓고, 김이등병은 자신의 아들과 나이가 같은 최하사의 엉덩이를 때릴 정도로 계급이나 규정을 무시한다. 최하사가 김이등병을 부르는 호칭이 '아저씨'이고, 김이등병이 최하사를 부르는 호칭은 '너'인 것에서 단적으로 드러나듯이, 김이등병과 최하사는 군대의 계급이 아닌 인간적 감정을 바탕으로 관계를 유지한다. 둘은 "하늘이 지어 준 한 쌍이나 된 것처럼"(254) 사이가 좋고, 전투에서도 서로를 아끼는 마음으로 놀라운 성과를 올린다. 이처럼 이 작품은 인간 사이의 정이 진정한 전투력의 원천임을 강조하는 것이다.

박영준의 「빨치산」, 「김장군」, 「노병과 소년병」은 모두 전쟁 기간에 발표되었으며, 순수한 인간미를 강조한다는 특징이 있다. 동시에 이들 작품은 북한이나 공산주의에 대한 강력한 적개심을 보이며, 남한을 지지하는 선명한 의식을 드러내고 있다.

그러나 전후에 발표된 「피의 능선」(『사상계』, 1955년 2월)은 고지전을 배경으로 한 소설이면서도, 여타의 전쟁소설과는 다른 면모를 보여준다. 예비사단, 사각지, 연대 오피, 중대본부, 전초선, 개활지, 정찰병, 벙커와 같이 본격적인 군사용어도 적지 않게 등장하는 이 작품은, 박영준의 전쟁소설 중에서 가장 전쟁터의 묘사가 상세하며 실감난다. 중대장인 원광철 중위가 초점화자로 등장하는데, 그의 시각을 통해 고지 탈환만을 목적으로 하는 전쟁의 비인간성이 선명하게 드러나고 있다.

첫 번째 전투에서 원광철 중위는 중대원을 거의 모두 잃고 고지도 빼앗지 못하자 대대장으로부터 "넌 어떻게 살았니?"라는 질책을 받는다. 그러자 원광철 중위는 속으로 "전체가 죽을 때는 한 삶도 살아서 안 되나……."(356)라는 반발심을 갖는다. 그러나 고지 탈환전에서 계속 실패하고 부하들의 엄청난 희생이 이어지자, 원광철 중위도 점차 전쟁기계로 변해 간다. 그리하여 고지 탈환전 중에 백전노장인 김상사가 느낌이 이상하다며 잠깐만 자리를 피하게 해달라는 부탁을 거절하여, 끝내는 김상사가 박격포탄에 죽는 일까지 겪게 된다. 결국 원광철 중위는 피의 능선을 점령하지만, 승리의 기쁨보다 전쟁의 비인간성을 더욱 강력하게 느낀다. 그것은 다음과 같은 작품의 마지막 부분에서 확인할 수 있다.

> 수많은 전우들이 영 돌아오지 못하는 길을 떠났는데 자기만 불구자가 되지 말자고 일 년 반이나 병원에 누워 있을 수가 있는가?
> 고혼(孤魂)들이 누워 있는 자기를 비웃을 것이다.
> 그뿐만도 아니었다. 오 미터만이라도 후퇴하라고 승낙을 했다면 죽지 않고 살았을 김 상사의 얼굴이 눈앞에 떠올랐다.
> "김 상사!"
> 원 중위는 혼자서 신음 비슷한 비명을 올렸다. (368)

김영석의 전쟁소설은 대결 구조와 성장 구조를 통하여 북한의 체제 이데올로기를 일방적으로 강조하였다. 또한 김영석의 전쟁소설에서 이상적으로 여겨지는 전사의 모습은 당의 이념에 바탕한 의지로 모든 고난을 극복하며, 결국에는 '적군의 기관총을 몸으로 껴안는 모습'에서 극적으로 나타나듯이 공동체를 위해 자신을 온전히 희생하는 것이다. 이에 반해 박영준의 전쟁소설에서는 이념보다는 사랑이나 가족애 혹은 동료애와 같은 인정을 무엇보다 강조하는 것을 확인할 수 있다. 또한 박영준의 「피의 능선」과 같은 작품에서는 전쟁 자체에 대한 비판적 의식을 확인할 수 있는데, 이러한 측면은 김영석의 전쟁소설에서는 결코 나타나지 않는다.93)

---

93) 김영석과 박영준이 보여준 '이념/인정'의 이분법을 깨뜨리는 독특한 전쟁소설로 곽학송의 「독목교」(『문예』, 1953년 12월)를 들 수 있다. 「독목교」는 "어딜 보아도 진흙과 바위뿐인 전략상 가치 없는 산봉우리"(『곽학송 소설 선집』, 현대문학, 2012, 183면)를 놓고 벌이는 고지전이 주요한 배경이다. 소설의 갈등은 주야 연사흘, 백 명에 가까운 사상자를 내고 점령한 고지를 중대장 덕호가 계속해서 사수하고자 하는 고집에서 비롯된다. 영수는, 덕호가 "중대의 명예(그것이 곧 덕호의 명예이기도 했지만)를 위해서라면 여하한 희생도 사양치 않"(183)기 때문에 고집을 부린다고 생각한다. 부관인 영수는 무모한 희생만 발생하는 고지 사수 계획을 포기하라고 제안하지만, 중대장인 덕호는 이를 완강하게 거부한다. 적들의 공세가 시작되고 결국 사병들은 메뚜기처럼 절벽 밑으로 뛰어내린다. 영수가 다래 덤불 속에서 목숨을 보전하던 어느 순간 덕호 역시 피 흘리는 왼발을 끌면서 다래 덤불 속으로 들어온다. 덕호는 영수에게 사과하고, 영수는 전사한 부하의 얼굴들을 떠올리며 덕호에 대한 적개심을 느낀다. 이 순간 덕호는 "사수명령을 내린 연대장"(193)에게 자신을 데려가 달라고 애원한다. 고지 사수 명령은 덕호의 의사가 아니라 연대장의 명령이었던 것이고, 영수는 자신의 명예를 위해 중대원들을 희생시키지 않았던 것이다. 영수는 공연히 덕호를 미워한 지금까지의 자기를 뉘우치며, 자기 따위는 비할 수도 없는 덕호의 부하에 대한 깊은 사랑 앞에 스스로 머리가 수그려진다. 그러나 이러한 일을 겪으며 영수와 덕호의 입장은 변한다. 영수는 당장 달려가서 연대장을 죽여버리겠다는 덕호를 보며, 다음과 같이 생각하는 것이다.

"그것은 어디까지나 덕호 자신의 입장만 고집하는 이기적인 생각에 지나지 않으며 사십 명의 생명을 죽이고 수백 수천의 생명을 살릴 수 있었다면 연대장으로선 사수명령을 내리는 것이 타당했다고 그렇게 생각한 영수는, 자기가 덕호를 원망한 것처럼 어쩔 수 없이 사수명령을 내린 연대장을 원망하는 덕호를 차라리 경멸할밖에 없었으며, 덕호를 미워한 자기의 마음속에 불순한 '티'가 섞이어 있었던 것처럼 연대장을 만나기 전엔 죽을 수 없다는 덕호의 마음속에도 생명에 대한 애착이 전혀 없지도 않다면 자기나 덕호의 그러한 관념은 조금도 누구를 위할 수 없을 뿐만 아니라 무아무심으로 기계처럼 상관의 명령대로 움직이는 사병들의 태도가 참다운 군인의 본분이며, 어떡할 수 없는 인간의 숙명이요, 또한 그러한 태도만이 인간과 인간 사회를 위할 수 있다면 덕호와 자기는 인간을 배반한 범죄자인지도 모른다"(195)

그러나 자세히 살펴보면 영수는 변한 것이 없다. 처음에 영수가 덕호의 사수 결정을 미워했던 것은 그것이 덕호의 개인적인 공명심에서 비롯되었다고 생각했기 때문이며, 나중에 덕호를 존경하게 된 것은 덕호가 연대장의 명령을 사수하고자 했기 때문임을

3. 여성 형상화에 나타난 상대적 진보성

3.1 보조적이거나 대등한 주체

김영석의 전쟁소설에서 여성은 위대한 전사를 만들어내는 중요한 원천이다. 「젊은 용사들」에서 불량 병사였던 고영화는 아내의 편지를 받고 분발하며, 「이 청년을 사랑하라」의 리진하는 고향에 두고 온 영희를 생각하며 각오를 다진다. 「젊은 용사들」에서 이수복이 적의 화구 앞에서 목숨을 던지기 직전에 듣는 것은 바로 어머니의 "어서 접근해라 어서!"라는 목소리이다. 「적구에서」, 리희도의 어머니는 아들에게 훌륭한 전사가될 것을 강조하며, "고향 회양 땅이 적에게 강점되었을 때 원쑤놈들의 군수 창고에 불을 지르고 놈들에게 잡혀 학살"(170)된다.

「적구에서」는 간호원 김명숙과 부분대장 리희도의 애정서사를 중심으로 한 작품으로서, 김영석이 여성을 바라보는 시각이 가장 선명하게 나타나 있다. 이 작품의 중심 갈등은 간호원의 임무에 충실하려는 김명숙과 전투원의 임무에 충실하려는 리희도의 입장 차이에서 발생한다. 부상으로 입원한 리희도는 소속과 성명을 말하지도 않는 등 병원의 규칙을 처음부터 지키지 않는다. 그는 가끔씩 격분에 못 이겨서 "덤벼라 덤벼, 이 새끼들아!"(159)와 같은 헛소리를 할 뿐이다. 리희도는 부상이 낫지 않

알고 있었기 때문이다. 영수는 자기 자신이 아닌 집단과 명령에 복종하는 것은 시종일관 긍정적으로 바라본 것이다. 그렇다면 곽학송의 「독목교」는 김영석의 전쟁소설처럼 개인이 아니라 집단에 대한 강조를 주제로 한 작품이라고 볼 수도 있다. 그러나 덕호의 변심이라는 문제가 여전히 남는다. 영수가 처음에 느꼈던 적개심과 불만이 덕호에게 그대로 이어지기 때문이다. 공동체를 위한 개인의 헌신이 지니는 문제점에 대한 날카로운 의식은 마지막 순간까지 사라지지 않는 것이다.

앉음에도 불구하고, 담당 의사를 찾아가 퇴원하겠다고 말할 정도로 전투 의욕이 충만하다. 공격을 받아 병원이 급히 이동을 하게 되었을 때, 리희도는 군의(軍醫)에게 졸라 성치 못한 몸으로 전선에 나간다. 나중에 병원과 희도가 소속된 대대가 적에게 포위되자 리희도는 전선으로 올라가고, 까무러칠 때까지 기관총을 쏘며 싸운다.

이러한 리희도 앞에서 김명숙은 간호원으로서의 책임을 내세우기도 하지만, 기본적으로는 리희도를 도와주는 역할을 한다. 미군을 열 한 명이나 죽인 용사임을 알게 된 후, 김명숙은 은근히 김희도에 대한 존경의 마음을 품는 것이다. 리희도가 한쪽 팔을 잘라야 하는 중상을 입고 다시 입원했을 때에도 김명숙은 노여움을 느끼며 리희도에게 불만을 말하고 싶어하지만, 부상당한 리희도를 맞닥뜨리자 김명숙은 아무런 말도 하지 못한다. 대신 용감한 전투원을 우선 살려놔야 한다는 생각으로 리희도를 위해 헌혈을 한다. 이러한 모습을 보며 명숙은 자신이 준비했던 설교가 아무런 가치도 없을 뿐 아니라 "얼마나 유치했고 멸시 당할만한 일"(167)인가 하고 반성을 할 정도이다. 나아가 오직 조국을 위하여 싸우는 한 인민군 전투원으로서의 자기가 리희도만큼 강한 의지를 갖지 못했다는 것을 깊이 반성한다. 나중에는 자신이 리희도를 전선에 데려다 주었다고 거짓말을 하여 대신 처벌을 받는다. 리희도가 부상에서 완전히 회복해 병원을 떠나게 되었을 때, 김명숙은 리희도 앞에 나서지도 못한 채 멀리 사라져가는 리희도의 뒷모습을 보며 눈물을 흘린다. 김명숙과 리희도는 전쟁이라는 국가의 대재앙 앞에서 동등한 역할을 부여받은 것으로 보이지만, 위의 장면에서 알 수 있듯이 김명숙은 리희도의 보조적 역할에 충실할 뿐이다.

김영석의 「이 청년을 사랑하라」에서는 드디어 남성과 대등한 여성이 등장한다. 리진하가 고향에 두고 온 연인인 영희는 진하보다도 더욱 영웅적인 투쟁을 벌여 진하를 분발시키는 것이다. 군 여맹에서 인민군대의 원호 사업과 피해 조사를 하던 영희는 이후 빨치산과의 연락을 맡고, 이후에는 적과 직접 싸운다. 철도 연선에 있던 적의 휘발유 창고를 혼자서 파괴하고, 미군 트럭을 습격하는 빨치산을 돕기도 하는 것이다. 이러한 일로 영희는 국기 훈장을 받는다. 리진하는 적의 기관총을 껴안기 전에 영희에게 편지를 쓴다. 이 편지는 영희와 리진하가 전사로 대등한 위치에 있음을 증명하는 하나의 물증이다.[94]

3.2 보조적이거나 열등한 주체

박영준의 「오빠」(『사병문고』, 1951년 3월)는 일등병 상호와 창희의 관계를 통해서, 김영석의 「적구에서」와 같이 남성 병사를 보조하는 역할로서의 여성인물을 형상화한 작품이다. 일등병 상호는 꿈속에까지 열아홉 살이 된 누이동생 순이를 그리워한다. 상호가 보초를 서고 있을 때, "어쩌면 그렇게도 순이와 같은 것인가"(27)라는 생각이 들 정도로 순이와 닮은 창희라는 여인이 나타난다. 이후에도 상호는 창희가 웃는 모습 등이 자신의 동생 순이를 그대로 닮았다고 여러 번 생각한다. 국군으로 전쟁터에 나간 오빠가 있는 창희는 자신의 집에 북한군이 있다는 것을 알리

---

94) 편지의 내용은 다음과 같다. "우리의 사랑은 강정 같이 속 비인 것, 조국의 진정한 아들 딸로서가 아니라 더 많이 감정 세계에서 살았다는 것, 그런 무내용한 것으로부터 구출되었소! 구출되었다는 증거를 확실히 전달하기 위하여 이 편지를 보내리다. 그러나 영희가 마치 적 휘발유 창고에 수류탄을 던지던 거와 같은 전투를 거듭하여 정말 나의 의지를 시험하고 난 날, 이 편지는 그대에게로 갈 것이라고 생각하오! 며칠 후가 될는지 몇 달 후가 될는지…" (237)

기 위해 상호를 찾아온다. 나중에 창희는 자신의 고발로 부모가 북한군에 의해 살해된 것을 알고서는, 자신이 직접 의용군이 되어 전쟁터에 나선다. 흥미로운 것은 김상호와 창희가 함께 전선으로 출동하는데, 이때 둘의 관계가 다음의 인용문처럼 '오빠와 동생의 관계'로 표현된다는 점이다.

"창희!"
하고 정말 동생을 부르듯 창희를 불러 보았다.
"응? 오빠!"
창희 역시 정말 오빠처럼 상호의 얼굴을 쳐다보았다. (37)

이러한 관계 설정은 김상호와 창희가 비록 똑같은 군인이 되더라도, 그것은 어디까지나 위계가 분명한 사이임을 드러내는 것이다. 창희는 어디까지나 김상호의 여동생으로서 참전하고 있는 것이다. 여기에서도 남성 전사의 보조자에 불과한 여성상을 확인할 수 있다.

이러한 젠더적 위계는 박영준의 「용사」(『사병문고』 3, 육군본부 정훈감실, 1952.6)[95]에서는 더욱 폭력적으로 드러난다. 이 작품은 남한 군대 내에서 여성이 자리한 젠더적 위상을 보여주는 작품이다. 이 작품은 전쟁기 젠더정치가 성을 어떤 방식으로 재구성하여 체제 내로 편입시키는가를 잘 보여준다. 주인공 권중사는 매우 유능한 전사로서 70여명의 북한군을 생포해 오는 공훈을 세운다. 이때 평소에는 냉정하기 짝이 없던 김난수 하사가 홍도색을 띤 얼굴로 "참으루 용감하세요"[96]라며 칭찬한다. 이 일이

---

95)『전쟁과 소설—현역작가 5인집』(계몽사, 1951)에 발표된 작품이 재수록된 것이다. 이 작품은 박영준 전집에는 수록되어 있지 않다.
96)『사병문고』 3, 육군본부 정훈감실, 1952.6, 30면.

있은 후 권중사는 오래전부터 좋아한 여하사 김난수에게 사랑을 고백하는 내용의 편지를 전하고 답장을 기다린다. 그러나 답장이 없자 권중사는 난수를 찾아가 그녀의 손을 잡고 얼싸안으려 한다. 난수가 몸을 빼자 다짜고짜 난수를 심하게 때린다. 그런데 문제적인 것은 김난수가 별다르게 분노하는 것으로 그려지지도 않으며, 상관들 역시도 이를 묵인 내지는 조장한다는 것이다. 권중사는 김소위의 권유를 받아들여 다른 빨치산 다섯 명을 잡아와 계급이 두 계단이나 올라간다. 마지막은 여하사 김난수와 권중사가 서로의 마음을 확인하고 사랑이 이루어지는 것으로 끝난다. 「용사」는 한국전쟁이 남성은 '병사형 주체'로, 여성은 '위안형 주체'로 젠더화하는 과정[97]이었다는 점을 상기시킨다.[98]

4. 남한혁명세력의 형상화

김영석의 전쟁소설에서 가장 이색적인 점은 남한의 혁명 역량을 계속해서 등장시킨다는 점이다. 중편 「젊은 용사들」에서 핵심인물은 권혁창, 이수복과 더불어 의용군 출신 권만섭이다. 이 중에서 권만섭은 서울에서 좌익 활동을 맹렬하게 벌이다가 월북한 사람이다. 그는 입대 전에 다음과 같은 활동을 한 투사로 설명된다.

인천 동양 방적의 타면공이었던 그는 六.二八 해방으로 서대문 형무

---

97) 이임하, 「한국전쟁과 여성성의 동원」, 『역사연구』 14호. 2004년 12월, 110면.
98) 박영준의 「용사」에 대한 보다 자세한 논의는 「한국전쟁기 소설에 나타난 여성 표상 연구」(이경재, 『한국현대문학연구』 36집, 2012년 4월, 459-490면)를 참고할 것.

소에서 출옥하자 곧 입대했었다. 그는 四六년도 五월 동양 방적의 파업 주모자로 체포되어 一년 동안 징역살이를 했고, 그것이 끝나자 이내 '전평'에 선을 대고 지하로 들어갔으며, 五.一0 매국 단선 분쇄 투쟁 때는 부암동 선거장에다 사제 수류탄을 던져 선거를 파탄시키는 동시 자기를 추격하는 경찰놈들과 싸워 그중 두 놈을 역시 사제 수류탄으로 거꾸러뜨렸다. 그후 권만섭은 리승만 경찰 테로를 반대하는 '케-대' 무장 조직에 참가하였다가 체포된 것이었다. (26)

문득 그는 그 하늘에서 기운 있게 펄럭거리는 한폭의 깃발을 보았다.
그는 三년 전 리승만 괴뢰 정부가 매국 단독 선거를 감행하고 난 며칠 후, 서울서 하던 일을 생각하고 있었다. 그는 '아현 국민학교' 교정에 있는 게양대에다 공화국 기를 달아 놓음으로써 압박 받는 인민대중의 사기를 북돋게 해야 했다. 품 안에다 기 폭을 소중히 접어 넣은 그는 동트기 전에 학교 울 밖에다 달았다. (중략) 만섭은 그곳을 떠나고 싶지 않았다. 미여지는 가슴을 붙안은채-저 기를 사수하자! 저 기를 위하여 끝까지 싸우자!고 생각했다. 그래 거기서 권만섭은 조국을 보았기 때문이었다……
三년 전에 보았던 그 깃발이 지금 별빛 총총한 하늘에서 펄럭거리는 것으로 생각했다. (75-76)

위의 인용은 김영석의 『폭풍의 력사』와 「격랑」에서 상세하게 그려낸 바 있는 해방 직후 남한 혁명 세력의 투쟁상을 압축 요약한 것이라고 해도 과언이 아니다. 또한 상당 부분은 김영석의 실제 삶과도 일치한다.[99]
「승리」(1951)에서 규선의 아버지는 미군정과 그에 협조하는 경찰에 맞서 투쟁을 벌였고, 형은 지금도 빨치산으로 활약 중이다. 규선은 전선에서 수시로 아버지의 얼굴을 떠올린다. 잠들기 전에는 운동장에 모인 사

99) 이경재, 앞의 논문, 299-326면.

람들을 학살하려던 경찰을 노려보고 있던 아버지의 표정을 생각하고, 총을 닦으면서도 돌아가신 아버지와 아직도 남쪽 산 속에서 싸우고 있을 형을 생각한다. 남쪽에서 싸웠고 싸우고 있는 형과 아버지의 존재는 규선에게 절대적이다. 전투를 하면서도 "용감해라 규선아! 죽어도 승리해야 한다!"(137)고 외치는 아버지의 목소리를 듣는 것이다. 규선은 적의 기관총을 부상당한 몸으로 껴안기 전에도 돌아가신 아버지 모습을 머리 속에 그려 보고, 또 남쪽 어느 산속에서 싸우고 있을 형 규찬을 생각한다. 「이 청년을 사랑하라」에서도 부소대장 허국의 친형은 6·25 이전까지 서울에서 중요한 사업을 했으며 지금도 틀림없이 그곳에 있는 것으로 설명된다.

이것은 북한군 나아가 북한이 결코 하나의 정치세력만으로 구성된 것이 아니라는 사실, 그 중에는 남한의 혁명 역량도 중요한 축을 형성하고 있다는 작가의 의식을 드러낸다. 또한 전시까지만 하더라도 북한에서 남로당으로 대표되는 남한혁명세력이 당당한 목소리를 내고 있었다는 하나의 증거라고 볼 수도 있을 것이다. 김영석의 전쟁소설에 팔로군(八路軍) 출신 병사와 소련이 등장하는 것도 같은 맥락에서 이해할 수 있다.

「이 청년을 사랑하라」에서 부소대장 허국은 일제시기에 중국 연안(延安)에서 활동했던 인물이다. 허국은 강제로 일본 군대에 징집되었다가 조선 청년 718명과 연안으로 탈출한다. 해방 이후 고향 청진으로 돌아온 허국은 청진 제강 복구공사에 참가했으며, 조선 인민군의 창건과 함께 입대한 것으로 설명된다. 「젊은 용사들」에서는 소련이 하나의 모범으로 자주 등장한다. 소대장인 권혁창이 "나는 쏘련 영웅 그리고리예브를 좋아하오"라고 말하자 이수복은 "저는 마뜨로쑈브의 전투기를 애독했습니다."(20)라고 대답한다. 수복은 "쏘련 영웅들은 매양 동지를 열렬히 사랑했다!"(62)라고 생각하며 혁창은 깔리닌의 말을 모범으로 삼는다. 권혁창은 중요한 결단의 순간에 "언제나 승리는 전쟁 마당에서 피를 흘리는 그 대중들의 정신 상태 여하로 조건 지어진다."(135)고 한 레닌의 말을 떠올리기도 한다. 이것은 이들 작품이 쓰인 시기까지 소련이 하나의 전범이자 세계 사회주의의 종주국이라는 뚜렷한 위상을 지니고 있었음을 보여준다.

그렇다고 해서 김일성 세력, 남로당 세력, 연안파, 소련 등이 대등한 비중을 가지는 것은 아니다. 물론 최종적인 행위의 준거점은 김일성에게서 비롯된다. 「젊은 용사들」에서 최고 사령관이 내린 00七0호 명령은 부대원들이 목숨을 걸고라도 사수해야 하는 지상명제이다. 심지어는 사수해야 할 고지조차 "'끝까지 사수하라'고 하신 최고 사령관의 명령을 받들고 불쑥 솟아있는 것이었다."(95)고 설명된다. 이것은 「젊은 용사들」에서 고지라는 표상의 핵심에 '최고 사령관의 명령'이 존재하고 있음을 보여주는 것이다. 작품의 마지막에서는 다음의 인용문과 같이, 국토 전체가 '수령의 교시와 기개'를 담고 있는 것으로 의미가 크게 확장된다.

一, 二——— 고지 상봉에도 아침 해가 비쳤다. 아침 노을을 받은 아름다운 고향 산천이 내려다 보였다. 그리고 고지 넘어로는 푸른 산줄기들이 바라다 보였다. 그 산줄기는 경애하는 수령의 교시와 기개를 싣고, 마치 그 교시와 기개의 표현과도 같이 숭고하게 엄숙하게 련련 북으로부터 이고지들에 흘러내리고 있는 것이었다. (149)

주지하다시피 근대에 이르러 국토는 "하나의 영혼이며 정신적 원리"100)이자 개인들의 운명공동체로서의 민족 또는 국가를 표상하는 핵심적인 요소가 된다. 김영석의 소설에서는 그러한 국토에 김일성이라는 최고 권력자의 표상이 포개지고 있는 것이다. 이러한 김일성에 대한 숭배는 김영석만의 특징이라고 볼 수 없는, 당대 북한 소설 전반에 드러난 보편적인 특징에 해당한다. 그러나 남한의 혁명세력을 지속적으로 형상화 한 것은 북한의 전쟁소설 중에서 김영석에게만 해당하는 독특한 특징이라고 할 수 있다.

5. 남북한 전쟁소설의 차이점

이 글은 김영석이 북한에서 창작한 작품들 중에서 「젊은 용사들」, 「화식병」, 「승리」, 「노호」, 「적구에서」, 「지휘관」, 「고지에로」, 「이 청년을 사랑하라」 등과 같이 전투현장을 생생하게 보여주는 작품들의 특징과 의미에 대하여 살펴보았다. 김영석의 전쟁소설은 무엇보다 특정한 고지의 탈환과 재탈환을 중심으로 서사가 진행된다. 이처럼 고지전이 주요한 배경으로 등장하는 것은 고지전이 전투의 대부분을 차지했던 한국전쟁의 특수한 성격을 반영하는 것이다. 김영석의 전쟁소설이 지닌 뚜렷한 성격을 파악하기 위해서 박영준의 전쟁소설과 비교를 시도해 보았다. 박영준을 선택한 이유는, 박영준이 남한 소설가 중에서 한국전쟁기에 전장을 배경으로 한 전쟁소설을 가장 많이 창작한 작가로서 나름의 대표성을 지닌다고 보기 때문이다. 김영석의 전쟁소설은 대결 구조와 성장 구조를 통해 작가의 주제의식을 선명하게 전달한다. 김영석의 전쟁소설에서 이

---

100) E.Renan, 『민족이란 무엇인가』, 신행선 역, 책세상, 2002, 80면.

상적으로 여겨지는 전사의 모습은 당의 이념에 바탕한 의지로 모든 고난을 극복하며, 결국에는 '적군의 기관총을 몸으로 껴안는 모습'에서 극적으로 나타나듯이 공동체를 위해 자신을 온전히 희생하는 것이다. 이에 반해 박영준의 전쟁소설은 이념보다는 사랑이나 가족애 혹은 동료애와 같은 인정을 무엇보다 강조한다. 김영석의 전쟁소설에서 여성은 전사를 만들어내는 중요한 원천이다. 동시에 「적구에서」와 같이 여성은 남성을 돕는 보조적인 위치에 머물기도 하지만, 「이 청년을 사랑하라」에서는 남성과 대등한 위치에 서 있는 것을 확인할 수 있었다. 이에 반해 박영준의 소설에서 여성은 보조적이거나 때로는 열등한 젠더적 위치에 머물고 만다. 여성 형상화에 있어서는 김영석의 전쟁소설이 상대적인 진보성을 지닌다고 말할 수 있다. 김영석의 전쟁소설에서 가장 이색적인 점은 남한의 혁명 역량을 계속해서 등장시킨다는 점이다. 이것은 북한군 나아가 북한이 결코 하나의 정치세력만으로 구성된 것이 아니라는 사실, 그 중에는 남한의 혁명 역량도 중요한 축을 형성하고 있다는 작가의 의식을 드러낸 것으로 보인다. 또한 전시까지만 하더라도 남로당으로 대표되는 남한혁명세력이 당당한 목소리를 내고 있었다는 하나의 증거라고 볼 수도 있을 것이다.

제 3 장

조정래 『태백산맥』의 서사구조 고찰

1. 미학적 구조물로서의 『태백산맥』

『태백산맥』[101]은 1983년 9월부터 1989년 9월까지 만 6년간에 걸쳐 1만 6500매의 길이로 씌어진 대작이다. 그동안의 논의는 크게 분단 문학이라는 측면에서 문학사적 의의를 살핀 경우[102]와 1980년대의 강렬했던

---

101) 이 작품은 1983년 『현대문학』 9월호부터 연재가 시작되었다. 그 후 1987년에는 『한국문학』으로 지면을 옮겨 그 해 1월부터 1989년 11월까지 연재가 계속되었다. 각 부의 연재가 끝남과 동시에 <한길사>에서 단행본으로 출판되었는데, 제2부 출간을 계기로 제1부의 몇몇 부분이 정정되거나 보충되었고, 제3부 출간을 계기로 제1부 세 권과 제2부 두 권의 각권마다 백 매 정도가 추가되었다. 1995년에는 출판사 <해냄>에서 제2판을 발간하게 되었다. 이 글은 1995년도에 <해냄>에서 간행된 『태백산맥』 1-10권을 기본 자료로 한다.
102) 김윤식, 「서사시적 세계를 겨냥―조정래의 『태백산맥』」, 한국일보, 1986.9.13.
임헌영, 「분단 문학의 새 지평」, 『문예중앙』, 1986. 겨울호.
조남현, 「6·25 문학에 열린 새 지평」, 『신동아』, 1987.6.
김병익, 「분단 문학의 새로운 시각」, 『문예중앙』, 1987, 가을호.
김윤식, 「벌교의 사상과 내가 보아온 『태백산맥』」, 『문학과 역사와 인간』, 한길사, 1991.

변혁적 사회 분위기를 바탕으로 작품이 가지는 역사·사회적 의의를 살핀 것,103) 그리고 작가의 주제의식을 밝힌 경우104) 등으로 나누어 볼 수 있다.

분단 문학의 한 갈래로서 『태백산맥』을 파악하여, 그 문학사적 의의를 밝히고 있는 김윤식은 "우리 문학이 여기까지 이르기 위해서는 해방 40년의 기간이 필요하였다."105)라는 평가를 내리고 있다. 그는 분단문제를 다루는 데 있어 1950년대 문학작품이 제 일 표층을 다루고, 1960년대 이래의 문학작품이 제 이 표층을 그렸다면, 『태백산맥』은 분단문제의 본질을 그리고 있다고 주장한다.106)

다음으로 시대적 맥락과 관련하여 작품이 지니는 사회사적 의의를 밝힌 글들이 있다. 이런 논의들은 『태백산맥』이 민중수난사적 역사인식이 가져오는 반민중적, 반역사적 태도를 극복했고, 해방 이후 남한사회에서의 혁명적 전통을 복원했으며, 최종적으로 그것을 통하여 통일민족국가

---

103) 서경석, 「태백산맥론─비극적 역사의 전환을 위하여」, 창작과비평사, 1990, 여름호.
　　　장세진, 「분단극복의지로서의 역사인식」, 『문학과 역사와 인간』, 한길사, 1991.
　　　손경목, 「민중적 진실과 『태백산맥』의 당대성」, 『문학과 역사와 인간』, 한길사, 1991.
　　　박명림, 「『태백산맥』, '80년대' 그리고 문학과 역사」, 『문학과 역사와 인간』, 한길사, 1991.
104) 이동하, 「대화의 원리와 리얼리즘의 정신」, 『세계의 문학』, 1988, 봄호.
　　　정현기, 「태백산맥론」, 『동서문학』, 1989.11.
　　　조남현, 「민중, 민족, 이념 그리고 소설」, 『문학과 사회』, 1990, 봄호.
　　　정호웅, 「한, 불성, 계몽성」, 『문학과 역사와 인간』, 한길사, 1991.
　　　이동하, 「비극적 정조에서 서정적 황홀까지」, 『문학과 역사와 인간』, 한길사, 1991.
　　　김철, 「인물형상화와 가부장적 인간관계의 문제」, 『문학과 역사와 인간』, 한길사, 1991.
　　　정호웅, 「주제의 중층성」, 『작가세계』, 1995, 가을호.
　　　임환모, 「한국인의 가치관과 윤리의식 연구─조정래의 『태백산맥』을 중심으로」, 『한국문학이론과 비평』, 2001년 12월.
　　　정종진, 「조정래의 『아리랑』, 『태백산맥』에 나타난 사서인 정신 연구」, 『비평문학』, 2005, 5월.
105) 김윤식, 「서사시적 세계를 겨냥─조정래의 『태백산맥』」, 한국일보, 1986.9.13.
106) 김윤식, 「태백산맥론」, 『한국문학의 근대성과 이데올로기 비판』, 서울대학교 출판부, 1987.

수립의 역사적 전망을 제시했다는 점 등을 평가하고 있다. 나아가『태백산맥』과 1980년대 사회운동과의 유기적 관련성을 고찰한다.

마지막으로 작품의 주제적 측면에 초점을 맞춘 연구들이 있다. 조남현은『태백산맥』의 제1, 2부가 민중을 중심개념으로 삼았다면, 제3부는 민족 또는 민족주의를 또 제4부는 분단 극복과 통일을 화두로 삼은 것이라고 파악한다. 권영민[107]은『태백산맥』의 인간상, 토착어, 분단 문학과의 관련성 등을 종합적으로 살핀 단행연구서를 간행하기도 하였다. 정호웅은 큰 작품이 으레 그러하듯『태백산맥』에는 여러 겹의 주제가 얽혀 있다고 보고 있다. 그 중에서도 민중주의 또는 평등의 사상과 반제자주정신에 근거한 민족주의가 핵심적인 자리를 차지한다고 말한다. 이우용도「역사의 소설화 혹은 소설의 역사화」[108]라는 글에서 민중사관과 민족주의를 이 작품의 중심개념으로 파악하고 있다.

그동안의 연구들은 대부분 작품의 내용적 측면을 고찰하는데 치중하고 있다.『태백산맥』이 아무리 뛰어난 사회학적 역사적 의미를 가진 서사물이라 할지라도, 그것은 어디까지나 미학적 구조물인 소설(예술작품)이다. 따라서『태백산맥』의 바탕이 된 역사적 사실들과 그것을 작품화 한 작가의 사관(史觀) 역시 중요하겠지만, 그러한 역사적 사실들과 그것을 바라보는 작가의 관점이 어떠한 과정을 거쳐 소설적으로 형상화되는가를 살피는 것 역시 무엇보다 절실한 과제라고 볼 수 있다.

이 글에서는 기호학적 관점에서『태백산맥』의 서사구조를 분석하고자한다. 그레마스는 서사를 전개하는 데 중요한 축이 되는 요소들을 핵심

---

107) 권영민,『태백산맥 다시 읽기』, 해냄출판사, 1996.
108) 이우용,「역사의 소설화 혹은 소설의 역사화」,『문학과 역사와 인간』, 한길사, 1991.

의미소로 추출하고 이들의 관계 속에서 서사의 의미가 생산되는 것으로 간주한다. 그의 기호학에서 의미의 생성은 대립적 관계에 있는 두 항의 변별적 자질을 통해 이루어진다. 그런데 의미소들은 단선적인 대립관계가 아니라 반대, 내함, 모순 등 보다 복합적인 대립관계 속에 놓여 있다. 이러한 복합적인 관계를 바탕으로 그레마스는 서사가 형성되는 의미관계를 기호 사각형의 도식으로 정리하면서, 이를 이야기의 의미를 생산하거나 형성하는 기본구조로 제시한다.109)

이러한 심층층위의 기호학 사각형이 인간의 모습을 한 이야기체 구조로 전환되는 층위가 표층층위이다. 기호학 사각형의 각 항에 일치하는 의소들은 주체와 객체 관계의 통사 구조로 변형되는데, 이 통사구조를 형성하는 요소가 행위자 모델(modèle actantiel)이다. 행위자 모델이란 하나의 연쇄체가 아니라 서사 도식에 참여하는 방식에 따라 정의되는 주인공들(사람, 사물, 추상적 사상 등)이 이루는 관계적인 조직을 도식화 한 것이다. 이것은 두 가지 기본 관계에 대한 여섯 가지 행위자를 나타낸다. 두 가지 기본 관계란 이야기성의 골격을 이루는 주체와 객체의 관계, 객체를 전달하는 발신자와 수신자의 관계, 그리고 주체를 중심으로 한 이야기의 전개에 있어서 주체의 실행을 도우는 보조자와 그것을 방해하는 대립자를 말한다.110)

---

109) 그레마스, 『의미에 관하여』, 김성도 역, 인간사랑, 1997.
110) 주체(subject)는 어떤 가치 있는 대상 또는 욕망의 대상을 찾아 나서는 주인공이다. 주체는 송신자(sender)로부터 부여되는 대상을 조력자(helper)와 적대자(opponent)의 관여하에 획득하려고 한다. 여기서 송신자는 대상(object)을 포괄하면서 그 연원이 되는 것을 뜻하며, 수신자(receiver)는 흔히 주체와 동일하거나 발송자의 하위 개념으로 발현된다. 조력자와 적대자는 주체가 대상을 획득하는 과정에서 도움을 주거나 시련을 주는 역할을 한다. 행위자 모델을 도식화하면 다음과 같다.

이러한 그레마스의 기호학 이론은 『태백산맥』의 서사구조를 밝히는 데 유용하다. "『태백산맥』은 정치소설, 역사소설, 전쟁소설, 영웅소설, 빨치산 소설 등으로 불리는 온갖 산들이 모여 이루어진 이데올로기 소설"[111]이란 평가가 있듯이, 이데올로기 소설로서의 뚜렷한 골격을 지니고 있기 때문이다. 이데올로기란 본래 이원론과 독백을 근본 특징으로 하는데[112], 『태백산맥』은 상호 대립하는 의미소 간의 뚜렷한 이원성을 보여주고 있으며, 이는 인물들의 설정에 있어서도 선악의 극단적인 대비[113]로 나타나고 있다. 기본적으로 그레마스의 기호학적 이론은 이원론을 핵심적인 자질로 하는 이데올로기 소설의 서사적 특징을 규명하는데 매우 유용한 방법론이라고 할 수 있다.

(A.J.Greimas, *Structural Semantics:An Attempt at a method.* Trans. Daniele McDowell, Ronald Schleifer and Alan Velie, Lincoln:University of Nebraska Press, 1983, pp.197-213)

111) 조남현, 「민중, 민족, 이념 그리고 소설」, 『문학과 사회』, 1990, 봄, 320면.
112) 이데올로기와 이론을 연결시켜 논의하고 있는 페터 지마는 이데올로기를 일종의 술화전략으로 간주한다. 이데올로기는 특정 사회어의 어휘목록, 의미론적 대립과 약호화된 분류법, 행역자 모델과 서술적 줄거리를 기반으로 하는 일종의 2차적 모델링 체계로 규정된다. 이러한 이데올로기적 술화는 이원론과 독백을 근본적인 특징으로 한다. 이외에도 특정 어휘의 과밀화, 진술행위와 진술대상에 있어서의 신화적 성격 등을 특징으로 한다. (P. Zima, 『이데올로기와 이론』, 문학과 지성사, 1996, 410-481면 참조)
113) 이 소설은 전반적인 불균형 혹은 작가의 편향이 강하게 작용하고 있다고 파악하는 김병익(「새로운 지식인 문학을 기다리며」, 문학과사회, 1990, 여름, 521면)은 다음과 같이 말하고 있다. "그 불균형은 지식인들로부터, 빨치산에 가담한 사람이거나 그의 가족이거나간의 농민에 이르기까지 좌파들은 매우 그리고 한결같이 건강하고 정당한 긍정적 인물로 설정된 반면, 우파의 경우 지식인은 거의 없고 그 체제에 속한 사람들은 대부분 퇴폐적이고 동물적이며 타락한 부정적 인물로 그려지고 있다는 점이다." 이와 같은 논지는 권성우의 글(「욕망, 허무주의, 그리고 『태백산맥』」, 『현대소설』, 1990.8.)에서도 확인할 수 있다.

2장에서는『태백산맥』을 낳은 조정래 문학의 여러 중·단편들을 살펴볼 것이다. 이들 작품들은 기본적인 갈등이나 인물 성격의 형상화 등에 있어『태백산맥』에 커다란 영향을 준 것으로 판단된다. 또한 이들 작품과의 차이점을 통해『태백산맥』에 드러난 작가의식의 특이성을 보다 선명하게 밝혀 보고자 한다. 3장에서는 그레마스의 기호학적 사각형과 행위자 모델에 바탕해『태백산맥』의 서사구조를 고찰하고, 4장에서는『태백산맥』의 서사구조가 궁극적으로 지향하는 의미를 살펴볼 것이다.

2. 『태백산맥』의 전형(前型)들

『태백산맥』은 여순반란사건을 전사(前史)로 두고 있으며, 1948년 10월에서 휴전 직후까지의 5년이라는 숨 가쁜 역사 현실을 주요한 배경으로 삼고 있다. 이 소설은 전체가 4부로 나뉘어져 있다. 각각의 부분이 다루고 있는 시간적 배경을 정리하면 다음과 같다. 1부는 31장으로 여순사건이 실패로 돌아간 1948년 10월 25일 새벽부터 같은 해 12월 하순까지를, 2부는 24장으로 1949년 1월의 소작농 봉기에서 같은 해 10월까지를, 3부는 27장으로 1949년 10월부터 1950년 12월까지를, 4부는 38장으로 1950년 12월부터 1953년 7월 휴전협정까지를 시간적 배경으로 하고 있다.

공간적 배경은 6·25를 기준으로 하여 전반부와 후반부로 나뉘며, 6·25발발 이전의 모든 서사는 대부분 벌교를 중심으로 이루어진다. 빨치산들의 활동도 벌교의 영향권에 속하는 율어나 조계산 숯막에서 펼쳐진다. 그러나 전쟁이 가까워지는 시점부터 작품의 핵심 인물이라 할 수 있는 김범우의 활동 영역이 서울로까지 확대된다. 전쟁이 시작된 후에는 공간적 배경이 북한 지역, 삼팔선 부근, 거제도 포로수용소를 포함한 전 국토는 물론이고 만주 지역으로까지 범위가 대폭 확대된다. 빨치산들의 활동도 지리산 전체로 광역화되는 양상을 보여준다.

이러한 공간적 배경의 확대와 변화는 작가의 주제의식의 변화와도 밀접히 관련되는데, 그것은 작가의 관심이 계급적인 갈등에서 민족적인 갈등으로 심화 발전되는 것을 의미한다.[114] 벌교를 작품의 주 무대로 할 경우에는 직접적인 삶의 문제로서 소작인과 지주의 갈등이, 전쟁시기에는 민족과 외세의 갈등이 핵심적인 문제로서 등장하는 것이다.

한 작가의 대작(大作)은 보통 그 작품을 낳은 전형(前型)을 지니게 마련이다. 『태백산맥』 이전에 조정래가 창작한 작품들[115] 중에서 『태백산맥』의 전형에 해당하는 작품으로는 「청산댁」(『현대문학』, 1972), 「유형의 땅」(『현대문학』, 1981), 『불놀이』(1983) 등을 들 수 있다. 이들 작품은 모두 전라도의 작은 농촌 마을을 배경으로 하여 해방 이후와 6 · 25로 이어지는

---

114) 이우용(「역사의 소설화 혹은 소설의 역사화」)은 제1부는 민중의 존재와 그 내면을 부각시키는데, 제2부는 민중사관에의 신념을 더욱 확고히 하는데 작가정신의 초점이 맞추어져 있다고 보고 있다. 제3부는 민족 혹은 민족주의를 그 중심개념으로 6 · 25의 보다 구체적인 원인과 성격이 신분이나 성향이 서로 다른 사람들의 시각에 의해 다각적으로 조명되고 있으며, 제4부는 현실에서의 피할 수 없는 패배와 죽음을 능동적으로 받아들임으로써 그들의 이념이 미래의 역사에서 되살아나기를 꿈꾸고 있는 것으로 정리하고 있다. 조남현(앞의 논문)도 제1, 2부가 민중을 중심개념으로 삼았다면, 제3부는 민족 또는 민족주의를 또 제4부는 분단 극복과 통일을 화두고 삼은 것이라고 파악하고 있다. 이러한 논의는 모두 『태백산맥』이 민중주의와 민족주의를 바탕으로 서사가 짜여져 있음을 보여주는 것이다.

115) 조정래가 그동안 창작한 모든 작품을 대상으로 한 연구서인 『소설과 진실』(해냄, 2000)에서 황광수는 『태백산맥』 이전의 작품들을 모두 네 가지로 분류하고 있다. 천민자본주의의 풍경을 그린 작품들, 화이트칼라의 고통과 이중성을 다룬 작품들, 독재 권력의 음험함을 그린 소설들, 우리 역사의 큰 물줄기를 형상화한 소설들이 그것이다. 이 중 『태백산맥』의 전형에 해당하는 작품들은 마지막 유형에 속한다.

숨 가쁜 역사적 시간을 다루고 있다.

「유형의 땅」은 6·25 당시 인민위원회 부위원장으로 수많은 사람을 죽이고, 고향을 떠나 온갖 고초를 겪다 고향 가까이에서 자살한 천만석을 주인공으로 삼은 소설이다. 이 소설에서 천만석이 전쟁 중 그토록 많은 사람을 죽인 이유로는 "대대로 종놈으로 살아왔고, 태어나서 지금까지 스물다섯 해 동안 겪어 온 모든 서러움과 고통과 억울함"이 제시되고 있다. 천만석은 어린 시절 최씨 문중 아이들에게 온갖 인간적 모멸을 당했고, 그것에 대항한 결과는 아버지를 향한 최씨 문중 사람들의 무자비한 폭행과 생존권의 박탈이다. 전쟁이 끝나고 3년 만에 찾은 고향에서 만난 황서방은 다음과 같은 말로 천민석을 지지한다.

> "자네나 나나 다 피 잘못 받고 태어난 죄밖에 읎는 목심들이여. 자네
> 속 내 다 알어. 실로 따지고 보면 나 같은 남자가 보잘것읎는 쫌팽이여.
> 한목심 편차고 이래도 웃고 저래도 웃고 사는 나 같은 거슨 속창아리도
> 읎는 빙신잉께. 나 같은 것에 비길라치면 자네는 을매나 남자다운가."

이 작품에서 황서방이 난리를 겪은 일반 민중들의 심정을 대변하는 유일한 존재라는 점을 생각할 때, 천만석을 바라보는 작가의 시각이 우호적인 것임을 확인할 수 있다.

『불놀이』(1983)는 네 편의 중편소설, 즉 「인간 연습」(『한국문학』, 1982), 「인간의 문」(『현대문학』, 1982), 「인간의 계단」(『소설문학』, 1982), 「인간의 탑」(『현대문학』, 1982)으로 이루어져 있다. 이 소설의 배점수도 「유형의 땅」의 천만석과 마찬가지로 6·25 당시 인민위원회 부위원장으로 38명이나 되는 신씨 문중의 사람을 살해하고, 고향을 등진 채 살아온 인물이다. 천

만석과 달리 배점수는 황복만으로 변신해 사업가로 크게 성공한다. 그러나 배점수의 존재를 알게 된 신씨 문중의 후손 신찬규는 배점수의 심신을 모두 파괴한다. 이것은 작가가 6·25와 분단의 상처가 아직도 현재진행형임을 강하게 문제제기한 결과라고 할 수 있다. 이 작품의 기본구성은 「유형의 땅」과 거의 흡사하다. 배점수도 어린 시절부터 신씨 문중의 아이들로부터 온갖 모멸을 받으며 한을 키워왔고, 그러한 한을 6·25를 기회로 풀어보려 한 것으로 그려지는 것이다.

「유형의 땅」의 천만석이나 『불놀이』의 배점수가 보여주는 행동은 오랜 신분적 질곡(桎梏)에서 벗어나 평등한 세상에서 살고자 하는 열망의 결과이기도 하지만, 그것은 외형상의 명분에 불과할 뿐 핵심은 누적된 복수심의 표출에 있다. 이런 불행한 과거사를 조망하면서 작가는 6·25를 전후해서 자행된 처절한 살육의 근본원인은 과거 불합리한 신분제도와 수탈구조에서 비롯된 민족 내부의 오랜 갈등에 있음을 설파하고 있는 것이다. 이러한 시각은 『태백산맥』에 그대로 이어진다.

이들 작품에는 『태백산맥』에 등장하는 주요 인물의 원형이 모두 등장한다. 『불놀이』에 등장하는 방현우는 배점수를 의식화시킨 인물로서, 『태백산맥』의 주요인물인 염상진의 원형이라고 할 수 있다. 『태백산맥』에서 염상진과 하대치의 관계가 화공과 화선지의 관계로 비유되는 것처럼, 국민학교 선생인 방현우도 배점수에게 "한 맺힌 상처로 찢긴 그들의 가슴에 뿌려진 복수의 씨에 싹을 트게 했고, 그 싹이 무럭무럭 자라나게"(27) 한 존재로 그려지는 것이다. 방현우의 조상은 대대로 종이었으며 특히 그의 아버지는 주인 아들의 살인죄를 뒤집어쓰고 죽은 것으로 그려지고 있는데, 이것은 염상진의 조상이 대대로 낙안벌의 토호(土豪)인 최씨네의 가복이었던 것과 일치한다. 씨받이의 산물로 태어나 방현우의 애인인 천선생의 모습은『태백산맥』에 등장하는 냉철하고 의지력이 강한 좌익 이지숙의 원형이라고 할 수 있다.『불놀이』에서 배점수를 응징하는 신찬규의 아버지인 신병모는『태백산맥』의 중심인물인 김범우의 원형이다. 동경 유학생 출신의 인텔리인 신병모는 학병으로 끌려갔다 오고, 해방 이후에는 좌우익의 갈등이 심한 학교에서 중도적인 노선을 걷는 것으로 소개된다. 공산주의 학생들에게 린치를 당하기도 하고, 반대로 사법적 처리를 앞둔 공산주의 학생들을 빼주기도 하는 세부적인 모습까지도 김범우의 모습과 일치하고 있다.

천만석이나 배점수는 모두 보통 사람 이상의 완력을 가진 존재로 형상화된다. 육체적인 면에 있어서 그들은 압도적인 힘을 발휘하는데, 이러한 모습은『태백산맥』의 주요인물인 하대치의 모습에 그대로 이어진다. 또한 천만석이나 배점수의 조상도 모두 봉건적인 지배질서에 맹종한 것이 아니라 적극적으로 저항한 사람들이다.『불놀이』에서는 배점수의 증조할아버지와 할아버지가 동학운동에 적극 개입한 것으로 그려지고 있다. 이러한 모습은 하대치의 할아버지가 동학의 선봉에 섰다가 매타작을 당해 서른 네 살의 나이에 죽은 것과 비슷하다. 그러나 무엇보다 중요한 것은 그들이 누대에 걸쳐 자신의 노동으로부터 소외된 결과 한을 쌓아왔다는 사실이다. 배점수의 아버지가 배점수에게 건네는 다음과 같은 말은『태백산맥』의 하대치로 대표되는 일반 민중의 한이 얼마나 깊고도 뼈저린 것인가를 잘 보여준다.

"니 한이 크다 헌들 이 애비 것만 허겄냐. 애비 맘 아리고 쓰린 것 참아 감서 대장간에 보낸 거슨 니놈 가슴에 한 맺히지 않게 헐란 것이었어.

그란디, 니가 워쩐 일이여. 니놈보담 몇십 곱절 큰 한을 안고도 나는 참고 살고, 나보담도 몇백 곱접 큰 한을 안고도 느그 할아부지는 참고 사셨는디, 니놈이 이게 워쩐 일이여."(241)

또한 점수가 고향 회정리로부터 몸을 빼내 주막집 과부와의 육체적 관계를 매개로 생존의 도움을 얻는 자유 모티프(free motif)는 『태백산맥』에서 하대치가 장터댁을 이용해 투쟁의 도움을 얻는 모습으로 이어진다.

『태백산맥』에 등장하는 수많은 소작농의 아내들도 이미 이전 작품들에서 그 존재의 실마리가 암시되었다. 「청산댁」의 주인공 청산댁은 빈농 출신의 한 여성으로서, 그녀의 일생 속에는 척박했던 우리의 현대사가 응축되어 있다. 일제 식민지, 징용, 해방, 한국전쟁, 분단, 월남전쟁 등이 모두 그녀의 삶에 깊은 상처를 남긴 것이다. 허주사댁 머슴살이를 하던 남편은 허주사네 동생 대신 징용에 갔다가 죽을 고생을 한 후 돌아오지만, 6·25로 인해 곧 전쟁터로 끌려가 재가 되어 돌아온다. 그녀는 굳은 결심으로 불구인 봉구와 만득이를 기르지만, 그녀의 유일한 희망인 만득이마저 월남에서 잃어 버리는 절망에 빠진다. 그런 상황 속에서도 그녀는 며느리에게 "자석 땀새 이빨 앙물고 살어사 쓴다."(325)라고 말하며 삶의 희망을 다진다. 청산댁은 『태백산맥』에 등장하는 호산댁이나 죽산댁을 비롯한 소작농 아내의 원형이라 할 수 있다. 그들은 남편이 부재하는 혹은 무력한 상황 속에서 끈질긴 생명력 하나로 자식들을 길러내는 인물들이다. 염상진과 염상구의 어머니인 호산댁은 염상진이 없는 상태에서 큰집 손자들을 먹여 살리기 위해 둘째 며느리를 비롯한 다른 사람들로부터 온갖 눈치를 받는다. 염상진의 아내인 죽산댁 역시 생활력이 강하고 자식들에 대한 애정이 지극해, 때로는 진돗개처럼 사나운 모습을 보이기도 한다.

대지의 생명력과도 같은 여성들은 시대와 사회로부터의 폭력과 남성들로부터의 폭력이라는 이중의 폭력에 시달린다. 청산댁은 남편이 징용간 사이에 허주사로부터 겁탈을 당하고, 남편이 전사한 후에는 이장집 머슴 성칠이로부터 겁탈을 당한다. 여인들이 남성들로부터 겪는 겁탈 모티프는 『태백산맥』에서도 나타나는데, 강동기의 아내인 남양댁과 마삼수의 아내인 목골댁이 마름 허출세로부터 당하는 겁탈이 바로 그것이다. 배점수는 전쟁 기간 중, 좌우 갈등에서 비롯된 자신의 힘을 이용해 남편을 잃은 신병모의 아내를 수차례에 걸쳐서 겁탈하는데, 이러한 폭력은 『태백산맥』에서 좌우익의 관계만 역전되어 염상구와 강동식의 아내 외서댁의 관계로 나타나기도 한다.

그러나 이들 작품이 『태백산맥』과 유사성만을 가진 것은 아니다. 『태백산맥』이 여순 반란 사건에서 6·25의 종결까지에 이르는 5년여의 시간만을 다루고 있는데 반해, 이들 작품은 수십 년의 시간이 지난 현재의 모습을 함께 다루기 때문이다. 또한 중요한 차이는 인물의 성격화에서 발견된다. 『태백산맥』의 좌익이 거의 모두 선한 존재로 그려진 것과 달리, 이들 작품에서 좌익은 모두 타락한 존재로 그려지는 것이다. 무엇보다 뚜렷한 차이점은 미국의 존재를 들 수 있다. 이전 작품에서는 해방 후의 혼란이나 6·25와 관련하여 미국의 역할이 전혀 형상화되지 않았지만, 『태백산맥』에서는 미국이 민족적 수난의 가장 큰 원인으로 형상화되는 것이다.

3. 『태백산맥』의 서사구조

3.1 기호학적 사각형[116]을 통해 본 『태백산맥』의 심층구조

『태백산맥』의 핵심적인 의미소로는 한(恨)과 소유, 그리고 민족해방통
일과 외세를 들 수 있다. 이 네 개의 의미소가 이루는 관계를 살펴보면
다음과 같다.

서로 반대관계를 이루는 의미소로는 한과 소유, 그리고 민족해방과 외
세를 들 수 있다. 『태백산맥』의 소작인들은 모두 한을 지닌 인물들인데,

---

116) A. J. Greimas and J. Courtés, 『기호학 용어사전』, 천기석・김두한 역, 민성사, 1988,
345면.

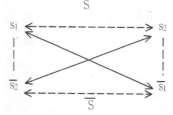

대문자 S는 기표의 총체성의 세계를, 그리고 S̄ 는 그것의 부재를 의미한다. 사각형
자체는 결여적 대립들(s1과 s̄1 그리고 s2와 s̄2)과 범주적 대립들(s1과 s2)이라는
두 개의 대립 유형들 사이의 교차로부터 나온 산물이다. 이 교차는 의미론적 범주의
전반적 안정성을 확보하기 위해 내함 또는 상보성이라는 세 번째 관계유형에 의해
서 완결된다. ↔으로 표기된 화살표는 모순관계를 지칭하며, ←→은 상반성 또는
반대의 관계를 표시한다. 그리고 위와 아래를 연결하는 ---은 상보성 또는 내함의
관계를 나타낸다.
이 모델의 형식적 특성은 첫째 서열적 관계를 이루고 있다는 점이다. s1, s2와 대문
자 S 사이에는 하위 지배적 관계가 설정된다. 둘째, 상반 관계, 모순 관계, 내함 관계
등의 범주적 관계를 이루고 있다. 셋째 모두 6개의 차원으로 이루어져 있다. 두 개
의 축 S와 S̄에서, 대문자 S는 s1과 s2를 포섭하는 복합축이며, S̄는 s̄1과 s̄2의 모
순항들의 축이며, s1과 s2에 대해서는 중립축이다. 또 두 개의 도식 s1+s̄1, s2+s̄2,
두 개의 지시 세계(하나는 내함 관계 s1, s̄2, 다른 하나는 s2와 s̄1)가 설정된다. (A.
J. Greimas, 위의 책, 179-188면)

한은 최소한의 인간적 생존도 어려울 정도의 대가 없는 노동이 수대에 걸쳐 누적된 결과 발생한 것이다. 이러한 한은 몇 대 위의 조상으로부터 시작하여 현재까지 이어진 것으로 그려진다. 염상진은 그의 할아버지 때부터 낙안벌 토호지주 최씨네 가복이었으며 그의 아버지 염무칠 역시 지주 최씨네 꼴머슴이었으나 국법으로 노비제도가 폐지되면서 힘든 숯장사를 하였다. 이 작품의 대표적인 민중인 하대치의 조상은 대대로 나주벌의 대지주 송진사댁의 대물린 가복이며, 그의 아버지 하판석은 동학군에 가담하였다가 송진사에게 멍석말림 사형(私刑)을 받아 죽는다.

이에 반해 소유는 지주들의 몫인데, 김사용과 안창민의 어머니 신씨를 제외한 지주들은 최소한의 양심도 갖지 못한 사람들이다. 토지개혁으로부터 재산을 지키기 위해 맨 논에 바닷물을 들이다가 소작인의 낫에 찔려 죽은 정현동이 대표적인 인물이다. 하대치, 김종연, 유동수, 강동식, 강동기, 마삼수, 노덕보, 서인출, 김복동 등의 소작인들은 죽을 고생을 하지만, 그 모든 소유는 서운상, 윤삼걸, 정현동과 같은 악질 지주에게 돌아간다. 소작인 강동기가 지주 서운상을 삽으로 찍은 것에 대해, "큰길에 나서서 외치지 않았을 뿐이지 모두들 시원해하고 고소해했다."117)(4, 296)는 소작인들의 생각은, 『태백산맥』에서 한과 소유라는 의미소가 서로 반대 관계를 형성하고 있음을 보여준다.

민족해방(통일)과 외세의 의미소 역시 반대관계를 형성한다. 통일을 지향하는 세력으로는 김범우, 서민영, 손승호, 이학송 등을 중심으로 한 중도적 민족주의자들과 염상진, 김범준, 안창민, 정하섭, 이지숙, 이해룡,

---

117) 이 글은 해냄출판사에서 나온 태백산맥전집을 자료로 삼았다. 페이지 수 인용은 본문 중에 권수와 면수만 나타내기로 한다.

박두병 등을 중심으로 한 좌익 집단 그리고 일반 민중들을 들 수 있다. 이에 반해 분단을 지향하는 세력으로는 친일 지주들과 친일 군경 그리고 미국과 소련을 들 수 있다. 『태백산맥』에서 미국은 부정적인 존재로만 등장한다. 김범우나 이학송과 같은 중도파 민족주의자들은 물론이고, 일반 민중들에게도 미국은 분단의 원흉으로 그려지고 있다. 장흥댁과 조성댁 남양댁의 대화에서 미국은 "일본놈덜 찜쪄묵게 악독헌 것덜"(3, 149)로, 강동기와 소작인들과의 대화에서 "양코배기덜얼"은 모든 사회문제의 "뿌랑구"(4권, 58면)로 지적되고 있다. 친일 경력의 경찰서장 남인태는 "미국이 이 땅에 손을 안 대씀사 쏘런도 안 댔을 것이고, 그리 되었으면······ 필시 여운형이 뜻대로 나라가 섰겄제."(4, 127)라는 생각을 하며, 모녀를 동시에 건드린 파렴치한 친일 군인 백남식조차도 "결국은 일본이 미국으로 바뀐 것 뿐이었어"(5, 127)라고 중얼거린다.

6·25발발 이후의 미국에 대한 인식은 좀 더 구체화되고 심화되지만, 미국이 지닌 부정적인 성격은 변화가 없다. 민족주의적 중도파인 김범우는 "미국의 참전이란 어디에 근거하는가? 미국은 우리의 뜻을 가차없이 무시하고 참전을 감행할 것"(6, 287)이라고 생각한다. 손승호는 김범우의 입을 빌려 전쟁을 "사회주의 혁명을 통한 민족통일 추구세력과 친일민족 반역자에서 신식민주의로 바뀐 매국적 세력과의 싸움"(6, 291)이라 규정하고, 백범 노선을 지지했던 민족주의자 김범우 역시 "미국은 결국 막강한 화력을 동원해 한 민족이 스스로의 삶을 위해 가려고 하는 길을 자기네들의 이익을 위해 가로막고, 동강내고, 좌절시키고 있었다."(7, 172)는 인식을 바탕으로, 6·25는 "순수한 민족세력과 외세에 업힌 반민족세력과의 싸움"(10, 170)으로 규정하고 있다.

미군들의 실제 언행은 더욱 폭력적이고 부정적으로 형상화 되고 있는데,[118] 그들은 닥치는 대로 폭격을 하고, 폭력을 가하고, 여자들을 겁탈한다. 그리고 영국인의 입을 빌려 미군들이 인종주의적 의식에 찌들어 있는 것으로 이야기된다.

"아시아인은 미국인과 동등하지 않다. 아시아인은 인간이 아니며, 인간 이하의 존재다. 이런 정의를 내려놓고, 그러므로 아시아인은 물건과 같이 취급할 수 있다." (8, 57)

이런 미군들의 모습은 "양코배기들이 그 개지랄치는 것이 바로 난리제."(8, 155)라는 법일 부인의 말을 이끌어 내고, 양심적 우익인 심재모로 하여금 "위를 쳐다보며 미군이 하는 짓들을 생각하다보면 미군이 적처럼 생각돼 그쪽으로 총부를 들이대고 싶어지는 때가 한두 번이 아니니까요."(9, 227)라는 말을 하도록 한다. 이를 통해 볼 때, 민족해방(통일)과 외세는 반대관계를 형성한다고 볼 수 있다.

다음으로 내함관계를 이루는 의미소로는 외세와 소유, 그리고 민족해방(통일)과 한이 있다. 이 작품에서 토지의 소유는 해방으로 인하여 결정적인 변화의 기로에 놓이는데, 그것을 가로막는 것이 바로 미국이라는

118) 조정래의 단편 「누명」(『현대문학』, 1970년)과 「타이거 메이저」(1973) 등은 미군부대에 배소되어 있는 한국 군인들을 다루고 있는 작품들이다. 이들 작품은 미군들이 한국군에게 보이는 오만한 행동과 그것을 당연하게 받아들이는 한국군들의 비굴한 모습을 보여준다. 이러한 모습을 통해 작가는 미군에게 씌어진 은인으로서의 모습을 지워내고 있다. 「거부반응」에서는 6·25 당시 미군의 모습이 주인공 중태의 어린 시절 회상을 통해 실감나게 그려지고 있는데, 어머니와 고모를 겁탈하려 했던 그들은 시커먼 얼굴에 뒤집어 까진 두껍고 징그러운 입술을 한 난폭한 야수의 모습으로 그려지고 있다. 이러한 미군의 거만하고 야수와 같은 모습은 『태백산맥』에서 6·25 당시의 미군을 규정하는 핵심적인 모습과 일치한다.

외세다. 중도파 민족주의자인 서민영과 김범우에 의해서도 여러 차례 언급되듯이, 친일 지주와 친일 군경을 다시 온존시킨 세력이 바로 미국이다. 또한 6·25로 인하여 소유관계가 결정적으로 변하게 되었을 때, 그 것을 막아주는 존재 역시 미국이다. 소유와 외세의 이러한 관계는 다음과 같은 친일 지주들의 대화를 통해 선명하게 드러난다.

> "미국이 우리 은인이고 대국인 것이야 틀림이 읎는 일인디, 그 대목은 워찌 그리 잘못 생각허는지 몰르겄소."
> "긍께로 우리가 모다 반대허고 나서서 잘못인 것얼 갤차줘야 허요."
> "어허, 이래저래 여러 말 헐 것이 하나도 읎소. 정전하고도 우리가 안심허고 편케 살 방도가 딱 하나 있소!"
> "고것이 먼디, 싸게 말허씨요."
> "간딴허요. 요새 큰 도시서부텀 말이 시작되고 있다는디, 정전험스로 남쪽이 미국에 한 도로 들어가뿌는 것이요." (9, 174)

친일지주들이 스스로 안심하고 살 유일한 방도로 미국의 식민지가 되는 것을 내세우는 것에서 알 수 있듯이, 외세와 소유의 관계는 전자가 후자를 내함하는 것이라고 할 수 있다.

민족해방(통일)과 한도 내함관계를 이룬다. 한의 해소는 결코 소작인들의 감정적인 대응만으로 완성되지 않는다. 강동기가 서운상을 삽으로 찍는 일이라든가 정현동의 소작인들이 정현동을 낫으로 찔러 죽이는 일은 모두 우발적인 범죄로 끝날 뿐이지, 그것이 근본적인 소유관계의 변화를 가져오지 못 한다. 그리고 농민들은 '생체언어'(5, 27)를 통해 자신들의 한이라는 것이 결국에는 사회 전반의 문제와 연결되어 있으며, 그러한 모순의 끝에는 외세가 놓여 있음을 깨닫는다. 『태백산맥』에서 한의 무방향성은 민족해방(통일)이 개입하여 일정한 방향을 마련해 주는 것으로 제시되어 있다. 곧 한은 민족해방의 전제 아래에서만 그 의미를 가질 수 있는 것으로, 한은 민족해방에 내함되는 것으로 판단할 수 있다.

다음으로 모순관계인 의미소들에는 민족해방(통일)과 소유, 그리고 한과 외세를 꼽을 수 있다. 『태백산맥』에서 민족해방은 외세라는 매개항을 통해서 소유와 대립하는데, 진정한 민족해방이 이루어지기 위해서는 궁극적으로 소유와 대립할 수밖에 없다. 이는 해방과 지주의 관계가 해방과 외세처럼 직접적인 반대관계가 아니라 외세라는 매개항을 통해 궁극적으로 대립하는 관계, 즉 모순관계임을 가리킨다.

『태백산맥』에서 민족해방(통일)을 가장 강조하는 사람들은 서민영, 김범우, 손승호 등의 중도파 민족주의자들이다. 통일지상주의적인 생각을 가진 김범우는 친일 지주 등에 대한 분명한 배제의 입장을 보여준다.[119] 그것은 "민족이라고 하니까 핏줄만을 중시해서 어중이떠중이 다 싸잡아서 말하는 민족인 줄 압니까? 현시점에서 친일반역세력을 어떻게 용납할 수 있겠어요. 그런 부류들을 완전히 제거한 상태에서 절대다수의 민중을 중심으로 재구성한 집단을 말하는 겁니다."(1, 83)라는 이어진 말에서 확인할 수 있다.

한과 외세의 관계 역시 모순관계로 설명할 수 있는데, 소작인들이 자신들의 한을 풀기 위해 반드시 넘어서야 하는 과제가 외세의 극복이기 때문이다. 이것은 한과 외세의 관계가 한과 지주의 관계처럼 직접적인

---

119) 김범우의 통일지상주의적인 생각은 "미국이다, 소련이다, 민주주의다, 공산주의다, 자본주의다, 사회주의다, 우리에게 지금 필요한 건 정치적 택일이 아닙니다. (중략) 지금 우리에게 필요한 건 민족의 발견입니다. 그 단합이 모든 것에 우선해야 해요."(1, 82)와 같은 말에 잘 나타난다.

반대관계가 아니라 지주라는 매개항을 통해 대립할 수밖에 없는 관계, 즉 모순관계임을 나타낸다고 할 수 있다. 『태백산맥』에는 세 차례 정도 농민들의 투쟁을 오래 전부터 이어져 내려온 농민정신의 일환으로 인식하는 언급이 나온다. 농민들이 토지로부터 소외된 자신들의 한을 풀려던 투쟁은 동학운동으로까지 이어지는데, 결국 그것을 가로막은 것은 외세이다. 동학농민운동에서 그들을 가로막은 것이 일본이었다면, 여순사건과 6·25전쟁에 있어서는 미국이라는 외세인 것이다.

마지막으로 『태백산맥』의 심층적 서사구조를 명확하게 밝히기 위해서는 '민족해방(통일)과 외세', '한과 소유', '민족해방(통일)과 한', '외세와 소유' 간의 네 면이 작품 속에서 어떠한 형태로 드러나는지 밝혀야만 한다.

이 중에서 '민족해방(통일)과 외세', '한과 소유'의 반대관계는 『태백산맥』이 여순사건과 6·25라는 격렬한 사회적 대립을 주요한 배경으로 하는 만큼 적극적인 양상으로 드러난다. 따라서 두 가지 반대관계에는 모두 투쟁이라는 이름을 붙여줄 수 있다.

민족해방과 한의 내함관계에는 선(善)이라는 명칭을, 반대로 외세와 소유의 내함관계에는 악(惡)이라는 명칭을 붙여줄 수 있다. 한을 안고 빨치산 투쟁을 벌이는 기층민중들은 물론이고, 이들과 뜻을 같이 하는 이학송, 김범우, 서민영, 법일 스님, 전명환, 안창민의 어머니 신씨 등의 인물들도 모두 인간 심성의 한량없는 선함을 보여주는 인물들이다.[120] 4부의 빨치산 투쟁을 전면적으로 다루고 있는 부분에서는 작위적인 느낌이 들

---

120) 정호웅(「한, 불성, 계몽성」, 『문학과 역사와 인간』, 한길사, 1991, 200-206면)은 "민중에 내재한 언젠가는 터져 나올 역사전환의 힘과 그 힘에 의한 역사의 승리를 믿는 작가의 역사관은 그 같은 믿음을 안고 살아가는 이들의 모습 속에서 불성을 본다."고 말하고 있다. 그들이 보이는 불성의 구체적인 덕목으로는 이타와 자비, 자기희생과 실천 등을 들 수 있다.

정도로 빨치산들인 강경애, 강대진, 김혜자, 솥뚜껑, 이태식, 이해룡, 조원제, 조판돌, 천점바구 등의 순결성과 진정성이 강조되고 있다. 반대로 외세와 소유를 포괄하는 것으로는 악이라는 명칭을 생각할 수 있다. 대표적인 친일 모리배로 등장하는 최익승은 스스럼 없이 다음과 같은 비인간적인 모습을 드러낸다.

> "누가 미군들 더 죽이라고 했소. 전쟁물자만 뒷대주면 우리나라 젊은 놈들이 얼마든지 있지 않소. 죽어도 하나 아까울 것 없는 천한 것들이 아직 얼마든지 드글드글한데, 물자만 많이 대주면 빨갱이 놈들 씨를 말리기야 문제도 없는 일 아니겠소?" (9, 155)

다른 친일 지주나 친일 군경들도 이러한 도덕적 불감증에서 크게 벗어나지 못한 상태이다. 이상에서 논의한 내용을 그레마스의 기호 사각형에 따라 나타내면 다음과 같다.

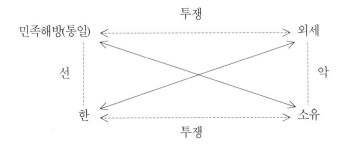

앞의 기호 사각형에서 선(善)에 대응하는 면은 민중주의와 민족주의에 해당하며, 악(惡)에 해당하는 면은 봉건주의와 제국주의에 해당한다. 둘

의 대립은 작품을 이끌고 나가는 핵심적인 갈등구조이다. 그런데 작품의 전반부에는 민중주의와 봉건주의의 대립이 후반부에는 민족주의와 제국주의의 대립이 좀 더 표면화되어 나타난다. 이것은 전쟁터가 아닌 삶의 공간인 벌교가 배경으로 되었을 때와 일상적 삶이 무화된 전쟁터가 배경으로 되었을 때의 차이에서 기인하는 것으로 이해할 수도 있다.

3.2 행위자 모델을 통해 본 『태백산맥』의 구성방식

이제 기호 사각형으로 정리된 『태백산맥』의 심층층위를 기반으로 작품의 구체적인 전개 양상 즉 표층층위를 살펴볼 차례이다. 이를 위해서는 먼저 『태백산맥』에 나오는 인물들을 분류하는 것이 필요하다. 이 작품의 인물들은 크게 네 개의 집단으로 나눌 수 있다. 첫 번째는 염상진을 대표로 하는 좌익 집단이고, 두 번째는 김범우, 서민영, 손승호 등을 중심으로 한 중도적 민족주의자들이며, 세 번째는 지주층을 핵으로 하는 우익 집단이고, 네 번째는 소작인이 주축이 된 민중들이다. 이 네 집단 중에서 우선 민중(소작인)[121]을 주체로 하여 행위자 모델을 구성하면 다음과 같다.

---

121) 민중에는 염상진을 중심으로 한 토착 좌익세력도 포함된다. 김윤식은 우리 소설의 이전 공산주의자들과 염상진이 결정적으로 구분되는 점은, 그가 바로 천민 계층 출신이라는 것에서 찾고 있다. (김윤식, 「벌교의 사상과 내가 보아온 『태백산맥』」, 『문학과 역사와 인간』, 한길사, 1991.)

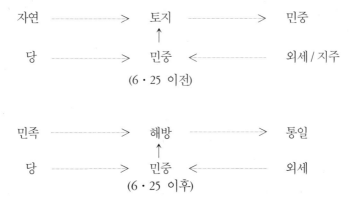

자연 ---------> 토지 ---------> 민중
                  ↑
당 ---------> 민중 <--------- 외세 / 지주
(6 · 25 이전)

민족 ---------> 해방 ---------> 통일
                  ↑
당 ---------> 민중 <--------- 외세
(6 · 25 이후)

　　민중을 주체로 한 행위자 모델은 두 가지 경우로 나눌 수 있는데, 전자는 전쟁 전의 상태이고, 후자는 전쟁이 발생한 후의 상태이다. 민중의 경우, 전쟁 전에 획득하고자 하는 대상은 자신들의 오랜 숙원인 토지이다. 이러한 토지는 자연으로부터 온 것으로, 그 수취자는 민중 자신이다. 그리고 이를 막는 대립자는 지주와 외세이다. 그러나 전쟁이 일어나고, 서사의 무대가 지리산을 중심으로 한 빨치산 활동으로 옮겨가면, 그들은 무엇보다도 우선해 외세의 배격을 통한 민족해방을 추구하게 된다. 이때 이들의 행동을 결정적으로 압박하며 등장하는 대립자는 외세이다.

　　『태백산맥』은 인물의 구성상 지식인(중도적 민족주의자)들을 주체로 하여 또 하나의 행위자 모델을 구성할 수 있다. 중도적 민족주의자의 대표적인 존재로는 서민영, 김범우, 손승호, 이학송 등이 있으며, 이들은 동경제대 영문과 출신인 서민영을 정점으로 하여 모두가 상당한 지적 능력을 가진 존재로 등장한다. 이들은 소설 속에서 날카로운 사회적 비평을 행하는 존재들이다.

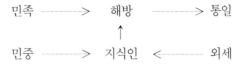

중도적 민족주의자들이 획득하고자 하는 것은 민족의 해방이다. 이것은 민족의 발견으로부터 비롯되는 것인데, 이를 통해 궁극적으로 얻는 것은 통일된 조국이다. 자신만의 자족적인 공간을 확보하고 있는 노령의 서민영을 제외한 나머지 인물들, 즉 김범우, 손승호, 이학송 등은 6·25의 발발과 함께 좌익으로 전향한다. 이것은 그들이 전쟁을 보는 시각에서 비롯된 것으로, 기본적으로 그들은 정도의 차이만 있을 뿐 6·25를 "순수한 민족세력과 외세에 업힌 반민족세력과의 싸움"(10, 170)으로 규정하고 있다. 따라서 민족해방을 최고의 가치로 생각하는 이들에게 있어, 선택의 옳고 그름을 떠나, "순수한 민족세력"이라 생각하는 입장에 가담하는 것은 내적 필연성이 있는 행동이다. 일부 평자들[122]이 김범우를 일관성 없는 인물로 파악하는 것은 지나치게 그의 행동이 지닌 세부사항에 집착한 결과라고 볼 수 있다.

---

122) 김철(「인물형상화와 가부장적 인간관계의 문제」, 『문학과 역사와 인간』, 한길사, 1991, 184면)은 "김범우의 다양한 변화와 행동의 밑바탕에는 대단히 예외적인 우연성, 즉흥적 돌발성이 자리잡고 있다. 소설 내에서 다른 인물들보다 정신적, 육체적, 도덕적인 우위를 점하고 있는 이 인물의 그와 같은 수동성은 그의 영웅적 면모에 비추어 매우 혼란된 인상을 주고 그의 성격에 대한 일관된 파악을 불가능하게 한다."고 지적한다.

4. 민족에 대한 절대적인 믿음

위에서 우리는 김범우가 일관되게 민족제일주의를 통한 민족해방을 내세우고 있으며, 민중들도 후반부에 이르면 무엇보다 민족해방을 가장 중요한 가치로 내세움을 알 수 있었다. 작가의 주제의식이 자연스럽게 민족주의로 집중되는 것인데, 이와 관련하여 다음의 부분은 주목해 볼 부분이다.

두 산은 반도땅이 시작되는 첫머리와 반도땅이 끝나는 끝머리에 우뚝우뚝 솟아 하늘을 떠받치고 있었다. 이 어인 조화일까. 우연일까. 필연일까.
(중략)
다만 그 전설이 밝혀내고 있는 것은 두 산이 닮은 모습을 하고 반도땅의 끝과 끝에 자리잡은 것이 결코 우연이 아니라 '하늘의 뜻'에 따라 이루어진 일이라는 필연의 관계설정이었다.
(중략)
이렇듯 철저한 논리성과 과학성을 바탕으로 삼라만상과 인간의 관계를 하나의 고리로 연결시키면서, 인간의 하늘에 대한 의문과 경배를 가슴저리는 애절한 사랑이야기로 엮어낸 이런 완벽한 전설이 그 어느 나라, 어느 민족에게 있는가. '세계적'이라고 가치부여를 하는 그리스 신화에도 그런 요건을 갖춘 이야기는 없다.
(중략)
반도땅의 그 기이하고도 신묘한 형상으로 볼 때 일본놈들의 강압지배는 호랑이의 몸을 쇠사슬로 칭칭 동여맨 형국이었고, 해방과 함께 미국이 멋대로 그어댄 삼십팔도선은 호랑이의 허리를 동강내려는 무모한 짓이었다. 호랑이가 어찌 실수하여 쇠사슬에 묶이었다하나 언제까지나 묶여 있을 리가 만무한 일이었다. 호랑이는 마침내 성을 내고 쇠사슬을 끊으려고 포효하기 시작했으니, 그것은 삼일운동을 시발로 하여 해방이 되는 그날까지, 세계식민사에서 그 유례를 찾아볼 수 없도록 치열하고 끈질기게 전개된 민중들의 독립투쟁이었다.

(중략)

미국이나 소련이 아니었더라도 일본놈들의 강압지배가 일시적일 수밖에 없는 것은 반도땅의 기상을 일본놈들로서는 꺾을 도리가 없기 때문인 것이다. (8권, 10-14면)

위 인용문은 본격적인 빨치산 투쟁이 시작되는 4부의 1장 앞머리에 실린 서술자의 긴 목소리이다. 여기서 우리가 확인할 수 있는 것은 민족적 나르시시즘(narcissism)이다. 백두산과 한라산이 닮은 모습을 하고 반도땅의 끝과 끝에 자리 잡은 것이 '하늘의 뜻'에 따라 이루어진 필연의 관계설정이라는 것도 이해하기 힘든 논리이지만, 우리 국토의 모습이 호랑이의 형상이기 때문에 어떠한 외세의 쇠사슬도 능히 끊어버릴 수 있다는 주장은 이미 이성의 차원이 아닌 믿음의 차원이라고 밖에 볼 수 없다.

여기서 확인할 수 있는 것은 작가의식이 보이는 지나친 민족중심주의이다.[123] 민족이 자신의 존재를 실현하는 근거로서 그것의 일체성 못지않게 중요시하는 것은 동일성이다. 민족이라는 하나의 집단이 시간을 통과해 나오면서도 여전히 동일한 상태로 남아 있다는 것을 현실로 증명해 내어야만 민족의 존재를 주장할 수 있기 때문이다. 이를 충족시키기 위해 민족시인들이 고안해 낸 방법이, 민족이 거주하는 자연이 모든 시간의 풍상(風霜)에도 불구하고 여전히 아름다움을 노래함으로써 불멸의 민족적 현존을 암시하는 것이다.[124] 손승호가 지리산의 노고단에서 일몰을

---

123) 『태백산맥』 이후에 쓰여진 『아리랑』에서는 민족주의가 한층 강화된다. (조남현 편, 『아리랑 연구』, 해냄, 1996)

124) B. Anderson, 『민족주의의 기원과 전파』, 윤형숙 역, 사회비평사, 1991., E. Hobsbawm, 『1780

보며, "아, 우리 강토가 이토록 사무치게 아름다운 것을 이제야 알다니……"(9, 337)라며 감탄하는 것도 같은 맥락이라고 할 수 있다. 국토와 민족에 대한 찬양이 『태백산맥』의 후반부 특히 빨치산 투쟁이 본격화되는 시점에 집중되고 있는 것은, 작가의 주제의식이 후반부로 갈수록 민족주의에 집중되는 것과 일치하는 현상이다.

이 작품은 민족혼의 불멸을 너무도 아름답게 형상화하며 끝난다.[125] 염상진이 죽은 후, 『태백산맥』의 마지막 부분에는 두 명의 인물이 등장한다. 그들은 작가의 분신이라 할 수 있는 이야기꾼 한 장수 노인과 빨치산 대장 염상진의 분신이라 할 수 있는 하대치이다. 세월이 가져다 준 지혜를 바탕으로 민족의 불멸하는 정신을 파악하고 있는 한 장수 노인은 염상진의 죽음 앞에서 다음과 같은 통찰을 보여주고 있다.

"해방이 되고 이적지 팔 년 쌈에 죽기도 많이덜 죽었제. 쓸만헌 사람덜 요리 한 바탕썩 쓸어불고 나면, 그만헌 사람덜이 새로 채와지자면 또 을매나 긴 세월이 흘러야 허는 겨? 인자부텀 새로 낳는 자식덜이 장성혀야 헌께 한시상이 흘러가는 세월이제. 그렇제, 갑오년 그 쌈에서 삼일만세까지가 시물다섯 해고, 삼일만세에서 해방꺼지가 또 시물여섯해 아니라고. 인자부텀 또 그만헌 세월이 흘르면 워찌 될랑고? 잉, 또 고런 심덜이 모타지겄제. 세월이란 것이 그냥 무심허덜 않는 법잉께." (10권, 339면)

년 이후의 민족과 민족주의』, 강명세 역, 창작과 비평사, 1978.) 『태백산맥』에서 영토와 자연에 대한 예찬은 지젝이 민족주의를 가능케 한다고 본 "향유의 어떤 실재적, 비담화적 중핵의 잔여"(S, Žižek, 『부정적인 것과 함께 머물기』, 이성민 역, 도서출판 b, 2007, 390면)에 해당한다고 볼 수 있다.

125) 이동하는 마지막 부분에서, 『태백산맥』이 "서정적 황홀의 영역"(「비극적 정조에서 서정적 황홀까지」, 『문학과 역사와 인간』, 한길사, 1991, 173면)으로 휘어들고 있다고 지적하고 있다.

염상진의 죽음으로 한 세상이 끝나고 있음을 느끼는 한 장수 노인은 세월과 함께 성장할 후손들에게 모든 희망을 맡긴다. 그 희망이란 자신의 노동에 대한 정당한 대가를 얻는 세상, 진정한 민족의 통일을 이룬 세상에 대한 꿈을 의미한다. 얼굴도 모르는 후손에게 기대는 태도는 민족이 거주하는 영토의 자연이 모든 시간의 풍상에도 불구하고 여전히 존재함을 노래함으로써, 불멸의 민족적 현존을 암시하는 것과 동일한 사고 방식이라 할 수 있다. 하대치가 염상진의 묘를 찾은 가장 중요한 이유는, 자신이 할아버지로부터 받은 대치(大治)라는 이름을 자기 손자에게 넘겨 주겠다는 사실을 염상진에게 알리기 위해서이다. 아직 존재하지도 않는 손자에게 자신의 희망을 넘기는 방식은, 얼굴도 모르는 후손에게 희망을 넘기는 한 장수 노인의 방식과 완전히 일치한다. 결국『태백산맥』은 불멸하는 민족혼에 대한 절대적인 믿음이 작품의 가장 숭고한 자리를 차지하는 작품이라고 볼 수 있다.

5. 결론

이 글에서는 그레마스의 기호학적 관점에 바탕해『태백산맥』의 서사 구조를 분석하고자 하였다. 한 작가의 대작(大作)은 보통 그 작품을 낳은 전형(前型)을 지니게 마련이다.『태백산맥』이전에 조정래가 창작한 작품들 중에서『태백산맥』의 전형에 해당하는 작품으로는 「청산댁」(『현대문학』, 1972), 「유형의 땅」(『현대문학』, 1981),『불놀이』(1983) 등을 들 수 있다.『태백산맥』의 심층층위를 그레마스의 기호학적 사각형으로 나타낼 수 있다. 이 사각형을 이루는 핵심적인 의미소로는 한(恨)과 소유, 그리고 민족해방(통일)과 외세를 들 수 있다. 서로 반대관계를 이루는 의미소로는 한과 소유, 그리고 민족해방과 외세이며 내함관계를 이루는 의미소로는 외세와 소유, 민족해방(통일)과 소유, 그리고 민족해방(통일)과 한이 있다. 다음으로 모순관계인 의미소들에는 민족해방(통일)과 소유, 한과 외세가 있다. 민족해방과 한의 내함관계에는 선(善)이라는 명칭을, 반대로 외세와 소유의 내함관계에는 악(惡)이라는 명칭을 붙여줄 수 있다. 앞의 기호 사각형에서 선에 대응하는 축은 민중주의와 민족주의에 해당하며, 악에 해당하는 축은 봉건주의와 제국주의에 해당한다. 작품의 전반부에는 민중주의와 봉건주의의 대립이 후반부에는 민족주의와 제국주의의 대립이 좀 더 표면화되어 나타난다. 『태백산맥』의 표층층위를 행위자 모델로 나타낼 수 있다. 우선 민중(소작인)을 주체로 한 행위자 모델은 두 가지 경우로 나눌 수 있는데, 전자는 전쟁 전의 상태를, 후자는 전쟁이 후의 상태를 바탕으로 한 것이다. 민중의 경우, 전쟁 전에 획득하고자 하는 대상은 자신들의 오랜 숙원인 토지이다. 이러한 토지는 자연으로부터 온 것으로, 그 수취자는 민중 자신이 된다. 그리고 이를 막는 대립자는 지주와 외세이다. 그러나 전쟁이 일어나고, 서사의 무대가 지리산을 중심으로 한 빨치산 활동으로 옮겨가면, 그들은 무엇보다도 우선해 외세의 배격을 통한 민족해방을 추구하게 된다. 이때 이들의 행동을 결정적으로 압박하며 등장하는 대립자는 외세이다. 『태백산맥』은 인물의 구성상 지식인(중도적 민족주의자)들을 주체로 하여 또 하나의 행위자 모델을 구성할 수 있다. 위에서 우리는 김범우가 일관되게 민족제일주의를 통한 민족해방을 내세우고 있으며, 민중들도 후반부에 이르면 무엇보다 민족해방을 가장 중요한 가치로 내세움을 알 수 있었다. 작가의 주제의식이 자연스럽게 민족주의로 집중되는 것이다. 이데올로기 소설로서의 전형적인 특징을 보여주는 『태백산맥』은, 민족혼에 대한 절대적인 믿음을 보여주는 작품이라고 볼 수 있다.

제 4 장

박완서 소설의 오빠 표상 연구

1. 오빠라는 작가의 트라우마

한국전쟁과 분단을 빼놓고 한국현대문학사를 논한다는 것은 상상하기 힘들다. 수백만의 사상자를 낳은 전쟁으로 인해 모든 국민은 어떤 식으로든 상처를 입었기 때문이다. 이념전쟁, 동족상잔, 국제전, 내전의 성격을 모두 지닌 한국전쟁은 60년이 지난 지금도 지속적으로 상처와 통증을 유발하는 현재의 사건이다. 이 전쟁은 "전쟁이라는 재난과 파국 속에서의 죽음과 상처, 가치의 붕괴체험, 희생과 안주 부재, 방향 상실·분열·굶주림, 증오"[126] 등을 만연하게 하였고, 이로 인해서 현재까지 이산과 분단의 비극적인 조건 등이 소설에서 계속해서 다루어지고 있다. "한국작가로서 문제작가가 되려면 문제작으로서의 6·25소설을 써내어야 한다는 관념이 성립되었을 정도"[127]라는 평가가 있을 정도로, 6·25

---

126) 이재선, 『현대한국소설사』, 민음사, 1991, 82면.

와 분단의 소설적 형상화는 한국소설의 주류라고 해도 과언이 아니다. 특히 한국전쟁을 어린 나이에 체험한 이들에게 전쟁과 분단은 뚜렷한 트라우마(trauma)로서 자리매김 되고 있으며, 그들의 창작 활동에서 분단의 문제는 지속적인 탐구의 대상이 되고 있다. 이를 잘 보여주는 대표적인 작가로 박완서를 들 수 있다.128)

박완서는 한국전쟁과 분단 문제를 특이한 방법으로 다룬 것으로 평가받았다.129) 그녀는 지금까지도 전쟁과 분단에 대한 작품들을 지속적으로

---

127) 조남현, 「6·25소설의 인식론과 방법론」, 『한국현대문학사상의 발견』, 신구문화사, 2008, 247면.

128) 이외에도 박완서의 문학은 중산층의 허위의식을 비판하거나(유종호, 「고단한 세월 속의 젊음과 중년」, 『창작과비평』, 1977년 가을호 ; 유종호, 「불가능한 행복의 질서」, 『동시대의 시와 진실』, 민음사, 1982 ; 백낙청, 「사회비평 이상의 것」, 『창작과비평』, 1979년 봄호 ; 오생근, 「한국대중문학의 전개」, 『문학과지성』, 1977년 가을호 ; 이상옥, 「삶의 실체와 작가의 통찰력」, 『세계의문학』, 1983년 겨울호 ; 나소정, 「박완서 소설 연구-도시문명과 산업화 사회에 대한 비판을 중심으로」, 명지대 석사논문, 2000.) 이와 같은 맥락에서 휴머니즘과 생명주의를 강조하고(이선영, 「세파 속의 생명주의와 비판의식-박완서의 작품세계」, 『현대문학』, 1985.5 ; 강인숙, 『박완서 소설에 나타난 도시와 모성』, 둥지, 1997, 7면 ; 황도경, 「정체성 확인의 글쓰기」, 『이화어문논집』 13, 1994.) 혹은 여성문제를 다룸(홍정선, 「한 여자 작가의 자기 사랑」, 『샘이깊은물』, 1985.11 ; 김경연, 「여성해방의 시각에서 본 박완서의 작품세계」, 『여성』 2, 창작사, 1988 ; 김치수, 「함께 사는 꿈을 위하여」, 『우리 시대 우리 작가』, 동아출판사, 1987 ; 이남호, 「말뚝의 사회적 의미」, 『문학의 위족』 2, 민음사, 1990 ; 이정희, 「오정희 박완서 소설의 근대성과 젠더의식 비교 연구」, 경희대 박사논문, 2001.) 대표적인 작가로 인식되어 왔다.

129) 정호웅, 「상처의 두 가지 치유방식」, 『박완서론』, 삼인행, 1991.
신수정, 「증언과 기록에의 소명 : 박완서론」, 『소설과 사상』, 1997년 봄호, 228-249면.
임규찬, 「박완서와 6·25 체험-『목마른 계절』을 중심으로」, 『작가세계』, 2000.11.
김은하, 「완료된 전쟁과 끝나지 않은 이야기」, 『실천문학』, 2001.5., 258-272면.
김양선, 「증언의 양식, 생존·성장의 서사-박완서의 전쟁재현소설 『그 산이 정말 거기 있었을까』를 중심으로」, 『한국문학이론과 비평』 15집, 2002.6., 144-165면.
강진호, 「반공주의와 자전소설의 형식-박완서를 중심으로」, 『국어국문학』 133권, 2003.5.
이선미, 「세계화와 탈냉전에 대응하는 소설의 형식 : 기억으로 발언하기」, 『상허학보』 12집, 2004.2., 403-432면.

발표해오고 있다. 박완서는 「나에게 소설은 무엇인가」라는 글에서 "나의 초기의 작품, 그 중에서도 6·25를 다룬 일련의 작품들은 오빠의 망령으로부터 벗어나 보려는 몸부림 같은 작품들"[130]이라고 말한바 있다. 이처럼 박완서 문학의 핵심에는 한국전쟁이 놓여 있고, 그 핵심에는 오빠의 기억이 놓여 있다.[131] 오빠의 죽음을 서사의 중심에 둔 작품들로는 『나목』(『여성동아』, 1970년 11월호 부록), 「부처님 근처」(『현대문학』, 1973.7.), 「한발기」(『여성동아』, 1971.7.-1972.11.), 『목마른 계절』(수문서관, 1978), 「엄마의 말뚝 2」(『문학사상』, 1981.8.), 「엄마의 말뚝 3」(『작가세계』, 1991년 봄호), 『그 많던 싱아는 누가 다 먹었을까』(웅진출판사, 1992), 『그 산이 정말 거기 있었을까』(웅진출판사, 1995)를 들 수 있다.[132] 이들 소설은 모두 자전적 소설이라는 공통점이 있다.[133]

　한국근대문학에서 오빠는 구시대를 거부하는 청년의 표상으로서, 부

　　　배경열, 「분단의 시대경험과 타자들의 자의식—박완서론」, 『비평문학』 26호, 2007.8., 55-81면.

130) 박완서, 「나에게 소설은 무엇인가」, 『박완서 문학앨범』, 웅진출판사, 1992, 124면.

131) 신수정은 박완서 소설에서 <오빠>가 차지하는 위치는 아주 남다르며, "<작가> 박완서 문학의 내밀한 <출발점>이자 엄밀한 의미에서의 <말뚝>이라고 하지 않을 수 없"(신수정, 앞의 논문, 240-241면)다고 말한다. 서영채 역시 "오빠의 죽음이라는 사건은, 이런 뜻에서 박완서에게 일종의 원체험으로 존재한다고 할 수 있다. 그것이 그로 하여금 작가의 길에 들어서게 했고, 소설쓰기의 의미와 소설가로서의 정체성을 규정하고 있다. 그것은 또한 한국전쟁라는 저 참혹했던 기억과 맞물려 있으며, 그 이후로도 분단 상황과 냉전 질서라는 기형적으로 왜곡된 현대사로 연결되고 있다"(서영채, 「사람다운 삶에 대한 갈망」, 『그의 외롭고 쓸쓸한 밤』, 문학동네, 2006, 440면)고 지적한다.

132) 작품을 인용할 경우에는 작품이 처음 수록된 잡지의 면수만을 본문 중에 표기하기로 한다. 단 『나목』과 『목마른 계절』만은 2002년과 2003년 세계사에서 나온 전집본을 인용하기로 한다.

133) 필립 르죈은 자서전은 '저자=화자=주인공'의 등식이, 소설은 '저자≠화자≠주인공'의 등식이 성립하는 이야기라고 설명한다. 자전적 소설은 저자와 주인공이 유사성을 갖는 허구의 텍스트이다. (Philippe Lejeune, 『자서전의 규약』, 윤진 역, 문학과지성사, 1998, 15-61면)

모 세대를 과거로 돌려버리며 근대를 선도했던 주체의 형식이었다. 남성들끼리의 형제 관계가 부계에 근거한 장자 중심의 유교적 위계로 환원될 위험성이 있는 대신, 서로 다른 가계에 속하게 될 오누이 관계는 상대적으로 평등하고 수평적인 청년의 연대를 촉진할 수 있다.[134] 그러나 박완서가 그려낸 오빠는 이러한 모습과는 무관하며, 한국전쟁이라는 극한의 상황이 가져온 전망의 부재를 상징한다.

박완서의 한국전쟁소설에 대해서는 많은 문제점이 지적되어 왔다. 특수성에 바탕하여 보편성까지 담보하는 것을 목적으로 한 리얼리즘 미학의 관점에서 볼 때, 박완서의 한국전쟁소설은 지나치게 개인의 문제에만 매달려서, 한국전쟁과 분단의 본질적이며 전체적인 모습을 형상화하지는 못했다는 평가가 그것이다. 그러나 박완서에게 오빠로 상징되는 한국전쟁의 체험은 객관적인 역사적 사건일 수만은 없다. 그 이전에 오빠와 관련된 체험은 그녀의 삶을 송두리째 바꾸어 놓은 개인적인 트라우마로서 존재하기 때문이다. 나아가 이러한 오빠의 의미 역시 재고해 볼 필요가 있다. 이 오빠를 '박완서만의 오빠'라고 하기에는 그 오빠의 행적이 지니는 사회 역사적 의미가 매우 크기 때문이다. 간단히 말해 오빠는 양 체제로부터 버림받고, 양 체제로부터 이용당하고, 양 체제에 의해 죽어간 존재이다. 이러한 삶은 한국전쟁 당시 일반 민초들이 겪어야 했던 삶의 한 전형이 되기에 충분하다.[135]

---

134) 이경훈, 『오빠의 탄생』, 문학과지성사, 2003, 44-56면.
135) 김동춘은 이러한 상황을 다음과 같이 정리하고 있다.
　　"이승만이 국민을 기만하고 서둘러 떠난 서울에 남아 있던 대한민국의 국민들은 인민군에게 '부역'할 수밖에 없었다. 전쟁이 지연되고 전선이 교차되자 이제 대한민국 지배집단이나 월남자뿐만 아니라 어쩔 수 없이 '부역'할 수밖에 없었던 상당수 민중들도 '피란'의 길을 선택하였다. 전선이 계속 이동하고 국군과 인민군, 그리고 대한민국과 인민공화국이 교차되는 상황에서 모든 주민들은 양 군대와 국가로부터 의심

박완서가 수필 등을 통해 밝힌 오빠의 실제 모습은 다음과 같다. 그녀에게 오빠는 어린 시절부터 절대적인 긍정의 대상이다.[136] 한국전쟁 이전 오빠는 사회주의 사상에 심취했다가 전향한 경력을 지니고 있다. 이 일로 "한쪽에선 오빠를 반동으로 몰아 갖은 악랄한 수단으로 어르고 공갈치고 협박함으로써 나약한 지식인에 지나지 않았던 그를 마침내 폐인을 만들어 놓고 말았고, 다른 한쪽에선 폐인을 데려다 빨갱이라고 족치기가 맥이 빠졌는지 슬슬 가지고 놀고 장난치다 당장 죽지 않을 만큼의 총상을 입혀서 내팽개치고 후퇴"했던 것이다. "나는 지금까지도 어느 쪽이 오빠를 죽였는지 확실히 말할 수가 없다"고 할 만큼 오빠의 죽음에는 남북이 모두 개입되어 있다. 오빠는 이후 1·4후퇴 후의 텅 빈 서울에 남겨져 치료도 받지 못하고 고통을 겪다가 죽었고, 남겨진 가족들에게는 누구를 원망할 자격조차 주어지지 않았다. 당연히 전쟁 중에 목격한 오빠의 죽음은 "나에게 불치의 상처를 남겼"으며, "아무한테도 발설하지 못하고 우리 가족만의 비밀로 꼭꼭 숨겨 둔 오빠의 죽음은 원귀가 된 것처럼 수시로 나를 괴롭혔"[137]던 것이다. 다음에 인용하는 고백도 오빠를 중심으로 한 한국전쟁의 체험이 작가에게 얼마만한 고통으로 존재하는가를 생생하게 증명한다.

과 처벌을 받는 존재로 변했다." (김동춘, 전쟁과 사회, 돌베개, 2006, 391면)

136) 어려서 아버지를 여의고 홀어머니 밑에서 자란 박완서에게 "그는 오빠인 동시에 아버지였고 우상"(박완서, 「나에게 소설은 무엇인가」, 『박완서 문학앨범』, 웅진출판사, 1992, 123면)이었다. 소설에서도 오빠는 거의 완벽에 가까운 인물로 형상화되는데, 장손인 오빠는 "인물이 준수하고 총명"(「엄마의 말뚝 1」, 16)하며, "명석함과 떳떳함"(「엄마의 말뚝 2」, 345)을 갖추어 인근 마을에 소문이 자자하다. 이것은 오빠가 겪은 상처를 더욱 부각시키는 작용을 한다. 신수정 역시 오빠에 대한 이러한 미화가 "이 아름다운 인간에게 불어닥친 세계의 폭력성을 유감없이 드러내고자 하는 작가의 <전략적인> 기억의 산물은 아닐 것인가"(앞의 글, 238면)라고 지적한다.

137) 박완서, 「나에게 소설은 무엇인가」, 『박완서 문학앨범』, 웅진출판사, 1992, 123-124면.

내 작품 세계의 주류를 이루는 이런 작품들의 결정적인 힘은 6·25때의 체험을 아직도 객관화시킬 만한 충분한 거리로 밀어 내고 바라보지 못하고 어제인 듯 너무 생생하게 간직하고 있는 데서 비롯됨을 알고 있다. 알고 있건만도, 모든 기억들은 시간과 함께 저절로 멀어져 가 원경이 되는데 유독 6·25 때의 기억만은 마냥 내 발뒤꿈치를 따라다니는 게 이젠 지겹지만 어쩔 수가 없다. (중략) 나의 동어반복은 당분간 아니 내가 소설가인 한 계속될 것이다. 대작은 못 되더라도 내 상처에서 아직도 피가 흐르고 있는 이상 그 피로 뭔가를 써야 할 것 같다. 상처가 아물까 봐 일삼아 쥐어뜯어 가면서라도 뭔가를 쓸 수 있는 싱싱한 피를 흐르게 해야 할 것 같다.[138]

트라우마의 기억은 생존자의 의지와는 상관없이 무의식적이며 반복적으로 나타나고, 너무도 생생하며 믿을 만한 모습으로 떠오른다고 한다.[139] 위의 인용에는 트라우마 생존자가 트라우마를 기억하는 과정에서 보이는 증상이 모두 나타나 있다. 이처럼 박완서가 한국전쟁을 기억하고 서사화하는 것은 문학적 창작 이전에 자신의 트라우마에 맞선 힘겨운 투쟁이라고 부를 수도 있다. 나아가 기억을 망각하지 않는 것은 박완서에게 한국전쟁 당시 거대 이데올로기에 의해 철저히 타자화된 자신을 잊지 않는 것과도 관련된다. 자기 상처와의 절실한 대면은 한국전쟁이라는 기억의 표상에 있어, 박완서만의 독특하고 의미 있는 성과로까지 이어지고 있다.

박완서의 오빠에 대한 형상화는 푸코가 말한 "국부적이고 불연속적이고 폄하되고 합법성을 인정받지 못했던 앎들에 활기를 불어넣는"[140] 작

---

138) 앞의 책, 139-140면.
139) Susan J. Brison, 『이야기해 그리고 다시 살아나』, 여성주의 번역모임 '고픈' 역, 인향, 2003, 156면.

업에 해당한다. 내셔널리즘에 의해 만들어진 전쟁 신화를 의문시하고, 힘없는 보통 사람들이 겪어왔던 피와 땀의 자국들을 수습함으로써 역사를 재구성하는 작업이기도 한 것이다. 이 글은 박완서 소설의 전체를 대상으로 하여 오빠가 표상되는 방식의 변화양상과 그것이 지니는 의미를 살펴보고자 한다. 재현이 아닌 표상이라는 말을 사용한 것에서도 알 수 있듯이, 작품에 드러나 오빠의 형상은 객관적이고 중립적인 결과가 아니라 당대의 이데올로기와 권력의 문제에 민감하게 영향을 받아 형성된 것이다.141) 따라서 표상에 대한 연구는 그러한 표상을 가능하게 하는 작가의 욕망과 정치적 무의식 등을 검토하는 작업으로 이어지지 않을 수 없다. 박완서 소설에 나타난 오빠 표상에 대한 연구는 박완서라는 문학적 주체, 나아가 우리 사회가 한국전쟁 당시의 수많은 죽음을 전유하는 방식을 이해하는 데도 기여할 것이다.

2. 오빠의 죽음과 자기 치유

2.1. 아픔을 있는 그대로 드러내기

초기 작품에서 오빠로 표상되는 한국전쟁의 사건을 기억하고, 기록하

---

140) Michel Foucault, 『사회를 보호해야 한다』, 박정자 역, 동문선, 1997, 26면.

141) 표상(Vorstellung)은 철학적으로 차이를 가진 다양함을 일반화시키는 사유작용의 결과로, 어떠한 대상이 심적 혹은 물리적으로 재현전화한 것이라고 할 수 있다.(이효덕, 『표상공간의 근대』, 박성관 역, 소명출판사, 2002, 19면) 표상에 대한 탐구는 실상을 어떻게 왜곡하고 있는지 왜곡되지 않은 실상은 무엇인지에 대한 답변을 하는 것이 아니다. 표상을 가능케 하는 욕망과 표상 속에 나타난 세계상의 이데올로기를 분석하는 것이어야 한다. 이 논문은 박완서 소설에서 오빠를 표상할 때 기능하는 욕망과 이데올로기, 그리고 그 표상의 결과로 만들어지는 세계상을 살펴보고자 한다.

는 일은 무엇보다 치유로서의 의미를 지닌다. 그것은 한국전쟁으로 인해서 산산이 부서진 자아를 다시 복구하기 위해서, 트라우마의 기억을 통과하는 작업이기 때문이다.

어머니와 '나'는 한국전쟁이라는 사건의 폭력성으로 인해 정신적 외상을 입고 그 기억에 감금된 채 현재를 살아가고 있다. 이러한 사정은 박완서의 등단작이자 한국전쟁기의 체험을 처음으로 서사화한 『나목』에서부터 선명하게 드러난다. 『나목』에서는 엄마와 '나'가 오빠들이 숨어 있다가 폭격에 죽은 고가(古家)에서 벗어나지 못하는 것으로 그려진다. "어머니에겐 한쪽 지붕이 달아난 고가만이 모든 것"(234)이며, 어머니는 "서울 고가에 대한 집착으로 하루하루 여위어"(234) 간다. "차라리 우리는 다 같이 고가의 망령에 들려 있음이 분명했다. 나도 결국 누구 때문도 아닌 채 이곳을 떠날 수가 없는 것이다."(67)라고 고백하는 처지이다. "이 음산한 고가로부터 자유로워져야"(134) 한다는 사촌 오빠의 말에도, '나'는 결코 "놓여날 수 없"(135)다. 그 고가는 이경이 고가가 해체되는 것을 보며, "나는 나 자신의 육신이 해체되는 듯한 아픔을 의연히 견디었다."(281)고 말하는 것처럼, '나'와 고가는 동일시되기도 한다.

「나목」에서 오빠의 기억이 고가(古家)라는 공간표상으로 나타났다면, 「부처님 근처」에서는 오빠의 죽음에 얽힌 기억이 신체적 감각으로 표현된다. 이 작품에서 오빠의 죽음과 그것을 삼켜버린 상처는 "체증"과 "신경증"으로 나타난다. 동일한 맥락에서 오빠에 대한 소설을 쓰는 것은 "토악질"로 표현된다. 오빠의 기억은 동생의 몸에 새겨져 끊임없이 고통을 가함으로써, 망각을 요구하는 기성 질서에 강력하게 저항한다. 오빠의 죽음은 의식과 무의식, 몸의 감각 하나하나에 숨어 있어서 트라우마의 사건이 재현될 수 있도록 방아쇠를 당겨주기만 하면, 언제든 기억의 표면으로 떠오를 준비를 하고 있는 것이다.[142]

박완서의 『나목』은 주인공 이경이 겪었던 한국전쟁전쟁 체험이 서사를 추동하는 힘의 중심에 놓여 있지 않다. 그러나 이 작품은 지루할 정도로 오빠의 죽음으로 대표되는 전쟁이 가져다 준 심리적 상처를 있는 그대로 드러내는데 초점을 맞추고 있다. 이 작품의 '나'는 트라우마를 겪는 주체의 전형적인 모습을 보여준다. 그녀는 오빠의 죽음이라는 엄청난 사건과 그것에 적절하게 대응하지 못한 자신에 대한 자책과 그로부터 비롯된 혼란과 분열을 있는 그대로 드러내는 것이다.[143]

오빠의 죽음 앞에서 이경은 어머니를 포함한 주위의 사람들에게 이유 없는 승오와 분노를 느낀다. 이것은 오빠를 죽게 한 세상에 대한 복수심과 적개심에서 비롯되는 것이다. 또한 주위의 것들을 너절하고 허망하다고 느낀다. "재미없어 미치겠으니 날 좀 살려 달라는 절규"(79)를 해야 할 만큼 현재 생활에 적응하지 못하고 있다. 이경은 모든 아픔의 근원을 거슬러 올라가지만, 바로 그 고통의 근원인 오빠의 죽음 앞에서 "기억의 소급을 정지"(95)시킨다. 그녀는 오빠들의 죽음에 정면으로 맞서지 못하는 것이다. 현재 이경의 상태를 특징짓는 가장 핵심적인 양상은 다음 인

---

142) 트라우마의 기억들은 통제가 불가능하고, 트라우마 생존자 자신도 모르는 사이에 불쑥 떠오르며, 자주 생존자의 몸에 영향을 끼친다. 트라우마로 인해서 생존자가 자신의 삶에 대한 통제력을 잃어버리기도 한다. (Susan J. Brison, 앞의 책, 155-156)

143) 트라우마는 주체의 삶 속 사건으로 그것의 강렬함과 그것에 적절하게 대응할 수 없는 주체의 무능력과 그것이 심리 조직에 야기하는 대혼란과 지속적인 병인의 효과에 의해 정의되는 사건을 가리킨다. 트라우마는 짧은 시간 안에 심리적 삶에 엄청난 자극의 증가를 가져와서 정상적인 방법으로는 그것의 정리나 해결이 실패로 돌아가는 체험이다. 그것은 심리 장치의 허용 한계를 넘어가는 것이다. (Jean Laplanche and Jean-Bertrand Pontalis, 『정신분석사전』, 임진수 역, 열린책들, 2005, 266면)

용에 나타난 것처럼 모순과 분열이다.

전쟁은 누구에게나 재난을 골고루 나누어주고야 끝나리라. 절대로 나만을, 혁이나 욱이 오빠만을 억울하게 하지는 않으리라. 거의 광적이고 앙칼진 이런 열망과 또 문득 덮쳐오는 전쟁에 대한 유별난 공포. 나는 늘 이런 모순에 자신을 찢기고 시달려, 균형을 잃고 피곤했다. (38)

전쟁의 노도가 어서 밀려왔으면, 그래서 오늘로부터 내일을 끊어놓고 불쌍한 사람을 잔뜩 만들고 무분별한 유린이 골고루 횡행하라. 광폭한 쾌감으로 나는 마녀처럼 웃으면서도 그 미친 전쟁이 당장 덜미를 잡아올 듯한 공포로 몸을 떨었다. 다시는 다시는 그 눈먼 악마를 안 만날 수만 있다면.
서로 용납될 수 없는 이 두 가지 절실한 소망은 항상 내 속에 공존하고, 가끔 회오리바람이 되어 나를 흔들었다. 미구에 나는 동강나버리고 말 것이다. 나는 자신이 동강날 듯한 고통을 실제로 육신의 곳곳에서 느꼈다. (94)

나는 심하게 찢기고 있었다. 새롭고 환한 생활에의 동경과 지금 이대로에서 조금도 비켜설 수 없으리라는 숙명 사이에서 아프게 찢기고 있었다. (135)

위의 인용문에서 이경은 '전쟁에의 열망과 공포', '전쟁에의 쾌감과 공포', '동경과 숙명'이라는 상호모순되는 감정에 빠져 있다. 이로 인해 그녀는 자신이 균형을 잃고, 동강나 있으며, 찢겨 있다고 여긴다. 이것은 그녀가 분열된 정체성에 시달리고 있으며, 크나큰 혼돈에서 벗어나지 못하고 있음을 증언하는 것이다. 이러한 아픔에 대한 발화에서부터 자기치유의 가능성은 시작된다.

2.2. 공식적 기억에 의지하기

『목마른 계절』에서는 휴머니즘과 반공이라는 이데올로기가 오빠의 무의미한 죽음에 들씌워지고 있다. 당대의 체제 이데올로기이자 한국전쟁에 대한 '공식적 기억'에 바탕해 오빠의 죽음이 해석되는 것이다. 이것은 사건을 경험한 오빠의 목소리를 억압하고 봉쇄하는 이데올로기적 효과를 낳는다.

『목마른 계절』은 오빠를 다룬 박완서의 작품들 중에서 유일하게 3인칭 시점을 사용하고 있다. 이 작품은 서사 밖의 서술자에 의해 사건이 말해지는 이종(extradiegetic) 화자 서술로 되어 있는 것이다. 오빠의 사건도 서술자를 통해서 이야기된다. 이 서술자에 의해 오빠의 기억은 반공과 휴머니즘의 공식적인 이데올로기로 단일하게 채색된다. 사건 외부의 시점에서 과거 폭력적인 사건을 있는 그대로 재현하려는 여러 예술품은 하나의 관점과 이데올로기에 의해 형상화된 허구일 수도 있다.[144] 자기구제는 이룰 수 있지만, 제 3의 초월적인 시점을 통한 사건의 서사화는 근본적인 차원에서는 자신과 오빠가 겪은 사건의 폭력을 망각 속에 묻어두는 것일 수도 있기 때문이다.

이와 관련해 이 작품에는 한국전쟁을 배경으로 한 소설 중에서 유일하게 연애관계가 소설의 주요한 뼈대로서 등장한다. 인공 치하에서의 연애관계는 작가의 다른 한국전쟁 배경 소설에서는 등장하지 않는다.[145]

---

144) 岡眞理, 『기억 서사』, 김병구 역, 소명, 2004, 74-81면.

145) 전선이 이미 고착된 상황에서의 서울을 배경으로 한 『나목』의 연애관계는 『목마른 계절』과는 달리 정신적인 양상이 크게 강조되어 있다. 이 작품에서 옥희도는 돈만 밝히는 속물들만 넘치는 전시에 유일하게 진정한 가치를 지닌 유일한 존재로 제시된다. 이경이 옥희도와 나누는 육체관계는 입맞춤 정도로 한정되어 있고, "황홀한 입맞춤 끝에 형언할 수 없이 깊은, 아프고도 깊은 슬픔이 여운처럼 남았다."(173)는

작가는 『그 많던 싱아는 누가 다 먹었을까』에서 "나는 전쟁 중 생리가 멎어 버렸"(248)으며, 그 원인을 "심리적 중성화 현상"(248)에서 찾고 있다. 심지어는 "북조선에서는 남자와 여자가 어떻게 인구를 증가시킬까를 궁금해하는 게 훨씬 재미있었다."(248)고 말할 정도이다. 그러나 하진과 민준식은 육체적 끌림이 크게 부각된 사랑을 나눈다. 처음 만났을 때부터 민준식은 하진에게 갑작스러운 키스를 한다. 하진은 민청활동을 하며 민준식과 세 번 만나는데, 마지막 만남에서는 인민군이 되어 나타난 민준식과 하룻밤을 함께 보낸다. 이러한 민준식과 하진의 관계는 이데올로기의 폭력성과 전쟁의 광기와는 구분되는 젊음의 순수성과 생명력을 강조하기 위한 것이라고 할 수 있다. 그러나 작가가 강박적으로 강조하듯이 '인간에게 벌레가 되기를 강요하는 폭력'이 가해지는 극한적인 상황에서의 낭만적인 사랑이란, 사건의 진상과는 거리가 먼 것이다. 둘의 사랑은 작품의 미학적 형상화라는 측면에서도 여러 가지 문제점을 보여주는데,146) 이것 역시 다른 기억들과 달리 체험에 바탕하지 않은 의도된 설정에 따른 결과이다.

이것은 작가의 자기방어심리와 관련된다. 끔찍한 운명에 처한 트라우마의 희생자가 과거의 사건을 그대로 재연(再演)한다면, 그것은 다시 한

문장에서 알 수 있듯이, 언제나 정신적인 성격을 잃지 않는다. 또한 "나를 통해 아버지와 오빠를 환상하고 있었던 것뿐이야."(273)라는 옥희도의 말처럼, 둘의 사랑은 이성간의 육체적 사랑과는 거리가 멀다.

146) 임규찬은 "몇 번의 만남에 불과하지만 애정 강도는 다소 파격적으로 전개되는 데 반해 그것이 소설적 일상의 삶속에 녹아들거나 사건으로서 연관을 맺어 펼쳐지지 못하고 몇 장의 사진처럼 부가되는 형식으로 그려"짐으로써, "애정문제에 대한 묘사 자체가 『목마른 계절』의 미학적 형상에 다소 부족감을 느끼게 해주는 한 원인"(앞의 논문, 95면)이라고 지적하고 있다. 특히 민준식은 공산당으로부터 전향할 근거를 찾기 위해 공산당 활동을 하는 모순적인 공산주의자로 설정되어 있다.

번 스스로 통제할 수 없는 상황에 처할 수도 있다는 사실을 인정한다는 것을 의미한다. 이것은 받아들이기에 너무나 힘든 일로서, 트라우마의 치유를 더욱 어렵게 할 수 있다. 따라서 트라우마의 사건을 상상적으로 재연하되 그 세부를 자신이 경험한 것과는 다르게 맺는다면, 생존자는 트라우마의 기억을 보다 잘 통제할 수 있게 된다.147) 박완서는 전쟁기에도 진정한 사랑은 싹텄다는 식의 낭만적 인식을 통해 자신을 위로하고자 하는 것이다.

이와 관련해『나목』,『목마른 계절』,「세상에서 제일 무거운 틀니」,「부처님 근처」,「엄마의 말뚝 2」와 같이 비교적 초기에 오빠를 다룬 작품들에서 오빠의 행적과 죽음은 작가가 직접적으로 밝힌 오빠와는 여러 면에서 차이가 난다.『나목』에서는 오빠가 두 명이며, 그들은 한국전쟁 발발 직후 피난을 가지 못하고 집의 행랑채에 숨어 있다가 출처를 알 수 없는 포탄에 맞아 죽는다.「세상에서 제일 무거운 틀니」의 오빠는 한국전쟁 때 의용군으로 나갔는데 이북에서 밀봉교육을 받고 곧 남파되리라는 첩보의 대상이 된다.「부처님 근처」에서 좌익운동에 가담했었던 오빠는 인공치하에서 한동안 신이 나 돌아다닌다. 그러나 곧 바깥출입을 끊고 지내다가, 북한의 활동에 동참할 것을 거부하여 인민군의 총에 죽는다.「카메라와 워커」에서는 6·25 당시 오빠와 올케가 모두 참혹한 죽음을 당한 것으로 설정되어 있다.『목마른 계절』에서는 황소좌의 순간적인 발작과 불안심리가 살인의 중요한 이유로 작용하며,「엄마의 말뚝 2」에서도 오빠는 인민군 군관의 총에 맞아 죽는다.

『나목』을 제외하고는 오빠가 모두 북한군의 소행에 의해 죽은 것으로

147) Susan J. Brison, 앞의 책, 172면.

처리되어 있음을 알 수 있다. 만약 오빠의 죽음이 북한 뿐만 아니라 남한의 공모에 의한 것이라면, 오빠와 같은 죽음은 다시는 반복될 수 없는 과거의 사건이라고 단정 지을 수 없게 된다. 이와 달리 오빠가 공산주의자의 단독 소행으로 살해된 것이고, 그것이 더군다나 우발적인 충동과 불안 심리에서 비롯된 것으로 결론 내려진다면, 세상에 대한 희망과 최소한의 안정감은 보다 쉽게 확보될 수 있다.

작가의 상처를 치유하기 위해 진실이 아닌 당대의 공식적 기억에 의지하는 상황은 「부처님 근처」를 통해서도 확인할 수 있다. 박완서가 한 산문을 통해 "거의 소설적인 허구가 아닌, 나의 한 시절의 진솔한 자전적인 부분"[148]이라고 말한 「부처님 근처」에는 다음과 같은 구절이 나온다.

> 나는 그 이야기(오빠의 죽음—인용자)가 하고 싶어 정말 미칠 것 같았다. 나는 아직도 그 이야길 쏟아놓길 단념 못 하고 있었다. 어떡하면 그들이 내 얘기를 끝까지 들어줄까, 어떡하면 그들을 재미나게 할까, 어떡하면 그들로부터 동정까지 받을 수 있을까. 나는 심심하면 속으로 내 얘기를 들어줄 사람의 비위까지 어림짐작으로 맞춰가며 요모조모 내 이야길 꾸며갔다.(225)

상처를 극복하기 위해서는 발화가 필요하고, 이를 위해서는 이야기에 변형을 가할 수밖에 없는 상황이 위의 인용문에는 잘 나타나 있다. 이후에도 박완서는 변함없이 오빠를 계속해서 작품화한다.

1970년대 전쟁과 분단에 대응하는 박완서의 문학적 특징은 박완서만큼이나 분단의 문제를 지속적으로 천착해 오고 있는 김원일에게서도 나

---

148) 박완서, 「나에게 소설은 무엇인가」, 『박완서 문학앨범』, 웅진출판사, 1992, 128면.

타난다. 김원일은 자신이 소설을 쓰게 된 동기가 "어린 시절에 겪은 고향 이야기와, 그 시절의 전쟁을 무엇인가 나름대로 표현해 보고 싶다는 욕구에서 비롯되었다"[149]고 말한다. 그는 자신이 한국전쟁을 전후한 시기에 그토록 끈질기게 매달린 이유가 "그 시대는 내게 평생 지울 수 없는 상처"[150]이기 때문이라고 말한다. 1931년생인 박완서보다 10년 정도 늦게 태어난 김원일(1942년생)에게는 오빠가 아닌 아버지가 분단의 트라우마를 상징하는 존재로서 등장한다.

전쟁과 분단으로 인한 고통과 혼란을 있는 그대로 드러내고, 한편으로는 과거의 기억을 당대의 공식적인 기억에 따라 재구성하는 것은 김원일에게도 발견되는 특징이다. 김원일이 처음으로 분단의 상처를 다룬 「어둠의 혼」에는 작가가 경험한 상처가 그대로 생생하게 드러나 있다. 진영에 살았을 때 작가의 어머니는 지서에 끌려가 피투성이가 되도록 맞고 돌아온 적도 있다고 말한바 있는데,[151] 「어둠의 혼」에서는 이와 같은 에피소드가 그대로 실려 있다. 그러나 이 작품에서는 작가의 아버지가 실

---

149) 김원일, 「나와 유이오 소설」, 『사랑하는 자는 괴로움을 안다』, 문이당, 1991, 65면.
150) 김원일, 「서울, 인공 치하 석 달」, 『기억의 풍경들』, 작가, 2007, 145면.
151) 김원일이 밝힌 아버지는 1914년생으로 마산상업학교를 졸업했고, 섬세하고 낭만적인 예술가 기질을 지니고 있었다. 김원일의 아버지는 작가가 태어나기 전부터 사회주의 운동에 헌신했다가 1942년 말, 사상 관계와 공금 횡령이 얽혀 부산 형무소에 수감되었다가 1945년 8월 해방을 맞자 석방되었다. 남로당 경남도당 부위원장으로 지하 암약했던 아버지는 당의 소환을 받아 1948년 단신으로 서울에 올라갔다. 1949년 봄에는 작가를 포함한 가족이 모두 서울로 올라왔다. 전쟁이 발생한 3일 후에 인민군이 서울에 들어오자 아버지는 지하활동을 중단하고 적극적으로 활동했다. 9·28 서울 수복 당시 아버지는 단독 월북하였고, 이후 북한에서 연락부 대남사업 책임지도원으로 활동하다 1976년 금강산 부근 서광사 요양소에서 폐결핵으로 사망했다. (김원일, 「서울, 인공 치하 석달」, 『기억의 풍경들』, 작가, 2007, 145-157면 ; 김원일, 「허위단심-내가 살아온 길」, 『사랑하는 자는 괴로움을 안다』, 문이당, 1991, 198-202면 참조)

제로는 월북을 하여 대남 사업에 힘쓰다가 죽은 것과는 달리, 전쟁 이전에 죽은 것으로 처리하고 있다. 김원일은 『노을』(1977)에서 한국전쟁 직전에 경상남도 진영을 중심으로 한 좌익 세력의 활동을 그리고 있는데, 이때 '나'의 아버지는 무식하며 잔인하기 이를 데 없는 백정으로 형상화되고 있다. 이를 통해 좌익들의 활동은 한층 부정적인 것으로 도드라져 보인다. 이 작품은 박완서의 『목마른 계절』과 같이 공식적 기억에 의지하여 트라우마를 극복하고자 하는 시도의 산물이라고 할 수 있다.

3. 증언에의 의지와 그 불가능성

3.1. 증언에의 의지와 그 가능성

이처럼 오빠와 관련한 한국전쟁의 기억을 소설화하는 작업의 핵심은 자기치유에 있었다. 그것은 오빠로 대표되는 전쟁의 상처가 하나의 트라우마로서, 그 무엇과도 비교할 수 없는 절실한 과제였다는 것을 보여준다. 『목마른 계절』은 오빠와 관련하여 공백 없는 매끄러운 서사를 제공한다. 이것은 휴머니즘과 반공이라는 이데올로기에 기댄 결과이다. 이것은 당대의 지배 이데올로기에 순응한 측면도 있지만,[152] 자기치유를 위한 불가피한 선택이라는 측면이 더욱 강하다. 트라우마로부터의 자기구제는 그 무엇보다 절박한 실존적 과제였던 것이다. 박완서는 사건을 나름의 완결된 서사로 만들어서, '사건'의 폭력을 견뎌낼 수 있었다. 그 결

---

152) 강진호, 앞의 논문, 317-325면.

과 시간이 지날수록, 즉 오빠로 상징되는 한국전쟁의 상처를 되새김질할수록 작가의 관심은 자기 치유에서 사건에 대한 증언이라는 문제로 그 관심이 확대된다. 본래 트라우마를 말한다는 것은 두 가지 의미를 지닌다. 하나는 트라우마를 정면으로 통과해서 트라우마의 기억들을 다스린다는 것이고, 다른 하나는 발생한 사건을 그대로 설명한다는 것이다. 전자가 치유에 초점을 둔 것이라면, 후자는 증언에 초점을 두고 있다.153)

이러한 변화는『목마른 계절』의 개작 과정을 통해 확인된다.『목마른 계절』은 오빠의 죽음을 중심으로 해서 전쟁기 체험을 본격적으로 다룬 첫 번째 장편소설이다. 이 작품은 본래 '한발기(旱魃記)'라는 제목으로『여성동아』에 1971년 7월부터 1972년 11월까지 연재되었다. 이 작품이 1978년『목마른 계절』이라는 제목으로 수문서관에서 장편소설로 출판될 때는, 연재본에는 없던 마지막 장 '5월' 부분이 첨가되어 있다. 이 부분의 핵심내용은 주로 증언에의 사명과 관련된다. 하진은 올케 혜순과의 대화에서 자신에게 오빠의 죽음을 증언할 의무가 남겨져 있음을 확인한다.

> "그 끔찍한 일들을 저 애에게 이야기할 순 없어요. 절대로 그럴 순 없어요. 황소좌가 저희 가족의 원수를 내 남편을 통해서 갚듯이 내 아들이 또 누군가의 가슴에 총구멍을 내줌으로써 아버지의 원수를 갚게 할 순 없어요. 미친 지랄은 우리 세대로써 마감해야 돼요."
> "그렇지만 이 동족간의 전쟁의 잔학상은 그대로 알려져야 된다고 나는 생각해요. 특히 오빠의 죽음을 닮은 숱한 젊음의 개죽음을, 빨갱이라

---

153) 트라우마를 겪은 사람은, 자신이 무슨 일을 겪었는지에 대해 증언하는 신뢰할 만한 증인으로 남던지(그러나 피해자는 여전히 고통 속에 있게 되고 그런 까닭에 피해자의 증언은 신뢰할 만하다), 아니면 더 이상 신뢰받지 못하는 건강한 생존자로 남던지 (피해자는 회복됐지만 그렇기 때문에 피해자의 말은 신뢰할 수가 없다.) 할 수밖에 없다고 말한다. (Susan J. Brison, 앞의 책, 160면)

는 손가락질 한 번으로 저 세상으로 간 목숨, 반동이라는 고발로 산 채로 파묻힌 죽음, 재판 없는 즉결처분, 혈육간의 총질, 친족간의 고발, 친우간의 배신이 만들어낸 무더기의 죽음들, 동족간의 이념의 싸움 아니면 도저히 있을 수 없는 이런 끔찍한 일들을 고스란히 오래 기억돼야 한다는 나는 생각해요."

"왜요? 무엇 때문에? 무용담이나 훈장도 허구 많은데"

"(중략) 결국 오빠의 죽음의 경우 같은 참혹의 기억, 학살의 통계, 어머니의 경우 같은 후유증, 이런 것만이 전쟁을 미리 막아 보려는 노력과 인내의 밑바탕이 될 수 있을 거예요. 툭하면 <자유 민주주의를 위해서라며>, 저쪽에선 <수령이나 사회주의 낙원을 위해서라면> 일전도 불사할 결의를 보여야만 하는 것으로 되어 있는 치졸한 애국애족에서 깨어나 좀더 깊이 생각하게 될 거예요." (325-326)

증언에 대한 책무는 『그 많던 싱아는 누가 다 먹었을까』의 마지막 부분에도 강하게 드러나 있다.

나만 보았다는데 무슨 뜻이 있을 것 같았다. 우리만 여기 남기가지 얼마나 많은 고약한 우연이 엎치고 덮쳤던가. 그래, 나 홀로 보았다면 반드시 그걸 증언할 책무가 있을 것이다. 그거야말로 고약한 우연에 대한 정당한 복수다. 증언할 게 어찌 이 거대한 공허뿐이랴. 벌레의 시간도 증언해야지, 그래야 난 벌레를 벗어날 수가 있다.

그건 앞으로 언젠가 글을 쓸 것 같은 예감이었다. (269)

집단적 기억과 역사의 언설을 구성하는 것은 사건을 체험하지 않은 살아남은 자들의 몫이다. 사람들에게 기억이 공유되지 않으면, 그 사건은 역사로부터 망각된다. 『목마른 계절』의 하진과 『그 많던 싱아는 누가 다 먹었을까』의 '나'는 오빠와 자신이 겪은 한국전쟁의 폭력을 상기해,

그 기억이 결코 망각 속에 방치되지 않도록 노력하기를 결심한 것이다. 그들이 겪은 폭력적인 사건에 대한 기억이 타자와 나누어 지지 못하고 망각의 어둠 속에 묻혀 버린다면, 그것은 오빠와 자신을 영원히 타자화시키는 또 하나의 폭력이기 때문이다. 오빠에 대한 반복되는 기억과 서사화를 거친 이후, 박완서는 한국전쟁이라는 사건의 기억을 다룸에 있어 자기 치유보다는 증언에 더욱 초점을 맞추게 된다.

오빠와 관련된 한국전쟁의 증언은 냉전이 해체되고, 한국전쟁과 관련된 사회적 금기가 상당 부분 풀린 1990년대 이후에야 가능해진다. 『그 많던 싱아는 누가 다 먹었을까』와 『그 산이 정말 거기 있었을까』가 바로 작가가 경험한 한국전쟁에 대한 문학적 증언인 것이다. 앞에서 『목마른 계절』이 3인칭 시점을 통해 반공과 휴머니즘이라는 공식적 기억에 바탕해 오빠의 기억을 전유하는 방식에 대하여 살펴보았다. 그러나 폭력에 대한 공식적인 그러나 기만적인 서사로부터 벗어나기 위해서는 희생에서 생존한 서술자들이 자신의 기억으로부터 사건을 직접적으로 서사화하는 것이 절실하게 필요하다. 『그 많던 싱아는 누가 다 먹었을까』와 『그 산이 정말 거기 있었을까』는 전쟁의 생존자가 자신의 기억으로부터 사건을 직접적으로 서사화하는 경우에 해당한다. 두 작품에는 모두 '소설로 그린 자화상'이라는 부제가 붙어 있고, 『그 많던 싱아는 누가 다 먹었을까』의 '작가의 말'에는 "이런 글을 소설이라고 불러도 되는 건지 모르겠다. 순전히 기억력에만 의지해서 써 보았다."(6)라는 진술을 하고 있다. 이들 작품에는 작가가 맨 얼굴을 내세워 사실에 바탕한 것임을 강조하는 대목이 여러 곳에 등장하기도 한다.

그러나 이때의 '나'는 사건의 생존자라고 하기에는 너무나도 분명한 기억을 가지고 있으며, 그것을 증언하는 방식은 일관되고 확고하다. 소설 속 '나'는 끊임없이 오빠의 사건을 이야기한다. 박완서는 여러 평자들이 말한 것처럼, 천의무봉(天衣無縫)의 솜씨로 오빠와 관련된 기억을 확신에 찬 목소리로 재현하고 있다.[154] 그러나 폭력적인 사건에 대해 이야기할 수 없다는 점에 폭력적 사건의 핵심이 존재한다면,[155] 그러한 서사화야말로 사건에 대한 무화 내지는 은폐일 수도 있다. 매끄러운 한국전쟁의 서사화는 사건의 폭력을 망각하는 행위일 수도 있는 것이다.

3.2. 오빠의 표상불가능성

이와 관련하여 박완서의 여러 작품에는 재현불가능성이라는 사건의 본질적인 성격이 은근하지만 강력하게 드러난다. 그것은 사건의 직접적인 당사자인 오빠와, 오빠와 가장 가까운 거리를 유지한 어머니를 통해 이루어진다. 사건의 당사자인 오빠와 어머니가 사건을 증언하는 방식은 '나'와 매우 다르다. 이들은 결코 자신들의 상처에 대해 말하지 않는다. 그

---

154) 정호웅은 박완서 소설의 이와 같은 특성을 "박완서 소설의 서술자는 권위적이다. 일인칭 또는 삼인칭, 시점이 어떠하든 그 서술자는 자신은 물론이고 그와 관계 맺고 있는 모든 것들에 대해 속속들이 알고 있으며 알고 있는 것에 대해 거침없이 말한다. 박완서 소설의 서술자는 거의 언제나 단정적이며 자신만만하다."(정호웅, 「스스로 넓어지고 깊어지는 문학」, 『나의 가장 나종 지니인 것』, 문학동네, 2006, 437면)라고 지적하고 있다.

155) 오카 마리는 일관되게 사건은 언어화될 수 없다고 본다. 사건이 언어로 재현된다면, 반드시 재현된 현실 외부에 누락된 사건의 잉여가 있다는 것, 사건이란 항상 그와 같은 어떤 과잉됨을 잉태하고 있으며, 그 과잉됨이야말로 사건을 사건답게 만든다는 것이다. 표상 불가능한 사건을 표상하는 것, 말할 수 없는 사건에 대해 말하는 것, 그것은 무엇보다도 사건의 말할 수 없음 자체를 증언하는 것이 되어야만 한다. 이러한 이유로 사건의 폭력을 현재형으로 하여 살아가고 있는 사람들은 그 사건에 대해 이야기할 수 없다고 본다. (위의 책, 148-149면)

들에게 사건은 현재형으로 회귀하는 것이며, 그렇기에 그들은 사건을 말하기보다는 그 사건을 살아갈 뿐이다. 압제받은 체험은 그들의 '고통받는 몸(the body in pain)'에 체현되어 생생하게 살아 숨쉰다.156)

『나목』의 어머니는 생기를 잃은 모습으로 별다른 말도 하지 않은 채 생존만을 이어간다. 어머니는 건넌방에서 죽은 아들이 치는 기타 소리를 듣기도 한다. 『목마른 계절』에서 아들 하열을 잃은 서어사는 정신을 놓아 버린다. 처음에는 가매장한 아들의 무덤을, 나중에는 베개를 쓰다듬으며 "자장, 자장, 우리 아가 / 우리 아가 잘도 잔다 / 금자동아, 은자동아 / 금을 주면 너를 사랴 / 은을 주면 너를 사랴 / 자장 자장 우리 아가"(322)라는 자장가를 불러준다. 대신에 다른 말은 모두 잊고, 그녀가 하던 다른 일도 잊어버린다. 오빠의 더듬거림, 말실수, 침묵과 어머니의 히스테리와 광증이야말로 사건의 증언이라고 볼 수도 있다.

이러한 특징은 후기작으로 갈수록 더욱 선명해진다. 「엄마의 말뚝 2」와 『그 산이 정말 거기 있었을까』에서 오빠는 다시 돌아온 서울에서 심각한 말더듬이 증세를 나타낸다. 나중에는 "으, 으, 으, 으 같은 소리밖에"(「엄마의 말뚝 2」, 415) 내지 못하는 실어증에 빠진다. 그는 의용군으로 끌려가서의 일이나 총기 오발 사고를 당했을 때의 일에 대해서도 아무런 말을 하지 않는다.157) 오빠는 망가진 정신에 따른 언행을 보이는 "병신"(414)일 뿐이다. 어머니 역시 한 번도 오빠와 관련된 말을 하지 않는다. 그녀는 죽은 지 하루밖에 안 된 오빠를 하루 빨리 묻어야 한다며 히

---

156) 김성례, 「근대성과 폭력 : 제주 4·3의 담론정치」, 역사문제연구소 외 엮음, 『제주 4·3 연구』, 역사비평사, 1998, 266면.

157) 이에 반해 선명한 작가의식에 바탕해 쓰여진 『목마른 계절』의 오빠는 의용군에서 탈출해 돌아오며 심각한 학살의 현장을 보았다고 하며, 또한 말을 잃어버리지도 않는다.

스테리를 부리는 등의 모습을 보일 뿐이다.158)

「엄마의 말뚝 2」에서 '나'의 엄마는 눈 위에서 넘어져 다친다. 엄마는 대수술 후에 마취에서 깨어나며 헛소리를 하기 시작한다. 엄마는 "참으로 불가사의한 괴력"을 발휘해서 "원한의 울부짖음과 독한 악담이 섞인 소름끼치는 기성"(408)을 내지르는 것이다. 그동안 어머니는 「부처님 근처」에도 나타난 것처럼, 부처님을 믿는 것으로 어머니가 당한 남다른 참척(慘慽)과 원한을 거의 극복한 것으로 보였다. 그러나 어머니의 기성(奇聲)을 통해 "어머니의 오지에 감춰진 게 선과 평화와 사랑이 아니라 원한과 저주와 미움"(408)이었다는 사실이 드러난다.159)

> "그놈 또 왔다. 뭘 하고 있냐? 느이 오래빌 숨겨야지, 어서."
> "엄마, 제발 이러시지 좀 마세요. 오빠가 어디 있다고 숨겨요?"
> "그럼 느이 오래빌 벌써 잡아갔냐."
> "엄마 제발."
> 어머니의 손이 사방을 더듬었다. 그러다가 붕대 감긴 자기의 다리에 손이 닿자 날카롭게 속삭였다.
> "가엾은 내 새끼 여기 있었구나. 꼼짝 말아. 다 내가 당할 테니."

---

158) 직접적으로 작가의 기억과 관련된 것으로 서사화되지 않는 것도 존재한다. 9·28 수복 이후 부역 혐의로 '나'가 받은 수모 등은 기억하기조차 싫다며 그 진술을 피하고 있다.
159) 「엄마의 말뚝 3」은 「엄마의 말뚝 2」에서 등장한 엄마의 증언이 얼마만한 무게를 지니는가를 보여주기 위한 작품이라고 해도 과언이 아니다. 그것은 다음의 인용에 잘 나타나 있다.
"나는 어머니의 무시무시한 괴력을 알게 된 유일한 목격자였다. 어머니의 초인적인 난동에 죽자꾸나 몸으로 부딪힌 기억은 살아서 체험한 지옥과 다르지 않았다. 아무리 마취가 덜 깨어난 상태라고 해도 그럴 수는 없는 일이었다. 나는 그게 어머니의 전 생명력을 건 마지막 발언이라고 생각했다. 나의 불쌍한 어머니는 그때 생명력을 다 소진해버려 지금 껍데기만 남아 있었다. 그런 어머니는 내 어머니 같지가 않았다."
(『작가세계』, 1991년 봄호, 114면)

어머니의 떨리는 손이 다리를 감싸는 시늉을 했다. 그때부터 어머니의 다리는 어머니의 아들이었다. 어머니는 온몸으로 그 다리를 엄호하면서 어머니의 적을 노려보았다. 어머니의 적은 저승의 사자가 아니었다.

"군관동무, 군관선생님, 우리집엔 여자들만 산다니까요."

(중략)

가엾은 어머니, 하늘도 무심하시지, 차라리 죽게 하시지, 그 몹쓸 일을 두 번 겪에 하시다니……

"어머니, 어머니, 이러시지 말고 제발 정신 차리세요."

나는 어머니의 어깨를 흔들면서 울부짖었다. 어머니는 어디서 그런 힘이 솟는지 나를 검부러기처럼 가볍게 털어 내면서 격렬하게 몸부림쳤다.

"안 된다. 안 돼. 이노옴. 안 돼. 너도 사람이냐? 이노옴, 이노옴."(406-407)

이머니는 한국전쟁이라는 사건의 폭력성으로 인해 정신적 외상을 입고 그 기억에 감금된 채 현재를 살아왔던 것이다. 어머니는 대수술을 받고 플래쉬백(flashback)이라는 현상에 휩싸여 있다. 플래쉬백이란 기억에 매개된 폭력적인 사건이 그 당시 마음과 신체로 느꼈던 모든 감정이나 감각과 함께 현재형으로 생생하게 반복되는 경험을 말한다.[160] 어머니는 지금 명징한 언어가 아닌 몸으로서 그 사건을 기억하며 증언하고 있다. 한국전쟁의 상처는 어머니의 의지와 무관하게 어머니의 육체에 도래하고 있는 것이다. 어머니는 전쟁이란 사건이 결코 끝난 것이 아님을, 그렇

---

[160] 플래쉬백이란 죽음에 이르는 사건 및 사고에 자신이 둘러싸인다든지 타인이 그러한 피해를 받는 것을 목격함으로써 정신에 외상을 입은 사람이 사건 뒤에 영위하는 일상 생활 속에서도 그와 같은 트라우마적 사건을 되풀이하여 체험하게 되는 현상을 뜻한다. 대체적으로 정신적 외상을 입은 자는 이미지, 상기, 지각을 수반하여 사건을 집요하게 되풀이하여 회상한다거나, 꿈속에서 사건을 여러 번 되풀이하여 본다거나, 아니면 환영, 환각, 플래쉬백 등과 함께 사건이 마치 다시 일어나고 있는 듯 생생한 감각이 발생하며 사건을 스스로 연출하는 등의 증상을 나타낸다. (下河辺美知子, 『歷史とトラウマ』, 作品社, 2000, 31-35면 참조)

기 때문에 그 기억을 완벽하게 지워버리고 사는 지금의 현실이 잘못된 것임을 온몸으로 고발하고 있다.

「엄마의 말뚝 2」에서 어머니는 작품의 마지막에 매장되기를 거부하고, 자신의 아들처럼 한 줌의 뼛가루가 되어 고향 앞바다에 뿌려지기를 바란다. 이것은 자신이 아들과 똑같은 위치에 놓임으로써, 끝까지 한국전쟁의 증언자가 되겠다는 다짐에 해당한다. 아들의 시신을 화장하여 그 뼛가루를 고향 땅이 보이는 바다에 뿌린다는 행위는 어머니에게 특별한 의미가 있다. 어머니는 아들이 죽었을 때, 무덤을 만들자는 며느리의 제안을 무시하고는 아들의 뼛가루를 바다에 뿌렸던 것이다. 이 행위는 '나'에 의해 다음과 같이 의미부여가 되었다.

> 개풍군 땅은 우리 가족의 선영이 있는 땅이었지만 선영에 못 묻히는 한을 그런 방법으로 풀고 있다곤 생각되지 않았다. 어머니의 모습엔 운명에 순종하고 한을 지그시 품고 삭이는 약하고 다소곳한 여자 티는 조금도 없었다. 방금 출전하려는 용사처럼 씩씩하고 도전적이었다.
> 어머니는 한줌의 먼지와 바람으로써 너무도 엄청난 것과의 싸움을 시도하고 있었다. 어머니에게 그 한줌의 먼지와 바람은 결코 미약한 게 아니었다. 그야말로 어머니를 짓밟고 모든 것을 빼앗아 간, 어머니가 도저히 이해할 수 없는 분단이란 괴물을 홀로 거역할 수 있는 유일한 수단이었다. (417)

이것은 아들의 죽음이 담고 있는 상처를 말 그대로 땅 속에 묻어 버리지 않겠다는 것을, 그 상처를 허공중에 계속해서 떠돌게 하겠다는 다짐으로 읽힌다. 무덤을 만들지 않고 아들의 뼛가루를 바다에 뿌린 행위는, 아들의 상처에 대한 어떠한 의미화도 거부하는 상징적 제의라고 할 수 있다. 이제 어머니는 아들과 똑같은 자리에서 한국전쟁이라는 사건을 증언하고자 하는 것이다.161) 오빠와 어머니는 분단과 전쟁에 대하여 말하기보다는 그 사건을 살아갈 뿐이다.

4. 끝나지 않은 분단 문학의 가능성

박완서 문학의 핵심에는 한국전쟁이 놓여 있고, 그 핵심에는 오빠의 기억이 있다. 박완서에게 오빠로 대표되는 한국전쟁의 체험은 그녀의 삶을 송두리째 바꾸어 놓은 개인적인 트라우마로서 존재한다. 나아가 오빠의 행적은 적지 않은 사회 역사적 의미를 지니고 있다. 양 체제로부터 이용당하고, 양 체제로부터 버림받고, 양 체제에 의해 죽어간 오빠의 삶은 한국전쟁 당시 일반 민초들이 겪어야 했던 삶의 한 전형이 되기에 충분하기 때문이다. 박완서가 한국전쟁을 기억하고 서사화하는 것은 문학적 창작 이전에 자신의 트라우마에 맞선 힘겨운 투쟁이라고 부를 수도 있다. 나아가 기억을 망각하지 않는 것은 박완서에게 한국전쟁 당시 거대 이데올로기에 의해 철저히 타자화된 자신을 잊지 않는 것과도 관련된다. 자기 상처와의 절실한 대면은 한국전쟁이라는 기억의 표상에 있어, 박완서만의 독특하고 의미 있는 성과로까지 이어지고 있다. 박완서의 오빠에 대한 형상화는 내셔널리즘에 의해 만들어진 전쟁 신화를 의문시하고, 힘없는 보통 사람들이 겪어왔던 피와 땀의 자국들을 수습함으로써

---

161) 「엄마의 말뚝 3」에서는 할머니의 유언에 따라 화장하기를 거부하는 조카를 등장시키고 있다. 이러한 조카의 모습은 한국전쟁과 분단에 대응하는 '어머니'나 '나'와는 다른 미체험세대의 대응방식을 보여준다는 점에서 주목을 요한다.

역사를 재구성하는 작업이기도 하다.

　초기 작품에서 오빠로 표상되는 한국전쟁이라는 사건을 기억하고, 기록하는 일은 무엇보다 치유로서의 의미를 지닌다. 이러한 치유는 '아픔을 있는 그대로 드러내는 방식'과 '사회의 공식적 기억에 기대는 방식'이라는 두 가지 형태로 나타난다. 1990년대 이전 작품들의 오빠는 작가의 고백에서 드러난 실제 오빠의 삶과는 거리가 있다. 이들 작품에서 오빠는 남과 북 모두에 의해 살해된 것이 아니라 북한에 의해 살해된 것으로 형상화된다. 이와 동일한 맥락에서 『목마른 계절』에서는 전쟁기의 낭만적 사랑을 보여주고 있다. 이것은 작가의 자기방어심리와 관련된다. 끔찍한 운명에 처한 트라우마의 희생자가 과거의 사건을 그대로 재연한다면, 그것은 다시 한번 스스로 통제할 수 없는 상황에 처할 수도 있다는 사실을 인정한다는 것을 의미한다. 이것은 받아들이기에 너무나 힘든 일로서, 트라우마의 치유를 더욱 어렵게 할 수 있다. 따라서 트라우마의 사건을 상상적으로 재연하되 그 세부를 자신이 경험한 것과는 다르게 맺는다면, 생존자는 트라우마의 기억을 보다 잘 통제할 수 있게 된다.

　이처럼 오빠와 관련한 한국전쟁의 기억을 소설화하는 것의 핵심은 자기치유에 있었다. 그것은 오빠로 대표되는 전쟁의 상처가 작가에게는 무엇과도 비교할 수 없는 절실한 상처였기 때문에 발생한 자연스러운 현상이다. 그러나 시간이 지날수록, 즉 오빠로 상징되는 한국전쟁의 상처를 되새김질할수록 작가의 관심은 자기 치유에서 사건에 대한 증언으로 그 관심이 확대된다. 『목마른 계절』의 개작과정에서 첨가된 내용과 『그 많던 싱아는 누가 다 먹었을까』의 마지막 부분에는 증언에의 의지가 선명하게 드러나 있다. 실제 오빠의 행적에 바탕한 한국전쟁의 문학적 형상화

는 냉전이 해체되고, 한국전쟁과 관련된 사회적 금기가 많이 풀린 1990
년대 이후에 가능해진다. 『그 많던 싱아는 누가 다 먹었을까』와 『그 산이
정말 거기 있었을까』가 바로 그 결과물이다. 그러나 폭력적인 사건, 그
것에 대해 이야기할 수 없다는 점에 사건의 폭력적 핵심이 존재한다면,
그러한 서사화야말로 사건에 대한 무화 내지는 은폐일 수도 있다. 이와
관련하여 박완서의 여러 작품에는 재현불가능성이라는 사건의 본질적인
성격이 은근하지만 강력하게 드러난다. 그것은 사건의 직접적인 당사자
인 오빠와, 오빠와 가장 가까운 거리를 유지한 어머니를 통해 이루어진
다. 사건의 당사자인 오빠와 어머니가 사건을 증언하는 방식은 '나'와는
매우 다르다. 이들은 결코 자신들의 상처에 대해 말하지 않는다. 그들에
게 사건은 현재형으로 회귀하는 것이며, 그렇기에 그들은 사건을 말하기
보다는 그 사건을 살아갈 뿐이다. 압제받은 체험은 그들의 '고통받는 몸
(the body in pain)'에 체현되어 생생하게 살아 숨 쉬는 것이다. 따라서 박완
서의 한국전쟁과 분단에 관한 소설들은 그 사건들을 잘 드러냈을 뿐만
아니라 사건의 표상불가능성이라는 근본적 속성을 증언했다는 점에서도
그 의의를 찾을 수 있다.

3부

남북한 소설에
나타난
개인과 공동체

제 1 장

한설야의 아동문학 연구

『금강선녀』를 중심으로

1. 아동문학 작가이기도 한 한설야

한설야(1900-1976)는 프로문학을 대표하는 작가일 뿐만 아니라 북한 문학의 형성에 있어 결정적인 기여를 한 작가이다. 그는 작가론의 대상 으로도 늘 중요하게 다루어졌고, 카프 시기나 일제 말기 혹은 해방 직후 와 같은 문제적 시기를 연구함에 있어서도 항상 관심의 초점이 되어 왔 다. 그는 한국문학을 대표하는 경향소설, 전향소설, 당소설의 창작자로 자리매김 되어온 것이다. 그러나 한설야가 창작한 아동문학에 대해서는 거의 연구가 이루어지지 못했다. 그가 등단 초기인 1927년에 이미 「이상 한 그림」(『동아일보』, 1927.5.3.-7.)을 발표하였으며, 해방 이후에도 수많은 아동문학을 창작하였다는 점을 생각한다면, 이는 매우 안타까운 일이 아 닐 수 없다. 이 글에서 살펴보려는 『금강선녀』에 대한 논의로는 원종찬의 「한설야의 장편동화 『금강선녀』 연구」를 유일한 선행연구로 들 수 있다.

원종찬의 논문은 모두 세장의 본론으로 구성되어 있으며, 2장과 4장에서는 각각 '한설야의 아동문학 활동'과 '아동소설 「버섯」과 작가적 최후에 관한 의문'을, 3장에서는 『금강선녀』를 본격적인 논의의 대상으로 삼고 있다. 원종찬은 『금강선녀』가 한설야의 "아동문학 창작 가운데 개인숭배와 관련되지 않은 유일한 것"[1]이라고 보고 있으며, 이 작품이 "북한 사회주의 건설 과정에 대한 총체적인 알레고리"[2]라고 평가한다. 『금강선녀』에 대한 선구적인 논의로서, 그 연구사적 의의를 높게 인정할 수 있다. 다만 아쉬운 점은 두 가지이다. 첫 번째는 『금강선녀』가 너무나도 명백하게 「나무꾼과 선녀」라는 전통 설화를 패러디한 작품임에도 불구하고, 이에 대하여 별다른 논의를 하지 않았다는 점이다. 패러디에 드러난 차이점이야말로 작가의식의 핵심과 연결된다는 점을 고려할 때, 이는 『금강선녀』 연구에 있어 반드시 채워져야 할 빈 칸이라 판단된다. 이 글에서는 전통 설화 「나무꾼과 선녀」와의 비교 검토를 통하여 『금강선녀』가 지닌 의미와 특징을 보다 뚜렷하게 드러내고자 한다.

다음으로는 원종찬이 한설야의 아동문학으로 장편 『력사』의 일부였던 『아동혁명단』과 김일성의 어린 시절을 그린 『만경대』, 그리고 숙청 직전에 쓰여진 「버섯」만을 검토의 대상으로 삼고 있다는 점이다. 그러나

---

1) 원종찬, 「한설야의 장편동화 『금강선녀』 연구」, 『국제한인문학연구』 1권 1호, 2013, 207면.
2) 위의 논문, 210면. 『금강선녀』에는 "인민이 자기운명의 주인이 되어 의식주를 해결하는 모습, 외적의 침략과 자연 재해를 극복하는 모습, 이웃마을과 협력체계를 이루는 모습 등"(210면)이 나타나 있으며, "역사의 주인은 인민이고 노력과 협력을 통해 지상천국을 건설할 수 있다는 작가의 신념"(214면)이 판타지로 펼쳐진 장편동화라는 것이다.

한설야의 아동문학에는 작가생활의 초기에 쓰여진 「이상한 그림」과 더불어, 『금강선녀』와 비슷한 시기에 쓰여진 장편『형제』,3) 『성장』,4) 「버섯」이 포함되어야 한다. 본문에서의 논의에서 밝혀지겠지만, 이들 아동소설과 『금강선녀』의 유사성은 놀라울 정도이다. 따라서 『금강선녀』를 제대로 이해하기 위해서는 「이상한 그림」, 『형제』, 『성장』과의 비교 검토가 필수적이라고 할 수 있다. 따라서 이 글에서는 선행연구에서 언급되지 않은 「이상한 그림」과 아동소설이라는 측면에서는 다루어지지 않은 『형제』와 『성장』과의 비교 검토를 통하여 『금강선녀』와 한설야의 문학적 특징을 밝혀내고, 나아가 북한 문학과 북한 사회 일반의 특징에 대한 통찰까지 얻고자 한다. 또한 「버섯」과의 비교 검토도 보다 상세하게 진행할 것이다.

---

3) 『형제』는 1960년 4월 20일에 아동도서출판사에서 간행된 장편으로, 판권지에는 '고중 및 기술학교 학생용'이라고 표기되어 있다. 이 작품이 아동문학, 그 중에서도 소년소설에 해당함을 분명히 하고 있는 것이다.
1952년부터 1953년 휴전까지의 시기와 평양 근교의 후방을 배경으로 하고 있는 『형제』는 민족적 성격론, 민족어의 활용, 민족적 정서를 보여준 작품으로 평가되었다. 남진 부부의 인도주의와 사회주의적 애국주의, 금옥 형제들이 보인 사회주의적 애국주의와 혁명적 의지, 그리고 새 시대에 대한 희망 등이 민족적 성격으로 제시된 것이다.(이상숙, 「북한문학의 "민족적 특성론" 연구-1950・1960년대를 중심으로」, 고려대 박사 학위논문, 2004, 115면)
4) 『성장』은 조선작가동맹출판사에서 1961년 9월 10일 발행되었다. 이 작품은 『형제』의 속편으로서, 『형제』에서 순이의 돌봄을 받던 금옥이 의사로 성장하여 전쟁고아들을 돌보는 내용을 담고 있다. 이 작품 역시 10대 소년을 주인공으로 내세우고 있으며, 삽화가 등장한다는 점 등을 볼 때, 소년소설에 해당한다.

2. 「나무꾼과 선녀」 설화의 패러디를 통한 새로운 건국신화의 창조

한설야의 『금강선녀』는 북한 잡지 『아동문학』에 1960년 11월부터 1961년 8월호까지 10회에 걸쳐 연재된 장편동화이다. 『금강선녀』는 2013년에 여유당출판사의 '동아시아 대표동화' 시리즈의 북한 대표 동화로 출판되었으며, 모두 2권으로 500여 면에 이른다. 한설야의 『금강선녀』는 한국의 대표적인 설화라고 할 수 있는 「나무꾼과 선녀」를 패러디한 것이다. 『금강선녀』는 「나무꾼과 선녀」 설화에 등장하는 결혼, 천상계와 지상계의 이중적 구조, 동물보은(動物報恩) 모티프, 승천과 하강 등의 요소를 그대로 가져왔지만, 인물의 특성, 사건 전개의 방향, 주제의식 등은 「나무꾼과 선녀」 설화와 판이하게 다르다.

「나무꾼과 선녀」와 관련해서는 모두 150여 종의 이본(異本)이 존재하며,[5] 이처럼 다양한 이본들이 공유하는 설화의 기본적인 내용은 나무꾼이 선녀를 만나서 아이를 낳고 지내다가 선녀가 옷을 찾아 입고 다시 하늘나라로 돌아간다는 것이다. 그 중에서도 핵심 화소(話素)는 '나무꾼이 선녀를 만났다 헤어지는 것'이라고 정리해 볼 수 있다. 각각의 이본들은 결말의 변화에 따라 선녀가 하늘로 돌아가는 것으로 끝나는 선녀 승천형, 나무꾼이 하늘로 쫓아가서 가족을 만나 행복하게 사는 나무꾼 승천형, 나무꾼이 다시 땅으로 내려오는 지상 회귀형으로 나뉘어진다.[6]

---

5) 배원룡, 『나무꾼과 선녀 설화 연구』, 집문당, 1993, 44면.
6) 김대숙, 「'나무꾼과 선녀' 설화의 민담적 성격과 주제에 관한 연구」, 『국어국문학』 137집, 2004, 335-337면. 이를 좀 더 세분하여 선녀 승천형, 나무꾼 승천형, 나무꾼 천상시련 극복형, 나무꾼 지상 회귀형, 나무꾼 시신 승천형, 나무꾼 선녀 동반 하강형으로 나누기도 한다.(배원룡, 앞의 책, 28-29면)

한설야가 전래되는 수많은 설화 중에 「나무꾼과 선녀」 설화를 패러디의 대상으로 삼은 이유는 세 가지 정도로 생각할 수 있다. 첫 번째는 널리 알려진 설화를 대상으로 함으로써, 자신의 메시지를 많은 사람들에게 효과적으로 전달하고자 한 의도에서 비롯되었다고 볼 수 있다. 「나무꾼과 선녀」 설화는 전국적으로 전승되는 광포(廣布)설화이며, 구연자(口演者)도 남녀노소와 계층을 불문하고 두루 걸쳐 있어 향수층(享受層)이 매우 두터운 편이다.[7] 다음으로는 「나무꾼과 선녀」 설화의 주요한 공간적 배경이 금강산이라는 점이다.[8] 분단된 현실에서 『금강선녀』의 주독자층은 북한 사람들이며, 그들에게 금강산 배경의 설화는 보다 친근하게 받아들여졌을 가능성이 높다.

마지막 이유는 「나무꾼과 선녀」 설화의 기원이 신화에서부터 비롯되었다는 점이다. 그동안 '청태조 탄생담', 몽고의 '보리야드족 족조신화', '호리 투메드 메르겐', 그리고 바이칼 지역의 '호리도리와 백조공주 혼슈부운의 사랑이야기' 등의 외국 자료가 학계에 보고되면서 「나무꾼과 선녀」 설화가 본래 동북아 지역의 시조신화에서 시작하였고 샤머니즘이나 토템 등의 신앙과도 관련이 있는, '신화'라는 추정이 관심 있는 연구자들로부터 제기되고 있는 상황이다. 이러한 신화에서는 대부분 사냥꾼인 남자 주인공이 백조, 고니 등 '새'로 상징되는 여인을 만나 지부천모(地父天母)형의 결합을 한다. 이후 둘 사이에서 아이들이 태어나고 여자는 날개옷을 손에 넣자 가족을 버리고 하늘나라로 돌아간다. 이때 남겨진 자식들이 부족의 시조가 되었다는 내용이 이들 신화의 결론이다. 이처럼 동

---

7) 신태수, 「「나무꾼과 선녀」 설화의 신화적 성격」, 『어문학』 89집, 2005, 157면.
8) 전영태, 「「나무꾼과 선녀」에 대한 통합적 해석」, 『선청어문』 33집, 2005, 225면.

북아 지역에서 전승되는 「나무꾼과 설화」 이야기는 본래 시조신화를 그 모태로 하고 있는 것이다.9)

그러나 「나무꾼과 선녀」 설화는 신화적 성격 뿐만 아니라 민담적 성격도 동시에 지니고 있다. 민담으로서의 성격은 남녀의 이합에 초점을 맞춘 가족 이야기라는 측면에서 찾을 수 있다. 선녀는 하늘로 갈 때도 꼭 아이들을 함께 데리고 가고, 나무꾼은 땅 위에 두고 온 어머니를 그리워해서 다시 집으로 돌아오는 것으로 형상화된다. 이런 측면에 주목할 경우, 「나무꾼과 선녀」는 나라나 위대한 인물의 탄생을 위한 신비한 이야기가 아니라 현실에 바탕을 둔 핏줄에 얽힌 가족관계의 민담으로 볼 수 있는 것이다.10) 그러나 「나무꾼과 선녀」는 본래부터 지니고 있는 신화적 성격도 뚜렷하다. 이 설화는 "대칭적 세계관이 토템적 세계관, 상호 의존적 천지관, 신인교혼의 결혼관과 같은 집단의식을 응집시켜 삼라만상을 우주적으로 조망"11)하는 특성을 보여주고 있는 것이다. 특히 이 설화의 중심적인 관계인 "인간과 동물, 천상계와 지상계, 천녀와 지남의 관계"는 "세 쌍 모두 대치적 세계관이라 부를 수 있는 사고체계를 내포하기 때문에 신화적 성격"12)을 지닌다고 볼 수 있다.

한설야의 『금강선녀』는 민담적 성격과 신화적 성격 중에 신화적 성격을 보다 강하게 지닌 아동소설이라고 할 수 있다. 이 작품에서 중요한 것은 며느리와 시어머니, 사위와 장인, 아들과 어머니의 관계를 중심으로 한 가족 드라마가 아니다.13) 『금강선녀』는 하늘나라보다도 우월한

---

9) 신태수, 앞의 논문, 160-165면.
10) 「나무꾼과 선녀」 설화를 부부갈등, 옹서갈등, 고부갈등을 다룬 이야기로 보는 견해도 있다. (서은아, 『나무꾼과 선녀의 부부갈등과 문학치료』, 지식과교양사, 2011, 35-74면)
11) 신태수, 앞의 논문, 175면.
12) 위의 논문, 176면.

한 마을의 성립과정과 그 조건을 다루고 있는 서사물로서, 당대 북한 사회의 국가적 이상이 그대로 드러나 있다고 해도 과언이 아니다. 이 소설이 창작된 1960년 무렵은 북한식 사회주의가 완성되던 시기로서,[14] 『금강선녀』에는 북한식 사회주의의 기본적인 지향점이 동화의 외양을 빌려 선명하게 드러나 있다. 한설야는 본래 신화적 성격을 농후하게 지니는 「나무꾼과 선녀」 설화를 바탕으로 하여, 일종의 북한판 건국신화를 창작했다고 할 수 있다.[15] 이러한 특징은 『금강선녀』 이후 쓰여진 아동소설 「버섯」에서, 『금강선녀』가 아주 오랜 옛날 우리 조상이 창작한 이야기로 소개하고 있는 것에서도 확인 가능하다.[16]

---

13) 『금강선녀』에서 가족 간의 갈등은 선녀와 시어머니 사이에서 벌어지지만, 그것은 곧 손쉽게 해결된다.

14) 이 기간(1953.7-1960)은 전후 복구와 사회주의 전환의 길을 놓고 다양한 정파와 학자들이 광범한 토론을 벌인 논쟁의 시대이다. 동시에 "인민민주주의 국가에서 사회주의 국가로의 전환기"로서 "오늘날과 같은 고도로 집중화·획일화된 권력구조를 형성하게 되는 시기"(김성보, 『북한의 역사1 — 건국과 인민민주주의의 경험』, 역사비평사, 2011, 10면)이기도 하다. 1961년 9월 로동당 제4회 대회에서 김일성은 국가의 '사회주의적 개조의 완성'을 선언했다. (와다 하루끼, 『북한현대사』, 남기정 역, 창비, 2014, 145면)

15) 『금강선녀』에도 신화의 중요한 특징 중의 하나인 삼라만상에 대한 우주론적 조망이 나타난다. 이 작품에서는 태양과 별의 유래에 대한 설명도 등장한다. 해는 한 사람이 "너무 착하고 일 잘하고 맘이 밝고 맑아서 저렇게 된"(1, 151) 것으로, 별은 "착한 사람"(1, 152)이 변해서 된 것으로 설명된다.

16) 그 구체적인 부분을 옮겨보면 다음과 같다. "수상님, 제가 얼마 전에 우리나라 선녀 전설을 읽은 일이 있습니다. 선녀가 땅에 내려 와서 아이 낳고 살다가 어찌어찌해서 또 하늘로 올라갔습니다. 그러나 결국 땅이 그립고 남편이 그리워 룡을 타고 다시 땅으로 돌아 옵니다. 저는 이것을 읽으면서 조선 사람이 하늘을 완전히 땅에 복종시키는 날을 공상해 보았습니다. (중략) 수상님 로케트가 하늘로 올라 가는 시대에서 더 나가면 하늘을 땅에 복종시키는 시대도 올 것이 아닙니까. 그런데 우리 조상들은 벌써 한 옛날에 그것을 알고 자손들에게 전해 주었습니다. 선녀 전설은 분명 그것입니다."(한설야, 「버섯」, 『아동문학』, 1962,4, 61-62면. 앞으로 작품을 인용할 경우, 본문 중에 페이지 수만 기록하기로 한다.) 선녀가 땅에서 살다가 자신의 뜻과는 달리 하늘로 올라가고, 다시 땅이 그리워 용을 타고 지상에 내려온다는 이야기는 「나무꾼과 선녀」 설화와는 무관한 『금강선녀』의 내용이다. 한설야는 이 『금강선녀』를 조상들이

3. 절대적 이분법을 통한 '우리'의 창조

3.1. 「선녀와 나무꾼」 설화에 나타난 이분법의 전도

마지막으로 한설야가 「선녀와 나무꾼」 설화를 패러디해서 장편동화를 쓴 이유는, 이 설화가 지닌 이원적 구조를 적극적으로 활용하기 위한 것으로 보인다. 물론 그 방식은 모든 인물들이 천상계를 지향하는 설화를 철저하게 전도(顚倒)시키는 방식이다. 부정적 타자로서의 천상계를 설정하는 방식을 통해 '지금-이곳'은 한없이 이상화된다.

「나무꾼과 선녀」 설화에서 선녀는 '천상계-지상계-천상계'의 공간 이동을 보여준다. 그것은 모든 설화 유형에서 공통되는 것이다. 이와 달리 나무꾼은 나무꾼 승천형에서는 지상계에서 천상계로의 이동 경로를 보여주고, 지상회귀형에서는 지상계-천상계-지상계의 이동경로를 보여준다. 그러나 선녀가 알려준 금기를 위반하여 지상계에 남은 나무꾼은 죽어 수탉(혹은 뻐꾸기)이 된다. 수탉이 하늘을 바라보며 우는 모습은 나무꾼의 죽어서라도 하늘에 닿겠다는 깊은 원망을 드러내기에 모자람이 없는 형상이다. 선녀승천형의 경우에도 지상에 혼자 남은 나무꾼은 선녀가 있는 하늘을 애타게 그리워한다. 일부 설화에서는 천상으로의 복귀를 염원하다 죽은 나무꾼을 불쌍히 여긴 선녀가 그의 시신을 승천시켜 천상에 장사지내 주기까지 한다. 이처럼 선녀는 물론이고 나무꾼 역시 철저하게 승천하는 모습을 보여주는 것이다. 따라서 선녀와 나무꾼 모두 지상계보다는 천상계를 지향하는 인물들이라고 할 수 있다.[17)

옛날에 창작한 '전설'로서 소개한다.

이처럼 「나무꾼과 선녀」 설화는 기본적으로 천상계를 이상적인 세계로 전제해 놓고 있다. 지상회귀형에서도 나무꾼은 어머니에 대한 그리움으로 지상에 내려왔지만 그것은 단지 실수에 기인한 일에 불과한 것으로 그려진다. 이후 나무꾼은 수탉이 되어서 천상계를 그리워하거나 시신(屍身)이 되어서라도 천상계로 올라가는 모습을 보여주는 것이다.

『금강선녀』는 천상계와 지상계의 관계가 「나무꾼과 선녀」와는 완전히 반대되는 양상을 보여준다. 이 작품에서 주인공 민생은 물론이고, 선녀조차 매우 강렬하게 천상이 아닌 지상에 살기를 소망한다. 선녀와 아이들은 자신들의 뜻과는 무관하게 하늘로 돌아갔으나 "자나 깨나 민생을 생각"[18]하고, "지상의 모든 것이 탐탐히 그리"(2, 58)워질 뿐이다.[19] 선녀가 하늘로 되돌아간 어느 날 산령이 나타나 민생을 시험한다. 산령은 두레박만 타면 아내와 아이들을 만날 수 있다며, 민생이 하늘에 가고 싶어 하는지를 묻는다. 그러자 민생은 단호하게 "산령님, 나는 이 땅을 지키겠습니다. 이 땅에서 살겠습니다."(2, 62)라며 하늘로 올라가는 것을 거부하고 이 땅에 남는다. 결국 선녀와 아이들은 모두 지상으로 내려오고, 하늘나라에 사는 신선들까지도 언젠가는 지상에 내려올 것이 암시되며 작품은 끝난다.

---

17) 현재 전래되는 145편의 「나무꾼과 선녀」 설화 중에서 나무꾼과 선녀가 지상으로 하강하는 유형의 설화는 단지 다섯 편만이 존재할 뿐이다. 나무꾼 가족은 스스로 원해 지상으로 내려오는 것이 아니라, 천상의 존재들로부터 갖은 구박을 받게 되어 어쩔 수 없이 지상에 내려온 것으로 설정되어 있다. (배원룡, 앞의 책, 78-80면)

18) 한설야, 『금강선녀』 2, 여유당출판사, 2013, 58면. 앞으로 작품을 인용할 경우, 본문 중에 권수와 페이지 수만 기록하기로 한다.

19) 선녀가 하늘나라로 돌아간 것은 선녀의 의지와는 무관한 것으로 처리되어 있다. 단지 옷이 나래가 되어 공중을 훨훨 나는 일을 그리워했던 라미는, 우연히 발견한 선녀의 옷을 입고 하늘을 날다가 자신의 아버지인 선왕의 의지에 따라 하늘로 올라가 버리는 것이다.

『금강선녀』에서는 전체 11장 중에서 8, 9, 10장의 배경이 천상계일 정도로 「나무꾼과 선녀」와는 달리 천상계의 비중이 크게 확대되었다. 그러나 이러한 확대는 천상계에 가치를 부여하기 위한 의도가 아니라 오히려 천상계를 비판하기 위한 의도에서 비롯된다. 『금강선녀』에서 민생이 선녀를 유혹하는 핵심적인 이유 역시도 하늘보다 땅의 우월성을 보여주기 위해서이다. 그것은 민생이 처음 선녀를 만나 부르는 노래 속의 "이 땅은 좋은 곳 신선보다 좋은 곳"(1, 120)이라는 말 속에 잘 나타나 있다. 이 말은 작품의 마지막에도 두 번이나 반복된다. 이 작품이 쓰여질 당시의 북한은 중소분쟁과 8월 종파사건 등을 계기로 하여 중소 양국에 대등한 자세를 취하면서 제3세계에 적극적으로 눈을 돌리는 독자외교를 펼쳤다.[20] 따라서 이 천상계는 여러 가지 현실의 국가(사회주의 패권국이나 자본주의 국가들) 등을 의미한다고 볼 수도 있다.[21] 그러나 이 작품의 천상계는 구체적인 나라를 의미한다기보다는 북한이라는 이상적인 국가를 부각시키기 위해 만들어진 하나의 허구적 형상이라고 할 수 있다. "사람이 주인이고 사람이 으뜸이다."(67)라는 산령의 메시지를 증명하기 위해 등장한 텅 빈 스크린인 것이다.

---

20) 김성보, 앞의 책, 211면.
21) 흥미로운 점은 다른 세상에서 온 존재인 선녀를 자신이 살고 있는 곳에 정착시키려고 애쓰는 장면에서, 당시 북한의 큰 정치적 사건이었던 재일 조선인 귀국 사업이 연상된다는 점이다. 1959년 12월 16일 청진항에 975명이 도착한 것을 시작으로, 1960년에는 4만 9036명이, 1961년에는 2만 2801명의 재일조선인이 북한으로 이주했다. 이러한 대규모의 귀국은 북한이 "사회주의 체제의 우월성 선전, 부족한 노동력의 보충"(위의 책, 223면) 등을 원했기 때문에 이루어진 일이다. 이것은 『금강선녀』에서 선녀를 지상에 정착시키려는 이유와 거의 흡사하다. 더욱 흥미로운 점은 재일 조선인들이 처음으로 북한에 도착했던 1959년 12월 16일 청진항에는 최고인민회의 상설위원회 부위원장이었던 한설야가 환영단의 일원으로 참석했다는 점이다. (와다 하루끼, 앞의 책, 139면)

흥미로운 것은 금강산을 중심으로 한 우리 땅을 절대시하는 태도가 한설야의 첫 번째 동화인 「이상한 그림」에서도 분명하게 나타난다는 점이다. 이것은 한설야에게 있어 우리나라나 민족을 우선시하는 민족주의는 그의 정신세계를 일관하는 상수였음을 증명한다. 「이상한 그림」은 그동안 한설야의 아동문학과 관련해서는 물론이고 여타의 문학연구에서도 거의 연구되지 않았다. 이 작품이 연구자들의 관심으로부터 벗어나 있었던 이유 중의 하나로는 이 작품이 1927년에 한설야가 아닌 김덕혜(金德惠)란 필명으로 발표된 것을 들 수 있다. 그러나 이 작품은 놀랄 정도로 『금강선녀』와 유사하다. 특히 이분법을 바탕으로 하여 금강산을 중심으로 한 우리 땅을 가장 이상적인 곳으로 여긴다는 점에서는 완벽히 일치한다.

「이상한 그림」의 한생원은 벼슬을 얻으려고 서울의 권세 있는 대감 집에 머무르지만 10년이 되도록 벼슬을 얻지 못한다. 결국 한생원은 중국이나 한번 다녀오겠다는 생각을 하고, 대감은 중국으로 떠나려는 한생원에게 만 냥을 건네주며 보물을 구해오라고 말한다. 북경(北京)에 도착한 한생원은 한 백발노인이 주위의 어떤 소란에도 관여치 않고 그림만 그리는 모습을 보게 된다. 중국의 그림에는 조화가 있다고 생각한 한생원은 대감으로부터 받은 만 냥을 주고 미인이 그려진 그림을 얻는다. 노인은 한생원에게 죽을 곤경에 처했을 때 빌면, 미인이 나타나 그 청을 들어준다는 말을 해준다. 실제로 한생원이 고려 땅으로 돌아오는 길에 병이 걸려 죽게 되었을 때 그림에 대고 빌자 미인이 나타나 구원해주며, 이후에도 한생원에게 집과 음식을 주고, 대감의 돈 만 냥도 마련해준다. 서울에서 만난 대감은 그림에 대한 이야기를 듣고서는, 벼슬도 버리고서는 금강산에 들어가 그림을 향해 불사약(不死藥)을 가져다 달라고 간절하게 빌고 또 빈다. 그러던 중 "꿈도안닌것갓고 생시도 아닌 것갓"[22]은 꿈속에 미인이 나타나 다음과 같은 말을 한다. 이 말 속에는 온통 '고려땅'에 대한 애정이 가득하다.

> 나는리정성의무남독녀
> 중원짜에태여나서
> 평생에고려쌍을그리다가
> 해동짜금강을그리다가
> 나이십팔에평생뜻못이루고
> 중원쌍에죽은몸
> 혼이나마금강을보고지고
> 그리든고려쌍금강산에왓스
> 니천추만대내혼은금강산에
> 서리우리라.[23]

금강산을 중심에 둔 지상계를 대하는 태도에 있어서, 「이상한 그림」의 미인은 『금강선녀』의 라미와 동일한 차원에 놓인다고 보아도 무리가 없다. 『금강선녀』의 라미가 그토록 애타게 금강산이 있는 지상계를 그리워한 것과 마찬가지로, 「이상한 그림」의 미인도 금강산이 있는 고려 땅을 애타게 그리워한 것이다. 또한 라미가 결국 지상계에 정착하게 된 것과 마찬가지로 미인 역시도 그 혼(魂)이나마 결국에는 금강산에 머물게 된다. 「이상한 그림」에서 금강산을 중심으로 한 우리 땅을 강조하기 위한 대타항으로 '중국'이 등장했다면, 『금강선녀』에서는 '천상계'가 등장한다

---

22) 한설야, 「이상한 그림」, 『동아일보』, 1927.5.7.
23) 한설야, 「이상한 그림」, 『동아일보』. 1927.5.7.

고 볼 수 있다.

「이상한 그림」에서도 중국은 『금강선녀』의 천상계처럼 "우리나라사람이저마다보지못해서한번가보앗스면하는"[24] 곳이다. 이때의 우리나라 사람에는 한생원이나 대감도 포함된다. 그러나 중국인이었던 미인이 이토록 고려 땅을 그리워한다는 것을 알고서는 한생원이나 대감의 생각이 변한다.[25] 그것은 그토록 불사약을 애타게 찾아 헤매던 대감이 미인의 이야기를 듣고 "미인의혼이서리운"[26] 금강산 일만이천봉을 바라보며 늙는 줄도 죽는 줄도 모르는 채 모든 욕심을 버리고 죽은 것에서도 암시적으로 드러난다. 위에 인용한 미인의 고려 땅에 대한 갈망과 애정의 말은 『금강선녀』에서는 지상 낙원을 건설한 후에 민생의 선창(先唱)으로 불리는 노래로 변형되어 나타난다고 할 수 있다.[27] 두 가지 모두 작품의 마지막 부분에 배치되어 있는 것도 중요한 공통점이다.

3.2. 지상계와 천상계의 이분법을 통해 드러난 생산력주의

앞 절에서 살펴본 바와 같이 『금강선녀』에는 「이상한 그림」에서부터 이어져 온 이분법이 나타나고 있다. 짧은 분량의 「이상한 그림」에서는

---

24) 한설야, 「이상한 그림」, 『동아일보』, 1927.5.3.
25) 중국인들이 고려 땅을 동경하는 것은, 정월 보름날 산삼이 사람으로 변해서 거리를 돌아다닌다며 중국인들이 소동을 벌이는 장면에서도 확인할 수 있다. 중국인들은 산삼이 변해서 된 그림자 없는 사람을 애타게 찾는데, 이 사람이 다름 아닌 금강산에서 온 것으로 소개되고 있다.
26) 한설야, 「이상한 그림」, 『동아일보』, 1927.5.7.
27) 이 땅은 좋은 곳 신선보다 좋은 곳/밭과 논에선 한 알이 천 알 되고/풀꽃과 눈꽃은 철철이 갈아 오고/잣나무 그늘도 놀기 좋다오//사람과 땅이 빰을 비비며/춤추며 노래하며 일하며 산다오/신선도 오너라 땅으로 오너라/땅은 좋은 곳 신선보다 좋은 곳. (2, 230)

단순하게 금강산을 중심으로 한 고려 땅에 대한 무한한 애정만이 드러나 있었다. 이에 반해 『금강선녀』에서는 그 이분법을 성립케 하는 의미소가 매우 풍부하게 드러나 있다. 그것은 바로 '유희(천상계) / 일(지상계)'의 절대적 이분법이다. 이러한 의미는 이 작품 전체에 걸쳐 매우 반복적으로 강조되고 있으며, 이것은 비슷한 시기에 창작된 한설야의 여타 아동소설에도 공통적으로 나타난다.

『금강선녀』에서 천상계의 특징은 일하는 것과는 반대로 유희에만 빠져 있다는 것이다. 하늘나라의 선왕은 "일한다는 것은 죄인들이 하는 노릇이다. 하늘에서 죄짓고 땅에 떨어진 죄인들이 하는 노릇이다."(2, 104)라며 일 자체를 꺼린다. 선녀의 언니가 하늘나라에서는 "언제나 즐겁고 기뻐해야 한다. 그것이 신선의 놀이야."(2, 128)라고 선녀(라미)에게 말하는 것에서 잘 드러나듯이, 하늘나라의 신선에게는 놀고 노래하고 춤추는 것이 생활의 전부이다. 하늘나라의 검치랑은 "선녀는 왕자와 놀 때만 선녀가 되오. 그러지 않으면 신선에 살 수 없소. 그러니 신선 놀이를 배워야하오."(2, 132)라고 말하며, 라미를 껴안기까지 한다. 이 일 이후 라미는 "신선 사람은 노래와 춤추는 것이 일의 전부다."(2, 140)라고 생각하며, 땅으로 내려갈 것을 굳게 다짐한다.

하늘나라의 신선들과 달리 지상의 주인공이라고 할 수 있는 민생은 그야말로 "일하고 만들어 내는 일은 곧 기쁨"(1권, 10)이라고 여기는 사람이다. 이러한 특징은 검은 도적을 제외한 지상의 모든 사람이 공유하는 것이다. 민생의 아버지 상지는 "일이 낙인 줄 알"(1, 145)고 살아왔으며, 민생의 어머니가 남편을 따라온 이유 역시 일하며 살고 싶었기 때문이었다. 민생의 외할머니도 "세상에 제일 고운 것은 일"(1, 143)이며, "일 잘하는 사람이 제일 곱다."(1, 143)고 말한다. 민생의 아버지와 어머니는 거의 강박적으로 일의 중요성을 강조한다. 그와 관련된 생각이나 말을 옮겨보면 다음과 같다.

"귀신은 일 방망이로 때려야 죽지,"(1, 203), "일 잘하는 사람에게는 아무것도 덤비지 못한다."(1, 203), "하늘도 일은 이기지 못해."(2, 192), "제 뼈가 제일이지요. 제 뼈를 놀려서 사는 것이 제일이야요."(1, 157), "일 안 하고야 무슨 재미로 살겠소."(1, 158), "겉 잘난 사람이 일도 잘한다오. 일이 일색이지요."(1, 175), "일 안 하면 죽은 사람이나 같다."(1, 188), "귀신도 일 앞에서는 물러서고 말아."(1, 202), "일을 하면 힘도 생기는 법"(1, 43), "일은 잔걱정을 없애 주고 희망을 주었다."(2, 183), "쉬지 않고 하는 일처럼 무서운 것은 없었다."(1, 133), "아버지는 나이 들었어도 아직 일에 지려고 하지 않았다."(1, 134) "일만이 꽃이요 기쁨이었다."(1, 195)

"사람이 세상 주인"(1, 26)이며 "사람이 신보다 낫구나."(1, 11)라고 말할 수 있는 근거는 다름 아닌 일을 해서 곡식을 낳기 때문이다. 이 작품에서 최종적인 의미와 행위의 담지자인 산령 역시 민생에게 "사람은 부지런히 일해야 한다."(1, 60)라고 말한다. 이 세상의 모든 것들은 일하기 위해 탄생한 것들이다. "살고 먹는 것은 무엇이고 일을 해야지."(1, 179)라는 아버지의 말처럼, 『금강선녀』에서는 제비도, 구름도, 물새들도 모두 일한다.

'노동 / 유희'라는 핵심적인 이분법은, 그로부터 다양한 하위의 이분법을 파생시킨다. 우선 신선들의 세계에는 생명력이 없다. 신선에게는 "연분홍꽃 같은 불그레한 빛"(1, 65)이 없고 대신 "해파리처럼 희멀끔"(1, 65)하기만 하다. 지상계 "땅과 태양"(65) 있는 것과 달리 신선들의 세계에는

"흰 구름과 안개가 자욱"(1, 66)하기만 하다. 또한 신선들의 세계는 어둠도 밝음도 없는 단조로운 세계로 묘사된다. 신선들은 무엇이고 제 손으로 만들 줄을 모르기에, "모든 것은 이미 만들어진 그대로"(2, 90)인 것이다. 이에 반해 땅은 "모든 것이 잠시도 가만히 있지 않아요. 자꾸 변하거든요."(2, 73)라고 말해지는 세상이다. "일이란 곧 무엇을 만들어 내는" 것이기에 "땅에서는 언제까지나 한 모양으로 있는 것이라고는 없"(2, 85)는 것이다. '노동 / 유희'라는 핵심적인 이분법 이외에도 '밝음 / 어둠', '햇볕 / 구름(안개)', '변화 / 정체', '신의 / 변덕', '인정 / 무정' 등의 이분법이 성립한다.28) 이러한 이분법은 근본적으로 "사람은 일하며" 사는 것과 달리 신선은 "놀고먹기 때문"(2, 65)에 발생하는 것이다.

천상계와 지상계를 연결해주는 존재가 바로 라미이다. 그녀는 처음 "하늘이 땅보다 높습니다."(1, 126)라며 하늘로 올라가고 싶어 하지만, 차차 땅에 대한 사랑을 키워 나간다. 그러한 변화 역시 일을 통해 가능한 것이다. 나중에 라미는 일하지 않는다고 자신을 탐탁지 않아 하던 시어머니가 일을 만류해도 "어머니. 인제 나도 일해요. 잘할 수 있어요. 가만두세요"(1, 192)라고까지 말하는 존재가 되며, 이를 통해 시어머니와의 갈등도 끝난다. 라미에게 성장이란 결국 일을 열심히 하게 된다는 것을 의미하며, 이러한 성장의 과정은 결국 천상계보다는 지상계가 가치 있는 곳임을 강조하게 된다.

해방 후 한설야의 소설은 생산관계의 모순을 바로잡는 차원에 초점이

---

28) 동생 선녀가 옷이 없어 하늘로 올라가지 못하는데도 일곱 명의 언니 선녀들은 하늘로 올라간다. 이 모습을 보며 민생은 "신선은 사람들과 다르구나. 사람들과 같은 인정이 없구나."(1, 119)라고 생각한다. 또한 본래 고향이 땅인 용은 라미를 땅에 데려다 줌으로써 "하나를 지킨다"(2, 177)고 말해진다. 이에 반해 신선은 여기저기를 맘대로 넘나들며 놀 뿐이다.

놓여져 있다기보다는 생산력의 증대를 통한 국가 발전 이데올로기로서 기능하는 것을 알 수 있다. 최대한으로 노동을 동원하는 것이야말로 사회주의적 근대화의 지상 과제였던 것이다.[29] 생산력에 대한 강조는 미성년(未成年)을 주인공으로 내세운 아동문학에서도 예외는 아니다. 천리마 시대 생산력주의를 잘 나타낸 『성장』에서, 주인공 영준이 학업에만 전념하는 것보다 일에서 더욱더 많은 것을 배울 수 있다고 말하는 것이 단적이다. 영준은 한 달간 노동, 학습, 사상 동원이 삼위일체가 된 생활을 한다. 이러한 생활을 통해 학생들은 공부만 해야 한다던 영준의 생각이 180도로 변한다.[30] 김일성의 어린 시절을 그린 「만경대」에서도 '원수'는 어른들로부터 항일의식과 함께 일 중시사상을 교육받는다.[31] 1960년을 전후한 시기에 생산력주의는 내셔널리즘과 함께 북한 사회를 떠받치는 핵심적인 이념이었다. 『금강선녀』가 쓰여진 시기는 천리마운동[32]에 기

---

29) 이경재, 「한설야 소설에 나타난 생산력주의」, 『한국 프로문학 연구』, 지식과교양사, 2012, 34-44면.
30) 이경재, 「한국전쟁의 기억과 사회주의적 개발의 서사」, 『현대소설연구』 41권, 2009, 230-233면.
31) 『만경대』는 제1차 경제 개발 계획이 시작된 1957년에 교육도서출판사에서 출판되었다. 일 중시 사상은 4장과 5장에 집중적으로 나타난다. 4장에서 '원수'는 아버지로부터 "사람은 일을 해야 한다. 땅 같이 큰 것도 일을 무서워한다."(41), "일은 모든 것을 이길 수 있다."(41), "일은 반드시 무슨 일 값이든지 가져다 준다."(42)는 말을 듣는다. 아버지를 비롯해 할아버지, 할머니, 어머니, 숙부, 숙모의 유일한 무기는 "모든 것을 이길 수 있는 '일'"(47)이다. 5장은 "어린 원수는 할아버지와 아저씨에게서 일하는 것이 좋은 일이란 것을 보고 배웠습니다."(47)라는 문장으로 시작된다. 할아버지가 농사 짓는 것을 보며, "근로하는 사람이 가장 좋은 사람이라고 생각"(51)한다. 나아가 "할아버지를 존경하는 마음은 근로를 사랑하며 또 물건을 아끼는 마음으로 자랐"(51)다고 이야기된다. '원수'의 아버지도 "근로를 사랑하고 물건을 아끼는 것은 할아버지와 같"(52)다. (위의 논문, 233-234면)
32) 천리마운동은 "생산력 향상이라는 경제적 측면 외에도 인민들을 공산주의 인간형으로 개조하기 위한 혁명전통과 당 정책, 계급교양 등을 실시한 사상혁신운동"(한성훈, 『전쟁과 인민-북한 사회주의 체제의 성립과 인민의 탄생』, 돌베개, 2012, 445면)이었다는 설명에서 알 수 있듯이, 천리마 운동은 '생산력 향상'과 '공산주의 인간형으로

반을 둔 제 1차 5개년 경제계획(1957-1960)이 끝나고, 제1차 7개년 경제계획(1961-1970)이 시작된 무렵이다.[33] 『금강선녀』는 『성장』에 등장한 당위원장의 말처럼 "일 잘 하는 사람이 제일 예쁜"(106) 사회적 분위기를 반영하고 있는 것이다.

3.3. 개골뫼 사람들과 검은 도적들의 이분법을 통해 드러난 내셔널리즘

한설야의 『금강선녀』에서 중요한 또 하나의 이분법은 지상에서 발생한다. 그 이분법은 민생의 마을 사람들과 검은 도적들 사이에서 성립하는 것이다. 인간 세상에도 좋은 것만 있는 것은 아니어서, 먼 섬 속에는 호시탐탐 민생의 마을을 약탈하고 괴롭히는 검은 도적이 살고 있다. 검은 도적이 "두 뺨과 가슴에 돼지솔 같은 털이 돋쳐 있"고, "다리 정강이도 털투성"(1, 35)이었다고 묘사되는 것에서 알 수 있듯이, 이 이분법 역시 매우 선명하다. 책에 수록된 삽화에서 검은 도적은 서양인의 모습을 하고 있으며, 이것은 독자들이 검은 도적에게서 미국을 발견하게끔 하려는 작가의 의도가 반영된 결과라고 볼 수 있다.[34]

『금강선녀』의 6장과 7장은 수라발도라는 이름의 두목을 앞세우고 침략한 검은 도적을 퇴치하는 이야기이다. 검은 도적이 침략하여 노략질을

의 개조' 등을 추구한 운동이었다고 할 수 있다.

33) 「버섯」에서는 천리마운동으로 인해 평양이 "지상 락원"(30)으로 변했음이 서두 부분에 장황하게 진술된다. "부스럼덩이 같던 곳이 송두리째 없어지고 완전히 새로운 풍경으로 바뀌여졌"(29)던 것이며, "내려다 보기만 해도 메시꺼울만치 어지럽던 보통강이 새로 일떠선 대타령거리를 안고 도는 아름다운 푸른 물 가락지"(29)로 변한 것이다.

34) 삽화는 리건영(1922-)이 그렸다. 리건영은 청전 이상범의 맏아들로 태어났으며, 한국전쟁 때 북한으로 간 후 조선미술가동맹에서 활동하였다.

일삼자 민생은 사람들과 힘을 모아서 이를 무찌른다. 이 과정에서 가장 중요한 것은 '합심(合心)'으로 설명된다. 아버지는 "첫째로 방심하지 않고 사람들이 서로 합심해야 한다."(1, 233)거나 "도적이 오면 아이, 어른, 늙은이, 아낙네 할 거 없이 모두 한사람같이 일어나야 한다"(1, 235)고 말한다. 직접 전투에 참가한 경쇠도 "합심이 제일"(1, 252)이라고 주장하며, 판돌이도 "강한 마음과 합심"(1, 253)이 보배이자 가장 큰 연장이라고 힘주어 말한다. 이처럼 검은 도적과 맞서 싸우는 핵심적인 자질은 '합심'인 것이다. "너희가 제각기 제 생각만 하고 제 잇속만 캐고 있다면, 검은 도적이 춤을 추며 기어들 것이다."(1, 81)라고 경고했던 산령은 "모든 사람과 한 몸 한마음으로 되"(2, 50)어 도적을 무찌른 일이 아름다운 일이라고 칭찬한다.

흥미로운 것은 민생의 마을이 검은 도적들을 무찌를 수 있었던 이유가, 민생 마을 사람들만의 합심이 아니라 도적들의 지배를 받던 바닷가 마을 사람들도 합심했기 때문에 가능했던 것으로 이야기된다는 점이다. 산령과의 대화에서 민생은 한 번에 도적을 물리치지 못한 이유가 도적의 속내를 몰랐던 것과 도적의 말을 믿은 것이라고 고백한다. 마지막으로는 도적이 둥지를 틀고 있는 마을 사람들을 한 편으로 삼지 못했기 때문이라고 덧붙인다.

도적이 둥지 틀고 있는 마을 사람들도 틀림없이 우리 편이라는 것을 비로소 생각했습니다. 우리 겨레입니다. 그런데 처음 두 번은 우리 편을 다 보지 못했습니다. 그러나 두 번 싸움에서 눈이 뜨였습니다. 그 마을 사람들은 우리 편이며 우리와 함께 싸울 사람들이라는 것을 깨달았습니다. 그런데 지난 두 번 쌈에서 그 편을 떼어 놓았으니 이길 수 있습니까? (2, 51)

겨레가 하나로 뭉쳐 외세에 대항해야 한다는 민생의 깨달음을 산령은 "값진 보배"(2, 51)라고 인정한다. 이 대목에서 먼저 해방을 쟁취한 북한과 여전히 식민지 상태인 남한이 연대하여 제국주의 세력을 몰아내야 한다는 북한의 민주기지론(民主基地論)을 확인할 수 있다. 실제로 한설야는 『금강선녀』와 같은 시기인 1960년에 발표한 남한 배경의 장편소설 『사랑』을 통해 선명한 반미의식과 북한 민주기지론을 주장한 바 있다.[35] 동화 『금강선녀』에도 소박하게나마 작가의 북한 민주기지론이 나타나고 있음을 확인할 수 있다. 한설야는 여러 가지 적대적 타자의 창조를 통하여 이상적인 개골뫼의 모습을 형상화하고 있는 것이다.

4. 산령이 의미하는 것—어버이와 어린이

『금강선녀』에서 주인공은 거의 모든 것을 아버지로부터 배우며, 아버지의 가르침에 절대 순종하는 복종형 주체로서 형상화되어 있다. 그러나 이 작품에서 최종적인 가치규범의 담지자이자 행위의 최종 결정권자는 "이 땅의 넋"(1, 209)인 산령이다. 산령은 천상계의 신선보다도 훨씬 능력이 뛰어난 것으로 이야기된다. 산령은 "산령은 모르는 것이 없다."(2, 65)라는 스스로의 말처럼, 전지전능한 존재이다.

이 작품의 기본적 서사 줄기를 가능케 하는 민생과 선녀의 관계도 산

---

35) 김재용은 1946년경부터 한설야가 민주기지론에 기초한 평양중심주의를 제창하였으며, 그의 민주기지론은 『사랑』에 잘 나타난다고 보았다. (김재용, 「냉전적 분단구조하 한설야 문학의 민족의식과 비타협성」, 『분단구조와 북한문학』, 소명출판, 2000, 106-122면)

령에 의해 이루어진다. 산령이 나타나 자신의 어진 아들인 사슴을 구해 준 민생에게 선녀가 목욕하는 곳을 알려준 것이다. 흥미로운 점은 선녀를 보고 싶어 하지 않는 열여섯 살의 민생이 산령의 지시에 의해 선녀의 목욕장소로 향하게 되었다는 점이다. 이때 산령은 민생에게 선녀의 옷을 숨겨 그녀와 함께 살라고 지시하며, 특별히 민생에게 해야 할 임무를 말해준다. 그것은 선녀에게 "일하는 기쁨"(1, 75)을 알게 하는 일이며, "신선에게 인간 세상이 더 좋다는 것을 알려"(1, 75)주는 일이기도 하다. 즉 민생은 인간 세상이 신선이 사는 하늘나라보다 더 좋다는 것을 증명해야 하는 사명을 산령으로부터 부여받았으며, 이때 인간세상이 하늘나라보다 좋은 핵심적인 이유는 이곳이 노동의 기쁨으로 가득 찬 세상이라는 점이다. 결국 민생은 산령의 지시를 충실하게 받들어 실천한 존재에 불과하다고도 볼 수 있다.

하늘나라에 있다가 땅으로 온 용과 라미도 산령이 화를 낼지도 모른다는 점을 가장 걱정한다. 땅에서 살고자 하는 이상, 그 누구도 산령의 허락과 인정을 받아야만 하는 것이다. 민생은 바닷속에서 해가 솟아오르면, 그것은 산령이 허락을 한 것이라고 말한다. 그리고 『금강선녀』의 마지막에는 해가 바다에서 솟아오르는 장엄한 풍경이 연출된다. 이를 통해 라미와 용은 드디어 지상의 일원이 되며, '가장 이상적인 곳으로서의 개골뫼'를 찬양하며 작품은 끝나는 것이다. 결국 지상에서의 모든 일은 산령의 승인을 받아야만 가능한 것임을 알 수 있다. 민생을 비롯한 모두의 삶을 확고하게 지배하는 산령의 존재는 북한 사회에서 당과 수령의 인격화라고 해도 과언이 아니다.

실제로 이후에 창작된 아동소설 「버섯」에서는 산령의 목소리가 김일성의 목소리라는 직접적인 방식으로 등장한다. 지방의 초등학원 원장 선생은 회의 때문에 평양에 올라온다. 그는 수상(首相) 동지를 꼭 뵙고 와서 그 이야기를 해달라는 원아들의 부탁을 들어주기 위해 고민을 하다가, 무작정 수상을 만나기 위해 길을 나선다. 원장은 우연히 수상을 보위하는 군관동무를 만나게 되고, 그와의 만남을 계기로 수상을 직접 만나 여러 가지 이야기를 듣는다. 중편 분량(28-71면)으로 되어 있는 「버섯」의 대부분은 수상의 말로 이루어져 있다. 그것은 책,[36] 군관동무의 전언,[37] 수상의 직접적인 발화[38] 등의 여러 가지 방식으로 나타난다. 수상은 빨치산 활동 당시 여(女)대원이 다른 사람들을 살리기 위해 자신이 혼자 죽어간 이야기와 그 다음해에 다른 대원들이 "애국주의며, 동지애며, 적에 대한 복수심"(68)으로 그 여대원의 복수를 한 이야기를 원장에게 해준다. 그 여대원이 죽어서도 쥐고 있던 옷고름에는 "조선 독립 만세"(64)라는 말이 쓰여져 있다.[39] 『금강선녀』의 산령에 해당하는 수상의 말이 전달

---

36) 원장이 본 책에는 "보시오, 나무에만 열매가 달리는 것이 아니요. 땅에도 열매가 맺히오. 땀을 흘리면 별의별 것이 다 만들어지오 동무들이 짓는 채소도 그 하나요. 그러나 그 채소만이 열매가 아니요. 사람의 맘에 맺히는 열매는 더 크고 귀하오, 근로는 사람의 정신에도, 육체에도 열매를 주오. 머리와 육체를 건전하게 해주오"(한설야, 「버섯」, 『아동문학』, 1962.4, 32면)와 같은 수상이 말이 직접적으로 등장한다.

37) 매일 수상을 보는 군관동무를 통해 수상의 말이나 수상의 행동이 직접적으로 소개되기도 된다. 36면부터 42면까지는 군관동무가 원장에게 하는 일방적인 말로 이루어져 있다.

38) 수상의 직접적인 발화는 이 작품의 핵심으로서, 분량상으로도 58면부터 71면에 이른다.

39) 흥미로운 점은 항일 빨치산 투쟁이 등장하는 맥락이다. 원장은 4차 당대회를 맞이하는 기념으로 아동단원을 데리고 백두산, 보천보, 가림천, 청봉 숙영지와 같은 항일 유적지를 답사한다는 점이다. 이것은 1961년 9월 11일부터 8일간에 걸쳐 열린 조선노동당 제4차대회에서 조선노동당을 "항일무장투쟁의 영광스러운 혁명전통의 직접적인 계승자"(이종석, 『북한의 역사2』, 역사비평사, 2011, 22면)로 규정한 당대 정치상황을 반영한 것이라고 볼 수 있다. 또한 4차 대회에서는 "정치적으로 김일성 단일 권력 체제가 당내권력구조에 제도적으로 반영되는 계기"(위의 책, 20면)가 되었으며, 토론자들은 "조선노동당이 김일성의 일제하 항일유격투쟁을 이어받았다는 의미에서 '항일

하고자 하는 것도, 크게 보아 생산력주의와 내셔널리즘으로 정리해 볼 수 있다.

북한 사회주의 체제에서 '인민'은 역사발전의 중심을 이루고 정치적 정통성의 원천으로 이해된다.[40] 그러나 이 '인민'은 정치적 독립성과 자율성이 제한된 집단 주체일 뿐이다. 즉 근대적 주체로서 개인정체성과 정치적 자결권은 제한받을 수밖에 없는 국가 구성원인 것이다.[41] 북한사회에서 인민은 어디까지나 집단 주체의 대변자인 당과 수령의 "지도를 강조하는 개념"[42]으로 변질된 것이다. 『금강선녀』가 창작된 1960년대 초반은 김일성의 지도성이 확고하게 자리를 잡기 시작한 시기이기도 하다.

마이어스는 북한의 지배이데올로기가 공산주의, 유교, 주체사상 이론과는 거리가 멀며, "조선인들은 혈통이 지극히 순수하고, 따라서 매우 고결하기 때문에 어버이 같은 위대한 영도자 없이는 이 사악한 세계에서 살아남을 수 없다"[43]는 한 문장으로 요약 가능하다고 주장한다. 이것은 극단적인 민족주의라고 할 수 있으며, 북한은 자신들을 외부 세력으로부터의 끊임없는 박해와 오염에 취약한 '영원한 어린이 민족의 이미지'로 드러내고자 노력한다는 것이다. 나아가 김일성이 등장한 이후 조선인들은 그들의 어린아이 같은 순수한 본능을 마음껏 발산할 수 있게 되었으며, 북한 정권은 자기 국민들에게 가능한 어린아이처럼 자연스러운 상태

빨치산의 빛나는 혁명전통을 계승'했다고 주장"(위의 책, 20면)했다.

40) 『금강선녀』에서는 다음의 인용문에서처럼 '사람'을 강조하는 "사람이 땅의 주인이다."(1, 12), "사람이 세상 주인이니까 별들도 우리를 기쁘게 해 준다니까."(1, 26), "이 세상에서는 사람이 주인이고 사람이 으뜸이다."(1, 67)와 같은 대목에서 이러한 특성이 나타난 것으로 볼 수 있다.

41) 한성훈, 앞의 책, 440면.

42) 위의 책, 468면.

43) B.R.Myers, 『왜 북한은』, 고명희 · 권오열 공역, 시그마북스, 2011, 13면.

에 머물 것을 권한다고 주장한다.44) 이 작품이 쓰여지던 당시 김일성은
그러한 어린이를 양육하고 보호하는 어버이로서 자처하였다. 한마디로
북한 사회에서는 미성년만 미성년이 아니라, 모든 인민이 결국에는 미성
년의 상태가 되는 것이 요구되는 사회였던 것이다. 「버섯」에서 초등학원
원장이 결국에는 수상의 뜻에 절대적으로 복종하는 미성년인 것처럼 말
이다. 『금강선녀』에서 산령의 말에 절대적으로 따르는 개골뫼 사람들도
수령의 지도에 절대적으로 따르는 북한 사람들의 모습을 나타낸 것이라
고 볼 수 있다.45)

5. '어린이 민족'과 영도자

이 글에서는 『금강선녀』가 바탕으로 삼고 있는 전통 설화 「나무꾼과
선녀」와의 차이점을 실증적으로 살펴본 후, 한설야의 다른 아동소설인 「이
상한 그림」이나 『형제』, 『성장』, 『버섯』과의 비교 검토를 통하여 『금강

---

44) 앞의 책, 78-93면.
45) 1960년대 이후 한설야는 『사랑』, 『형제』, 『성장』, 『금강선녀』 등의 장편을 발표하는
데, 이 중에서 아동소설이 아닌 것은 남한을 배경으로 삼고 있는 『사랑』 한 편 뿐이
다. 한설야의 마지막 서사 창작물 「버섯」 역시 아동소설이다. 한설야가 1960년대 이
후 아동문학을 매우 여러 편 창작한 사실 역시 당대의 북한 사회와 연관시켜 이해해
볼 수 있다. 1960년대는 북한 사회에서 김일성의 유일체제가 거의 완성되어 가던 시
기이다. 미성년자들 뿐만 아니라 모든 이들이 어버이 같은 위대한 영도자의 지도를
받는 어린이가 될 것을 요구받는다면, 굳이 본격문학과 아동문학이 구분도 필요하지
않았을 것이다. 실제로 가장 늦게 발표된 『성장』은 『형제』의 속편임에도 불구하고,
아동문학이라는 직·간접적인 표기를 발견할 수 없다. 이러한 특징은 동화로 발표된
『아동혁명단』이 별다른 수정 없이 그대로 『력사』의 일부분에 포함되어 있는 모습에
서도 확인할 수 있다.

선녀』의 문학사적 의미를 탐구하고자 하였다.

한설야의 『금강선녀』는 전국적으로 널리 알려진 「나무꾼과 선녀」 설화를 패러디한 것으로서, 이 설화가 본래 지니고 있는 신화적 성격을 적극적으로 활용하고 있다. 이를 통해 하늘나라보다도 훨씬 우월한 개골뫼 마을의 성립과정과 그 조건을 형상화하였다. 한설야는 『금강선녀』에서 이상적인 '우리'를 창조하기 위해 적대적인 타자를 설정한다. 한설야가 「선녀와 나무꾼」 설화를 패러디한 이유도, 천상계라는 대타항을 설정한 후, 이것과의 대조를 통해 '지금-이곳'을 한없이 이상화하기 위한 것이다. 이러한 방식은 등단 초기에 쓰였던 「이상한 그림」에서도 이미 나타난 바 있다. 짧은 분량의 「이상한 그림」에서는 단순하게 금강산을 중심으로 한 고려 땅에 대한 무한한 애정만이 드러나 있는데 반해, 『금강선녀』에는 그 이분법을 성립케 하는 의미소가 매우 풍부하게 드러나 있다. 그것은 바로 '유희(천상계) / 일(지상계)'와 '개골뫼 사람들 / 검은 도적들'이라는 절대적 이분법이다. 이를 통해 한설야는 열심히 일하고 하나로 단결하는 이상적인 '우리'를 만들어 내었다. 한설야가 강조하는 생산력주의와 내셔널리즘은, 생산관계의 사회주의적 완성 이후 북한에서 인민들을 교양한 핵심적인 내용과 일치한다.

적대적인 타자를 상정하는 것과 더불어 '우리'를 만들어내는 또 하나의 방식은 '우리'를 이상화하는 것이다. 외세에 대한 적개심이 국민화의 바깥 측면을 담당한다면, 우리의 심미화(審美化)는 국민화의 안쪽을 담당한다. 이때 우리 자신의 자긍심을 고취하는 방법으로 자주 쓰이는 것이 국토의 심미화와 이상화이다. 『금강선녀』에서도 국토의 아름다움에 대한 예찬은 곳곳에서 찾아볼 수 있다. 대표적인 사례를 하나만 든다면, 머리봉에 올라 금강산의 아름다움을 묘사하는 시작 부분을 들 수 있다.

> 민생은 아침 일찍이 초막을 나서 금강산 머리봉에 올라섰다. 거기에
> 는 안개가 자욱이 잦아 있었다. 하늘은 맑고 바람은 시원하였다. (중략)
> 그 어느 것이고 아름답기는 매한가지다. 첩첩한 바위들은 갖은 생물의
> 모습을 본뜬 것 같고, 푸른 나무와 풀은 아롱진 푸른 휘장을 둘러친 것
> 같다. 시냇물이 바위를 찧으며 노래를 부른다. 나뭇잎들이 훗훗한 바람
> 에 너울너울 춤을 춘다. (1, 7-8)

이러한 특징은 이후에 창작된 아동소설 「버섯」에서도 분명하게 드러
난다. 이 작품의 제목이기도 한 '버섯'은 세계에서 가장 우월한 조선의
자연과 인간을 상징하는 매개물이라고 할 수 있다. 다음의 인용문에 나
타난 것처럼, 백두산의 물과 공기가 은하수보다도 맑고 좋으니까 백두산
버섯이 정말 향기롭고 맛이 좋은 것이고, 김일성을 비롯한 혁명군은 그
버섯을 먹었기 때문에 용감하고 지혜로운 것으로 그려지고 있다. 실제로
일제시대 혁명군들은 백두산에서 나는 느타리버섯, 떡달 버섯, 국수버섯,
절구 버섯, 석이버섯, 젓나무 버섯, 자작나무 버섯 등을 늘 먹으며 투쟁
한 것으로 묘사되고 있다. '버섯'이라는 매개를 통해 '국토의 아름다움'이
그곳에 살고 있는 '민족의 우수성'으로 연결되는 것이다.

> 수상 동지는 백두산 속에서 버섯도 캐서 잡수셨다. 백두산 버섯은 정
> 말 향기롭고 맛이 좋다. 세상에 그렇게 좋은 맛은 없다. 백두산 물과 공
> 기가 은하수보다 더 맑고 좋으니까 버섯도 맛이 좋을 밖에 있니. 우리
> 나라 식물이 맛있는 것도 해 잘 나고 물이 맑고 공기가 신선하기 때문이
> 다. 또 그 속에서 자란 식물을 먹기 때문에 사람들이 결백하고 재주 있
> 다. 그리고 싱싱하고 씩씩하다. 혁명군 아저씨들만 보아라, 얼마나 용감

하고도 지혜롭게 잘 싸웠니. 그러면서 연극도 만들어 내고 노래도 지었다.(48-49)

마지막으로 『금강선녀』에는 최종적인 가치규범의 담지자이자 행위의 최종 결정권자로 산령이 등장한다. 민생을 비롯한 모두의 삶을 확고하게 지배하는 산령의 존재는 북한 사회에서 당과 수령의 인격화라고 해도 과언이 아니다. 이러한 산령의 존재는 인민이 어디까지나 집단 주체의 대변자인 당과 수령의 지도 대상으로 변질된 북한 사회의 실상을 드러낸다. 북한은 자신들을 외부 세력으로부터의 끊임없는 박해와 오염에 취약한 '영원한 어린이 민족의 이미지'로 드러내고자 노력한다는 견해가 있다. 이 작품이 쓰여 지던 당시 김일성은 그러한 어린이를 양육하고 보호하는 어버이로서 자처하였다. 한마디로 북한 사회에서는 미성년만 미성년이 아니라, 모든 인민이 결국에는 미성년의 상태가 되도록 요구받았던 것이다. 이에 비추어 볼 때, 산령의 말에 절대적으로 따르는 민생을 비롯한 개골뫼 사람들은 수령의 지도에 절대적으로 따르는 북한 사람들에 해당한다고 볼 수 있다.

이와 관련해 『금강선녀』가 창작된 무렵 한설야가 아동소설을 맹렬하게 발표하기 시작한 점도 주목할 필요가 있다. 갑작스러운 아동소설의 증가는 앞에서 살펴본 것처럼, 북한 사회가 김일성 유일체제를 완성시켜 간 시대적 상황과 연결시켜 볼 필요가 있다. 북한 사회에서 미성년자들뿐만 아니라 모든 이들이 어버이 같은 위대한 영도자의 지도를 받는 어린이가 될 것을 요구받는 시대가 도래했다면, 굳이 본격문학과 아동문학의 구분도 필요하지 않았을 것이다. 오히려 미성년을 주인공으로 내세운 아동문학이야말로 당과 수령의 이념을 일방적으로 전달하고 받아들이는 이상적인 인간관계를 표현하기에는 더욱 적합한 장르였을 가능성도 존재한다. 이에 대한 상세한 논의는 차후의 과제로 남겨 놓고자 한다.

제 2 장

이제하 초기소설의 현실묘사 방법과 그 의미

1. 왜곡된 근대성의 문학적 표현

이제하는 1958년 『신태양』지의 소설공모에 「黃色의 개」가 당선되어 등단하였으며, 이후 시인이자 소설가이며, 화가이자 영화인으로 활발한 활동을 보여주었다. 그에 대한 연구는 크게 세 가지 방향에서 이루어졌다.

첫째는 이제하의 소설이 지닌 형식적 특이함에 초점을 맞춘 논의들이다. 많은 연구자들은 전통적인 소설 기법과는 거리가 먼 과감한 형식 실험과 난해한 문체에 주목하였다. 이광훈은 「추상소설의 제문제」[46]라는 글에서 추상예술은 모든 형식과 비평을 거부한 주관주의로, 언제나 자기지향적이며 자기구제를 추구한다고 규정한다. 이제하의 소설이 바로 이러한 추상소설의 예로서, 자기치유의 한 수단이라는 것이다. 이선영은 「새로운 수사학과 성실성의 문제」[47]에서 표현의 새로움에 주목하며, 이제하

---

46) 이광훈, 「추상소설의 제문제」, 『문학과지성』, 1972 여름, 334-341면.

의 상상력은 대개 가정법이나 꿈의 형태를 빌린 사실의 변형, 환상 내지 공상의 모습을 지닌다고 보고 있다. 그러나 그의 작품들은 현실이나 역사에 대해서 적극적이고 두드러진 관심을 나타내지 않는다고 비판한다. 송재영은 「소설의 형이상학을 위하여」[48]라는 글에서, 이제하의 작품은 전통적 소설이 요구하는 구성을 완전히 파괴하고 있으며, 관념과 추상의 교묘한 구성물로서 일상적 언어와는 거리가 멀다고 말한다. 이를 바탕으로 그의 소설은 궁극적으로 의미전달을 목적으로 하는 산문의 기능적 측면보다는, 행간의 여백을 통하여 이미지를 구성하는 시적 기능을 중시한다고 주장한다. 나아가 김병익은 「상투성의 파괴, 그 방법적 드러냄」[49]이라는 글에서 이제하 소설에 나타나는 난해함이 '낯설게 하기'를 통해 우리를 이 세계와 새롭게 대면케 한다고 결론 내린다.

다음으로 그의 소설을 '예술가 소설'로 파악한 논의들이 있다. 「한 藝術家의 죽음의 意味」[50]에서 김윤식은 예술가를 주인공으로 택한 것 자체가 하나의 위기의식을 드러낸 것이며, 「劉子略傳」이 오늘날을 지배하는 교환가치의 양식 속에서 사용가치가 얼마만큼 안전할 수 있는가를 근원적으로 묻는다고 주장한다. 이후에도 김윤식은 「예술에 대한 목마른

---

47) 이선영, 「새로운 수사학과 성실성의 문제」, 『문학과 지성』, 1973, 겨울, 860-865면.
48) 송재영, 「소설의 형이상학을 위하여」, 『초식』, 문학과비평사, 1988, 329-338면.
49) 김병익, 「상투성의 파괴, 그 방법적 드러냄」, 『밤의 수첩』, 나남, 1984, 409-423면.
    김화영(「고독한 정서, 흐르는 의미의 아름다움」, 『용』, 문학과지성사, 1986, 253-261면) 역시 김병익과 같은 맥락에서 논의를 펼치고 있다
50) 김윤식, 「한 예술가의 죽음의 의미」, 『한국근대작가론고』, 일지사, 1974, 406-417면. 『한국소설사』(김윤식·정호웅, 예하, 1993, 368-370면)에서도 같은 논지를 펼치고 있다. 그의 소설은 현실의 반영이 무척 약하며, 그 빈자리는 예술가의 섬세한 감수성이 포착한 감각적 느낌과 예술가의 몽상이 채운다고 주장한다. 나아가 그의 소설에 등장하는 예술가들은 소설 주인공의 본질과 통하며, 이는 자신과 세계의 동시적 부정을 통해 현실 질서의 타락성을 드러내고 진정한 가치를 추구한다고 파악한다.

부름」[51]에서 「劉子略傳」은 예술가의 존재방식에 관한 의문을 담은 작품으로서, 소설 장르의 특징을 고찰하게 만드는 작품으로 보고 있다.

마지막으로 사회적인 맥락과 연관시켜 이제하의 소설을 살핀 논의들이 있다. 김현은 「일탈과 콤플렉스에서의 해방」[52]에서 이제하의 소설 주인공들은 광기에 사로잡혀 있으며, 그 광기는 가족 제도의 혼란과 밀접하게 관련되어 있다고 파악한다. 그 결과 그들은 제도 자체를 방법론적으로 부인하며, 궁극적으로 노동이 유희가 되고 유희가 노동이 되는 상태를 지향한다고 보고 있다. 권오룡은 「예술과 현실 사이의 아이러니」[53]에서 이제하의 소설에 있어 역사나 시대는 없는 것이 아니라 전혀 다른 방식으로 존재한다는 것, 혹은 사실의 차원에 존재하는 것이 아니라 환상이라고 하는 특이한 의식의 차원에 존재한다고 주장한다. 그의 소설은 현실로 들어가려 할수록 예술은 현실로부터 벗어나야 하고, 현실로부터 벗어나려 할수록 현실로 들어가야 한다는, 예술과 현실 사이의 아이러니를 보여준다는 것이다.

위 연구사들의 공통점은 이제하 소설, 그 중에서도 특히 초기 소설[54]을 현실성 미비의 작품으로 파악하고 있다는 점이다. 그의 작품을 역사

---

51) 김윤식, 「예술에 대한 목마른 부름」, 『문학사상』, 1985.12, 65-71면.
52) 김현, 「일탈과 콤플렉스에서의 해방」, 『사회와 윤리』, 일지사, 1974, 373-382면.
53) 권요룡, 「예술과 현실 사이의 아이러니」, 『작가세계』, 1990, 여름, 72-86면.
54) 이제하는 등단이래 꾸준한 작품 활동을 보이고 있는 작가이다. 그럼에도 특이하게 1972년 단편 「草食」을 발표한 이후 4년여의 공백기를 보냈다. 이 글에서는 민음사에서 첫 창작집 『草食』이 간행될 때까지 발표된 작품을 중심으로 그의 작품세계를 살펴보고자 한다. 이 글은 첫 창작집 『草食』을 기본 자료로 삼았다.(『草食』(「奇蹟」, 「太平洋」, 「유원지의 거울」, 「임금님의 귀」, 「朝」, 「스미스氏의 藥草」, 「劉子略傳」, 「草食」, 「幻想志」, 「비」, 「소경 눈뜨다」, 「漢陽고무工業社」, 「黃色의 개」, 「손」이 수록되어 있다.)에 수록되어 있지 않은 작품들(「故人의 사진」, 「기차, 기선, 바다, 하늘」, 「물의 起源」)은 문학동네에서 1998년에 나온 『이제하 소설전집 2』에서 인용하였다. 앞으로 작품을 인용할 경우, 본문 중에 페이지 수만 기록하기로 한다.

적 사회적 의미와 연관시키고 있는 논의들도 구체적인 역사적 사실과의 관련성보다는 추상적인 차원에서의 관련성을 분석하고 있다. 그러나 이제하의 초기소설에도 분단 문제나 근대화 문제는 중요하게 다루어지고 있다. 마셜 버만은 러시아 문학을 분석하며 왜곡된 근대성이 문학에서 표현되는 가장 두드러진 방식은 환상적인 특성에 있다고 말한바 있다.[55] 이제하 소설의 등장인물이나 작품 배경이 드러내는 비현실성도 우리의 근대화가 지닌 파행성과 밀접한 관련을 지니고 있다는 것이 이 글의 기본적인 관점이다. 이러한 시각을 바탕으로 이제하 초기소설의 현실묘사 방법과 그 의미에 대하여 살펴보겠다.

이러한 작업을 수행함에 있어 이 글은 철저히 귀납적인 방법과 태도를 취하고자 한다. 필자의 주장을 입증할 수 있는 몇 가지 대표작을 다루기보다는 이제하 초기 소설의 모든 작품을 대상으로 하여, 가능한 실상 그대로의 이제하론을 쓰고자 하는 것이다. 작품 전반에 대한 충실한 이해를 하지 않은 채 연구자의 주장을 전면에 내세울 경우, 이제하 초기 소설의 실상을 왜곡하는 본말전도의 현상이 일어나 수도 있기 때문이다. 이 글은 이제하 초기소설의 독특한 현실 묘사 방법과 그 의미를 밝히는 데 초점을 맞추고 있다. 이러한 문제의식을 바탕으로 이제하 소설을 분석한 결과, 근대적 규율 장치, 환상적 이미지, 병적 열정의 인물이라는 세 가지 범주를 통하여 현실의 모습이 형상화되는 것을 발견할 수 있었다. 이러한 세 가지 범주는 귀납적으로 이제하 소설을 검토한 결과이다. 이러한 특징은 제3세계 소설이 현실을 드러내는 일반적인 특징과도 연결된다.

---

55) Marshall Berman, *All that is solid melts into air: The Experience of modernity*, 『현대성의 경험』, 윤호병 이만식 역, 현대미학사, 1994, 287면.

2. 근대적 규율 장치를 통해서 드러난 현실의 모습

이제하 초기 소설은 가정과 학교와 군대를 배경으로 한 경우가 많다. 가정, 학교, 군대 등은 공장이나 병원과 함께 사람들을 근대인으로 생산하는 대표적인 사회적 장이다.56) 이러한 배경이 본격적으로 문제가 되는 것은, 이들 작품이 창작되던 시대가 본격적인 근대화의 단계로 접어들고 있었던 것과 관련된다.

「손」(『한국일보』, 1961), 「奇蹟」(『공군』, 1964), 「소경 눈뜨다」(『현대문학』, 1965), 「행인」(『주간기독교』, 1971) 등의 작품에서는 가정이 주요 배경으로 등장하는데, 이들 작품에서의 가정은 정상적인 모습이 아니다. 이들 작품에서 가정을 파행적인 상태로 이끄는 것은 인간의 모습이라 할 수 없을 정도로 폭력적이며 무지한 아버지이다. 이들은 주인공에게 남성중심주의나 판사에의 꿈같은 것을 강요한다.

「손」의 아버지는 남성중심의 가부장주의에 함몰된 폭력적인 모습으로 그려지고 있다. 아버지는 늘 누이에게만 야단을 치며, 이런 상황에서 '나'는 물에 빠져도 누이가 구해주는가 보자며, 물속에 빠져 결국에는 누이를 죽게 한다. 누이의 시체 앞에서도 아버지는 "이 세(혀) 빠질 가시나야, 강에는 왜 데리고 갔노? 엉? 이 세 빠질 가시나야."(398)라며, 배가 커다랗게 부풀어 올라 죽은 누이의 머리를 주먹으로 쥐어박는다. 이 사건을 '나'는 처음으로 '이 세계의 모순 속에 빨려들던 일'이라고 기억한다. 언제나 성난 얼굴을 하고 있는 아버지는 '나'로 하여금 '판사가 되겠읍니다'라는 말을 반드시 이끌어 내고는 한다. 어느 날인가는 집의 검둥이를 잡

---

56) 미셸 푸코, 『감시와 처벌』, 오생근 역, 나남, 1994.

아서 억지로 먹이려 하고, '내'가 이를 끝내 거부하자 설거지통에 집어 던진다. 이 사건 이후 주인공은 곧잘 흉한 꿈을 꾸는데, 그것은 광에 '군화들이 시뻘겋게 걸려 있는' 장면이다. 이것은 아버지의 폭력성이 군화의 폭력성으로 표현될 만큼 강렬함을 나타내는 것이다.

「奇蹟」에서도 폭력적인 아버지의 모습은 계속 이어진다. 이 작품의 아버지는 기도를 올리자는 어머니의 뺨을 때리고, 술을 먹지 않으면 집에 불을 지르겠다며 억지로 어머니에게 술을 먹이는 모습으로 그려진다. 이러한 상황에서 '나'는 "이 지긋지긋하고 진저리나는 집으로부터 언젠가는, 언젠가는 영원히 뛰쳐 나가버리고야 말겠다"는 생각을 "소리 안 나게 이를 갈면서"(32)까지 되뇌인다. 「소경 눈뜨다」의 아버지 역시 외도를 저지르고, 이로 인해 종교에 심취한 어머니를 구타하는 모습으로, 「행인」에서의 아버지는 네 남매를 연년생으로 낳고 15년 동안이나 집을 비우고 떠돌아다니는 모습으로 그려진다.

군대는 이제하의 초기소설에서 어떤 공간보다도 빈번하게 등장하는데, 「손」, 「비」(『세대』, 1969), 「劉子略傳」(『현대문학』, 1969), 「幻想志」(『세대』, 1970) 등의 작품이 대표적이다. 이들 작품에서 집단의 규율과 논리 앞에 모든 인간적 가치는 백지화 되고, 주인공들은 새로운 개인으로 탄생하든지 무지막지한 폭력 앞에 파멸의 길을 걷든지 하는 양자택일의 상황에 놓인다. 이들 소설이 창작되던 시기가 군사 정권 시절이었으며 사회 전반에 군사문화가 만연되어 있었음을 생각할 때, 이는 적지 않은 의미를 내포하고 있다.

「손」은 한 탈영병의 이야기로서 군대가 서사의 중심에 놓여 있는 작품이다. 그는 탈영의 대가로 귀머거리와 정신병자를 만든 적이 있는 기합을 받게 된다. 그가 탈영을 하게 된 동기는, 고등학교 시절의 친구인 욱이를 죽인 상사(上土)와 닮은 사람을 보았기 때문이다. 욱이 전쟁 중 군인이 되어 돌아왔을 때, 그들은 부두에서 상사 하나가 애들에게 돈을 나눠 주며 토끼뜀을 시키는 것을 본다. 그들은 상사를 혼내주고, 곧이어 상사와 그의 일당들에 의해 욱이는 변소에서 죽고 만다. 상사는 나에 의해 다음과 같이 정의된다.

> 욱이를 때려 죽인 것은 그 상사놈이었으나 사실은 상사도 그 일당들도 아니었다. 그것은 전혀 딴 것, 우리들의 힘으로서는 전혀 손 댈 수도 없는 전혀 딴 힘, 마치 죽음과도 같이 추상이면서 세상 어디에나 있고, 어떤 틈바구니에도 스며들어 제멋대로 웅크리고 어떤 대상이건 단번에 결단 내 버리는 바로 그것이었다. 그것은 전쟁 그 자체였다.(403)

위의 인용이 보여주듯이, 이 작품은 전쟁의 공포와 부정적 힘이 미세한 일상에까지 스며들어 있는 전후의 억압적인 현실을 나타낸 것이라 할 수 있다.

'나'는 고참들에게 구타를 당하며 이 세계를 "태어날 때부터 어떤 놈에게 조롱당하고, 원대로 놀리우고, 붙잡혀 묶이고, 죽을 때까지 꼭두각시 춤을 추어야 하는" 곳이라고 규정한다. 주체란 꼭두각시 춤을 추는 존재에 불과한 것이다. 나중 '내'가 총을 장전해 고참들을 겨냥하자, 내무반장은 '군법회의'라는 제도의 힘을 내세운다. 그러나 나는 "네놈들부터 집단의 죄로, 집단을 만든 죄로 고발"(412)하겠다며, 고참들을 모두 무릎 꿇린다. 그러면서 하는 '이것이 군대다.'라는 말 속에는, 군대가 결국에는 총으로 상징되는 폭력으로 위계를 세우고 꼭두각시 춤을 추게 만드는 곳이라는 작가의 생각이 드러나 있다.

「비」에서 '나'와 이형의 제대 직전 부대장은 폭력적인 모습의 정점에 서있는 인물이다. 그는 부대원들에게 유리를 구해와 들고 있게 한 후에 그것을 타깃으로 삼아 총을 쏘고는 한다. 거기에 성도착증까지 있어 그는 온갖 변태적 행동마저 서슴지 않는다. 이러한 부대장을 제대하는 날 불러내 실컷 두들겨 패지만, 그들에게 돌아온 것은 3달간의 유치장 생활뿐이다.

「劉子略傳」에서도 군대에서의 폭력이 드러나는데, 그것은 유자가 유일하게 관심을 기울인 한 시인을 통해서이다. 시인은 상관에게 대들었다가 배트로 50대나 맞고, 총검으로 찔리고 개머리판으로 닦달을 당한다. 이에 대응하는 그의 태도는 시종 훨훨 날아다닌 것으로 표현된다. 이 때문에 나라에서는 그를 "유리 상자 속에 가둬버"(222)리게 된다. 날아다니다가 갇힌 그의 모습은, 권력에 의해 사회가 요구하는 데로 가공되고 생산되어야 할 개인이 그것을 거부했을 때의 결과를 상징적으로 보여준 것이라 할 수 있다.

「太平洋」(『현대문학』, 1964)이나 「故人의 사진」(『현대문학, 1970)의 배경은 학교이다. 「太平洋」에서는 두발단속이라는 제재를 통해 학교가 지닌 주체 생산의 성격을 드러내고 있다. 지병으로 한동안 학교를 나오지 못한 교장은 학교에 나오자 곧 이발사 20명을 동원해 학생들의 머리를 자른다. 밤에 트럼펫을 연주해 학비를 버는 남상기의 머리를 교장은 연필 깎이용 면도날로 밀어 버린다. 불만이 있냐는 교장의 물음에 남상기는 "선생님도 마찬가집니다. 모두가 고독합니다."(50)라고 말하고, 이에 교장은 영기를 미친 듯이 때린다. 이 일로 영기가 학교에서 달아나자, 곧이어

학교는 퇴학 처분을 당하고, 학교에는 스트라이크가 발생한다. 혈서까지 쓰며 자신들의 요구를 관철시키려는 학생들을 향해 교장은 먼저 과도로 자신의 팔뚝에 상처를 내어 굴복시킨다. 삭발을 하고 다시 등교한 영기를 향해 던지는 "교칙이란 머리를 깎는 일 따위가 아니다! 교칙이란 눈에 보이지 않는 그 무엇이란 말이다."(57)라는 교장의 말은, 교칙이 더 나아가 학교라는 제도가 의미하는 바를 분명히 보여준다. 학교는 단순하게 머리 길이를 단속하는 것이 아니라, 일정한 규율을 통해 사회가 요구하는 질서를 내면화한 인간을 만들어내는데 초점을 둔 제도였던 것이다.57)

「故人의 사진」은 기자가 서술자로서, 총장의 죽음을 취재하는 과정이 그대로 소설의 서사가 되는 작품이다. 총장은 살아생전에 15미터에 이르는 거대한 자신의 동상을 학교에 세운다. 또한 교지 등에는 신랄한 정치비평 등을 실었지만 그의 문병객 중에는 유난히 정객들이 그득하며, 고학생(苦學生)인 서술자의 조카는 등록이 이틀 늦었다는 이유로 학교로부터 퇴학 처분을 받는다. 더군다나 총장의 졸도가 연극이라는 소문이 돌 정도로, 학교 재산을 둘러싼 내부 분쟁은 치열해 '나'는 "어쨌든 학교라는 집합체는 원래가 괴상하고 조밀한 구멍투성이의 벌집과도 같아서 꿀이 사라지면, 저절로 사라진다."(110)는 말을 되뇌기도 하고, "상아탑이 이런 식으로 모욕당하고, 엉덩이를 까고, 재를 뒤집어써도 괜찮은 것인가."(119)라고 분개하기도 한다. "모든 교육은 지옥"(124)이라는 유언은 작가가 교육과 학교를 바라보는 시각을 극단적으로 압축해서 보여준다고 할 수

57) 근대가 성립하고 유지되기 위해서는 각 개인이 근대적 규율을 유지, 재생산 할 수 있는 일상적 내면화가 이루어져야 한다. 일제(日帝)는 이런 규율들에 '심득'이라는 말을 붙이기도 했는데, 교장이 말하고 있는 것도 일종의 '심득'에 해당하는 것이라고 할 수 있다. (김진균, 「식민지체제와 근대적 규율」, 『근대주체와 식민지 규율권력』, 문화과학사, 1997, 24면)

있다.

　이제하 소설의 가정, 군대, 학교 등은 모두 폭력적이거나 교활한 모습으로 그려진다. 그리고 그러한 제도는 개인을 어떤 식으로든 길들이려고 한다. 가정에서는 남성중심주의와 판사에의 꿈과 개고기를, 군대에서는 집단에의 헌신과 상관에의 맹종을, 학교에서는 꽉 막힌 규율의 준수를 강요하는 것이다. 그러한 강요와 규율은 나름의 논리를 가지고 이루어지는데, 가정에서는 집안의 계승이라는 논리가 학교에서는 교육의 논리가 군대에서는 집단의 논리가 그것이다. 가정, 학교, 군대 등과 같은 제도 속에 작용하는 권력의 기제를 주시하는 그의 소설은 당시의 일상이 전면적인 감시와 관리 체제하에 놓여 있다는 것을 보여준다. 이제하의 초기 소설은 직접적으로 역사상의 구체적 사건을 다루거나 하지는 않지만, 그러한 역사적 사건으로 인해 발생한 혹은 그러한 사건을 가능하게 한 다양한 제도들의 메커니즘과 실체를 드러내고 있다.

3. 환상적 이미지를 통해 드러난 현실의 모습

　근대적 규율장치에 대한 정밀한 탐색과 더불어 이제하의 소설에는 서사의 진행과는 무관한 이미지의 제시가 빈번하다. 그의 작품에 강렬한 회화적(繪畵的) 요소가 존재한다는 사실은 이미 여러 평자들에 의해 지적된 사실이다.[58] 그의 소설은 수많은 환상적 이미지로 채워져 있으며, 그

---

58) 이광훈, 「추상소설의 제문제」, 『문학과지성』, 1972, 여름.
　　이선영, 「새로운 수사학과 성실성의 문제」, 『문학과지성』, 1973, 겨울.
　　송재영, 「소설의 형이상학을 위하여」, 『초식』, 문학과비평사, 1988.

기능은 각기 다양하다. 단순히 여타의 소설에서처럼 단순한 배경묘사에 그치는 경우도 있고, 소설의 의미화 과정을 규정하는 핵심적인 요소로 등장하기도 한다. 이 글에서는 현실의 모습을 간접적으로 드러내는 알레고리(allegory)적 환상을 주로 살펴보고자 한다.

　이제하는 경제적 성장을 따라가지 못 하는 당대의 현실[59]을 분명하게 인식하고 있다. 「스미스氏의 藥草」(『월간문학』, 1969)와 「소경 눈뜨다」(『현대문학』, 1965)는 경제적으로는 급속한 발전을 누리지만, 정치·사회적으로는 억압적인 상황에 놓여 있는 당시 현실을 잘 나타내고 있는 작품이다. 이 작품에서 이십년 동안 고아원 사업을 벌였던 미국인 스미스 씨는 마을 사람들과의 공청회에서 이 나라의 현실이 자신을 울린다고 말한다. 이유는 "자유를 택해야 할 가장 중대한 때"(177)에 "이 나라 사람들은 어찌하야 느을 빵을 택하게 됩네까"(177)라는 말 속에 잘 드러나 있다. 이것은 무엇보다 먼저 물질적인 것에 관심을 기울일 수밖에 없는 후진적인 근대화의 양상을 압축적으로 드러낸 것이다. 「소경 눈뜨다」 역시 왜곡되고 비틀린 근대화의 맥락과 관련된 작품이다. 이 소설의 무대가 된 교회건물은 해방 후에 지은 신관은 물론이고 오스트레일리아의 선교사들에 의해 지어진 본관도 훌륭하기 이를 데 없다. 그러나 그 건물 안에서는 신구파 분쟁으로 인한 유치한 싸움이 연일 벌어지고, 결국에는 소송을 하는 일까지 벌어진다. 즉 물질적인 발전의 상태에 맞먹는 정신적이거나 도덕적인 성숙은 제대로 이루어지지 않은 것이다.

---

59) 1960년대를 거치면서 우리는 본격적인 산업화에 접어들었고, 사회는 전반적인 경제적 성장과 풍요를 경험하게 된다. 그러나 이러한 물질적 성장이 곧바로 인간 삶의 향상으로 이어지는 것은 아니었다. 많은 이들이 이 과정에서 경제적으로도 극심한 빈부 격차를 경험하게 될 뿐만 정치적, 사회적으로는 군사독재라는 억압에 시달리게 된다. (『한국사19』, 한길사, 1994, 91-96면)

이처럼 경제적 성장을 따라가지 못 하는 당대의 억압적인 현실을 드러내는데 있어, 이제하는 환상을 효과적으로 사용하고 있다. 이와 관련하여 뇌병원에 기거하는 '나'라는 서술자의 환상[60]으로 이루어진 「幻想志」[61]는 주목해 볼 작품이다. 이 소설에서 서울은 지극히 비현실적인 도시로서, "웬 괴상한 옷을 입은 놈이 걸타고 앉아 목을 조르고 있는"(256) 기이한 모습이 나온다. 그들은 시내에 장군들의 동상이 많은 것을 보며 나라에 갑작스러운 일이 일어난 경우 "우후죽순처럼 이런 가짜 동상들이 솟아나게 되는데, 생각해 볼 문제야."(257)라고 말한다. 이러한 비현실적인 장면과 진술들은 "옛날에는 거리 한복판에서 순사가 사람을 때려 잡고 있었는데, 지금은 정체를 알 수 없는 옷을 입은 놈들이 사람을 때려 잡고 있다고 해도 아무 문제거리가 되지 못하는 거야."(255)라는 말에서 알 수 있듯이, 당시의 비민주적인 공포정치와 관련된다고 할 수 있다. 그들은 가짜 동상을 하루 빨리 헐어 버리는 대신 배고픈 사람들이 먹을 수 있게 "그 돈으로 그만한 크기의 빵을 여러 개 만들어서"(204) 세울 것을 주장한다. 이러한 비판적 인식은 "칼을 쥐고 일어선 놈은 칼로 망한다"(205)는 다소 급진적인 정치적 언설로까지 이어지기도 한다. 이외에도 하늘만 한 태극기를 몸에 지닌 양색시의 모습이 등장하는데, 이는 외화벌이를 위해 매춘에까지 내몰린 당대 여성의 모습을 연상시킨다.

---

60) 작품의 전반에 나타난 초자연적 현상이 결국에는 뇌병원에 입원한 한 정신병자의 망상이었다는 것이 드러난다는 점에서 이 작품은 괴기적 환상(the uncanny)에 속한다고 할 수 있다.

61) 이 작품은 본래 『세대』 1970년 7월호에 「思慕」라는 작품으로 발표되었다가, 창작집 『草食』에는 '思慕'라는 부제가 붙은 채 「幻想志」라는 제목으로 수록된다. 이후 작가의 자선대표작품집인 『어느 낯선 별에서』(청아출판사, 1993)에서는 「幻想志」로 제목이 바뀌고 '思慕' 앞에 '곰의 나라', '마술사', '새'라는 소제목이 붙은 세 개의 이야기가 덧보태 진다.

이러한 상황은 버만이 말한 저개발의 모더니즘, 즉 19세기 러시아의 수도 페떼스부르그에서 벌어진 근대화의 과정을 연상시킨다. 페떼스부르 그는 분명 위대한 근대도시로서의 위용을 갖추고 있었지만, 그것은 러시 아인들이 열망하는 자유와 연대를 바탕으로 한 진정한 근대화의 모습과 는 거리가 먼 것이었다. 그 도시는 러시아의 절대군주 표트르 대제가 제 국의 부흥을 목적으로 개발했던 것이기 때문이다. 버만은 이러한 왜곡된 러시아의 근대성이 문학에서 표현되는 가장 두드러진 방식을 페떼스부 르그가 비현실적 도시로 그려진다는 것에서 찾고 있다. 고골리의 작품들 에서 특히 인상적으로 묘사되는 그 도시의 환상적이고 마술적인 풍경은 그곳이 러시아인들에게 자유와 충족의 삶을 약속하지만 그러한 약속을 믿을 만하게 하는 현실적 조건이 결여되어 있다는 사실에서 비롯된다는 것이다.[62]

「비」에서도 환상적인 장면은 곧바로 불구적인 당대 현실을 부각시킨 다. 결말부에서 '나'는 콤플렉스도 극복하고 몸도 건강해진 후 부친의 회 사를 물려받은 이형을 다시 만났을 때, 그에게서 "무슨 절름발이의 불구 자"(292)라는 환상을 본다. 그리고는 곧 그 환상의 의미를 "이형의 그 눈 에 보이지 않는 목발과 그 새에서 덜렁거리는 절름발이 다리 한 짝이 어

---

[62] Marshall Berman, 앞의 책, 232-252면. 19세기 뻬떼스 모더니즘은 버만이 보기에 단지 러시아만이 아니라 제3세계 전체의 근대화에 대해서도 적실성을 갖는다. 그는 19세 기 러시아가 20세기 제3세계의 원형이라고 간주하는 관점에서 그것을 '저발전의 모 더니즘'의 선례로 이해한다. 그의 설명에 따르면 발전의 모더니즘과 저발전의 모더니 즘은 모더니즘의 세계사 속에서 중요한 대립적 유형을 이룬다. 전자는 경제적 정치 적 근대화라는 재료에 곧바로 의존하며, 급진적인 방식으로 근대화된 현실에 도전할 때조차 바로 그 현실(맑스의 공장과 철도, 보들레르의 대로)로부터 비전과 에너지를 끌어낸다. 반면에 후자는 어쩔 수 없이 근대성에 대한 환상과 몽상에 의존하여 성립 하며, 환영과 유령에 친해지고 갈등하는 방식으로 성장한다. (앞의 책, 282-283면)

쩐지 나의 조국 같다."(292)고 생각하는데, 이는 근대화의 약속을 믿을 만하게 하는 현실적 조건이 결여되어 있는 당대 현실의 미숙함과 열악함을 잘 짚어낸 것이다.

일반적으로 소설에 등장하는 환상은 현실과는 무관하게 가공된 이차 세계가 아니라 눈에 보이는 현실의 틈새로 비어져 나온, 감추어진 또 다른 현실의 재현으로 해석될 가능성이 높다.63) 이때, 환상의 영역은 현실 질서 속에서 억압된 정치적 무의식이 표출되는 장소일 수도 있다. 이제하 소설의 환상도 단순한 현실의 위무나 도피를 위한 것이라기보다는 현실의 참모습을 보여주기 위하여 작품의 전면에 수시로 나타난다.

그러나 이제하의 소설에 현실의 모습을 간접적으로 드러내는 알레고리적 환상만 존재하는 것은 아니다. 그 밖에도 지시적인 의미 이외에는 다른 의미를 찾아낼 수 없는 순수한 환상적 이미지도 존재한다. 「기차, 기선, 바다, 하늘」(『현대문학』, 67.1)의 화자는 모든 여자들이 귀로 아이를 낳는 상상을 한다. 같은 소설에는 기차가 거꾸로 달리는 것과 기차가 모두 직립해서 공중으로 달리는 모습이 제시되기도 한다. 「환상지」에서는 시계를 모두 분해하여 땅에 묻는 장면과 폭격을 맞은 집 위로 크고 검은 새가 날아가는 장면 등이 나온다. 이러한 환상적 이미지는 지시적인 의미 이외에는 다른 의미를 전달하지 않는다.

이처럼 새로운 풍경을 창조할 뿐 지시적 의미 이외에 다른 의미를 보여주지 않는 이미지는 다른 작품에서도 나타난다. 「기적」(『공군』, 1964)과 「유자약전」에 등장하는 다음의 환상적인 이미지들을 대표적인 사례로

---

63) Herbert Marcuse, *Eros and Civilisation:a philosophical inquiry into Freud*, 김인환 역, 나남, 1989, 152면.

들 수 있다.

　　"만약 시간이란 것이 지금 이 순간부터 없어져버린다면?…… 이 시계
의 초침과 분침과 시침은 반대 방향으로 눈이 튀어나오도록 돌기 시작
할 것이다. 그와 함께 나는 무서운 속도로 점점 작아져서 갓난애기가 되
며, 다음 순간 어디론가 흔적도 없이 사라져버릴 것이다."(「기적」, 18)

　　"4명의 유자가 깜짝 놀란 듯이 똑같이 걸음을 멈춘다. 첫 번째 유자가
갑자기 공중으로 떠오른다. 그녀는 등에 맨 정체불명의 상자를 흔들며
달이 스러진 곳까지 곡선을 그으며 날아가서, 거기서 정지한다. 그리고
는 태아처럼 허리를 꼬부린다."(「유자약전」, 199-200)

　　특히 이러한 환상적 이미지는 시각적 이미지로 나타나는데, 시각적 이
미지를 작품의 전반에 드러내는 서술 방식은 후기 소설에서도 빈번하게
사용된다.64)

4. 병적인 열정의 인물들을 통해 드러난 현실의 모습

　　가정, 학교, 근대로 이어지는 사회적 제도와 질서가 한 개인을 폭력적
이고 교활한 방법으로 규율하려 들 때, 그리고 현실적인 조건들이 분명

---

64) 「소렌토에서」(『현실과언어』, 1985)는 작품의 진행이 플롯과 작중인물의 유기적 상관
　　관계에 의하지 않은 채, 이미지의 연결을 통해 소설의 의미화 과정이 이루어지는 희
　　귀한 사례이다. '군청색'이라는 색채 이미지와 그에 연관된 사람들을 떠올리는 것으
　　로 소설은 이루어져 있다. 이 작품은 '낡은 군청색'의 이미지가 계모의 기억, 영순이
　　의 기억, 우연히 잠자리를 한 창부의 기억을 떠올리고, 이역땅의 해변에서까지 그것
　　이 다시 환기된다는 내용이다.

한 미래의 비전을 제시할 수 없을 때, 이제하 소설들의 인물들은 불안을 느끼며 병적인 열정의 소유자가 된다. 그것은 타락한 현실과 타협하지 않으면서 더 나은 미래에의 꿈을 가질 때, 필연적으로 따라올 수밖에 없는 현상이다.[65]

이제하 소설의 등장인물은 강한 불안에 휩싸인 모습으로 나타나는데, 그것은 탈(脫)신체화 현상을 통해 드러나기도 한다. 「손」의 '나'는 군대에서의 자신을 "나는 말하자면 옷과도 같았다. 어떤 오랜 습관으로 입고 있는 것을 거의 느끼지도 못하던 옷과도 같았다."(397)고 느낀다. 또한 「劉子略傳」에서 유자는 구두가 걸어 다닌다거나, 모자가 흔들흔들 가고 있다든가, 소매가 올라갔다 내려왔다든가 하는 식으로 신체의 일부분이 독립적으로 움직이는 꿈을 꾼다. 이런 꿈은 그녀의 눈에 실제로 보이기도 하는데, "그녀의 눈에는, 혹은 의식의 눈에는, 인간의 근육이거나 사지거나 얼굴과 육체가 떨어져 나가고 없"(217)기에 가능한 일이다. 이것은 신체가 완전한 통합성을 가지고 인식되는 것이 아니라, 부분 부분이 떨어져 나간 탈신체화 상태에 있음을 보여주는 것이다. 신체로부터의 분리가 바람직하지 않은 모습으로 일어날 때, 그것은 자아정체성을 직접적으로 위협받는 실존적 불안을 표현한다.[66]

---

65) 버만은 페떼스부르그 모더니즘은 비참한 현실 속에서 활동하고 생존하면서 받는 견디기 힘든 압력으로 인해, 등장인물들에게 서구 모더니즘이 좀처럼 따라가지 못할 지독한 열광을 인물들에게 불어넣는다고 파악하고 있다.(Marshall Berman, 앞의 책, 238-279면) 이러한 버만의 지적은 이제하의 초기소설에 등장하는 인물들을 이해하는 데도 많은 도움이 된다.

66) 탈신체화는 현실 전도와 관련이 있다. 전쟁 시기에 나치 강제수용소에서 끔찍한 물리적 심리적 압박을 받은 수용자들은 신체와 자아의 분리상태를 경험했다. 그들에게 신체에서 '벗어나 있다'는 느낌—꿈 같다, 비현실적이다, 또는 연극의 등장인물 같다고 묘사된 상태—은 신체가 겪은 물리적 박탈로부터 거리를 둘 수 있게 한 기능적 현상이었다. 탈신체화는 위험을 넘어 안전해지려는 시도이다. (Anthony Giddens, 『현대

이러한 불안과 열정은 병적인 예술가의 모습으로 나타나기도 하는데, 그것은 「물의 起源」(『현대문학』, 1968)과 「劉子略傳」[67]을 통해서 확인할 수 있다. 「물의 기원」은 공대에서 미대로 편입한 후, 미술가로 활동하다가 사라져 버린 한 예술가의 삶을 그린 작품이다. 그는 중학교 미술 선생의 "이노마, 색맹이군…… 꺼져."(79)라는 말에 미술을 포기하고 공대생의 길을 걷는다. 그러나 그는 "자신의 색각을 빼앗아간 정상의 전능에 대한 집요하고 끈덕진, 은밀하고 계획적인 한 보복의 일환"(82)으로 미대에 편입한다.

그가 미대에 편입한 것은 지배적인 제도에 대한 보복 때문만은 아니다. 그에게는 하나의 '악몽'이 있는데, 그 악몽이란 바리케이드를 뛰어넘었던 친구를 집에 데리고 와서 재워준 날, 그가 자신의 애인을 덮친 일을 말한다. 그는 기존의 권력에 대항하는 또 하나의 정치적 권력으로부터도 상처받고, 이성이라는 것에 대한 전반적인 회의를 느껴 미술이라는 감성적인 세계로 다가온 것으로 볼 수 있다. 그러나 미술계 역시 나름의 제도와 질서는 공고하게 자리잡고 있었으며, 그것은 파벌을 지어 서로를 헐뜯고 실력과는 상관없이 정권과의 관계에 따라 부침이 좌우되는 모습을 통해 드러난다. 결국 그가 '수철, 용순을 때리다'라는 작품을 마지막으로 남기고 사라진 것은, 자신의 장모이자 미술계의 원로인 용순으로 상징되는 미술계의 제도로부터도 떠나간 것을 의미한다.

「劉子略傳」은 「물의 起源」에 등장했던 '그'가 보여준 병적인 예술가

성과 자아정체성』, 권기돈 역, 새물결, 1997, 119-120면)

67) 이후의 작품 「謹弔」(『문학과지성』, 1977)와 「굴절」(『현대문학』, 1982)에서도 병적인 예술가의 모습을 확인할 수 있다. 「謹弔」에서는 화가 대신 시인이, 「굴절」에서는 전위예술가가 등장한다. 두 작품 모두 당대의 이데올로기적 공세가 한 개인의 일탈을 강요하지 않을 정도로 집요하고도 가혹한 것이었음을 입증한다.

의 성격이 더욱 강화된 인물인 유자를 주인공으로 한 소설이다. 이 작품
은 사회로부터의 압박에 신음하는 인간들의 대표적 형상으로 예술가를
다루고 있다. 유자는 화백 방신주의 딸로서, 방신주는 유자를 소학교에
도 보내지 않고 집에서 생선 굽는 법만 가르쳤다. 그런 그는 쿠데타가
일어났다는 소식에 달리는 차에서 뛰어내릴 수만 있다면 뛰어내리는 게
낫다고 생각하며, 모차르트를 두고 "그 사람이야! 세상을 구원할 사람은
그 사람밖에 없어요!"(146)라고 말한다. 그녀는 건설회사가 주관한 어용전
람회장을 둘러보고, "개자식들"(155)을 연발한다. 그녀는 산업화가 급속하
게 이루어지고 있던 당대로부터 거리를 두고, 예술이라는 자신의 공간
속에서 신음하는 인물인 것이다.

서술자인 '나' 역시도 이러한 유자의 성격에서 크게 벗어나지 않는 예
술가이다. 그 역시 친구도 없고 연애도 할 줄 모르는 고립된 상황에 머
물러 있다. 심지어는 자신을 증명해 줄 일체의 신분증명도 가지고 있지
못한 상태이다. 자신을 속물로 취급하는 유자의 발언에, 유자를 폭행하
며 하는 다음과 같은 말은 '나' 역시 개인주의가 팽배하고 물질적 가치가
모든 것에 우선하는 현실로부터 일정한 거리를 둔 예술가 유형에 속함을
보여준다.

> "언제까지 내가 이런 쓰레기 같은 도시에서 도망치지 못할 줄 아느냐,
> 이런 변소 같은 도시에서…… 이런 똥개 같은 도시에서…… 텔레비 앞
> 에서, 극장 속에서, 싸구려 주간지 틈에서, 멍청해서 도매금에 넘어가기
> 전에…… 개가 되어 팔려가기 전에…… 제주도든 울릉도든 탐라국이든,
> 숨쉴 땅을…… 뚫을 구멍을…… 발 붙일 장소를…… 그런 나라를 찾아
> 내지 못할 줄 아느냐."(160)

「유자약전」에는 풍당 선생이라는 돈과 대작이라는 양적 과시만을 아는 타락한 예술가가 존재하는데, 풍당 선생의 존재는 유자와 '나'의 성격을 부각시키는 역할을 한다. 이제하에게 있어 예술가는 타락한 현실 사회와는 대비되는 최종적 존재로, 저개발의 불구적 상황에서 자신의 올바른 삶의 가치를 지키기 위해 신음하고 고뇌하는 인간 유형으로 설정되어 있음을 알 수 있다. 그리고 그러한 예술가들의 진정성은 같은 예술계 내에 존재하는 타락한 존재들로 인하여 한층 강화된다.

「草食」의 주인공 서광삼 역시 문제적 인물이라 할 수 있다. 이 작품은 초식성과 육식성이라는 두 개의 의미소가 이분법을 형성한다. 국회의원 선거에 매번 출마할 때마다 채식을 하는 서광삼은 초식성을 대표하는 인물이다. 얼음도매운반인인 그는 선거마다 당선은커녕 무표 내지는 3표를 얻는 것이 고작이다. 그가 속해 있는 지금의 세계는 육식성이 지배하는 세계이다. 그가 국회의원 선거 막바지에 도살장에 간 것이 이를 증명하는데, 그는 그곳의 주인을 꼬드겨서 정육점의 고기를 탐닉하는 모든 시민들의 지지를 얻고자 한다. 또한 서광삼을 더욱더 비정상적인 인물로 돋보이게 하는 그의 선거참모들은 누구보다도 채식을 꺼리며 육식에 집착하는 모습으로 그려지고 있다. 4·19가 일어났을 때 서광삼은 다시 한 번 도살장에 찾아가 그 주인에게 초(草)라는 혈서를 쓰고, 곧이어 5·16이 일어났을 때는 도살장의 주인이 서광삼을 찾아와서는 큰 황소를 잡는다. 초식성과 같은 축에 놓인 4·19와 육식성과 같은 축에 놓인 5·16으로 의미가 대별되는 것인데, 작품은 시(市)의 명물인 도수장 노인이 "그대가 매일같이 신물나게 듣는 그 우국지정의 똑같은 연설"(247)을 늘어놓는 것으로 끝난다.

초식성은 역사의 이변처럼 잠시 스쳐갈 뿐, 육식성이 역사의 전면을 장악하고 있는 상황에서 서광삼은 역사의 부담 전체를 스스로 짊어지려는 터무니없는 시도를 하는 것이다. 끝없는 자기 조롱이 따르는 일인 줄 알면서도 그는 태연히 국회의원 선거에 늘 출마를 하며, "나를 사자 아가리에 쳐넣어 보시오! 펄펄 끓는 불 속에 나를 콱 던져 보시오! 내한테 어디 평생 풀만 먹여 보시오! 끄떡도 안 할 것이오"(232)라는 예언자의 목소리에 맞먹는 지독한 열정을 보인다.[68]

이러한 곤경에 위축되어 신음하는 인간의 모습은 「임금님의 귀」에 이르러서는 동물, 즉 원숭이의 형상으로까지 나타난다. 그는 신문사에 사표를 내고 원숭이를 기르던 중, "짐승 대신 살구나무에 미끄러 매어"(107) 진다. 이후에는 원숭이가 화자로 등장하는데, 김일국과 원숭이는 아무런 구별이 없는 상태에 빠지고 만다. 김일국을 원숭이와 같은 상태로 만든 원인으로 제시되는 것은 '임금님의 귀'라는 타이틀을 건 시사만화이다. 이 만화는 군납부정사건으로 대령 셋과 장군의 이름이 오르내리던 당시 상황을 풍자한 만화였는데, 보도관제(報道管制)로 인하여 제때에 신문에 실리지 않게 된다. 그리고 그가 "꼬리에 꼬리를 물고 등과 등에 갈쿠리

---

68) 「草食」의 주인공 서광삼은 전후시인 중의 한 명인 김관식의 모습과 여러 면에서 흡사하다. 김관식은 1960년 7·29총선을 며칠 앞두고 정치인 장면과 붙겠다며, 『세계일보』에 사표를 내고 서울 용산 갑구에 출마한다. 결과는 6명이 출마한 그곳에서 기백표를 얻는 데 그쳐 가까스로 꼴찌를 면한 5위에 그친다. 그는 선거연설을 문학에 관한 이야기로 일관했고, 그를 위해 찬조연설에 동원된 문인 친구들도 어쩔 수 없이 문학 강연을 해야 했다. 김관식은 결국 국회의원 출마로 가산을 탕진하고 정신병원에 입원하는 등 건강을 잃는다. 그로부터 꼭 10년 후인 1970년 8월 30일 36세의 나이로 삶을 마감한다. (정규웅, 『글동네에서 생긴 일』, 문학세계사, 1999, 60-63면) 시인 김관식의 삶에 나타난 특징, 즉 당선확률이 전혀 없는 선거에 출마했다는 점, 문학 강연이라는 어이없는 유세방법을 동원했다는 점, 형편없는 성적으로 낙선했다는 점 등은 서광삼의 모습과 통하는 면이 많다. 「草食」은 성격이 미약하기는 하지만 일종의 모델소설이라고도 할 수 있다.

를 쿡 찔러 박은 채, 그것을 서로 필사적으로 당기는 것만으로 간신히 생존이 유지되는 바깥 세상에의 오래된 염오의 누적"(104)에서 신문사를 그만둔 것에서 알 수 있듯이, 현실 속에서 인간적 가치란 찾아볼 수 없다. 이런 상황에서 그는 원숭이가 된 것이다. 더군다나 그의 이름이 나라를 의미하는 김일국(金一國)이라는 점에 주의를 기울인다면, 우민화되어 가던 우리나라를 풍자한 것으로 독해할 수도 있다.

5. 결론을 대신하여―손창섭 소설과의 대비

이제하의 초기소설에 등장하는 인물들 역시 거의가 정신병자, 성불구자, 주정뱅이, 도벽이 있는 인물, 소아마비, 탈영병, 상습적인 자살 시도자들과 같은 병적인 성격의 소유자들이다. 이러한 인물들의 특성은 앞에서도 말한 바와 같이 저개발 국가의 왜곡된 근대화를 반영한 소설들에서 흔히 나타나는 특성이다. 이들의 모습은 1950년대 소설에 등장하는 손창섭 소설의 등장인물들을 연상시키기도 한다. 손창섭 소설의 주인공들은 육신이나 혹은 정신의 병을 앓거나 무기력한 모습을 보일 뿐이다. 손창섭의 소설은 모든 도덕적, 미적, 정치적 가치가 해체된 차원에 놓여 있다고 할 수 있다. 이것은 기본적으로 어떠한 의미나 가치지향도 발견할 수 없었던 시대적 맥락에서 기인한 것으로 보인다.69) 그러나 이제하의 소설에 오면 현실에 대한 구체적이며 실천적인 대응양상은 나타나지 않지만, 가치의 문제에 대한 고민은 항상 이루어지는 것으로 판단된다.70)

---

69) 조남현, 「손창섭의 소설세계」, 『한국현대소설의 해부』, 문예출판사, 1993, 106-135면.

앞에서 살펴본 바와 같이 「물의 기원」, 「유자약전」, 「근조」 등에 등장하는 예술가들은 타락한 현실과는 구별되는 진정한 가치를 찾고자 하며, 「초식」에서의 서광삼도 육식성과는 구별되는 초식성의 세계를 열망하며, 「임금님의 귀」의 김일국 역시 군사독재에 대한 강렬한 부정의 정신을 보여주는 것이다.

그동안 이제하의 소설, 특히 초기소설은 현실과는 무관한 채 형식적인 난해성과 독특함을 가진 소설로 규정되었다. 작품의 현실성을 살피는 경우에도, 심리학의 일반 이론을 바탕으로 추상적이며 원론적인 설명에 멈추는 경우가 많았다. 따라서 그동안의 연구는 6·25, 4·19, 5·16, 더 포괄적으로 말하자면 현실의 구체적인 변화 양상에 이제하의 소설이 어떻게 반응하고 있는지에 대한 논의가 미진할 수밖에 없었다.

이 글에서는 전통적인 리얼리즘적 방법으로만 현실이 드러나는 것이 아니라, 저개발 국가에서는 왜곡된 근대화로 인해 현실이 환상적으로 드러나기도 한다는 것을 확인할 수 있었다. 그리하여 이제하 소설이 보이는 특이성으로부터 적극적으로 현실적 의미를 잡아내고자 했다. 그의 소설에 나타난 환상은 이미지를 통해 드러나는데 그것은 순수한 환상적 이미지와 알레고리적 이미지로 나누어진다. 이 중 현실의 모습을 좀 더 분명하게 보여주는 것은 후자의 경우이다. 이제하의 소설은 왜곡된 근대화의 모습을 환상을 통해 드러내기도 하지만, 이를 넘어서서 왜곡된 근대화의 뿌리라고 할 수 있는 가정이나 군대 학교와 같은 근대적 규율 장치

---

70) 페터 지마(『소설과 이데올로기』, 문예출판사, 1996, 21-45면)는 로브-그리예의 누보로망은 가치와 가치 설정이 무차별적인 것으로 드러나는데 반해, 모라비아나 카뮈의 소설은 가치의 문제가 여전히 테마화되는 양가성을 보인다고 말한다. 이런 기준에 비추어 볼 때, 손창섭의 소설은 무차별성의 단계에, 이제하의 소설은 양가성의 단계에 이른 소설이라고 판단된다.

의 작동 방식 등에도 관심을 놓치지 않고 있다. 나아가 그의 소설에 등장하는 병적인 인물들도 현실이 지닌 모순과 문제점에서 배태된 것으로 적극적으로 의미부여할 수도 있다. 그들은 타락한 현실에 절망하여 나름의 이상적인 세계를 꿈꾼다는 점에서 무기력과 무위만을 연출하는 손창섭의 병적인 인물들과는 구별된다.

제 3 장

한글 창제를 다룬 남북한 역사소설 비교

1. 남북한이 공유하는 역사적 유산, 한글

2000년대 이후 남한에서는 훈민정음 창제를 중심으로 한 역사소설이 여러 편 창작되었다. 이정명의 『뿌리 깊은 나무』(2006), 김재희의 『훈민정음 암살사건』(2006), 김다은의 『훈민정음의 비밀』(2008), 한소진의 『정의공주』(2011)가 그것이다. 이 작품들에 대한 연구사를 정리하면 다음과 같다.

첫 번째로는 유사한 팩션 계열의 작품들을 비교한 연구를 들 수 있다. 박진은 『뿌리 깊은 나무』를 『방각본 살인사건』, 『정약용 살인사건』과 비교하면서, 한국역사추리소설의 특수성으로 "팩션으로서의 포스트모던한 기본 조건과 역사물로서의 근대적인 가치관이 혼재하는 양상"[71]을 제

---

71) 박진, 「역사추리소설의 장르적 성격과 한국적인 특수성」, 『현대소설연구』 32집, 2006, 334면.

시한다. 오혜진은 『뿌리 깊은 나무』와 『훈민정음 비밀』을 검토한 후에
"두 소설은 추리소설의 완성도뿐만 아니라 상상된 '역사'적 진실에도 방
점을 두고 계몽과 낭만, 이 두 가지 모두를 과감하게 독자 앞에 펼쳐놓
는다."[72]고 결론 내린다. 김영성은 『뿌리 깊은 나무』와 『훈민정음의 비
밀』이 역사적 공백을 서사화하는 각기 다른 방식을 살펴보고 있다. 이를
통해 전자에서는 '역사적 사실의 조작'을 후자에서는 '삭제된 인물들의
삶에 대한 보충'을 읽어내고 있다.[73] 김종태·정재림은 소설 『뿌리 깊은
나무』가 선악의 이분법적 구조에 충실하며 특수성과 보편성을 동시에
획득한 작품이라고 평가하였다.[74]

다음으로 소설 『뿌리 깊은 나무』를 드라마 『뿌리 깊은 나무』와 비교
한 연구들이 있다. 전수용은 멜로드라마적 성격의 강화, 한글 창제에 초
점을 맞춘 것, 극적인 반전 등을 드라마에서 변화된 것으로 강조하고 있
다.[75] 김명석은 소설 『뿌리 깊은 나무』와 드라마 『뿌리 깊은 나무』를
동시에 고찰하면서 이들 작품이 인문학적 지식과 자연과학적 발견, 그리
고 예술을 결합하고자 했던 세종학을 서사화한 일종의 융합인문학 사례

---

72) 오혜진, 「계몽과 낭만의 소통, 역사 추리소설로 거듭나다」, 『어문론집』 40집, 2009, 312면.
73) 김영성, 「역사적 공백을 서사화하는 소설의 방식」, 『인문학연구』 88호, 2012, 5-37면.
74) 김종태·정재림, 「역사서사물 『뿌리 깊은 나무』의 서사 전략」, 『한국문학이론과 비평』 58집, 2013, 335-355면.
75) 전수용, 「TV 드라마 『뿌리 깊은 나무』와 이정명의 원작소설」, 『문학과 영상』, 2012, 795-835면. 이외에도 드라마 『뿌리 깊은 나무』만을 고찰한 연구들도 상당수에 이른다. 그 목록은 다음과 같다. 박성희, 「드라마 『뿌리 깊은 나무』를 통해 본 우리 현실과 자각」, 『글로벌문화콘텐츠』 7호, 2011, 268-274면 ; 이종수, 「역사 드라마 『뿌리 깊은 나무』의 미학적 분석」, 『미디어, 젠더&문화』 22호, 2012, 187-224면 ; 고선희, 「드라마 『뿌리 깊은 나무』의 판타지성과 하위주체 발화 양상」, 『국제어문』 55집, 2012, 75-115면 ; 이다운, 「TV 드라마의 역사적 인물 소환 전략 -『뿌리 깊은 나무』를 중심으로」, 『충남대 인문학연구』 88권, 2012, 91-111면.

라고 정리하였다.[76]

이상의 연구사는 '한글 창제 역사소설'이 지닌 기본적인 양상과 그 의의를 훌륭하게 밝혀내고 있다. 대부분의 연구는 새로운 역사소설이 지닌 팩션(faction : fact + fiction)으로서의 측면에 초점을 맞추어 진행되었다. 몇 가지 아쉬운 점은 지나치게 대부분의 연구가, 2011년에 드라마로도 만들어져 큰 관심을 모았던 이정명의 『뿌리 깊은 나무』를 중심으로 이루어졌다는 것이다. 간혹 김다은의 『훈민정음의 비밀』을 이정명의 『뿌리 깊은 나무』와 비교한 논의들이 발견된다.

이 글에서는 이러한 문제점을 의식하여 이정명의 『뿌리 깊은 나무』와 더불어 비슷한 시기에 북한에서 창작된 박춘명의 『훈민정음』(2002)과의 비교 연구를 수행하고자 한다. 한글은 남북한이 공유하는 역사적 공통 유산으로서, 한글 창제를 다룬 남북한 역사소설은 서로를 비춰주는 거울이 될 수 있을 것이기 때문이다. 나아가 이러한 비교 연구는 소설 차원을 넘어 남과 북의 정서적 인식적 유사점과 차이점까지 밝혀줄 수 있을 것이다. 거기에 덧보태 지금까지의 연구에서는 한 번도 언급되지 않았던 한소진의 『정의공주』도 비교의 대상으로 삼고자 한다. 이 작품은 훈민정음 창제와 관련하여 기존에 제기된 바 없는 중요한 문제의식을 담고 있는 것으로 판단되기 때문이다. 세 작품의 비교는 크게 민족주의와의 관련성, 세종의 형상화 양상, 여성주의적 시각이라는 세 가지 기준을 바탕으로 수행될 것이다.

---

76) 김명석, 「문자의 탄생과 인문학적 상상력」, 『구보학보』 11집, 2014, 257-288면.

2. 민족주의와의 관련성

　훈민정음을 다룬 역사소설이 21세기에 들어 갑자기 창작된 것도 민족주의가 중요한 화두로 문제시된 시대적 상황과 결코 무관할 수 없다. 민족은 객관적 요소들인 언어, 지역, 혈연, 문화, 정치, 경제, 역사와 주관적 요소인 민족의식을 공통으로 갖는 집단이라고 설명할 수 있다. 이 중에서도 민족을 구성하는 핵심적인 요소는 언어와 혈연이다.77) 한국의 민족주의는 문화적 민족주의를 핵심적인 성격으로 지니며, 그것을 지탱하는 것이 바로 언어이다. 한글 창제 과정을 그린 역사소설은 어떠한 주제의 역사소설보다도 민족주의를 떠올리기에 적합한 소재인 것이다.

　선행연구들도 한글 창제를 다룬 소설이 민족주의와 긴밀한 관련을 갖는다고 보았다. 박진은 『뿌리 깊은 나무』와 같은 역사추리소설의 정신적 토대가 "민족주의적인 역사관"78)이라고 보았으며, 김종태・정재림 역시 『뿌리 깊은 나무』를 분석한 후에 "강한 민족주의적 경향이 한국 역사서 사물의 특수성"79)이라고 지적하였다. 김영성도 『뿌리 깊은 나무』와 『훈민정음의 비밀』이 모두 민족주의라는 거대담론에 귀속된다고 주장하였다.80) 이 글에서는 남북한 역사소설을 비교함으로써, 각각의 작품에 드러난 민족주의의 성격이 어떻게 같고 다른지 보다 섬세하게 분별하고자 한다.

---

77) 신용하, 「민족 형성의 이론」, 신용하 편, 『민족이론』, 문학과지성사, 1985, 13-39면.
78) 박진, 앞의 논문, 349면.
79) 김종태・정재림, 앞의 논문, 351면.
80) 김영성, 앞의 논문, 5면.

2.1. 창제 주체로서 한민족(韓民族)만을 내세운 민족주의
—박춘명의 『훈민정음』, 한소진의 『정의공주』

　박춘명의 『훈민정음』과 한소진의 『정의공주』는 서사의 표면에서는 문자 창제의 핵심인물로 성삼문(『훈민정음』)과 정의공주(『정의공주』)를 내세우지만, 심층의 진정한 주체로는 고대 문자를 내세운다는 점이 유사하다.

　『훈민정음』에서 초점화자인 성삼문은 한자가 생겨나기 전에 우리글이 있었으며, 거기서 우리글은 창제될 것이라고 생각한다. 상고시대부터 존재했던 우리글에 대한 믿음은 의심의 여지가 없는 사실로 인식되는 것이다. 「훈민정음」에서 성삼문은 고조선 시대의 신지문자를 찾고자 평양을 거쳐 묘향산까지 간다. 그곳에서 영변군수가 보낸 기생 초향이를 만나고, 그녀의 아버지로부터 "우리 고을 사람들이 예로부터 전하여 내려오는 글자"(193)를 배운다. 그 글자는 "말소리를 내는 사람의 입 모양을 본땄"(204)으며, 성삼문은 "신지 문자도 이와 비슷한 것"(215)이었으리라고 짐작한다.

　『정의공주』에서도 세종은 자식들에게 "만일 우리만의 새로운 글자를 만든다면 단군 시대의 혼과 정신이 담긴 글자를 채택"(45)해야 하며, 우리에게는 그러한 문자로 "가림토 문자"(45)가 있다고 설명한다. 그리고 "가림토 문자를 다시금 우리의 것으로 만드는 것이야말로 자존이며 자주"(46)라고 덧붙인다. "주상과 공주 그리고 왕자들이 가림토 38자 중 무엇을 취하고, 취한 문자를 어떻게 합하고 빼어야 할지 골몰"(295)하는 것이 문자 창제의 핵심적 과정인 것이다. 그것은 창제를 한 후에 세종이 마음을 털어놓는 유일한 상대인 황희에게 "어찌 보면 새 글 창제를 위한 세월은 가림토 문자의 깊은 뜻을 알아내기 위한 싸움이었는지도 모릅니다."(304)라고 말하는 것에서도 확인된다.

두 작품 모두 가림토 문자와 같은 고조선 시대의 문자가 실존했다는 전제 아래 서사가 전개되고 있지만, 한글 창제가 한민족(韓民族)의 고대 문자로부터 비롯되었다는 것은 사실과 일치하지 않는다. 권덕규는 설화와 전설로 전해오는 고조선의 고유 문자들로 삼황내문(三皇內文), 신지비사문(神誌秘詞文), 법수교(法首橋) 비문, 왕문(王文) 문자, 수궁(手宮) 문자, 남해석각문(南海石刻文), 각목문(刻木文), 고구려 문자, 백제 문자, 발해 문자, 고려 문자 등 11종을 들었다. 그러나 이들 문자는 대부분 고구려, 백제, 발해, 고려 등에서 한자를 변형시켜 만든 것이거나 구결의 약자 등을 말하는 것이며, 고조선에서 사용되었을 가능성이 있는 문자로는 삼황내문이나 신지의 비사문 정도이며 이것도 문자 이전의 부호로 보아야 할 것이라고 주장한다.81)

이와 관련해『훈민정음』에서 성삼문이 고조선 시대의 신지 문자를 찾기 위해 애쓰는 것도 역사적 사실과는 거리가 멀다. 성삼문은 신숙주와 더불어 중국의 성운학(聲韻學)과 성리학(性理學)의 연구방법으로 세종이 친제한 훈민정음을 해례(解例)하는 데 참여하였다. 또 훈민정음을 이용하여 우리 한자음을 정리하는『동국정운』의 편찬에도 관여하였으며 이 문자로 중국어의 표준발음을 전사(轉寫)하는『홍무정운역훈』의 편찬을 주도하였다. 성삼문은 당시 중국어 학습 교재였던『직해동자습』을 역훈(譯訓)하고 평화(平話)해서 간행하면서 그 서문을 쓰기도 하였다. 성삼문은 중국어와 한글을 대비하여 연구하는 역학(譯學)의 권위자였던 것이다. 그

---

81) 김완진 외,『국어학사』, 한국방송대학교 출판부, 1997, 정광,『삼국시대 한반도의 언어 연구』, 박문사, 2011, 102-132면.

가 한글 창제에 공헌한 바가 있다면, 그것은 우리 고유의 민족적인 것을 탐구한 것이 아니라 중국어와의 비교 연구라는 측면에서 찾아져야 한다. 역사서에는 성삼문이 백성의 말을 찾아 다녔다는 기록 대신, 당대의 운학자(韻學者)로서 요동에 유배와 있던 황찬을 10회가 넘게 찾아가 자문을 구했다는 기록만 남아 있는 것이다.[82] 오히려 『뿌리 깊은 나무』에서 성삼문이 밤늦게까지 명나라 때의 운서(韻書)인 『홍무정운』을 연구하는 장면이 실제와 부합하는 것이라고 할 수 있다.

박춘명은 『훈민정음』의 머리말에서 자신의 창작동기를 "우리민족제일주의 사상을 실현하는 데 다소나마 이바지하기 위해"(6)서라고 밝혀 놓았다. 우리민족제일주의는 '주체사실주의에 관한 역사소설'의 핵심적인 특징이라고 할 수 있다.[83] 주체사실주의에 관한 역사소설에는 자력갱생의 강성대국을 위한 영웅찾기와 선군혁명 정신이 문학적으로 반영되며, 동시에 조선민족제일주의 정신이 형상화된다.[84] 동시에 주체사실주의에 관한 역사소설은 이전의 역사소설이 일방적으로 혁명투쟁을 강조하는 것과 달리 고전문화유산을 강조하는 특징이 있다. 박춘명의 『훈민정음』은 우리 민족의 찬란한 문화유산이라고 할 수 있는 한글이 고대로부터 전해져 온 우리만의 고유한 문자임을 강조함으로써 조선민족제일주의를 선명하게 드러낸 작품이라고 할 수 있다.

---

82) 정광, 『한글의 발명』, 김영사, 2015, 373-405면.
83) 북한 역사소설은 창작시기에 따라 사회주의 사실주의에 관한 역사소설, 주체사상에 기초한 사회주의 사실주의에 관한 역사소설, 주체사실주의에 관한 역사소설로 나누어 볼 수 있다. 이 중에서 박춘명의 『훈민정음』은 강학태의 『최무선』(2000), 홍석중 『황진이』(2002), 림종상의 『삭풍』(2000), 『남이장군』(2007)과 더불어 '주체사실주의에 관한 역사소설'의 대표적인 작품이라고 할 수 있다. (임옥규, 『북한 역사소설의 재인식』, 역락, 2008, 208면)
84) 위의 책, 222-227면.

『훈민정음』과『정의공주』에서는 한글의 파스파('Phags-pa) 문자 기원설 등은 언급되지 않는다.[85] 이것은 한글을 우리 민족만의 독창적인 창조로 바라보려는 시각에서 비롯된 것이라고 할 수 있다. 「정의공주」에는 스님들에게서도 도움을 받는 장면이 여러 번 등장한다.[86] 이것은 인도의 발달된 음성학으로 한글 창제에 큰 도움을 주었던 당시 학승들의 기여를 일정 부분 간접화하여 드러낸 것이라 할 수 있다. 그에 반해 「훈민정음」의 집현전 학자들은 글자 창제의 방법으로 범어(梵語)에 관심을 갖기도 하고, 한자의 한쪽을 떼어 내어 보기도 하고, 한자의 조성원리에 바탕해서 문자를 만들려고도 시도한다. 그러나 선조들이 만든 옛 글자에 바탕한 성삼문의 방법만이 옳고 나머지는 모두 틀린 것으로 그려진다. 이것은 한글을 창작한 주체로서의 신성한 한민족을 강조하려는 의도에서 비롯된 결과라고 할 수 있다.

2.2. 창제 이유를 통해 드러난 민족주의—이정명의 『뿌리 깊은 나무』

『훈민정음』과『정의공주』가 한글을 우리 민족만의 창조품으로 형상화한 것과 달리『뿌리 깊은 나무』는 한글이 외국의 문자와 이론의 영향 속에서 창제된 것으로 형상화하고 있다. 세종대왕과 집현전 학사들은 "몽골 시절의 외서", "팔사파문자와 정체 모를 기호들이 섞여 있"는 명나라

---

85) 정광은 여러 논저에서 한글이 중국의 원나라에서 만든 파스파 문자로부터 깊은 영향을 받았다고 주장해왔다. (정광, 앞의 책, 26-29면)
86) 스님이 등장하는 것은 실제 한글 발명에 불가의 학승들이 기여한 바를 드러내려는 시도로 보인다. "세종의 한글 발명에 가장 많은 도움을 준 것은 佛家의 學僧들이었다. 고대 인도의 발달된 調音 음성학이 팔만대장경 속에 포함되어 고려와 조선에 유입되었고 학승들은 毘伽羅論이라 불리는 음성학, 즉 聲明學을 연구하여 세종의 새 문자 제정에 이론적 뒷받침을 하게 된다."(위의 책, 18면)

서책들, "중국 운서뿐 아니라 대륙 변방의 수백 가지 방언에 대한 운서들"(1, 147)을 연구하는 것으로 묘사된다. 심지어는 팔사파 문자가 쓰여 있는 "몽골 오랑캐의 남녀상열지사를 그린 야한 책"(149)도 많은 사람들에게 읽혀진다. 세종도 새로운 문자를 창제하기 위해 "몽골 오랑캐의 야한 책"에 표기된 "팔사파문자와 한자의 토, 그림을 번갈아보며 낯선 글자의 소리와 뜻을 유추"(1, 230)할 정도이다. 세종이 고안하는 새 문자 연구에는 "팔사파문자가 필요"(2, 145)한 것이다.

또한『뿌리 깊은 나무』에서는 역사적 사실과는 거리가 있는 고대문자 기원설과는 달리 한글이 수학적(근대적) 엄밀성에 바탕하여 창제된 것으로 서사화된다.『뿌리 깊은 나무』에서는 마방진 등을 통해 "수와 셈의 그 정확성과 명료함"(1, 110)을 찬양하는데, 수의 세계는 이 작품에서 지향하는 새로운(근대적인) 세계의 상징이기도 하다. "수의 세계는 인간의 세계와는 다"(1, 207)르며, "완벽하고 조화로울 뿐 아니라 지극히 아름답기조차 했"(1, 207)던 것이다. 한글은 다름 아닌 '수의 세계'로 대표되는 과학에 바탕해 창제된 것으로 설명된다.

그러나『뿌리 깊은 나무』역시 민족주의로부터 자유로운 것은 아니다. 한글의 창제 원리는 과학에 바탕한 것으로 서사화되지만, 창제의 핵심적 이유는 민족주의의 자장 안에 놓여 있기 때문이다.『뿌리 깊은 나무』는 '세종 對 최만리'라는 선명한 대립구도를 보여준다.[87] 이러한 갈등은 "새 것과 옛것의 대결이며, 우리의 것과 중화의 것의 대결이고, 격물을 중시

---

87) 물론 마지막에 집현전의 학사들을 살해한 것은 최만리가 아니라 심종수라는 것이 드러나지만, 심종수가 개인적인 탐욕이 강하다는 차이만 있을 뿐 최만리나 심종수의 세계관은 기본적으로 동일하다. 또한 최만리도 집현전 학사들의 살해를 긍정적으로 생각한다는 점 등으로 미뤄볼 때, 심종수의 존재가 '세종 對 최만리'의 근본적인 갈등 구도를 허문다고 볼 수는 없다.

하는 실용과 사장을 목숨처럼 떠받드는 경학의 대립"(2, 142)이다. 세종의 편에는 실용경세파(實用經世派)와 일반 백성들이 포함된다면, 최만리의 편에는 오랜 권신(權臣)들과 벼슬아치들, 정통경학파 사대부들, 성균관 유생들, 시전(市廛)의 큰 상인들이 포함된다. 여기에는 "북변을 개척하고 역사를 다시 쓰고 음률을 정비하는가 하면 화포를 개량하고 지도까지 만드는 전하에 대해 곱지 않은 눈길을 보내고 있던"(2, 281) 명나라도 포함된다. 세종과 그를 따르는 집현전 학사들이 꿈꾸는 나라의 모습은 다음과 같이 정리할 수 있다.

> 그 강역은 팽대하고, 그 역사는 존경받고, 그 백성은 윤택하고, 그 신하는 궁리하고, 그 임금은 근면한 나라. 그래서 그 시대를 기꺼워하는 노래가 골골에 울리는 나라. 대국에게 기대지 않고 대국에 당당하며 자국의 문물과 격물로 홀로 우뚝 서는 나라. (1, 228)

> 경학과 사장의 이치가 만백성에게 공유되는 새로운 세상. 모든 백성이 현학이 되고 원하는 자는 누구나 학문할 수 있는 꿈의 나라.
> 그 나라에서는 관념보다는 실용이, 이론보다는 실제가, 권위보다는 실력이, 신분보다는 능력이 우러름을 받을 것이었다. (2, 197)

위의 인용에서 선명하게 드러나듯이, 장성수, 윤필, 허담, 정초 등이 목숨을 걸고 "이 나라의 글을 세우고자"(2, 142) 한 이유는 무엇보다도 '나라'와 '백성'을 위한 것이다. 그들이 꿈꾸는 사회는 '대국에게 기대지 않고 대국에 당당한 나라'이자 '신분보다 능력이 우러름을 받는 나라'인 것이다.

한글 창제가 지닌 민족주의적 의의는 집현전 학사들이 살해되는 결정적 이유 중의 하나인『고군통서』를 통해서 더욱 분명하게 드러난다. 세종이 집필한『고군통서』의 핵심적인 사상은 "어설픈 흉내로 작은 중국이 되려 하지 말고 이 나라의 격물로 치지하시와 이 나라가 온전한 나라로 곧추서게 하소서."(2, 133)라는 민족주의적인 문구 속에 압축되어 있다.『고군통서』는 세종에 반대하는 세력이 명나라에 고발하여 세종을 꼼짝 못하게 할 자료로 생각을 가질 만큼, "첫 장부터 끝장까지 사대주의와 모화파들을 비판하고 이 나라의 얼을 되찾아야 한다는 내용"(2, 237)으로 되어 있는 것이다. 이러한 민족주의는 "중화의 말과 글을 체화한 당당한 자부심"(1, 117)으로 무장한 사대주의자이자 모화주의자(慕華主義者)인 최만리와의 대비를 통해서도 분명하게 드러난다.

　『훈민정음』과『정의공주』가 역사적 사실과는 다르게 한글을 우리 민족만의 역량으로 창조된 것으로 형상화했다면,『뿌리 깊은 나무』는 역사적 사실과 유사하게 한글을 외국의 문자와 이론의 영향 속에서 창제된 것으로 형상화하고 있다. 이 부분에서『뿌리 깊은 나무』는『훈민정음』이나『정의공주』보다는 맹목적 민족주의에서 자유롭다고 할 수 있다. 그러나『뿌리 깊은 나무』에서는 창제의 근본적인 이유를 '민족주의자 세종 對 사대주의자 최만리'라는 선명한 대립구도 속에서 제시함으로써 역시나 민족주의와의 깊은 관련성을 보여준다고 할 수 있다.

3. 세종 형상화의 차이점

　흥미로운 것은 박종화의 역작인 『세종대왕』(『조선일보』, 1969-1977)을 제외하고는 세종대왕의 전반적인 삶을 다룬 역사소설이 많지 않다는 점이다. 이것은 역사적 인물인 세종은 "의미론적 공백을 형성하는 고유명사가 아니라 의미가 가득 차 있는 고유명사"[88]였던 것과 관련된다. 세종은 한국인이라면 누구나가 동의할 수 있는 민족사의 성군이자 거의 완벽한 인격체로 규정되어 왔기에 상상력의 침입 자체를 허용하지 않았던 것이다.[89] 그러나 한글의 창제와 관련해서는 '의미론적 공백'이 너무나 크다. 그것은 훈민정음이라는 우리 민족의 최대 사건이 공식 역사서인 실록에 단지 사회면의 단신처럼 한 줄로만 기록되어 있기 때문에 발생한다.[90] 창제하였다는 결과는 분명하게 제시되어 있는데, 그 과정 등은 충분히 제시되지 않아서 세종이라는 인간과 달리 상상력이 작용할 여지가 매우 풍부하다고 할 수 있다. 따라서 세종대왕의 일대기가 아닌 훈민정음 창제와 관련된 역사소설이 남과 북에서 동시에 쓰여지고 있는 것으로 판단된다.

주목할 점은 세종의 수많은 업적 중에서도 가장 핵심적인 것이 훈민정음 창제이기 때문에 훈민정음 창제를 다루는 역사소설은 필연적으로 세종에 대한 나름의 표상을 형성하게 된다는 사실이다. 전체가 아닌 세부(훈민정음 창제)에 초점을 맞춘 결과는 전체(세종)에 대한 인식에까지 영향을 주는 일이 발생하는 것이다. 세종에 대한 형상화에는 지도자를 바라보는 남북한의 인식차이가 분명하게 드러난다.

---

88) 공임순, 『우리 역사소설은 이론과 논쟁이 필요하다』, 책세상, 2000, 78-79면.
89) 김영성은 여러 자료를 통해 박종화의 『세종대왕』이 발표되기 이전부터 '성군으로서의 세종대왕'이라는 공식은 공인받아왔음을 보여주었다. (김영성, 앞의 논문, 10-13면)
90) 『세종실록』 세종 25년(1443년) 12월조 말미에는 갑자기 "是月, 上親制諺文二十八字 (중략) 是謂訓民正音"이라는 한글 창제에 관한 기사가 등장한다.

3.1. 초월적인 절대 군주—박춘명의 『훈민정음』

『훈민정음』에서 성삼문이 그토록 헌신적으로 문자를 창제하려는 이유는 백성과 나라에 대한 사랑 때문이다. 그러나 그보다 더욱 지속적으로 언급되는 한글 창제의 주요한 이유는 세종에 대한 충성심이다. 문자를 창제하는 것은 무엇보다 "상감마마의 어명을 충실히 수행하는 신하로 될 수가 있는"(207) 방법인 것이다.

성삼문이 스승인 최만리와 척을 지면서까지 우리글을 만들려고 하는 중요한 이유도 충신이 되기 위해서이다. 최만리가 끊임없이 유혹하는 상황에서 성삼문은 "우리의 글을 만드는 일은 상감의 뜻이다. 그러니 이것을 못한다고 물러서면 충신으로서의 도리가 아닐 것이다."(24)라며 문자 창제의 길에 나서는 것이다. 성삼문은 자주 "너는 상감마마의 은혜에 그렇게도 보답할 줄 모른단 말이냐"(63)며 스스로를 다그치기도 한다. 성삼문의 아버지 성승도 "너는 상감마마의 은혜에 보답 못하면 내 자식이 아니다."(63)라고 강조한다. 집현전의 책임자인 정인지도 "상감마마께서 우리를 각별히 생각하시어 이런 은총을 베푸시는데 모두 우리글을 만들어 내기 위해 전력합시다."(116)라고 이야기한다. 성삼문은 최만리의 편에 선 하위지가 자신을 회유하는 말을 했을 때도, "우리의 새로운 글을 만드는 것은 상감의 뜻이니 이 일에 한 몸을 바치자고 하던 삼각산에서의 그 맹세를 잊었소?"(122)라고 화를 낸다.

새로운 문자가 완성된 것을 보고 세종이 "충신의 가문에서 대를 이어 또 충신이 나왔다다."(306)라고 말하는 것처럼, 문자 창제 행위는 충성의 가치로 수렴된다. 충성을 최고의 가치로 강조하는 것과 맞물려 세종의 뜻에 반대하는 최만리는 철저하게 악인으로 형상화된다.『뿌리 깊은 나무』에서 최만리는 성리학적 유교질서에 충실한 이념형의 인물일 뿐, 도덕적인 흠결이 있는 인물은 아니었다.[91] 그러나『훈민정음』에서 최만리는 뇌물로 성삼문을 회유하려 하는 인물로 자주 형상화된다. 쌍가매는 평양도사의 집으로 억울하게 팔려 가는데, 평양도사는 최만리의 사촌뻘 되는 사람이다. 나중에 최만리는 새로운 글자를 만드는 것에 반대하는 이유가 "명나라에 대한 숭상"(287)을 넘어 "자기 한 몸의 체면 유지를 위한 방패"(287)인 것으로까지 이야기된다. 세종이 반포 의식을 거행하려고 하자 최만리는 "미친 사람처럼 광기"(307)를 부리기도 한다. 결국 새 문자 창제 반대 상소를 올리려고 하는 최만리는 "역신"(315)으로 규정된다.『훈민정음』의 가장 핵심적인 갈등은 충신과 역신이라는 규정 속에서 발생한다고 볼 수 있다.[92]

『훈민정음』에서 세종은 성삼문의 절대적인 충성이 어색하지 않을 만큼 절대적인 존재이다. 성삼문에게 새로운 문자 창제의 기본적인 방법론을 알려주는 사람은 바로 세종이다. 성삼문이 처음 문창살의 모양을 본뜬 문자의 초안을 내놓았다가 망신만 당하자, 세종은 성삼문에게 수원에

---

91)「정의공주」는 최만리의 악인적 형상화와 관련하여『훈민정음』과『뿌리 깊은 나무』의 중간쯤에 위치한다고 볼 수 있다.『정의공주』의 최만리는 인간미가 있는 모습으로 그려지기도 하고 작품에서의 비중도「훈민정음」보다 훨씬 적다. 그러나 기본적으로『정의공주』의 최만리도「훈민정음」에서와 마찬가지로 사대주의자이자 자기 이익만 추구하는 부정적 양반계층의 대표자로 형상화된다.

92)「훈민정음」에서 집현전 학자들은 문자 창제와 관련하여 뚜렷하게 두 세력으로 나뉘어진다. 한편에 성삼문이 있다면, 다른 한편에는 최만리가 존재한다. 정인지, 성삼문, 신숙주, 최항, 박팽년, 강희안, 리개, 리선로 등이 같은 편이라면, 반대쪽에는 최만리, 하위지, 김문, 정창손, 식석조, 송처검 등이 포함된다. 사대주의자이자 봉건주의자인 최만리는 철저하게 한글 창제를 반대하는 입장에 서 있다. 최만리는 "한자를 리용하는 리두 문자를 완성하는 방향"(23)을 주장한다. 이러한 주장은 "한자를 절대 버려서는 안 된다는 사대 의식에서 오는 주장"(23)으로 설명된다.

있는 측우기를 보고 오도록 지시한다. 이 작품에서 측우기는 수원에 사는 이름 없는 "농군"(28)들이 제작한 것이고, 오랫동안 농사를 지어본 농군들은 어떻게 하면 농사를 잘 지을 수 있을 것인가 고심하던 끝에 측우기를 제작한 것이다. 이것을 보고 성삼문은 "우리글을 만드는 것도 이와 류사한 것이 아니겠는가"(28)라며, 민중 속으로 들어가 문자 창제의 원리를 파악하겠다고 결심한다. 이후에 세종은 성삼문과의 문답에서도 "말소리를 생각"(93)해서 글자를 만들어야 한다고 충고한다.

또한 이 작품에서 세종대왕은 부재하는 중심이라고 할 만큼, 자주 그 모습을 드러내지는 않지만 모든 권력의 중심에 놓여 있다. 『뿌리 깊은 나무』에서 기본 갈등이 '세종 對 최만리' 사이에서 발생하고 세종 역시 갈등의 한 당사자에 불과했다면, 『훈민정음』에서 갈등의 기본 구도는 '성삼문 對 최만리' 사이에서 형성되고 세종은 그것을 해결하는 초월적 존재이다. 성삼문을 대표로 하는 집현전의 젊은 학자들과 최만리를 대표로 하는 원로 학자들의 갈등은 세종의 어명(御命) 한마디로 간단하게 해결된다. 「훈민정음」에서 왕의 모습은 훨씬 평범한 인간과는 거리가 느껴지는 전지전능한 모습으로 그려지고 있는 것이다. 흡사 세종은 신과 같은 형상으로서, 그것은 오늘날 북을 통치하는 절대적 지배자를 자연스럽게 연상시킨다.

주체사실주의에서는 북한 사회와 현실의 총체적 위기의식을 배경으로 하여 당과 수령에 대한 흔들리지 않는 복종을 보여주는 충신형의 인물을 이상형으로 제시한다.[93] 성삼문은 이러한 창작원칙에 전형적으로 부합되는 역사적 인물이라고 할 수 있다. 『훈민정음』의 주인공이자 초점화자

---

93) 임옥규, 앞의 책, 211면.

로 성삼문이 선택된 이유도 그가 우리 민족을 대표하는 충신이라는 점을 빼놓고 생각할 수 없다. 성삼문은 아버지가 위독하다는 소식을 듣고도 "한 가정의 효자가 되는 것보다 나라의 충신이 되는 것이 더 귀중하다는 생각"(212)에 글자를 창제하기 위한 활동을 계속 이어나간다. 이 작품에서는 충의 가치가 그 어떤 가치보다도 상위에 놓이는 것이다.94)

3.2. 고뇌하는 근대적 인간
─이정명의 『뿌리 깊은 나무』, 한소진의 『정의공주』

박춘명의 『훈민정음』에서 세종은 지적으로나 정치적으로나 절대적인 존재라고 할 수 있다. 이에 반해 『뿌리 깊은 나무』에서 세종은 전근대사회의 군주라고 보기 힘들만큼 정치적 힘이 약한 존재로 형상화된다. 세종 역시 하나의 정치적 입장을 가진 개인들 중의 한 명일뿐이다. 오히려 명나라의 지원까지 등에 업은 최만리의 세력이 더욱 강한 힘을 지닌 것으로 보일 정도이다.95)

이정명의 『뿌리 깊은 나무』에서 집현전의 부제학인 정인지는 "전하께서도 무언가를 할 수 없음은 우리와 다름이 없다. 저들의 모략과 교활한

---

94) 북한에서는 비슷한 시기에 림종상이 성삼문을 주인공으로 한 『삭풍』(2000)이라는 장편역사소설을 발표한다. 이 작품 역시도 충의 가치를 절대화하고 있다. 이 시기 북한에서는 성삼문이야말로 당대에 필요한 충의 가치를 구현한 이상적 존재로 받아들여지고 있었음을 알 수 있다.

95) 『뿌리 깊은 나무』에서는 명나라가 살인사건을 비롯한 조선의 내정에 과도하게 개입하는 등의 여러 가지 부정적인 모습을 보여준다. 이에 반해 『훈민정음』에서는 횡포를 부리는 명나라의 모습은 찾아볼 수 없다. 대신 대마도 정벌이나 여진족 정벌 등이 소개될 뿐이다. 이것은 박춘명이 '작가의 말'에서 밝힌 우리민족제일주의와 관련된 것으로 보인다.

술책이 전하의 영명함마저 올가미처럼 묶어두고 있으니까"(1, 200)라고 말한다. 세종 역시 살해당한 집현전 학사들과 마찬가지로 작약시계의 계원이며, 반대 세력이 궁극적으로 노리는 암살 대상에 불과했던 것이다. 실제로 세종은 암살당할 위기에서 간신히 벗어난다. 세종의 무력감이 가장 극적으로 드러나는 것은 세자빈이 억울한 누명을 쓰고 궁에서 쫓겨날 때이다. 소이의 "한 나라의 군왕 된 자가 어찌 더러운 누명을 뒤집어쓴 자신의 식솔을 구하지 못한단 말인가?"(2, 155)라는 말에서 드러나듯이, 세종은 이 상황에서도 아무런 힘을 발휘하지 못한다. 『뿌리 깊은 나무』의 세종은 "적요한 침전에서 밤마다 자신을 둘러싼 사방의 적들과 홀로 전쟁을 벌였"(2, 291)던 것이다.

『뿌리 깊은 나무』의 세종은 정치적으로 이토록 무력하지만, 인간적인 측면에서는 매력이 물씬 풍기는 근대적인 인간형으로 변모하였다. 『뿌리 깊은 나무』에서 세종은 "새로운 문자에 대한 뜨거운 열정"(2, 180)으로 궁녀들과도 학문에 대한 이야기를 자유롭게 나눈다. 이것은 궁궐 나인인 소이의 눈에 "군왕과 신하가 없고, 귀한 자와 천한 자의 구별이 없으며, 가르치는 자와 배우는 자가 없고, 사내와 계집의 구분조차 없지 아니한가?"(2, 180)라고 보일 정도이다. 어릴 때부터 말 못하는 노비로서 "멸시가 아니면 동정"(2, 183)의 눈길만 받아온 소이에게 세종은 "나직나직 은혜로운 말을 건네는 사람"(2, 183)이다. 세종의 인간적인 측면은 성삼문과 같은 신하들과의 관계에서도 그래도 나타난다. 세종은 학사와 나란히 풀숲에 드러누워 하늘을 바라보는 낭만적이기까지 한 인물이다.

한소진의 『정의공주』에서도 세종의 인간적인 면모가 지나칠 정도로 자주 형상화된다. "속마음까지 터놓을 수 있는 유일한 사람"(32)인 황희와의 술자리에서 세종은 한없이 인간적인 모습을 드러내고, 소헌왕후의 교전비(轎前婢)인 기화를 후궁으로 취한 일 때문에 자식들의 눈치를 보기도 한다. 또한 세종은 문약한 세자와 수양대군을 보며 한 나라의 임금이기 이전에 아버지로서의 고민을 호소하며, 세자가 일찍 죽자 원손에 대한 애틋한 마음을 자주 내보인다. 심지어는 자신의 형님인 양녕대군과 아름다운 우애의 정을 나누기도 하는 것이다.

북한에서 창작된 『훈민정음』과 남한에서 창작된 『뿌리 깊은 나무』와 『정의공주』에서 형상화된 세종의 모습은 매우 다르다. 『훈민정음』의 세종이 전지전능한 절대 군주의 모습이라면, 『뿌리 깊은 나무』와 『정의공주』의 세종은 나름의 한계를 지닌 일반인의 모습에 한층 가까운 것이다. 이러한 차이는 지도자를 바라보는 북한과 남한의 일반적인 인식과 정서를 반영한 결과로 이해할 수 있다.

4. 새롭게 조명 받는 창제 주체들

최근의 역사소설은 신역사주의와 포스트모던적인 담론의 영향으로 그동안 역사에서 주목받지 못했던 소수자의 입장에서 역사를 바라보는 경향이 증가하고 있다. 본래 팩션(Faction)이라는 장르는 과학으로서의 역사가 아니라 문학으로서의 역사를 주장하는 역사학계의 입장으로부터 많은 영향을 받았다.[96] 역사란 객관적인 사실을 있는 그대로 기록한 것이

---

96) 팩션은 팩트(fact)와 픽션(fiction)을 합성한 신조어이다. 팩션의 작가는 과거의 사실적 재현을 목표로 하지 않으며, 사실과 허구의 결합이라는 사실을 공공연히 드러낸다. 포스트모더니즘의 영향을 받은 팩션은 역사가 진실의 기록이라는 전통적 관념을 거

아니라 서술자에 의해 재구성된 하나의 담론일 수도 있다는 입장이 문학에까지 영향을 준 것이다. 따라서 사실의 재현만을 추구하는 정통 역사소설이 아닌 팩션 역시도 역사적 진실에 접근할 수 있는 하나의 가능성이 될 수 있는 것이다.[97] 이러한 인식론적 배경에 바탕해 그동안 역사로부터 소외되어 있던 많은 소수자들이 역사의 새로운 주체로서 역사소설에 등장하는 것이다. 한글 창제 관련 역사소설에서는 그동안 한글 창제와 관련해 거의 언급되지 않았던 일반백성과 여성이 주요한 창작계층으로 등장하는 모습을 확인할 수 있다.

4.1. 한글 창제의 또 다른 주역으로서의 일반 백성들
—박춘명의 『훈민정음』, 한소진의 『정의공주』

『훈민정음』에서 한글의 기원이 되는 신지문자는 민중들의 문자로 설명된다. 성삼문은 민간에 전승되어 오던 신지문자의 이치를 일반백성인 초향의 아버지로부터 배운다. 초향의 할아버지는 당시 악착스럽게 백성들의 재물을 긁어가던 부사를 야유하는 노래를 옛날부터 전해져 온 문자로 지어 고장 사람들을 각성시키기도 하였다. 훈민정음의 창제가 모두 이루어진 후에 성삼문은 하위지에게 백성을 '참된 스승'으로 삼아 창제된 것이 바로 훈민정음이라고 이야기한다. 성삼문은 자신에게 옛날 문자

부한다. 역사는 끊임없이 재해석될 수 있으며, 단지 선택된 것만 역사적으로 기록될 뿐이라는 사실을 강조한다. 따라서 팩션은 기록되지 않은 것을 상상력으로 채우면서 새로운 해석을 도출하는 경향이 있다. (김성곤, 「팩션—환상과 현실의 경계해체」, 『키워드로 읽는 책』, 한국출판마케팅연구소, 2005, 345-352면)
97) 김기봉, 『역사들이 속삭인다—팩션 열풍과 스토리텔링의 역사』, 프로네시스, 2009, 5-147면.

를 발견하게 해준 초향을 향해 "너는 나의 선생님"(179)이라고 말하며 감격하고, 글자를 더욱 정교하게 다듬는 과정에서도 성삼문의 여종인 삼월이가 도움을 주기도 한다.

『정의공주』의 한글 창제 과정에서도 "백성들의 말소리. 그것이야말로 가장 중요한 자료"(127)이다. 이 작품에서는 반복해서 백성들(뒷간과 삼례 등)이 부르는 노래가 등장하고, 이것은 새 문자 창제의 중요한 기반이 된다. 세종은 문자 창제에서 중요한 것은 "학자도, 관료도 아닌, 백성들만의 노래"(187)라는 점을 자식들에게 강조한다. 이 작품에서 문자 창제는 새로운 것을 만든다기보다는 "항간에 떠도는 문자를 찾는 일"(197)에 가깝다.

백성의 역할과 역사적 의의에 대한 강조는 세 편의 역사소설 중에서 『훈민정음』에 가장 분명하게 드러난다. 이와 관련하여 『훈민정음』에는 신분제에 대한 강렬한 비판의식이 서사의 주요한 줄기를 형성하고 있다.[98] 새로운 글자를 창제하는 과정은 성삼문 스스로 양반으로서의 문제점을 자각하는 과정이기도 하다. 이 작품에서 양반층인 영변 부사는 서울에서 온 관리에게 아첨이나 하려 하고, 뇌물에 눈이 벌건 사람으로 그려진다. 성삼문은 여러 백성들을 통해 "보통 량반과는 다른 생각"을 가진 훌륭한 인물로 이야기되지만, 그 역시 봉건적 신분의식으로부터 자유롭지 못하다. 성삼문은 끊임없이 양반으로서의 자기 문제점을 성찰하는 모습을 보여준다. 복돌이를 생각하며 "자기가 너무도 몰인정한 인간"(131)

---

98) 『뿌리 깊은 나무』에서 채윤이 성삼문과의 문답에서 "젠장할… 양반이란 것들은 켕기는 게 있으면 고함부터 지르게 마련이다."(1, 105)라며 양반을 비판하는 대목이 등장한다. 그러나 일회적인 불평으로 끝나고 『훈민정음』에서처럼 진지한 비판이나 성찰로 이어지지는 않는다.

이라고 반성하는 모습 등에서 이를 확인할 수 있다. 특히 성삼문은 쌍가매가 억울하게 종이 되어 평양도사에게 팔려가고, 그 집에서도 억울한 누명을 쓰고 억울한 일을 당하자 스스로를 진지하게 성찰한다.

성삼문은 일종의 신지문자 전수자라고 할 수 있는 초향의 아버지를 만나고도 "음식상의 모든 맛있는 것이 이런 촌늙은이의 피땀을 짜낸 것이라고 생각하니 죄스러운 마음을 금할 수가 없었다."(202)며 반봉건적 자의식을 드러낸다.[99] 또한 『훈민정음』에서는 성삼문 집안의 종인 복돌이와 쌍가매의 연애서사를 통해서 당시 백성들이 처한 고통스러운 삶의 실상을 반복해서 강조하고 있다.

『뿌리 깊은 나무』에서는 피지배층의 역할이 훈민정음 창제가 아닌 의문의 살인사건을 해결하는 과정에서 두드러진다. 집현전 학사들의 살인사건을 해결하는 주체는 강채윤이라는 평민 출신의 겸사복인 것이다. 채윤의 부모는 경상도에서 양반댁 소작살이를 하다가 함길도(오늘날의 함경도) 지방으로 이주한 평민이며, 그러한 부모마저 일찍 죽어 현재 채윤은 "성 안팎에 연고 하나 없는 외톨이"(1, 25)이다. 채윤에게 "글을 읽는 것은 언제나 가지 못한 길, 부르지 못한 노래, 꾸지 못한 꿈"(40)이었다. 채윤과 더불어 사건 해결에 큰 기여를 하는 가리온 역시 "소를 도살하는 일을 업으로 삼는 반인 출신"(1,128)의 천민이다. 그 역시 뛰어난 의술 등으로 큰 활약을 보여주지만, "신분의 올가미"(2, 99)에 걸려 "생명을 살리고자 하나 죽여야 했고, 병을 고치고자 하나 주검마저 훼손해야"(2, 99) 하는 기형적 삶을 산다. 그러나 이들의 신분이 평민이나 천민에 해당하는

---

99) 그래도 불쑥 불쑥 성삼문은 "로인이 가끔 량반들을 비난하는 말"을 "귀에 거슬"(206)려 한다.

것이라고 할지라도 보통 사람과는 비교할 수 없는 뛰어난 능력을 지녔다는 점에서, 이들을 보통의 백성과 동일시하기에는 무리가 따른다.『뿌리 깊은 나무』는 일반 백성보다는 전문적 지식인을 부각시킨 소설이라고 할 수 있다.100)

4.2. 한글 창제의 또 다른 주역으로서의 여성들
―한소진의『정의공주』

『정의공주』야말로 그동안 가려져 있던 한글 창제의 주역인 여성을 전면적으로 복원하고 있는 작품이다.『죽산안씨대동보』와『몽유야담』등에 단편적으로 등장했던 정의공주를 내세워 한글 창제의 새로운 측면을 밝혀내고 있는 것이다. 정의공주는 변음토착(變音土着)의 난제를 해결하여 우리말의 어미와 조사를 새 문자로 적는데 성공한다. 이것은 한글 창제와 관련해 매우 중요한 업적으로서, 정의공주의 이 작업을 통해 한글을 통해 우리말을 전면적으로 기록할 수 있다는 것이 증명되었다.101)『정의공주』에는 이러한 역사적 사실이 비교적 충실하게 서사화되어 있다. 동시에 이 작품에서는 조선 시대에 여성에게 주어졌던 여러 가지 차별의

---

100) 이와 같은 맥락에서 훈민정음 창제를 주도하는 작약시계의 계원에 포함된 "서운관과 주자소, 봉상시 관원과 심지어는 궐의 전각을 짓는 목수"(2, 87)들도 이해할 수 있다. 그들의 신분이 피지배층일지라도 어디까지나 "자신만의 전문적인 기술과 학문에 천착한 자들"(2, 87)이라는 점에서, 그들 역시 채윤이나 가리온과 같이 일반백성보다는 지식인에 가깝다고 볼 수 있다.

101) 정광은 정의공주가 변음토착을 해결했을 뿐만 아니라 당시 문자 생활의 중추 계급이던 아전 서리들이 익숙하게 사용하던 이두와 구결의 한자들을 동원하여 새 문자의 음가를 알기 쉽게 풀이한『언문자모』의 저자라고 보았다. 그리고「언문자모」야말로 한글의 보급에 지대한 영향을 주었다고 평가한다. (위의 책, 182-196면)

양상과 그 결과로서 정의공주가 한글 창제와 관련된 공식 역사에서 사라질 수밖에 없었던 이유가 등장한다.

『정의공주』에서는 정의와 안맹담의 결혼생활을 통해서 가부장제와 남성중심주의를 비판하는 시각을 발견할 수 있다.[102] 안맹담은 처음 왕의 딸과 산다는 자격지심에 자학적인 모습을 보여준다. 첫날밤부터 맹담은 정의에게 "저는 평생 그대를 공주마마라고 불러야 합니까?"(93)라고 물으며 괴로워하는 것이다. 자신이 맡은 돈녕부영사의 벼슬이 별볼일 없는 일이라며 힘들어 하기도 하고, 정의보다 학식이 부족해 자신이 문자 창제 작업에 참가할 수 없다는 사실로 자기를 학대하기도 한다. 이것은 모두 남성이 여성보다 나아야 한다는 남성중심주의가 만들어낸 잘못된 의식의 결과라고 할 수 있다.[103] 맹담의 새어머니인 최씨는 정의에게 시집살이를 시키려고 한다. 또한 최씨는 맹담의 둘도 없는 친구인 삼례의 얼굴을 인두로 지지고 결국에는 고향을 떠나도록 만든다. 맹담이 부마(駙馬)가 된다는 소문이 무성할 때, 삼례로 인해 혼담이 깨질 것을 염려한 결과이다. 이러한 최씨는 가부장제를 내면화한 여성의 모습에 해당한다.[104]

---

102) 「훈민정음」에서는 여성주의적 시각을 발견하기 어렵다. 이 작품의 관점인물인 성삼문은 "자기의 말뜻을 리해하지 못하는 안해가 답답하여 한숨을 내쉬"(73)기도 한다. 또한 "문턱을 넘으면 생각이 달라진다는 것이 여자의 마음이다."(184)라거나 "시앗싸움에는 돌부처도 돌아앉는다더니"(273) 등의 생각을 하는 것에서 알 수 있듯이, 여성의 입장에 대한 별다른 자각이 없는 인물이다.

103) 문은미, 「가부장제」, 『페미니즘의 개념들』, 여성문화이론연구소 엮음, 동녘, 2015, 14-24면.

104) Lois Tyson, 『비평이론의 모든 것』, 윤동구 역, 앨피, 2012, 197-209면. 나중에 맹담은 자신의 일에도 충실하고 아내도 적극적으로 도와주는 모습으로 변모한다. 최씨 역시도 삼례와 정의를 뒷바라지하며 최선을 다한다. 그러나 이러한 변화가 별다른 계기도 없이 이루어진다는 점에서 오히려 그 진정성이 의심된다.

한글 창제 과정은 물론이고 이후에도 정의공주는 공주라는 신분에도 불구하고 여성으로서의 고통을 계속해서 겪는다. 정의공주가 문자를 창제하는데 매달리는 가장 중요한 이유는 그것이 개인적인 "고통에서 벗어나는 길"(124)이기 때문이다.105) 시름을 달래기 위해 정의는 공부에 매달릴 수밖에 없었으며, 그것만이 "이 삶을 지탱해 주는 힘"(236)이었던 것이다. 그러한 개인적인 고통은 위에서 살펴본 것처럼, 남편 안맹담과 시어머니 최씨로 대표되는 남녀차별적인 가부장제에서 비롯된다.

이 작품에서 가장 남녀차별이 덜한 세종은 큰딸 정소의 죽음으로 잠시 "딸에 대한 관심조차 지우려 애"(43)쓴 적이 있지만 이후에는 "딸과 아들을 차별하지 않"(49)으려 더욱 노력한다. 여자이기 때문에 새 문자 창조에 적극적으로 나서지 않겠다는 정의공주를 설득하기도 한다. 그러나 결국 세종 역시도 당분간은 정의공주의 활동을 노출시키지 않기로 결심한다. 한글 창제와 관련하여 세종을 제외한 다른 사람들의 정의공주에 대한 차별과 박해는 매우 심하다. 집현전의 정창손과 최만리 등이 등장하여 훈민정음 창제를 반대하자 정의공주는 이에 반발한다. 그러자 그들은 "감히 여자가 이 일에 왈가왈부한다 생각하는 듯 학사들은 하나같이 그 말에는 답변조차 하지 않"(315)는다. 결국 변음토착이라는 가장 중요한 문제를 해결한 정의지만 문자 창제자의 명단에 이름조차 올리지 못한다.

결국 정의는 창제자 명단에서 자신을 빼달라 간청하고, 그 청은 끝내 받아들여지고 만다. 그 결과 정의공주는 시집의 족보에만 창제의 공이 간단하게 남겨지는 비운의 주인공이 된 것이다.106) 여성 차별의 강고한

---

105) 이외에도 세종대왕의 어명과 백성들을 생각하는 마음이 문자 창제의 동기로 제시된다.
106) 「정의공주」에서 훈민정음 창제의 주역은 세종과 정의공주를 비롯한 가족들이다. 이
    러한 설정은 "한글은 세종의 친제(親制)였으며 계해년(1443년) 12월에 완성된 것으

벽이, 가장 큰 공로자 중 하나인 정의공주의 존재를 공식적인 역사의 담장 밖으로 몰아낸 것이며, 이러한 차별의 벽은 심지어 세종조차도 뛰어넘을 수 없었던 것으로 형상화되는 것이다.

이정명의 『뿌리 깊은 나무』에서도 세자빈과 세자빈의 사노비로서 입궐한 소이라는 나인을 통해 한글 창제에 기여한 여성의 몫을 형상화하고 있다. 말을 못 하는 소이는 세종과 마주 앉아 "입을 오므리고 내밀고 입술을 말고 내밀기를 거듭"(1, 213)하는 모습을 보여준다. 소이는 "말을 하지 못하므로 그 발음과 성음기관이 아무 것도 그려지지 않은 화선지같"(177)기에 세종이 표음문자인 한글을 창제하는 과정에서 더욱 유용한 역할을 할 수 있었던 것이다. 나중에는 한글의 창제원리에 따라 소이가 말을 하게 되는데, 말 못하는 사람이 한글을 통해 말을 하게 된다는 설정이야말로 한글이 지닌 민본주의적 성격을 여실하게 드러내는 것이라고 볼 수 있다.

세자빈 봉씨의 모습 역시 여성주의적 시각으로 새롭게 조명된다. 세자빈 봉씨는 최만리를 중심으로 한 보수적인 학자들에 의해 "저자거리의 창부보다 음탕한 여자"(2, 28)라고 비난받는다. 세자빈의 부친 봉영택은 "경세치용을 신봉하는 사려 깊고 합리적인 사람"(2, 88)으로서, 세자빈이 간택되자 젊은 학사들은 큰 힘을 얻었다. 또한 세자는 젊은 학사들의 수장이라고 할 만큼 작약시계에 열심이었기 때문에, 보수적인 학자들은 세자

로 『세종실록』에 기록되었다. 세종의 한글 창제는 동궁과 대군, 그리고 공주들과 같은 가족들만이 참가하는 비밀 프로젝트의 소산'(정광, 앞의 책, 373면)이었다는 연구 성과에 걸맞는 것이다. 집현전 학자들은 창제가 이루어진 이후에야 한글 창제 작업에 참가한다. 이때 주도적인 학자는 '친간명유(親揀名儒)'라는 별명이 붙을 정도로 세종이 총애했던 성삼문, 신숙주, 정인지, 최항, 박팽년, 강희안, 이개, 이선로 등이다. (위의 책, 373-374면)

빈을 파렴치한으로 몰아서 내쫓기 위해 세자빈을 심하게 음해하는 것이다. 이 작품에서 세자빈 봉씨는 세종의 문자 창제에 일정한 역할을 한 것으로 묘사된다. 최만리의 입을 통해 새 문자 창안에 세자빈을 비롯한 몇몇 무수리 나인들이 참여하고 있었으며, 그중에서도 "세자빈은 주상전하께서 가장 가까이 두고 믿는 연구자"(2, 259)였다고 이야기될 정도이다.

박춘명의 『훈민정음』과 한소진의 『정의공주』에서 한글 창제의 주체로서 일반 백성이 중요하게 부각된다. 『훈민정음』에서 한글의 기원은 민중들의 문자인 신지문자이고, 『정의공주』에서 한글 창제의 가장 중요한 자료는 "백성들의 말소리"(127)이다. 『정의공주』는 일반 백성과 더불어 그동안 한글 창제와 관련해 거의 은폐되어 있던 여성의 존재를 전면적으로 복원시키고 있다. 변음토착이라는 난제를 해결한 실존인물인 정의공주를 작품의 주인공으로 내세우는 것이다. 나아가 정의공주의 삶을 통해 남성 중심적인 조선 사회의 여러 부정적인 지점들을 다양하게 형상화하고 있다.

5. 남북한 역사소설의 공통점과 차이점

이 글에서는 이정명의 『뿌리 깊은 나무』, 한소진의 『정의공주』, 박춘명의 『훈민정음』을 비교해 보았다. 세 작품의 비교는 크게 민족주의와의 관련성, 세종의 형상화 양상, 여성주의적 시각이라는 세 가지 기준에서 수행되었다.

박춘명의 『훈민정음』과 한소진의 『정의공주』는 문자 창제의 주체로 고대 문자를 내세운다는 점이 유사하다. 박춘명의 『훈민정음』은 우리 민족의 찬란한 문화유산이라고 할 수 있는 한글이 고대로부터 전해져 온 우리만의 고유한 문자임을 강조함으로써 조선민족제일주의를 선명하게 드러내는 작품이다. 『훈민정음』과 『정의공주』가 한글을 우리 민족만의 창조품으로 형상화한 것과 달리 『뿌리 깊은 나무』는 한글이 외국의 문자와 이론의 영향 속에서 창제된 것으로 형상화되어 있다. 그러나 한글 창제의 이유는 철저하게 민족주의적인 관점에서 서사화되고 있다. 남북한 소설 모두 민족주의 담론과의 깊은 관련성을 보여주는 것이다.

박춘명의 『훈민정음』에서 세종은 성삼문의 극진한 충성이 어색하지 않을 만큼 절대적인 존재이다. 세종은 성삼문에게 새로운 문자 창제의 기본적인 방법론을 알려줄 정도로 능력이 있으며, 모든 권력의 중심에 놓여 있다. 주체사실주의에서는 북한 사회와 현실의 총체적 위기의식을 배경으로 하여 당과 수령에 대한 흔들리지 않는 복종을 보여주는 충신형의 인물을 이상적으로 제시한다.[107] 성삼문은 이러한 창작원칙에 전형적으로 부합되는 역사적 인물이라고 할 수 있다. 『뿌리 깊은 나무』와 『정의공주』의 세종은 정치적으로는 무력하지만, 인간적인 측면에서는 매력이 물씬 풍기는 모습으로 변모하였다. 이러한 차이는 지도자를 바라보는 북한과 남한의 일반적인 인식과 정서를 반영한 결과로 이해할 수 있다.

마지막으로 한글 창제 관련 역사소설에서는 그동안 한글 창제와 관련해 거의 언급되지 않았던 일반백성과 여성이 주요한 창작계층으로 등장한다. 『훈민정음』과 『정의공주』에서 한글 창제의 주체로서 일반 백성이 중요하게 부각된다. 『훈민정음』에서 한글의 기원은 민중들의 문자인 신지문자이고, 『정의공주』에서 한글 창제의 가장 중요한 자료는 "백성들의

---

107) 임옥규, 앞의 책, 211면.

말소리"(127)인 것이다. 나아가 『정의공주』는 그동안 가려져 있던 한글 창제의 주역인 여성을 전면적으로 복원하고 있는 작품이다. 『정의공주』 에는 정의공주가 한글 창제에 기여한 것을 서사화하는 것과 더불어 그녀 에게 주어졌던 여러 가지 차별의 양상과 그 결과로서 정의공주가 한글 창제와 관련된 공식 역사에서 사라질 수밖에 없었던 이유를 형상화하였 다. 남한에서 창작된 소설들과 달리 박춘명의 『훈민정음』에서는 한글 창 제와 관련하여 여성의 역할에 대한 별다른 인식을 찾아볼 수 없다.

제 4 장

남북한 황진이 소설에 나타난 개인의식 비교

1. 상징계적 효력의 약화

2000년대 들어 남북한의 작가들이 황진이를 주인공으로 내세운 역사소설을 동시다발적으로 창작하였다. 김탁환의 『나, 황진이』(푸른역사, 2002), 전경린의 『황진이』(이룸, 2004), 홍석중의 『황진이』(문학예술출판사, 2002)[108]가 그것이다. 비슷한 시기에 똑같은 인물을 내세운 소설들은 직관적으로 알 수 있는 남북한 역사소설의 공통점과 차이점을 구체적으로 확인해볼 수 있는 기회를 제공한다는 점에서 중요한 의미가 있다.

남북한에서 창작된 『황진이』에 대한 연구는 적지 않게 이루어졌다. 먼저 공통점에 초점을 맞춘 연구들이 있다. 최원식은 홍석중의 『황진이』

---

108) 홍석중의 『황진이』는 2002년에 북한의 문학예술출판사에서 출판된 후, 『민족21』(2003)을 통해 남한에 소개되었다. 2003년에는 『통일문학』에 연재되었다가 당국의 허가를 얻어 대훈닷컴에 의해 정식으로 2004년 출판되었다. 2007년에는 남한에서 영화로 만들어지기도 하였다.(임옥규, 『북한 역사소설의 재인식』, 역락, 2008, 12면).

가 원본(原本)으로서의 역사 또는 대문자 역사에 대하여 반발한다는 점에서 남한의 역사물들과 공통된 역사감각을 보여준다고 주장한다.109) 명형대는 홍석중과 전경린의 『황진이』를 '기생이 되는 원인'과 '기생으로서의 일탈적 행위'라는 두 가지 측면에서 유사하다고 설명한다.110) 김경연은 남북한의 황진이 소설들을 비교한 후, 이들 작품이 모두 "'무성적인 성녀'라는 단 하나의 기의에 봉헌하는 것으로 허망하게 끝난다."111)고 지적한다.

다음으로 차이점에 초점을 맞춘 연구들이 있다. 황국명은 홍석중의 황진이가 사생아의 방법으로 운명에 저항하는 것과 달리 전경린의 황진이는 업둥이의 방식으로 세계의 질서를 부정한다고 주장한다.112) 전명희는 김탁환의 『나, 황진이』는 전통윤리관에 대한 저항과 '여성'이라는 벽을 뛰어넘어 실존적 개인으로서 부딪히는 고독과 여성의식을 형상화하고자 한 작품이며, 북한 소설 『황진이』는 혁명적인 진취성과 적극적인 여성미를 지닌 현 체제의 이상적인 여성상으로 황진이를 재탄생시켰다고 주장한다.113) 황도경은 전경린의 황진이는 자유롭고 주체적인 여성으로 살아가기 위해 노력한 인물로서의 성격이 강한데 비해, 홍석중의 황진이는 양반사회에 대한 비판의 성격이 강하다고 보고 있다.114) 우미영은 작가

---

109) 최원식, 「남과 북의 새로운 역사감각들」, 『창작과비평』, 2004, 『살아있는 신화, 황진이』, 김재용 편, 대훈닷컴, 2006, 12-123에서 재인용.

110) 명형대, 「소설 '황진이' 연구—이태준, 홍석중, 전경린의 『황진이』를 대상으로」, 『한국문학논총』 50집, 2008, 471-500면.

111) 김경연, 「황진이의 재발견, 그 탈마법화의 시도들」, 『오늘의 문예비평』, 2005, 『살아있는 신화, 황진이』, 김재용 편, 대훈닷컴, 2006, 180면에서 재인용.

112) 황국명, 「남북한 역사소설의 거리—『황진이』를 중심으로」, 『한국학논집』 32집, 2005, 5-48면.

113) 전명희, 「남북한 문화 속에 투영된 여성미 비교 고찰—김탁환의 『나, 황진이』와 홍석중의 『황진이』를 중심으로」, 『비교한국학』 15, 2007, 218-225면.

114) 황도경, 「살아있는 신화, 황진이」, 『살아있는 신화, 황진이』, 김재용 편, 대훈닷컴, 2006, 137-139면.

김탁환, 홍석중, 전경린은 각각 "부정의 주체, 분열의 주체, 그리고 유목의 주체"로 황진이를 재구성하고 있다고 결론 내린다.[115]

다음으로 황진이 소설들을 객관적으로 비교하는 작업에서 나아가 비판적인 가치평가에 집중한 논의들이 존재한다. 임규찬은 2000년대에 창조된 남한의 황진이는 오직 사계층(士階層)의 관념비판자로서의 진이(김탁환)나, 남성중심 사회에서 성애의 이중성 비판자로서의 진이(전경린) 등으로만 의미가 축소되었다고 지적한다. 이와 달리 홍석중의 『황진이』는 종합화, 전체화의 국면에서 나온 성과라는 사실을 상기해 보아야 한다고 강조한다.[116] 윤분희는 '황진이 설화류'에서 추구되었던 남성사회 비판자이자 여성영웅이며 여성 예술가라는 다양한 황진이의 의미가, 사(士) 계층 관념의 세계 비판자(김탁환의 『나, 황진이』)와 남성중심사회 성애의 이중성 비판자(전경린의 『황진이』)라는 의미로 축소되었다고 비판한다.[117] 공임순도 김탁환의 황진이가 온순한 도학자로만 형상화되어 기존 설화보다 그 정치적 의식이 후퇴하였으며, 화담 서경덕이라는 큰 주체의 무능과 모순을 떠맡음으로써 교묘하게 화담 서경덕을 구제한다고 지적한다.[118]

마지막으로 문학사적 맥락에서 2000년대 황진이 소설의 위상을 점검한 논의가 있다. 김병길은 황진이 역사소설이 1960년대까지 총 5편이나 창작되었으며 이 과정에서 모본(模本) 텍스트성이라 할 서사적 특질이 일

---

115) 우미영, 「복수(複數)의 상상력과 역사적 이성」, 『여성이론』, 2005, 184-200면.
116) 임규찬, 「역사소설의 최근 양상에 관한 한 고찰―'황진이'의 소설 형상화를 중심으로」, 『국어국문학』 141집, 2005.12, 77면.
117) 윤분희, 「'황진이 이야기'의 의미 생성과 변모」, 『우리말글』 34집, 2005.8, 183면.
118) 공임순, 「거울에 비친 조선, 조선적인 것―황진이라는 키워드」, 『문학과경계』 9호, 2003, 263-282면.

정 부분 구축되었다고 본다.119) 김병길은 1980년대 이후 창작된 시나리오와 희곡 등에까지 "그 근저에는 역사적 서사물을 원천으로 하여 역사소설 창작이 구축해온 황진이 서사의 모본 텍스트성이 공통분모로 관류한다."120)고 주장하며, 이러한 특징은 홍석중의 『황진이』에까지 나타난다21)고 보고 있다.122)

그렇다면 거의 동일한 시기에 황진이라는 동일인물을 주인공으로 내세운 소설이 동시에 발표된 이유는 무엇일까? 이것은 2000년대의 기본적인 역사철학적 상황과 연관된 것으로 판단된다. 2000년대는 기본적으로 상징계적 효력의 소멸과 대타자의 부재라는 특징을 지니고 있다.123) 이러한 상황은 삶의 주체로서의 개인이라는 문제를 중요한 과제로 부각시킬 수밖에 없다. 황진이는 설화에서부터 기존 사회질서를 뛰어넘어 독특한 삶의 길을 개척해 간 인간으로 형상화되었다. 설화 속의 '황진이'는 "남성 사회 비판자로서 황진이이고, 여성과 기생이라는 이중적 억압에

---

119) 김병길, 「'황진이' 설화의 문학적 수용과 변주에 관한 담화적 연구」, 『국어교육』 132호, 2010, 110-111면.
120) 위의 논문, 114면.
121) 김병길은 "'황진이' 역사소설 계보의 모본 텍스트성은 북한문학이라고 해서 예외가 아니다'(김병길, 「'황진이' 설화의 역사소설화와 그 계보」, 『동박학지』 147집, 2009, 503면)라고 주장한다.
122) 이외에도 홍석중 소설에 나타난 어휘를 정치하게 논의한 민충환(「『임꺽정』과 홍석중 소설에 나타난 우리말」, 『살아있는 신화, 황진이』, 김재용 편, 대훈닷컴, 2006, 68-86면)의 논의가 있다.
123) 남한에서의 상황은 이경재의 「역사소설의 새로운 모습」(『단독성의 박물관』, 문학동네, 2009, 117면)을 참조하였다. 북한에서도 이와 비슷한 측면을 발견할 수 있다. 1990년대 중후반 이후 북한이 국제적 고립과 극심한 식량난을 겪으면서 3만여명에 이르는 탈북자가 발생했으며, 이러한 탈북자의 존재는 북한이 체제적으로 심각한 곤란을 겪었음을 보여주는 증거라고 할 수 있다. 2000년대 이후에는 탈북도 생계형 탈북에서 노동형 디아스포라까지 다변화하고 있는 추세이다. (이성희, 「민족의 특수한 경험에서 전지구의 미래를 위한 포용으로」, 『탈북 디아스포라』, 박덕규·이성희 편저, 푸른사상, 2012, 14-15면)

주체적으로 도전했던 여성영웅으로서의 진이이며, 당대 남성에게만 허용되었던 예술적 능력을 지닌 뛰어난 여성 예술가로서의 진"124)이라는 것이다. 이이화나 최원식도 황진이를 조선 중기 여성의 한계를 극복한 대표적인 인물로 칭송하며 서경덕의 제자이자 화담학파의 대모로까지 평한다.125) 이러한 황진이의 모습은 상징계적 효력의 소멸과 대타자의 부재라는 오늘의 상황에서, 개인이라는 문제의식을 다루기에 적합한 대상으로서의 조건이 된다고 할 수 있다. 실제로 김탁환과 전경린은 직접적으로 자신이 형상화한 황진이를 '자유인'이나 '자유혼' 혹은 '자결적 생애'로 압축하여 표현한다.

> 두 가지 측면에서 황진이의 내면을 재구성하기로 마음먹었습니다. 하나는 기생이라는 신분을 뛰어넘어 자유연애와 계약결혼, 팔도유람을 다녔던 자유인 황진이를 그리는 것이고, 또 하나는 한시와 시조에 능하면서 서경덕의 철학을 배운 지식인 황진이를 그리는 것입니다.126)

> 500여 년 전 조선시대 한 여인이 신분 위주, 남성 위주의 제도와 숨막히도록 儒教적인 사회 인습을 단숨에 뛰어넘어 제도권 바깥으로 훌훌 걸어 나가 어디에도 속하지 않는 본질적 자유혼의 삶을 살고 간 것이다.
> 나에게 소설을 쓸 중요한 영감을 준 부분은 우리 역사의 중세에 태어나 '자결적 생애'를 살고 간 바로 이 부분이며, 자기 결정에 혹독할 만큼 충실한 삶을 살고 간 점이 소설을 쓰면서 가장 귀하게 여긴 지점이다.127)

---

124) 윤분희, 앞의 논문, 31면.
125) 김탁환은 "이이화의 「황진이는 화담에게서 도학을 배웠다.」(『이이화의 못 다한 한국사 이야기』, 푸른역사, 2000)와 최원식의 「동지(冬至)에 대한 단상-황진이와 서화담」(『문학의 귀환』, 창작과비평사, 2001)의 논의가 이 범주에 속한다."(315)고 말한다.(김탁환, 『나, 황진이-주석판』, 푸른역사, 2002, 315면)
126) 김탁환, 『나, 황진이』, 푸른역사, 2002, 337-338면. 앞으로 인용할 경우, 본문 중에 페이지 수만 기록하기로 한다.

일종의 선언으로도 읽히는 위의 인용에서 우리는 '자유인', '본질적 자유혼의 삶', '자결적 생애'라는 말에 주목하지 않을 수 없다.[128] 이것은 집단에서 분리된 자아를 나타내는 폭넓은 개념의 개인이 아니라, 독립성과 자율성을 핵심적인 특징으로 하는 근대적 개인에 가까운 것이기 때문이다.[129] 이 글에서는 개인이라는 관점을 중심으로 세 편의 황진이 소설이 지닌 차이점과 공통점을 밝혀보고자 한다.

2. '나'의 절대화―김탁환의 『나, 황진이』

김탁환의 『나, 황진이』에서 황진이는 누가 보아도 "총명하면서도 진지한 구도자"[130] 혹은 '학인(學人)'으로 등장한다. 『나, 황진이』의 가장 앞머리에는 "내가 완전한 인간이 될 수 있다고 생각하지 않는다면 어떻게 나 자신에게 흥미를 가질 수 있겠는가?"라는 앙드레 지드의 「배덕자」에 나

---

127) 전경린, 『황진이 1』, 이룸, 2004, 7-8면. 전경린의 『황진이』는 1권과 2권으로 이루어져 있으며, 앞으로 인용할 경우, 본문 중에 권수와 페이지 수만 기록하기로 한다.
128) 임규찬은 전경린의 황진이가 "억압적이고 권위적인 사회 속에서 여성이자 기생의 딸이라는 이중적 굴레에 온몸으로 맞서 '본질적 자유혼의 삶'을 위해 몸부림친 인물"(임규찬, 앞의 논문, 69-70면)로 창조되었다고 말한다. 황도경은 "전경린에게 황진이는 억압적이고 권위적인 사회 속에서 자유롭고 주체적인 여성으로 살아가기 위해 몸부림친 인물로 해석된다."(황도경, 앞의 논문, 139면)고 주장한다. "억압적이고 권위적인 사회 속에서 여성이자 기생의 딸이라는 이중적 굴레를 온 몸으로 맞서 대면하면서 자유롭고 주체적인 여성으로 살아가기 위해 몸부림친 인물, 그것이 전경린을 통해 만나게 되는 황진이"(위의 논문, 139면)라는 것이다. 우미영은 전경린의 황진이가 조선 시대로부터의 "탈주를 통한 완전한 자유를 꿈꾼다."(우미영, 앞의 논문, 197면)고 주장한다.
129) 근대적 개인에 대한 논의는 1부의 각주 11번과 12번을 참고할 것.
130) 이동하, 「김탁환의 『나, 황진이』」, 『한국논단』 266호, 2011, 162면.

오는 문구가 문패처럼 붙어 있다. 이 작품의 황진이도 끊임없이 자신의 발전과 완성을 향해 나아간다는 점에서 이 문구는 황진이의 가치관을 압축해 놓은 것으로 보인다.

황진이는 아버지와의 관계에서 별다른 긴장을 느끼지 않는다. "처음부터 내겐 아버지가 없었어요. 내 이름 앞에 붙은 '황(黃)'이란 글자도 떼어버린 지 오래입니다."(45)에서도 이러한 사정은 분명하게 드러난다.[131] "어머니를 만났을 때는 그저 사랑에 눈먼 도령에 불과했고 우리 모녀를 버리고 떠날 때는 겁많은 서생"(55)이 바로 황진이의 아버지인 것이다. 황진이의 아버지는 젊은 욕정에 몸부림치다가 황진이라는 생명체를 남긴 의미 이외에 특별한 상징적 의미를 지닌 존재로 작품에 등장하지 않는다. 유랑 중에 우연히 만난 아버지는 어머니와의 관계를 술자리의 안주감 정도로 떠벌리는 사람이며, 황진이는 아버지에게 아무런 접근도 하지 않으며 서러움 이상의 아무런 충격도 받지 않는다.

이것은 황진이가 아버지로 대표되는 기성 사회의 상징계적 질서에 대하여 별다른 문제의식을 느끼지 못하는 것과 밀접하게 연결되어 있다. 황진이의 삶은 "거친 황야를 달리는 늑대의 그것"(34)에서 도학자로 전신(轉身)하는 것에 해당하며, 이러한 삶의 지향은 "어머니가 내게 남긴 그 어떤 유산"(40)보다도 "'진'이라는 글자 하나의 위력"(40)을 더 크게 받아들이는 것에서도 드러난다. 이러한 과정에서 황진이를 도학자로 이끌어주는 상징적 아버지는 서경덕이다. 이 작품에서 황진이가 10년이나 머물렀던 꽃못의 주인 서경덕은 "언제나 우리의 지주"(200)라는 말이 조금도 과

---

131) 이러한 측면에서 우미영의 "결국 황진이의 '아버지' 부정은 자신이 아버지의 세계에 편입하여 새로운 아버지가 되는 것"(우미영, 앞의 논문, 190면)이라고 주장한 것은 재고해볼 필요가 있다.

하지 않을 만큼 절대적인 존재이다.

허태휘가 당신의 삶은 무엇이었느냐고 묻자, 황진이가 "인간의 길을 배우고 싶었다"(45)고 대답하는 것에서 드러나듯이, '참된 인간의 길' 즉 '도의 깨달음'이야말로 황진이가 지향하는 바이다. 그런데 황진이가 추구하는 '인간의 길'은 이 작품에서 수단적인 가치이며, 더 큰 범주의 목적에 종속되어 있다. 그것은 제목 '나, 황진이'에서도 드러나듯이, 다름 아닌 바로 황진이로서의 자기를 확립하는 것이다. 그렇다면 김탁환의 『황진이』에서 황진이가 추구하는 것은 '기생 황진이'도 아니고 '도학자 황진이'도 아니고, 오직 '나 황진이'라고 볼 수 있다. 이것은 다음과 같은 인용문에 잘 나타나 있다.

> 돌이켜 생각하건대, 나의 삶이란 공명정대한 법에 대하여, 지극히 온당하며 인간의 도리를 일깨운다는 관습과 예절에 대하여, 던지는 질문에 다름아니었어요. 양반은 양반답고 아전은 아전다우며 기생은 기생다워야 한다는 규범을 받아들일 수 없었던 겁니다. 그 다움은 어디서부터 오는 것일까요. <u>나로부터 비롯되는 것이 아니라 내 밖으로부터 오는 것이라면, 어찌 그것을 내 삶의 원칙으로 받아들일 수 있겠습니까.</u> (94)

> 한 사내의 그림자로 평생을 살기보다 <u>나 자신을 무대에 올려 박수를 받는 상상만 했어요.</u>(106)

황진이가 원한 것은 "가끔 누리는 여유가 아니라 완전한 자유"(113)이자 "내 뜻대로 밀고 나가는 삶"(114)인 것이다. 황진이에게 시(詩)는 "저 시업(詩業)의 위대함과 시마(詩魔, 시인으로 하여금 시만 생각하고 시만 짓도록 만드는 귀신)의 지독함을 보임으로써 나만의 자리"(116)를 만드는 일에 해당한다. 그렇기에 자신의 몸을 허락한 세 종류의 사람, 즉 송도(松都)의 거상들, 음률(音律)에 능한 사내, 시에 남다른 재주를 보인 사내 중에서도 마지막 부류의 사내라면 "버선발로 마중을 나갔"(142)던 것이다.132)

이것은 "평생 아버지가 병부교를 건너오리라 믿었"(108)던 관기(官妓)이 자 눈먼 어머니 진현금이나 "관기답게 행동"한다는 것은 "어머니가 되라 면 어머니가 되고 딸이 되라면 딸이 되고 소나 말이 되라면 소나 말이 되고 술잔이 되라면 술잔이 되어라."(111)고 말한 "송도 제일의 무기(舞 妓)" 진백무의 삶과는 매우 다른 것이다. 황진이가 스스로를 완성해 가는 것과 병행하여, 진현금이나 진백무는 황진이의 주위에서 비참한 모습으 로 사라진다.

이와 관련해 이 작품의 사상적 중심인 서경덕은 '사상의 내용'이 아닌 '존재의 형식'에 의해 중심의 자리를 확보한다. 서경덕은 "허(虛)와 무(無) 를 정면으로 품어 그것의 그것됨을 밝히는 것이 공부"(90)라고 얘기하는 데, 이와 같은 공부에서 "불제자와 사대부와 도인의 구별은 무의미"(90)하 다. 처음부터 황진이는 꽃못을 찾으려 한 것이 아니라 "내 뜻을 얹을 학 인의 무리를 찾을 요량"(200)이었으며, 이때 학인의 무리에는 "불제자나 시정 잡인일지라도 상관없"(200)었던 것이다. 서경덕은 특정한 사상을 보 유한 자로서 의미 있는 것이 아니라, 단지 '자기를 완성한 자'로서 의미 가 있다고 할 수 있다. 이러한 특징은 다음의 인용문에서 확인할 수 있다.

---

132) 이런 측면에서 김탁환이 불러낸 황진이는 "결국 화담써클을 불러내기 위한 매개였 으며, 궁극적으로는 이 방외자 집단의 대표인 서경덕을 '진리를 표상하는 진정한 아 버지'로 세우기 위한 제물(祭物)이었다. 그러므로 『나, 황진이』의 진정한 주인공은 텍스트 내에 존재하는 황진이가 아니라, 말씀으로만 존재하는 화담 서경덕이다."(김 경연, 앞의 논문, 168면)라는 주장은 재고해볼 필요가 있다.

어떤 이는 10년 동안 꽃못을 오가며 무엇을 배웠느냐고 묻더군요. (중략) <주역>과 <예기>와 소옹과 두보는 잊을지언정, 박연의 폭포 아래 피어오르는 늙은 학인의 춤과 홀로 달 아래에서 현 없는 거문고를 타는 은자의 미소는 잊을 수 없지요. 우리도 그와 같이 삶의 이치를 깨닫고 기뻐할 순간을 그리며 이 어두운 시간들을 버텨내는지도 모릅니다.(278)

황진이가 서경덕에게 배운 것은 <주역>이나 <예기>와 같은 전통 도학의 세계가 아니라, '홀로 달 아래에서 현 없는 거문고를 타는 은자의 미소'인 것이다.

'나'에 대한 집착은 이 작품에서 상상적 동일시에 바탕한 나르시시즘으로 발전하기도 한다. 황진이가 6년 넘게 사랑한 사내는 경도 제일의 소리꾼 이사종으로서, 황진이는 둘 사이를 "나는 그였고 그는 나였지요."(166)라거나 "당신은 나예요"(181)라고 규정한다. 이러한 황진이의 의식 속에는 오직 '나'와 '나의 거울상'만으로 가득한 세상의 모습을 읽을 수 있다. 이것은 '나르시시즘적 자아의 상상적 절대화'로서, 자아를 드러내는 빈 스크린이나 거울로 세상을 설정함으로써 세상을 또 하나의 자아로 만들어버리는 방식이다.

'나'에 대한 이러한 강조는 이 작품의 형식상의 특징에서도 발견된다. 김탁환의 『황진이』는 "기존의 텍스트들이 통속적인 일화들을 각색하는 방향에서 황진이 서사를 재생산하였다면, 김탁환의 『나, 황진이』는 담화 층위에서 전복적인 실험을 행한 텍스트로서 의의가 있다."[133]는 주장이

---

133) 김병길, 「'황진이' 설화의 역사소설화와 그 계보」, 『동박학지』 147집, 2009, 514면. 임규찬도 이 작품이 "종래의 사건 중심 서술을 거부하고 비사건(non event)적인 서술로도 얼마든지 소설이 가능할 수 있음을 보여주는 서사기법상에서의 새로운 면모나, '산문과 운문의 교합'으로 특징 지워지는 문체상의 변화 등 이른바 '문학적·형상적' 차원에 이르면 문제의 성격을 달라진다. 한마디로 주석판이 딸린 소설이라는

있을 정도로, 형식에서도 독특한 면모를 보여준다. 이 작품은 서경덕이 죽은 뒤, 서경덕의 수제자 중 하나인 허엽을 수신인으로 하여 황진이가 보내는 몇 통의 편지라는 형식으로 되어 있다. 그 결과 이 작품은 시종 일관 황진이의 독백체로 이루어져 있다.[134] 작품이 온전히 황진이의 시각과 의식을 통해서만 모든 사건이 중개되어 서술되는 것이다. 이러한 독백체를 통해 김탁환의 『나, 황진이』는 온통 황진이라는 주체의 내면만이 환하게 드러난다고 해도 과언이 아니다.

3. '나'의 역설—전경린의 『황진이』

개인주의의 두 가지 요소 중에서 독립성이라는 측면에서 황진이가 비판의 대상으로 삼는 것은 사회 구석구석에 강고한 영향력을 발휘하고 있던 당대의 유교질서이다. 진이가 살던 시절은 억압적인 유교질서가 사회

'신종양식'은 '신종'일지언정 소설적 차원을 비껴나는 연구보고서에 가깝다."고 지적하며, 그 결과 "지적 존재로서의 황진이를 그려내고자 한 작가의 의욕만큼 그 황진이가 우리에게 생생하고 설득력 있는 인물로 다가오는 것 같지는 않다."(임규찬, 앞의 논문, 68면)라고 비판한다.

134) 이와 관련해 김종호는 이 작품이 "일인칭 시점의 고백적 서술방식을 바탕으로, 지천명의 나이에 위치한 화자 '나'가 과거에 경험한 사건을 반추하면서 현재의 '나'를 성찰하여 새로운 삶의 이정표를 제시하는 서사구조를 보여준다"(김종호, 「김탁환, 『나, 황진이』의 서사담론 연구」, 『한국문예비평연구』 50집, 2016, 198면)고 설명한다. 황도경은 이러한 독백체가 부정적인 미적 효과를 낸다고 비판한다. "황진이 자신의 독백으로 진행되는 서술 특성상 모든 사건과 상황이 평면적으로 서술되어 전해지고 있을 뿐 아니라, 지적이고 관념적인 어휘나 비유, 고사 성어를 사용하며 그녀가 구사하는 유려한 문장은 그녀에게서 사내를 유혹하는 존재로서의 이미지를 벗겨내 그녀를 지적이고 중성적인 이미지의 인물로 그려내는 데에는 성공하고 있지만 동시에 그것은 그녀에게서 생동감과 구체성을 걷어가는 것으로 작용하고 있기도 하다."(황도경, 앞의 논문, 138면)는 것이다.

구석구석을 옥죄며, 이러한 흐름 속에서 여성은 사회의 대표적인 타자가 되어 간다.135) 진이가 또박또박 읽는 여교(女敎)의 내용이 3페이지에 걸쳐 등장하는데, 그것을 읽다가 중단한 황진이는 "가슴이 답답해요"(1, 52)라고 말하기도 한다. 지방 향교마다 소학(小學)을 가르치고 여자에게는 내훈(內訓) 읽기를 강요하는 현실은 "일거수일투족을 정해 일반 백성과 여자의 권리를 박탈하고 자유를 억압"(1, 121)하는 일이다.

여성의 고통스러운 삶은 황진이의 배다른 동생 난이의 삶을 통해 극적으로 드러난다. 황진이 대신 삼청동 경주 김씨 가문에 시집간 난이는 남편을 잃고 유복자로 딸을 낳는다. 그러자 시어머니는 아이를 데려가 살해한다. 시아버지가 죽자 재산은 세 아들에게만 돌아가고, 난이는 한 푼도 받지 못한다. 아버지를 떠나보내고 남편이 죽고 아들의 어미가 되지 못한 여자는 삼종지도(三從之道)조차 따를 도리가 없어 "이승에서 그만 탈락한 여자"(2, 230)가 되는 것이다. 당대 사회 속에서 행복한 여성이란 존재할 수 없다. 다정하고 너그러우며 "천성을 이긴 위엄의 빛"(1, 43)이 어려 있는 것으로 이야기되는 신씨 부인도 예외는 아니다. 그녀가 황진사와 맹인 기생 사이에서 태어난 황진이를 훌륭하게 키워 양반가에 시집보내려는 것도 "자신과 일가의 안일을 위"(1, 153)한 행위이며, 그로 인해 신씨 부인은 평생 간을 졸이다가 죽음에까지 이른다.

황진이는 이러한 현실에 대해 매우 비판적이다. 황진이가 진정으로 마음을 나누는 인물들도 기존의 유교질서에 반대한다는 면에서는 황진이와 일맥상통한다. 이사종은 사화(士禍)로 벼슬을 잃은 한양(漢陽) 사대부

---

135) 이 강고한 유교질서는 수많은 타자들을 만들어 낸다. 그 중의 하나가 여성이라면, 또 하나는 불교이다.

가의 서얼(庶孼)로서, 자신에게 문제되는 것은 "나라를 지배하고 있는 낡고 굳은 언어의 감옥"(2, 22)이라고 이야기한다. 황진이와 이사종의 사이는 지배질서로부터 배제된 "기생과 서얼 선비 간의 상열지사"(2, 43)인 것이다. 소세양의 성격도 이사종과 크게 다르지 않다. 소세양은 공맹(孔孟)을 "한 나라의 원칙으로 삼아 만백성에게 강요하는 것은 저어"(2, 118)하며, 조광조도 "공맹에 입각해 천하를 군자소인의 단순 논리로 세상을 읽은"(2, 119) 인물이자, "음양과 칠정을 갖춘 살아 있는 인간"(2, 119)을 부정한 것으로 평가절하한다.

특히 여성의 타자화에 대한 문제의식은 강하게 부각된다. 김탁환이나 홍석중의 소설과는 달리 전경린의 소설에서는 황진이 이외의 여성 인물이 매우 비중 있게 다루어진다. 기생이 되기 직전에 황진이는 꿈을 꾸는데, 그 꿈속에 어머니 진현학금이 등장한다. 진이는 옥섬에게 "어머니가 죽어간 그 자리에서 나는 거꾸로 살려고 하는 거예요"(1, 191)라고 말한다. 옥섬은 진이의 어머니가 쓰던 거문고를 진이에게 주는데, 그것은 "틀림없이 꿈에서 본 그 거문고"(1, 193)이다. 이것은 진이가 진현학금을 이어받았다는 사실을 분명하게 증명한다고 할 수 있다.[136]

진이는 "어린 나이에 조롱에 갇힌 새나 마찬가지 신세"(2, 14)가 된 송유수의 첩에게 "안쓰럽고 측은"(2, 14)한 감정을 느끼며 그녀를 돕기도 한다. 이것은 여성 연대의 초보적인 수준에 해당한다고 할 수 있다. 김복순은 여성작가가 쓴 역사소설을 여성역사소설이라 부르며, "여성역사소설

---

136) 이에 반해 김탁환의 『나, 황진이』에서는 황진이가 스스로를 완성해 가는 것과 병행하여, 황진이의 주변 여성인물들은 비참한 모습으로 사라진다. 황진이가 官妓 생활을 접기 직전, "새끼할머니는 한 달 남짓 모습을 감추었다가 예성강에 홀로 떠"(36) 오른다. 야금으로 송도에서 제일가는 황진이의 어머니 진현금도 天泡瘡(梅毒)에 걸려 끔찍한 모습으로 죽는다.

은 가부장제 사회가 빚어낸 기형적 남성들, 또는 그에 상응하는 상황으로부터의 탈출로 이어지는 '어미'들의 행로이며, 여성들의 유대와 공생의 기록"[137]이라고 주장한다. 위의 대목은 김탁환이나 홍석중의 황진이 소설과 구별되는 전경린의 황진이 소설이 지니는 여성역사소설로서의 특징이라고 볼 수 있다.

다음의 인용문에서처럼, 이처럼 억압적인 상황에서 황진이는 자기만의 세계를 만들고 싶어 한다.

> "다른 생의 가능성은 정말 없을까. 이렇게 잘게 쪼개진 삼엄한 규율의 세계 속에서 한 사람 한 사람은 대체 어디에 있는 것인가. 전체가 아니라 한 사람의 삶은 어디에 있단 말인가. 한 사람의 신은 어디서 찾는단 말인가."(1, 52)

> '어떤 삶이 검은 창자를 벌리고 나를 기다릴지라도, 그곳이 산이든, 집이든, 풀숲이든, 길 가운데든, 중이 되어 걸식하든, 벌레가 되어 기든, 상것이 되어 손이 발이 되도록 상하며 살든, 나는 나다. 나는 언제나 진이다. 나는 홀로 나의 신 앞에 선다.'(1, 129)

> 사람이 자기를 버릴 때, 무엇을 버리는 것일까요? 가장 먼저 자기 몸의 영욕을 버립니다. 둘째 집을 버리고 영원히 문밖을 걷습니다. 셋째 성을 준 아버지를 버리고 살을 준 어머니를 버려 혈혈단신 천애고아가 됩

---

137) 김복순, 「여성역사소설로서의『토지』와 여성영웅성」,『역사소설이란 무엇인가』, 대중서사학회 편, 예림기획, 2003, 230면. 물론 예외도 존재한다. 큰고모와 작은어머니는 진을 불러 진사의 소실 자리를 추천한다. 두 번째 혼처로는 쉰여섯된 부자 상인의 후처 자리를 추천한다. "출생도 미천한 딸년이 아버지 혼사를 가로막고 동생의 혼사와 얽히기라도 할까 두려운"(1, 157) 것이다. 큰고모와 작은어머니는 "세상 돈은 자기네들끼리만 나누어 먹는 남정네들 편에 붙어 여자나 부지런히 대려고 안달"(1, 157)인 사람들인 것이다.

니다. 그리고 넷째는, 세상의 도덕과 규제와 관습을 버리고 오직 제 경험 속에서 윤리를 발견하며 제 뜻으로 지침을 삼습니다. (1, 217)

첫 번째는 유교적 봉건질서가 점점 인간을 억압하는 상황에서 하는 황진이의 말이고, 두 번째는 성거산 종은사에서 심신의 상처를 치유하면 서 황진이가 하는 다짐이고, 세 번째는 첫 번째 남자를 맞이하기 직전에 황진이가 되뇌이는 말이다. 이것들은 모두 개인주의적인 맥락에서 이해 가 가능한 것들이다. 특히 진이가 다짐하는 "세상의 도덕과 규제와 관습 을 버리고 오직 제 경험 속에서 윤리를 발견하며 제 뜻으로 지침을 삼습 니다"라는 대목은 근대 개인주의에서 강조하는 자율성의 핵심을 그대로 옮겨놓았다고 해도 과언이 아니다. 서경덕은 황진이를 향해 "네 전 생애를 걸고 너 자신의 절대고독을 지키지 않느냐"(1, 225)라고 말하기도 한다.

흥미로운 것은 진이의 고유한 삶은 철저히 자기를 비우는 방식으로 발현된다는 것이다. 이 작품에서 중요한 비중을 차지하는 이사종과의 6 년간에 걸친 동거 이야기도 결국에는 "자신을 빈 그릇처럼 빈방처럼 수 레바퀴 살의 한가운데처럼 비우"(2, 239)는 것을 배우는 일종의 수련기라 고 할 수 있다. 진이는 이사종이 혼례를 이미 올린 사실도, "혼례란 사람 의 도리"(2, 173)라며 흔쾌히 받아들인다. 이사종의 인왕동 집에 가서는 "나는 부인께 죄가 많으니, 부인께 예의를 다하고 사이 좋게 지내고 싶 어요."(2, 183)라고 말하며 자신을 낮추고, 이사종의 어머니에 대한 시중 도 완벽하게 든다. "진은 사랑하는 남자의 어머니를 존경하여 마치 잃어 버린 현학금을 만난 듯 살갑게 대하고 노모는 진에게 여러 모로 감탄하 며 사랑스러운 애기"(2, 191)라고 부른다. 진은 그 3년 동안 이사종보다는 이사종의 가족들과 더 많은 시간을 보냈다. 이러한 과정에서 "진은 스스로 한없이 겸손해"(2, 201)지며, 이것은 진은 "이사종을 위해 자신을 빈 그릇처럼 빈방처럼 수레바퀴 살의 한가운데처럼 비우고 그의 첩 노릇을 하였다."(2, 239)고 의미 부여된다. 이사종의 집에 살던 시절 윤원형의 첩 난정이의 이야기를 듣고, 황진이는 다음과 같이 이야기한다.

"그 여자는 한을 풀어내는 방향이 틀렸습니다. 신분으로 인해 생긴 한을 어찌 신분의 상승으로 이기려 하겠습니까? 그것은 곧 모순된 신분제도의 타당성과 권위를 긍정하며 자기에게 고통을 주는 부조리에 가세해 부질없는 탑을 쌓는 짓이니 스스로 속는 것입니다. 그것이 있는 거 자체를 실천적으로 부정할 수는 없을까요? 아니면, 적어도 모순된 세속에 마음을 비우고 자기 정화에 이를 수는 없을까요? 난정의 세속적 욕망이 흉하고 위험합니다. 그 여자를 가까이하지 마십시오."(2,196)

진이는 '신분으로 인해 생긴 한'을 이기는 방법으로 '모순된 세속에 마음을 비우고 자기 정화'에 이르는 것을 내세우고 있다. 이것도 황진이의 '물 되기'를 통한 자기 구현의 태도에서 비롯된 말이라고 볼 수 있다.[138] 자신을 온전히 비웠을 때, 그것은 외부의 어떠한 힘과도 부딪힐 수 없기에 진이의 고유성은 역설적으로 훼손될 수 없다. 이러한 진이의 개인주의는 그 '이념의 형식'만 남고 그 '이념의 내용'은 사라진 경우에 해당한다고 할 수 있다.

이러한 진이의 특성은 물의 이미지를 통해 구체화된다. 물은 어떠한 경우에도 자신을 잃지 않는다. 그것은 바로 물이 어떠한 외부와도 다투

---

138) 화담이 황진이에게 전해주는 가르침, 즉 "유약함이 도가 작용하는 모습인 것을 잊지 말고 분명한 것, 강한 것, 뜨거운 것을 경계하여라."(2, 220)도 황진이의 자기를 비우는 모습과 맞닿아 있다.

지 않고, 가장 낮은 곳에서 그것을 품어 안기 때문이다. 기생이 될 것을 결심한 진이는 박연폭포에 가서 달에 기도하며 "박연폭포가 하늘에서 쉼 없이 떨어지고 떨어져 다시 거슬러 오르려 하지 않듯이, 바닥을 안고 낮은 곳으로 한없이 흘러 강으로, 바다로 이르듯이, 소녀도 이대로 아래로 흐르렵니다."(1, 179-180)라고 다짐한다. 황진이는 송도유수(松都留守)가 "너는 물로만 가려 하는구나."(1, 252)라고 말할 정도로 박연폭포(朴淵瀑布), 예성강(禮成江), 중미정(衆美亭)과 같이 물을 그리워하는 것으로 묘사된다. 진이가 서경덕으로부터 배우는 것도 물의 이미지와 거리가 멀지 않다. 서경덕은 "유약함이 도가 작용하는 모습인 것을 잊지 말고 분명한 것, 강한 것, 뜨거운 것을 경계하여라."(2, 220)라고 진이에게 말하는데, 이 말에서 노자의 『도덕경』에 나오는 '상선약수(上善若水)'를 떠올리는 것은 너무도 당연하다. 전경린의 『황진이』는 자기를 온전히 세우기 위해 자기를 온전히 비워낸다는 이 역설을 보여주고 있는 것이다.[139]

4. '나'의 부인―홍석중의 『황진이』

홍석중의 『황진이』[140]는 황진이를 다룬 소설 중에 당대 사회의 봉건

---

[139] 이것은 '작가의 말'에서 "'자애'는 자신을 버리고, 다른 것과 바꾼 사람이 얻는 삶의 궁극적 조건이다. 그로부터 이 세계와 타자를 향한 진정한 사랑과 실제적 삶이 실현된다."(1,8)는 말의 구체적 형상화에 해당한다고 할 수 있다.

[140] 『황진이』에 대한 논의는 기존 북한문학의 맥락 속에서 그 소설사적 의미를 찾는 것에서부터 시작되고 있다. 이러한 논의의 방향은 두 가지인데, 첫째는 이전의 소설과 다른 변별점에 초점을 맞추는 것이고, 다른 하나는 이전 소설과의 연속성에 초점을 맞춘 것들이다.

변별성으로 가장 주목되는 것은 『황진이』가 남녀 간의 성애에 대하여 긍정적이며,

질서에 대한 비판의식이 가장 강한 소설이다.[141] 아버지에 대해서 가장 적대적이며, 그것이 전체 삶에서 지니는 영향력도 가장 크다. 이러한 특성은 홍석중의 『황진이』에 등장하는 아버지가 가장 부정적인 인물인 것과 관련된다. 김탁환의 『나, 황진이』에서 아버지는 "어머니를 만났을 때

그것을 적극적으로 다루고 있다는 점이다. 김재용은 "금욕주의가 판을 친다고 생각할 수도 있는 북의 문학계에서 이러한 작품이 나왔다는 것은 그 자체로도 특기할 만한 일이다."(김재용, 「남과 북을 잇는 역사소설 『황진이』」, 『살아있는 신화, 황진이』, 김재용 편, 대훈닷컴, 2006, 21면)라고 말한다. 즉 북한 소설이 일관되게 보여주는 '민중적 계급성'이라는 차원 위에 자유로운 에로티시즘이 결합되어 있다는 것이다. 오태호는 "홍석중이 관능의 표상이자 낭만의 화신으로 그려낸 『황진이』는 기존 북한 소설의 공산주의적 도덕 윤리를 표방하는 사랑 방정식에서 벗어나 있다는 점에서 분명한 의의를 지닌다."(오태호, 「홍석중의 『황진이』에 나타난 '낭만성' 고찰」, 『살아있는 신화, 황진이』, 김재용 편, 대훈닷컴, 2006, 67면)라고 평가한다. 이상숙 역시 "『높새바람』과 『황진이』를 읽는 남측 독자들은 이 소설이 북한 소설답지 않게 인민성, 당성, 계급성에 대한 직접적 언급이 없다는 점에 놀라고 남측 소설이라 해도 어색할 것이 없는 언어구사와 대담한 성애묘사에 놀랄 것이다."(이상숙, 「역사소설 작가로서의 홍석중」, 『살아있는 신화, 황진이』, 김재용 편, 대훈닷컴, 2006, 98면)라고 말하고 있다. 이처럼 홍석중의 『황진이』는 그동안 북한 소설이 보여준 공식화된 서술방식에서 벗어나 대중성과 예술성을 널리 갖춘 작품으로 그 의의를 인정받는 것이다. 임옥규도 『황진이』가 주체사실주의 관한 역사소설의 대표작으로 이전과는 달리 '낭만적 에로티시즘 구현과 계급주의 초월', '자주적 여성상'이라는 특징을 보여주는 것으로 보고 있다.(임옥규, 앞의 책, 179-188면)
연속성에 초점을 맞춘 것으로는 김경연의 논의를 들 수 있다. 김경연은 『황진이』가 북한문학의 정형성을 이탈하거나 위반하는 징후로 곧장 읽어내는 것에 신중해야 한다고 주장한다. 이 소설이 지닌 예외성이란 "북한문학의 정형성이 용인한 '부분적 예외성'"(김경연, 앞의 논문, 175면)에 불과하기 때문이라는 것이다. 『황진이』를 여성주의적인 시각에서 읽어내고 있는 이 글에서, 김경연은 "결국 위선도 거짓도 없는 순결한 민중-남성을 발견함으로써 '여성-황진이'를 '민중-황진이'로 대체해 가는 홍석중의 『황진이』는 여전히 북한문학이 견지해 온 가부장성의 지반 위에 서 있다."(위의 논문, 178면)는 결론을 내리고 있다.
141) 황도경은 "표면적으로는 기생으로 전락한 황진이가 놈이에게서 진정한 사랑을 발견하기까지의 과정을 담고 있는데, 그 과정이 위선적이고 탐욕적인 양반 사대부들의 애정 행각과 대비되면서 양반사회에 대한 비판의 성격이 강조"(황도경, 앞의 논문, 147면)된다고 보고 있다. 나아가 황도경은 "이 작품의 초점이 개인 황진이에 대한 소설화라기보다 그녀가 살았던 조선조 양반 지배 체제 아래에서의 서민적 삶과 그 질곡을 그리는 데 놓여 있음을 보여준다."(위의 논문, 149면)고 말한다.

는 그저 사랑에 눈먼 도령에 불과했고 우리 모녀를 버리고 떠날 때는 겁 많은 서생"(55)에 불과하다. 전경린의 『황진이』에서도 황진이의 엄마와 아빠는 병부교 빨래터에서 만난 것으로 되어 있다. 전경린의 『황진이』에서 황진사는 송도(松都)와 평양(平壤), 한양(漢陽)을 수시로 오가며 유흥을 일삼아 재산을 축내고 집안을 어지럽힌 인물로 소개되지만, 나이가 들어서는 유람과 재물 축적에 재미를 붙인다. 진이에게 "국법이 지엄하니, 나는 너를 딸로 생각한 적이 없다."(1, 172)며 소실 자리로 들어갈 것을 명령하기도 한다. 그럼에도 그는 진현학금 이후에는 "다른 여자를 보지 않"(1, 151)은 것에서 알 수 있듯이, 진현금에 대한 순정을 간직한 일단의 긍정성이 있는 인물로 형상화되기도 한다. 그러나 황진이는 황진사가 자기 아내의 교전비를 범해 태어난 것이다.

처음 황진이는 도덕군자로 알려진 아버지와 철저히 동일시하는 삶을 살아간다. 황진사댁은 "효자댁 혹은 효자정문댁"[142]으로 불리며, 황진이는 자신의 집 앞에 서 있는 효자정문(孝子旌門)을 매우 자랑스럽게 생각하였다. 진이는 "락락장송 독야청청"(1, 46)이라 쓰여 있는 아버지의 족자(簇子)를 걸어놓고 지낼 정도이다. 그러나 출생의 신분이 밝혀지는 것을 기점으로 하여 모든 것은 반전한다. 황진사의 실체는 "기광스러운 기집질"(1, 164)로 평생을 보낸 색마에 불과하며, 황진사의 부인 역시도 그러한 남편의 구린 뒤를 감추며 가문의 허세를 유지하기 위해 평생을 바친 인물이었음이 밝혀지는 것이다. 결국 황진이는 세상 모든 위인이나 성현들의 우상과 신비가 거짓에 불과하다고 생각한다.

---

142) 홍석중, 『황진이 1』, 대훈닷컴, 2004, 45면. 홍석중의 『황진이』는 1권과 2권으로 이루어져 있다. 앞으로 인용할 경우, 본문 중에 권수와 페이지 수만 기록하기로 한다.

황진이는 이전의 자기와 결별한다. 그 결별의 과정은 3단계로 이루어져 있다. 첫 번째 단계는 정신적 기둥으로 삼아온 아버지의 족자를 불살라버리는 것이고, 다음은 친어머니의 묘소를 찾아뵙는 일이다. 이것은 어머니의 비천한 피를 당연한 것으로 받아들이고 용납하는 의식(儀式)이다.143) 진이는 "이 무덤 속에 누워 있는 녀인이야말로 량반댁 고명딸의 허물을 벗어버린 진이의 참모습"(1, 179)이라고까지 생각한다. '아버지 버리기와 어머니 찾기(혹은 되기)'를 실천하는 것이다. 진이는 마지막으로 자기 집의 종인 놈이에게 자신의 순결을 바친다. 이러한 결별의 과정을 거쳐 황진이가 가닿는 지점은 송도 기생이다.

진이는 별당 아씨로서의 삶을 '전생'이라 칭하고 기생으로의 삶을 '금생'이라 칭할 정도로, 두 삶은 매우 다르다. 그러나 진이의 기생 노릇은 자기실현이나 구도행과는 무관하며, 황진이는 자신의 독립성이나 자율성에 대한 별다른 의지를 보여주지 않기 때문이다. 오직 "이 방에서 손님을 맞을 때의 명월이는 위선의 허울을 쓴 사내들의 불쌍한 넋을 희롱하는 지옥의 악귀"(275)인 것에서 알 수 있듯이, 봉건적 지배질서를 비판하고 그것에 저항하는데 전념한다. 이것은 "백성들을 산적꼬치 꿰듯 해서 기름 가마에 굽고 지지고 볶고 못살게 구는 지옥귀신들"(2, 194)인 사대부들의 위선을 까발리는 일종의 투쟁이라고 할 수 있다.144) "이제부터 자

---

143) 어머니를 받아들이는 것이 전경린의 『황진이』에서처럼 젠더 의식과 밀접하게 관련을 맺는 것은 아니다. 그러나 황진사 부인의 "너두 계집으로 태여난 이상 네 어미나 나 같은 가련한 팔자를 면할 수 없어. 설사 네 출생의 비밀이 비밀로 지켜져서 네가 정혼했던 대로 윤승지댁 며느리가 되였다고 하더라도 한생 그 잘난 지아비와 자식 놈을 위해 '상두군' 노릇을 해온 내 서글픈 운명을 되풀이했지 별 수 있다더?"(1, 169)와 같은 말에서는 젠더적 문제의식을 발견할 수 있다.

144) 이와 관련해 우미영이 "그녀가 지향하는 세계는 양반과 대척점에 있는 민중들"(우미영, 앞의 논문, 195면)이며, "그들은 위선적인 양반 사대부들과 달리 '진(眞)'의 존재

기는 이승의 목숨이 다할 때까지 사랑이라는 감정은 전혀 있을 수 없는 목석과 같은 녀인"(1, 192)이 되었다거나 운명이 바뀌던 그때 자신은 "죽은 계집"(2, 179)이 되었다는 말에서 알 수 있듯이, 기생이 된 이후의 진이는 더 이상 고유한 개성이나 욕망을 지닌 인물이 아니다.

황진이가 모든 진실을 알게 된 후에 가장 혐오하는 것은 '거짓'과 '위선'이다. 작품 속에는 "진이가 증오하는 것은 불륜이나 패륜보다도 그것을 가리우려는 위선과 거짓이었다."(1, 315)는 식의 문장이 반복해서 등장한다.145) 이 소설의 2편 '송도삼절'은 황진이와 김희열이 한패가 되어 도학군자이거나 생불(生佛)인 척 하는 자들의 위선과 거짓을 까발리는 것으로 채워져 있다. 진이와 김희열은 모두 거짓과 위선을 참지 못하지만, 그 마음의 출발점이 다르다. 희열이 '성인'이나 '도학군자'를 믿지 않는 것은 다른 사람이 자기보다 나을 수 없다는 소총명(小聰明)과 그 소총명이 가져온 인간 전체에 대한 불신 때문이라면, 진이가 믿지 않는 것은 자신이 바로 그러한 '성인'과 '도학군자'의 탈을 쓴 위선의 희생물이었기 때문이다. 희열이 "물귀신 심사라면 진이의 몸살은 희생자의 의분과 같은 것"(1, 321)이다. 진이의 미모와 희열의 능력 앞에서 벽계수나 지족선사 역시도 보통의 인간에 불과함이 드러난다.146)

또는 '진(眞)'을 찾아가는 자들"(위의 논문, 195면)이라는 말은 경청할만하다.

145) 이후에도 "진이가 미워하는 것은 이런 거짓과 위선이었고 그가 벗겨내려는 것은 이런 거짓과 위선의 허울이었다."(2, 94), "진이는 효행과 덕행을 떠벌리며 도덕군자 행세를 하는 떠들썩한 사내들일수록 자기 아버지와 같은 위선자들이라는 것을 안다."(2, 14)라는 식의 문장이 계속 등장한다.

146) 이러한 거짓과 위선으로부터 벗어난 유일한 사대부는 서경덕이다. 그런데 서경덕은 "우리나라의 첫 유물론적 철학 사상으로 인정"되는 "리기설"(2, 103)을 만든 것으로 성격화되고 있다. 또한 신분제에서도 자유로운 모습을 보여준다. 서경덕은 가르침을 청하는 것이 인륜에 어긋나지 않겠냐고 묻는 진이에게 "학문을 론하구 사물의 리치를 밝히는 일에 무슨 남녀의 구별이 있고 귀천의 구분이 있겠는가."(2, 110)라고 말

2부에서 황진이와 김희열은 같은 편으로 활약하는데, 이것은 둘이 모두 봉건질서에 대하여 비판적이기에 가능한 것이다. 3부에서 김희열이 봉건질서의 핵심적인 인물로 변모하자 둘은 결별한다. 3부에서 김희열은 관가의 재산을 몰래 꺼내 쓰다가 그것이 암행어사에게 발각될까봐 각종 범죄를 저지르는 파렴치한으로 등장한다. 마방집 식구들을 죽이고 보물을 훔치고서는 모든 것을 놈이의 소행으로 몰아붙이는 것이다. 처음 김희열은 "수컷의 허세는 있지만 거짓과 위선이 없는"(1, 315) 인물로 사대부들의 위선을 풍자하는 호걸로서 진이에게 인식되지만, 나중에는 그 어떤 사대부보다 더한 "혐오감을 자아내는 위선자"(2, 276)이자 수컷의 교만함으로 가득찬 인물로 진이에게 인식된다.

별당 아씨로서 기존 사회의 지배질서를 온전히 내면화하여 자신의 정체성을 유지하던 황진이는 기존의 그러한 가치에 철저히 반항하는 방식을 통해 새롭게 자신의 정체성을 구성한다. 별당아씨로 살아갈 때 황진사는 황진이의 대타자지만, 황진이는 송도기생으로 살아갈 때 황진사로 대표되는 상징질서를 철저하게 부정하고자 한다. 그러한 과정에서 황진이는 봉건질서의 지배층과 가장 먼 거리에 있는 놈이를 진심으로 사랑하게 된다. 이러한 사랑은 마지막까지 놈이가 기존의 봉건질서와 대비되는 인물이기에 가능한 것이다. 놈이의 특징은 그가 죽음을 맞이하는 순간에 보여주는 윤승지와의 대비되는 태도에서도 분명하게 드러난다. 죽음 앞에 침착하고 태연한 놈이와 달리 윤승지는 그 옆에서 "밤낮 징징거리"(2, 298)는 것으로 묘사된다. 진이와 혼담이 오고갔으며, 기녀가 된 후에도 은밀한 내적 고백의 상상적 수신자가 되어주곤 하던 윤승지 댁 도령은,

---

하는 인물인 것이다.

작품의 마지막에 역모죄로 잡혀와 의연하게 죽음을 기다리는 놈이 옆에서 아이 같은 모습을 연출하는 것이다.

일종의 에필로그인 <그 후의 이야기>는 송도(松都)를 떠난 뒤 황진이의 후일담(後日譚)을 보여주고 있다. 금강산으로 들어가는 대문인 강원도의 창도읍에서 열린 안교리댁 마님의 칠순잔치에 리사종과 함께 황진이가 잠시 나타나 노래를 부르고 사라지는 것이다. 송도를 떠나 거지 행색으로 산천을 떠도는 황진이의 모습은 모든 집착과 구속에서 벗어난 도인이나 각자(覺者)의 모습으로 보이기도 하지만, 그 안에는 봉건질서에 대한 저항의 흔적이 적지 않게 새겨져 있다.

그것은 마을 사람들이 나누는 이야기를 통해 우선적으로 드러난다. 김희열이 "아주 창피한 추문으로 망신을 당하구 벼슬이 떨어져서 락향"(2, 305)하게 되는데, 그것이 바로 진이가 대궐 안에 줄을 당겨서 그렇게 했다는 소문이 돌고 있는 것이다. 다음으로는 계집광대(진이)로 인해 "금강산 3만6천 암자의 중놈들이 그 계집 바람에 전부 파계승이 되구 말거라"(2, 308)라는 이야기가 돌고 있다. 홍석중의 『황진이』에서 기존 질서의 가장 큰 세력이 사대부와 승려들이었다는 것을 생각한다면, 황진이는 송도를 떠난 이후에도 그 두 세력에 대한 일종의 저항 활동을 계속했다고 볼 수 있다. 무엇보다도 작가가 직접적으로 개입하여 작품이 다음과 같이 끝나는데, 이 대목을 통해 황진이는 폭군과 구분되는 분명한 의미를 획득한다.

권력과 세도를 휘두르던 폭군들의 웅장한 돌무덤은 흐르는 세월과 함께 무너지고 바사져 모래와 흙이 되었으나 길가에 앉은 진이의 나지막한 봉분은 400여 년이 지난 오늘날까지도 그 모습 그대로 남아 있어 오가는 길손들에게 애절한 마음을 불러일으키고 있으니 뉘라서 그의 짧은 한생을 불우한 것이라고만 이르랴. (2, 317-318)

이처럼 홍석중의 『황진이』에서 황진이는 개인에 대한 별다른 자각이 없다. 그녀는 자신의 신분과 아버지의 정체를 알게 되는 사건을 통해 대비되는 정체성을 보여준다. 그것은 철저하게 기존의 상징계에 대한 동일시와 반(反)동일시를 통해 이루어지는 정체성 구성의 방식이라고 할 수 있다.147) 전반기의 동일시가 아버지로 표상되는 기존 봉건질서에 대한 일체화를 의미한다면, 후반기의 반동일시는 놈이로 표상되는 민중적 대항질서에 대한 일체화를 의미한다. 이러한 동일시와 반(反)동일시의 이분법 속에서 황진이 고유의 개인이 숨쉴 공간은 존재하지 않는다.

5. 개인의식의 차이점

2000년대 들어 남북한에서 발표된 김탁환의 『나, 황진이』, 전경린의 『황진이』, 홍석중의 『황진이』를 개인이라는 개념을 중심으로 살펴보았다. 황진이라는 동일인물을 주인공으로 내세운 소설이 남북한에서 동시에 창작된 것은 남북한이 일정 부분 공유한 역사철학적 상황에서 비롯된 것

---

147) 페쇠는 인간의 정체성 구성방식을 크게 동일시, 반(反)동일시, 비(非)동일시로 나눈다. 동일시가 기존질서를 그대로 따르는 방식으로 정체성을 구성한다면, 반동일시는 기존질서에 철저히 반대하는 방식으로 정체성을 구성한다. 두 가지 방식 모두 자기만의 고유한 정체성을 구성하는 것과는 거리가 멀다. 비동일시는 기존질서를 그대로 따르는 것도 아니며, 무조건 반대하지도 않으면서 새로운 정체성을 구성하는 방식에 해당한다. M.Pecheux, trans. Harbans Nagpal, *Language, Semantics, and Ideology*, Macmillan, 1982, pp.36-88.

으로 보인다. 상징계적 효력의 약화라고 정리할 수 있는 시대적 특성은 남한에서 보다 두드러졌으며, 3만여 명의 탈북자가 증언하듯이 북한에서도 일정 부분 드러났다고 볼 수 있다. 이러한 상황은 삶의 주체로서의 개인이라는 문제를 중요한 과제로 부각시킬 수밖에 없다. 황진이는 설화에서부터 여성과 기생이라는 이중적인 억압에 맞서 독특한 삶의 길을 개척해 나간 인물이다. 이러한 황진이의 모습이야말로 상징계적 효력이 약화된 2000년대의 상황에서 개인이라는 문제의식을 다루기에 적합한 역사적 대상으로, 황진이가 빈번하게 호명(呼名)된 이유라고 할 수 있다. 세 작품에 드러난 개인의식을 정리하면 다음과 같다.

김탁환의 『나, 황진이』는 제목에서 드러나듯이, 개인에 대한 강력한 관심을 보여준다. 그 결과 상상적 동일시에 바탕한 나르시시즘적 자아의 모습까지 보여주게 된다. 전경린의 『황진이』에서 황진이는 기존의 봉건질서에 대한 비판의식을 바탕으로 고유한 자기를 구축하고자 노력하지만, 그 결과는 자기를 비우는 방식으로 나타난다. 그것은 개인을 둘러싼 하나의 역설이라고 할 수 있다. 이에 반해 홍석중의 『황진이』에서는 개인에 대한 별다른 의식을 확인하기 힘들다. 이 소설에서는 저항하는 주체로서의 집단성이 강조되고 있는 것으로 판단된다. 비슷한 시기에 창작되었지만, 기본적으로 남한에서 창작된 소설은 북한에서 창작된 소설보다 개인에 대하여 큰 관심을 보인다고 할 수 있다. 그러나 남한에서 창작한 소설들도 온전한 의미의 근대적 개인을 주조하지는 못하는데, 이것은 중세의 실존인물을 대상으로 한 역사소설의 필연적 귀결이라고 이해할 수도 있다.

각 작품이 보여주는 고유한 개인의식은 남성인물과 황진이의 관계를 통해서도 확인할 수 있다. 그레마스의 행위자 모델에 따를 경우,[148] 홍석중의『황진이』에서 놈이는 처음 충실한 조력자의 위치에 머물지만, 나중에는 황진이의 우러름을 받는 송신자의 지위에까지 이른다. 이에 반해 전경린의『황진이』에서는 수근이가 놈이와 비슷한 역할을 하는데, 수근이는 시종일관 조력자의 위치에 머문다. 특히 황진이가 자기만의 도를 깨달은 무렵에 이르러, 수근이는 말도 못하는 상태로 등장하여 비참한 최후를 맞이한다. 이것은 홍석중의 황진이와 달리 전경린의 황진이가 보다 주체적인 존재에 이르렀음을 보여주는 것이라고 할 수 있다. 김탁환의『나, 황진이』에서는 놈이나 수근이에 해당하는 특별한 남성인물이 존재하지 않는다. '나'를 전면에 내세운 결과 조력자 자체가 불필요해진 결과라고 할 수 있다.

---

148) 세 편의 황진이 소설은 그레마스(A.J. Greimas)의 행위자 모델이 대상으로 삼고 있는 전형적인 탐색담에 해당한다고 볼 수는 없다. 그러나 세 편의 소설에 등장하는 황진이는 모두 기성 질서와는 구별되는 자기만의 가치와 이념을 적극적으로 모색한다는 점에서 일정 부분 그레마스 이론을 적용해 볼 가능성은 존재한다고 판단된다.

1. 기초자료

곽하신, 「男便」, 『전시 한국문학선 소설편』, 국방부 정훈감실, 1954.

_____, 「處女哀章」, 『전선문학』 3집, 1953.2.

김광주, 「不孝之書」, 『전시 한국문학선 소설편』, 국방부 정훈감실, 1954.

김남천, 『한국단편소설대계 3』, 이주영 외 편, 태학사, 1988.

김남천·김만선, 『한국단편소설대계 4』, 이주영 외 편, 태학사, 1988.

김남천, 『맥』, 채호석 편, 문학과지성사, 2006.

김동리, 「불화」, 『조광』. 1936.8.

_____, 「정원」, 『조선일보』, 1938.12.8.-24.

_____, 「완미설」, 『문장』, 1939.11.

_____, 「문학하는 것에 대한 사고」, 『백민』, 1948.3.

_____, 「불교와 나의 작품」, 『소설문학』, 1985.6.

_____, 「신과 인간과 민족」, 『밥과 사랑과 그리고 영원』, 사사연, 1985.

_____, 「내 문학의 자화상」, 『꽃과 소녀와 달과』, 제삼기획, 1994.

_____, 「불화」, 『김동리 전집 1』, 민음사, 1995.

_____, 「등신불」, 『김동리 전집 3』, 민음사, 1995.

_____, 「까치소리」, 『김동리 전집 3』, 민음사, 1995.

_____, 「만해 선생과 '등신불'」, 『나를 찾아서』, 민음사. 1997.

_____, 『김동리 전집 7』, 민음사, 1997.

김말봉, 「合掌」, 『사병문고』 4, 육군본부 정훈감실, 1953.

김 송, 「불사신」, 『전선문학』 5집, 1953.5.

김영석, 『젊은 용사들』, 조선작가동맹출판사, 1954.

_____, 『격랑』, 조선작가동맹출판사, 1956.

김원일, 「어둠의 혼」, 『문학과지성』, 1973.6.

_____, 「노을」, 문학과지성사, 1978.

김탁환, 『나, 황진이 — 주석판』, 푸른역사, 2002.

박영준, 『박영준 전집 2』, 동연, 2002.

_____, 「용사」, 『사병문고』 3, 육군본부 정훈감실, 1952.6.

_____, 「가을저녁」, 『전선문학』 2집, 1952.12.

박영희, 「최근 문예이론의 신전개와 그 경향」, 『동아일보』, 1934.1.27.-2.6.

박완서, 「나목」, 『여성동아』, 1970년 11월호 부록.

_____, 「한발기」, 『여성동아』, 1971.7.-1972.11.

_____, 「세상에서 가장 무거운 틀니」, 『현대문학』, 1972.8.

_____, 「부처님 근처」, 『현대문학』, 1973.7.

_____, 「카메라와 워커」, 『한국문학』, 1975.2.

_____, 「목마른 계절」, 수문서관, 1978.

_____, 「엄마의 말뚝 2」, 『문학사상』, 1981.8.

_____, 「엄마의 말뚝 3」, 『작가세계』, 1991, 봄호.

_____, 「그 많던 싱아는 누가 다 먹었을까」, 웅진출판사, 1992.

_____, 「그 산이 정말 거기 있었을까」, 웅진출판사, 1995.

_____, 「빨갱이 바이러스」, 『문학동네』, 2009, 가을호.

_____, 「나에게 소설은 무엇인가」, 『박완서 문학앨범』, 웅진출판사, 1992.

박춘명, 『훈민정음』, 이가서, 2002.

백　철, 「출감소감—비애의 성사」, 『동아일보』, 1935.12.22.-27.

_____, 「시대적 우연의 수리」, 『조선일보』, 1938.12.

손동인, 「임자없는 그림자」, 『전선문학』 6집, 1953.9.

안창호, 「無情한 사회와 有情한 사회(情誼敦修의 의의와 요소)」, 『동광』, 1926년 6월호.

염상섭, 「해방의 아침」, 『신천지』, 1951.1.

유주현, 「피와 눈물」, 『사병문고』 3, 육군본부 정훈감실, 1952.6.

이광수, 「무정」, 『대한흥학보』, 1910.3-4.

_____, 「무정」, 『매일신보』, 1917.1.1-6.14.

_____, 『이광수 전집』, 삼중당, 1974.

이무영, 「바다의 대화」, 『전선문학』 3집, 1953.2.

이선구, 「어머니」, 『전시 한국문학선 소설편』, 국방부 정훈감실, 1954.

_____, 「고향」, 『전시 한국문학선 소설편』, 국방부 정훈감실, 1954.

_____, 「希望의 戰列」, 『사병문고』 2, 육군본부 정훈감실, 1951.

이정명, 『뿌리 깊은 나무 1, 2』, 밀리언하우스, 2006.

임화문학예술전집 편찬위원회, 『임화문학예술전집』 3·4·5, 소명출판, 2009.

전경린, 『황진이 1·2』, 이룸, 2004.

장덕조, 「어머니」, 『전시문학독본』, 계몽사, 1951.

_____, 「젊은 힘」, 『전쟁과 소설』, 계몽사, 1951.

_____, 「선물」, 『전선문학』 4집, 1953.4.

정비석, 「새로운 사랑의 倫理」, 『사병문고』 3, 육군본부 정훈감실, 1952.6.

_____, 「간호장교」, 『전선문학』 2집, 1952.12.

정비석, 「남아출생」, 『전선문학』 4, 1953.4.

조정래, 「누명」, 『현대문학』, 1970.6.

_____, 「청산댁」, 『현대문학』, 1972.6.

_____, 「타이거 메이저」, 『한양』, 1973.4.

_____, 「거부반응」, 『현대문학』, 1973.6.

_____, 「유형의 땅」, 『현대문학』, 1981.10.

_____, 『불놀이』, 문예출판사, 1983.

_____, 『태백산맥』 1-10권, 해냄, 1995.

최인욱, 「偵察揷話」, 『문예』 13, 1952.1.

최정희, 「임하사와 그 어머니」, 『협동』, 1952.12.

_____, 「출동전후」, 『전시한국문학선』, 국방부 정훈국, 1954.

한설야, 「이상한 그림」, 『동아일보』, 1927.5.3.-7.

_____, 「지하실의 수기—어리석은 자의 독백」, 『조선일보』, 1938.7.8.

_____, 「이녕」, 『문장』, 1939.5.

_____, 「모색」, 『인문평론』, 1940.3.

_____, 「파도」, 『신세기』, 1940.11.

_____, 「두견」, 『문장』, 1941.4.

_____, 「임화 저 『문학의 논리』 신간평」, 『인문평론』, 1941.4.

_____, 『력사』, 조선작가동맹출판사, 1954.

_____, 『만경대』, 교육도서출판사, 1957.

_____, 『형제』, 아동도서출판사, 1960.

_____, 『성장』, 조선작가동맹출판사, 1961.

_____, 「버섯」, 『아동문학』, 1962.4.

_____, 『금강선녀』, 여유당출판사, 2013.

_____, 『대동강』, 조선작가동맹출판사, 1955.

한소진, 『정의공주』, 해냄, 2011.

香山光郎, 「동포에게 보낸다」, 『京城日報』, 1940.10.1.-9., 『이광수의 일어 창작 및 산문선』, 김윤식 편, 역락, 2007.

香山光郎(李光洙), 「行者」, 『文學界』, 1941.3., 『이광수의 일어 창작 및 산문선』, 김윤식 편, 역락, 2007.

香山光郎(旧李光洙), 『內鮮一體隨想錄』, 1941.5., 『이광수의 일어 창작 및 산문선』, 김윤식 편, 역락, 2007.

홍석중, 『황진이 1·2』, 대훈닷컴, 2004.

2. 국내 논문 및 단행본

강인숙, 『박완서 소설에 나타난 도시와 모성』, 둥지, 1997.

강진호, 「반공주의와 자전소설의 형식-박완서를 중심으로」, 『국어국문학』 133권, 2003.5.

강진호 외, 『북한의 문화정전, 총서 '불멸의 력사'를 읽는다』, 소명, 2009.

강헌국, 「이광수 소설의 인류애」, 『현대소설연구』 57집, 2014.

고선희, 「드라마 『뿌리 깊은 나무』의 판타지성과 하위주체 발화 양상」, 『국제어문』 55집, 2012.

공임순, 『우리 역사소설은 이론과 논쟁이 필요하다』, 책세상, 2000.

_____, 「거울에 비친 조선, 조선적인 것-황진이라는 키워드」, 『문학과경계』 9호, 2003.

군사연구실 편, 『육군 여군 50년 발전사』, 육군본부, 2000.

권성우, 「욕망, 허무주의, 그리고 『태백산맥』」, 『현대소설』, 1990.8.

_____, 「임화의 메타비평 연구」, 『상허학보』 19집, 2007.2.

권영민, 『태백산맥 다시 읽기』, 해냄 출판사, 1996.

김경미, 『이광수 문학과 민족 담론』, 역락, 2011.

김경연, 「여성해방의 시각에서 본 박완서의 작품세계」, 『여성』 2, 창작사, 1988.

_____, 「황진이의 재발견, 그 탈마법화의 시도들」, 『오늘의 문예비평』, 2005.

김경원·송호숙 편, 『남북한 문학사연표』, 한길사, 1990.

김기봉, 『역사들이 속삭인다-팩션 열풍과 스토리텔리의 역사』, 프로네시스, 2009.

김대숙, 「'나무꾼과 선녀' 설화의 민담적 성격과 주제에 관한 연구」, 『국어국문학』 137집, 2004.

김동식, 「1910년대 이광수의 문학론과 한국 근대문학의 비민족주의적 기원들」, 『센티멘탈 이광수』, 소명출판사, 2013.

김동춘, 『전쟁과 사회』, 돌베개, 2006.

김득중 외, 『죽엄으로써 나라를 지키자-1950년대, 반공·동원·감시의 시대』, 선인, 2007.

김명석, 「문자의 탄생과 인문학적 상상력」, 『구보학보』 11집, 2014.

김명섭, 「해방 전후 북한현대사의 쟁점」, 『해방전후사의 인식 6』, 한길사, 1989.

김병길, 「'황진이' 설화의 역사소설화와 그 계보」, 『동박학지』 147집, 2009.

_____, 「'황진이' 설화의 문학적 수용과 변주에 관한 담화적 연구」, 『국어교육』 132호, 2010.

김병익, 「분단 문학의 새로운 시각」, 『문예중앙』, 1987, 가을호.

_____, 「새로운 지식인 문학을 기다리며」, 문학과사회, 1990, 여름호

김붕구, 「신문학 초기의 계몽사상과 근대적 자아」, 『한국인과 문학사상』, 일조각, 1964.

김성곤, 「팩션-환상과 현실의 경계해체」, 『키워드로 읽는 책』, 한국출판마케팅연구소,

2005.

김성례, 「근대성과 폭력 : 제주 4 · 3의 담론정치」, 역사문제연구소 외 엮음, 『제주 4 · 3 연구』, 역사비평사, 1998.

김성보, 『북한의 역사1-건국과 인민민주주의의 경험』, 역사비평사, 2011.

김성보 · 기광서 · 이신철, 『북한현대사』, 웅진, 2004.

김성연, 「김남천 「제퇴선」 연구」, 『한민족문화연구』 17집, 2005.

김성호 · 이정은, 「개인과 사회」, 『서양근대철학의 열 가지 쟁점』, 서양근대철학회 편, 창비, 2004.

김소륜, 「이광수 소설에 나타난 여성 이미지」, 『이화어문논집』 27집, 2009.

김수이, 「임화의 시비평에 나타난 시차들」, 『임화문학연구 2』, 소명, 2011.

김양선, 「증언의 양식, 생존 · 성장의 서사-박완서의 전쟁재현소설 『그 산이 정말 거기 있었을까』를 중심으로」, 『한국문학이론과 비평』 15집, 2002.6.

_____, 「반공주의의 전략적 수용과 여성문단-한국전쟁기 여성문학 장을 중심으로」, 『어문학』 101집, 2008.9.

김영성, 「역사적 공백을 서사화하는 소설의 방식」, 『인문학연구』 88호, 2012.

김영진, 「해방기 대중화론의 전개」, 『어문론집』 28집, 2000.12.

김예림, 『1930년대 후반 근대인식의 틀과 미의식』, 소명출판, 2004.

김완진 외, 『국어학사』, 한국방송대학교 출판부, 1997.

김용직, 「북한의 문예정책과 창작지도이론에 관한 고찰」, 『북한문학의 심층적 이해』, 국학자료원, 2012.

김용하, 「신경증자의 발견과 탈 나르시시즘 주체의 구제」, 『국제어문』 49집, 2010.8.

김윤식, 『한국근대문학사상사』, 한길사, 1984.

_____, 『이광수와 그의 시대』1-3, 한길사, 1986.

_____, 「서사시적 세계를 겨냥-조정래의 『태백산맥』」, 한국일보, 1986.9.13.

_____, 「불교의 사상과 내가 보아온 『태백산맥』」, 『문학과 역사와 인간』, 한길사, 1991.

_____, 「태백산맥론」, 『한국문학의 근대성과 이데올로기 비판』, 서울대학교 출판부, 1987.

_____, 『이광수와 그의 시대 2』, 솔, 1999.

김윤식 · 정호웅, 『한국소설사』, 문학동네, 2000.

김은하, 「완료된 전쟁과 끝나지 않은 이야기」, 『실천문학』, 2001.5.

김일성종합대학 조선문학사강좌, 『조선문학사』, 김일성종합대학출판부, 1990.

김재용, 「냉전적 분단구조하 한설야 문학의 민족의식과 비타협성」, 『분단구조와 북한문학』, 소명출판, 2000.

_____, 「남과 북을 잇는 역사소설 『황진이』」, 『살아있는 신화, 황진이』, 김재용 편, 대훈닷컴, 2006.

김종태·정재림, 「역사서사물『뿌리 깊은 나무』의 서사 전략」, 『한국문학이론과 비평』 58 집, 2013.

김종호, 「김탁환,『나, 황진이』의 서사담론 연구」, 『한국문예비평연구』 50집, 2016.

김종회, 「북한문학에 반영된 한국 현대사 고찰」, 『한국문학논총』 49집, 2008.

김 철, 「'근대의 초극',『낭비』그리고 베네치아-김남천과 근대초극론」, 『민족문학사 연 구』 18권, 2001.

_____, 「"내가 누구인지 말할 수 있는 자는 누구인가?"-『무정』을 읽는 몇 가지 방법」, 『무정』, 문학과지성사, 2005.

_____, 「인물형상화와 가부장적 인간관계의 문제」, 『문학과 역사와 인간』, 한길사, 1991.

김춘선, 「북한문학의 전개양상을 통해 본 제 특징」, 『현대소설연구』 11, 1999.

김치수, 「함께 사는 꿈을 위하여」, 『우리 시대 우리 작가』, 동아출판사, 1987.

김현주, 「이광수의 문화적 파시즘」, 『문학 속의 파시즘』, 삼인, 2003.

_____, 「공감적 국민=민족 만들기」, 『작가세계』, 2003년 여름호.

_____, 「『무정』과 세 종류의 심리학」, 『사이間SAI』 5호, 2008.

나소정, 「박완서 소설 연구-도시문명과 산업화 사회에 대한 비판을 중심으로」, 명지대 석사 논문, 2000.

노상래, 「김남천 소설에 나타난 자기식민화 양상과 근대초극론」, 『현대문학이론연구』 33 집, 2008.

류승완, 『이념형 사회주의』, 선인, 2010.

명형대, 「소설 '황진이' 연구-이태준, 홍석중, 전경린의『황진이』를 대상으로」, 『한국문학 논총』 50집, 2008.

문은미, 「가부장제」, 『페미니즘의 개념들』, 여성문화이론연구소 엮음, 동녘, 2015.

민충환, 「『임꺽정』과 홍석중 소설에 나타난 우리말」, 『살아있는 신화, 황진이』, 김재용 편, 대훈닷컴, 2006.

박명림, 「『태백산맥』, '80년대' 그리고 문학과 역사」, 『문학과 역사와 인간』, 한길사, 1991.

박성희, 「드라마『뿌리 깊은 나무』를 통해 본 우리 현실과 자각」, 『글로벌문화콘텐츠』 7 호, 2011.

박숙자, 『한국문학과 개인성』, 소명출판사, 2008.

박정애, 「'동원'되는 여성작가 : 한국전과 베트남전의 경우」, 『여성문학연구』 10호, 한국여 성문학학회, 2003.

박 진, 「역사추리소설의 장르적 성격과 한국적인 특수성」, 『현대소설연구』 32집, 2006.

박찬구, 『칸트의「도덕형이상학 정초」읽기』, 세창미디어, 2014.

박태균, 『한국전쟁』, 책과함께, 2005.

박혜경, 「이광수 소설에 나타난 사랑과 계몽의 기획 : 이광수의「유정」을 중심으로」, 『한국문학연구』33집, 2007.

방민화, 「김동리 연작소설의 불교적 접근─선을 통해서 본 운명 대응 방식 연구」,『문학과 종교』12권 1호, 2007.

_____, 「김동리의 「미륵랑」에 나타난 화랑과 미륵신앙의 상관성 연구」,『한국문학이론과 비평』제45집, 2009.

_____, 「불이사상과 보살적 인간의 동체대비심 발현─김동리의 「최치원」을 대상으로」,『문학과 종교』제15권 2호, 2010.

배경열, 「분단의 시대경험과 타자들의 자의식─박완서론」,『비평문학』26호, 2007.8.

배원룡,『나무꾼과 선녀 설화 연구』, 집문당, 1993.

백낙청, 「사회비평 이상의 것」,『창작과비평』, 1979년 봄호.

백 철, 「해방 후의 문학작품에 보이는 여인상」,『여원』, 1957년 8월.

사회과학연구소,『조선통사』, 오월, 1988.

사회과학원 문학연구소,『조선문학사』, 과학백과사전출판사, 1978.

서경석, 「태백산맥론─비극적 역사의 전환을 위하여」, 창작과비평사, 1990, 여름호.

서 광,『치유하는 불교 읽기』, 불광출판사, 2012.

서영인,『김남천 문학 연구─리얼리즘의 주체적 재구성 과정을 중심으로』, 경북대 박사논문, 2003.

서영채, 「이광수의 사상에 대한 한 고찰」, 문학사와 비평연구회 편,『한국근대문학연구의 반성과 새로운 모색』, 새미, 1997.

_____,『사랑의 문법』, 민음사, 2004.

_____, 「사람다운 삶에 대한 갈망」,『그의 외롭고 쓸쓸한 밤』, 문학동네, 2006.

_____, 「민족 없는 민족주의」,『아첨의 영웅주의』, 소명출판, 2011.

_____, 「자기희생의 구조」,『센티멘탈 이광수』, 소명출판사, 2013.

_____, 「죄의식, 원한, 근대성 : 소세키와 이광수」,『한국현대문학연구』35집, 2011.

서은경, 「이광수 초기 단편소설에 나타난 근대적 주체의 등장과 의미」,『한국문학이론과 비평』35집, 2007.6.

서은아,『나무꾼과 선녀의 부부갈등과 문학치료』, 지식과교양사, 2011.

서은혜, 「이광수의 상해·시베리아행과 「유정」의 자서전적 텍스트성」,『춘원연구학보』9집, 2016.

서희원, 「공동체를 탈주하는 방랑과 죽음으로 귀환하는 여행」,『한국문학연구』40집, 2011.

손경목, 「민중적 진실과『태백산맥』의 당대성」,『문학과 역사와 인간』, 한길사, 1991.

송명희,『이광수의 민족주의와 페미니즘』, 국학자료원, 1997.

신기욱,『한국민족주의의 계보와 정치』, 이진준 역, 창비, 2009.

신수정, 「증언과 기록에의 소명」,『소설과 사상』, 1997년 봄호.

신용하, 「민족 형성의 이론」, 신용하 편, 『민족이론』, 문학과지성사, 1985.

신영덕, 『한국전쟁과 종군작가』, 국학자료원, 2002.

_____, 『전쟁과 소설』, 역락, 2007.

신영미, 「한국 근대소설에 나타난 자살과 낭만성의 관련양상 연구」, 인하대 박사논문, 2009.

신정숙, 「구경적(究竟的) 생의 형식과 인간 구원의 문제－김동리 「솔거」 연작소설을 중심으로」, 『현대소설연구』 51집, 한국현대소설학회, 2012.

신태수, 「「나무꾼과 선녀」 설화의 신화적 성격」, 『어문학』 89집, 2005.

신형기, 『북한문학사』, 평민사, 2000.

아시아문화연구소, 『한국전쟁기 삐라』, 한림대학교, 2000.

안병욱, 「이광수의 민족개조론」, 『사상계』, 1967.1.

안연선, 「병사 길들이기 : 아시아 태평양전쟁기 일본 군인의 젠더정치」, 『대중독재와 여성』, 휴머니스트, 2010.

안함광, 「소설 문학의 발전상과 전형화상의 몇 가지 문제」, 『조선문학』, 1953년 11월.

엄미옥, 「한국전쟁기 여성 종군작가 소설 연구」, 『한국근대문학연구』 21호, 2010.4.

오생근, 「한국대중문학의 전개」, 『문학과지성』, 1977년 가을호.

오태호, 「홍석중의 『황진이』에 나타난 '낭만성' 고찰」, 『살아있는 신화, 황진이』, 김재용 편, 대훈닷컴, 2006.

오혜진, 「계몽과 낭만의 소통, 역사 추리소설로 거듭나다」, 『어문론집』 40집, 2009.

왕은철, 『애도예찬』, 현대문학사, 2012.

우미영, 「복수(複數)의 상상력과 역사적 이성」, 『여성이론』, 2005.

원종찬, 「한설야의 장편동화 『금강선녀』 연구」, 『국제한인문학연구』 1권 1호, 2013.

유종호, 「고단한 세월 속의 젊음과 중년」, 『창작과비평』, 1977년 가을호.

_____, 「불가능한 행복의 질서」, 『동시대의 시와 진실』, 민음사, 1982.

유진오, 「추천의 말」, 『인문평론』, 1940.10.

유철상, 「환멸의 낭만주의와 예술가 소설의 한 양상－김동리의 「솔거」 연작을 중심으로」, 『비교문학』 제35집, 한국비교문학회, 2005.

윤분희, 「'황진이 이야기'의 의미 생성과 변모」, 『우리말글』 34집, 2005.

윤영옥, 「『무정』에 나타난 서술 형식의 근대성과 사회적 의미」, 『한국현대문학연구』 13집, 2003.6.

윤홍로, 「춘원 이광수와 「유정」의 세계」, 춘원연구학보, 2008.

은종섭, 「로동계급을 형상한 해방전 소설문학과 장편소설 『황혼』」, 『현대조선문학선집25』, 문학예술종합출판사, 1999.

이경림, 「마르크시즘의 틈과 연대하는 전향자의 표－김남천의 「녹성당」론」, 『민족문학사연구』, 2012.

이경재, 「한설야 소설에 나타난 여성 표상 연구」, 『현대소설연구』 제 38호, 2008년 8월.

_____, 「한국전쟁의 기억과 사회주의적 개발의 서사」, 『현대소설연구』 41권, 2009.

_____, 「역사소설의 새로운 모습」, 『단독성의 박물관』, 문학동네, 2009.

_____, 「말할 수 없는 것, 말하지 않는 것, 말하지 못하는 것」, 『문학만』, 2010년 상반기.

_____, 「김영석 소설 연구」, 『현대소설연구』, 2010.12.

_____, 「한설야 소설에 나타난 생산력주의」, 『한국 프로문학 연구』, 지식과교양사, 2012.

_____, 『다문화 시대의 한국소설 읽기』, 소명출판, 2015.

이경훈, 『오빠의 탄생』, 문학과지성사, 2003.

이남호, 「말뚝의 사회적 의미」, 『문학의 위족』 2, 민음사, 1990.

이다운, 「TV 드라마의 역사적 인물 소환 전략－『뿌리 깊은 나무』를 중심으로」, 『충남대 인문학연구』 88권, 2012.

이동하, 「대화의 원리와 리얼리즘의 정신」, 『세계의 문학』, 1988. 봄호.

이동하, 「비극적 정조에서 서정적 황홀까지」, 『문학과 역사와 인간』, 한길사, 1991.

_____, 「김탁환의 『나, 황진이』」, 『한국논단』 266호, 2011..

이례행, 「전후여성의 풍조」, 『서울신문』, 1953.3.22.

이병호, 「김남천 소설의 서술방법 연구」, 서울대 석사, 1994.

이상경, 「일제 말기의 여성 동원과 '군국(軍國)의 어머니」, 『페미니즘 연구』 2호, 2002.12.

이상숙, 「북한문학의 "민족적 특성론" 연구－1950 · 1960년대를 중심으로」, 고려대 박사논 문, 2004.

_____, 「역사소설 작가로서의 홍석중」, 『살아있는 신화, 황진이』, 김재용 편, 대훈닷컴, 2006.

이상옥, 「삶의 실체와 작가의 통찰력」, 『세계의문학』, 1983년 겨울호.

이선미, 「세계화와 탈냉전에 대응하는 소설의 형식 : 기억으로 발언하기」, 『상허학보』 12 집, 2004.2.

이선영, 「세파 속의 생명주의와 비판의식－박완서의 작품세계」, 『현대문학』, 1985.5.

이선옥, 「평등에 대한 유혹－여성 지식인과 친일의 내적 논리」, 『실천문학』, 2002년 여름.

이성희, 「민족의 특수한 경험에서 전지구의 미래를 위한 포용으로」, 『탈북 디아스포라』, 박덕규 · 이성희 편저, 푸른사상, 2012.

이수형, 「세속화 프로젝트－'무정'한 세계는 어디에서 와서 어디로 가는가」, 『문학과사회』, 2014년 봄호.

이언홍, 「『유정』에 나타난 이주와 '정(情)'의 연구」, 『춘원연구학보』 8집, 2015.

이우용, 「역사의 소설화 혹은 소설의 역사화」, 『문학과 역사와 인간』, 한길사, 1991.

이이화, 「황진이는 화담에게서 도학을 배웠다」, 『이이화의 못 다한 한국사 이야기』, 푸른

역사, 2000.

이임하, 『여성, 전쟁을 넘어 일어서다』, 서해문집, 2004.

_____, 『계집은 어떻게 여성이 되었나』, 서해문집, 2004.

_____, 「한국전쟁과 여성성의 동원」, 『역사연구』 14호. 2004.12.

이정희, 「오정희 박완서 소설의 근대성과 젠더의식 비교 연구」, 경희대 박사논문, 2001.

이종석, 『북한의 역사 2』, 역사비평사, 2011.

이종수, 「역사 드라마 『뿌리 깊은 나무』의 미학적 분석」, 『미디어, 젠더&문화』 22호, 2012.

이진형, 「김남천, 식민지 말기 '역사'에 관한 성찰－「경영」과 「맥」을 중심으로」, 『현대문학이론학회』. 2011.

이 찬, 「김동리 소설 「솔거」 연작 연구」, 『민족문화연구』 제48호, 고려대 민족문화연구원, 2008.

이철호, 「황홀과 비하, 한국 교양소설의 두 가지 표정」, 『상허학보』 37집, 2013.

이현식, 「주체 재건을 향한 도정과 실천으로서의 리얼리즘」, 『임화 문학의 재인식』, 소명, 2004.

이현식, 「정치적 상상력과 내면의 탄생－문학사적 관점에서 바라보는 1930년대 후반 김남천의 문학」, 『한국근대문학연구』, 2011.

이현우, 『애도와 우울증』, 그린비, 2011.

이혜진, 『사상으로서의 조선문학』, 소명출판, 2013.

임규찬, 「8 · 15 직후 미군정기 문학운동에서의 대중화문제」, 『해방공간의 문학운동과 문학의 현실인식』, 한울, 1989.

_____, 「박완서와 6 · 25체험－『목마른 계절』을 중심으로」, 『작가세계』, 2000.11.

_____, 「역사소설의 최근 양상에 관한 한 고찰－'황진이'의 소설 형상화를 중심으로」, 『국어국문학』 141집, 2005.

임무출, 「김영석론」, 『영남어문학』 17집, 1990.6.

임보람, 「「유정」에 드러난 사랑과 욕망의 문제 연구」, 『우리말글』 69집, 2016.

임선애, 「근대 남성의 사랑 방식 : 이광수의 「유정」」, 『인문과학연구』 8집, 2007.

임영봉, 「김동리 소설의 구도적 성격－불교와의 관련성을 중심으로」, 『우리문학연구』 24집, 2008.

임옥규, 『북한 역사소설의 재인식』, 역락, 2008.

임지현, 『민족주의는 반역이다』, 소나무, 1999.

임헌영, 「분단 문학의 새 지평」, 『문예중앙』, 1986, 겨울호.

임환모, 「한국인의 가치관과 윤리의식 연구－조정래의 『태백산맥』을 중심으로」, 『한국문학이론과 비평』, 2001년 12월.

장문석, 「이탈리아 파시즘의 젠더정치와 여성 주체성」, 『대중독재와 여성』, 휴머니스트,

　　　　　2010.

장세진, 「분단극복의지로서의 역사인식」, 『문학과 역사와 인간』, 한길사, 1991.

전명희, 「남북한 문화 속에 투영된 여성미 비교 고찰-김탁환의 『나, 황진이』와 홍석중의 『황진이』를 중심으로」, 『비교한국학』 15, 2007.

전수용, 「TV 드라마 『뿌리 깊은 나무』와 이정명의 원작소설」, 『문학과 영상』, 2012.

전영태, 「「나무꾼과 선녀」에 대한 통합적 해석」, 『선청어문』 33집, 2005.

정　광, 『삼국시대 한반도의 언어 연구』, 박문사, 2011.

_____, 『한글의 발명』, 김영사, 2015.

정명환, 「이광수의 계몽사상」, 『성곡논총』, 1970.

정영길, 「김동리 소설에 나타난 죽음의식의 연구-「등신불」의 불교적 사생관을 중심으로」, 『현대문학이론연구』, 1997.

정영진, 「월북 입북 납북 재북 문인 행적기」, 『월간다리』, 1989.10.

정영훈, 「이광수 논설에서 개인과 공동체의 의미」, 『한국현대문학연구』 12호, 2002.

정종진, 「조정래의 『아리랑』, 『태백산맥』에 나타난 사서인 정신 연구」, 『비평문학』, 2005.5.

정현기, 「태백산맥론」, 『동서문학』, 1989.11.

정호웅, 「상처의 두가지 치유방식」, 『박완서론』, 삼인행, 1991.

_____, 「한, 불성, 계몽성」, 『문학과 역사와 인간』, 한길사, 1991.

_____, 「주제의 중층성」, 『작가세계』, 1995, 가을호.

_____, 「스스로 넓어지고 깊어지는 문학」, 『나의 가장 나종 지니인 것』, 문학동네, 2006.

_____, 『한국의 역사소설』, 역락, 2006.

정희모, 「이광수의 초기사상과 문학론」, 『문학과의식』, 1995.

조남현, 「6·25 문학에 열린 새 지평」, 『신동아』, 1987.6.

_____, 「민중, 민족, 이념 그리고 소설」, 『문학과 사회』, 1990, 봄호.

_____, 「한국전시소설 연구」, 『한국현대소설의 해부』, 문예출판사, 1993.

조남현 편, 『아리랑 연구』, 해냄, 1996.

조남현, 『한국현대소설사』 1권, 문학과지성사, 2012.

_____, 『한국현대소설사』 2권, 문학과지성사, 2012.

조연현, 『한국현대문학사』, 인간사, 1968.

차승기, 『반근대적 상상력의 임계들』, 푸른역사, 2009.

_____, 「고귀한 엄숙, 고요한 충성」, 『센티멘탈 이광수』, 소명출판사, 2013.

최문규, 『독일낭만주의』, 연세대 출판부, 2005.

최원식, 「동지(冬至)에 대한 단상-황진이와 서화담」, 『문학의 귀환』, 창작과비평사, 2001.

_____, 「남과 북의 새로운 역사감각들」, 『창작과비평』, 2004.

태혜숙 외, 『한국의 식민지 근대와 여성 공간』, 여이연, 2004.

하정일, 「'사실' 논쟁과 1930년대 후반 문학의 성격」, 『임화 문학의 재인식』, 소명, 2004.

한성훈, 『전쟁과 인민—북한 사회주의 체제의 성립과 인민의 탄생』, 돌베개, 2012.

한수영, 「유다적인 것, 혹은 자기성찰로서의 비평」, 『문학수첩』, 2005.

한승옥, 「해체주의 비평적 관점에서 본 『무정』」, 『어문논집』 61집, 2010.

_____, 「개화기 담론을 해체한 이광수의 『무정』」, 『문예운동』, 2012년 가을호.

함인희, 「한국전쟁, 가족, 여성의 다중적 근대성」, 『사회와 이론』 2호, 2006.

허련화, 「김동리 불교소설 연구」, 『한국현대문학연구』 25집, 2005.

허 정, 「작가에서 비평가로」, 『임화문학연구 2』, 소명출판, 2011.

홍기돈, 「김동리의 구경적 삶과 불교사상의 무」, 『인간연구』 제25호, 가톨릭대학교 인간
학연구소, 2013.

홍정선, 「한 여자 작가의 자기 사랑」, 『샘이깊은물』, 1985.11.

황광수, 『소설과 진실』, 해냄, 2000.

황국명, 「남북한 역사소설의 거리—『황진이』를 중심으로」, 『한국학논집』 32집, 2005.

황도경, 「정체성 확인의 글쓰기」, 『이화어문논집』 13, 1994.

_____, 「살아있는 신화, 황진이」, 『살아있는 신화, 황진이』, 김재용 편, 대훈닷컴, 2006.

황종연, 「문학이라는 역어」, 『한국문학과 계몽담론』, 문학사와 비평연구회, 새미, 1999.

3. 국외자료

岡眞理, 『기억 서사』, 김병구 역, 소명, 2004.

鈴木登美, 『이야기된 자기』, 한일문학연구회 역, 생각의 나무, 2004.

_____, 『윤리 21』, 송태욱 역, 사회평론, 2001.

柄谷行人, 『트랜스크래틱』, 이신철 역, 도서출판 b, 2013.

柄谷行人, 『정치를 말하다』, 조영일 역, 도서출판 b, 2010.

李孝德, 『표상공간의 근대』, 박성관 역, 소명출판사, 2002.

若桑みどり, 『전쟁이 만들어낸 여성상』, 손지연 역, 소명출판사, 2011.

中澤新一, 『대칭성 인류학』, 김옥희 역, 동아시아, 2005.

夏目漱石, 『나의 개인주의 외』, 김정훈 역, 책세상, 2004.

河小拓, 「총력전 아래의 조선 여성」, 김미란 역, 『실천문학』, 2002년 가을호.

下河辺美知子, 『歷史とトラウマ』, 作品社, 2000.

河合隼雄, 『불교가 좋다』, 김옥희 역, 동아시아, 2007.

和田春樹, 『북한현대사』, 남기정 역, 창비, 2014.

和田とも美, 『이광수 장편소설 연구』, 방민호 역, 예옥, 2014, 56면.

Aaron Gurevich, 『개인주의의 등장』, 이현주 역, 새물결, 2002.

Alain Laurent, 『개인주의의 역사』, 김용민 역, 한길사, 2001.

Alain Renaut, 『개인』, 장정아 역, 동문선, 2002.

Anderson, B., 『민족주의의 기원과 전파』, 윤형숙 역, 사회비평사, 1991.

Benedict Anderson, 『상상의 공동체』, 윤형숙 역, 나남출판사, 2002.

Brison, Susan J., 『이야기해 그리고 다시 살아나』, 여성주의 번역모임 '고픈' 역, 인향, 2003.

Butler, J., 『불확실한 삶-애도와 폭력의 권력들』, 양효실 역, 경성대 출판부, 2008.

Courtés, J., 『기호학 입문』, 오원교 역, 신아사, 1986.

Creed, Barbara, 『여성괴물』, 손희정 역, 여이연, 2008.

Derrida, J., Memories for Paul de Man, trans. Cecile Lindsay, Jonathan Culler, and Eduardo Cadava, Columbia University Press, 1989.

Derrida, The Work of Mourning, Chicago:University of Chicago Press, 2001.

Derrida, 『마르크스의 유령들』, 진태원 역, 이제이북스, 2007.

Foucault, Michel, 『사회를 보호해야 한다』, 박정자 역, 동문선, 1997.

Freud, S., 「슬픔과 우울증」, 『무의식에 관하여』, 열린책들, 1997.

Greimas, A.J., Structural Semantics:An Attempt at a method. Trans. Daniele McDowell, Ronald Schleifer and Alan Velie, Lincoln:University of Nebraska Press, 1983.

Greimas, A. J., 『의미에 관하여』, 김성도 역, 인간사랑, 1997.

Greimas, A.J., · Courtés, J., 『기호학 용어사전』, 천기석 · 김두한 역, 민성사, 1988.

Gurevich, Aaron, 『개인주의의 등장』, 이현주 역, 새물결, 2002.

Heinich, Nathalie, 『여성의 상태-서구소설에 나타난 여성상』, 서민원 역, 동문선, 1999.

Hobsbawm, E., 『1780년 이후의 민족과 민족주의』, 강명세 역, 창작과 비평사, 1978.

Ian Watt, 『근대 개인주의 신화』, 이시연 · 강유나 역, 문학동네, 2004.

Kalupahana, David J., 『붓다는 무엇을 말했나-불교철학의 역사적 분석』, 나성 역, 한길사, 2011.

Kant, Immanuel, 『윤리형이상학 정초』, 백종현 역, 아카넷, 2005.

Kant, Immanuel, 『순수이성비판 1』, 백종현 역, 2006, 아카넷.

Lacan, J., "The Mirror Stage as Formative of the Function of the I", Ecrits:A Selection, Trans. Alan Sheridan, New York:W.W.Norton, 1977.

Laplanche, Jean and Pontalis, Jean-Bertrand, 『정신분석사전』, 임진수 역, 열린책들, 2005.

Laurent, Alain, 『개인주의의 역사』, 김용민 역, 한길사, 2001.

Lejeune, Philippe, 『자서전의 규약』, 윤진 역, 문학과지성사, 1998.

Le'vi-Strauss, Claude, 『야생의 사고』, 안정남 역, 한길사, 1996.

Lois Tyson, 『비평이론의 모든 것』, 윤동구 역, 앨피, 2012.

Lowenthal, D., "European and English Landscapes as National Symbols", Geography and National Identity, ed. David Hooson, Blackwell:Oxford, 1994.

Lukács,G., 『역사와 계급의식』, 박정호·조만영 공역, 거름, 1986.

Lydia H. Liu, 『언어 횡단적 실천』, 민정기 역, 소명출판사, 2005.

Morris-Suzuki, Tessa, 「상상할 수 없는 과거 : 역사소설의 지평」, 『우리 안의 과거』, 김경원 역, 휴머니스트, 2007.

Myers, B.R., 『왜 북한은』, 고명희·권오열 공역, 시그마북스, 2011.

Nicolas, A. and Torok, M., The Shell and the Kernel, Chicago:University of Chicago Press, 1994.

Pecheux, M., trans. Harbans Nagpal, Language, Semantics, and Ideology, Macmillan, 1982.

Perry, M., "Literary dynamics:how the order of a text creative its meaning", Poetics Today, 1979. Fall.

Renan, E., 『민족이란 무엇인가』, 신행선 역, 책세상, 2002.

Renaut, Alain, 『개인』, 장정아 역, 동문선, 2002.

Richard van Dülmen, 『개인의 발견』, 최윤영 역, 현실문화연구, 2005.

Suleiman, Susan R., Authoritarian Fiction-The Ideological Novel as a Literary genre, Columbia UP., 1983.

Thébaud, Françoise, "The Great War and the Triumph of Sexual Division", A History of Women In The West V, Belknap Press, 2000.

Williams, Raymond, Key-words, New York:Oxford Umiversity Press, 1976.

Yue, Meng, Female Images and National Myth, Tani E. Barlow ed., Duke University Press, 1993.

Zima, P., 『이데올로기와 이론』, 허창운·김태환 역, 문학과 지성사, 1996.

Zupancic, A., 『실재의 윤리-칸트와 라캉』, 이성민 역, 도서출판 b, 2008.

Zizek, S., 「우울증과 행동」, 『전체주의가 어쨌다구?』, 한보희 역, 새물결, 2008.

Žižek, S., 『부정적인 것과 함께 머물기』, 이성민 역, 도서출판 b, 2007.

ㄱ

가부장제 160
가와 가오루 169
「가을저녁」 177
「간호장교」 172, 175, 176
강인숙 248
강진호 248, 262
강헌국 70
「개를 위하여」 152, 153
「개마고원」 192
개별사회 37
개성 21
개인=민족 34, 36, 38, 39, 41
개인 20, 21, 22, 24, 25, 32, 36, 41,
  362, 380, 381
개인의식 357, 380
개인주의 17, 33, 367, 371, 372
건국신화 280, 283
「격랑」 194, 212
『격랑』 197
「경영」 121, 129
고바야시 히데오 39
고선희 330
「고인의 사진」 312, 313
「고지에로」 193
고지전 191, 195, 203, 204
고통받는 몸 273
「고향」 165

공동체 18, 25, 28, 30, 32, 37, 65, 71,
  72, 74, 75, 77, 78, 79, 80, 86, 87,
  196, 202, 205
공리주의 72, 79
공식적 기억 257, 260, 272
공임순 340, 359
곽하신 172, 175, 177, 185
곽학송 206
관료주의 199
「교육가 제씨에게」 21
구경적(究竟的) 생의 형식 133, 135, 136,
  153
구국문학론 191
국가 28, 32, 33, 40
국가주의 26
국민화 301
국토 214, 301
군국의 어머니 168
군대 310, 311
권성우 221
권영민 219
권오룡 307
규범 77, 78
규율 장치 308, 309
『그 많던 싱아는 누가 다 먹었을까』
  249, 258, 264, 265
『그 산이 정말 거기 있었을까』 249, 265,
  267
근대 43, 44, 57

근대성 18, 44, 305, 308
근대적 개인 17, 20, 24, 30, 34, 40, 42, 381
근대화 308, 309
「근조」 326
『금강선녀』 277, 279, 280, 282, 283, 285, 286, 288, 290, 291, 293, 294, 296, 297, 298, 300, 301, 303
「금일 아한 청년의 경우」 21, 24, 48
기독교 25, 26, 28, 40
기억 271
「기적」 309, 310, 318
「기차, 기선, 바다, 하늘」 318
기호 사각형 220, 222, 229, 236, 237, 243
기호학 219, 220, 221
김경미 45
김경연 248, 358, 365, 374
김광주 162, 164
김기봉 347
김남천 94, 101, 102, 113, 122, 125, 128, 129
김다은 329, 331
김대숙 280
김동리 131, 135, 136, 137, 149, 151, 153
김동춘 250, 251
김득중 179
김말봉 170
김명석 330, 331
김병길 360, 366
김병익 217, 221, 306
김복순 370
김성곤 347

김성례 267
김성보 283, 286
김성연 115
김송 181
김수이 105
김양선 161, 184, 248
김영석 191, 192, 193, 194, 195, 196, 200, 201, 205, 206, 207, 209, 212
김영성 330, 332, 340
김영진 192
김완진 334
김용직 196
김원일 261
김윤식 43, 44, 217, 218, 306
김은하 248
김일성 196, 214, 215, 278, 293, 300, 302, 303
「김장군」 203, 204
김재용 296, 360, 374
김재희 329
김종태 330, 332
김종호 367
김종회 194
김진균 313
김철 122, 218
김춘선 200
김치수 248
김탁환 357, 361, 362, 364, 366, 369, 374
김현 307
김현주 19
김화영 306
「까치소리」 149, 155

ㄴ

나(개인)=민족 38
『나, 황진이』 357, 361, 362, 369, 374
나까자와 신이치 137, 151
나르시시즘 381
『나목』 249, 254, 255, 259, 267
「나무꾼과 선녀」 278, 280, 281, 282,
　283, 285, 286, 300
나쁜 여자 181
나쓰메 소세키 36
「나에게 소설은 무엇인가」 249
나카자와 신이치 134
「남매」 115
남성중심주의 309, 314
「남아출생」 166
「남편」 172, 185
남한혁명세력 211, 213, 216
낭만주의 36
내사 113, 129
내선일체 39
「내선일체수상록」 39
내셔널리즘 253, 294, 299, 301
내함관계 235, 244
노동 291, 297
「노병과 소년병」 204
노상래 125
『노을』 262
「노호」 193
「녹성당」 118, 120, 121, 128
「눈 오는 오후」 151, 153, 155

ㄷ

다원사관 122, 123
다카야마 초규 33
단독자 78
단편「무정」 49
당 238, 299, 303
대결 구조 197, 205
『대동강』 187
대동아 122
대상 a 64
대중화론 192
대칭성 131, 134, 135, 136, 137, 142,
　143, 144, 145, 148, 149, 150, 154
대타자 360
「데모」 194
도구화 187, 190
도덕 75, 79
『도덕경』 373
「도성소대장과 그의 전우들」 192
독립성 20, 27, 28, 30, 34, 37, 40, 42,
　362, 367
「독목교」 206
「동도역서기」 31
동물보은 280
동양주의 122
동양학 123
동일시 380
「동포에게 보낸다」 39
「두견」 95, 97, 98
「등신불」 144, 146, 154

ㄹ

레비 스트로스 153
『력사』 278
류승완 122

ㅁ

마르크시즘 91, 93, 94
먀셜 버만 308, 317, 320
「만경대」 293
『만경대』 278
「맥」 121, 125, 129
명형대 358
「모색」 95, 96, 98
모순관계 229, 234, 235, 244
『목마른 계절』 249, 257, 259, 262, 263,
   264
몽테스키외 37
「무자리」 116
무정 43, 46
「무정한 사회와 유정한 사회(정의돈수의
   의의와 요소)」 48
『무정』 43, 44, 46, 69, 74
「문예시평－여실한 것과 진실한 것」 95
문은미 351
「문학의 가치」 48
「문학하는 것에 대한 사고」 136
물의 기원 321, 326
미국 231, 232, 233, 235
미군 198, 201
미성년 293, 303
미셸 푸코 252, 309

미야자키 마나부 37
민족 28, 29, 30, 31, 32, 36, 40, 41,
   43, 65, 71, 72, 79, 238, 239, 240,
   332
「민족개조론」 34, 35, 37
민족국가 34, 39
「민족적 경륜」 35
민족적 나르시시즘 241
민족주의 30, 40, 41, 234, 236, 240, 331,
   332, 336, 337, 339
민족해방 229, 230, 232, 233, 234, 235,
   244
민족혼 243
민주기지론 296
민중 238, 239
민중주의 236
민충환 360

ㅂ

「바다의 대화」 180, 186
박덕규 360
박명림 218
박성희 330
박영준 172, 173, 177, 195, 196, 202,
   203, 204, 206, 209, 210
박영희 93, 94, 97, 101, 102, 106, 126
박완서 247, 248, 249, 251, 252, 253,
   255, 259, 266, 271
박정애 160
박종화 339
박진 329, 332
박춘명 331, 333, 335, 341, 347, 354

박태균 195
박혜경 70
반(反)동일시 380
반공 257
반대관계 235, 244
반어적 표상 98
『방각본 살인사건』 329
방민화 132
배경열 249
배원룡 280, 285
백낙청 248
백철 93, 97, 101, 102, 106, 126, 183
「버섯」 278, 279, 283, 294, 297, 300, 302
버틀러 97, 98, 101, 126
범아시아주의 30
병사형 주체 174, 211
보조 전사 168, 184
「부활의 서광」 31
「봄」 193
봉건적 관습 22, 27, 30, 33, 34, 40, 41
봉건주의 236
「부처님 근처」 249, 254, 259, 260, 268
「부활의 서광」 21, 30
「불효지서」 162, 164
북조선문학예술총동맹 135
북한 문학 279
북한 소설 162, 215
북한 299, 303
북한식 사회주의 283
분단 문학 218, 271
분단 248, 260, 271
분별심 139
불교 131, 132, 133, 135, 136, 145
불교소설 133

『불놀이』 223, 224, 225, 226, 243
「불사신」 181
「불화」 137, 138, 142, 143
「비」 310, 312, 317
非대칭성 137, 138, 139, 141, 142, 143, 146, 154
「비둘기의 유혹」 191
「빨치산」 202, 204
『뿌리 깊은 나무』 329, 330, 331, 336, 337, 342, 344, 346, 353, 354

ㅅ

사대주의자 339
『사랑』 74
「사모」 316
사물화 188
「사실주의의 재인식-새로운 문학적 탐구에 기하여」 108
사제관계 44
사회주의 리얼리즘 104, 127
사회주의 92, 97, 103, 114, 122, 126, 193
『삭풍』 344
「산촌」 109
삼라만상 149
상상계 63, 67
상상적 동일시 36, 41, 381
「상쟁의 세계에서 상애의 세계에」 35
상징계 63, 360, 380, 381
상징화 121, 122
「새로운 사랑의 윤리」 175
생명주의 248

생산관계 194, 292, 301
생산력 293
생산력주의 289, 293, 299, 301
생활 104, 125
샤머니즘 131
서경석 218
서영채 19, 71, 73, 74, 249
서은경 19
서은아 282
서희원 71
「선녀와 나무꾼」 284
「선물」 171, 172
설정식 191
성장 구조 197, 205
『성장』 279, 294, 300
성정치 184
「세상에서 제일 무거운 틀니」 259
세종 331, 336, 337, 339, 341, 343
『세종대왕』 339
「세태소설론」 104
「소경 눈뜨다」 309, 310, 315
소년소설 279
「소년에게」 35
「소년행」 115
「소렌토에서」 319
소유 229, 230, 232, 233, 234, 235, 244
「소화 13년 창작계 개관」 109
「손」 309, 310, 320
손경목 218
손동인 175, 177, 178
손창섭 325, 327
「솔거」 137, 143, 154
송명희 44
송재영 306, 314

수령 299, 303
수잔 브라이슨 252, 255, 263
순수 증여 147, 148
「술집」 109, 110
「스미스씨의 약초」 315
「승리」 193, 198, 200, 202, 212
「시대적 우연의 수리」 93
시모코베 미치코 269
식민성 44
식민주의 담론 46
신기욱 19
「신생활론」 21
「신신활론」 22
신수정 248, 249, 251
신역사주의 346
신영덕 194
신영미 70
신용하 332
신태수 281, 282
『신태양』 305
실천 104
『실천이성비판』 73
심미화 301

ㅇ

아동문학 277, 278, 279
『아동문학』 283, 298
아동소설 278, 282, 283, 297, 302
『아동혁명단』 278
「아들」 95
안창호 48
안함광 202

안회남 191

알기르다스 줄리앙 그레마스 219, 221, 222, 236, 243, 382

알랭 르노 40, 42

알레고리 162, 184, 188

애도 92, 93, 94, 98, 100, 101, 102, 103, 106, 107, 112, 113, 120, 121, 123, 125, 126, 127

앤소니 기든스 320

야생의 논리 137

「야소교의 조선에 준 은혜」 26, 27

「어둠의 혼」 261

어린이 296, 300, 303

「어머니」 162, 164, 167, 168

「엄마의 말뚝 2」 249, 259, 267, 268, 270

「엄마의 말뚝 3」 249, 268, 271

엄미옥 161, 184

여성 표상 168, 187

여성 형상화 161, 207

여성 159, 160, 162, 165, 175, 184, 185, 187, 209, 369

여성역사소설 370

「여의 자각한 인생」 28

여자의용군 170, 171

「역마」 135

역사소설 329, 331, 332, 340, 346, 347, 381

역사철학 360

연애 22

염상섭 162, 163

영도자 300, 303

예술가 소설 306

「오빠」 209

오빠 247, 249, 250, 251, 252, 253, 254, 255, 257, 260, 262, 263, 266, 271, 272

오생근 248

오카 마리 257, 266

오태호 374

오혜진 330

와다 하루끼 283, 286

와카쿠와 미도리 171, 181, 184

「완미설」 137, 141, 142, 143, 144, 154

외세 229, 230, 232, 233, 234, 235, 238, 239, 244

「요지경」 117, 128

요한 고트리히프 피히테 38

「용사」 172, 173, 174, 210, 211

「우리 문학예술의 몇 가지 문제에 대하여」 196

우리 284, 301

우미영 359, 362, 363, 376

우울증 95, 97, 98, 100, 101, 102

우울증적 주체의 정치성 98

원종찬 278

「월급날 일어난 일들」 191

위안형 주체 174, 211

유교질서 368

유동적(流動的) 지성 134

유물변증법 104, 127

「유자약전」 307, 310, 312, 320, 321, 323, 326

「유정」 69, 71, 73, 74, 77, 79

유정 43, 61

유종호 248

유주현 186

유진오 191

「유형의 땅」 223, 224, 225, 243

유희 290, 291, 301
6 · 25 222, 224, 225, 227, 231, 239, 247
육당 30, 31
윤리 72, 73, 74, 77, 78, 80, 82, 83, 88
윤리성의 최상의 원칙 73
『윤리형이상학 정초』 73
윤분희 359, 361
윤세중 192
윤영옥 44
윤홍로 70
윤회사상 151
은종섭 193
「의도와 작품의 낙차와 비평」 105
「이 청년을 사랑하라」 193, 198, 199, 200, 202, 207, 209, 213
2000년대 360, 380, 381
이경재 194, 211, 293, 360
이경훈 250
이광수 17, 43
이광훈 305, 314
이남호 248
이념 202, 205
「이녕」 95, 110, 111, 112
이다운 330
이데올로기 소설 221
이동하 218, 362
이례행 179
이무영 180, 186
이병호 125
이분법 284, 287, 291, 294
이상경 169
이상숙 279, 374
이상옥 248

「이상한 그림」 277, 279, 287, 288, 289, 300
이선구 162, 164, 165, 167
이선미 248
이선영 248, 305, 314
이선옥 168
이성희 360
이언홍 75
이우용 219, 223
이임하 169, 183, 211
이재선 247
이정명 329, 331, 336, 344, 353, 354
이정희 248
이제하 305, 308, 326
이종(extradiegetic) 화자 서술 257
이종수 330
이진형 125
이항대립 45, 47, 59, 66
이현식 92
이형식 비판 61, 67
이혜진 123
이효덕 253
「인간 연습」 224
「인간의 계단」 224
「인간의 문」 224
「인간의 탑」 224
인류성 32, 41
인민 299
인정 206
일 290, 291, 301
일본 제국주의 122
일본 33, 39, 41
일원사관 123
일원론(一元論) 122

일제 말기 91, 92, 94, 126, 127, 128, 168, 169
임규찬 192, 248, 258, 359, 362, 367
「임금님의 귀」 324
임마누엘 칸트 69, 72, 73, 74, 77, 78, 79, 80, 82, 85
임무출 192
임보람 71
임영봉 132
임옥규 335, 357, 374
「임자없는 그림자」 175, 177, 178
「임하사와 그 어머니」 180, 186
임헌영 217
임화 94, 95, 101, 102, 103, 104, 106, 107, 109, 111, 127, 128
임환모 218
「잉여설」 137, 154

ㅈ

자기 치유 253, 272
자기방어심리 272
「자녀중심론」 22, 29
자아이상 97
자연 79, 83, 238
자유 72, 79, 83
자유의지 28, 40
자율성 20, 23, 28, 30, 34, 37, 40, 42, 362
자크 데리다 102, 118
자크 라캉 63
장덕조 168, 170, 171
장문석 171

장세진 218
「저승새」 151, 153, 155
「적구에서」 193, 201, 207, 209
전경린 357, 361, 367
전근대성 18
전명희 358
전사 165, 171, 196, 207, 209
전선소설 191, 195
전수용 330
전시(戰時) 202
전영태 281
전유 194
전쟁 159, 162, 185, 188, 204, 248, 260, 269, 271
전쟁소설 191, 194, 195, 197, 198, 201, 202, 205, 206, 207, 215
전형 222, 223
전후파 여성 179, 183
절대적 자아 38, 39
「젊은 용사들」 192, 193, 198, 199, 200, 207, 211, 213, 214
『젊은 용사들』 197
「젊은 조선인의 소원」 35
「젊은 힘」 170
정(情) 21, 27, 47, 48
정광 334, 335, 336
정규웅 324
정비석 166, 172, 175, 176
정신의 고양 70, 72
『정약용 살인사건』 329
정언명령 72, 78, 79, 80
정영길 132
정영훈 18
「정원」 137, 141, 142, 143, 154

정육(情育) 21

『정의공주』 329, 331, 333, 336, 344, 346, 347, 348, 350, 351, 354

정재림 330, 332

정종진 218

「정찰삽화」 170

정치적 내면 126

정치적 올바름 101, 126

정현기 218

정호웅 218, 248, 266, 306

제국주의 236

「제퇴선」 115, 116, 121, 128

젠더적 위계 210

젠더정치 160, 173

조남현 49, 76, 164, 217, 218, 219, 221, 223, 248, 325

「조선 가정의 개혁」 23

「조선 사람인 청년에게」 24

조선문학가동맹 135, 191, 192

『조선문학사』 192, 193

「조선사람인 청년에게」 21

『조선통사』 197

조연현 70

조정래 217

존 로크 40, 42

종교적 상상력 131

「종두」 110

주제소설 197

「주체의 재건과 문학의 세계」 105

죽음충동 95, 96

「중견 작가 13인론」 112

중국 288, 289

중산층 248

「중추계급과 사회」 35

증언 262, 265, 272

지그문트 프로이드 93, 95, 97, 101, 102, 118, 121, 125, 126, 129

지상계 280, 282, 284, 289, 292, 301

지식인 239

「지하실의 수기-어리석은 자의 독백」 94

「지휘관」 193

「진실과 당파성-나의 문학에 대한 태도」 103

ㅊ

차승기 122

창작계의 1년」 110

「처녀애장」 175, 177

「처를 때리고」 92, 113, 115, 128

천리마운동 293

천상계 280, 282, 284, 288, 289, 292, 301

「철로교차점」 109

「청산댁」 223, 227, 243

『청춘기』 109

「초식」 323, 324

최근 문예이론의 신전개와 그 경향」 93

최근효과 47

최원식 357

최인욱 170

최정희 180, 186

「추수 후」 107

「출감소감-비애의 성사」 93

「출동전후」 180, 186

「춤추는 남편」 92

ㅋ

카프 91, 92, 94, 109, 110, 111, 277
코야마 이와오 122
코즈모폴리탄(cosmopolitan) 78

ㅌ

탈(脫)신체화 320
『태백산맥』 217, 219, 221, 222, 225,
    226, 227, 228, 229, 230, 233, 237,
    238, 242, 243
「태평양」 312
토지 238
통일 238, 239
트라우마 247, 248, 252, 254, 255

ㅍ

「파도」 95, 96
파시즘 91, 93, 94
팩션 331, 346
페터 지마 221, 326
폐쇄 380
포스트모던 346
『폭풍의 력사』 192, 193, 194, 212
표상불가능성 266
프로문학 277
프리드리히 니체 33
플래쉬백(flashback) 269
「피와 눈물」 186
「피의 능선」 204, 206
필립 르죈 249

ㅎ

하정일 92
한(恨) 226, 229, 230, 232, 233, 234,
    235, 244
한국전쟁 160, 162, 166, 169, 170, 195,
    211, 250, 251, 252, 253, 254, 264,
    265, 269, 272
한국전쟁기 159, 160, 165, 171, 178, 188
한글 창제 역사소설 331
한글 329, 332, 336, 347, 348, 350, 354
한민족 336
「한발기」 249
한설야 94, 95, 97, 98, 101, 106, 107,
    109, 111, 126, 127, 128, 187, 277,
    280, 281, 282, 283, 285, 288, 289,
    292, 294, 301, 303
「한설야론」 108
한설야의 장편동화『금강선녀』연구」 278
한성훈 299
한소진 329, 331, 333, 344, 347, 350,
    354
한승옥 45
「합장」 170
합체 101, 113, 129
해방 135, 194, 238, 239, 292
해방기 192, 194
「해방의 아침」 162, 163
해체론 45
행복주의 78, 79
행위자 모델 220, 222, 237, 382
「행인」 309, 310
허버트 마르쿠제 318
허련화 133

헤겔 32, 33, 41, 85, 87, 88
「현대문학의 제 경향―프로문학의 제 성
　과」 107
「현대문학의 제 성향」 110
「현대소설의 귀추」 109
「현대소설의 주인공」 111
현실묘사 305
「형제」 193
『형제』 279, 300
「혼인론」 23, 29
「혼인에 관한 관견」 23, 30
홍석중 357, 373, 374, 380
홍정선 248
화식병」 193, 194, 201
화엄사상 149
환상 318, 326
환상적 이미지 314, 319
「환상지」 310, 316, 318
황건 192
황광수 223
황국명 358
황도경 248, 358, 362, 367, 374
황민화 38, 41, 91
「황색의 개」 305
황종연 18
황진이 360, 363, 366, 380
『황진이』 357, 364, 366, 367, 373, 374,
　380
「황초령」 187
『황혼』 109
『훈민정음 암살사건』 329
훈민정음 347
『훈민정음의 비밀』 329, 330, 331
『훈민정음』 331, 333, 335, 336, 341,

342, 346, 347, 348, 354
휴머니즘 248, 257
『흙』 69
「희망의 전열」 167